Andreas Guski

Dostojewskij

Andreas Guski

Dostojewskij

Eine Biographie

C.H.Beck

Mit 30 Abbildungen

2., durchgesehene Auflage. 2018

Satz: Janß GmbH, Pfungstadt
Druck und Bindung: Druckerei C.H.Beck, Nördlingen
Gedruckt auf säurefreiem, alterungsbeständigem Papier
(hergestellt aus chlorfrei gebleichtem Zellstoff)
Printed in Germany
ISBN 978 3 406 71948 6

www.chbeck.de

«Das alles wird mir, hoffe ich, an die fünfzehntausend Rubel einbringen – aber was ist das für eine Zuchthausarbeit!»

Dostojewskij an Katkow, 14. 4. 1865

«Anhaltendes Schreiben ermüdet wie Erdarbeit.»

Robert Walser, «Der Spaziergang»

Inhalt

Vorwort

Dostojewskij ist ein Autor der Krise. Für die Helden und Handlungen seiner Romane gilt dies ebenso wie für die Konjunkturen seiner Rezeption. In Deutschland wurde er zuerst im zeitlichen Umfeld des Ersten Weltkriegs entdeckt. Wer ihn lese, schrieb Eduard Thurneysen, sehe «plötzliche Wildheit vor sich aufgehen» und werde hinausgeführt «über die letzten Grenzpfähle der bekannten Menschheit».[1] Niemand ahnte so kurz nach diesem Krieg, dass solche Wildheit sich nur zwei Jahrzehnte später noch apokalyptischer wiederholen sollte. Ebenso wenig vorhersehbar war nach dem Inferno des Zweiten Weltkriegs, dass die Übersichtlichkeit der Nachkriegsordnung mit Beginn des 21. Jahrhunderts abrupt in eine neue Unübersichtlichkeit umschlagen könnte, begleitet von Wildheiten unvorstellbaren Ausmaßes. So wie Dostojewskij die kulturellen Krisen Russlands und Europas im 19. Jahrhundert literarisch auf den Punkt gebracht hat, treffen seine Werke noch immer wunde Stellen unserer (post)modernen Welt: das Verhältnis von Wissen und Glauben, von Leib und Seele, von Individuum und Gesellschaft, von Gesellschaft und Gemeinschaft, von nationaler und transnationaler Identität, um nur einige zu nennen. Dostojewskij passt ins Krisenklima auch unserer Tage. Wie sonst wäre es zu erklären, dass die deutsche Neuübersetzung seiner Romane durch Swetlana Geier so großes Interesse fand, dass Frank Castorf an der Berliner Volksbühne so erfolgreich fast das gesamte Werk Dostojewskijs inszeniert hat und viele seiner Kollegen ihm darin gefolgt sind?

Wenn also Dostojewskij im 21. Jahrhundert kaum etwas von seiner Aktualität verloren hat, sollte dies den Versuch des vorliegenden Buches rechtfertigen, sein Leben und Werk im Kontext seiner Zeit neu darzustellen. Dabei wird das «persönliche Leben» des Autors nicht – wie von Karl Nötzel, einem seiner ersten deutschen Biographen – als «meist peinliches, nur leider unentbehrliches Anhängsel an sein eigenes Werk»[2] betrachtet. Vielmehr steht es im Mittelpunkt der Geschichte, die hier erzählt wird. Besonders akzentuiert werden neben der persönlichen Entwicklung Dostojewskijs die materiellen Bedingungen seiner Arbeit: sein Selbstverständnis als Schriftsteller, seine Position auf dem russischen Buchmarkt, sein Kampf um den Leser, seine Rolle im «Feld der Literatur» wie im «Feld der Macht» (Pierre Bourdieu) und nicht zuletzt seine Bedeutung als nationaler «Prophet».

Mein Dank geht an Dr. Stefanie Hölscher vom Verlag C.H.Beck für ihre Geduld, ihre Kritik und ihre Anregungen sowie an Petra Rehder und Beate Sander für die kompetente redaktionelle Betreuung des Manuskripts. Dieses Buch wäre nicht entstanden ohne die jahrelange Ermunterung und kritische Begleitung meiner Frau, Hannelore Guski (1944–2015). Ihrem Gedenken ist es gewidmet.

Berlin, im Oktober 2017

Hinweise

Russische Namen und Begriffe werden im Text in der leserfreundlichen, leicht modifizierten Duden-Umschrift, ohne Sonderzeichen, wiedergegeben. Bibliographische Angaben hingegen folgen der wissenschaftlichen Transliteration des Russischen.

Alle Zitate aus Dostojewskijs Werken wurden vom Verfasser nach der 30-bändigen Gesamtausgabe übersetzt. Auf Quellenverweise wurde in diesen Fällen verzichtet.

Dostojewskijs Briefe werden jeweils in Klammern mit dem betreffenden Datum belegt. Zitate daraus folgen ebenfalls der 30-bändigen Gesamtausgabe.

Die Zahl der Anmerkungen wurde auf ein überschaubares Maß beschränkt.

Einleitung

«Dostojewskij-Trip»

Die Moskauer rieben sich die Augen, als sie im Juni des Jahres 2010 erstmals die neue Metro-Station «Dostojewskaja» in Augenschein nehmen durften. Die Wände des neuen Bahnhofs präsentierten auf kostbarem italienischen Marmor großformatige Szenen aus den Romanen Fjodor Michajlowitsch Dostojewskijs: Raskolnikow schwingt die Axt über dem Haupt seines zweiten Mordopfers; Rogoschin lauert mit gezücktem Dolch dem Fürsten Myschkin auf, und Nastasja Filippowna schleudert Rogoschins 100 000 Rubel ins Kaminfeuer. Jeder halbwegs belesene Russe kennt diese Szenen. Auch wenn solche eher bescheidenen Blüten postsowjetischer Kunst am Bau nicht die ungeteilte Zustimmung des Publikums fanden, zeigten sie doch: Dostojewskij ist wieder da! Nicht nur hier, nahe seinem Geburtshaus im etwas abgelegenen Stadtteil Marina Roschtscha (Marienhain), sondern auch im lärmenden Zentrum der Metropole vor dem monumentalen Komplex der Russischen Staatsbibliothek, dem größten Büchertempel Europas. Bis 1992 trug sie den Namen Lenin-Bibliothek. Der große Umsteigebahnhof der Metro, von dem man zur Bibliothek gelangt, heißt noch immer so. Statt des früheren Lenin-Monuments erwartet den Besucher vor der Bibliothek heute jedoch die Skulptur eines sitzend in sich gekehrten, fast zerbrechlich wirkenden Mannes. Eine in Bronze gegossene Vita contemplativa, die den wuchtigen Gestus des klassischen Lenin-Denkmals konterkariert. Die 1997 hier enthüllte Dostojewskij-Skulptur des Bildhauers Alexander Rukawischnikow, von der seit 2006 eine Dublette vor dem Dresdner Kongress-Zentrum steht, deutet einen kulturpolitischen Kurswechsel Russlands an, von dem der Verewigte nicht zu träumen gewagt hätte.

Ob 1990 wirklich ein fundamentaler Neuanfang in Russland stattgefunden hat, sei dahingestellt. Auf der Ebene des symbolischen Han-

Dostojewskij-Denkmal von A. Rukawischnikow vor der Russischen Staatsbibliothek in Moskau

delns jedoch, das in den öffentlichen Räumen Russlands schon immer eine größere Rolle gespielt hat als in Westeuropa, ist ein Richtungswechsel unübersehbar. Er zeigt sich in den vielen Dostojewskij gewidmeten Denkmälern, Museen, Gedenktafeln, Straßen und Plätzen ebenso wie in den mehr als zwanzigtausend seither restaurierten oder neu errichteten Klöstern und Kirchen, nicht zuletzt aber auch in der ostentativen Frömmigkeit, mit der die Kreml-Elite neuerdings bei hohen Kirchenfesten, so wie einst die politische Klasse des Zarenreiches, den orthodoxen Ritus zelebriert. Inzwischen beherrscht sie dieses Ritual jedenfalls sicherer als seinerzeit Boris Jelzin, dem es noch schwerfiel, Ostern und Weihnachten auseinanderzuhalten. Mehr als alle anderen Politiker seiner Generation steht für diesen Wandel im postsowjetischen Russland Wladimir Putin. Nachdem er 1996 seine Töchter aus der brennenden Familiendatscha gerettet hatte, fand man in den verkohlten Trümmern das unversehrte

Kreuz seiner gläubigen Mutter, das Putin seither auf seiner vielleicht auch deshalb so gerne öffentlich entblößten Brust trägt. Putins Erweckungserlebnis soll George W. Bush, seinen früheren politischen Gegner und religiösen Bruder im Geiste, tief bewegt haben. Es hätte auch Dostojewskij bewegt, denn das Damaskus-Erlebnis der inneren Umkehr ist das Schlüsselmotiv seiner literarischen Helden und seines eigenen Lebens.

Es hat lange gedauert, bis Dostojewskij ins öffentliche Leben Russlands zurückgekehrt ist. Lenin hielt ihn für einen lausigen Schriftsteller («Für so einen Mist habe ich einfach keine Zeit»[1]). Die Bolschewiki haben Dostojewskij ins Ausland oder in den Untergrund vertrieben und an seinem Werk einzig das «humanistische Pathos», sein Mitleid mit den «Erniedrigten und Beleidigten» des russischen Großstadtproletariats gelten lassen, also nur den frühen Dostojewskij. Sein religiöser Eifer war ihnen genauso verdächtig wie seine Fortschrittsskepsis und sein Hass auf Juden und Sozialisten. Nicht zuletzt irritierte sie das komplizierte Seelenleben seiner literarischen Figuren, das sich so wenig mit der Geradlinigkeit, dem Kämpfertum und dem Optimismus des von der Revolution erhofften neuen Menschen vertrug. Maxim Gorkij war fasziniert von Dostojewskijs «bösem Genie» und zugleich abgestoßen von der Psychologie und Amoral des «Karamasowtums».

Während man sich gleichwohl in der Sowjetunion der 1920er Jahre wissenschaftlich noch intensiv mit Dostojewskijs Werk beschäftigen konnte und herausragende Leistungen wie die großen Dostojewskij-Studien Leonid Grossmans, Arkadij Dolinins und Michail Bachtins möglich waren, wurde er in den stalinistischen 1930er bis 1950er Jahren zur Persona non grata. Dafür erkor sich die russische Emigrantenszene in Berlin, Prag und Paris Dostojewskij zum Schutzheiligen. Je nach ideologischem Standpunkt machte sie ihn entweder zum Propheten der Revolution oder zum Vorläufer des modernen Existentialismus. Dass drei der bedeutendsten russischen Exilanten des 20. Jahrhunderts, Lew Schestow, Iwan Bunin und Vladimir Nabokov, ein eher distanzierteres Verhältnis zu ihm hatten, tat dem Dostojewskij-Kult der russischen Emigration keinen Abbruch.

Im politischen Tauwetter der Chruschtschow-Ära konnte Ende der 1950er Jahre eine zehnbändige Gesamtausgabe der literarischen Werke Dostojewskijs erscheinen. 1959 wurde nach jahrzehntelanger Unterbrechung des Projekts der letzte Band einer schon in den 1920er Jahren begonnenen Edition der Briefe vorgelegt. In ein neues Stadium trat die russische Dostojewskij-Rezeption mit einer zwischen 1972 und 1990 erschienenen 30-bändigen Gesamtausgabe der Sowjetischen Akademie der Wissenschaften. Obwohl in 200 000 Exemplaren aufgelegt, waren die belletristischen Bände dieser Ausgabe, also die Romane und Erzählungen, so rasch vergriffen wie sonst nur verbotene Literatur. Bis hinein in die Zeit der Perestrojka hatte Dostojewskij in Russland den Ruch des Subversiven und ebendeshalb des Exotischen und Interessanten.

Inzwischen gilt in der Forschung auch die mit beträchtlichem wissenschaftlichen Aufwand erstellte 30-bändige Werkausgabe als dringend revisionsbedürftig, da ihre Kommentare über weite Strecken noch den Geist der Sowjetunion atmen. Seit Mitte der 1990er Jahre arbeitet ein Team der Universität von Petrosawodsk unter Leitung von Wladimir Sacharow an einer neuen kritischen Gesamtausgabe, die bisher unveröffentlichtes Textmaterial und neue, entsowjetisierte Kommentare enthält, aber auch Orthographie und Interpunktion der Texte originalgetreu rekonstruiert. Letzteres hält Sacharow schon deshalb für angezeigt, weil in der 30-bändigen Ausgabe gemäß sowjetischer Orthographie «Gott» klein-, «Satan» dagegen großgeschrieben wird.[2] Dass Professor Sacharow, der das Neue Testament zur Erschließung von Dostojewskijs Texten wichtiger findet als alle Sekundärliteratur,[3] für seine editorischen Verdienste den vom Moskauer Patriarchat gestifteten Orden des heiligen Sergej von Radonesch bekam, mit dem auch Politiker wie Wladimir Putin und Alexander Lukaschenko geehrt wurden, unterstreicht einmal mehr den engen Zusammenhang zwischen dem Wiedererstarken der russisch-orthodoxen Kirche, dem neuen nationalen Diskurs und der Dostojewskij-Renaissance in postsowjetischer Zeit.

Mit dem Ende der Sowjetunion im Jahre 1991, der Abrechnung Russlands mit seiner sozialistischen Vergangenheit und der Aufarbeitung verschütteter Traditionszusammenhänge ist der subversive Reiz Dostojewskijs verflogen. Inzwischen ist er als Klassiker im Zentrum nicht nur Moskaus, sondern auch des russischen Literaturkanons angekommen. In den Lehrplänen von Schulen und Universitäten steht er heute mindestens gleichrangig neben den vier anderen Großen der russischen Literatur des 19. Jahrhunderts: Puschkin, Gogol, Tolstoj und Tschechow. Klassiker aber sind Stolpersteine der Avantgarde. Der neue Dostojewskij-Kult provoziert gerade jüngere Künstler und Intellektuelle zu Gesten der Abstandnahme. So haben Studenten der leicht gequält dasitzenden Dostojewskij-Skulptur vor der Russischen Staatsbibliothek den Spott-Titel «Sprechstunde beim Proktologen» verpasst. Dem Autor Wladimir Sorokin dient in seinem Theaterstück «Dostojewskij-Trip» von 1999 der Roman «Der Idiot» als Vorlage für ein Spiel verbaler Obszönitäten und körperlicher Grausamkeiten, das Dostojewskijs «Idee des schönen Menschen» grotesk verzerrt. Und die Ausstellung «Achtung, Religion!» von 2003 im Moskauer Sacharow-Zentrum zeigte ein Triptychon, auf dem Dostojewskij als unheilige Dreifaltigkeit ins Bild gebracht wird: links als engelgleich geflügeltes Wesen, in der Mitte mit einer aufgerichteten Axt in den gefalteten Händen, rechts einen Vogelbauer umfangend. Über dem Triptychon schwebte ein echter Vogelkäfig, in dem sich statt eines Singvogels eine Dostojewskij-Büste befand, vermutlich eine Anspielung auf das Symbol des gefangenen Adlers in Dostojewskijs «Aufzeichnungen aus einem Totenhaus». Wie es scheint, hat sich Walerij Schetschkin, der Schöpfer dieser Installation, Sigmund Freuds Urteil zu eigen gemacht: «Dostojewskij hat es versäumt, ein Lehrer und Befreier der Menschen zu werden, er hat sich zu ihren Kerkermeistern gesellt.»[4] Kurz nach der Vernissage wurde die Ausstellung von ultrarechten Aktivisten gestürmt, die mit dem Schlachtruf «Seid verdammt, Feinde der russischen Orthodoxie!» mehrere Objekte zerstörten und die Wände mit Hassparolen besprühten. Die Staatsduma gab den frommen Bilderstürmern recht und kritisierte die Ausstellung wegen Herabsetzung religiöser Gefühle und Beleidigung der russisch-orthodoxen Kirche.

Grenzen

Auf einer Anhöhe im Ural macht der Vierspänner vor einem kleinen Obelisk mit zwei schwarzen Richtungspfeilen Halt. «Asien» steht in weißer Schrift auf dem einen, «Europa» auf dem anderen. Diesen Punkt hat der Reisende vor einem Jahrzehnt schon einmal passiert: damals, als Kettensträfling, bei Schneesturm und klirrendem Frost in entgegengesetzter Richtung. Jetzt, an einem Spätsommertag des Jahres 1859, ist er ein freier Mann, der dem anderen Pfeil der Grenzmarkierung folgen wird: «Europa». Europa? Nein, Russland! Hinter ihm liegt der lange Weg von Semipalatinsk nach Ekaterinburg, Hunderte Kilometer kasachische Steppe, Hitze, Staub, Wind. Hinter ihm liegen vier Jahre Zuchthaus und sechs Jahre Dienst als gemeiner Soldat im 7. Sibirischen Linienbataillon. Hinter ihm liegt, schon in weiter Ferne, sein literarischer Ruhm. Hinter ihm liegt seine Jugend. In wenigen Monaten wird sich, mit Gottes Hilfe, sein achtunddreißigstes Lebensjahr vollenden. Mit vierzig ist man schon fast ein alter Mann. Es ist fünf Uhr nachmittags. Noch steht die Sonne hoch am Himmel. Hier aber im Wald ist es schattig und kühl. Es riecht nach Harz und feuchter Erde, nach Pilzen und Erdbeeren. Es riecht nach Russland. «Wir verließen», schreibt er später, «den Reisewagen, und ich bekreuzigte mich, weil der Herr mich endlich das gelobte Land hatte sehen lassen.» (23. 10. 1858)

Das metaphorische Wort «Lebenslauf» verdankt sich dem Urbild des Weges. Die wichtigsten Stationen dieses Weges passiert man nach einem Fahrplan, den die Kultur dem Menschen vorgibt. Jede Etappe steht – idealerweise – für einen bestimmten Zugewinn an Wert oder wenigstens doch an Erfahrung. Was den Wert eines Menschen ausmacht, lässt sich letztlich erst würdigen, wenn seine Lebensreise beendet ist. Daher die Verwandtschaft von Curriculum Vitae und Nachruf. Dem alten Russland war der Glauben an die Vervollkommnungsfähigkeit des Menschen aus eigener Kraft und ausweislich überzeugender Kraftproben fremd. Den wahren Wert eines Menschen würde erst das Jüngste Gericht erweisen. Das irdische Leben war nur Vorbereitung aufs himmlische und der Tod nicht das Ende, sondern ein Durchgangspunkt auf dem Weg zum ewigen Leben.

Wie viele andere Gewissheiten geriet im Russland des 18. Jahrhunderts auch diese ins Wanken. Peter der Große unterwarf die russisch-orthodoxe Kirche rigoros den Interessen seines Staates und führte im Sinne des vom ihm als Staatsräson propagierten «Gemeinwohls» 1722 die sogenannte Rangtabelle ein. Damit schuf er eine Laufbahnordnung, die bis zur Oktoberrevolution gültig blieb. Die Tabelle umfasste vierzehn Dienstgrade, beginnend beim Kollegienregistrator und aufsteigend bis zum Wirklichen Geheimen Staatsrat Erster Klasse. Peters Ziel war es, den russischen Adel als Elite des Reiches statt wie bisher durch Geblüt und Stammbaum künftig durch Fähigkeit und Leistung zu legitimieren. Zugleich schuf die Rangtabelle die Voraussetzung für die Beschleunigung von Lebensläufen. Zumindest in den politisch-kulturellen Zentren des Reiches war der Traum vom persönlichen Glück fortan eng mit dem zügigen Voranschreiten innerhalb eines Lebensmusters, der Karriereleiter, verbunden, das es in Russland so bisher nicht gegeben hatte.

Das Wort «carrière» bürgert sich im Russischen rasch ein und verselbständigt sich. Im 19. Jahrhundert kann man auch außerhalb des Staatsdienstes «karjera» machen, oft sogar sehr viel schneller. Dies ist bei allen Risiken der Vorteil der sogenannten freien Berufe: des Kaufmanns wie des Börsenhändlers, des Architekten wie des Anwalts, des Arztes wie des Erfinders, des Pianisten wie des Schauspielers und, nicht zuletzt, des Schriftstellers. Literat zu sein «ist zwar kein Staatsdienst, aber trotzdem eine Karriere», lässt Dostojewskij in den «Erniedrigten und Beleidigten» den naiven Gutsverwalter Ichmenjew zum Dichter Iwan Petrowitsch sagen, einem fiktiven Doppelgänger des Autors. «Selbst hohe Persönlichkeiten werden das lesen.»

Auch Dostojewskij hatte von einer literarischen Karriere geträumt, und er träumt noch immer von ihr. Jetzt, im Spätsommer des Jahres 1859, sogar mehr denn je. Zugleich hat er Zweifel an dieser Lebensform, zu deren dunkler Seite jener Ich-Verlust durch gesellschaftlichen Anpassungsdruck gehört, dem sich die literarischen Helden Stendhals und Balzacs ebenso ausgesetzt sehen wie Herr Goldjadkin, der Held von Dostojewskijs Erzählung «Der Doppelgänger». Zudem verbindet sich mit dem Begriff Karriere nicht nur die Vorstellung von kometenhaftem Erfolg, sondern auch ein typisch westliches Lebensideal: ein faustischer Erkenntnis-, Erlebnis-, Erfolgstrieb, ein Drang zum Titanischen, wie ihn vor allem Napoleon verkörpert: «Et toute ma politique c'est le succès!» (Und meine ganze Politik ist der Erfolg!) Napoleon, der sich vom kleinen korsischen Leutnant zum Herrscher Europas emporgeschwungen hat, ist ein ständiger Begleiter der russischen Intelligenzija des 19. Jahrhunderts, so auch Raskolnikows in «Schuld und Sühne». Mit ihm vergleicht, an ihm misst sich Dostojewskijs Held. Hätte sich Napoleon dazu erniedrigt, unter das Bett einer Wucherin zu kriechen, wie er, Raskolnikow, es tat, um nach Geld und Wertsachen zu suchen? Niemals! Als Ausnahmemensch und neuer Lykurg beanspruchte Napoleon, geltendes Recht zu brechen und neues zu setzen. Darin will ihm Raskolnikow folgen. Die

3000 Rubel, die er bei der alten Wucherin zu finden hofft, sollen ihm «die ersten Schritte seiner Karriere» ermöglichen, von der er sich die Erlösung der Menschheit verspricht.

Aus Raskolnikows Karriere wird jedoch das Gegenteil. Sie wird zum «Leidensweg», so wie sich auch Dostojewskijs in den 1840er Jahren begonnene Karriere in einen Leidensweg verwandelt hat. Karriere ist Fortschritt ohne Transzendenz. Dagegen bedeutet das Muster des Leidensweges ein Leben in der Nachfolge Christi. Als Lohn dafür winken Auferstehung und ewiges Leben. Was war sein, Dostojewskijs, Abstieg in die Hölle des «Totenhauses», sein Wandel vom europäisch gebildeten Intellektuellen zum einfachen Sträfling, seine Begegnung mit den Niedrigsten der Niedrigen – was war dies anderes als ein Leben in der Nachfolge Christi? Gewiss, er hatte Zuchthaus und Verbannung nicht freiwillig gewählt, so wie der Menschensohn den Tod am Kreuz. Doch hatte er sein Schicksal nicht ebenso demütig angenommen wie Jesus Christus den Spruch des Synedrions? Hatte er sein Schicksal damit nicht zum Objekt seines eigenen Willens gemacht? Und war er nicht deshalb jener Auferstehung teilhaftig geworden, über die in den «Aufzeichnungen aus einem Totenhaus» sein Alter Ego nach verbüßter Haft frohlocken kann: «Freiheit, neues Leben, Auferstehung von den Toten ... Was für ein herrlicher Augenblick!»?

Was aber bedeuten in einem diesseitigen, nichtmetaphysischen Sinne «Auferstehung» und «neues Leben»? Sind es Leitsterne einer neuen Lebensführung oder nur Metaphern, Worte? «Alle fünfeinhalb Stunden wird er ‹wiedergeboren›, ‹beginnt ein neues Leben›», ätzt Sir Galahad alias Bertha Eckstein-Diener, die unversöhnliche Dostojewskij-Gegnerin.[5] Bereits nach der Scheinhinrichtung auf dem Petersburger Semjonow-Platz im Dezember 1849 war Dostojewskij überzeugt, am Beginn eines neuen Lebens zu stehen: «Nun, da sich mein Leben verändert hat, werde ich auf neue Weise wiedergeboren.» Schon damals hatte er sich geläutert gesehen, so wie jetzt, nachdem er seine Strafe verbüßt hat, an der Grenze zwischen Europa und Asien. Die revolutionären Hirngespinste seiner Jugend, sie sind längst verflogen. Aus dem Sozialisten der Vierzigerjahre ist ein glühender Patriot und bekennender Verehrer des Zaren geworden. Eine «Metanoia», eine doppelte Umkehr also, sittlich und politisch.

Aber reicht das wirklich aus für ein neues Leben? Natürlich nicht, denn nur allzu bewusst ist ihm, dass «die Flamme seiner Begierde nach dem Himmlischen», wie es bei dem von ihm so geschätzten Thomas von Kempen heißt, «nicht rein ist vom Rauch der sinnlichen Neigung». Und er weiß auch und spürt mit jeder Faser seines Körpers, dass es unmöglich ist, sich der eigenen Natur zu widersetzen. Sein Leben so radikal umzustellen wie Lew Tolstoj, der die Feder mit dem Pflug vertauschen wird, um im härenen Bauerngewand seine Äcker zu bestellen – das ist Dostojewskijs Sache nicht. So verdächtig wie die Lebensform der Karriere, so ausgeprägt ist seine Skepsis gegenüber einem heiligmäßigen Leben, das die eigene Natur vergewaltigt. «Jagst du Natur zur Tür hinaus, kommt sie durchs Fenster in dein Haus», besagt ein russisches Sprichwort, das er in den «Brüdern Karamasow» zitiert und an anderer Stelle paraphrasiert: «Alles, was anormal, was gegen die Natur ist, rächt sich am Ende.»

Stärker als der Wunsch nach einem «neuen Leben» ist in ihm hier und jetzt, an der Schwelle zweier Kontinente und zweier Epochen seines Lebens, der Durst nach Leben überhaupt. Hinter ihm liegen fünf Jahre Festungshaft und Zuchthaus, Hunger, Krankheit, Demütigungen, Abgründe des menschlichen Seins. Hinter ihm liegen weitere sechs bleierne Jahre in einer russischen Provinzstadt am Ende der Welt. Hinter ihm liegt ein elfjähriger Leidensweg. Genug der Leiden, zurück ins Leben! Auch dort gibt es Grenzen, zu denen er noch nicht vorgestoßen ist. Denn dies vor allem scheint sein Schicksal zu sein: «Immer und in allem gehe ich bis an die äußerste Grenze, mein ganzes Leben lang habe ich diese Linie überschritten.» Der Ural ist keine äußerste Grenze. Eine äußerste Grenze war das Totenhaus. Erst heute hat es ihn wirklich entlassen.

Zur Feier des Abschieds von Asien genehmigen sich die Reisenden einen Schluck Pomeranzenschnaps der Marke «Striedter» aus Dostojewskijs Reisetasche. Sie vertreten sich die Beine und wechseln ein paar Worte mit dem Grenzwächter, einem Kriegsveteran, der aus seiner Hütte herübergehumpelt ist, um mit ihnen anzustoßen. Danach schwärmt man aus, um im Wald Erdbeeren zu pflücken. An solche fast vergessenen Köstlichkeiten war in der kasachischen Steppe nicht zu denken gewesen. Dann geht die Fahrt weiter. Die nächste Station wird Kasan an der mittleren Wolga sein, dann folgt Twer, dann Moskau und schließlich, fast auf den Tag genau zehn Jahre nachdem Dostojewskij es verlassen hat: Sankt Petersburg, die Hauptstadt des Russischen Reiches.

I

Aufbrüche und Abstürze (1821–1849)

Eine Moskauer Kindheit

Kinder spielen eine Schlüsselrolle in Dostojewskijs Werk; über seine eigene Kindheit schweigt er beharrlich. Überhaupt gibt er wenig von sich preis. Tolstoj war besessen von der Idee, vor sich selbst, vor anderen, möglichst vor der ganzen Welt Rechenschaft über sich abzulegen. Seine Tagebücher füllen Bände. Dostojewskij wäre nie auf die Idee gekommen, ein persönliches Tagebuch zu führen. Im Gegensatz zu vielen seiner Helden waren ihm Selbstentblößungen zuwider. Auch das Briefeschreiben, außer mit engsten Vertrauten, lag ihm nicht sonderlich. Sollte er dereinst in die Hölle kommen, scherzte er einmal, so werde ihm vermutlich als Buße für seine Sünden das Schreiben von zehn Briefen täglich auferlegt.

Das meiste, was wir von Dostojewskijs Kindheit wissen, verdanken wir den Erinnerungen seines jüngeren Bruders Andrej. Auch für seine Herkunft hat sich Fjodor Michajlowitsch nicht sonderlich interessiert. Erst seine Witwe, Anna Grigorjewna, hat sich eingehender mit dem Stammbaum ihres Mannes befasst. Ihr zufolge geht die väterliche Linie der Dostojewskijs auf ein Bojarengeschlecht zurück, das zu Beginn des 16. Jahrhunderts mit dem Dorf Dostojewo belehnt wurde, im damaligen Großfürstentum Litauen nahe der Stadt Brest gelegen. Schon die folgende Generation machte den Orts- zum Familiennamen. Seitdem gibt es das Geschlecht der Dostojewskijs. Im 16. Jahrhundert tritt ein «Herr Fjodor Dostojewskij» im Gefolge des Fürsten Andrej Kurbskij auf. Ehedem engster Waffengefährte Iwans IV. («des Schrecklichen»), hatte sich Kurbskij zum erbitterten Gegner des Zaren gewandelt und war 1564 nach Litauen geflohen, wo ihm besagter Fjodor Dostojewskij als juristischer Ratgeber diente. Im 17. Jahrhundert verliert sich die Spur der litauischen Dostojewskijs. Erst gegen Mitte des 18. Jahrhunderts tauchen sie in der damals zu Polen gehörigen nordwestlichen Ukraine wieder auf. Genealogisch genauer greifbar werden sie mit der Person Andrej Grigorjewitsch Dostojewskijs, dem vermutlich 1756 geborenen Großvater des Schriftstellers.

1782 zum Priester der Unierten Kirche geweiht, konvertiert Andrej Dostojewskij, dessen Heimatdorf Bojtowzy nach der Zweiten polnischen Teilung (1793) an Russland fällt, zur russisch-orthodoxen Kirche. Auch für seinen um 1785 geborenen ältesten Sohn Michail sieht Andrej Grigorjewitsch die Priesterlaufbahn vor. Der aber wechselt 1809 vom Priesterseminar im ukrainischen Schargorod-Nikolajew zur Kaiserlichen Chirurgischen Akademie in Moskau, in der Militärärzte ausgebildet wurden. Der Abschluss dieser Fachhochschule bot für einen ehrgeizigen jungen Mann wie Michail Dostojewskij deutlich bessere Berufsperspektiven als die Stelle eines Dorfpopen. Als Napoleon im August 1812 Smolensk erobert und die militärische Front der alten Hauptstadt bedrohlich nahe rückt, wird die Akademie ins östliche Hinterland evakuiert. Bei der Schlacht von Borodino im September 1812, die auf russischer Seite eine bisher nie gesehene Zahl von Toten und Verletzten fordert, und bei der Bekämpfung der Typhusepidemie, die nach der Schlacht wegen der vielen unbestatteten Leichen ausbricht, werden Dozenten wie Studenten der Akademie als Ärzte und Sanitäter eingesetzt. Erst nach dem Abzug der Grande Armée kann Michail Dostojewskij seine medizinische Ausbildung fortsetzen. 1813 wird er als Regimentsarzt beim Borodino-Infanterieregiment eingestellt, 1818 folgt seine Ernennung zum Stabsarzt am Moskauer Militärhospital zu Lefortowo, ein Jahr später an gleicher Stelle die Beförderung zum Oberarzt zweiter Klasse mit einem Jahresgehalt von 600 Rubel.

1820 heiratet Michail Dostojewskij, nunmehr einunddreißig Jahre alt, in der Kapelle des Militärhospitals die zehn Jahre jüngere Maria Fjodorowna Netschajewa, deren Vater Fjodor Timofejewitsch Netschajew einem Kaufmannsgeschlecht aus der Stadt Kaluga entstammte; sein florierendes Tuchgeschäft war 1812 durch den großen Brand von Moskau

Die Eltern des Schriftstellers: Michail A. Dostojewskij und Maria F. Dostojewskaja

ruiniert worden. Marias Mutter, Warwara Michajlowna Kotelnizkaja, war die Tochter eines Geistlichen, der die berühmte Slawisch-Griechisch-Lateinische Akademie zu Moskau absolviert hatte, bis zur Gründung der Universität Moskau im Jahre 1755 Russlands erste Bildungsadresse. Als Korrektor der Synodal-Druckerei verkehrte er mit der Creme der Moskauer Intelligenzija. Sein Sohn Wassilij, Marias Onkel, war Ordinarius, zeitweilig auch Dekan der Medizinischen Fakultät der Universität Moskau, ein Spezialist für die Geschichte der Medizin, aber gleichermaßen bewandert in allgemeiner Geschichte. Als Staatsrat war Wassilij Kotelnizkij, der stets Uniform und einen Dreispitz mit Plumage trug und sich nur in einer Equipage durch Moskau bewegte, eine Zelebrität, auf die man in der Familie Dostojewskij stolz war. Das kinderlose Ehepaar Kotelnizkij besuchte die Dostojewskijs alle zwei Monate zum Tee und lud die drei älteren Dostojewskij-Buben regelmäßig zu Ostern in sein kleines Holzhaus am Smolensker Platz ein. Dort versammelten sich auch am Neujahrstag, der mit Wassilij Kotelnizkijs Namenstag zusammenfiel, die Dozenten und Studenten der Medizinischen Fakultät.

Repräsentieren die Kotelnizkijs mütterlicherseits den akademischen Zweig der Familie, so wird deren kaufmännische Linie fortgesetzt von Maria Fjodorownas älterer Schwester Alexandra, die so etwas wie die gute Fee der Familie Dostojewskij werden sollte. 1814 heiratet Alexandra den reichen Moskauer Geschäftsmann Alexander Kumanin, dessen Vater ein bis nach China reichendes Handelsimperium begründet hatte. Da die Ehe kinderlos bleibt, übernimmt Alexandra Kumanina die Taufpatenschaft für alle sieben Kinder ihrer Schwester Maria Dostojewskaja. Das herrschaftliche Palais der Kumanins im südlich des Kreml gelegenen Kaufmannsviertel Samoskworetschije sollte nach Michail Dostojewskijs Tod zum zweiten Elternhaus seiner verwaisten kleineren Kinder werden. Auch sonst springen die Kumanins immer wieder ein, wenn sich die Dostojewskijs in Geldnot befinden. Trotzdem spielen Kaufleute in den Romanen des künftigen Schriftstellers Dostojewskij als ungebildete, geldgierige und bigotte Pfeffersäcke fast durchweg eine negative Rolle.

Am 13. Oktober 1820[1] bringt Maria Dostojewskaja ihr erstes Kind zur Welt, einen Knaben, der auf den Namen des Vaters getauft wird: Michail Michajlowitsch. Wenig später quittiert ihr Ehemann den Militärdienst, um im Frühjahr 1821 eine Stelle im Moskauer Marienspital zu übernehmen. Dort wird am 30. Oktober 1821 Fjodor Michajlowitsch geboren. Das Marienspital hat seinen Namen vom nahen Marienhain, der in der russischen Literatur oft besungen wurde. Wassilij Schukowskij, einer der bedeutendsten Vertreter der russischen Frühromantik, hat ihm 1809 eine populäre Novelle gewidmet, die das Wäldchen als ein mit Lindenduft und Nachtigallenschlag gesättigtes Idyll beschreibt. In Wirklichkeit war der Marienhain alles andere als ein bukolischer Ort. Am nördlichen Moskauer Stadtrand, eigentlich schon jenseits der Stadtgrenze nahe dem Lazarus-Friedhof gelegen, auf dem lange Zeit Verbrecher und Selbstmörder bestattet wurden, entwickelte das Wäldchen sich im Laufe des 19. Jahrhunderts mehr und mehr zu einem Moskauer Naherholungsort, wo sich an Fest- und Feiertagen das einfache Volk verlustierte, wo gezecht, gesungen, gerauft wurde und fahrende Puppenspieler, Moritatensänger und Bärenführer auftraten. Näher an der Wirklichkeit als Schukowskij liegt wohl der Schriftsteller Michail Sagoskin, der den Marienhain als einen Ort «wilder Lustbarkeiten und Zechgelage» beschreibt, «der umgeben ist von Friedhöfen. Im Marienhain kocht das Leben und gemahnt zugleich alles an den Tod. Hier erklingt zwischen alten Grabstätten der ausgelassene Chor von Zigeunerinnen, dort stehen auf einer Grabplatte Samowar und Rumflaschen und veranstalten russische Kaufleute ein Zechgelage.»[2]

Vorgänger des Marienspitals war ein im 17. Jahrhundert gegründetes Kranken- und Sterbeasyl für Arme, das während der großen Pest von 1771 geschlossen wurde. 1804 legte man hier auf Betreiben der aus Deutschland stammenden Zarenmutter Maria Fjodorowna den Grundstein für ein Krankenhaus, das der armen Bevölkerung Moskaus kostenlos Heilung und Pflege nach modernsten medizinischen Standards bieten sollte. 1806 fand die feierliche Eröffnung des von Giovanni Gilardi im klassizistischen Stil errichteten, palastähnlichen, mit Portikus, Ehrenhof und eigener Kapelle ausgestatteten Monumentalbaus statt. Als einem der wenigen Russen des von einem Deutschen geleiteten Ärzteteams wird hier im März 1821 auch Doktor Dostojewskij eine Dienstwohnung zugewiesen. Im Marienspital wird sein Zweitgeborener Fjodor die prägenden Jahre seiner Kindheit verbringen.

In der kleinen Parterrewohnung befindet sich seit 1928 das Moskauer Dostojewskij-Museum, das mit Möbeln und Einrichtungselementen des frühen 19. Jahrhunderts den biedermeierlichen Originalcharakter der Wohnung liebevoll zu rekonstruieren sucht. Die Räume wirken heute repräsentativer, als sie ursprünglich waren. Andrej Dostojewskij, der jüngere Bruder des Autors, beschreibt das elterliche Zuhause in seinen «Erinnerungen» folgendermaßen:

> Verglichen mit heutigen Dienstwohnungen fällt auf, dass solche Einrichtungen früher wesentlich bescheidener waren. Tatsächlich bezog unser Vater, der damals eine vier- bis fünfköpfige Familie und den Dienstgrad eines Stabsoffiziers hatte, eine Wohnung, die außer Küche und Vorraum eigentlich nur aus zwei richtigen Zimmern bestand. Im Eingangsbereich befand sich ein Korridor mit einem Fenster (zum Vorderhof). Im hinteren Teil dieses recht langen Korridors lag, abgetrennt durch eine nicht ganz bis zur Decke reichende Bretterwand, das nahezu finstere Kinderzimmer. Dann schloss sich der Saal an, ein ziemlich großer Raum mit zwei zur Straße und drei zum Vorderhof gehenden Fenstern. Dann kam das Wohnzimmer mit zwei Fenstern zur Straße, von dem ebenfalls mittels einer Bretterwand ein halbdunkler Verschlag als Schlafraum der Eltern abgetrennt war. Das war die ganze Wohnung![3]

Die Wohnsituation wird noch prekärer, als den Söhnen Michail und Fjodor fünf weitere Kinder folgten: 1822 Warwara, 1825 Andrej, 1829 Wera, 1831 Nikolaj und 1836 Alexandra. So dürftig wie ihr Zuschnitt war die

Das Moskauer Marienspital mit dem Dostojewskij-Denkmal von S. D. Merkurow (1911–1913)

Einrichtung der Wohnung. Die Wände waren mit einfacher Leimfarbe gestrichen. Kleidung, Wäsche und Utensilien wurden in Truhen und Kisten verstaut, auf denen zum Teil auch geschlafen wurde. Schränke und Tapeten gab es nicht. Die Amme und das Kindermädchen nächtigten in einem fensterlosen Verschlag, der vom elterlichen Schlafraum abgeteilt war, die Babys in Wiegen neben den Eltern. Der Diwan im Wohnzimmer wurde nachts zum Bett für die älteren Töchter. Die einzigen Luxusgegenstände der Wohnung waren eine Chiffonnière, ein Bücherregal und zwei L'Hombre-Tische, an denen die Kinder unterrichtet wurden und ihre Schulaufgaben machten.

Die Enge dieser Behausung, besonders das fensterlose Gelass der beiden älteren Brüder, hat Spuren in Dostojewskijs Werk hinterlassen. Makar Dewuschkin, Held des Debütromans «Arme Leute», haust in einer winzigen, weder gegen Blicke noch gegen Geräusche und Gerüche geschützten Kammer direkt neben der Küche seiner Wirtin. Raskolnikow in «Schuld und Sühne» bewohnt einen winzigen Verschlag, «der mehr einem Schrank oder einer Truhe» gleicht. Und in den «Dämonen» erhängt sich Stawrogin, der reiche Besitzer eines Stadtpalais, zuletzt in einer winzigen Mansarde. Unüberbietbar gesteigert wird die Enge dieser sargähnlichen Räume in Holbeins Gemälde des toten Christus, das in Dostojewskijs imaginärem Museum (s. unten S. 287) einen zentralen Platz einnimmt.

Für einen Stabsarzt, der seit 1832 den Rang eines Hofrats hatte und damit dem Erbadel angehörte, war die Wohnung im Moskauer Marienspital mehr als bescheiden. Vielleicht spielt deshalb weder in Dostojewskijs Briefen noch in seinen literarischen Texten das Elternhaus als Heim und Schutzraum eine so prägende Rolle wie in den Werken von Lew Tolstoj, Sergej Aksakow oder Iwan Gontscharow. Neben Enge gehört Armut zu Dostojewskijs prägenden Kindheitserfahrungen. Sein Vater wird nicht müde, sich als armen Schlucker zu bezeichnen und den Söhnen zu prophezeien, dass sie nach seinem Tod am Bettelstab gehen würden. Das hindert ihn nicht daran, sich bei Patientenbesuchen, die ihm teilweise stattliche Honorare einbringen, den Luxus einer Kalesche und eines Dieners in Livree zu leisten. Zudem erwirbt er zu Beginn der 1830er Jahre für 12 000 Silberrubel die etwa 150 Kilometer südöstlich von Moskau im Gouvernement Tula gelegenen Dörfer Darowoje und Tscheremoschnja, wo die Familie die Sommermonate verbringt. Wirtschaftlich betrachtet ist dieses Projekt ein Fehlschlag. Für den Kauf von Tscheremoschnja muss der Arzt eine Hypothek auf das zuvor erworbene Darowoje aufnehmen. Zudem werfen die Ländereien wenig ab. Wegen wiederholter Dürreperioden in den 1830er Jahren mindern sich die Ernteerträge zusätzlich. Ein Jahr nach dem Kauf brennen das Dorf Darowoje und das kleine Gutshaus der Dostojewskijs fast vollständig nieder. Hinzu kommt ein längerer Flurstreit mit einem benachbarten Gutsbesitzer.

Der Nutzwert des bald wieder mit einem bescheidenen Wohnhaus ausgestatteten Landsitzes scheint vor allem darin bestanden zu haben, dass die wachsende Familie hier vom Frühjahr bis zum Herbst mehr Platz hatte als daheim in Moskau. Davon profitieren vor allem die Kinder, denen in Moskau das Spielen im nahen Marienhain untersagt ist, während sie in Darowoje die freie Natur für sich haben. Die Sommerferien auf dem Lande waren vermutlich die einzige wirklich unbeschwerte Zeit in Dostojewskijs Kindheit, da der Vater beruflich in Moskau festgehalten war und sich deshalb nur selten auf seinem Landsitz blicken ließ. In Darowoje ist die Mutter, die sich trotz ihrer städtischen Herkunft bald zur geschickten Landwirtin wandelt, Oberhaupt der Familie, und ihr Regime ist liberaler als das des Vaters. Hier können sich die drei älteren Jungen Michail, Fjodor und Andrej nach Herzenslust austoben, Teiche anlegen, Hütten bauen, im Freien übernachten und im Wald Indianer oder Robinson Crusoe spielen.

Ganz anders der Erziehungsstil des Vaters. Kinder sind für ihn kleine Erwachsene. Karten-, Brett- und Ballspiele sind ihnen verboten. Im Park des Armenspitals, dem einzigen Ort, an dem sie sich außerhalb des Hauses aufhalten dürfen, ist ihnen jedes Gespräch mit den Patienten, die dort in braunen Kitteln und weißen Papiermützen umhergehen, streng untersagt. Statt zu spielen, «spazierten wir artig mit unserer Kinderfrau Aljona Frolowna oder saßen auf einer Bank und verbrachten so Stunde um Stunde».[4] Noch im Alter von siebzehn Jahren dürfen Michail und Fjodor nicht allein ausgehen; der Vater hält dies für unschicklich.

Unterrichtet werden die drei älteren Knaben zunächst zu Hause, und zwar in Russisch, Religion und Arithmetik vom ebenso bibelfesten wie erzählfreudigen Diakon Iwan Tschinkowskij, in Französisch von einem ehemaligen französischen Soldaten, der seinen Familiennamen Suchard in das pseudorussische Anagramm «Draschussow» umgewandelt hatte. Die Lateinlektionen erteilt der Vater höchstselbst. Michail und Fjodor haben diese Stunden gefürchtet, ja gehasst. Unterrichtet wird gewöhnlich im «Saal» an einem L'Hombre-Tisch. Bei den anderen Lehrern dürfen die Knaben während der Lektion sitzen, der Vater lässt sie beim Deklinieren und Konjugieren bis zu einer Stunde und mehr stehen. Dabei ist es ihnen untersagt, sich auch nur kurz auf den Tisch oder einen Stuhl, und sei es nur mit den Fingerspitzen, zu stützen oder daran anzulehnen. Der pädagogische Ehrgeiz des Vaters überwiegt sein erzieherisches Talent bei weitem. Der Doktor ist ungeduldig, schroff und aufbrausend. Wenn er nicht auf Anhieb die richtige Antwort auf eine Frage bekommt, gerät er in Rage. Nicht selten geschieht es, dass er Bantyschews Lateinische Grammatik, mit der Generationen russischer Schüler gemartert wurden, auf den Tisch knallt und wutschnaubend den Raum verlässt, weil er wieder einmal am Lernvermögen seiner Sprösslinge verzweifelt.

Trotz aller Strenge hat Michail Andrejewitsch seine Söhne aber nie körperlich gezüchtigt. Zu Beginn des 19. Jahrhunderts ist das keine Selbstverständlichkeit. Andrej Dostojewskij vermutet, dass die Kinder vor allem deshalb zu Hause unterrichtet wurden, weil an den damaligen Gymnasien die Prügelstrafe noch gang und gäbe war. Erst in den 1860er Jahren wird in Russland eine öffentliche Diskussion über Sinn und Unsinn der körperlichen Züchtigung von Schülern stattfinden. Auf Schläge verzichtet der Vater, weil er vom Geist der Empfindsamkeit angehaucht ist, die im Russland des ausklingenden 18. und frühen 19. Jahrhunderts zur kulturellen Mode der gebildeten Stände geworden ist. Obwohl persönlich weit entfernt von den Ideen Jean-Jacques Rousseaus, hat Michail Andrejewitsch Dostojewskij doch mehr oder weniger bewusst Normen der Empfindsamkeit übernommen, so vor allem die hohe Wertschätzung der Familie und der Gattenliebe, die als moralische Alternative zum Sittenverfall der russischen Hofgesellschaft zur Zeit Katharinas der Großen zelebriert wurde, ferner eine unmittelbar in den Alltag hineinwirkende Frömmigkeit sowie nicht zuletzt das Bedürfnis nach einer Sprache, die solche Frömmigkeit wirkungsvoll transportiert:

> Sei mir gegrüßt, meine Teuerste, mein Engel! Wie froh bin ich, unschätzbare Freundin, dass du und die Kinder, der Allmächtige sei gepriesen, alle wohlauf sind. Ich bete zu ihm, dass er euch, meine Lieben, in seiner Großmut und seinem Wohlwollen behüte! Was mich angeht, so bin ich und sind die Kinder dank Gottes Wohlwollen gesund und wohlauf [...].
>
> Lebe wohl, mein Herz, mein Täubchen, meine Wonne, mein Ein und Alles, ich küsse dich, so innig ich kann. Küsse auch die Kinder von mir [...] Lebe wohl, meine einzige Freundin, und sei stets eingedenk, dass ich bis zum Grabe auf ewig sein werde dein M. Dostojewskij.[5]

Die Frömmigkeit der Eltern spiegelt sich nicht nur in ihrer Korrespondenz wider. Sie prägt auch ihren Alltag. Vor jeder Fahrt aufs Land erbittet man gemeinsam mit Vater Iwan Barschew, dem Spitalgeistlichen, Gottes Schutz und Gnade. Gebete begleiten das morgendliche Aufstehen und das abendliche Zu-Bett-Gehen ebenso regelmäßig wie die Mahlzeiten der Familie. Gottes Gegenwart ist etwas Selbstverständliches. Im Frühling und im Herbst werden die Felder gesegnet. Und unvorstellbar wäre die Anlage eines neuen Teiches in Darowoje ohne die feierliche Wasserweihe und einen Umzug mit Kirchenfahnen und Ikonen. Einmal jährlich unternehmen die Dostojewskijs eine Wallfahrt in das nördlich von Moskau, nicht weit vom Marienhain gelegene Dreifaltigkeitskloster des heiligen Sergius, eine der heiligsten Stätten der russisch-orthodoxen Kirche, deren mystische Schönheit den jungen Dostojewskij überwältigt. Als 1832 ein reitender Bote ihnen die Nachricht vom Brand ihres Dorfes nach Moskau überbringt, knien die Eltern vor dem häuslichen Ikonenschrein nieder und erflehen die Gnade des Allmächtigen.

Nachhaltig befördert wird die Religiosität der Kinder durch ihre erste Lesefibel, das Buch «Einhundert und vier Geschichten aus dem Alten und Neuen Testament», eine russische Fassung von Johann Hübners seinerzeit europaweit gelesener illustrierter Kinderbibel «Zweymal zwey und fünfzig auserlesene biblische Historien aus dem Alten und Neuen Testament» (erstmals 1722), die auch später zu den Lieblingsbüchern des Autors zählt. Ungeachtet aller späteren Zweifel und Glaubenskrisen wird sich Dostojewskij, wie der gegen Gott aufbegehrende Held Raskolnikow in «Schuld und Sühne», seine Kinderfrömmigkeit bis ans Ende seines Lebens bewahren.[6]

Der berufsbedingten Trennung des Vaters von seiner Familie in den Sommermonaten, in denen er in der Moskauer Wohnung allein zurückbleibt, verdanken wir eine Ehe-Korrespondenz, die teilweise den Charakter eines empfindsamen Briefromans in der Tradition Richardsons und Rousseaus annimmt. Immer deutlicher zeigen dabei die Briefe des Vaters, wie sehr ihm das lange Alleinsein aufs Gemüt schlägt. Von Natur aus misstrauisch, hegt er den Verdacht, das Personal könnte sich am Familiensilber vergreifen:

> Du schreibst, dass wir 6 Tischlöffel haben, aber ich sehe nur 5. Außerdem schreibst du, dass in der Chiffonnière noch ein zerbrochener Löffel liegt, ich habe ihn aber nicht gefunden. Deshalb bitte ich dich zu überlegen, ob du dich nicht geirrt hast, denn ich sage dir, dass seit deiner Abreise nur 5 Löffel da waren, und was den zerbrochenen Löffel betrifft, so denke gut nach, ob du ihn nicht irgendwo anders hingelegt hast, denn ich trage den Schlüssel ständig bei mir.[7]

Mit zunehmendem Alter neigt Michail Andrejewitsch Dostojewskij zu Depressionen, die durch die Abwesenheit von Frau und Kindern verstärkt werden. «Heute ist Semik [Volksfest in der siebenten Woche nach Ostern]», schreibt er seiner Gattin im Mai 1835 aus Moskau nach Darowoje, «aber ich bin nicht auf dem Volksfest im Marienhain gewesen. Tödliche Schwermut hat mich befallen, ich weiß nicht ein noch aus, bei Tage wie bei Nacht beschleichen mich Gott weiß was für Gedanken.»[8] Maria Fjodorowna ist zu dieser Zeit im achten Monat schwanger mit ihrer Tochter Alexandra, und düster, wie er gestimmt ist, hegt der Stabsarzt wegen einer harmlosen Unpässlichkeit seiner Gattin, über die sie in ihren bisherigen Schwangerschaften nie geklagt hatte, den Verdacht, das Kind unter ihrem Herzen stamme nicht von ihm. Maria schwört «bei Gott, bei Himmel und Erde, bei meinen Kindern, bei meinem ganzen Glück und bei meinem Leben», dass ihre Schwangerschaft nichts anderes sei als «das siebente und festeste Band unserer gegenseitigen Liebe»[9].

Ob dieser Treueschwur den misstrauischen Gatten überzeugen konnte, wissen wir nicht. Schon seit einigen Monaten quält Maria Dostojewskaja ein zäher Husten, der sich nach der Geburt der Tochter Alexandra im Sommer 1835 verstärkt und sich als Beginn einer Lungentuberkulose erweist. Das Jahr 1836 steht für die Familie ganz im Zeichen des raschen körperlichen Verfalls der Mutter. Immer wieder schauen die Moskauer Verwandten im Marienspital vorbei, Gespräche werden im Flüsterton geführt, und durch die Wohnung geht man nur noch auf Zehenspitzen. Am 27. Februar 1837 stirbt Maria Dostojewskaja im Alter von sechsunddreißig Jahren an Schwindsucht. Sie hinterlässt sieben Kinder und einen seelisch gebrochenen Mann, der auf ihren Grabstein die Worte meißeln lässt: «Der lieben, unvergesslichen Freundin, zärtlichen Gattin und fürsorglichsten aller Mütter.» Es folgt ein Epitaph Nikolaj Karamsins, des bedeutendsten Vertreters der russischen Empfindsamkeit: «Ruhe aus, geliebte Asche, bis zum freudigen Erwachen!» (Wörtlich: «bis zum frohen Morgen!»)

Fjodor Dostojewskij hat seine Mutter von Herzen geliebt und verehrt. Als er 1864 mit seiner zweiten Frau Anna Grigorjewna Moskau besucht, führt ihn sein erster Weg auf den im Marienhain gelegenen Lazarus-Friedhof ans Grab der Mutter, «deren er stets mit inniger Zärtlichkeit gedachte».[10] Solche Pietät hindert ihn freilich nicht daran, im Roman «Der Idiot» einen Possenreißer namens Lebedjew auftreten zu lassen, der behauptet, er habe, nachdem eine französische Kanone ihm 1812 das linke Bein abgeschossen hatte, dieses eigenhändig zum Moskauer Wagankowo-Friedhof getragen, dort bestattet und auf die Rückseite des Grabsteins als Inschrift das nämliche Karamsin-Zitat gesetzt: «Ruhe aus, geliebte Asche, bis zum freudigen Erwachen». Den zeitgenössischen Lesern war klar, dass diese Szene eine Anspielung auf Lord Uxbridge war, einen legendären Helden des Jahres 1812. Als Befehlshaber der alliierten Kavallerie hatte ihm bei Waterloo eine französische Kanone das rechte Bein zerschmettert. Das amputierte Bein wurde später auf dem Grundstück eines Brüsseler Bürgers beigesetzt, dessen Familie über mehrere Generationen gut daran verdiente, dass sie ihren Garten zum Wallfahrtsort für Waterloo-Touristen aus aller Welt machte. Dostojewskijs parodistische Bezugnahme auf Karamsin und den Waterloo-Mythos ist nicht nur eine Polemik gegen die Kultur der Empfindsamkeit als eine im Horizont der 1870er Jahre vorgestrige Kultur. Sie stellt indirekt auch eine späte Auseinandersetzung mit dem eigenen Vater dar – ebenfalls ein Held des Jahres 1812 –, der seine schon vom Tode gezeichnete «zärtliche Gattin» im achten Schwangerschaftsmonat ehelicher Untreue verdächtigt hatte.

Lehrjahre

Der Tod der Mutter ist die erste große Zäsur in Dostojewskijs Leben. Einen weniger tiefen, gleichwohl spürbaren Einschnitt bedeutet im Herbst 1834 seine und Michails Aufnahme in das Internat von Leonid Tschermak. Diese Privatschule in einem ehemals fürstlichen Palais an der Nowaja-Basmannaja-Straße im Nordosten der Stadt ist eine der besten in Moskau. Ein Internatsplatz kostet jährlich zwischen 800 und 1000 Rubel. Da die Einkünfte des Vaters für mehr als einen Sohn nicht ausreichen, übernehmen die Kumanins die Kosten für den zweiten. Unterrichtet werden neben russischer Literatur und Grammatik klassische und neuere Fremdsprachen (Französisch, Deutsch, Englisch), außerdem Physik und Mathematik sowie an musischen Fächern Zeichnen und Tanzen. Andrej Dostojewskij erinnert sich, dass seine älteren Brüder vor allem für ihren Russischlehrer Nikolaj Biljewitsch schwärmten, der im ukrainischen Neschin zusammen mit Nikolaj Gogol die Schulbank gedrückt hatte, selbst literarisch ambitioniert war und für verschiedene Almanache und Zeitschriften schrieb.

Bilewitsch übersetzte unter anderem Schiller ins Russische. Vielleicht war er es, der in Dostojewskijs Seele den Keim einer enthusiastischen Schiller-Verehrung gelegt hat. Die Liebe zur Literatur wird bei den Kindern allerdings schon im Elternhaus durch gemeinsame Lektüreabende geweckt. Vater und Mutter lesen abwechselnd vor und lassen sich, wenn sie müde werden, von den beiden älteren Söhnen ablösen. Neben Klassikern des 18. Jahrhunderts wie Michail Lomonossow und Gawriil Derschawin bevorzugen die Eltern die Autoren ihrer Generation, besonders Nikolaj Karamsins empfindsame Erzählungen und Wassilij Schukowskijs elegische Lyrik. Dagegen lesen Michail und Fjodor neben Romantikern wie Walter Scott am liebsten Alexander Puschkin und den frühen Nikolaj Gogol. Die Frage, ob Schukowskij oder Puschkin die Palme gebühre, ist Gegenstand einer Dauerkontroverse zwischen den Eltern und ihren beiden Söhnen. Nur wenige Tage vor dem Tod der Mutter war Alexander Puschkin in Petersburg nach einem Duell seiner schweren Verletzung erlegen. Andrej Dostojewskij erinnert sich, dass seine älteren Brüder, wenn sie nicht schon Familientrauer gehabt hätten, den Vater um Erlaubnis gebeten hätten, für Puschkin in Trauer gehen zu dürfen.

Im Herbst 1836 beantragt der um die berufliche Zukunft seiner Söhne besorgte Vater zwei Stipendien für Michail und Fjodor an der neu gegründeten Pionieroffiziers-Schule zu Petersburg. Der heute grotesk anmutende, für das Russland Zar Nikolajs' I. jedoch typische Umstand, dass die Staatskanzlei einer Großmacht mit Bagatellfragen wie dieser befasst war, erklärt, wieso sich der Stabsarzt ein Vierteljahr lang gedulden muss, bis ihm im Januar 1837 mitgeteilt wird, die Vergabe eines Stipendiums hänge von einer Aufnahmeprüfung ab. Drei weitere Monate braucht es, um ihn darüber in Kenntnis zu setzen, dass seine Söhne zu dieser Prüfung zugelassen sind.

Die Fahrt nach Petersburg muss wegen einer Stimmbanderkrankung Fjodors um zwei Wochen verschoben werden. Nach seiner Genesung wird die Reise dann Mitte Mai angetreten; der Stabsarzt begleitet seine

Kutschfahrt ins sechshundert Kilometer entfernte Peters-
t eine Woche. Die Eisenbahnlinie Moskau–Petersburg wird
öffnet werden. Trotz des guten Wetters ist die Fahrt unbe-
ermüdend; wegen auftauender Straßen kommt die Kutsche
nur im Schritttempo voran. Obwohl die Pferde unterwegs nicht gewechselt werden, müssen an den Posthöfen mitunter stundenlange Wartezeiten in Kauf genommen werden.

An einer Station werden die drei Dostojewskijs Zeugen einer denkwürdigen Szene. Ein nicht mehr ganz nüchterner Feldjäger in prächtiger Uniform springt in eine gerade auf den Posthof eingefahrene leere Trojka und schlägt mit voller Wucht – weniger weil er es eilig hat, als um zu zeigen, wie wichtig er und sein Auftrag sind – dem Fuhrmann «seine kräftige rechte Faust schmerzhaft in den Nacken». Der Bauernbursche auf dem Kutschbock zuckt zusammen und lässt die Peitsche in einer Mischung aus Schreck und Wut so heftig auf seine Pferde niedergehen, dass die Tiere wie von der Tarantel gestochen losstürmen. Das scheint den Feldjäger aber keineswegs zufriedenzustellen. Immer wieder und keineswegs im Zorn, sondern eher mechanisch, traktiert der Soldat den Fuhrknecht mit Fauststößen und dieser mit seiner Peitsche die Pferde, bis das groteske Opfer-Täter-Gespann den Blicken entschwindet. Für Dostojewskij, der die Begebenheit vier Jahrzehnte später im «Tagebuch eines Schriftstellers» wiedergibt, symbolisiert diese «abscheuliche Szene» nicht nur das Problem der Leibeigenschaft, sondern auch die verstörende Banalität des Bösen.[11] In den Skizzen zu «Schuld und Sühne» findet sich die Notiz: «Meine erste persönliche Kränkung, Pferd, Feldjäger.»

Auch ohne diese Szene bleibt die Stimmung der Brüder gedrückt. Die Ingenieurschule ist nicht ihr Projekt, sondern das des Vaters, der als Sanitätsoffizier seinerzeit eine ähnliche Berufswahl getroffen hatte. Den Söhnen jedoch steht der Sinn nicht nach Fortifikation, Ballistik und Pontonbrücken, nach Manövern, Exerzieren und Paraden. Dostojewskij erinnert sich:

> Mein Bruder und ich dürsteten damals nach einem neuen Leben, wir träumten leidenschaftlich von allem, was «schön und erhaben» war; damals hatten diese Worte noch einen frischen Klang und wurden ohne Ironie verwendet. Ach, wie viele wunderschöne Worte es damals gab [...]! Leidenschaftlich

> gaben wir uns dem Glauben an sie hin, und obwohl wir beide in allem, was für die Aufnahmeprüfung in Mathematik verlangt wurde, bestens bewandert waren, träumten wir doch einzig von Dichtung und Dichtern. Mein Bruder schrieb Verse, jeden Tag bis zu drei Gedichte, sogar auf der Reise, während ich im Geiste unablässig an einem Roman schrieb, der in Venedig spielte.[12]

In Petersburg erfährt der Vater zu seinem Verdruss, dass die Aufnahmeprüfung für die Ingenieurschule erst im September, also in einem Vierteljahr, stattfindet und vorgezogene Prüfungen nicht in Betracht kommen. So lange kann er unmöglich in Petersburg warten. Um Michails und Fjodors Chancen für die Aufnahmeprüfung zu verbessern, bringt er sie im Pensionat des verabschiedeten Pionierhauptmanns Koronad Kostomarow unter, der den Ruf genießt, seine Schüler optimal auf die Aufnahmeprüfungen zur Ingenieurschule vorzubereiten.

Zwei Wochen lang besichtigt der Vater mit seinen Söhnen die neue Hauptstadt, dann reist er im Juni 1837 allein zurück nach Moskau. Der Tod seiner Gattin und die Trennung von seinen beiden Ältesten bedeuten auch für ihn eine harte Zäsur. Zu Hause kaum angekommen, setzt er ein Gesuch auf, in dem er wegen seiner angeschlagenen Gesundheit und seines Dienstalters um Versetzung in den Ruhestand bittet. Nach Genehmigung des Antrags verlässt er im August 1837 mit den drei Töchtern Warwara, Wera, Alexandra, dem Sohn Nikolaj, der Amme Aljona Frolowna und seiner gesamten beweglichen Habe für immer die Dienstwohnung im Marienspital, um auf sein kleines Gut Darowoje im Gouvernement Tula zu übersiedeln. Der zwölfjährige Andrej bleibt in Moskau zurück und wird, wie einst seine älteren Brüder, auf Kosten der Kumanins im Internat von Tschermak untergebracht.

Der Rückzug aufs Land bringt dem Stabsarzt a. D. jedoch nicht den erhofften Seelenfrieden. Hatte er schon früher gern mal ein Gläschen gekippt, so greift er jetzt immer öfter zur Flasche. Er führt Selbstgespräche, seine Hände beginnen zu zittern und er leidet unter Schwindelanfällen. Oft trifft man ihn selbst am frühen Morgen nicht mehr in nüchternem Zustand an. Bald nimmt er sich die achtzehnjährige Magd als Bettgefährtin und zeugt mit ihr einen Sohn, der im frühen Kindesalter stirbt. Für die beiden älteren Töchter Warwara und Wera wird die Lage so prekär, dass sie nach Moskau zurückkehren, wo sie bei den Kumanins unterkommen.

Die Nachrichten seiner beiden Ältesten aus Petersburg sind nicht dazu angetan, die Stimmung des Vaters aufzuhellen. Die militärärztliche Musterung ergibt bei Michail, der zeit seines Lebens von schwacher Konstitution war, den Befund einer beginnenden Lungentuberkulose. Dies verwehrt Michail den Zugang zur Petersburger Ingenieurschule. Im Januar 1838 zunächst als «Konduktor 2. Klasse» einem Pionierkommando der Hauptstadt zugeteilt, wird er ein Vierteljahr später an eine Dependance der Ingenieurschule im estnischen Reval versetzt. Das ist ein Schlag für den Vater, der sich, abgesehen von den finanziellen Folgen dieser Entscheidung, als Arzt in seiner Berufsehre verletzt sieht und die Diagnose der Petersburger Stabsmediziner durch ein Gegenattest zu widerlegen sucht – natürlich erfolglos. Er sollte jedoch Recht behalten, die Hauptstadtkollegen hatten eine Fehldiagnose gestellt.

Nicht weniger schmerzlich sind die Folgen von Michails Ausmusterung für Fjodor. Die Versetzung des Bruders ins Baltikum bedeutet für ihn die Trennung von seinem engsten Freund und Gefährten. Mit Michail versteht er sich blind, mit ihm teilt er seine Leidenschaft für die Literatur und ihm vertraut er Dinge an, über die er sich sonst mit niemandem austauschen würde. Auf die Frage «Mit wem waren Sie eng befreundet und mit wem kamen Sie des Öfteren zusammen?» antwortet Dostojewskij zwölf Jahre später im Prozess gegen die Mitglieder des Petraschewskij-Kreises: «*Absolut aufrichtige Beziehungen* hatte ich bisher zu keinem Menschen, mit Ausnahme meines Bruders, dem Ingenieur-Unterleutnant a. D. Michail Dostojewskij.»[13]

Schon bald ereilt Doktor Dostojewskij die nächste Hiobsbotschaft. Obwohl Fjodor im September 1837 die Aufnahmeprüfung glatt bestanden hat, darf er nicht auf Staatskosten studieren. Angeblich sind alle Freiplätze bereits vergeben. Tatsächlich besteht das Problem nicht im Mangel an Gratisplätzen, sondern darin, dass der Vater es versäumt oder abgelehnt hat, sich die Anstaltsleitung mit einem entsprechenden Geldbetrag geneigt zu machen. Die Praxis des Ämter- und Postenkaufs war im zaristischen Russland nicht nur in Justiz und Verwaltung, sondern auch in der Armee gang und gäbe. Trotz guter Resultate belegt Fjodor in der Aufnahmeprüfung nur den zwölften Rang, und Michail erklärt dies damit, dass die Söhne reicher Eltern es gewohnt seien, ihre Ziele mit Geld statt mit Leistung zu erreichen: «Wir haben nichts, was wir geben könnten. Und selbst wenn wir etwas hätten, würden wir wohl auch nichts geben, weil es gewissenlos und schändlich ist, Vorrechte mit Geld statt mit Taten zu erwerben», schreibt er dem Vater in der Hoffnung, die hohe Moral der Söhne ließen ihn den finanziellen Tiefschlag leichter verkraften (27.9.1837).

Ein Studienplatz an der Ingenieurschule kostet 950 Rubel im Jahr. So viel kann der alte Dostojewskij unmöglich aufbringen. Erneut müssen deshalb, obwohl es den Stolz des Vaters verletzt, die Kumanins einspringen. Und bei diesen Kosten bleibt es nicht. Ständig fordert Fjodor vom Vater neues Geld: für Tee, für Kleidung, für Stiefel, für Farben, Bleistifte und Pauspapier, für Bücher oder einen neuen Tschako. Auf keinen Fall möchte er als Kind armer Leute dastehen:

> Für die Maiparade sind noch zahlreiche Reparaturen und Ergänzungen an Uniformen und Waffenausrüstungen erforderlich. Buchstäblich jeder meiner neuen Kameraden hat seinen eigenen Tschako, während mein gebrauchter [d. h. ein ihm aus Armeebeständen zugeteilter – A. G.] dem Zaren ins Auge springen könnte. Ich musste deshalb einen neuen Tschako kaufen. Er kostet 25 Rubel. (5.6.1838)

Nach der Maiparade finden Manöver statt, die neue Kosten verursachen. Nach der Parade ist vor dem Manöver und nach dem Manöver vor der Parade. Immer wieder muss der Vater Geld nach Petersburg schicken, und das verdrießt ihn je länger, desto mehr, war er doch mit Fjodors Aufnahme in die Kaiserliche Ingenieurschule davon ausgegangen, dass sein Sohn mit den nahezu eintausend Rubel, die seine Ausbildung jährlich kostet, rundum versorgt sei.

In seinen Briefen an den Vater befleißigt sich Fjodor gern der empfindsamen Schreibweise seiner Eltern, eines Stils, der von jüngeren Autoren wie Alexander Puschkin seit langem parodiert wird:

> Mein Gott, wie lange habe ich Ihnen nicht geschrieben, wie lange nicht jene Augenblicke aufrichtiger, reiner und erhabener Wonne des Herzens gekostet ... einer Wonne, die nur empfindet, wer jemanden hat, dem er alles anzuvertrauen vermag, was sich in seiner Seele regt. Oh, wie begierig ich mich dieser Wonne nun hingebe. (5.6.1838)

Die Anverwandlung an diese altmodische Sprache, die die Übereinstimmung des Sohnes mit den kulturellen Normen des Vaters bekunden soll, ist meist nichts anderes als die rhetorische Garnierung finanzieller Forderungen. Tatsächlich zeigt sich der alte Dostojewskij desto geneigter, Geld lockerzumachen, je beflissener sich der Sohn seinen antiquierten Stilregeln anpasst. In dieser Hinsicht nehmen Dostojewskijs frühe Bettelbriefe vorweg, was später zur ökonomischen Grundlage seines Schreibens werden sollte, das Tauschverhältnis von Sprache und Geld.

Trotz des artigen Stils ist die Geduld des Vaters irgendwann erschöpft. Als Fjodor ihn im Mai 1839 neuerlich um Geld bittet, diesmal für zwei Paar Stiefel und ein Kästchen für Schreibutensilien, schickt er zwar den gewünschten Betrag, weist aber zugleich mit bitterem Unterton auf seine eigene prekäre Lage hin. Bis zum Mai hat auf den Feldern von Darowoje und Tscheremoschnja Schnee gelegen, so dass für 600 Rubel Viehfutter zugekauft werden musste. Da der Zukauf ebenso wenig ausreichte wie die letzten Heureserven, mussten die Bauern ihre Hütten abdecken und das Stroh an die Tiere verfüttern. Der langen Kälte folgte eine anhaltende Dürre, die die Wintersaat verdorren ließ. Seit Wochen ist kein Tropfen Regen gefallen.

> Und nach alledem klagst du über deinen Vater, weil er dir angeblich zu wenig schickt. Ich selbst hätte neue Kleidung bitter nötig, habe ich mir doch schon seit 4 Jahren kein einziges neues Stück mehr geleistet, obwohl meine alten Sachen ganz abgetragen sind. Für mich selbst habe ich nie auch nur eine einzige Kopeke zur Verfügung [...] Ich schicke Dir jetzt 35 Assignatenrubel, was nach Moskauer Kurs 43,75 Rubel entspricht. Geh sparsam damit um, denn nochmals: Ich werde so bald nicht in der Lage sein, dir mehr zu schicken.[14]

Es sollte der letzte Brief des Vaters an Fjodor sein. Zehn Tage später stirbt Michail Andrejewitsch Dostojewskij im Alter von vierundfünfzig Jahren. Sein Tod hat eine bis heute anhaltende Debatte über die Todesursache ausgelöst. Den amtlichen Unterlagen zufolge ist Dostojewskijs Vater am 6. Juni 1839 auf dem Weg von Darowoje nach Tscheremoschnja einem Schlaganfall erlegen. Nach Überzeugung seines Sohnes Andrej wurde er dagegen von seinen leibeigenen Bauern umgebracht. Zum Jähzorn neigend und möglicherweise angetrunken, so Andrej in seinen Erinnerungen, habe der Vater eine Gruppe von Bauern, mit deren Feldarbeit er unzufrieden gewesen sei, rüde beschimpft. Einer der Bauern habe darauf «mit einer groben Frechheit [reagiert] und dann aus Furcht vor den Folgen dieser Dreistigkeit gerufen: ‹Los Jungs, machen wir ihn fertig!› Mit diesem Schrei stürzten sich alle Bauern – insgesamt wohl an die 15 Mann – auf meinen Vater und brachten ihn um.»[15] Eine Untersuchungskommission habe zwar die Obduktion der Leiche veranlasst, sei jedoch von den Bauern «mit einer beträchtlichen Geldsumme» bestochen worden. Als Todesursache sei daher «Schlaganfall» ins amtliche Sterberegister eingetragen und die Beisetzung des Verstorbenen angeordnet worden. Ein benachbarter Gutsbesitzer, der die wahren Umstände des Todes kannte, habe den Dostojewskijs von weiteren Nachforschungen oder gar einem Prozess gegen die Bauern dringend abgeraten. Zum einen hätte dies den Vater nicht wieder lebendig gemacht, zum anderen wären bei gründlicheren behördlichen Nachforschungen wahrscheinlich alle männlichen Bewohner von Darowoje nach Sibirien geschickt worden, was den wirtschaftlichen Ruin des ganzen Dorfes und damit auch der Familie Dostojewskij zur Folge gehabt hätte.

Andrej Dostojewskij schließt seinen Bericht mit dem Hinweis: «Vermutlich kannten meine älteren Brüder die wahre Todesursache des Vaters noch vor mir, aber sie haben geschwiegen. Ich selbst aber galt damals noch als minderjährig.» In ihren 1921 erschienenen Memoiren behauptet Fjodor Dostojewskijs Tochter Ljubow alias Aimée, vor Gericht hätten die Bauern gestanden, den Stabsarzt aus Rache für sein grausames Verhalten mit einem Kissen erstickt zu haben.[16] Noch dramatischer liest sich die Mordgeschichte in den kurz nach der Oktoberrevolution protokollierten Aussagen von Bauern aus Darowoje: Aus den Erzählungen ihrer Eltern und Großeltern glaubten sie zu wissen, dass die Bauern von Tscheremoschnja dem alten Dostojewskij aus Rache für seine Grausamkeit gewaltsam eine Flasche Wodka eingeflößt und ihn dann erdrosselt hätten.

Die Mordversion der Geschichte eignete sich nicht nur vortrefflich für romanhafte Dostojewskij-Biographien wie die von Henri Troyat; sie passte auch gut in das Klassenkampfschema «Ausgebeutete Leibeigene wehren sich gegen brutale Grundherren», weshalb sie in der Sowjetunion daher lange Zeit als gesichert galt. Ebenso passt sie allerdings auch in ein ganz anderes Erkenntnismodell, nämlich das der Psychoanalyse. In seiner Studie «Dostojewski und die Vatertötung» (1928) geht Sigmund Freud von einem Zusammenhang zwischen dem Vatermord in den «Brüdern Karamasow» und dem Tod von Dostojewkijs Vater aus. Im gemeinsamen

Mord Iwan Karamasows und seines Halbbruders Smerdjakov an ihrem Vater inszeniere Dostojewskij, was er sich als Jüngling heimlich selbst gewünscht habe. Der Tod des Vaters habe bei ihm deshalb einen Schuldkomplex ausgelöst, auf den er in einem Akt der Selbstbestrafung mit seinem eigenen symbolischen Tod in Form eines epileptischen Anfalls reagiert habe. Freuds Fallstudie ist in der Dostojewskij-Literatur auf heftige Ablehnung gestoßen. Dabei ist das berechtigte Bedürfnis nach kritischer Überprüfung der biographischen Quellen, auf die sich Freud stützte, nicht immer klar zu trennen von der Abwehr jener Kränkung, die der Vater der Psychoanalyse sowohl der internationalen Dostojewskij-Gemeinde als offenbar auch dem Stolz der Russen auf einen ihrer Klassiker zugefügt hat.

Angesichts der unsicheren Quellenlage muss die Ursache des Todes von Dostojewskij Vater weiterhin als ungeklärt gelten. Letztlich ist sie für Leben und Werk des Autors aber auch von untergeordneter Bedeutung. Wichtiger als die tatsächlichen Gründe und Umstände des Todes, den kein Familienmitglied als Augenzeuge oder auch nur in räumlicher Nähe zum Geschehen erlebt hat, ist die Frage nach seiner Wirkung auf Dostojewskij. Laut Andrej Dostojewskij gingen seine älteren Brüder von der Mordversion aus, «aber sie haben geschwiegen». Lässt dieses Schweigen zwar noch nicht, wie im Falle Iwan Karamasows, auf die heimliche Billigung des Mordes schließen, so bezeugt es doch eine eigentümliche Gefühlshemmung gegenüber dem Verstorbenen. Gerade bei einer ausgeprägt emotionalen Persönlichkeit wie Dostojewskij wäre ein stärkeres emotionales Echo auf den Tod und erst recht auf die Ermordung des eigenen Vaters zu erwarten gewesen. Auch bleibt die Trauerarbeit des Sohnes merkwürdig verhalten. Nur ein einziges Mal, mehr als zwei Monate nach dem Tod des Stabsarztes und eher beiläufig, schreibt er seinem Bruder Michail nach Reval, dass er zwar «über des Vaters Tod viele Tränen vergossen» habe, dass für ihn aber «weitaus schrecklicher» die Vorstellung sei, die kleinen Geschwister nunmehr unversorgt zu wissen (16. 8. 1839).

Generell hat sich Dostojewskij nur ungern über seinen Vater geäußert. Seine Freunde, denen er die eigene Kindheit als «schwer und freudlos» schilderte, bat er, ihn bloß nicht nach seinem Vater zu fragen,[17] wohingegen er gern und mit großer Wärme von seiner Mutter sprach. Über die Ursachen dieser Zurückhaltung, die die sentimentale

Rhetorik seiner Briefe an den Vater Lügen straft, lassen sich nur Mutmaßungen anstellen. Wahrscheinlich handelt es sich hier um einen Komplex teilweise widerstreitender Faktoren. Dazu könnten die Idealisierung der zärtlichen, liberalen Mutter und die damit einhergehende Abneigung gegen den autoritären Vater ebenso gehören wie die Distanzierung von dessen teilweise bizarrem Charakter. Neben zweifellos vorhandenen positiven Zügen kennzeichneten den Stabsarzt extreme Reizbarkeit, krankhaftes Ehrgefühl, Hypochondrie, Neigung zu Misstrauen und Eifersucht – lauter Wesenszüge, die sich später auch bei Dostojewskij beobachten lassen. Mit Vätern oder Müttern geteilte Negativeigenschaften werden von Kindern bekanntlich oft als besonders peinlich empfunden, was wiederum nicht selten Schuldgefühle gegenüber dem zurückgewiesenen oder verleugneten Elternteil nach sich zieht.

Im Januar 1838 war Dostojewskij vom Pensionat Kostomarow südlich des Newskij-Prospekts in das sogenannte Ingenieur-Schloss umgezogen. Ursprünglich hieß es «Michaels-Schloss» nach dem Schutzpatron des Hauses Romanow, dem Erzengel Michail. Heute heißt es wieder so. Seit 1823 wurden hier die russischen Pionieroffiziere ausgebildet. Der riesige, am Zusammenfluss zweier großer Petersburger Kanäle, der Mojka und der Fontanka, gelegene Palast hat eine dunkle Vorgeschichte. In der Nacht zum 12. März des Jahres 1801 war hier Paul I., der bei seiner Mutter wie seinem Volk gleichermaßen unbeliebte Sohn Katharinas der Großen, von einer Adelsjunta erdrosselt worden, vermutlich mit dem stillschweigenden Einverständnis des Thronfolgers Alexander I., der in die Geschichtsbücher als «Befreier Europas» eingehen sollte. Niemand in Russland wagte es, über den gewaltsamen Tod Pauls I. zu sprechen.[18] Als Todesursache wurde, wie bei Dostojewskijs Vater, amtlich ein Schlaganfall angegeben. Doch jedermann wusste, dass Paul ein gewaltsames Ende gefunden hatte.

Der Palast glich mehr einer Kaserne als einem Schloss. Paul I. hatte das kompakte Gebäude als architektonischen Gegenentwurf zur eleganten Barock-Residenz seiner Mutter errichtet, dem nahen Winterpalast, den er im Februar 1801, vierzig Tage vor seinem Tode, mit großem militärischen Gepränge verlassen hatte, um künftig an der Fontanka zu residieren. Nach seinem Tod war das Gebäude zwei Jahrzehnte lang unterschiedlich genutzt worden, bis Alexander I. es 1819 zum Sitz der Ingenieurhauptschule bestimmte, der zentralen Ausbildungsstätte für Pionier- bzw. «Genieoffiziere», wie sie im 19. Jahrhundert hießen. Die Befreiungskriege hatten gezeigt, dass Russland an solchen Spezialkräften erheblichen Nachholbedarf hatte. 1822 wurde der Palast in «Ingenieur-Schloss» umbenannt. Neben den Unterrichts- und Wohnräumen der als «Konduktoren» bezeichneten Ingenieurkadetten gab es mehrere Prunkräume in diesem weitläufigen Gebäude, die für Veranstaltungen des Hofes wie Bälle, Maskeraden oder Konzerte reserviert blieben.

Auch sonst ist der Zarenhof im Leben der Schule gegenwärtiger, als dem Konduktor Dostojewskij lieb ist. Bis zu seiner Krönung im Jahre 1825 war Nikolaj I., der Bruder und Nachfolger des kinderlos gebliebenen Zaren Alexander I., als Generalinspektor des russischen Ingenieur- und Pionierwesens auch für die Ausbildung der Genieoffiziere zuständig. Nach seinem Regierungsantritt bekleidet offiziell Nikolajs jüngerer Bruder, Großfürst Michail Pawlowitsch, dieses Amt. Beide Romanows teilen mit ihrem Vater die Überzeugung, dass militärische Exerzitien und Paraden das Wesen des Mannes am schönsten zur Geltung bringen, weshalb sie sich den Drill der hundertfünfzig Konduktoren im Ingenieur-Schloss besonders angelegen sein lassen. Zu Nikolajs besonderem Amtsverständnis und Amtsstil gehört, dass er sich auch als Zar weiterhin um Details der Ausbildung an der Ingenieurschule kümmert. Dies ist einerseits eine persönliche Marotte, andererseits wurden im traditionellen Selbstverständnis russischer Herrscher Kadetten und andere Zöglinge militärischer Ausbildungsstätten als Mitglieder der kaiserlichen Familie betrachtet.[19]

Nikolaj lässt sich nicht nur häufig im Ingenieur-Schloss blicken, sondern verfolgt auch die jährlichen Feldübungen der Konduktoren im Park des Schlosses Peterhof mit großem Interesse. Besonders am Herzen liegen ihm die jährlichen Manöver. Deren Abschluss und Höhepunkt bildet der «Sturm auf die Samson-Kaskade»: ein Wettrennen der Konduktoren vom Bassin des barocken Samson-Brunnens über die glitschigen Stufen der Kaskaden hinauf zu dem auf einer Anhöhe gelegenen Schloss Peterhof. Das Startkommando erteilt der Zar persönlich, und am Ziel werden die drei bis auf die Knochen durchnässten Erstplatzierten von der Zarin mit Pokalen aus der kaiserlichen Steinschleiferei beglückt. Dosto-

Das Michaels-Schloss (Ingenieur-Palast) in Petersburg, Ausbildungsstätte der russischen Armee für Offiziere der Pioniertruppen

jewskij hat auf dieses feuchte Vergnügen stets verzichtet, was dem wachsamen Auge seiner kaiserlichen Majestät kaum entgangen sein dürfte.

Da es sich um eine Ausbildungsstätte der Armee handelt, ist das Regime an der Ingenieurschule deutlich strenger als in den Internaten, die Dostojewskij bisher kennengelernt hat. Neben den Kernfächern Festungsbau, Ballistik, Geodäsie und Technisches Zeichnen werden Geometrie, Geographie, Physik, Algebra, Architektur sowie an allgemeinen Fächern Geschichte, Russisch, Französisch, Deutsch und Bibelkunde unterrichtet. Ungenügende Noten werden mit sonntäglichem Ausgehverbot, Verstöße gegen die Anstaltsordnung mit Karzer bestraft. Größeres Gewicht als die akademischen Fächer haben Disziplinen wie Gymnastik, Fechten, Schießen und Marschieren, die der unmittelbaren militärischen Ertüchtigung dienen. Leider gehören gerade diese Fächer zu den Schwachstellen des Konduktors Dostojewskij.

Ärger als die strenge Anstaltsordnung und das Pauken für Fächer, zu denen er nicht die geringste Neigung verspürt, ist der Sadismus, mit dem Schüler der untersten (im Schuljargon «Sibirien» genannten) Klasse von den älteren Jahrgängen schikaniert werden. Als «Herrschaft der Großväter» (Djedowschtschina) hat sich dieser Brauch von der Kaiserlichen über die Rote Armee bis hin zu den Streitkräften der heutigen Russischen Föderation vererbt und maßgeblich zur Gewaltgeschichte Russlands beigetragen. Von den «Großvätern» übernommene Praktiken wie körperliche Schikanen und sexuelle Demütigungen gehen dort weit über das hinaus, was in Armeen, wie in allen Männergesellschaften, üblich ist. Der Anstaltsleitung sind diese Unsitten bekannt, doch sie sieht durch die Finger. Nicht weil sie nicht durchzugreifen wagt, sondern weil sie die Djedowschtschina als Einübung in die Härte des Soldatenlebens stillschweigend billigt.

Schon in den Moskauer und Petersburger Internaten war Dostojewskij ein Einzelgänger gewesen. Das Leben im Ingenieur-Schloss ist nicht dazu angetan, sein Bedürfnis nach Geselligkeit zu fördern. Auch hier sondert er sich ab. Die Freizeitvergnügungen der Kameraden, ihre Ballspiele, Tanzabende, Zechgelage, obszönen Witze und Lieder – all das langweilt ihn oder stößt ihn ab. Kraft- und Mutproben findet er albern und meidet sie genauso hartnäckig wie gemeinsames Baden, Fechten oder den Tanzunterricht. Die Lehrer betrachten Dostojewskij als «homme isolé»[20], weil er sich in der unterrichtsfreien Zeit am liebsten in eine Nische mit Blick auf die Fontanka verkriecht, um ungestört lesen zu können. «Ich bilde mich», schreibt er seinem Bruder Michail, «an den Charakteren der Schriftsteller, mit denen ich meine besten Stunden frei und froh verbringe» (16. 8. 1839). Ein ehemaliger Lehrer erinnert sich:

> Der von ihm bevorzugte Arbeitsplatz war die Fensternische des runden Schlafzimmers, der sogenannten Rotunde: Es war ein Eckzimmer, dessen Fenster auf den Fontanka-Kanal hinausgingen. Auf diesem von den anderen Tischen abgesonderten Platze konnte man F. M. Dostojewskij beständig sitzen und mit etwas beschäftigt sehen; manchmal nahm er offensichtlich nichts von alledem wahr, was um ihn herum geschah [...] Dostojewskij räumte erst dann seine Bücher und Hefte in das Schubfach des Tischchens, wenn der Trommler, der die Abendtrommel schlug, ihn bei seinem Gang durch die Räume zur Beendigung seiner Beschäftigung nötigte.[21]

Es dauert lange, bis Dostojewskij die räumliche Trennung von seinem Bruder Michail verkraftet hat. Die Korrespondenz mit ihm ist in den ersten Monaten sein einziges Vergnügen. Nach und nach jedoch schart er eine kleine Gruppe von Freunden um sich, die seine Leidenschaft für die Literatur teilen. Da ist zunächst der ein Jahr ältere Iwan Bereschezkij, mit dem Dostojewskij im Winter 1839/40 jede freie Minute verbringt und von dem er schwärmt wie ein Jüngling von seiner ersten Liebe:

> Ich hatte [im letzten Winter] einen Gefährten zur Seite, ein Wesen, ein Geschöpf, das ich sehr liebgewonnen habe [...] Als ich *mit* ihm Schiller las, erlebte ich *in* ihm den edlen, leidenschaftlichen Don Carlos, Marquis Posa und Mortimer. Wie viel Kummer und Genuss mir diese Freundschaft gebracht hat! Nie wieder werde ich davon sprechen. Schillers Name jedoch ist mir zum vertrauten Zauberklang geworden, der so viele Traumbilder weckt [...]. (1. 1. 1840)

An Schiller entdeckt er, was später zu seinem eigenen Markenzeichen wird: das Vermögen, die Seele «gleichsam bei ihren geheimsten Operationen zu ertappen», wie es in der Vorrede zu den «Räubern» heißt. Ebenso fasziniert ihn Schillers Überbietung der Wirklichkeit durch die Welt erhabener Ideen im Gewande der Poesie. Die Literatur befreit den Menschen von der Banalität der Verhältnisse. Kein Autor eignet sich für diese Erkenntnis besser als Schiller, für dessen Dramen sich Michail und Fjodor schon in ihrer Moskauer Zeit begeistert hatten. Bei der Lektüre Schillers vergesse er die Welt, hatte Michail im November 1838 dem Vater geschrieben, der vom literarischen Enthusiasmus seiner beiden Ältesten allerdings wenig erbaut war.

Ein anderer enger Weggefährte dieser Zeit ist Konstantin Schidlowskij, den die Dostojewskij-Brüder 1837 im selben Hotel kennengelernt hatten, in dem sie nach ihrer Ankunft aus Moskau mit ihrem Vater abgestiegen waren.[22] Fünf Jahre älter als Dostojewskij, arbeitet Schidlowskij damals bereits als Beamter im Finanzministerium. Von dieser Tätigkeit so wenig ausgefüllt wie Dostojewskij von seinem Studium im Ingenieur-Schloss, schwankt Schidlowskijs Enthusiasmus zwischen seiner Verehrung für Schiller und der Liebe zu einer verheirateten Dame. Sein Leiden an dieser unglücklichen Liebe macht ihn in Dostojewskijs Augen zu einer wahrhaft poetischen Natur, zu einem «wunderschönen, erhabenen Wesen, zum wahren Bild eines Menschen, wie ihn Shakespeare und Schiller uns vorstellen» (1. 1. 1840.)

Schidlowskij wird für ihn zum Inbegriff des romantischen Helden, der, hin- und hergerissen zwischen Weltschmerz und napoleonischem

Tatendrang, in Russland am nachhaltigsten in der Tradition Lord Byrons gewirkt hat. Schidlowskij vereint exzessive Lebensgier und Lasterhaftigkeit mit religiöser Inbrunst. Nachdem er die Beamtenkarriere an den Nagel gehängt hat, nimmt er die Mönchsweihen an. Statt in einem Kloster landet er jedoch irgendwann in einem sibirischen Zuchthaus. Nach der Haftentlassung schmiedet er aus einem Glied seiner Gefängniskette einen Fingerring, den er bis zu seinem Tod tragen und sterbend verschlucken wird.[23] Ein Lebensmuster also ganz im Stil Lord Byrons, dem Dostojewskij noch im reifen Alter als einer «grandiosen, heiligen und notwendigen Erscheinung im Leben der europäischen Menschheit»[24] ein Denkmal setzen wird.

Dostojewskijs Interesse an der Romantik, der aus russischer Sicht auch Schiller zugerechnet wird, verlagert sich seit seiner Ankunft in Petersburg zunehmend auf die französische Literatur. Auf Übersetzungen nicht angewiesen, da er das Französische sehr viel besser beherrscht als das Deutsche oder Englische, verschlingt er die Werke Victor Hugos, Lamartines, Balzacs, George Sands und Eugène Sues. Schon bald besitzt er literarische Kenntnisse, die ihn unter seinen Kameraden zu einer Autorität machen. Einer von ihnen, Dmitrij Grigorowitsch, wird in den 1840er Jahren zu den wichtigsten Vertretern des frühen russischen Realismus zählen. Seinem heiteren und geselligen Wesen nach in vieler Hinsicht das Gegenstück zu Dostojewskij, ist Grigorowitsch tief beeindruckt von Dostojewskij literarischer Bildung, seinem Hang zur philosophischen Spekulation und seiner argumentativen Brillanz. Zusammen mit Iwan Bereschezkij, Alexej Beketow, dem älteren Bruder zweier später berühmter russischer Wissenschaftler, und dem künftigen Archäologen Nikolaj Witkowskij wird Grigorowitsch Mitglied eines von Dostojewskij gegründeten Literaturzirkels. Vor dem Hintergrund der an der Ingenieurschule kultivierten Männlichkeitsrituale bildet dieser Kreis eine Gegenwelt, in der nicht das Gesetz von Befehl und Gehorsam, sondern der freie, brüderliche Austausch von Ideen und Gefühlen gilt. Hier wird ein herrschaftsfreier Diskurs gepflegt, der über den Freundschaftskult der Romantik letztlich auf die Ideale der Französischen Revolution zurückgeht.

Dostojewskijs Petersburger Freundeskreis verdanken wir die ersten Bilder von Aussehen und Habitus des angehenden Autors. Ein wohl etwas idealisiertes Bleistiftporträt, das Konstantin Trutowskij gezeichnet hat,

Porträt des jungen Dostojewskij, Zeichnung seines Kameraden K. Trutowskij (1847)

zeigt uns einen hübschen jungen Mann im Halbprofil mit hoher Stirn, dünnem Haar, hellen Augen, einem skeptischen Blick, energischem Kinn und spärlichem Bartwuchs. Stepan Janowskij, Dostojewskijs Arzt seit 1846, beschreibt den jungen Literaten als untersetzt und breitschultrig, mit wohlproportioniertem Kopf und «außergewöhnlich entwickelter Stirn», hellgrauen, lebendigen Augen, schmalen, meist zusammengepressten Lippen und blondem, dünnem Haar sowie auffallend großen Händen und Füßen:

> Gekleidet war er stets sorgfältig und geradezu elegant [...] Wenn irgendetwas die Harmonie seiner Garderobe störte, so sein nicht ganz makelloses Schuhwerk und die Tatsache, dass er sich irgendwie plump bewegte, nicht wie die Schüler einer militärischen Ausbildungsstätte, sondern wie Absolventen eines Priesterseminars.[25]

Als Arzt registriert Janowskij seine Anfälligkeit für Kopfschmerzen und eine Neigung zur Hypochondrie, die so weit geht, dass Dostojewskij, der aus Geldmangel meist nur heißes Wasser zu trinken gewohnt ist, nach dem Genuss von schwarzem Tee besorgt wissen will, ob sein Puls noch normal und seine Zunge nicht etwa belegt sei.

Alexander Riesenkampf, ein angehender deutschbaltischer Arzt aus Reval, der Dostojewskij über seinen Bruder Michail kennenlernt und nach Dostojewskijs Auszug aus der Ingenieurschule in Petersburg zeitweilig eine Wohnung mit ihm teilt, schildert den jungen Dichter als einen im Gegensatz zu Michail eher fülligen Blondschopf mit rundem Gesicht und leicht aufgeworfener Nase, kleinen, tief liegenden Augen, einer heiseren Stimme und schon im frühen Mannesalter erheblich lädierten Zähnen. Dostojewskijs auffallende Blässe führt Riesenkampf auf eine chronische Erkrankung der Atemwege zurück. Wie Janowskij registriert auch Riesenkampf Dostojewskijs Hang zur Schwarzseherei, seine Nervosität und eine Erregbarkeit, die ihn im Zorn die Grenzen des Takts oft überschreiten lässt.[26]

Der Weg in die Literatur

Nach der Grundausbildung wird Dostojewskij im August 1841 zum Ingenieur-Fähnrich befördert. Die anschließenden Offizierskurse binden ihn für zwei weitere Jahre ans Ingenieur-Schloss. Als Fähnrich nunmehr im untersten Offiziersrang, hat er allerdings das Recht, sich eine eigene Wohnung zu nehmen. Zusammen mit Gustav Adolf von Totleben, dem jüngeren Bruder des späteren Helden von Sewastopol Eduard von Totleben, der in Dostojewskijs Leben noch eine wichtige Rolle spielen wird, mietet er eine Zwei-Zimmer-Wohnung in der nahe dem Ingenieur-Schloss gelegenen Karawannaja-Straße. Stand er bisher im Ruf eines Stubenhockers, so offenbart Dostojewskij jetzt eine ganz andere Seite seines Wesens. Wenn er gut bei Kasse ist, gibt er das Geld mit vollen Händen aus. Häufig besucht er Theater, Opern und Konzerte. Er tafelt mit Freunden in teuren Restaurants, kauft Bücher und Zeitschriften, legt Wert auf modische Kleidung und verfällt schon in den ersten Jahren seiner neuen Freiheit einem Laster, dem kaum einer seiner Kollegen von der schreibenden Zunft widerstehen kann – Turgenjew so wenig wie ein Nekrassow,

Tolstoj oder Gontscharow –, nämlich dem Glücksspiel. All das kostet beträchtliche Summen Geld, und Geld hat Dostojewskij fast nie, weshalb er sich bei Verwandten, Freunden oder Bekannten immer wieder etwas leihen muss. Sein Mitbewohner Riesenkampf verfolgt den Lebenswandel des Freundes mit dem strengen Blick des deutschen Protestanten und ist schockiert über Dostojewskijs Leichtsinn, seinen Mangel an Ökonomie und seine Neigung zum Hasard im Karten- und Billardspiel.

Die ersten Jahre nach Dostojewskijs Auszug aus dem Ingenieur-Schloss scheinen biographisch betrachtet unter die Rubrik «Keine besonderen Vorkommnisse» zu fallen. Doch unter der Oberfläche seines – so nennt er es selbst – «liederlichen Lebens» (1.2.1846) vollzieht sich seine Wandlung vom Leser zum Autor, vom Literaturliebhaber zum Literaten. Um seine Neigung zur Literatur und seine Berufung zum Autor weiß er seit langem. Literatur als Beruf indes ist etwas anderes als das Bewusstsein der eigenen Berufung. Gerade in Russland stellt die Entscheidung für das «Amt der Literatur», wie Gogol es nennt,[27] ein Risiko dar, das beträchtlich größer ist als in Westeuropa. Dort gehört der professionelle Autor seit dem 18. Jahrhundert zu den gesellschaftlich anerkannten geistigen Berufen. Und ebenso lange gibt es Verlage, Druckereien, Zeitschriften, Vertriebssysteme, Lesegesellschaften, öffentliche Lesehallen, Autoren, Übersetzer, Kritiker, Redakteure, ein nach Stand, Geschlecht und Geschmack ausdifferenziertes Publikum – kurzum, alle wichtigen Einrichtungen und Akteure eines voll entfalteten literarischen Lebens.

Demgegenüber gehören Russlands Dichter bis ins 19. Jahrhundert hinein entweder dem vermögenden Adel an oder sind Staatsdiener. Literatur ist eine Freizeitbeschäftigung, kein Beruf. Dies gilt nicht nur für die Dichter des Klassizismus und der Empfindsamkeit, sondern auch für die russischen Romantiker. Puschkin hat mit seinen Werken viel Geld verdient, Literatur aber nie als Gewerbe verstanden. Ebenso sah es Nikolaj Gogol, für den Kontobuch und Literatur unvereinbar sind. Vom Lächeln einer Straßendirne heißt es in Gogols Novelle «Der Newskij-Prospekt», es stehe ihr «so schlecht zu Gesicht wie eine frömmelnde Miene der Fratze eines bestechlichen Beamten oder das Kontobuch einem Dichter». Als wahrer Lohn des Dichters gilt nach wie vor der Ruhm – das höchste «von des Lebens Gütern allen» (Schiller, «Das Siegesfest»).

Seit den 1830er Jahren jedoch vollzieht sich in Russland ein Wandel, der zunächst weniger als ästhetisches denn als soziologisches Faktum in Erscheinung tritt. Der neue Geist ist vor allem mit dem Namen des Buchhändlers und Verlegers Alexander Smirdin verbunden. Mit seinem Journal «Die Lesebibliothek» wird Smirdin zum Begründer der «dicken Zeitschriften», in denen bis zum Ende des 20. Jahrhunderts die meisten belletristischen Texte in Fortsetzungen erstveröffentlicht werden. Für gute Arbeit zahlt Smirdin gutes Geld. Puschkins Lyrik vergütet er pro Vers mit einem Golddukaten (ca. drei Silberrubel), und Iwan Krylow, dem «russischen Lafontaine», zahlt er für eine Sammlung seiner populären Fabeln den phantastischen Preis von 40 000 Rubel. Dostojewskij nimmt solche Honorare mit wachem Auge zur Kenntnis: «Sieh Dir Puschkin oder Gogol an», schreibt er dem Bruder. «Geschrieben haben sie wenig, aber beiden wird man Monumente errichten. Und Gogol nimmt jetzt pro Druckbogen 1000 Silberrubel, während Puschkin, wie Du weißt, jede Verszeile für einen Golddukaten verkauft hat.» (24. 3. 1845)

Der politisch weit links stehende, mit dem utopischen Sozialismus sympathisierende Kritiker und erste russische Literaturpapst Wissarion Belinskij betrachtet es als Smirdins größtes Verdienst, mit seiner «Lesebibliothek» die Literatur in Russland erstmals über den engen Kreis einer adligen Bildungselite hinaus einer breiteren Öffentlichkeit zugänglich gemacht und damit auch dem Beruf des Autors Anerkennung verschafft zu haben:

> Heutzutage, da es schwer ist, ohne Geld zu leben, und man nur von Arbeit leben kann, heutzutage Literatur nicht mit Geld zu würdigen heißt, sie überhaupt nicht zu würdigen und ihre Existenz zu ignorieren. Kann man sich eine reiche Literatur etwa dort vorstellen, wo Bücher keine Ware sind und wo es heißt «Alles ist Ware – Altglas ebenso wie Müll oder Sand, aber Bücher sind keine Ware»? Kann man sich die Existenz einer Literatur dort vorstellen, wo jeder Tagelöhner, Hausierer oder Lumpensammler und erst recht jeder Kanzleischreiber von seiner Arbeit leben kann, nicht aber ein Schriftsteller oder Literat?[28]

Gerade dadurch, dass Bücher von jedem gekauft werden können und der Vertrag zwischen Verleger und Autor prinzipiell eine «Abmachung unter Gleichgestellten» ist,[29] verliert Literatur den Ruch der Käuflichkeit, den sie im Zeichen des Mäzenatentums hatte.

Dostojewskijs Entscheidung für den Beruf des Schriftstellers ist umso riskanter, als er bisher keinen einzigen Text veröffentlicht oder auch nur zur Publikationsreife gebracht hat. Zwar liegen die Manuskripte dreier Dramen in seiner Schublade, eines davon heißt «Boris Godunow», ein anderes «Maria Stuart». Das Problem nur ist, dass Puschkin und Schiller ihm mit beiden Stoffen bereits zuvorgekommen sind. Darüber hinaus hat Dostojewskij ein Stück mit dem Titel «Der Jude Jankel» verfasst, möglicherweise ein Verschnitt aus Shakespeares «Kaufmann von Venedig» und Gogols Erzählung «Taras Bulba». Von keinem dieser Texte hat sich auch nur eine Zeile erhalten. Vermutlich handelte es sich um literarische Jugendsünden, die Dostojewskij ebenso vernichtet hat wie den oben erwähnten «Roman aus dem Leben Venedigs».

Da das Drama für Dostojewskij vorerst noch als höchste Gattung gilt, er mit eigenen Stücken jedoch nicht aufwarten kann, versucht er, seinen Bruder Michail für eine Übersetzung von Schillers Bühnenwerk zu gewinnen. Er rechnet ihm vor, dass sich die Investitionskosten für eine Übersetzung des «Don Carlos» bereits ab hundert verkauften Exemplaren amortisierten, so dass die geplante Auflage von tausend Exemplaren beträchtlichen Gewinn abwerfen werde. Sein Brief an Michail zeigt, dass das Schiller-Projekt weniger literarisch als ökonomisch motiviert ist: «Für ‹Don Carlos› bekommen wir erst einmal Geld, und ich werde auf einem guten Honorar bestehen.» (Juli/August 1844) Von Papierpreis und Druckbogenzahl über Schrifttype und Qualität der Bindung bis hin zu Auflagenhöhe, Einzelpreis und Absatzchancen scheinen alle Details berücksichtigt zu sein. Dostojewskij gefällt sich in der Rolle des literarischen Profis: «Um mich mach Dir keine Sorgen; ich kenne mich in solchen Dingen aus und lasse mich nicht ins Bockshorn jagen, die Auflage werde ich immer los.» (März/April 1844) Auch dieser Plan zerschlägt sich. Erst 1848 und 1850 wird Michail seine Übersetzungen des «Don Carlos», der «Räuber» und des Traktats «Über naive und sentimentalische Dichtung» in Eigenregie publizieren. Doch Fjodor lässt sich nicht entmutigen. Er ist überzeugt, dass literarische Übersetzungen einstweilen das tauglichere Geschäftsmodell sind als die Veröffentlichung eigener Werke.

Im Dezember 1843 lädt er Michail zu einem «Unternehmen» ein, das er für «außerordentlich profitabel» hält: eine Übersetzung des Romans

«Mathilde» von Eugène Sue, dessen Erfolgsroman «Les mystères de Paris» (Die Geheimnisse vom Paris, 1842/43) soeben das französische Publikum begeistert hatten. Da er sich in akuter Geldnot befindet, schlägt er zur Beschleunigung des «Unternehmens» vor, die Übersetzung gemeinsam mit Michail und einem Schüler der Ingenieurschule namens Oscar Patton anzufertigen: «Ich gebe 500 Rubel, Patton 700, so viel hat der schon, und sein Mamachen gibt 2000. Sie leiht ihrem Sohn das Geld zu einem Zinssatz von 40 Prozent. Das Geld reicht für den Druck absolut aus. Den Rest nehmen wir als Kredit auf.» (2. Hälfte Januar 1844) Dostojewskij verspricht sich von diesem Projekt einen Gewinn von 7000 Rubel, doch es wird ein ebensolcher Flop wie seine Übersetzung von George Sands Roman «La dernière Albini», an der er zur gleichen Zeit arbeitet.

Im Januar 1844 schreibt Dostojewskij seinem Bruder, er habe die Zeit zwischen den Jahren dazu genutzt, Balzacs «Eugénie Grandet» zu übersetzen, wofür man ihm «mindestens 350 Papierrubel» bieten werde. Wie hoch das Honorar wirklich war, ist nicht bekannt. Die Übersetzung aber erscheint tatsächlich im Sommer 1844, wenn auch anonym und um mehr als ein Drittel gekürzt, in der Zeitschrift «Repertoire der russischen und Pantheon sämtlicher europäischer Bühnen». Sie ist Dostojewskijs erstes gedrucktes Werk.[30] Dass die Wahl auf einen Roman von Balzac fiel, mag der Umstand mitbewirkt haben, dass der französische Autor, damals längst eine europäische Berühmtheit, den Sommer des Jahres 1843 zusammen mit seiner Geliebten, der ukrainischen Gräfin Ewelina Hanska, in Petersburg verbrachte. Die russische Presse berichtete darüber ausführlich.

Wichtiger als diese Koinzidenz ist die geistige Verwandtschaft zwischen Balzac und Dostojewskij.[31] «Balzac ist groß!», schreibt er dem Bruder. «Seine Charaktere sind Schöpfungen des Weltgehirns!» (9. 8. 1838) Beide, Dostojewskij wie Balzac, haben das gleiche Gespür für die umwälzende Bedeutung der heraufziehenden Geldwirtschaft und die mit ihr verbundene Kapitalisierung des Geistes. Für beide ist Literatur zuallererst ein Geschäft.[32] Beide erliegen dem magischen Reiz des Geldes, und beide misstrauen zugleich seinen scheinbar unbegrenzten Möglichkeiten. Balzacs «Eugénie Grandet» (1834) erzählt die Geschichte einer Frau, auf deren «heiligmäßiges Leben das Geld seine kalten Farben» wirft und ihre lebendigen Gefühle erstarren lässt. «Geld», räsoniert in Balzacs «Père Goriot» die Baronesse de Nucingen, «bekommt Bedeutung erst in jenem Augenblick, wo das Gefühl gestorben ist». Die Nichttauschbarkeit von Geld und Gefühl wird die zentrale semantische Figur von Dostojewskijs Debütroman «Arme Leute» (1846).

Nach dem Abschlussexamen im Sommer 1841 wird Dostojewskij im Rang eines Leutnants der Mess- und Planungsabteilung des Petersburger Ingenieurkommandos zugewiesen, das ebenfalls im Schloss an der Fontanka untergebracht ist. Hier besteht seine Aufgabe darin, täglich von neun bis vierzehn Uhr Generalstabskarten zu zeichnen. Das ist zwar todlangweilig, lässt ihm aber Zeit für literarische Projekte. Da seine Freizeitaktivitäten jetzt deutlich zunehmen, wird auch seine Geldnot immer dramatischer. Riesenkampf, mit dem er damals eine Wohnung teilt, berichtet, Dostojewskij ernähre sich oft nur von Milch und Brot, die er im Laden anschreiben lasse.

Das schmale Gehalt des Leutnants Dostojewskij von monatlich 66 Rubel wird aufgestockt durch 200 Rubel, die ihm sein Moskauer Schwager Pjotr Karepin, der Mann seiner Schwester Warwara, schickt. Er ist nach dem Tod des Vaters zum Vormund der jüngeren Geschwister bestellt worden und verwaltet treuhänderisch das Familienvermögen. Riesenkampf zufolge hätte Dostojewskij die Offizierskurse am liebsten geschmissen, doch dann hätte Karepin ihm den Geldhahn zugedreht. Dostojewskij hat seinen Schwager persönlich nie kennengelernt, ihn aber trotzdem aus tiefster Seele gehasst. Dabei war Karepin, nach allem, was man von ihm weiß, ein zwar etwas engstirniger, aber seriöser und umgänglicher Mensch. Doch fehlt der Macht, die er als amtierender Familienvorstand ausübt, die Legitimation, die Dostojewskij dem Vater noch zugebilligt hatte.

Seine Briefe an Karepin beinhalten fast nur Geldforderungen, und ihr Ton ist nicht unterwürfig und gewunden wie einst die Bettelbriefe an den Vater, sondern dreist bis zur Taktlosigkeit. Während Karepin ihn, wie unter Schwagern damals üblich, mit «lieber Bruder» anredet, antwortet Dostojewskijs mit «sehr geehrter Herr». Mehrfach überweist Karepin zusätzlich zu den Monatswechseln größere Summen, um Dostojewskij aus der Klemme zu helfen. Doch was er schickt, ist schnell wieder ausgegeben. Das Geld, klagt Dostojewskij, laufe ihm nach allen Seiten davon wie Krebse (24.3.1845). Im November 1843 schickt Karepin 1000 Rubel, die Dostojewskij noch selbigen Tages durchbringt: für die Tilgung von Schulden, für Vergnügungen, für neue Kleidung und nicht zuletzt für das Glücksspiel. Nach dem Erhalt einer ähnlich hohen Summe zerrt er den grippekranken Freund Riesenkampf aus dem Bett, bestellt eine Droschke und lässt sich mit ihm in eines der besten Restaurants der Stadt kutschieren, um in einem Chambre séparée bei Klavierspiel und teuren Weinen fürstlich zu tafeln.[33] Riesenkampfs Gesundheit war danach angeblich wiederhergestellt. Im gleichen Tempo schafft es Dostojewskij, die 1000 Silberrubel zu verprassen, die er 1845 für den Verzicht auf seinen Anteil am väterlichen Erbe erhält.

Solche Konsumorgien helfen Dostojewskij freilich nicht über die Tristesse seines beruflichen Alltags als technischer Zeichner hinweg. Der Amtstrott, wenn auch nur fünf Stunden täglich, ödet ihn an. «Der Dienst», schreibt er dem Bruder, «ist fad wie eine Kartoffel» (Juli/August 1844). Als eher geschmacksarme Frucht symbolisiert die Kartoffel in Russland nicht nur deutsche Küche, sondern auch deutsches Wesen, weshalb Michail Lermontow in einer «Faust»-Parodie den Namen «Mefistofel» auf das Wort «kartofel» (Kartoffeln) reimt. Im Russland Nikolajs I. sind zahlreiche Führungsposten in staatlichen Dienststellen mit Beamten besetzt, die Scharnhorst, Hartung oder Wolkenau heißen und eher selten Smirnow, Popow oder Iwanow. Dies hatte schon für das Moskauer Armenspital gegolten, und es gilt gleichermaßen für die Petersburger Ingenieurschule. Das Wort «Dienst» (russ. sluschba) hat für Dostojewskij deshalb die Konnotation «deutsch». Noch kennt er Deutschland nicht aus eigener Anschauung, doch bekommt er 1843 in Reval über Verwandte von Michails Gattin Emilie (Emilia), eine geborene von Ditmar, erste Einblicke ins Milieu des deutschen Protestantismus, dessen Rationalität und Ordnungswut ihn abstoßen.

Am 21. August 1844 bittet der Ingenieur-Leutnant Fjodor Michajlowitsch Dostojewskij «Seine erlauchteste und erhabenste Kaiserliche Majestät Nikolaj Pawlowitsch, den Selbstherrscher aller Reußen und allergnädigsten Herrn» um Entlassung aus den Diensten seiner kaiserlichen Hoheit, nicht ohne den Ausdruck tiefsten Bedauerns darüber, diesen Dienst nicht fortsetzen zu können.[34] Dostojewskij begründet sein Gesuch mit der unumgänglich gewordenen «Ordnung seiner häuslichen Verhältnisse». Dem Entlassungsantrag fügt er einen Revers bei, in dem er sich verpflichtet, nach dem Ausscheiden aus der Armee keinerlei Forderungen an die Staatskasse zu stellen.

Dem Gesuch wird am 19. Oktober entsprochen, und zwar unter gleichzeitiger Beförderung des Antragstellers zum Oberleutnant. Dostojewskij setzt Michail am 30. September 1844 schriftlich über sein Entlassungsgesuch in Kenntnis. Zur Begründung schreibt er: «[...] ich schwöre Dir, ich konnte nicht länger dienen. Man wird seines Lebens nicht froh, wenn einem die beste Zeit für nichts genommen wird. Es geht darum, dass ich letztlich auch nie längere Zeit habe dienen wollen.» (30. 9. 1844) Zudem habe das Ingenieurkommando vorgehabt, ihn in die Provinz zu versetzen, und was könne er als angehender Schriftsteller schon fern von Petersburg anfangen? Michail solle sich keine Sorgen machen:

> Ein Stück Brot werde ich schnell wieder finden. Ich werde höllisch arbeiten. Nun bin ich frei. Was ich allerdings jetzt, in diesem Augenblick tun werde, das ist die Frage. Stell Dir vor, Bruder, ich habe 800 Rubel Schulden, davon 525 Papierrubel bei meinem Wirt (nach Hause habe ich geschrieben, dass ich 1500 Rubel Schulden habe, weil ich deren Gewohnheit kenne, nur ein Drittel von dem zu schicken, was man verlangt).

Seine Familie bezeichnet Dostojewskij gegenüber Michail als «Moskauer Schweine». Damit ist vor allem der Schwager Pjotr Karepin gemeint, den er schon im August über sein Rücktrittsgesuch in Kenntnis gesetzt und bei dieser Gelegenheit um die Auszahlung seines Anteils am väterlichen Erbe in Höhe einer einmaligen Zahlung von 1000 Silberrubel gebeten hatte. Dafür sei er bereit, auf jede weitere Unterstützung zu verzichten. Karepin lehnt Dostojewskijs Forderung zunächst mit der Begründung ab, Fjodor habe bisher schon deutlich mehr Geld als die anderen Geschwister erhalten. Tatsächlich sind ausweislich des Rechenschaftsberichts, den Karepin Ende 1844 dem Moskauer Vormundschaftsgericht vorlegt, mehr als die Hälfte des gesamten Jahresbudgets der Familie Dostojewskij auf Fjodors Konto gegangen, genau 2412 von 4559 Papierrubel.[35] Karepins Brief macht zugleich deutlich, auf wie wenig familiäre Zustimmung Dostojewskij mit seinem Schritt in die berufliche Unabhängigkeit hoffen kann. Gegen die literarischen Ambitionen seines Schwagers, die er herablassend als «Shakespeare'sche Träumereien» bezeichnet, bringt Karepin die Werte der «ehrbaren Arbeit» und des «gesellschaftlichen Nutzens» in Anschlag. Beide seien am ehesten im Staatsdienst zu verwirklichen, der gegenüber der Literatur überdies den Vorzug habe, junge Menschen mit der Vielfalt des wirklichen Lebens bekannt zu machen und dadurch mit «echter Poesie» zu beglücken.[36]

Dass dieser erbauliche Ton seinem auf Krawall gebürsteten Schwager wie Spott in den Ohren klingen muss, macht sich der biedere Karepin im fernen Moskau nicht klar. Entsprechend gereizt reagiert Dostojewskij: «Ich habe ihm sooo einen Brief geschrieben. Mit einem Wort ein Meisterstück der Polemik.» (30.9.1844) Er verbittet sich «Ratschläge und Belehrungen, die nur einem Vater zustehen», und fragt, was sich das Genie der englischen Literatur wohl habe zuschulden kommen lassen, um von Karepin so schlecht gemacht zu werden: «Armer Shakespeare!»

Um Vermittlung zwischen den beiden bemüht, verteidigt Michail gegenüber Karepin den Entschluss des Bruders, freier Schriftsteller zu werden. Zwar hätte er es besser gefunden, wenn Fjodor damit noch «ein, zwei Jahre gewartet hätte»; doch sei er überzeugt, dass sich seinem Bruder künftig «ein breiter Weg des Ruhmes und des Reichtums» eröffne. Selbst wenn er sich auf das Gebiet der literarischen Übersetzung beschränke, könne Fjodor leicht bis zu 8000 Rubel pro Jahr verdienen und sich im literarischen Leben der Hauptstadt einen Namen machen.[37]

Das war stark übertrieben. Es wird lange dauern, bis Dostojewskij mit seinen Werken so viel Geld verdient. Aber Karepin kennt sich schließlich auf dem literarischen Markt genauso wenig aus wie damals Michail. Der bewundert den jüngeren Bruder nicht nur, weil er von seinem literarischen Talent überzeugt ist, sondern auch weil Fjodor den Mut hat, einen Weg zu gehen, von dem er, Michail, dessen ganze Liebe der Poesie gilt, selbst seit langem träumt, zu dem er sich aber nicht entschließen kann. Inzwischen hat er in Reval eine Familie zu ernähren, und das protestantische Milieu dieser Stadt brächte noch weniger Verständnis für den Entschluss auf, freier Schriftsteller zu werden, als «die Moskauer Schweine». Der beste Anwalt von Dostojewskijs Berufswahl wäre Wissarion Belinskij gewesen, der 1845 schrieb:

> Man kann sagen, was man will, aber es ist ein unbestreitbares Axiom, dass man nicht gleichzeitig ein wirklich guter Beamter und ein wirklich guter Literat sein kann. Der Beamte wird ständig dem Literaten, der Literat dem Beamten in die Quere kommen. Deshalb muss man, um Gelehrter oder Literat zu sein, in der Wissenschaft, der Kunst oder der Literatur seine ausschließliche Berufung, gewissermaßen sein Handwerk, seine, in der Sprache der politischen Ökonomie ausgedrückt, eigene Art von Industrie sehen.[38]

Belinskij hat etwas gegen reine Kommerzliteratur, aber er ist kein Feind des literarischen Marktes. Vielmehr sieht er in Buchdruck und Buchhandel, Verlagen und Zeitschriften, Literatur und Literaturkritik unentbehrliche Voraussetzungen einer kritischen Öffentlichkeit, die es in Russland herzustellen gilt, wenn das Land am allgemeinen Fortschritt teilhaben will. Da der Schriftsteller ihm als wichtigster Akteur dieses Prozesses gilt, spricht Belinskij ihm, anders als Karepin, auch ein höheres Sozialprestige zu als dem Staatsdiener: «Der Titel Dichter und der Begriff Schriftsteller haben bei uns längst den Flitterglanz von Epauletten und farbenprächtigen Uniformen in den Schatten gestellt.»[39]

Dostojewskij sollte – lange Zeit ohne sich dieser Rolle bewusst zu sein, geschweige denn sie anzustreben – in Russland zum Pionier jener «Industrie» und zum Vorreiter jenes neuen Schriftstellertypus werden, den Belinskij propagierte. Der Dramatiker Alexander Gribojedow legt in seiner populären Komödie «Verstand schafft Leiden» (1824) dem im Geist der europäischen Aufklärung erzogenen Helden Alexander Tschatzkij das Aperçu in den Mund: «Zu dienen bin ich gern bereit; das Dienern macht mir Schwierigkeit.» Auf die Frage eines Freundes, warum er nicht versuche, Staatsdienst und Schriftstellerei aus Gründen der finanziellen Sicherheit miteinander zu verbinden, erklärt Dostojewskij zweimal und sehr entschieden: «Das Dienern macht mir Schwierigkeit!» Der erste Teil von Tschatzkijs Bonmot hat sich für ihn erledigt. Zum Dienst ist er nicht mehr bereit.[40]

Ein Senkrechtstart: «Arme Leute»

Am 30. September 1844 hatte Dostojewskij dem Bruder mitgeteilt, er stehe im Begriff, für die «Vaterländischen Annalen» einen Roman «im Umfang von ‹Eugénie Grandet›» zu beenden, den er «ziemlich originell» finde und von dem er sich ein Honorar von 400 Rubel verspreche. Tatsächlich wird das Honorar nur 250 Rubel betragen und der Roman nicht in der genannten Zeitschrift erscheinen. Dennoch tritt im Frühjahr 1845 nach mehrfacher Überarbeitung des Manuskripts endlich ein, worauf seine Freunde seit langem gewartet haben: Dostojewskij hat einen Text zur Druckreife gebracht. Damit verlässt er den geschützten Raum des literarischen Freundeskreises, in dem er bisher die Rolle des Lesers und Literaturliebhabers gespielt hat, und wagt als Autor den ersten Schritt hinaus aufs freie literarische Feld. Dieser Ort sollte sich schon bald als stark vermintes Gelände erweisen. Sein Debüt jedoch wird ein Triumph.

Dmitrij Grigorowitsch teilt sich damals mit Dostojewskij eine Zwei-Zimmer-Wohnung. Ihm verdanken wir eine ausführliche Schilderung dieses Ereignisses:

> Eines Morgens (es war im Sommer) ruft Dostojewskij mich in sein Zimmer. Als ich eintrat, saß er auf dem Sofa, das ihm zugleich als Bett diente. Vor ihm auf dem kleinen Schreibtisch lag ein dicker, großformatiger Block Briefpapier mit geknickten Kanten, der in kleiner Schrift randvoll geschrieben war. «Setz dich, Grigorowitsch; das hier habe ich erst gestern Abend ins Reine geschrieben und möchte es dir vorlesen [...]», sagte er ungewöhnlich lebhaft. Was er mir dann in einem Sitz, fast ohne Unterbrechungen, vorlas, ist wenig später gedruckt unter dem Titel «Arme Leute» erschienen [...] Schon nach den ersten Seiten war mir klar, dass, was Dostojewskij da geschrieben hatte, besser war als alles, was ich selbst bisher zu Papier gebracht hatte [...] Grenzenlos begeistert, wollte ich ihn ein paar Mal unterbrechen und ihm um den Hals fallen. Nur seine Abneigung gegen stürmische Gefühlsausbrüche hinderte mich daran [...] Die Geschichte, wie ich das Manuskript von «Arme Leute» fast gewaltsam an mich riss und es zu Nekrassow brachte, hat Dostojewskij in seinem «Tagebuch» selbst erzählt. Wahrscheinlich aus Bescheidenheit hat er verschwiegen, wie die Lesung bei Nekrassow im Einzelnen ablief. Ich las vor. Auf der letzten Seite, dort, wo Dewuschkin von Warenka Abschied nimmt, konnte ich einfach nicht mehr an mich halten und begann zu schluchzen. Ich warf verstohlen einen Blick auf Nekrassow. Auch über sein Gesicht flossen Tränen. Ich überzeugte ihn, dass [...] wir uns trotz der vorgerückten Stunde (es war etwa vier Uhr morgens) sofort zu Dostojewskij begeben, ihm seinen Erfolg mitteilen und mit ihm die Drucklegung seines Romans vereinbaren müssten.[41]

Nekrassow bringt das Manuskript zu Wissarion Belinskij, den er mit den Worten begrüßt: «Wir haben einen neuen Gogol!» Belinskij macht sich sogleich an die Lektüre. Als Nekrassow abends wieder vorbeischaut, ruft Belinskij ihm schon an der Tür zu: «Bringen Sie ihn her, so schnell wie möglich!» Einen Tag später, am 1. Juni 1845, findet Dostojewskijs erste Begegnung mit diesem «schrecklichen, Furcht gebietenden Kritiker»[42] statt, dessen Lob sein literarischer Ritterschlag wird.

Wissarion Belinskij gilt als Begründer der russischen Literaturkritik. Zehn Jahre älter als Dostojewskij und wie dieser Sohn eines Militärarztes, hatte er seine publizistische Karriere 1834 nach einem abgebrochenen Philologiestudium in Moskau begonnen. Bis dahin war in Russland die Literaturkritik als Feierabendbeschäftigung eine Sache von Dilettanten gewesen. Belinskij macht sein Metier zum Brotberuf. 1839 übersiedelt er nach Petersburg und wird Chefkritiker der Zeitschrift «Vaterländische Annalen». Bis dahin ein Anhänger Hegels, gerät er seit den frühen 1840er Jahren unter den Einfluss des französischen utopischen Sozialismus. Fortan hat Literaturkritik in seinen Augen mehr zu sein als nur ein Organ der Wahrheitsfindung. Im Rahmen einer «Philosophie der Tat»[43] soll sie – wie ihr Gegenstand, die Literatur – zu einem Instrument der Gesellschaftskritik und damit des sozialen Fortschritts werden. In Dostojewskijs Roman «Arme Leute» sieht Belinskij seine Forderung nach einer Ausleuchtung von bislang nicht als literaturwürdig geltenden Provinzen des sozialen Lebens optimal verwirklicht. Dadurch werde das öffentliche Bewusstsein für Probleme geschärft, derer sich im autoritären Russland Nikolajs I. nur Literatur und Kunst annehmen könnten. Was Dostojewskij mit «Arme Leute» geschrieben habe, so Belinskijs Urteil, begreife der junge Autor vermutlich selbst noch nicht, das müsse ihm sein schöpferischer Instinkt eingegeben haben, dessen Vorzug es sei, die langen Wege des Wissens und der Erfahrung abzukürzen und direkt zur Wahrheit vorzustoßen.

Dostojewskij hatte mit allem gerechnet, nur nicht mit einem Lob aus dem Munde dieses Olympiers. «Es war», schreibt er im Rückblick, «der herrlichste Augenblick meines Lebens. Wenn ich später im Zuchthaus daran dachte, schöpfte ich neuen Mut. Und noch heute denke ich jedes Mal mit Begeisterung daran zurück.»[44] Nachdem das Manuskript lange bei der Zensurbehörde geschmort hat, erscheint «Arme Leute» im Januar 1846 in dem von Nikolaj Nekrassow herausgegebenen «Petersburger Almanach». Nekrassow, ein Jahrgangsgenosse Dostojewskijs, gilt als bedeutendster Lyriker des russischen Realismus. Weniger bekannt ist seine Rolle als umtriebiger Literaturunternehmer. Wie Dostojewskij entstammt er einer Familie des niederen Beamtenadels; wie Dostojewskij hatte ihn sein Vater nach Petersburg geschickt, um Karriere in der Armee zu machen; wie Dostojewskij hatte er sich gegen den Staatsdienst und für die Literatur als Beruf entschieden, weshalb ihm sein Vater den Wechsel gestrichen hatte; und wie Dostojewskij betrachtet Nekrassow die Schriftstellerei als notwendiges Zusammenspiel von «Arbeit und Risiko».[45]

Gut vernetzt mit der literarischen Prominenz der Hauptstadt, ist Nekrassow dort bereits eine Schlüsselfigur der literarischen Szene, als er um die Mitte der 1840er Jahre beschließt, selbst zum literarischen Unternehmer zu werden.[46] 1845 erscheint mit seinem Almanach «Die Physiologie Petersburgs» eines der wichtigsten Programmwerke des frühen russischen Realismus. «Natürliche Schule» wird diese neue Richtung wegen ihrer naturalistischen Fixierung auf kunstferne Gegenstände der «niederen» Natur von ihren Gegnern genannt. Unter «Physiologien» sind dabei literarische Skizzen, Szenen, Feuilletons und Reportagen zu verstehen, die auf ein bestimmtes Milieu oder einen bestimmten sozialen Typus fokussiert sind.[47] Die «Physiologie Petersburgs» ist schon bald nach ihrem Erscheinen vergriffen. Beflügelt von seinem Erfolg, bereitet Nekrassow für das kommende Jahr als Fortsetzung einen «Petersburger Almanach» vor, von dem er sich einen Gewinn von 10 000 Rubel verspricht.[48] Als Mitarbeiter dieses Bandes gewinnt er neben Dostojewskij renommierte Autoren wie Wissarion Belinskij, Alexander Herzen und Iwan Turgenjew. Dass dieses Werk genauso schnell vergriffen ist wie ein Jahr zuvor die «Physiologie Petersburgs», ist vor allem Dostojewskijs Debütroman zuzuschreiben, dem, wie Belinskij in seiner Besprechung lobend hervorhebt, «der Reihenfolge wie der Qualität nach» unter allen Beiträgen des Bandes der erste Rang gebühre.[49]

«Arme Leute» handelt von der unglücklichen Liebe des kleinen Amtsschreibers Makar Djewuschkin zu der mittellosen, zwanzig Jahre jüngeren Warwara Dobrosjolowa. Beide tauschen einige Monate lang quer über den Hinterhof einer Petersburger Mietskaserne in Briefen, die zum Teil den Umfang selbständiger Erzählungen annehmen, ihre Gedanken und Gefühle aus. Warwara hat sich mit ihrer Zofe hierher zurückgezogen, um den Nachstellungen einer Kupplerin zu entgehen, die sie nach dem Tod ihrer Eltern in ihre «Obhut» genommen hatte. Makar Djewuschkin wiederum hat seine alte Wohnung aufgegeben und sich im gegenüberliegenden Hausflügel einquartiert. Mit seinem schmalen Gehalt unterstützt er die junge mittellose Frau nach Kräften. Unter dem Vorwand, einen größeren Geldbetrag angespart zu haben, tatsächlich aber durch die immer häufigere Inanspruchnahme von Gehaltsvorschüssen überhäuft er Warwara mit Geschenken und verstrickt sich schließlich dermaßen in Schulden, dass Warwara, als sie von seiner finanziellen Not erfährt, nun ihrerseits ihn zu unterstützen beginnt.

Die Situation spitzt sich zu, als aus einer fernen Steppenprovinz der vermögende Gutsbesitzer Bykow in Petersburg eintrifft, der sich vor Jahren an der damals noch minderjährigen Warwara vergangen hat. Er macht Warwara einen Heiratsantrag, um sie, wie er vorgibt, von ihrem materiellen Elend zu erlösen und ihre Ehre wiederherzustellen. In Wahrheit geht es ihm darum, mit Warwara eigene Nachkommen zu zeugen, um zu verhindern, dass sein nichtsnutziger Petersburger Neffe ihn beerbt. Trotz aller Bedenken und Gewissensbisse nimmt Warwara Bykows Antrag an, um ihrem bisherigen Beschützer nicht länger zur Last zu fallen. Dessen letzter Brief an Warwara ist der herzergreifende Hilfeschrei eines alten Mannes, der, seines einzigen Lebensinhalts beraubt, in einer für Dostojewskijs Psychologie typischen Weise zwischen die Räder zweier widerstreitender Gefühle gerät, nämlich Protest und Verzweiflung.

Handlung und Charaktere des Romans entsprechen den Normen des frühen sozialen Romans, wie er in Westeuropa vor allem durch George Sand und Charles Dickens vertreten war. Entsprechend der Konvention des Briefromans verzichtet Dostojewskij auf einen objektiven Erzähler und lässt die Figuren selbst zu Worte kommen. Dabei hat die Sprachfindung von Vertretern einer sozialen Schicht, die in der russischen Literatur bisher stumm geblieben waren, vor allem bei der Figur Makar Djewuschkins etwas Anrührendes. Seine Seele ist unvergleichlich reicher als seine Sprache.

Mit seinem literarischen Erstling wird Dostojewskij über Nacht

Natürlichen Schule. Ein solches Debüt habe es in der rus- ratur noch nicht gegeben,[50] erklärt Belinskij, der «Arme allem deshalb über den grünen Klee lobt, weil der Roman lerung nach aktuellen Bildern der sozialen Wirklichkeit s erfülle. Anderthalb Jahrhunderte lang ist die russische, vor allem die sowjetische Dostojewskij-Forschung diesem Deutungsmuster mehr oder weniger einheitlich gefolgt. Dabei wurde übersehen, dass «Arme Leute» den Rahmen des sozialen Romans in einem wichtigen Punkt sprengt und bereits die Richtung weist, in die sich Dostojewskijs weiteres Werk entwickeln wird.

Schon Dostojewskijs frühe Helden sind nie nur sozial motiviert. Im sozialkritischen Roman stellt das Schicksal die Summe der widrigen gesellschaftlichen Umstände dar, an denen der Held scheitert. In «Arme Leute» dagegen wird das Schicksal als äußere Macht «in den Horizont des Helden eingeführt [...] und dort zum Gegenstand seines qualvollen Selbstbewusstseins».[51] Es wird zu einem innerseelischen Phänomen des Helden. Hinter dem sozialen Drama um Makar Djewuschkin und Warwara Dobrosjolowa läuft ein psychologisches Drama ab, das eine ganz andere Geschichte erzählt als die vom materiellen Elend eines kleinen Petersburger Kanzleischreibers. Aus psychologischer Sicht – und das ist von Anfang an Dostojewskijs Blick auf den Menschen – fällt Makar weder der russischen Klassengesellschaft noch der Macht des Geldes, sondern seiner Furcht vor dem anderen Geschlecht zum Opfer. Der Name «Djewuschkin» leitet sich ab vom russischen Wort «djewuschka» (junges Mädchen). Wenn der Held sich gegenüber Warwara als Ersatzvater geriert («Nur väterliche Zuneigung beseelt mich, Warenka, nur väterliche Zuneigung»[52]), so suggeriert er ihr, vor allem aber sich selbst eine erotische Neutralität, die mehr als ein fürsorgliches Interesse an Warwara nicht zulässt.

Dass er in Wahrheit in Warwara verliebt ist, will er sich nicht eingestehen. Er schenkt ihr Kleider, er küsst ihre Briefe, er umfängt nach ihrer Abreise das «Bettchen», in dem sie geschlafen hat, mit zärtlichen Blicken. Aus welcher Gefühlslage heraus er dies tut, verdrängt er geflissentlich. Er stilisiert sich zum Vater, ja zum Greis, obwohl, wie die Ehen von Dostojewskij und Tolstoj zeigen, ein Altersunterschied zwischen Mann und Frau von zwanzig und mehr Jahren im 19. Jahrhundert nichts

Ungewöhnliches oder gar Anstößiges ist. Zudem ignoriert Makar alle Bemühungen Warwaras, ihm näherzukommen und aus ihrer Beziehung mehr zu machen als eine Brieffreundschaft. Wiederholt baut sie ihm eine goldene Brücke, über die er gehen und ihr einen Antrag machen könnte. Aber er geht nicht. Seine Brückenangst ist zu groß.

Als psychologisches Drama stellt «Arme Leute» die Geschichte eines Mannes dar, der sich seiner selbst nicht bewusst wird und seinen eigenen Mystifikationen erliegt. An diesem Punkt wäre Michail Bachtins oben angeführte These zu präzisieren: Nicht um die Verlagerung von objektivem Geschehen ins Selbstbewusstsein des Helden geht es hier, sondern um den gänzlichen Mangel des Helden an Selbstbewusstsein. Djewuschkin möchte inmitten geldgieriger «Raubtiere» und «Bullen» – der Eigenname «Bykow» leitet sich vom russischen Wort «byk» (Stier, Bulle) ab – eine kleine, heile Welt schöner Ideen und Gefühle einrichten. Diese Gefühle jedoch sind so edel, dass sie seiner eigenen Natur zuwiderlaufen. So wie Djewuschkins sprachliches Erkennungsmerkmal die Verwendung von Diminutiva ist («Täubchen», «Mütterchen», «Gesichtchen», «Fingerchen», «Vögelchen», «Engelchen», «Nestchen», «Bettchen»), mit denen er die Welt niedlicher und harmloser macht, als sie ist, so verharmlost er auch seine Beziehung zu Warwara.

Diese eigentümliche Blindheit für seine Lage teilt Makar mit dem Titelhelden von Puschkins Novelle «Der Postmeister», die Warwara ihm zu lesen gibt und die ihn tief bewegt. Djewuschkin versteht Puschkins Werk genauso einseitig als soziales Rührstück, wie auch Dostojewskijs «Arme Leute» lange Zeit gelesen wurde.[53] An Djewuschkins Elend sind nicht die Verhältnisse schuld, sondern er selbst. Er bleibt fixiert auf die Idylle, den lauschigen Winkel, das stille Wasser des Lebens, in dem man nichts riskieren und nichts entscheiden muss, in dem man aber letztlich auch nicht wirklich lebt, sondern nur überlebt. Im Lichte der späteren Romane Dostojewskijs, in denen die Helden immer vor Entscheidungen und existentielle Risiken gestellt sind, ist diese Art zu leben die falsche.

Belinskij preist «Arme Leute» als sozialen Roman: «Ruhm und Ehre dem jungen Dichter, dessen Muse die Menschen der Dachböden und der Kellergeschosse liebt und der den Bewohnern vergoldeter Paläste sagt: ‹Auch sie sind Menschen und eure Brüder!›»[54] Für einen sozialen Roman mit klarer politischer Ansage ist die Figur Makar Djewuschkins jedoch viel zu kompliziert. Und Belinskij schwant dies wohl auch schon, als im Frühjahr 1846 seine Besprechung des Romans in den «Vaterländischen Annalen» erscheint. Zu diesem Zeitpunkt ist seine Beziehung zu Dostojewskij bereits merklich abgekühlt. Im Sommer und im Herbst des Jahres 1845 jedoch, in den ersten Monaten nach jener denkwürdigen Nacht, in der Grigorowitsch und Nekrassow Dostojewskijs Manuskript zu Belinskij gebracht hatten, gilt – nach dem Tod Puschkins und dem Verstummen Gogols – der Autor von «Arme Leute» als größte Hoffnung der russischen Literatur.

Noch bevor er im Druck erscheint, ist der Roman *das* literarische Ereignis der Saison. Selbst einem weniger entflammbaren Temperament als Dostojewskij musste ein solcher Triumph zu Kopf steigen. Seinem Bruder schreibt er am 16. November 1845 stolz:

> Ich glaube, nie wieder wird mein Ruhm einen solchen Höhepunkt erreichen wie jetzt. Allenthalben unglaubliche Verehrung und schreckliche Neugier auf mich als Person. Ich habe eine Menge Leute aus den besten Kreisen kennengelernt. Fürst Odojewskij bittet mich, ihn mit meinem Besuch zu erfreuen. Und Graf Sollogub rauft sich vor Verzweiflung die Haare. Panajew hat ihm verkündet, es sei ein Talent aufgetaucht, das sie alle in Grund und Boden stampfe [...] Belinskij liebt mich über alle Maßen. Dieser Tage ist Turgenjew aus Paris zurück [...] und vom ersten Augenblick an hat er mir eine solche Zuneigung, eine solche Freundschaft entgegengebracht, dass Belinskij sich dies nur damit erklären konnte, dass Turgenjew sich in mich verliebt hat.

Das klingt wie eine Tirade des Aufschneiders Chlestakow in Gogols Komödie «Der Revisor». Und Dostojewskij merkt das selbst. Das Postskriptum diktiert ihm sein schlechtes Gewissen: «Habe den Brief noch mal überflogen und stelle fest: (1) grauenhafter Stil, (2) Angeberei.»

Sein triumphales Debüt bringt Dostojewskij einen beträchtlichen Prestigegewinn, noch bevor sein Werk im Druck erschienen ist. Bis dahin hatte er als Zuschauer am Rande der Petersburger Literaturszene gestanden. Jetzt sind alle Scheinwerfer auf ihn gerichtet. Unüberhörbar ist sein Stolz darauf, von Grafen und Fürsten umworben zu sein. Mehr freilich zählt für ihn, dass er nunmehr den großen Belinskij und dessen Kreis, also renommierte Schriftsteller wie Iwan Turgenjew, Alexander Herzen und Nikolaj Nekrassow, zu seinen Gefährten rechnen und als «die Unseren» bezeichnen kann. Im November 1845 wird er beim Ehepaar Panajew eingeführt, deren Salon ein bevorzugter Treffpunkt der literarischen Linken war. Awdotja Panajewa gibt in ihren Memoiren das folgende Bild ihres Gastes:

> Schon auf den ersten Blick sah man, dass Dostojewskij ein schrecklich nervöser und sensibler junger Mann war. Er war mager, klein, hatte einen blassen Teint und eine kränkliche Gesichtsfarbe; seine kleinen grauen Augen wanderten unruhig von einem Gegenstand zum anderen und seine bleichen Lippen zuckten nervös.[55]

Dostojewskijs schüchternes Auftreten bei den Panajews dürfte nicht zuletzt der Attraktivität der Hausherrin geschuldet gewesen sein. Die makellose Schönheit und der mit Koketterie gepaarte Charme Awdotja Panajewas haben den jungen Dichter tief beeindruckt, aber auch verunsichert. Nach und nach legt er seine Hemmungen jedoch ab. Getragen von der Welle allgemeinen Wohlwollens und vom Erfolg geblendet, neigt er in Gesellschaft immer öfter zu Arroganz und hochfahrenden Urteilen über andere Autoren, eine Attitüde, die ihm schon bald Probleme bereiten wird.

Belinskijs Ritterschlag verschafft Dostojewskij nicht nur das symbolische Kapital des Ruhms, sondern auch die härtere Währung des Rubels. Für seine im Februar 1846 erscheinende Erzählung «Der Doppelgänger» bietet ihm Alexander Krajewskij, der Herausgeber der Zeitschrift «Vaterländische Annalen», 600 Silberrubel. Das ist zwar weniger als jene 200 Papierrubel (ca. 70 Silberrubel) pro Druckbogen, die Belinskij ihm als Mindesthonorar zu fordern empfohlen hatte (8. 10. 1845), andererseits aber auch deutlich mehr als die 250 Silberrubel, die Nekrassow ihm für das gesamte Manuskript von «Arme Leute» gezahlt hat. Dass Dostojewskij erstmals seit langer Zeit finanziell wieder flüssig ist, liegt allerdings weniger an seinen realen Einkünften als daran, dass er mit dem Sensationserfolg von «Arme Leute» als kreditwürdig gilt: «Als Krajewskij dieser Tage gehört hat, dass ich kein Geld habe, hat er mich ergebenst gebeten, 500 Rubel von ihm zu leihen.» (16. 11. 1845) Wieder einmal rinnt Dostojewskij das Geld schneller durch die Finger, als er es auftreiben kann. Innerhalb eines halben Jahres verprasst er rund 6000 Rubel (1. 4. 1846). Das ist das Zwölffache von dem, was Titularräte wie Makar Dewuschkin in einem Jahr verdienen, und zehnmal so viel, wie

Dostojewskij nach eigenem Bekunden als jährliches Existenzminimum benötigt (1. 2. 1849).

Seine Einnahmen können mit Ausgaben solcher Größenordnung nicht annähernd Schritt halten. Ähnlich wie nach dem Abschluss der Ingenieurschule im Jahre 1841 stürzt sich Dostojewskij in alle erdenklichen Vergnügungen der Großstadt. Dazu gehören nicht nur Theater- und Opern-, sondern auch Bordellbesuche. «Die Minchen, Klärchen und Mariannchen sind ja recht hübsch», gesteht er dem Bruder, «aber auch schrecklich teuer» (16. 11. 1845). Daraus, dass er die Dienste von Prostituierten in Anspruch nimmt, macht er kein Geheimnis. Zwar ist das Bordell zu Dostojewskijs Zeit weniger skandalbehaftet als im 20. Jahrhundert, doch seit den 1850er Jahren wird Prostitution als eine spezielle Form von Leibeigenschaft auch in liberalen Kreisen Russlands zunehmend kritisch gesehen. Turgenjew und Belinskij missbilligen Dostojewskijs Lebenswandel entschieden. Und auch er selbst wird in seinen Romanen und Erzählungen nicht müde, die käufliche Liebe in allen denkbaren Varianten, von der Kinderprostitution bis zur Geldheirat, aufs Schärfste zu verurteilen. Für ihn persönlich stellt das Freudenhaus jedoch kein moralisches, sondern ein finanzielles Problem dar. «Ich führe nun mal ein liederliches Leben, das ist alles», begründet er gegenüber Michail nonchalant seine hohen Ausgaben.

«Liederlich» meint in erster Hinsicht die Unfähigkeit, Einnahmen und Ausgaben in ein halbwegs ausgewogenes Verhältnis zu bringen. Diese Ökonomie der Maßlosigkeit verweist auf eine vorbürgerliche Kultur der Verschwendung, wie sie der europäische, insbesondere der russische Adel bis zur Mitte des 19. Jahrhunderts oft exzessiv praktizierte. Dostojewskijs Herkunft aus dem niederen Dienstadel und die Knausrigkeit seines Vaters geben freilich wenig Anlass, bei ihm eine entsprechende Milieuprägung anzunehmen. Eher ist hier als kulturelles Motiv die Orientierung am Ideal des nicht berechnenden, großzügigen, verschwenderischen, sich verausgabenden Menschen zu vermuten, das gerade in Kreisen der Künstler- und Literatenboheme verhaltenssteuernd wirkt[56] und von Dostojewskij später als distinktives Merkmal des Russentums idealisiert wird.

Auch dieser Verhaltenstypus speist sich letztlich aus romantischen Quellen, definiert sich der romantische Held doch über Werte, die weder verrechenbar noch tauschbar sind, daher seine Bereitschaft zum Risiko, zum Duell, zum alles oder nichts, zum Hasard. Der Hasardeur hört eher auf zu leben, als dass er aufhören würde zu spielen.[57] Schon der junge Dostojewskij neigt im Karten- wie im Roulettespiel zum Hasard, womit er in seiner Generation keine Ausnahme darstellt.[58] Beide Einstellungen – romantische Risikobereitschaft und bürgerliche Risikofurcht, kühne Spekulation und rationales Geschäftskalkül – prägen auch das literarische Feld, auf dem Dostojewskij in den 1840er Jahren als Berufsautor seine ersten Schritte macht, wobei in Russland das Element der Spekulation eindeutig Vorrang hat. Hier gleicht der Literaturmarkt in seinen Anfängen einer großen Lotterie, bei der man auf einen Schlag beträchtliche Summen gewinnen, aber eben auch ein Vermögen verlieren kann. Das Bündnis von Literatur und Geld erzeugt in jenen Jahren eine regelrechte Goldgräberstimmung, von der vor allem pfiffige Zeitgenossen wie Nikolaj Nekrassow und Alexander Krajewskij profitieren.

Auch Dostojewskij möchte zum Nutznießer dieser neuen Dynamik des literarischen Lebens werden, die er auf die Formel bringt: «Arbeit, Risiko, Profit. Darin liegt die Kraft» (31. 12. 1843). Ein wesentlicher Impuls dieses Kraftstroms, der sich mehr als bei allen anderen russischen Autoren dieser Zeit in Dostojewskijs Texten und Briefen manifestiert, ist der Geist der Spekulation. Am 20. Oktober 1846 fragt er seinen Bruder Michail: «Falls Du 200 Silberrubel hast [...], willst Du Dich dann nicht an einer Spekulation beteiligen? Wenn Du sparst, liegt das Geld nur nutzlos herum.» Das Faszinosum des Spekulanten als einer neuen Figur auf der europäischen Bühne besteht darin, dass er – so wie dem Abbé Sieyès zufolge der Dritte Stand – «aus nichts alles schafft».[59]

Kritik und Kränkung

Die Literaturkritik reagiert auf «Arme Leute» sehr viel zurückhaltender, als die Begeisterung des Belinskij-Kreises über das unveröffentlichte Manuskript im Frühsommer 1845 hatte erwarten lassen. Doch Dostojewskij ficht dies nicht an. Der Verkaufserfolg des Romans scheint seine Kritiker zu widerlegen. Noch glaubt er «die Unseren» hinter sich und hofft auf einen publizistischen Gegenschlag Belinskijs und seiner Truppe. Inzwischen jedoch, nur wenige Wochen nach «Arme Leute», ist skijs «Vaterländischen Annalen» seine neue Erzählung «Der nger» erschienen.

«Arme Leute» ist auch «Der Doppelgänger» eine Gogol-Replik, m Fall auf die Novelle «Die Nase» (1836). Gogol hatte das romantisc Thema der Ich-Spaltung in der Figur eines Petersburger Beamten, dessen Nase sich verselbständigt und als sein Alter Ego über den Newskij-Prospekt flaniert, zur komischen Groteske umgeformt. Dostojewskij übernimmt Gogols humoristische Erzählweise, motiviert das Doppelgängertum aber insofern realistischer, als er es dem fortschreitenden Bewusstseinsverfall seines Helden, des kleinen Petersburger Titularrats Jakow Petrowitsch Goljadkin, zuschreibt. Goljadkins Selbstbild schwankt zwischen Größenwahn und Minderwertigkeitskomplex. Einerseits hat er Ambitionen auf höchste soziale Anerkennung und einen Platz in der besseren Gesellschaft, andererseits ist sein Selbstwertgefühl so gering, dass er auf dem Höhepunkt des Konflikts bereit ist, die eigene Identität zu leugnen und seinem Doppelgänger das Feld zu überlassen: «Ich bin einfach nicht ich, das ist alles.»

«Der Doppelgänger» ist das erste Werk Dostojewskijs, in dem die Handlung durch einen Erzähler, also im eigentlichen Sinne episch, wiedergegeben und nicht, wie im Briefroman «Arme Leute», aus der Perspektive der handelnden Figuren. Man merkt dem Werk die mangelnde Erfahrung des Autors mit erzählenden Texten an. Der Spannungsaufbau erscheint nicht immer geglückt, die Einstellung des Erzählers zum Helden schwankt zwischen Ironie und Empathie, zudem leidet der Text an Redundanzen und Längen. Andererseits setzt Dostojewskij psychologisch ganz neue Akzente. Höchst subtil werden Goljadkins Versuche dargestellt, die Existenz seines Doppelgängers mit Vernunftgründen sowohl zu erklären als auch zu verdrängen. Virtuos ist die literarische Handhabung des Unheimlichen, einer Schlüsselkategorie der Romantik, die sich im Zeichen des Realismus eigentlich erledigt hat. Anders als im Schauerroman ergibt sich die Wirkung des Unheimlichen hier nicht aus der überraschenden Begegnung mit einem Fremden, sondern umgekehrt aus der befremdlichen Erfahrung des Eigenen, das heißt aus dem Kontakt mit Bildern, Gegenständen, Personen, die dem Ich gerade vertraut sind. Das «Un-Heimliche» tritt als Negation dessen auf, was zum eigenen «Heim» gehört. Nach Freud gilt dies besonders für verdrängte und in Angstform wiederkehrende Bestandteile des Ich. Unheimlich können aber auch vertraute Gegenstände, Räume oder Personen werden, die durch Veränderung der Beleuchtung, der Farbe oder der Größe ihre Normalbedeutung verlieren und zu Bedrohungssymbolen werden. Im «Doppelgänger» zeigt sich dies vor allem an Goljadkins Alter Ego. Dem nämlich gelingt jene gesellschaftliche Karriere, die der reale Goljadkin vergeblich erträumt.

Die Ich-Spaltung als «Gefährdung der Person durch eine ‹fremde› Identität, die Okkupationsabsichten hat», vor allem die Überforderung des Ich durch unerreichbare Rollenideale, wird zu einem Dauerthema Dostojewskijs.[60] Den Zeitgenossen jedoch entgingen solche psychologischen Pointen. In den grotesken Elementen des Textes sahen sie nur einen Neuaufguss von Gogols Novelle «Die Nase» und im Phantastischen und Unheimlichen eine Rückkehr zu überwunden geglaubten Klischees der Romantik. Belinskij rechtfertigt die erkennbaren Längen des Textes in einer ersten Besprechung zwar mit Dostojewskijs «Ideenreichtum». Dennoch ist seine Enttäuschung offensichtlich. Dostojewskij habe, moniert er, offenbar noch nicht das rechte Maß an künstlerischer Ökonomie und Harmonie gefunden. Zwölf Monate später wird Belinskij deutlicher. Nun rügt er nicht nur mit scharfen Worten Dostojewskijs Mangel an Maß und Form («Alles, was in ‹Arme Leute› verzeihliche Fehler eines Anfängers waren, stellt sich im ‹Doppelgänger› als ungeheures Defizit dar ...»), sondern auch seine Vorliebe für das Phantastische: «Das Phantastische gehört heutzutage ins Irrenhaus und nicht in die Literatur, es ist etwas für Ärzte, nicht für Poeten.»[61]

Belinskijs zweite Besprechung des «Doppelgängers» erscheint im Januar 1847. Zu diesem Zeitpunkt ist Dostojewskijs Verhältnis zum Belinskij-Zirkel bereits zerrüttet. Schon im Frühjahr 1846 war es zu Spannungen gekommen. Kurz nach der Veröffentlichung von «Arme Leute» hatte Nekrassow ein literarisch vergleichsweise anspruchsloses satirisches «Sendschreiben Belinskijs an Dostojewskij» verfasst, das Dostojewskijs Eitelkeit aufs Korn nahm. Dostojewskij figuriert darin als «Ritter von der traurigen Gestalt», der «auf der Nase der Literatur [erblüht sei] wie ein frischer Pickel»: «Als Poet noch jung an Jahren, / schufst du schon ein Riesenwerk. / Kaiser schätzen dich und Zaren, / und dich ehrt Fürst Leuchtenberg.»[62] Die Schlussstrophe dieses Pasquills spielt auf das Gerücht an, Dostojewskij habe seinen Erstling «Arme Leute» so unvergleichlich viel besser gefunden als alle anderen Beiträge des «Petersburger Almanachs», dass er sich eine graphische Sonderbehandlung seines Textes dergestalt ausbedungen habe, dass jede Seite seines Romans mit einer Bordüre gerahmt werde.

Dostojewskij ist außer sich, als ihm diese Satire unter die Augen kommt. Awdotja Panajewa erinnert sich, wie der gekränkte Autor in Nekrassows Arbeitszimmer stürmte und ihm eine Szene machte: «Als Dostojewskij das Büro verließ und ins Vorzimmer trat, war er kreidebleich und konnte lange nicht in den Ärmel seines Mantels finden, den ihm der Diener reichte.»[63] Schon zuvor hatte Turgenjew die Stimmung gegen Dostojewskij angeheizt, als er in Gegenwart der versammelten Belinskij-Gemeinde im Salon der Panajews einen aufgeblasenen Provinzdichter mit Genie-Attitüde imitiert hatte. Damit konnte nur einer gemeint sein. «Dostojewskij wurde kreidebleich, bebte am ganzen Körper und stürzte hinaus, ohne Turgenjew zu Ende anzuhören.»[64]

Solche Kränkungen nehmen Dostojewskij mehr mit, als er sich in seinen Briefen an Michail anmerken lässt. Sie werfen einen langen Schatten, der bis hinein in die 1870er Jahre die Beziehung vor allem zu Turgenjew trüben sollte, von dem er noch unlängst geglaubt hatte, er sei geradezu verliebt in ihn (16.11.1845). Dostojewskij ist nachtragend, Kränkungen kann er so wenig vergessen wie die vielen Erniedrigten und Beleidigten seiner Romane. Nicht nur seine Nerven liegen blank, auch seine Gesundheit ist angegriffen. Überdies drücken ihn finanzielle Sorgen. Den Sommer des Jahres 1846 verbringt er wieder in Reval in der Familie seines Bruders Michail, wo als nächstes Werk «Herr Prochartschin» entsteht. Obwohl auch diese Erzählung im Petersburger Kleine-Leute-Milieu spielt, wird hier noch weniger als bisher den sozialen Verhältnissen die Schuld an den Problemen des Helden gegeben. Zwar verbringt der Titelheld sein Leben wie ein Bettler, doch nach seinem Tod findet man in Prochartschins Matratze Münzen im Wert von zweieinhalbtausend Rubel, die ihm in der ständigen Furcht, bestohlen zu werden, ein Leben voller Misstrauen und Angst beschert hatten.

Dem Thema Armut, mit dem sich Dostojewskij im Sommer 1845 scheinbar als Musterschüler der Natürlichen Schule profiliert hatte, ist der soziale Stachel somit vollends genommen. Prochartschin ist kein

Sozialfall, sondern ein Sozialbetrüger, allerdings einer, der vor allem sich selbst etwas vormacht. Das literarische Experiment, das Dostojewskij mit seinen Helden anstellt, folgte bisher stets dem gleichen Muster: Ein mikroskopisch kleiner Held, ein soziales «Infusionstierchen»,[65] wird mit einem Maximum an emotionalem Druck aufgeladen, das ihn überfordert.[66] In «Arme Leute» sind dies Liebe und Eifersucht, der Stoff also, aus dem Othello gemacht ist; im «Doppelgänger» ist es der Ehrgeiz, also die Antriebskraft der Napoleons dieser Welt. In «Herr Prochartschin» ist es ein monströser Geiz, wie ihn Molières Harpagon kennzeichnet.

Als Leidenschaft mit sexuellen Konnotationen – Prochartschin schläft nicht nur auf seinem Geld, er «beschläft es» auch[67] – wird Geiz zu einem dem Machttrieb verschwisterten Gefühl. Die Pathogenese dieses Gefühls hatte Dostojewskij schon an Balzacs «Eugénie Grandet» studieren können. Eindrücklicher als bei Molière und Balzac wird dieses Motiv jedoch in Puschkins Drama «Der geizige Ritter» entwickelt, wo der alte Baron beim Anblick seiner gehorteten Schätze das Gefühl seiner unbegrenzten Macht genießt.[68] Größer noch als der Genuss seiner möglichen, jederzeit in reale Herrschaft verwandelbaren Macht ist der Stolz des Geizigen auf seine Macht über sich selbst. Er genießt das Bewusstsein, alle Lust und alles Begehren in sich niedergerungen zu haben. Als asketischer Held wächst auch Dostojewskijs kleiner Petersburger Beamter, der nachts unbekleidet auf einer speckigen Matratze schläft, um seine Leibwäsche zu schonen, zu einer, wie der Autor später schreibt, wahrhaft «kolossalen Figur» heran.[69]

Auch damit jedoch sind Dostojewskijs Zeitgenossen überfordert. Hatte Belinskij sich bei der Besprechung des «Doppelgängers» im Ton noch zurückgehalten, so nimmt er in seiner Rezension von «Herr Prochartschin» kein Blatt mehr vor den Mund. Er findet das neue Werk seines einstigen Favoriten prätentiös, geschraubt, manieriert, unverständlich. Das ist ein sehr kurzsichtiges Urteil. Denn auch wenn Dostojewskijs neues Werk kompositionell ähnliche Schwächen aufweist wie «Der Doppelgänger», ist die Idee des Textes doch grandios. Mit bewundernswerter Scharfsicht gelingt dem Autor eine Phänomenologie des Geizes, die das Sparen und Verzichten lange vor Karl Marx und Max Weber als eigentliche Triebkraft des Kapitalismus ausmacht. Belinskij hat zu kurz gelebt, um das Entwicklungspotential von Dostojewskijs Erzählung würdigen zu können. Hätte der Kritiker, der im Sommer 1848 im schlesischen Bad Salzbrunn seiner Schwindsucht erlag, den Roman «Der Jüngling» noch erleben können, so hätte ihm aufgehen müssen, wie instinktsicher der junge Dostojewskij das zentrale Nervensystem der bürgerlichen Gesellschaft freilegt. Belinskij jedoch sieht nur, dass sein einstiger Musterschüler den Weg der Natürlichen Schule verlassen hat und zum Abtrünnigen geworden ist.

Den endgültigen Beweis für die literarischen Irr- und Abwege seines ehemaligen Favoriten Dostojewskij sieht Belinskij in der Erzählung «Die Wirtin» (1847). Tatsächlich greift dieses Werk mit seinen Anklängen an E. T. A. Hoffmann und den frühen Gogol auf Motive und Verfahren der Romantik zurück. Die phantastische Dreiecksgeschichte zwischen einem jungen Petersburger Gelehrten, seiner schönen Zimmerwirtin und einem geheimnisvoll-dämonischen Greis läuft über weite Strecken ab wie ein Traum. Wie modern diese Technik letztlich war, lässt sich erst vor dem Hintergrund von Werken wie Schnitzlers «Traumnovelle» oder den Romanen Franz Kafkas würdigen, die ein halbes Jahrhundert später ihrerseits auf Dostojewskij zurückgreifen. Die Romantik hatte dem Traum die Fähigkeit zugesprochen, die Welt «qualitativ zu potenzieren» (Novalis). Bei Dostojewskij läuft das Übergewicht des Traumes über die Realität dagegen auf die Depotenzierung der Welt hinaus. Der Träumer wird zur Allegorie eines Bewusstseins, dem die Balance zwischen Innen und Außen abhandengekommen ist. Im Januar 1847 schreibt Dostojewskij seinem Bruder Michail:

> Das Innen muss mit dem Außen ins Gleichgewicht gebracht werden [...] Ansonsten, das heißt beim Fehlen äußerer Erfahrungen, erhält das Innen ein gefährliches Übergewicht. Nerven und Einbildung nehmen zu viel Raum im Dasein ein. Jede äußere Erscheinung erhält den Anschein des Kolossalen und erschreckt irgendwie; man beginnt, sich vorm Leben zu fürchten.

Belinskij entgeht dieser bewusstseinskritische Ansatz. Für ihn stellt «Die Wirtin» eine einzige «Abscheulichkeit» dar. Von Träumen hält er grundsätzlich nicht viel, von so verworrenen wie diesen schon gar nicht. Literatur, so verfügt er, müsse klar sein und eindeutig. In ihr dürfe es «nichts Dunkles und Unverständliches» geben, denn nur als

Instrument der Aufklärung habe sie eine Existenzberechtigung. Das vernichtende Urteil des russischen Literaturpapstes lautet deshalb: «In dieser ganzen Erzählung findet sich kein einziges einfaches und lebendiges Wort [...] Alles ist gesucht, gekünstelt, gestelzt, imitiert und verlogen.»[70]

Das sitzt, doch trifft es Dostojewskij schon nicht mehr mit gleicher Wucht wie der Verrat der «Unseren» im Frühjahr 1846. Damals hatten der Klatsch und die Häme der Belinskij-Jünger ihm übel zugesetzt. Schwindelgefühle, Herzflimmern und Halluzinationen hatten ihn in eine schwere gesundheitliche Krise gestürzt. Sein dreimonatiger Aufenthalt bei Michail in Reval hatte keine Besserung gebracht, im Gegenteil. Zum ersten Mal war es auch zwischen den beiden sonst unzertrennlichen Brüdern zu ernsthaften Auseinandersetzungen gekommen, deren Ursache Michail in Fjodors ständiger Gereiztheit sah. Eine Reise nach Italien und Frankreich, von der sich Dostojewskij die Wiederherstellung seiner Gesundheit und neue Ideen verspricht, scheitert am Fehlen finanzieller Mittel. Ebenso schlagen alle Pläne fehl, seine Werke auf eigene Kosten zu veröffentlichen, um unabhängig von Verlegern und Buchhändlern zu werden, diesen «Schurken», die einen mit ihren juristischen Winkelzügen immer über den Tisch ziehen (20.10.1846).

Zu diesen schuftigen «Proprieteuren» (26.11.1846) rechnet Dostojewskij nun auch Nekrassow, der gerade damit beschäftigt ist, das noch von Alexander Puschkin begründete, inzwischen bankrotte Journal «Der Zeitgenosse» zu übernehmen, um Krajewskijs «Vaterländischen Annalen» Konkurrenz zu machen. Nachdem er das erforderliche Startkapital beisammenhat, gelingt es Nekrassow, fast alle namhaften Autoren der «Vaterländischen Annalen» für sein neues Magazin abzuwerben. Zu den wenigen Stammautoren, die bei Krajewskij bleiben, gehört Dostojewskij. Dessen Verlagstreue ist allerdings nicht auf Loyalität gegenüber dem Herausgeber, sondern einzig darauf zurückzuführen, dass er bei Krajewskij wegen ständiger Honorarvorschüsse tief in der Kreide steht und gezwungen ist, seine Schulden abzuarbeiten. Sosehr Dostojewskij auch über Krajewskijs «System der literarischen Sklaverei» klagt (7.10.1846), so wenig unglücklich ist er andererseits darüber, dass mit dem Exodus Belinskijs und seiner Leute die Trennung von den Autoren des «Zeitgenossen» nunmehr offiziell besiegelt ist.

Wie soll man schreiben?

Das negative Echo der Literaturkritik nagt heftig an Dostojewskijs Selbstbewusstsein. Nun ist das Urteil der zeitgenössischen Leser zwar selten ein verlässlicher Maßstab für den ästhetischen Wert und das Wirkungsvermögen literarischer Texte. Erst das 20. Jahrhundert wird auch Dostojewskijs Frühwerk, das lange im Schatten der großen Romane gestanden hat, in seiner Vielfalt und literarischen Originalität entdecken. Die Kränze jedoch, die die Nachwelt flicht, nützen einem Autor wenig, der wie Dostojewskij allein vom Schreiben lebt. Das Verblassen seines frühen Ruhmes bedeutet eine massive Einbuße an symbolischem wie an realem Kapital. Die mangelnde Publikumsnachfrage erschwert die Mehrfachverwertung seiner Texte durch einzelne Buch- und gesammelte Werkausgaben nach der Erstveröffentlichung des jeweiligen Opus in Krajewskijs «Vaterländischen Annalen».

Dostojewskijs Krise in der zweiten Hälfte der 1840er Jahre ist aber auch darauf zurückzuführen, dass er im Anfangsstadium seiner literarischen Karriere noch nicht über Arbeitsroutinen verfügt, wie jeder Beruf sie erfordert. Obwohl keine Arbeit freier und weniger normierbar erscheint als die des Schriftstellers, ist sie, wenn sie dem Broterwerb dient, doch auf eingespielte Arbeitsmuster angewiesen. Dazu gehören erste Entwürfe, Skizzen, Recherchen, Materialsammlungen und deren Speicherung ebenso wie die Niederschrift, Überarbeitung und Reinschrift des Manuskripts. Der romantische Autor war auf solche Verstetigungsformen der literarischen Produktion nicht nur nicht angewiesen, er hatte sie auch nachdrücklich abgelehnt. Literatur war für ihn schließlich nicht Arbeit, sondern die Frucht des Zusammentreffens von Begabung und Eingebung.

Dostojewskij jedoch betritt die literarische Bühne zu einem Zeitpunkt, als sich der romantische Dichter historisch überlebt hat. Darin sind sich die Zeitgenossen einig. Wie allerdings jener neue Schriftsteller, für den das Attribut «realistisch» noch nicht erfunden ist, sein nunmehr als «Arbeit» definiertes Schaffen einrichten soll, dafür gibt es keinerlei Normen und Regeln. Dostojewskij muss sich solche Regeln, zu denen die Vermarktung der eigenen «Ware» gleichermaßen gehört wie das Herstellen von Kontakten zu den Schaltstellen des literarischen

Lebens (heute sagt man dazu «Networking») und der ökonomische Umgang mit Ressourcen wie Geld, Zeit und Gesundheit, in einem langen Lernprozess mühsam erarbeiten.

Im Sinne einer festen Arbeitsroutine, also als tageszeitlich fixierte Schreibrhythmen einschließlich stimulierender Begleitrituale wie dem Aufräumen des Schreibtischs, dem Spitzen der Schreibfeder, dem Zubereiten von Tee und der Anordnung der notwendigen Ration Zigaretten, sollte Dostojewskij dies erst in den 1860er Jahren gelingen. Vorerst fehlt ihm ein wie auch immer gearteter Rhythmus. Er schreibt selten dann, wenn er die dafür notwendige Zeit und Muße hat, sondern meist erst unter dem Druck eines wieder einmal unerbittlich näher rückenden Termins. Als Junggeselle und Angehöriger der literarischen Boheme von Sankt Petersburg ist sein Tagesablauf zudem noch stark geprägt von mehr oder weniger spontanen gesellschaftlichen und kulturellen Aktivitäten, für die er in späteren Jahren immer weniger Zeit findet.

Neben solchen eher technischen Rahmenbedingungen des Schreibens fehlt dem jungen Dostojewskij aber auch ein literarischer Orientierungsrahmen. Die Regelpoetik des 18. Jahrhunderts, die vorschrieb, wie eine bestimmte literarische Form herzustellen und kritisch zu würdigen sei, gehört längst der Vergangenheit an. Belinskijs Natürliche Schule, die «Arme Leute» als Programmwerk für sich reklamiert hatte, definiert sich zwar über ein bestimmtes soziales Ethos, nicht jedoch über eine gemeinsame literarische Plattform. Die Werke, die man ihr zurechnet, verbindet die thematische Fokussierung auf das Milieu der kleinen Leute, der Petersburger Hinterhöfe und der russischen Dorfarmut. Zudem eint sie eine Abwehrhaltung gegen romantische und heroische Klischees und, damit verknüpft, eine Neigung zur Ironie, wie sie auch in Deutschland für die Literatur des Vormärz typisch ist. Doch mehr Gemeinsamkeiten gibt es kaum. Vom Genre des komplexen analytischen Romans, den er in den 1860er Jahren mit «Schuld und Sühne» entwickelt und dessen literarische Struktur ihm dann als verlässlicher Orientierungsrahmen für Plot, Komposition, Erzählrhythmus und Figurendramaturgie seiner weiteren Romane dient, ist Dostojewskij in dieser Phase noch weit entfernt.

Seinen Stil muss sich Dostojewskij buchstäblich erarbeiten. Und dies tut er, aller Kritik und allen Krisen zum Trotz, mit einer Beharrlichkeit, die schon am Beginn seines literarischen Weges ein hohes Maß an Professionalität erkennen lässt. So stellt er für sein literarisches Comeback zahlreiche Experimente an. Er wechselt die Helden, die Erzählperspektive, die literarischen Formen. An die Stelle des «kleinen Beamten» der ersten Erzählungen treten neue Typen: betrogene Betrüger («Roman in neun Briefen»), gehörnte Gatten («Der Christbaum und die Hochzeit»), weltflüchtige Träumer («Weiße Nächte»), komische Exzentriker («Polsunkow») und sensible Kinder («Ein kleiner Held»). Er versucht sich an neuen Stoffen, die er dramatischen Formen wie dem Vaudeville oder der Posse entlehnt. Er führt als Erzählerfigur den Typus des zwanglosen Plauderers ein, dessen Arabesken und Sottisen die erzählte Geschichte ornamental überwuchern. Und er experimentiert mit neuen literarischen Genres wie der Humoreske («Die fremde Frau und der Mann unterm Bett»), dem Feuilleton («Petersburger Chronik»), der romantischen Erzählung («Die Wirtin») und dem Entwicklungsroman («Netotschka Neswanowa»). Auf diese Weise kommt in den ersten vier Jahren seiner literarischen Tätigkeit ein Œuvre von zwei Kurzromanen und einem umfangreichen Romanfragment, sieben Erzählungen, vier Humoresken und vier Skizzen mit einem Umfang von mehr als 500 Druckseiten zusammen. Das ist schon quantitativ deutlich mehr, als die meisten seiner in den 1840er Jahren debütierenden Schriftstellerkollegen vorweisen können.

Dass all diese Experimente nicht zum erhofften Comeback führen, hat im Wesentlichen zwei Gründe. Zum einen leiden nicht wenige seiner frühen Werke an einer Schwäche, die Dostojewskij zeit seines Lebens nicht überwinden wird. Sie sind, so fast unisono die Vorwürfe der Kritik, zu lang, zu breit, zu wortreich. Sie sind «je dickens, destojewski», wie Thomas Kapielski kalauert.[71] Diese Tendenz zur Redseligkeit mag auch darin begründet sein, dass Dostojewskijs Honorar von der Zahl der abgelieferten Druckbögen abhing. In erster Hinsicht jedoch verdankt sich Dostojewskijs Weitschweifigkeit einem spezifischen Sprachtemperament, für das Puschkins Prosanorm «Bündigkeit und Kürze» nicht mehr gilt. Chinesische Gefäßspezialisten behaupten, dass die ungewöhnlich langen Sätze des Literaturnobelpreisträgers Mo Yan blutdrucksenkende Wirkung haben. Dostojewskijs Sätze dürften den gegenteiligen Effekt haben. Sie sind oft nicht nur ungewöhnlich lang und verwickelt, reich an Partizipialkonstruktionen, Nebensätzen und Parenthesen, sondern haben vom ersten bis zum letzten Wort auch eine ungewöhnlich hohe Satzspannung, von der Hypertonikern eher abzuraten wäre.

Hinzu kommt eine andere Form von Spannung in Dostojewskijs Prosa, nämlich die zwischen «zwei Bedeutungspositionen, die sich in einer Rede zugleich geltend machen».[72] Letzteres betrifft vor allem den Gegensatz zwischen dem manifesten Sinn einer Aussage und ihrer impliziten Bedeutung. Makar Dewuschkin in «Arme Leute» beschreibt seine Wohnung so, als handle es sich um ein komfortables Zimmer. Tatsächlich haust er in einem von der Küche abgetrennten Verschlag. Während es sich hier um ein Täuschungsmanöver handelt, das dem Sprecher bewusst ist (Makar schönt seine persönliche Lage, um seine Briefpartnerin nicht zu beunruhigen), liegt ein psychologisch interessanterer Fall von Spannung zwischen offener und verborgener Bedeutung dort vor, wo dem Sprecher die Beweggründe seines Handelns und Sprechens selbst nicht bewusst werden, sei es, weil er zu einfältig ist, sei es, weil er sich selbst etwas vormacht. Letzteres geschieht, wenn Makar seine Sympathie für Warenka auf einen väterlich-selbstlosen Beschützerinstinkt zurückführt, obwohl doch der Leser und alle übrigen Figuren der Handlung längst begriffen haben, dass er in die junge Frau verliebt ist. Ein anderer Fall von unbewusster Selbsttäuschung liegt dort vor, wo sich die Rede des Sprechers einer inneren Zensur unterwirft. Etwa wenn Warwara gegen Schluss des Romans Makar überraschend unsensibel auffordert, ihr bei der Beschaffung der Hochzeitsgarderobe zur Hand zu gehen. Ihre letzten Briefe an Makar wirken so, als habe der stets gereizte und missgelaunte Bräutigam Herr Bykow Warwara beim Schreiben ständig über die Schulter geschaut.[73]

Dostojewskij hat eine Vorliebe für Erzähler, die nicht souverän über der Handlung stehen, sondern als Personen mehr oder weniger direkt an der Handlung beteiligt sind. Der Wissenshorizont solcher «unzuverlässigen Erzähler» übersteigt in der Regel nicht den der anderen Romanfiguren. Die Art und Weise, wie sie etwas berichten, bleibt abhängig von Stimmungen, Vorurteilen, einem bestimmten Bildungsstand, einem versteckten Interesse oder der verkappt polemischen Einstellung zu einem unsichtbaren Gegenüber.

Dermaßen verwickelte Motivlagen und so komplexe Texturen waren jedoch nicht nach dem Geschmack der zeitgenössischen Leserschaft. Komplizierte Seelen – das war Romantik, und Romantik war gestern. Nur in wenigen Punkten sind sich die verschiedenen Strömungen der Literatur des Jahrzehnts so einig wie in der Kritik des romantischen Helden, seines Pathos, seiner Posen, seines Selbstmitleids und seiner «Zerrissenheit». Daher der stereotype Vorwurf der zeitgenössischen Kritik, Dostojewskijs Erzählungen seien nur ein verspäteter Neuaufguss der Romantik.

Normen wie Klarheit, Einfachheit und Transparenz, denen Iwan Turgenjew und Lew Tolstojs Werk verpflichtet sind, hat Dostojewskij zeit seines Lebens verfehlt, so wie er letztlich auch das System der Natürlichen Schule verfehlt hat, deren Ästhetik und Weltsicht ihm genauso wesensfremd geblieben sind wie Belinskijs Atheismus. Was die meisten Zeitgenossen als Fehler registrierten, das konnte erst den Dostojewskij-Lesern späterer Generationen als originell und innovativ aufgehen. Erst das 20. Jahrhundert hat in Dostojewskijs Frühwerk die Keime jener vielschichtigen, ambivalenten, nervösen, suggestiven Schreibweise erkannt, die seine großen Romane kennzeichnet und ihn, weit mehr als Tolstoj, zum Vorläufer der literarischen Moderne machen sollten.

Dostojewskij und die Petraschewzen

Den Bruch mit Belinskij und seiner Schule verschmerzt Dostojewskij relativ rasch. Seit 1846 besucht er den literarischen Kreis der Brüder Beketow. Alexej, den Ältesten, kennt er aus der Ingenieurschule. Andrej und Nikolaj, die beiden Jüngeren, studieren damals noch. Beide werden einmal steile wissenschaftliche Karrieren machen, Nikolaj als Chemiker an der Universität Charkow, Andrej als Botanikprofessor und Rektor der Universität Petersburg. Literarische Zirkel wie die der Beketow-Brüder schießen in den 1840er Jahren in Russland wie Pilze aus dem Boden. Gesellschaftlich nicht auf den höheren Adel festgelegt, sondern offen auch für Künstler, Literaten, Beamte und Gelehrte aus anderen sozialen Schichten, kommt ihnen im Zeichen der politischen Restauration und des strengen Zensurregimes unter Nikolaj I. eine wichtige Funktion für die Herausbildung eines russischen «Ideenmarktes» zu.[74] Weitere Mitglieder des Zirkels sind Dostojewskijs Hausarzt Stepan Janowskij, die Dichter Alexej Pleschtschejew und Dmitrij Grigorowitsch sowie die Brüder Apollon und Walerian Majkow, Letzterer trotz seines jugendlichen Alters ein belesener und instinktsicherer Kritiker, der Dostojewskijs Ausnahmetalent sofort erkennt und seinem psychologischen Gespür höchsten Respekt bezeugt.

Nachdem Belinskij beim «Zeitgenossen» angeheuert hat, wird Walerian Majkow Chefkritiker der «Vaterländischen Annalen». In der Januarausgabe des Jahre 1847 hebt er Dostojewskij auf eine Stufe mit Nikolaj Gogol. Interessiere sich Gogol vor allem für das Wesen der Gesellschaft, so richte Dostojewskij den Blick aufs Individuum und die Anatomie der von dieser Gesellschaft geprägten Seelen. Der Allmacht des Milieus im Positivismus und in der Poetik der Natürlichen Schule setzt Majkow das durch Christus verkörperte Ideal des freien Willens entgegen, ein Gedanke, der in Dostojewskijs Werk tiefe Spuren hinterlassen wird. Dem jungen Majkow war es nicht vergönnt, seine große Begabung zur vollen Entfaltung zu bringen. Wenige Monate nach seinem Dienstantritt bei den «Vaterländischen Annalen» erliegt er im Alter von dreiundzwanzig Jahren beim Baden einem Herzschlag. Sein zwei Jahre älterer Bruder Apollon, ein ausgebildeter Jurist, dessen Liebe jedoch der Poesie gilt, gehört zu den wenigen Autoren, mit denen Dostojewskij eine Jahrzehnte währende feste Freundschaft verbinden wird.

Der Kreis der Majkow- und der Beketow-Brüder, in dem Dostojewskij ein neues Zuhause findet, ist frei von den Intrigen des Belinskij-Zirkels. Die neue Gemeinschaft hilft Dostojewskij, sein angeschlagenes Ego wiederaufzurichten. Hier muss er nicht glänzen, weder intellektuell noch literarisch. Die Gesellschaft der neuen Freunde tut seiner Seele so gut, dass er im Spätherbst 1846 zusammen mit den Beketows eine Wohnung auf der Petersburger Wassilij-Insel bezieht. Wenn er diese Wohngemeinschaft als «Assoziation» bezeichnet (26. 11. 1846), so schlägt sich darin die Begeisterung der Beketow-Brüder für die sozialutopischen Ideen Charles Fouriers nieder. Nach ihrer Beschäftigung mit der Philosophie des deutschen Idealismus in den 1830er Jahren suchen Russlands kritische Intellektuelle ihr Heil jetzt in einer Philosophie der Tat. Dazu machen Schriften wie die von Saint-Simon, Fourier und Proudhon konkretere Vorschläge als die Systemphilosophien Schellings und Hegels.

Auch Dostojewskij, den schon Belinskij für die Ideen des Sozialismus gewonnen hatte, ist angetan von Fouriers «Theorie der vier Bewegungen», der zufolge alle Bereiche des Kosmos, also Natur und Geschichte ebenso wie Gesellschaft und Individuum, dem aus Newtons Gravitationstheorie abgeleiteten Gesetz der wechselseitigen Anziehungs- oder «Assoziationskraft» unterworfen sind und nicht der Vernunft. Für Dostojewskij besteht der Reiz dieser Theorie zum einen in der Dominanz der Leidenschaften und der Gefühle über den Verstand, zum anderen darin, dass Fourier sie, anders als Belinskijs atheistischer Rationalismus, in Einklang mit den Lehren des Evangeliums zu bringen sucht. Auch Fouriers antikommerzielle Haltung, seine Kritik der Kaufmannschaft, die er des Diebstahls, der Raubgier, des notorischen Betrugs bezichtigt,[75] dürfte Dostojewskijs Interesse gefunden haben.

Dass Fourier auch die Börsenspekulation verurteilt (also eine Praxis, deren Psychologie Dostojewskij keineswegs fremd ist), weil sie der Produktion Gelder entziehe, die allein der individuellen Bereicherung dienen,[76] ist Dostojewskij offensichtlich entgangen. Überhaupt bleibt unklar, wieweit er mit Fouriers Schriften vertraut war. Ganz sicher aber war ihm das Konzept der «Phalanstères» geläufig, jener Produktions- und Lebensgemeinschaften, die an die Stelle der ökonomischen Konkurrenz das Prinzip der Solidarwirtschaft setzen sollten. Gegenüber Michail spricht er in Bezug auf die Wohngemeinschaft mit den Beketows von den «Wohltaten der Assoziation» (26.11.1846). Damit ist vordergründig die Tatsache gemeint, dass er eigenen Angaben zufolge in der Beketow-Kommune deutlich billiger leben kann als bisher und mit einem Jahresbudget von 400 Silberrubel auskommt – ein ökonomisches Argument, das auch schon Fourier zugunsten der Phalanstères ins Feld führt. Vor allem aber versteht Dostojewskij unter «Wohltaten» eine Atmosphäre der Kameradschaft und Solidarität, die nach Fourier den «progressiven Haushalt» vom individuellen unterscheidet.[77]

Im März 1846 – Dostojewskij schwamm damals noch auf der Woge seines frühen Ruhmes – hatte ihn auf einem seiner Spaziergänge ein Herr in ungewöhnlichem Habit angesprochen und sich nach seinen literarischen Plänen erkundigt. Das Haupt des Fremden krönte ein viereckiger Zylinder, und statt eines Mantels mit Pelerine, wie ihn die Herrenmode der 1840er Jahre vorschrieb, trug er einen wallenden Umhang aus nachtblauer Seide, einen sogenannten Almaviva, wie er zwei Jahrzehnte zuvor einmal Mode gewesen war. Das exotische Erscheinungsbild des Mannes ergänzte ein Vollbart, der seit Peter dem Großen in Russland verpönt, Staatsdienern gar untersagt war. Der Fremde stellte sich vor als Michail Butaschewitsch-Petraschewskij. Er war dafür bekannt, am helllichten Tage Feuerwerkskörper zu zünden, wildfremde Menschen in vertrauliche Gespräche zu ziehen und zu verulken oder als altes Weib verkleidet (aber mit Vollbart!) durch Petersburg zu flanieren. Als er eines Tages in diesem Aufzug in der Kasaner Kathedrale am Newskij-Prospekt erschien und sich unter die betenden Kirchgängerinnen mischte, soll ihn ein Polizeibeamter mit der Bemerkung aufgehalten haben: «Gnädige Frau, mir scheint, Sie sind ein verkleideter Mann!» – «Und mir, gnädiger Herr», soll Petraschewskij geantwortet haben, «scheint, Sie sind ein verkleidetes Frauenzimmer.»[78] Sprach's und verschwand in der Menge.

Derart exzentrische Auftritte passen nicht recht zum Bild des «typischen russischen Revolutionärs», das man sich von Petraschewskij gemacht hat.[79] Sie sind ein Erbe des romantischen Dandys, der als «homme fatale» den Bürgerschreck gab. 1821 als Sohn eines Militärarztes geboren, hatte Petraschewskij Russlands Eliteschule, das Alexander-Gymnasium in Zarskoe Selo bei Petersburg, besucht, wo er wegen seines aufsässigen Verhaltens wiederholt abgemahnt worden war. Nach der Reifeprüfung hatte er im Außenministerium die mäßig attraktive Stelle eines Übersetzers angetreten. Der schmale Lohn, den Petraschewskij als Beamter bezog, reichte kaum zum Leben, doch hatte sein Vater ein Landgut und Mietshäuser erworben, von deren Erträgen Petraschewskij bequem leben konnte.[80] Im Außenministerium besteht seine Aufgabe darin, die Dokumente straffällig gewordener Ausländer zu übersetzen und Inventarlisten ihrer beschlagnahmten Habe zusammenzustellen. Sein besonderes Augenmerk gilt dabei Büchern, die auf dem Index der russischen Zensur stehen. Die interessantesten Titel lässt er heimlich mitgehen und ersetzt sie durch eigene oder gekaufte Bücher. Auf diese Weise kommt im Laufe der Zeit in Petraschewskijs Wohnung an der Sadowaja-Straße eine stattliche Bibliothek ausländischer, in Russland sonst kaum zugänglicher Literatur sozialkritischen Inhalts zusammen, darunter Werke von Saint-Simon, Fourier, Cabet, Blanc, Blanqui, Lamennais, Proudhon und Feuerbach.

Petraschewskijs imposanter Bücherschatz inspiriert den mit ihm befreundeten Offizier Nikolaj Kirillow, ein Werk in der Tradition der französischen Enzyklopädie zu verfassen, das unter dem Titel «Taschenwörterbuch ausländischer Begriffe» einzig dem subversiven Zweck dient, das russische Publikum mit Ideen der europäischen Aufklärung vertraut zu machen. Dies geschieht durch Artikel wie «Arbeitsorganisation», «Ökonomie», «Verfassung», «Republik» oder «Revolution». Redakteur des ersten Bandes (1845) ist Dostojewskijs Freund Walerian Majkow, während Petraschewskij den zweiten Band selbst redigiert. Die größtenteils noch nicht ausgelieferte Auflage des zweiten Bandes wird von der Regierung, der die politische Brisanz des «Taschenwörterbuchs» zunächst entgangen war, im Mai 1846 konfisziert und verbrannt.

«Da ich unter Frauen so wenig wie unter Männern einen Menschen finde, dem ich meine Zuneigung widmen könnte», so begründet der eingefleischte Junggeselle Petraschewskij seine revolutionäre Gesinnung, «habe ich mich dem Dienst an der Menschheit verschrieben.» Sein Menschheitsprojekt möchte er zunächst an den eigenen Bauern erproben. 1847 lässt er auf seinem Landsitz am Ladoga-See ein großes Gemeinschaftshaus mit Ställen, Scheunen und Speichern errichten, in dem die Bauern künftig nach den Prinzipien von Fouriers Phalanstères frei, kollektiv und glücklich leben sollen. Pünktlich zu Weihnachten ist das Gebäude fertig. Doch als Petraschewskij erwartungsfroh aus dem nahen Petersburg anreist, um mit den Bauern ihre Befreiung vom Joch des Individualismus zu feiern, findet er nur noch die verkohlten Reste des bis auf die Grundfesten niedergebrannten Gemeinschaftshauses. Offenbar hielten die Bauern eine Strafe wegen Brandstiftung für ein geringeres Übel als den Verlust ihrer «stinkenden, schmutzigen Habe».[81]

Seit 1845 versammelt sich in Petraschewskijs Wohnung freitagabends ein Kreis junger, überwiegend akademisch gebildeter Männer, um über aktuelle gesellschaftliche, philosophische und literarische Themen zu debattieren. An den Diskussionen nimmt seit Februar 1847 auch Dostojewskij teil, oft mit Lesungen aus seinem Werk. Das Abendprogramm besteht in der Regel aus einem Vortrag mit anschließender Diskussion. Die Veranstaltungen beginnen am späten Abend und enden um zwei oder drei Uhr morgens nach einem gemeinsamen Nachtmahl, zu dem reichlich Wein fließt. Während für leibliche Genüsse solcher Art in anderen

Zirkeln von den Gästen nicht selten ein Obolus zu entrichten ist, bestreitet Petraschewskij alle Unkosten aus eigener Tasche. Für die meist aus weniger betuchten Verhältnissen stammenden Gäste, nicht zuletzt für Dostojewskij, stellt dies einen nicht unwesentlichen Anreiz dar. Hinzu kommt, dass jeder Sitzungsteilnehmer das Recht hat, aus Fouriers Bibliothek ein Buch zu entleihen. Besondere Statuten gibt es nicht. Verbindende Elemente der Gruppe sind die Begeisterung für die Ideen des utopischen Sozialismus im Allgemeinen und für Charles Fourier im Besonderen sowie die Ablehnung der in Russland bestehenden politischen Ordnung, vor allem der Autokratie und der Leibeigenschaft.

Als im Frühjahr 1848 in Paris die ersten Barrikaden errichtet werden, springt der revolutionäre Funke auch auf die Petraschewzen über. Alexander Miljukow, später einer der engsten Freunde Dostojewskijs, der sich Petraschewskij im Revolutionsjahr 1848 angeschlossen und für dessen Kreis die «Paroles d'un croyant» (Worte eines Gläubigen) des Abbé Lamennais übersetzt hat, erinnert sich:

> Die verfaulten Fundamente der alten Reaktion stürzten ein, in ganz Europa begann ein neues Leben. Nur in Russland herrschte völliger Stillstand. Wissenschaft und Presse gerieten immer mehr unter Druck [...] Aus dem Ausland wurde eine Menge liberaler wissenschaftlicher und literarischer Werke eingeschmuggelt; in französischen und deutschen Zeitungen erschienen [...] aufrüttelnde Artikel, während bei uns jede Art von wissenschaftlicher und literarischer Betätigung mehr denn je unterdrückt wurde und die Zensur von einer regelrechten Bibliophobie infiziert war. Man kann verstehen, wie sehr all dies junge Menschen erregen musste, die auf der einen Seite durch die aus dem Ausland kommenden Bücher nicht nur mit liberalen Ideen, sondern auch mit extremen sozialistischen Programmen vertraut waren und die auf der anderen Seite mitansehen mussten, wie bei uns jeder noch so harmlose freie Gedanken verfolgt wurde.[82]

Auf die alarmierenden Nachrichten aus Paris, Berlin und Wien antwortet Nikolaj I., dem der Putschversuch der Dekabristen von 1825 und der polnische Aufstand von 1830/31 noch in den Knochen sitzen, mit einem Bündel repressiver Maßnahmen. Die erste besteht in der Verschärfung der Zensur durch ein mit Sondervollmachten ausgestattetes Kontrollkomitee unter Vorsitz des Generalmajors Dmitrij Buturlin, dessen Auftrag in der strengen, flächendeckenden «Überwachung von Geist und

Tendenz aller russischen Druckerzeugnisse» besteht. Sergej Uwarow, bis 1849 Minister für Volksbildung, wird persönlich dafür verantwortlich gemacht, dass in der russischen Presse fortan jede regierungskritische Äußerung unterbleibt.

Bis zum Ende der Ära Nikolajs I. im Jahre 1855 wird das Buturlin-Komitee Presse und Literatur Russlands mit einem regelrechten Zensurterror überziehen, weshalb diese Ära in die russische Geschichte als «finsteres Jahrsiebt» eingegangen ist. Eine weitere Maßnahme der Regierung sind die verstärkten Aktivitäten der berüchtigten Dritten Abteilung der Kaiserlichen Kanzlei, einer Geheimpolizei, die nach dem Putschversuch der Dekabristen von 1825 eingerichtet worden war und landesweit ein Netz von Spitzeln unterhält. Hinzu kommen Repressalien wie die Aufhebung der vom Heiligen Synod, der obersten Kirchenbehörde, seit langem misstrauisch beäugten Lehrstühle für Philosophie als vermeintlichen Brutstätten der Freigeisterei sowie ein Numerus clausus für die Universitäten des Landes. Im Rückblick auf das «finstere Jahrsiebt» spottet Nekrassow: «Fanatisch kämpfte Buturlin, / Und laut erscholl tagaus, tagein / Sein hehrer Schlachtruf grell und kühn: / *Schließt doch die Universitäten, / dann wird die Pest bezwungen sein!*»[83]

Mit den revolutionären Ereignissen in Westeuropa verstärkt sich der Zulauf zu Petraschewskijs Zirkel, in dem vor allem das Problem der Leibeigenschaft debattiert wird. Der radikale Flügel der Petraschewzen fordert die sofortige Befreiung der Bauern. Auf Reformen von oben zu warten sei zwecklos. Die Bauern müssten notfalls durch einen bewaffneten Aufstand befreit werden. Dagegen setzt Petraschewskij, in dessen Augen ein Putsch nur zu sinnlosem Blutvergießen und einer Verschärfung der politischen Reaktion führen würde, auf eine Reform des russischen Rechts, von der, wie er glaubt, alle Stände Russlands und nicht nur die Bauern profitieren müssten.

Petraschewskijs Gegenspieler in dieser Frage ist der aus einer wohlhabenden Gutsbesitzerfamilie stammende Nikolaj Speschnjow, dessen Vater von seinen leibeigenen Bauern umgebracht worden war, weil er ihre Ehefrauen wiederholt sexuell belästigt hatte. Wie Petraschewskij hatte Speschnjow das ehrwürdige Alexander-Gymnasium in Zarskoe Selo besucht und war 1841 mit der Gattin eines benachbarten Gutsbesitzers nach Europa durchgebrannt. Das romantische Setting dieser Flucht hinderte ihn nicht daran, sich in Frankreich und Deutschland in materialistisches und sozialistisches Schrifttum zu vertiefen. Besonders angetan hatte es ihm Ludwig Feuerbachs Anthropotheismus, der Speschnjows romantischer Revolte gegen jede Form von Autorität, die göttliche inbegriffen, eine theoretische Grundlage gab. Dass er, wie gelegentlich behauptet, in Dresden Kontakte zur polnischen Opposition hergestellt und im Schweizer Sonderbundkrieg auf Seiten der protestantisch-liberalen Kantone gegen die katholisch-konservativen gekämpft habe, ist nicht belegt. Solche Gerüchte entsprechen jedoch der Aura des gleichermaßen umtriebigen wie undurchsichtigen Aktivisten, in die Speschnjow sich hüllte. Seine vollendeten Manieren und sein blendendes Aussehen – ein Zeitgenosse meinte, sein von dunklen Locken gerahmtes Antlitz hätte sich als Vorlage für eine Christ-Erlöser-Ikone geeignet[84] – passen ebenso in dieses Bild wie seine Verschwiegenheit, seine Unnahbarkeit und seine Selbstbeherrschung.

Im Dezember 1847 war Speschnjow nach Russland zurückgekehrt und hatte Kontakt zu Petraschewskij aufgenommen. In Europa mit den Anschauungen französischer Kommunisten wie Étienne Cabet und Louis-Auguste Blanqui vertraut geworden, hält Speschnjow wenig von den akademischen Debatten des Petraschewskij-Zirkels. Stattdessen setzt er auf konkrete Aktionen zur Bekämpfung der gegebenen politischen Ordnung. Dazu gehören die Bereitschaft zum bewaffneten Aufstand, die Bildung kleiner, im Untergrund operierender Aktionsgruppen, ein Zentralkomitee, bei dem die Fäden der revolutionären Aktion zusammenlaufen, sowie nicht zuletzt geeignete Maßnahmen zur politischen Propaganda. In Umrissen zeichnet sich hier der Plot des Romans «Die Dämonen» ab, dessen Held, Nikolaj Stawrogin, vermutlich durch die Figur Speschnjows inspiriert wurde.

Dostojewskij verfolgt die ständige Vergrößerung der Freitagsversammlungen bei Petraschewskij mit wachsendem Unbehagen. Seit Herbst 1848 nimmt er neben den «Freitagen» wöchentlich auch an den Zusammenkünften des Zirkels von Sergej Durow und Alexander Palm teil, dieser ein dichtender Gardeoffizier, jener ein Beamter, der seinen Abschied vom Dienst genommen hatte, um sich ganz der Poesie zu widmen. Was Dostojewski dazu bewegt, sich ihnen anzuschließen, ist sowohl das literarische Interesse als auch die klarere ideologische Linie

Vier Petraschewzen: M. B. Petraschewskij, N. A. Speschnjow, S. F. Durow, A. I. Palm

der beiden. Zu den Mitgliedern des Palm-Durow-Kreises zählt auch der Dichter Alexej Pleschtschejew, der schon dem Beketow-Kreis angehört hatte. Aus seiner Feder stammt das populär gewordene Revolutionslied «Voran! Kein Zaudern darf es geben!» (Wperjód! Bes strácha i somnénija!), das eine Vorstellung von der politischen Stimmung im Palm-Durow-Zirkel gibt. Es ruft auf zum «blutigen Kampf» und zum Sturz aller «Götzen am Himmel wie auf Erden», da auf dieser Welt nur eine Autorität, «die heilige Wahrheit», anzuerkennen sei. 1846 entstanden, muss diese «Hymne der Petraschewzen» auch Dostojewskij bekannt gewesen sein, der ihren Text ungeachtet seines atheistischen Inhalts deshalb geschätzt haben dürfte, weil er ganz im Sinne der Bergpredigt die «Freunde und Brüder» dazu aufruft, «den Armen wie den Reichen das Gebot der Liebe zu verkünden». Gesungen wurde Pleschtschejews Text zur Melodie von Dmitrij Bortnjanskijs Kirchenchoral «Wie herrlich unser Herr in Zion» (Kol sláwen nasch Gospód v Sióne), der bis zum Jahre 1833 Russlands inoffizielle Staatshymne war. Die Ironie des Schicksals wollte es, dass dieselbe Melodie einmal stündlich vom Glockenspiel der Peter-Pauls-Festung gespielt wurde, in der die Petraschewzen wenig später in Untersuchungshaft sitzen sollten.

Im Herbst 1848 suchen Pleschtschejew und Dostojewskij gemeinsam Speschnjow auf und schlagen ihm vor, sich künftig an einem anderen Ort zu treffen als bei Petraschewskij, wo es zu akademisch zugehe. Zudem tummelten sich dort neuerdings so viele fremde Personen, dass es immer riskanter werde, seine Meinung frei zu äußern. Über Dostojewskijs Beziehung zu Speschnjow gehen die Meinungen auseinander. Seinem Freund Doktor Janowskij fällt auf, dass sich Dostojewskijs Verhalten im Winter 1848/49 eigentümlich verändert. Er wirkt niedergeschlagen, bedrückt und unruhig. Als Arzt kann er keine körperliche Ursache für diesen Verhaltenswandel erkennen. «Das geht vorbei!», sucht er den Freund zu beruhigen. «Nein», erwidert Dostojewskij, «das geht nicht vorbei, sondern wird mich noch lange belasten. Ich habe von Speschnjow Geld angenommen (er nannte eine Summe von rund 500 Silberrubel) und bin ihm jetzt ausgeliefert. Zurückzahlen kann ich ihm diese Summe nicht. Und er will das Geld ja auch gar nicht zurückhaben. So ist er nun mal.» Und er fügt hinzu: «Seitdem habe ich meinen Mephistopheles, verstehen Sie!»[85]

Nun hat Dostojewskij ständig bei irgendwem Schulden; ein Leben ohne Schulden kennt er überhaupt nicht. Insofern ist es psychologisch wenig wahrscheinlich, dass ein Kredit von 500 Rubel sein Gewissen so furchtbar belastet haben sollte. Andererseits gibt es mehr als einen Hinweis darauf, dass Dostojewskij in den Jahren 1848/49 ähnlich radikal dachte wie der Feuerbach-Schüler Nikolaj Speschnjow.[86] Auf die im Palm-Durow-Kreis diskutierte Frage: «Wenn aber die Bauern nicht anders als durch einen Aufstand befreit werden können?», antwortet Dostojewskij: «Dann eben durch einen Aufstand!»[87] In Situationen wie diesen konnte er sich dermaßen erregen, «dass er fähig war, mit der roten Fahne in der Hand auf die Straße zu gehen».[88] Ein anderes Mitglied des Palm-Durow-Kreises berichtet, dass den Petraschewzen «die leidenschaftliche Natur Dostojewskijs für die politische Propaganda besonders geeignet erschienen sei». Und ein Bekannter Speschnjows erinnert sich, «Dostojewskij sei dem Äußeren nach der echte Typ des Verschwörers gewesen».[89]

Vier Jahre nach Dostojewskijs Tod offenbarte Apollon Majkow dem Literaturhistoriker Pawel Wiskowatow in einem Brief, was er jahrzehntelang für sich behalten hatte: Dostojewskij habe ihn eines Abends im Januar 1849 aufgesucht, weil er beauftragt worden sei, ihn, Majkow, als Mitglied für Speschnjows revolutionäre Gruppe, die eine Geheimdruckerei einrichten sollte, anzuwerben. Das Gespräch habe sich in die Länge gezogen, weshalb Dostojewski beschlossen habe, bei seinem Freund zu übernachten, der ihm auf dem Sofa ein Nachtlager bereitete. Majkow erinnert sich, «dass Dostojewskij dasaß wie der sterbende Sokrates vor seinen Freunden. Im Nachthemd und mit aufgeknöpftem Kragen sprach er mit großem rhetorischen Feuer von der Heiligkeit dieser Sache, von unserer Pflicht, das Vaterland zu retten u. dgl. m.»[90] Trotz der Überredungskünste des Freundes lehnt Majkow es ab, bei diesem Unternehmen mitzumachen. Er hält es für selbstmörderisch. Bevor Dostojewskij am nächsten Morgen unverrichteter Dinge aufbricht, nimmt er Majkow das Versprechen ab, niemandem ein Wort über Speschnjows Gruppe zu sagen, die, wie Majkow erkennt, nicht weniger zum Ziel hat als einen «politischen Umsturz in Russland».

Angesichts solcher Zeugnisse spricht einiges dafür, dass Dostojewskij kein naiver Mitläufer der Petraschewzen, sondern ein Überzeugungstäter war. Die These Dmitrij Mereschkowskijs, Dostojewskij seien «die Ideen des Sozialismus nicht nur fremd» gewesen, sondern hätten «seiner ganzen Natur geradezu feindlich entgegengestanden», so dass er «zum Märtyrer [...] für eine Sache [wurde], an die er nicht einen Augenblick glaubte, die er vielmehr mit der ganzen Kraft seiner Seele hasste»,[91] sind einem russischen Exilautor geschuldet, dessen tiefster Abscheu der Oktoberrevolution und allem galt, was diese historisch vorbereitet hat, also auch den revolutionären Bewegungen der 1840er und 1860er Jahre.

Dostojewskij selbst hat später die Petraschewzen durchaus als Verschwörer und direkte Vorläufer der revolutionären Aktivisten der 1860/70er Jahre gesehen: «Hier gab es eine echte Verschwörung und alles, was auch zu späteren Verschwörungen, die nur eine Kopie davon waren, gehörte, d. h. eine geheime Druckerei und eine Lithographie.»[92] Dass erst Speschnjows Geld ihn zum Revolutionär gemacht hat, Dostojewskij sich also hat kaufen lassen, ist mehr als unwahrscheinlich. Angesichts der Hypersensibilität Dostojewskijs ist aber vorstellbar, dass allein schon der von dritter Seite herstellbare Zusammenhang zwischen Speschnjows rätselhaftem Kredit (oder war es ein Geschenk?) und Dostojewskijs Engagement in Speschnjows Gruppe den Autor seelisch so belastete, dass es zu dem von Janowskij im Winter 1848/49 beobachteten Verhaltenswandel kam.

Ein anderer Grund für Dostojewskijs Stimmungstief dürfte die Angst vor der Entdeckung seiner riskanten Aktivitäten durch die Geheimpolizei gewesen sein. Diese Furcht war wohlbegründet. Seit dem Frühjahr 1848 lässt das Innenministerium Petraschewskijs Kreis beobachten. Zuständig dafür ist ein gewisser Iwan Liprandi. Da dessen Recherchen auch nach mehreren Monaten kein greifbares Ergebnis zeitigen, schleust er den Studenten Pjotr Antonelli als Spitzel in dieselbe Abteilung des Außenministeriums, in der Petraschewskij arbeitet. Ab März 1849 besucht Antonelli als Undercover-Agent Petraschewskijs «Freitage» und beliefert von nun an das Innenministerium wöchentlich mit Berichten. Antonelli ist auch am 15. April zugegen, als Dostojewskij das berühmte Sendschreiben Wissarion Belinskijs an Nikolaj Gogol vorträgt, von dem Pleschtschejew ihm aus Moskau eine Abschrift geschickt hatte. Belinskij hatte diesen Brief, sein ideologisches Vermächtnis, im Sommer 1847 im niederschlesischen Bad Salzbrunn verfasst, wo er sich zur Behandlung seiner Tuberkulose aufhielt. In Russland erst 1914 zum Druck freigegeben, zirkulierte das Dokument dort schon gegen Ende der 1840er Jahre in Hunderten von Kopien.

Gegenstand des Briefes ist jenes «unselige Buch»[93], das Nikolaj Gogol 1847 unter dem Titel «Ausgewählte Stellen aus dem Briefwechsel mit

Freunden» publiziert hatte. Darin reagiert Gogol, der lange in Westeuropa gelebt hat, auf die revolutionären Gärungen der Vormärzepoche, indem er das «Heilige Russland» samt Autokratie, Leibeigenschaft und Zensur als gottgefälliges Bollwerk gegen die zersetzenden Ideen des Westens in Stellung bringt. Belinskijs Empörung über den «Briefwechsel» war umso größer, als er bis dahin Gogol als kühnen Gesellschaftskritiker gepriesen und zum Führer des geistigen Russland erklärt hatte. Ähnlich wie bei Dostojewskij, nur sehr viel heftiger, schlägt Belinskijs Liebe nun ins Gegenteil um. Er nennt Gogol einen «Prediger der Knute», «Apostel der Ignoranz» und «Verfechter des Obskurantismus». Mit böser Lust bürstet er den von Gogol beschworenen Mythos vom heiligen Russland, eines der drei Kernelemente der Staatsräson Nikolajs I. («Rechtgläubigkeit, Selbstherrschaft, Volkhaftigkeit»), gegen den Strich. Das russische Volk, lässt er Gogol wissen, sei nicht gläubig, sondern abergläubisch und letztlich gottlos: «Der Russe kratzt sich, wenn er den Namen Gottes ausspricht, an einer gewissen Stelle. Und über die Ikone sagt er: ‹Taugt sie was, beten wir vor ihr – taugt sie nichts, nehmen wir sie als Topfdeckel.›» Den russischen Staatsapparat bezeichnet Belinskij als «riesige Korporation von Verbrechern und Dieben» und die Leibeigenschaft als ein barbarisches Geschäft, bei dem «Menschen mit Menschen Handel treiben».[94]

Ein so vernichtendes Urteil über das Russland Nikolajs I. hatte es seit Pjotr Tschaadajews erstem «Philosophischen Brief» (1836) und dem Reisebericht des Marquis de Custine «La Russie en 1839» (1843) nicht mehr gegeben. Dostojewskij trägt Belinskijs Pamphlet dreimal vor: zweimal Ende März 1849 im Palm-Durow-Kreis, ein weiteres Mal am 15. April in Petraschewskijs Freitagsrunde. Die atheistischen Passagen des Briefes müssen ihn irritiert haben. Aber Belinskijs Anklage gegen Sklavenwirtschaft und Autokratie, leidenschaftlich im Ton und brillant in der Form, trifft seinen nach wie vor wachen Schiller-Nerv. Dostojewskijs Vortrag hat das gleiche Feuer wie Belinskijs Schrift und allem Anschein nach die gleiche Wirkung. Der Spion Antonelli gibt zu Protokoll, Dostojewskijs Lesung habe «immer wieder die begeisterte Zustimmung der Gesellschaft [...] vor allem an der Stelle [gefunden], wo Belinskij sagt, dass das russische Volk keine Religion habe. Es wurde vorgeschlagen, den Brief in mehreren Exemplaren zu verbreiten.»[95]

Das Imperium schlägt zurück

Am 22. April 1849 findet die letzte Versammlung bei Petraschewskij statt. Der Hausherr hält einen Vortrag darüber, wie die Literaten des Kreises künftig stärker zur politischen Aufklärungsarbeit beitragen könnten. Ein Teilnehmer schlägt vor, man solle sich ein Beispiel an den Franzosen nehmen, zum Beispiel an George Sand oder Eugène Sue. Das tue er längst, hätte Dostojewskij erwidern können. Aber Dostojewskij ist gar nicht anwesend. Er fühlt sich unwohl an diesem Tag, irgendwie krank, niedergeschlagen, erschöpft, urlaubsreif. Wie schon im letzten Jahr wütet in Petersburg die Cholera, auch das drückt die Stimmung. Am frühen Abend begegnet ihm auf dem Sagorodnyj-Prospekt sein jüngerer Bruder Andrej, der unlängst eine Stelle bei der Oberaufsicht für das russische Bauwesen angetreten hat. Am liebsten, vertraut Dostojewskij dem Bruder an, würde er alles stehen und liegen lassen und verreisen, doch dazu fehle ihm das Geld. Andrej mit seinem schmalen Gehalt kann ihm da auch nicht helfen. Die beiden verabschieden sich. Übermorgen, am Sonntag, wollen sie sich bei Michail zum Essen wiedersehen.

Den ganzen Tag über hat es in Strömen geregnet. Dostojewskij ist bis auf die Knochen durchnässt, ihm ist kalt, obwohl der Frühling des Jahres 1849 ein ungewöhnlich warmer ist. Er beschließt, sich in Janowskijs naher Wohnung aufzuwärmen. Der heißt den Freund wie stets willkommen, versorgt ihn mit trockener Wäsche und heißem Tee. Als Dostojewskij gegen neun Uhr abends aufbrechen will, regnet es immer noch in Strömen. Der Doktor rät ihm, eine Droschke zu nehmen, doch selbst dafür fehlt Dostojewskij das Geld. Da auch Janowskij kein Kleingeld parat hat, hält er es moralisch für vertretbar, leihweise ein paar silberne Fünfkopekenstücke aus der von ihm verwalteten gemeinsamen Kasse zu nehmen, die von den Mitgliedern des Palm-Durow-Kreises unlängst eingerichtet wurde. Die Idee dazu stammte von Dostojewskij. Als Rücklage für individuelle Notfälle gedacht, steht sie erkennbar in der Genossenschaftstradition der Phalanstères.

Um halb zehn bricht Dostojewskij auf. Janowskij glaubt, dass er zu Petraschewskij fahren will.[96] Aber Dostojewskij ist auf dem Weg zu Nikolaj Grigorjew. Dieser zählt zu den radikalsten Mitgliedern des

Speschnjow-Kreises und war derjenige gewesen, der sich für die Einrichtung einer Geheimdruckerei eingesetzt und dafür schon mal einen Text vorbereitet hatte. Sein «Soldatengespräch», eine Art früher Agitprop-Text,[97] handelt von einem leibeigenen Bauern, der von seinem bösen Grundherrn wegen Aufsässigkeit zu den Soldaten geschickt und dadurch für immer von seiner Familie getrennt wird. Erst zwischen drei und vier Uhr morgens kehrt Dostojewskij in seine Wohnung an der Malaja-Morskaja-Straße zurück. Weder ahnt er, dass er das Geld aus der Solidarkasse des Palm-Durow-Zirkels nie wird zurückzahlen können, noch dass ihm kaum mehr als eine Stunde Schlaf bleibt. Der Staat holt zum Gegenschlag aus.

Erst spät hatte die Kaiserliche Kanzlei Wind von der Causa Petraschewskij bekommen, die der ehrgeizige Innenminister Graf Perowskij unter Umgehung der Dritten Abteilung eigenmächtig an sich gezogen hatte. Beide Institutionen konkurrieren seit Jahren mit- und intrigieren nach Kräften gegeneinander. Perowskij muss den Vorgang am 20. April 1849 an General Orlow, den Chef der Geheimpolizei, abgeben. Der lässt Iwan Liprandi unverzüglich eine Namens- und Adressliste aller Teilnehmer an Petraschewskijs «Freitagen» zusammenstellen. Einen Tag später liegt dem Kaiser ein Dossier mit vierunddreißig Namen und Adressen vor. Waren die Dezember-Putschisten von 1825 ausnahmslos Sprösslinge des mittleren und höheren Adels gewesen, so setzt sich der Petraschewskij-Kreis aus Vertretern verschiedener sozialer Schichten zusammen. Die Kaiserliche Kanzlei wittert daher fälschlich eine Verschwörung, die bereits breiteste Schichten der Bevölkerung erfasst habe, und sieht Gefahr im Verzug.

General Orlow erhält Order, alle Tatverdächtigen unverzüglich hinter Schloss und Riegel zu bringen. Dies geschieht in den frühen Morgenstunden des 23. April. In allen vierunddreißig Fällen laufen die Festnahmen nach dem gleichen Schema ab, durchgeführt von einem gemischten Kommando aus Militär und Gendarmerie unter dem Befehl eines Offiziers: Pünktlich zur festgesetzten Stunde verschaffen sich die Uniformierten Zutritt zur Wohnung des zu Verhaftenden, der nach Verlesung des Haftbefehls aufgefordert wird, sich anzukleiden. Alsdann werden seine Räume penibel nach Büchern und Schriftstücken durchsucht. Dabei stellt die Staatsgewalt eindrucksvoll unter Beweis, was Dostojewskijs

Freund Alexander Miljukow, der ebenfalls im Palm-Durow-Kreis verkehrte, als die Bibliophobie des Nikolaitischen Russland bezeichnet. Sämtliche Bücher werden einzeln durchgeblättert, an den aufgeklappten Deckeln gepackt und geschüttelt, verdächtige Drucksachen und Manuskripte sorgfältig zusammengeschnürt und beschlagnahmt, Bilder von den Wänden und aus den Rahmen genommen, mitunter auch zerschnitten. Auch den Ofen unterzieht man einer eingehenden Inspektion. Möglicherweise hat der Betroffene noch in letzter Minute versucht, belastende Schriftstücke zu verbrennen. Nach Versiegelung der Wohnungstür wird der Festgenommene schließlich zu einer auf der Straße wartenden Kutsche geführt. Deren Fenster werden verhängt, und dann geht es im Trab zum Sitz der Dritten Abteilung, einem Palais unweit des Sommergartens.

Dostojewskij hat seine Festnahme elf Jahre später, aus fast schon epischem Abstand, in einer heiter-burlesken Tonart beschrieben, die nur wenig von der wahren Dramatik der Situation erahnen lässt.[98] Eine authentischere Darstellung dieses denkwürdigen Tages verdanken wir den «Erinnerungen» seines Bruders Andrej, der ebenfalls verhaftet worden war. Man hatte ihn mit Michail Dostojewskij verwechselt, der wegen seiner Zugehörigkeit zum Petraschewskij-Zirkel auf der Verhaftungsliste stand, dank dieses Aufschubs aber noch Gelegenheit bekam, wichtiges Belastungsmaterial zu vernichten. Erst Tage später erkennt die Polizei ihren Fehler. Andrej wird entlassen und statt seiner Michail Dostojewskij arretiert. Andrej erinnert sich an Einzelheiten seiner Festnahme, die Fjodor entweder vergessen hatte oder an die er sich aus Gründen der politischen Opportunität nicht mehr erinnern wollte.

Im Sitz der Dritten Abteilung werden die Verhafteten in einen Saal gebracht, wo ihre zuvor eingetroffenen Gefährten sie mit Fragen überschütten. Noch dürfen die Häftlinge sich frei bewegen und unterhalten. Kurze Zeit nach Andrej betritt Fjodor Dostojewskij den Raum, der sogleich zu seinem Bruder stürzt, um zu erfahren, weswegen man ihn verhaftet habe. Aber noch bevor es zu einer Aussprache kommt, werden die beiden getrennt und in verschiedene Räume abgeführt, auf die man die vierunddreißig Petraschewzen nun in Gruppen von jeweils acht bis zehn Mann aufteilt. Hier ist ihnen jedes Gespräch untersagt. Immerhin werden sie anständig verköstigt. Es gibt Tee und Kaffee, ein reichhaltiges

Frühstück, später ein Mittagsmahl – alles vom Feinsten, wie sich Andrej erinnert.

Gegen zehn Uhr vormittags tritt General Orlow, der Chef des Hauses, auf den Plan. Er teilt den Häftlingen mit, dass sie aufgrund ihrer Freveltaten alle bürgerlichen Rechte verwirkt hätten und ihnen nach Abschluss der demnächst anlaufenden Ermittlungen der Prozess gemacht werde. Bis zum späten Abend sind die Petraschewzen unter weiterhin striktem Redeverbot sich selbst überlassen. Erst kurz vor Mitternacht werden sie einzeln ein Stockwerk tiefer dem Stabschef der Dritten Abteilung, General Dubelt, vorgeführt. Der wirft einen flüchtigen Blick auf ein vor ihm liegendes Schriftstück und lässt sich von den Eintretenden nur noch ihre Identität bestätigen: «Mombelli?» – «Ja!» – «Durow? – «Ja!» «Dostojewskij?» – «Ja!» Dann werden die Häftlinge hinaus auf den Hof geführt, wo wie am Morgen auf jeden eine Kutsche wartet. Von drei Berittenen eskortiert, geht die Fahrt nun auf großen Umwegen, weil mehrere Brücken über die Newa wegen Hochwassers gesperrt sind, in die auf einer Newa-Insel gelegene Peter-Pauls-Festung. Dort geleitet man jeden einzeln durch lange, feuchte, nur spärlich beleuchtete Gänge zu seiner Zelle, deren Düsternis dem Häftling, hinter dem die Tür mit dumpfem Dröhnen ins Schloss fällt, einen Vorgeschmack auf das gibt, was ihn erwartet. Selbst Dmitrij Achscharumow, der zum harten Kern der Petraschewzen zählte und noch vor kurzem bei einem Bankett zu Ehren Fouriers kühn die Zerstörung des morschen politischen Systems seines Landes gefordert hatte, erinnert sich später, dass er, als die Zellentür hinter ihm verriegelt wurde, schluchzend auf die Knie fiel und zu beten begann.

Die Peter-Pauls-Festung ist stadtgeschichtlich die Keimzelle von Sankt Petersburg. Zu Beginn des 18. Jahrhunderts unter Peter dem Großen von Tausenden zwangsrekrutierten Bauern in der Newa auf dem sandigen Grund der sogenannten Haseninsel zum Schutz gegen die Schweden errichtet, repräsentiert sie sowohl das militärische Staatsverständnis als auch den Anspruch Zar Peters, der Natur seinen Willen aufzuzwingen. Als Grabkirche der Romanow-Dynastie ist die Peter-Pauls-Kirche, deren hohe, schlanke, für russische Kirchen atypische Turmspitze das Festungsensemble und die ganze Stadt weithin sichtbar überragt, zum nationalen Heiligtum Russlands geworden. Nach dem endgültigen Sieg über die Schweden bei Poltawa im Jahre 1709 als Verteidigungsanlage überflüssig geworden, diente die Festung zwei Jahrhunderte lang als Kaserne und Gefängnis.

Im westlichen der beiden Wallschilde, der Alexejew-Schanze, befand sich der als «Geheimes Haus» bezeichnete Hochsicherheitstrakt für politische Häftlinge, «ein eingeschossiges Haus aus weißem Stein [...] mit Fenstern nach drei Seiten, deren Glas zu zwei Dritteln von unten her dick mit Teer bestrichen» war.[99] Hier hatte Peter der Große seinen landesflüchtigen Sohn Alexej foltern und hinrichten lassen. Hier hatte unter Katharina der Großen der Aufklärer Alexander Radischtschew gedarbt, hatten die Dezember-Putschisten des Jahres 1825 ihrem Prozess entgegengesehen. Und hier werden später Nikolaj Tschernyschewskij und bis zur Oktoberrevolution Hunderte politischer Häftlinge einsitzen, darunter bis zu seiner Hinrichtung Alexander Uljanow, der Bruder Wladimir Lenins.

Im «Geheimen Haus» wird auch Dostojewskij untergebracht. Alles, was er auf dem Leib trägt und an Gegenständen bei sich hat – sechzig Kopeken und einen Kamm –, muss er abliefern. Seine Garderobe, die das Einlieferungsprotokoll vom wattierten Mantel über Trikothose, Weste, Hemd, Unterhose, Halstuch und Halsband bis hin zu Strümpfen und Stiefeln akkurat auflistet, landet im Festungsdepot. Stattdessen bekommt er ein Oberhemd aus grobem Leinen und als Unterhemd ein unförmiges Gebilde aus sackleinenen Flicken. Unterhosen sind nicht vorgesehen, dafür jedoch ständig rutschende Strümpfe sowie riesige Filzpantoffeln. Außerdem wird ihm ein stark verschmutzter Schlafrock aus grobem Militärstoff mit eingetrockneten Flecken gleicher Farbe und Größe wie auf der Strohmatratze und dem Kopfkissen der schmalen Gefängnispritsche ausgehändigt.[100]

Die Zelle ist spartanisch eingerichtet: ein vom Gang aus beheizbarer Ofen, eine Pritsche, ein Tisch mit Stuhl, eine Tranfunzel, ein Abtritteimer – das ist alles. Die Zellentür hat ein Fenster, durch das der Häftling Tag und Nacht überwacht wird. Immerhin scheinen die hygienischen Bedingungen und die Versorgung in Dostojewskijs Zelle etwas erträglicher gewesen zu sein als bei Andrej, der in einem anderen Festungsflügel eingekerkert war. Andrej klagt über Mangel an Licht und Luft, über Feuchtigkeit, Schmutz und vor allem über die allnächtliche Heimsuchung von Ratten. Im Sommer 1849, nach der Entlassung von zwölf

Petraschewzen, denen schwerere Vergehen nicht nachzuweisen sind, setzt der Festungskommandant, Iwan Nabokow – ein Urahn des «Lolita»-Autors –, eine Verbesserung der Haftbedingungen durch. Der General lässt neue Handtücher, Laken und Gefängniskleidung ausgeben. Zudem veranlasst er die Reinigung von Matratzen und Kissen und gestattet den Häftlingen, über die Wärter Tabak, Tee, Zucker und Kerzen zu kaufen oder sich von ihren Angehörigen bringen zu lassen. Dostojewskij wird bis zum Ende dieses Jahres für solche Luxusgüter genau 107 Rubel ausgeben. Seit Juli wird den Häftlingen auch die Lektüre von Büchern gestattet, zunächst allerdings nur religiöser Werke. Später dürfen auch Zeitschriften gelesen und Briefe geschrieben und empfangen werden. Darüber hinaus lässt man die Gefangenen vom Sommer an täglich eine Viertelstunde auf dem Hof, später auch im Festungsgarten spazieren gehen.

Trotz solcher Erleichterungen bleibt die Kerkerhaft, was sie sein soll: ein Mittel zur Demoralisierung der Gefangenen mit dem Ziel, ihren Willen zu brechen. Erstaunlicherweise verkraftet Dostojewskij die Festungshaft besser als viele seiner Leidensgefährten und als seine Neigung zur Hypochondrie erwarten ließe. Petraschewskij bittet die Gefängnisleitung, die Häftlinge mit Lektüre zu versorgen, weil nervöse Naturen wie Dostojewskij in der Isolationshaft sonst den Verstand verlören.[101] Diese Sorge sollte sich als unbegründet erweisen. Zwar leidet Dostojewskij unter der Eintönigkeit der Haft, dem Mangel an Licht, Luft, Bewegung und Gesprächen; zwar klagt er über körperliche Beschwerden wie Hämorrhoiden, Brustschmerzen, Schlaflosigkeit und Schwindelgefühle. Trotzdem klingen seine Briefe aus der Festung nie verzagt, sondern eher zuversichtlich. Dankbar registriert er den Empfang von Geld und Geschenken, besonders von Büchern, Zeitschriften und Zigarren. Am 6. Mai, dem Tag, an dem Andrej entlassen wird, erscheint in den «Vaterländischen Annalen» der dritte Teil seines Romans «Netotschka Neswanowa», dessen Korrekturfahnen er nicht mehr hatte lesen können und den er sich im Juni schicken lässt. Er hat neue literarische Pläne: «drei Erzählungen und zwei Romane» (18. 7. 1849), von denen allerdings nur einer verwirklicht werden sollte, nämlich die in heiterem C-Dur komponierte Novelle «Ein kleiner Held». Er stellt fest, dass er in der Stille des Gefängnisses konzentrierter arbeiten kann als draußen, wo er ständig abgelenkt wird.

Da sich die Welt für ihn jetzt auf seinen Kopf «und sonst nichts» reduziert (27.8.1849), hat er Gelegenheit, sein Leben Revue passieren zu lassen und festzustellen, wie viel Zeit er vergeudet hat (22.12.1849). Seine literarische Erfolgsbilanz nach fünf Jahren als freier Schriftsteller ist mager. Obwohl er mit verschiedenen Genres, Themen, Sujets und Erzählperspektiven experimentiert hat, hatte in der zweiten Hälfte der 1840er Jahre keines seiner Werke einen Erfolg wie den von «Arme Leute» erreicht. Daran konnte auch das Wohlwollen einiger weniger Kritiker wie Apollon Grigorjew und Walerian Majkow nichts ändern. Seine finanzielle Lage hatte sich seit 1845 stetig verschlechtert. Im letzten Brief vor seiner Verhaftung an seinen Verleger Alexander Krajewskij hatte er um den lächerlichen Betrag von fünfzehn Silberrubel regelrecht betteln müssen, weil er nicht nur pleite, sondern bis über die Ohren verschuldet gewesen war: «Ich kämpfe mit meinen Gläubigern wie Laokoon mit den Schlangen.» (20.6.1849) Den genannten Betrag hatte er als Vorschuss auf den 5. Teil von «Netotschka Neswanowa» gefordert, obwohl zu diesem Zeitpunkt noch nicht einmal der 4. Teil des Romans fertig war. Unablässig stand er unter dem Druck akuten Geldmangels und seiner Bringschuld gegenüber Krajewskij oder einem anderen Herausgeber.

All das hat an seinen Nerven gezehrt und ihn ausgelaugt. «Die Hälfte meiner Zeit ist mit meiner Erwerbsarbeit ausgefüllt, die andere mit Krankheit und hypochondrischen Anfällen, an denen ich nun schon seit drei Jahren leide.»[102] Diese psychische Krise hatte sich bei Dostojewskij inzwischen zu der Obsession gesteigert, lebendig begraben zu werden, weshalb er vor dem Einschlafen neben seinem Bett eine Notiz zu hinterlegen pflegte: «Heute kann ich in einen lethargischen Schlaf fallen, deshalb soll man mich nicht vor (soundsoviel) Tagen beerdigen.»[103] Schon seit 1845 ist Dostojewskij extremen Stimmungsschwankungen unterworfen, die als schizoider Prozess mitunter psychotische Formen annehmen.[104]

Das denkwürdige Gespräch mit seinem Bruder Andrej am Vorabend der Verhaftung, in dem er über das geklagt hatte, was man heute wohl als Burn-out-Syndrom bezeichnen würde, gibt den Zustand körperlicher und seelischer Erschöpfung wieder, in dem sich Dostojewskij im Frühjahr 1849 offenbar befindet. Wenn er gegenüber Michail von vertaner

Zeit spricht, so offenbar in der Erkenntnis, in eine Sackgasse geraten zu sein. Die haftbedingte Zwangspause beraubt ihn zwar seiner physischen Freiheit. Aber sie befreit ihn fürs Erste auch von Zwängen, die ihm in den letzten Monaten seine körperliche und seelische Gesundheit geraubt haben. Das deutliche Nachlassen des seelischen Drucks mag erklären, weshalb Dostojewskij trotz seiner starken Neigung zur Hypochondrie die Haft leichter ertragen kann als viele seiner Gefährten.

General Nabokow, der Kommandant der Peter-Pauls-Festung, ist zugleich Vorsitzender der seit dem 23. April 1849 arbeitenden fünfköpfigen Untersuchungskommission. Diesem Gremium arbeitet eine Unterkommission zu, die das gesamte bei den Petraschewzen beschlagnahmte schriftliche Material sichtet. Am 28. April 1849 beginnen die Verhöre. In der Regel dauern sie von 18 bis 21 Uhr, manchmal bis Mitternacht. Dostojewskij wird erstmals am 8. Juni vernommen. In seinen schriftlichen Aussagen erweist er sich als Meister eines rhetorischen Spiels, das in seinen späteren Romanen als Vernebelungstaktik und Kasuistik meist den Ruch des Jesuitischen hat. Er weiß, dass er sich auf dünnem Eis bewegt. Ein einziges falsches Wort kann ihm oder seinen Gefährten zum Verhängnis werden. Deshalb wählt er eine flexible Verteidigungsstrategie. Sie umfasst Zugeständnisse an die Obrigkeit in Form von Selbstkritik und Reuebekundungen ebenso wie die Leugnung von ihm zur Last gelegten Tatbeständen oder, als Ultima Ratio, die Flucht in Gedächtnislücken. Zu seiner Strategie gehört aber auch das Bekenntnis zu persönlichen Überzeugungen wie der Kritik an den Maulkorberlassen des Buturlin-Komitees und am russischen Zensurwesen[105] oder seinem Recht, als Staatsbürger über Wohl und Wehe des Vaterlandes öffentlich zu räsonieren. Die häufigen Richtungswechsel seiner Strategie machen Dostojewskijs Aussagen vor Gericht ambivalent und erzeugen eine flimmernde Textstruktur, wie sie später zum Markenzeichen seiner großen Romane werden wird. Nicht von ungefähr lautet das Urteil der Kommission über Dostojewskijs Persönlichkeit: «Klug, unabhängig, listig, standhaft».[106]

Dostojewskijs Apologie vor Gericht und sein literarisches Werk verbindet mehr als alles andere das geradezu ostentative Ausspielen seiner psychologischen Fähigkeiten besonders dort, wo er sich über die seelischen Eigenschaften seiner Gefährten auslässt. Durow attestiert er

Reizbarkeit und Hitzköpfigkeit, Timkowskij ein «angeborenes Gefühl für Eleganz, das nach Sättigung verlangt», Filippov eine Mischung aus Eigenliebe, Ruhmsucht und kindlichem Übermut.[107] Solche Psychogramme verfolgen ein doppeltes Ziel. Einerseits bezeugen sie die Bereitschaft des Angeklagten zur Kooperation dadurch, dass er, als ausgewiesener Spezialist für die Geheimnisse der menschlichen Seele, der Kommission seine Expertise zur Verfügung stellt. Andererseits sollen sie das Gewicht der politischen Beweggründe seiner Gefährten mindern. Reduziert auf Eitelkeit und Geltungsbedürfnis, unzureichende Affektkontrolle und Mangel an Erfahrung, kurzum auf fehlende menschliche Reife, schrumpfen Ideen und Taten der Petraschewzen zu lässlichen Jugendsünden. Und dieses Ziel scheinen Dostojewskijs Auslassungen denn auch erreicht zu haben. In ihrem Abschlussbericht kommt die Kommission zu dem Schluss, dass die Aktivitäten der Petraschewzen vor allem auf Unreife, Geltungssucht, Prahlerei mit liberalen Anschauungen und prätentiösen Tiefsinn zurückzuführen seien und insofern keine ernsthafte Gefährdung der staatlichen Ordnung darstellten.[108]

Einige Aussagen Dostojewskijs vor Gericht lassen bereits Dostojewskijs spätere Wende zum Nationalkonservativen erahnen. Sie sind nicht Ergebnis taktischen Kalküls, sondern einer selbstkritischen Bilanz, zu der ihm offenbar erst der haftbedingte Abbruch seines bisherigen hektischen Lebensrhythmus Gelegenheit gibt. Über die Theorien Fouriers sagt er, dass sie als typisch westeuropäisches Gedankengut «auf unserem Boden» nicht die geringste Aussicht auf Verwirklichung hätten. Dies nimmt im Kern die Doktrin der «Bodenständigkeit» vorweg, die Dostojewskij in den 1860er Jahren propagieren wird. Und wenn er Charles Fouriers sozialutopische Theorien als «Träumereien» bezeichnet,[109] so kommt damit die Figur des weltentrückten «Träumers» in den Blick, der schon in Texten wie «Die Wirtin» und «Weiße Nächte» in Erscheinung getreten war. «Träumereien» sind für Dostojewskij das gefährliche Andere des Bewusstseins.

Bewusstsein wiederum, das für jede Art von sozialer Aktivität unerlässlich ist – darin ist sich Dostojewskij nach wie vor mit Belinskij einig –, erwirbt man nicht durch Rückzug und Kontemplation,[110] sondern nur durch Teilhabe an den Geschäften des Staates und am Leben der Nation. Auch dieser Gedanke nimmt ein Leitmotiv des späteren

Werks vorweg, nämlich die Überzeugung, dass das Hauptproblem der russischen Intellektuellen ihre Abgeschnittenheit vom Volk, mithin ein Spaltungsphänomen darstelle; dem Namen des Helden von «Schuld und Sühne», Raskolnikow, ist es direkt eingeschrieben (s. unten S. 241). Das Erlebnis der Einzelhaft, in der sich das ganze Leben in «den Kopf zurückzieht» und auf «ewiges Grübeln und nochmals Grübeln» verengt (14. 9. 1849), wird für Dostojewskij zur Urszene dieser Art von Verkopfung und intellektueller Vereinsamung.

Die Untersuchungskommission beendet ihre Arbeit Mitte September 1849 mit einem Abschlussbericht, der feststellt, eine Verschwörung sei den Petraschewzen nicht nachzuweisen. Weder hätten sie über eine gemeinsame ideologische Plattform noch über die für Geheimgesellschaften typischen Organisationsformen verfügt. Knapp zwei Wochen später wird der Prozess auf Anordnung des Zaren vor eine aus Generälen und Senatoren zusammengesetzte Gerichtskommission gezogen, die die Sache nach Militärrecht, also unter juristisch deutlich verschärften Bedingungen, entscheiden soll.

Nach der Freilassung von zwölf Verhafteten, darunter im Juni auch Michail Dostojewskijs, hat sich die Zahl der Angeklagten im Juli 1849 auf zweiundzwanzig reduziert. Obwohl das Gericht der Auffassung der Untersuchungskommission folgt, dass eine echte Verschwörung nicht stattgefunden habe, befindet es die Angeklagten im Sinne der Feldgerichtsordnung des «Verbrechens gegen den Staat für schuldig» und verurteilt fünfzehn von ihnen, darunter Fjodor Michajlowitsch Dostojewskij, zum Tod durch Erschießen. Die übrigen sieben kommen mit mehrjährigen Haft- und Verbannungsstrafen davon. Im Falle Dostojewskijs wird das Todesurteil sowohl mit dem Verlesen und der Weitergabe von Belinskijs regimekritischem Brief an Gogol von 1847 begründet als auch damit, dass er bei einer Lesung des «aufrührerischen Werks des Leutnants Grigorjew mit dem Titel ‹Ein Soldatengespräch›» zugegen gewesen sei. Als besonders strafwürdig wird der Umstand gewertet, dass Dostojewskij die Behörden über die ihm bekannte Verbreitung aufrührerischen Schrifttums nicht in Kenntnis gesetzt, sprich keine Denunziation betrieben habe.

Um rechtskräftig zu werden, müssen die Urteile noch von der höchsten militärgerichtlichen Instanz, dem Generalauditoriat, bestätigt werden. Dieses nimmt sich am 19. November «die Freiheit, die Anwendung der kaiserlichen Gnade hinsichtlich der Entscheidung über das Los der Angeklagten und die Umwandlung der Todesstrafe in Strafen nach Maßgabe ihrer Schuld alleruntertänigst zu befürworten».[111] Im Klartext wird dem Zaren damit empfohlen, die Todes- in Haftstrafen umzuwandeln. Dieses Szenario ist mit der Kaiserlichen Kanzlei abgesprochen. Nikolaj I. gefiel sich in der Rolle des strengen und allmächtigen, aber milden Herrschers. Es kommt ihm durchaus gelegen, nach einem Übermaß an Strenge ein wohldosiertes Maß an Barmherzigkeit walten zu lassen. Das Strafmaß der meisten offiziellen Urteile wird von ihm reduziert. Doch bevor das Licht der kaiserlichen Gnade auf ihr sündiges Haupt fällt, will der Zar die Missetäter das Fürchten lehren, und zwar nach einem bis ins Detail festgelegten Drehbuch, in das nur einige wenige Offiziere eingeweiht sind. Erst im Finale dieser Haupt- und Staatsaktion soll den Petraschewzen das Todesurteil verlesen und, erst wenn ihnen der Schrecken gründlich in die Glieder gefahren ist, ihre «Begnadigung» mitgeteilt werden. In der Sprache des Dramas nennt man einen solchen Richtungswechsel der Handlung eine Peripetie. Wie alle Zaren liebt auch Nikolaj I. das große Drama. Ganz besonders, wenn er darin die Rolle des Deus ex Machina spielen kann.

Am Morgen des 22. Dezember 1849 werden die Häftlinge um sechs Uhr früh geweckt. Aus dem Depot wird ihnen ihre Zivilkleidung ausgehändigt, die sie neun Monate zuvor hatten abgeben müssen. Damals war Frühling gewesen, ein besonders warmer Frühling, und entsprechend leichte Garderobe hatten die meisten getragen. Jetzt aber ist Winter, draußen herrscht strenger Frost, die ganze Nacht über hat es geschneit. Die Obrigkeit ficht das nicht an. Für zum Tode verurteilte Staatsverbrecher sind dies Lappalien. Als einziges der Jahreszeit angemessenes Kleidungsstück erhalten die Häftlinge dicke Wintersocken. Eine Stunde später werden sie, jeder in einer einzelnen Kutsche, in die Stadt verbracht, ohne dass man ihnen das Ziel der Fahrt mitteilt. Zunächst bewegt sich der von berittener Gendarmerie eskortierte Konvoi in östlicher Richtung auf die Wyborger Seite, von dort über die Newa im Zickzack zurück in Richtung Stadtmitte. Die besseren und belebteren Innenstadtviertel werden gemieden. Nach einer halben Stunde halten die Kutschen auf dem schneebedeckten Paradeplatz der Semjonow-Kaserne. Hier hat das Semjonow-Regiment im Karree Aufstellung genommen.

Hinter den Soldaten, zum Sagorodnyj-Prospekt hin, zeichnen sich die Umrisse einiger hundert Schaulustiger ab.

Nach und nach treffen die anderen Petraschewzen auf dem Semjonow-Platz ein. Da sie sich seit ihrer Inhaftierung nicht mehr gesehen haben, fällt es ihnen schwer, einander wiederzuerkennen. Viele tragen lange, ungepflegte Bärte, einige sind in der monatelangen Haft ergraut. Die meisten sind stark abgemagert und von ungesunder, wächserner Blässe. Mitten auf dem Platz erhebt sich ein mit schwarzem Tuch ausgeschlagenes Schafott, vor dem ein Priester im Totenfeierornat darauf wartet, den Verurteilten die letzte Beichte abzunehmen. Mit einer Ausnahme wird dies von allen, selbst von Dostojewskij, abgelehnt. Sodann müssen die Gefangenen in vorgeschriebener Reihenfolge Aufstellung nehmen und hinter dem Geistlichen, der ein Prozessionskreuz trägt, das Karree der angetretenen Regimenter abschreiten. Nach diesem symbolischen Spießrutenlauf wird ihnen befohlen, unter Trommelwirbel das Schafott zu besteigen und sich bei minus einundzwanzig Grad barhäuptig und ohne Jacken in zwei Reihen aufzustellen. Hinter jedem Delinquenten bezieht ein Soldat Posten.

Nun besteigt ein hoher Beamter, der Generalauditor, mit einem Stapel Dokumenten unter dem Arm das Schaugerüst und verliest die Urteile, allerdings so schnell, so monoton und so undeutlich, dass die Gefangenen ihm kaum folgen können. Jeder der zweiundzwanzig Urteilstexte füllt eine ganze Seite. Im Falle Dostojewskijs lautet der entscheidende Schlusssatz:

> Das Militärgericht hat deshalb den Ingenieur-Leutnant a. D. Dostojewskij wegen unterlassener Berichterstattung über die Verbreitung des religions- und regierungskritischen Briefes des Literaten Belinskij und des verbrecherischen Werkes des Leutnants Grigorjew gemäß militärischem Verfügungskodex T. B, Bd. 1, S. 142, 144, 169, 170, 172, 174, 176, 177 und 178 unter Aberkennung des militärischen Ranges und aller Vermögensrechte zum Tode durch Erschießen verurteilt.[112]

Das Verlesen der Urteile nimmt eine weitere halbe Stunde in Anspruch. Danach müssen die Gefangenen lange, weiße, mönchsähnliche Kutten mit riesigen Kapuzen anziehen, die Sterbegewänder. Das verstößt gegen das Gesetz. Die Uniform müssen eigentlich nur Delinquenten ausziehen, die zum Tod durch den Strang verurteilt worden sin mal erscheint der Geistliche, um sie das Kreuz küsser Diesmal folgen alle seiner Aufforderung, selbst eingefleisch wie Petraschewskij und Speschnjow. Nach einem letzten S des Priesters wird die erste Gruppe, bestehend aus Petrasc gorjew und Mombelli, zu drei großen Hinrichtungspfählen geführt, die neben dem Schafott aufragen. Dostojewskij fällt in diesem Augenblick das Finale von Victor Hugos Erzählung «Le dernier jour d'un condamné» (Der letzte Tag eines Verurteilten) ein, die er unlängst gelesen hat. «Nous serons avec le Christ» (Wir werden bei Christus sein), haucht er ergriffen dem neben ihm stehenden Speschnjow zu. Der erwidert mit kühlem Spott: «Un peu de poussière» (Ein bisschen Staub). Mit Dostojewskijs Glauben an die Unsterblichkeit der Seele und Speschnjows Nihilismus stoßen hier zwei Systeme aufeinander, deren Gegensatz sich durch Dostojewskijs ganzes künftiges Werk ziehen wird.

Auch Petraschewskij hat das Bedürfnis, im Angesicht des Todes Prinzipientreue und Haltung zu zeigen. Auf dem verschneiten Weg zum Hinrichtungspfahl scherzt er: «Mombelli, heben Sie die Beine ein bisschen höher, sonst kommen Sie noch mit Schnupfen ins Himmelreich.» Als bekennender Atheist will er, wie Speschnjow, den peinlichen Eindruck korrigieren, den seine Teilnahme am Ritual des Kreuzküssens gemacht haben könnte. Solche Gesten demonstrativer Kaltblütigkeit im Angesicht des Todes haben in Russland Tradition und sind Teil des makabren Gesamtrituals. So hatte der Dichter und Dekabrist Kondratij Rylejew 1826, nachdem der Henker ihm den Strick so ungeschickt um den Hals gelegt hatte, dass er durch die Schlinge gerutscht war und noch einmal aufs Schafott geführt werden musste, gespottet, er schätze sich glücklich, zweimal fürs Vaterland sterben zu dürfen.

Während sich die nächste Dreiergruppe, bestehend aus Pleschtschejew, Durow und Dostojewskij, bereitmacht, werden die ersten drei Petraschewzen mit tief ins Gesicht gezogenen Kapuzen an die Pfähle gefesselt. Neuerlich wird die Trommel gerührt. Ein Offizier gibt mit erhobenem Säbel das Kommando: «Legt an das Gewehr!» Totenstille herrscht auf dem weiten Platz, über dem das Rot einer kalten Wintersonne den Morgendunst durchbricht. Die Zeit dehnt sich. Sekunde für Sekunde verrinnt quälend langsam. Petraschewskij ist es gelungen, sich von der Kapuze

.rei zu machen. Er will in die Mündungen der Gewehre blicken. Niemand hindert ihn daran. Schon fast eine Minute warten die Verurteilten, doch noch immer bleibt das Kommando «Feuer!» aus.

Dostojewskij, der als Sechster dran gewesen wäre, schreibt am Abend desselben Tages seinem Bruder Michail aus der Zelle. «Es wurden jeweils drei Mann aufgerufen. Folglich gehörte ich zur zweiten Gruppe und hatte kaum mehr als eine Minute zu leben. Ich habe an Dich, Bruder, und an die Deinen gedacht. In dieser letzten Minute bist Du, Du allein, in meinen Gedanken gewesen, und erst da wurde mir klar, wie sehr ich Dich, mein teurer Bruder, liebe! Ich konnte gerade noch Pleschtschejew und Durow umarmen, die neben mir standen, und Abschied nehmen. Dann wurde Retraite getrommelt. Man führte die an den Pfahl Gebundenen zurück und verkündete uns, dass seine Kaiserliche Hoheit uns das Leben schenkt. Dann wurden die wirklichen Urteile verlesen.» (22. 12. 1849)

«Wiedergeburt»

Für Dostojewskij lautet das «wirkliche» Urteil vier Jahre Zwangsarbeit in einem sibirischen Straflager, anschließend Dienst als gemeiner Soldat in einem sibirischen Regiment auf unbestimmte Zeit. Das Militärgericht hatte ihn zunächst zu acht Jahren Zwangsarbeit verurteilt. Die Hälfte davon hat ihm der Zar gnädig erlassen. Der «mystische Schrecken», der Dostojewskij nach eigenem Bekunden ergriffen hat, bevor er vom Schafott an den Pfahl geführt wurde, weicht einem grenzenlosen Glücksgefühl. «Das Leben ist ein Geschenk», schreibt er, noch immer fassungslos, dem Bruder am Abend desselben Tages. «Das Leben ist Glück, jede Minute kann eine Ewigkeit Glück bedeuten. Si jeunesse savait! Jetzt, da mein Leben sich ändert, werde ich neu geboren.» (22. 12. 1849) Das unerwartete Geschenk verdankt er der gottgleichen Allmacht des Zaren. Der Herr kann geben, der Herr kann nehmen, gelobt sei der Name des Herrn! So will es das Alte Testament, so das Gesetz des Zaren. Und der Gerettete hat dafür in einer Währung zu zahlen, die Demut und Dankbarkeit heißt.

Dostojewskij hat diese Lektion ein für allemal gelernt. Nie wieder wird er gegen die Krone aufbegehren. Die Begnadigung ist für ihn jedoch mehr als eine Lizenz zum Weiterleben. Sie wird zur metaphysischen Erfahrung, zur «Wiedergeburt in eine neue Form», zu einem Gleichnis, in dem «die Todesstrafe die Sterblichkeit des Menschen und die Begnadigung seine Auferstehung in ein ewiges Leben» repräsentiert.[113] Daher Dostojewskijs Floskel «Si jeunesse savait!» (Wenn die Jugend wüsste!). Sie schließt die «vieillesse savante» (das wissende Alter) eines nicht mehr jungen Menschen ein, dem unverhofft ein neues Leben angeboten wird. Die Scheinhinrichtung erscheint als Gabe, wenn nicht des Zaren, so doch einer höheren Macht.

So jedenfalls sieht es Dmitrij Mereschkowskij: «Das Schicksal hatte ihm eine große Erkenntnis, eine seltene Erfahrung, gleichsam ein neues Maß allen Seins beschert. Und das ging ihm nicht verloren, sondern wurde von ihm für erschütternde Einsichten genutzt.»[114] Die Scheinhinrichtung wäre demnach ein Geschenk der Vorsehung zum Zweck der höheren Einsicht und schöpferischen Leistungssteigerung des Opfers. Diese Pointe mutet kaum weniger bizarr an als die grausame Farce auf dem Semjonow-Platz selbst. Mereschkowskij steht mit dieser Auffassung jedoch nicht allein. Auch Karl Nötzel, einer der ersten deutschen Biographen Dostojewskijs, sieht hier das Walten einer «ganz besonderen Gnade», die dem Autor auf dem Semjonow-Platz zuteilgeworden sei. Immerhin räumt Nötzel ein, dass dies «frevelhaft klingen» könne, denn das an den Petraschewzen vollzogene Experiment müsse wohl «als die schwerste Beschimpfung erlebt werden, die der Mensch dem Menschen zuzufügen vermag: als ein urfrevelhaftes Spielen mit den letzten Tiefen der Menschenseele».[115]

Das trifft in der Tat den Nagel auf den Kopf und lässt das Wort «Gnade» blass aussehen. Welch brutaler Terror das an den Petraschewzen vollzogene Staatsschauspiel war, zeigt das Schicksal des Leutnants Nikolaj Grigorjew, der das vom Gericht inkriminierte «Soldatengespräch» verfasst hatte und mit dem Dostojewskij den letzten Abend vor seiner Verhaftung verbrachte. Schon die Festungshaft hatte bei Grigorjew schwerste psychische Schäden hervorgerufen. Unter dem Schock der Scheinhinrichtung verliert er vollends den Verstand, was die russische Justiz nicht daran hindert, ihn seine mehrjährige Haftstrafe vollständig abbüßen zu lassen. Erst 1857 wird Grigorjews Verbannung aufgehoben und kann er, psychisch seit langem ein Wrack, zu seiner Familie nach Nischnij Nowgorod zurückkehren, wo er bis zu seinem Tod im Jahre 1886 unter Vormundschaft gestellt bleibt.

Mereschkowskij entgeht der Zusammenhang zwischen einer Inszenierung staatlichen Terrors, die mehr ist als bloße Einschüchterung, nämlich psychische Folter, und der Reaktion des Gefolterten, die weniger ist als echte Dankbarkeit, nämlich erpresste Versöhnung. Anders als die meisten seiner Gefährten ist Michail Petraschewskij zeit seines Lebens unbeugsam geblieben. Auch nach dem Tod Nikolajs I. im Jahre 1855 weigert er sich, ein Gnadengesuch einzureichen. Stattdessen pocht er auf die Wiederaufnahme seines Verfahrens, weil er den Prozess von 1849 für Willkürjustiz hält. All seine Bemühungen jedoch sind vergebens. Petraschewskij stirbt 1866 im sibirischen Exil, ohne Russland wiedergesehen zu haben. Doch seine Unbeugsamkeit hat ihm den Ruhm eingebracht, der Autokratie als Einziger bis zuletzt die Stirn geboten zu haben.

Der Geograph und Forschungsreisende Michail Iwanowitsch Wenjukow, als Generalmajor kaum revolutionärer Neigungen verdächtig, der dem verbannten Petraschewskij auf einer seiner Sibirienreisen begegnete, zeigt sich tief beeindruckt von dessen kompromissloser Haltung. In seinen Memoiren fragt Wenjukow:

> Ist es nicht besser, halbverhungert, elend, aber erhobenen Hauptes umzukommen als mit gekrümmtem Rücken vom Ehrenstand des politischen Verbannten in die schändlichen Reihen der russischen Bürokratie überzulaufen [...] Darin liegt der große Unterschied zwischen Petraschewskij und vielen seiner Gefährten des Jahres 1849 [...] All diese Lwows, Speschnjows, Dostojewskijs – welchen moralischen Gewinn hatten sie von ihrer Rückkehr zur alten politischen Ordnung? [116]

Natürlich ist Dostojewskijs Euphorie nach der Umwandlung des Todesurteils psychologisch nur allzu verständlich. Selbstverständlich jedoch ist sie nicht. Vielen Petraschewzen erscheint die «Mitteilung der Begnadigung durchaus nicht als etwas Freudiges, sondern nahezu als etwas Beleidigendes: mit solcher Feindseligkeit hatte dieses ganze gegen sie angewandte Verfahren sie erfüllt».[117] Und Dostojewskij wäre nicht Dostojewskij, würde dieses Motiv als Quergedanke nicht auch ihm durch den Kopf schießen. Allerdings kristallisiert es sich literarisch erst zwei Jahrzehnte später in seinem Roman «Der Idiot» aus. Dort gibt Fürst Myschkin die Szene auf dem Semjonow-Platz als eine Erzählung aus zweiter Hand detailgetreu wieder. Wie in Victor Hugos «D eines Verurteilten» werden dabei besonders scharf die Gefü danken eines Delinquenten unmittelbar vor seiner Hinrichtu gearbeitet. Ihm sei, so habe der zum Tode Verurteilte dem F zählt,

> [...] in diesen Augenblicken nichts schwerer gewesen als der unausgesetzte Gedanke: «Was aber, wenn du nicht sterben müsstest? Was, wenn man dir das Leben zurückgäbe – welch eine Ewigkeit! All das wäre dann mein! Jede Minute würde ich in ein ganzes Jahrhundert verwandeln, nichts würde ich verlieren, jede Minute würde ich auskosten, keinen Augenblick unnütz vergeuden.» Er sagte, dass dieser Gedanke schließlich in solchen Ingrimm umschlug, dass er gewünscht habe, schneller erschossen zu werden.[118]

Myschkin selbst kommt zu dem Schluss: «Wer hat denn gesagt, dass die Natur des Menschen fähig sei, so etwas auszuhalten, ohne wahnsinnig zu werden? Wozu ihn auf eine dermaßen widerwärtige, überflüssige, nutzlose Weise beleidigen? [...] Nein, so darf man einen Menschen nicht behandeln.»[119]

So problematisch es erscheint, das moralische Unrecht der Pseudoerschießung mit ihrem literarischen Kollateralnutzen für Dostojewskijs Werk zu verrechnen, hat Mereschkowskij allerdings darin Recht, dass das Drama auf dem Semjonow-Platz Dostojewskijs «geistigem Leben» einen unauslöschlichen Stempel aufprägen sollte.[120] Zum einen sind Scheinhinrichtung und sibirisches Zuchthaus die existentiellen Wurzeln jener «Religion des Leidens», die Dostojewskijs späteres Werk prägen.[121] Zum anderen wird der 22. Dezember 1849 für Dostojewskij zum Modell dafür, wie das Leben des Menschen eine neue Richtung nehmen, ja wie es überhaupt als sinnhaftes Sein gelingen kann. Dies geschieht nicht nach den Rezepten der Aufklärung, also durch das, was Tschernyschewskij «Arbeit an der eigenen Entwicklung» nennt,[122] sondern durch den jähen Blitz eines Offenbarungswunders. Es ist dies weniger ein Erkennen als ein Sehen, eine Epiphanie, die Besitz vom ganzen Menschen ergreift, seinem Körper, seinem Geist und seiner Seele. Arkadij Dolgorukij, Held und Ich-Erzähler des Romans «Der Jüngling», nennt es eine «Gefühlsidee», Romano Guardini eine «ekstatische Integration des Daseins»,[123] Nietzsche ein «vollkommenes Außer-sich-Sein mit dem distinktesten Bewusstsein einer Unzahl feiner Schauder und Überrieselungen bis in die Fußzehen; eine Glückstiefe, in der das Schmerzlichste und Düsterste nicht als Gegensatz wirkt, sondern [...] als eine notwendige Farbe innerhalb eines solchen Lichtüberflusses».[124]

Die ekstatischen Gefühlsentladungen Raskolnikows in «Schuld und Sühne» oder Aljoschas in den «Brüdern Karamasow», in denen sich zuletzt alle Knoten des Geistes und der Seele auflösen, werden viele Jahre später das Überwältigende dieser Gewissheit eindrucksvoll demonstrieren: «Mit einem Mal löste sich alles in seinem Inneren, und die Tränen strömten unaufhaltsam».[125] Die durchschlagende Wirkung der Erfahrung auf dem Semjonow-Platz manifestiert sich darin, dass Dostojewskij das eigene Leben fortan als Resultat einer Wende – vom linken Westler zum orthodoxen Russophilen, vom Intellektuellen zum Volksfreund, vom Revolutionär zum Nationalkonservativen – begreift. Sie kommt auch in der Struktur seines Werkes zum Ausdruck, so in der Bevorzugung von Bekehrungsviten und im geradezu inflationären Gebrauch emphatischer Topoi wie «Rettung», «neues Leben», «Wiedergeburt», «Auferstehung» sowie nicht zuletzt an solchen Gelenkstellen der Handlung, wo das Plötzliche, Unvorhersehbare, durch Vernunft nicht Berechenbare Regie führt.

Die Forschung steht hier vor einem der umstrittensten Probleme der Biographie Dostojewskijs. Er selbst bezeichnet seine Wende als «Wiedergeburt in eine neue Form». Auf das Erlebnis des 22. Dezember bezogen, könnte dies als Metapher zu verstehen sein. Damit allerdings würde es kaum mehr zum Ausdruck bringen als das Wohlbehagen nach einem erfrischenden Bad oder einem gelungenen Urlaub, dem man ein Gefühl «wie neugeboren» verdankt. Dostojewskij hat jedoch immer wieder deutlich gemacht, dass er unter «Wiedergeburt» und Synonymen dieses Begriffs wie «neues Leben», «Erneuerung», «Auferstehung», «Rettung», «Erlösung» mehr als eine rhetorische Figur versteht, nämlich eine existentielle Wende, eine innere Revolution gleichsam, die den Austausch zentraler Wertvorstellungen gegen diametral entgegengesetzte beinhaltet. Für die politische Linke bedeutet diese Wende Verrat. Für Dostojewskij dagegen wird sie zum Schlüsselnarrativ seines Lebens.

Wenn bei diesem Damaskus-Erlebnis alles von dem einen und einzigen Augenblick der Erleuchtung abhängt, so bleibt zu fragen, um welches besondere Ereignis im (Er-)Leben des Autors es sich handelt und wie es zu erklären ist. Ist es der Schock der Scheinhinrichtung vom 22. Dezember, wie Mereschkowskij meint? Ist es, wie Wladimir Sacharow vermutet, ein wenig später im sibirischen Tobolsk durch das Neue Testament ausgelöstes Erweckungserlebnis? Ist es im sibirischen Straflager das Bewusstsein der geistigen Wiedergeburt durch die Erkenntnis der tiefen Verbundenheit des Intellektuellen mit dem russischen Volk, wie Joseph Frank annimmt? Verdankt sich Dostojewskijs Wende vom Revolutionär zum staatsfrommen Patrioten einer unbewussten Identifikation des Opfers mit dem Aggressor, wie Horst-Jürgen Gerigk es für möglich hält? Stellt sie einen Akt der Selbstbestrafung für den an «Väterchen Zar» symbolisch begangenen Vatermord dar, wie Sigmund Freud argwöhnt? Oder ist die Beschwörung eines «neuen Lebens», wie Lew Schestow glaubt, der Versuch des Autors, den bösen Erfahrungen des Zuchthauses durch die Flucht in gute Bilder, namentlich solche des russischen Volkes, zu entkommen, und insofern – wiederum mit Gerigk – ein Akt «autosuggestiver Beschwichtigung»?[126]

Für jede dieser Hypothesen lassen sich in den Selbstaussagen und literarischen Werken Dostojewskijs Argumente finden. Er selbst bleibt an diesem Punkt eigentümlich vage. So kombiniert er das mythische Modell der Wiedergeburt mit dem im 19. Jahrhundert vorherrschenden evolutionären Zeitmodell der Naturwissenschaft. Demnach verändern sich Mensch und Natur nicht sprunghaft, sondern prozessual, nicht durch Verwandlung, sondern durch allmählichen Wandel. Besonders deutlich tritt die Koppelung von Wandel und Verwandlung im Epilog von «Schuld und Sühne» zutage. Dort wird Raskolnikows «Wiedergeburt» durch den Vergleich mit dem Osterfest und der Auferstehung des Lazarus als Verwandlung ins magische Licht eines religiösen Wunders getaucht. Andererseits frustriert der Schlusssatz des Romans jede Wundererwartung, indem er den Leser in ein völlig offenes Ende entlässt: «Hier aber beginnt eine neue Geschichte, die Geschichte der allmählichen Erneuerung eines Menschen, die Geschichte seiner allmählichen Wiedergeburt, des allmählichen Übergangs aus einer Welt in eine andere.»[127] Das geradezu beschwörend wiederholte Eigenschaftswort «allmählich» steht für das evolutionäre Zeitmodell des Realismus, das mit der Magie des Augenblicks nicht in Einklang zu bringen ist.

Auch im «Tagebuch eines Schriftstellers» von 1873 beschreibt Dostojewskij seinen «Überzeugungswechsel» vom westlich orientierten Revolutionär zum slawophilen Volksfreund als einen Prozess, der «sich nicht so schnell, sondern allmählich und nach sehr, sehr langer Zeit vollzog».[128] Die Veränderungsmacht der «longue durée» bleibt dabei semantisch in der Schwebe. Das Gleiche gilt für die Konversion vom Revolutionär zum Reaktionär, die in Anspielung auf das christliche Auferstehungsgeschehen mythisch verklärt und symbolisch überhöht, nicht aber diskursiv erklärt wird.[129] Im Januar 1877 kommt Dostojewskij noch einmal auf die Petraschewzen zurück. Auch dabei wird das eigene Ich weitgehend ausgeklammert und bleibt die (Ver-)Wandlung des Autors unerklärt. Wenn Dostojewskij hier auf seine Zugehörigkeit zur «verbrecherischen Gesellschaft» der Petraschewzen[130] und die dafür zu Recht empfangene Strafe zurückkommt, so klingt dies, «als wäre von einem verregneten Wochenende die Rede. Kein persönliches Wort, nur soziologische Überlegungen zur ewigen Volksferne der russischen Revolutionäre». Fazit: «... der Betroffene verweigert die Analyse. Eine nachlesbare und zentrierte Innenschau Dostojewskijs, den entscheidenden Wendepunkt seines Lebens betreffend, existiert nicht.»[131]

Unmittelbar nach Verkündung der Urteile bzw. des Gnadenerlasses werden die Häftlinge vom Semjonow-Platz zurück in die Peter-Pauls-Festung gebracht. Nur der als Rädelsführer zu lebenslanger Zwangsarbeit verurteilte Petraschewskij wird sofort in Ketten gelegt, weil er, so der Wille des Zaren, noch vom Richtplatz aus die Reise nach Sibirien antreten muss. Dostojewskij dagegen ist um zehn Uhr vormittags wieder in seiner Zelle und bittet darum, seinen Bruder Michail empfangen zu dürfen. Da ihm dies verwehrt wird, schreibt er Michail einen langen Abschiedsbrief voller Emphase:

> Lebe wohl! Lebe wohl! Doch ich werde dich wiedersehen, dessen bin ich gewiss, das hoffe ich. Bleibe, wie du bist, liebe mich, lass die Erinnerung an mich nicht erkalten. Der Gedanke an deine Liebe wird der beste Teil meines Lebens sein. Lebe wohl, nochmals lebe wohl! Lebt alle wohl! Dein Bruder Fjodor Dostojewskij.[132]

Nach einer neuerlichen Eingabe wird den Angehörigen der Petraschewzen dann doch ein letzter Besuch im Gefängnis gestattet. So können Michail und Fjodor am Abend des 24. Dezember 1849 persönlich voneinander Abschied nehmen. Michail wird von Alexander Miljukow begleitet, der ebenfalls an den Sitzungen des Durow-Kreises teilgenommen hatte, aber nicht unter Anklage gestellt worden war. Lange müssen die Besucher im Haus des Festungskommandanten warten, bis Dostojewskij in Begleitung Sergej Durows erscheint, beide schon reisefertig in Halbpelzen und Filzstiefeln. Miljukow erinnert sich:

> Jeder, der den Abschied der Brüder hätte beobachten können, hätte gesehen, dass derjenige, der in Freiheit bleibt, mehr leidet als jener, der sich anschickt, zur Zwangsarbeit nach Sibirien zu fahren. In den Augen des älteren Bruders standen Tränen, und seine Lippen bebten. Fjodor aber blieb gelassen und tröstete ihn: «Lass gut sein, Bruder, ich steige ja nicht in den Sarg, und du geleitest mich nicht zum Friedhof. Im Zuchthaus sind keine Tiere, sondern Menschen, vielleicht sogar bessere und würdigere als ich [...]»[133]

Nach einer halben Stunde beendet der wachhabende Offizier das Gespräch. Ein letztes Mal umarmen sich die Brüder, dann werden Dostojewskij und Durow hinausgeführt und im Hof an schwere Ketten geschmiedet, die bei jedem Schritt schmerzen.

Das Glockenspiel der Peter-Pauls-Kirche läutet zur neunten Abendstunde, als ein Konvoi von vier offenen Pferdeschlitten fast lautlos durchs Festungstor gleitet. Der Schnee dämpft das Geräusch der Hufe. Vorweg fährt ein Feldjäger, auf den anderen drei Schlitten folgen, jeweils bewacht von einem Gendarmen, die Häftlinge Durow, Jastrschembskij und Dostojewskij. Die Fahrt geht zunächst über den Newskij-Prospekt, vorbei an hell erleuchteten Wohnungen, in denen festlich geschmückte Christbäume zu sehen sind. Dann führt der Weg in östlicher Richtung hinaus aus der nächtlichen Stadt, durch verschneite Felder und Wälder zur historischen Festung Schlüsselburg am Ladoga-See, wo am nächsten Morgen nach zehnstündiger Fahrt die erste Rast eingelegt wird. Danach geht es weiter durch die Gouvernements Nowgorod, Wladimir, Jaroslawl, Nischnij Nowgorod, später durch die östlichen Provinzen des europäischen Russland bis nach Tobolsk jenseits des Uralgebirges. Obwohl sie seit Schlüsselburg in geschlossenen Schlitten fahren und feste Winterkleidung tragen, sind die Häftlinge schon bald so durchfroren, dass selbst Öfen und heißer Tee auf den Poststationen sie nicht mehr aufwärmen. «Im Gouvernement Perm mussten wir in einer Nacht vierzig Grad Frost aushalten [...] Schmerzlich war der Augenblick, als wir über den Ural kamen. Pferde und Schlitten blieben in Schneewehen stecken. Ein Schneesturm tobte. Wir stiegen aus, es war Nacht, und wir warteten stehend, bis die Schlitten wieder freigemacht waren. Ringsum Schnee und Schneetreiben, die Grenze Europas. Vor uns Sibirien und ein ungewisses Schicksal, hinter uns die Vergangenheit – schwer wurde mir ums Herz, und Tränen schossen mir in die Augen.» (30. 1.–22. 2. 1854)

2

Das erste Exil: Sibirien (1850–1859)

Im Totenhaus

Am 9. Januar 1850, nach zweiwöchiger Fahrt, erreicht der Konvoi mit den drei «Staatsverbrechern» Durow, Jastrschembskij und Dostojewskij sein vorläufiges Ziel, die sibirische Festung Tobolsk. Kurz vor ihnen war Petraschewskij angekommen. Wegen seiner schlechten körperlichen Verfassung hatte man ihn ins Gefängnisspital eingewiesen. Die anderen Petraschewzen treffen jeweils in Abständen von zwei bis drei Tagen ein. Die am Zusammenfluss von Tobol und Irtysch gelegene Stadt Tobolsk ist als Verwaltungszentrum Westsibiriens zugleich Vorposten jenes Schattenreichs, das Alexander Solschenizyn ein Jahrhundert später als «Archipel GULAG» bezeichnen wird. Auch der fast 9000 Kilometer lange «Sibirische Trakt», der von Moskau über Kasan, Jekaterinburg und Tobolsk weiter bis nach Nertschinsk und Peking führt, hat diese Doppelfunktion. Einerseits stellt er neben der Seidenstraße die wichtigste Handelsroute zwischen Russland und China dar (daher seine Bezeichnung als «Teestraße»), andererseits kanalisiert er jene Menschenströme, die das europäische Russland seit Ende des 16. Jahrhunderts unablässig in sein sibirisches Hinterland pumpt, um dort, wie es amtlich heißt, «Verbrecher zum Nutzen des Staates zu utilisieren».

Als erster «Staatsverbrecher» war in Tobolsk einst die legendäre Glocke von Uglitsch eingetroffen. Nach dem Tod des achtjährigen Thronfolgers Dmitrij Iwanowitsch im Jahre 1591 hatte die nach Uglitsch an der oberen Wolga verbannte Witwe Iwans IV. die Glocke der Erlöser-Kathedrale Sturm läuten lassen, weil sie die Ermordung ihres Kindes durch Anhänger des Regenten Boris Godunow vermutete. Das Volk von Uglitsch war daraufhin zusammengeströmt und hatte etliche Personen gelyncht, die man der Ermordung des Kronprinzen Dmitrij verdächtigte. Moskaus Rache hatte nicht auf sich warten lassen. Zweihundert Bürger von Uglitsch mussten den Weg nach Sibirien antreten, und da Glocken im alten Russland als beseelte Wesen galten, wurde als Erstes die aufsässige Sturmglocke bestraft. Man riss ihr «Zunge» und «Ohren» (Klöppel und Henkel) ab, peitschte sie öffentlich aus und schickte sie ins Exil nach Tobolsk. Dreihundert Jahre sollten vergehen, bis die Glocke 1892 von Alexander III. «amnestiert» wurde und nach Uglitsch zurückkehren durfte. In dieser Zeit hat Tobolsk Tausende von Gesetzesbrechern kommen und gehen sehen: Giftmischer und Straßenräuber, aufmüpfige Bauern und meuternde Soldaten, betrügerische Kaufleute und korrupte Staatsdiener, verstockte Häretiker und politische Insurgenten.

Als «Staatsverbrecher» wie die Petraschewzen hatten auch die Dekabristen gegolten, die 1825 versucht hatten, die russische Autokratie durch einen Verfassungsstaat zu ersetzen. Ihr Putsch war gescheitert. Sechs Rädelsführer, unter ihnen den Dichter Kondratij Rylejew, hatte Nikolaj I. hinrichten lassen, Hunderte von Verschwörern und Sympathisanten zur Zwangsarbeit nach Sibirien geschickt. Nach Verbüßung ihrer Haftstrafen zwar frei, aber noch immer aus Russland verbannt, hatten sich zahlreiche Dekabristen mit ihren Ehefrauen, die ihnen freiwillig nach Sibirien gefolgt waren, in Tobolsk niedergelassen, wo sie wegen ihres humanitären Engagements in hohem Ansehen standen. Die Ankunft der Petraschewzen im Januar 1850 wird von ihnen aufmerksam verfolgt. Natalja Fonwisina, die Gattin des Dekabristen Michail Fonwisin, arrangiert dank ihrer guten Beziehungen zu den Behörden zusammen mit drei anderen Dekabristenfrauen in der Wohnung des Gefängnisvorstehers ein Gespräch mit mehreren Petraschewzen, unter ihnen Speschnjow, Grigorjew und Dostojewskij.

Diese Begegnung hat sich Dostojewskij tief eingeprägt. Egoismus ist das Grundübel der modernen Welt – das haben ihn die Bibel und der utopische Sozialismus gelehrt. Über den Egoismus in der modernen

Welt hatte er bei Petraschewskij einen langen Vortrag gehalten. Die Dekabristenfrauen verkörpern für ihn dasselbe Ideal der Nächstenliebe und Besitzlosigkeit unter Inkaufnahme gesellschaftlicher Ächtung, dem sich die heiligmäßigen Figuren seiner Romane verpflichten werden: «Was für wunderbare Seelen, die 25 Jahre lang nur Kummer und Selbstaufopferung erfahren haben. Wir konnten sie nur flüchtig sehen, denn wir wurden streng bewacht. Aber sie schickten uns Essen und Kleidung, sie trösteten uns und sprachen uns Mut zu.» (30.1.1854)

Am 18. Januar 1850 ordnet General Gortschakow, der Generalgouverneur von Westsibirien, den Weitertransport der Häftlinge Durow und Dostojewskij von Tobolsk nach Omsk an. An der Stadtgrenze von Tobolsk werden sie von Natalja Fonwisina erwartet, die von ihnen Abschied nimmt. Dank guter Beziehungen zu den Behörden in Omsk, versichert sie, könnten die beiden auch künftig mit ihrer Hilfe rechnen. Drei Tage später erreichen sie das Ziel ihrer Reise. Omsk, heute eine Großstadt mit anderthalb Millionen Einwohnern und einer Universität, die den Namen Dostojewskijs trägt, ist um die Mitte des 19. Jahrhunderts eine Provinzstadt von knapp 20 000 Einwohnern, die meisten davon Soldaten und deren Angehörige.

«Omsk ist ein grässliches Nest», schreibt Dostojewskij später: «Es gibt fast keine Bäume. Im Sommer glühende Hitze und Sandstürme, im Winter Schneestürme. Natur habe ich nirgendwo gesehen. Eine Garnisonsstadt, schmutzig und im höchsten Grade verkommen». (30.1.1854) Als ungleich hässlicher und verkommener erweist sich jener Ort, auf den sich Dostojewskijs Welt für die nächsten vier Jahre beschränken wird. Sein Aufenthalt im Omsker «Ostróg», wie die von mächtigen Palisaden und Erdwällen umgebenen sibirischen Holzfestungen heißen, ist das am schlechtesten dokumentierte Kapitel der Biographie Dostojewskijs. Die wenigen Quellen, die dazu vorliegen, sind Briefe des Autors unmittelbar nach der Haftentlassung und die «Aufzeichnungen aus dem Totenhaus» von 1861. Obwohl kein Dokument im strengen Sinne des Wortes und ideologisch schon einer anderen Entwicklungsetappe Dostojewskijs zuzuordnen, bieten die Skizzen aus dem «Totenhaus» doch, ergänzend zu den eher summarisch gehaltenen brieflichen Darstellungen des Autors, konkrete Einblicke in den Häftlingsalltag, das Lagerleben, das russische System des Überwachens und Strafens, die Zwangsarbeit und nicht zuletzt in die Psychologie des Verbrechens.

«Dieses lange, physisch und moralisch belastende, eintönige Leben hat mich gebrochen», schreibt Dostojewskij seiner Gönnerin Natalja Fonwisina im Februar 1854 unmittelbar nach der Haftentlassung. Die Hölle der «Kátorga» (Kettenhaft und Zwangsarbeit) ist heutigen Lesern durch ein Genre bekannt, das in die russische Literaturgeschichte des 20. Jahrhunderts unter dem Begriff «Lagerliteratur» eingegangen ist. Schon im frühen 19. Jahrhundert hatte es eine Literatur der Gefängnisse gegeben. Inspiriert vom Burgen- und Ruinenkult des späten 18. Jahrhunderts, hatten Autoren wie Lord Byron («The Prisoner of Chillon»), Joseph Sonnleithner («Fidelio») und Alexander Puschkin («Der Gefangene im Kaukasus») das Schicksal romantischer Helden besungen, die für ihren Freiheitsdrang mit Kettenhaft büßen müssen. In Dostojewskijs «Aufzeichnungen aus einem Totenhaus», dem Urtext des Genres «Lagerliteratur», geht es neben der Psychologie der Gefangenschaft vor allem um die Soziologie der Haft und die Techniken der Erziehungsdressur des modernen Justizvollzugs.

Dabei kommen ähnlich abstoßende Züge des Haftalltags in den Blick, wie sie die Natürliche Schule mit ihrem Interesse an der Ästhetik des Hässlichen und an den dunklen Winkeln der russischen Gesellschaft unter die Lupe genommen hatte. Bei Dostojewskij gehören dazu die engen Holzpritschen, auf denen sich die Häftlinge nachts unter ihren löchrigen Halbpelzen zusammenkauern, der Gestank menschlicher Ausdünstungen und des Latrinenkübels im ungelüfteten Vorraum der Baracke, der allnächtliche Kampf gegen Myriaden von Flöhen, Läusen und Wanzen, die wässrige Kohlsuppe, in der Kakerlaken schwimmen, die Raufereien zwischen den Gefangenen, der Sadismus des Platzmajors und das grausame Ritual des Spießrutenlaufs. Was an sozialer und sittlicher Verwahrlosung nur vorstellbar ist, scheint hier zusammengekommen zu sein: Prostitution, Alkoholexzesse, Korruption, Diebstahl, Mord und Totschlag.

Schlimmer als all dies ist für Dostojewskij die Tatsache, dass er nicht eine einzige Minute für sich allein hat. Das Elend männlicher Zwangsgemeinschaften hatte er schon als Kadettenschüler kennengelernt. Erst hier jedoch trifft ihn mit voller Wucht die Erkenntnis, wie unentbehrlich für den Schutz der Persönlichkeit ein privater Rückzugsraum ist: «Allein zu sein ist ein normales Bedürfnis, so wie Essen und Trinken, andernfalls wird man in diesem Zwangskommunismus zum Menschenfeind.» Der Topos des indiskreten Blicks, des offenen oder – weit schlimmer – des heimlichen Beobachtetwerdens, der in der Dramaturgie von Dostojewskijs Werken eine so wichtige Rolle spielt, hat im haftbedingten Verlust aller Privatheit seinen biographischen Ursprung. Hinzu kommt auf der anderen Seite das Misstrauen der Sträflinge gegen jeden Neuankömmling, der aus für sie unerfindlichen, nicht aus kriminellen, sondern politischen Gründen zur Katorga verurteilt ist: «Ihr Hass auf die Adligen ist grenzenlos, und deshalb begegneten sie uns Adligen voller Feindseligkeit und Schadenfreude über unser Los. Am liebsten hätten sie uns aufgefressen, wenn man sie gelassen hätte [...]» (30.1.1854). Zum ersten Mal blitzt hier bei Dostojewskij, obwohl seiner Herkunft und dem Milieu seines Elternhauses nach eigentlich weniger Aristokrat als «Rasnotschinez», also ein nichtadliger Intellektueller, so etwas wie Adelsstolz auf. Er hält sich fern von den anderen Häftlingen, mag sich ihnen um keinen Preis anbiedern.

Dostojewskijs Einstellung zu den Mithäftlingen bleibt indes ambivalent. Mindestens ebenso groß wie die Abneigung gegen diese «150 Feinde, die nicht müde wurden, uns zu verfolgen» (30.1.1854), ist das Bedürfnis des adligen Ich-Erzählers nach Zugehörigkeit zu ihnen. Die anderen Sträflinge sind schon kurz nach ihrer Ankunft im Ostrog wie «bei sich zu Hause». Ein Adliger dagegen, wie sehr auch immer er sich bemüht, seine sozialen Vorurteile abzulegen und freundlich zum einfachen Volk zu sein, bleibt diesem fremd. Selbst wenn er einen einfachen Bauernkittel anzieht, stellt seine Nähe zum Volk eine «optische Täuschung» dar. Wie tief die Kluft zwischen ihm und dem Volk tatsächlich ist, begreift der Adlige erst, wenn er, aller Standesprivilegien beraubt, «sich in einen Teil des einfachen Volk verwandelt».[1]

Dass eine solche Verwandlung möglich sei, wird Dostojewskij allerdings erst als Chefideologie des «potschwennitschestwo» (von «potschwa», der Boden), des Programms der «Bodenständigkeit», behaupten, dessen Zentralidee in der Versöhnung von Volk und nationaler Elite besteht. Als Schriftsteller und Publizist ist der Dostojewskij der 1860er Jahre jedoch nicht mit jenem Häftling Dostojewskij identisch, der vier Jahre lang den Entbehrungen und Demütigungen des Zuchthauses ausgesetzt war. Die Gleichsetzung dieser beiden Dostojewskijs hat den Mainstream der Forschung dazu gebracht, die Hinwendung des Autors zum russischen Volk und seine «russische Idee» als Ergebnis seiner sibirischen Zuchthauserfahrung zu erklären. Und Dostojewskij selbst hat diesem Mythos auch kräftig Nahrung gegeben, indem er der Leserschaft die «Aufzeichnungen aus einem Totenhaus» als «Geschichte seiner Wiedergeburt» empfahl.[2]

Solchen Selbststilisierungen gegenüber ist Skepsis geboten. Frisch aus der Haft entlassen, hat Dostojewskij das Zuchthaus in ganz anderer Erinnerung. Unmittelbar nach der Katorga überwiegen die negativen Eindrücke. Am 6. November 1854, fast ein Jahr nach seiner Entlassung, schreibt er seinem Bruder Andrej: «Nun ist es schon zehn Monate her, dass ich die Katorga verlassen und ein neues Leben begonnen habe. Aber diese vier Jahre sind für mich wie eine Zeit, in der ich lebendig begraben war [...] Es war ein unsagbares, endloses Leiden, weil jede Stunde, jede Minute auf meiner Seele gelastet hat wie ein Stein.»

Im Ostrog von Omsk wird Dostojewskij erstmals und seitdem ständig wiederkehrend von seiner Schicksalskrankheit heimgesucht, der Epilepsie. Vieles spricht dafür, dass er schon in den 1840er Jahren an Fallsucht litt, ohne sich dessen bewusst zu sein.[3] Erst in Sibirien nimmt er die Krankheit, obwohl sie erst drei Jahre nach seiner Haftentlassung als Epilepsie diagnostiziert wird, als gravierendes gesundheitliches Problem wahr. Ab 1861 führt er regelmäßig Buch über Anzahl und Heftigkeit der Attacken, wobei er zwischen leicht, mittel und schwer unterscheidet. In den zwei Jahrzehnten bis zu seinem Tode registriert er hundertzwei epileptische Anfälle. Nach anderen Berechnungen sind mindestens zwei weitere Dutzend hinzuzuzählen.[4] Die Abstände zwischen den einzelnen Anfällen reichen von einem halben Tag bis zu einem halben Jahr. Im Durchschnitt betragen sie einen Monat. Jedem Anfall geht nach einer längeren Phase der Schlappheit und Depression die sogenannte Aura voraus, die Dostojewskij als ein «unbeschreibliches Gefühl der Wollust» bezeichnet,[5] das jedoch nur wenige Sekunden anhält. Dem euphorischen Schwebezustand folgt ein lauter Schrei. Der Patient stürzt ohnmächtig zu Boden, Extremitäten und Gesichtsmuskeln verkrampfen, Schaum tritt aus dem Mund, der Atem geht in ein Röcheln über, der Puls wird schwach und unregelmäßig, die Harnblase entleert sich unkontrolliert. Besonders schwere Anfälle werden von einer oft tagelangen Phase der körperlichen Ermattung und neuerlich einer tiefen seelischen Verstimmung («postparoxysmale Depression»)[6] begleitet, die Dostojewskij für mehrere Tage arbeitsunfähig machen.

Für diese fatalen und erniedrigenden Begleiterscheinungen entschädigt bis zu einem gewissen Grade das ekstatische Glückserlebnis der Aura.

> In diesen wenigen Augenblicken empfinde ich ein Glück, wie man es in normalem Zustande niemals empfindet und von dem andere Menschen sich gar keine Vorstellung machen können. Ich fühle vollständige Harmonie in mir und mit der ganzen Welt, und dieses Gefühl ist so stark und süß, dass man für die wenigen Sekunden einer solchen Seligkeit zehn Jahre seines Lebens, ja sogar das ganze Leben hingeben könnte.[7]

Fürst Myschkin, der epilepsiekranke Held des Romans «Der Idiot», erlebt diese Empfindung auf einer noch höheren Stufe der Wonne:

> Das Gefühl des Lebens und des eigenen Bewusstseins verzehnfachte sich beinahe in solchen Augenblicken, die wie Blitze waren. Den Kopf, das Herz erhellte ein unvorstellbares Licht; alle Erregungen, alle seine Zweifel, alle Unruhe lösten sich gleichsam in einem Frieden, waren aufgehoben in einer höchsten Ruhe voll klarer, harmonischer Freude und Hoffnung, voller Weisheit und letztem Grund.

Der mystische Schrecken, den das ständig neu beschworene Trauma der Scheinhinrichtung auslöst, wird auf diese Weise kompensiert durch das mystische Erlebnis des Einswerdens von Ich und Universum. Jeder epileptische Anfall ist ein kleiner Tod, gefolgt von einer kleinen Wiedergeburt.

Sigmund Freuds Annahme, dass Dostojewskijs Epilepsie eine neurotische Reaktion auf den von ihm unbewusst gewollten Tod des eigenen Vaters sei, gilt heute als widerlegt. Vielmehr deutet alles darauf hin, dass Dostojewskij an «genuiner», also erblicher Epilepsie litt und im Wissen darum seit seiner Rückkehr nach Petersburg im Jahre 1859 keine ernsthaften Versuche mehr machte, sich behandeln zu lassen.[8] Dies lag weniger an seiner generellen Skepsis gegenüber den Künsten der modernen Schulmedizin als daran, dass die Ärzte ihm nahegelegt hatten, aufs Schreiben zu verzichten, da die Anfälle bei ihm häufig mit Phasen kreativer Höchstspannung zusammenfielen. Ein windstilles Dasein in Ruhe und Ordnung, ohne den ständigen Druck neuer Herausforderungen war für Dostojewskij jedoch unvorstellbar.[9] Zu den haftbedingten Beeinträchtigungen seiner Gesundheit zählen neben der Epilepsie ein Magenleiden infolge der schlechten Gefängniskost, Rheuma wegen des nasskalten Klimas in der Baracke sowie eine chronische Bronchitis, die durch exzessiven Zigarettenkonsum noch verstärkt wird. «Man musste ganz einfach rauchen», rechtfertigt er sich. «Sonst wäre man in diesem Mief erstickt» (30. 1. 1854).

In den «Aufzeichnungen aus einem Totenhaus» wird die Arbeit, zu der die Häftlinge in der Katorga herangezogen werden, als eine der positivsten Seiten des Zuchthausalltags dargestellt. Die Schilderung des gemeinsamen Schneeschaufelns in Omsk und der damit oft verbundenen Schneeballschlachten, die den Ich-Erzähler ins Kollektiv der Häftlinge einbinden, weckt beim Leser gelegentlich sogar Assoziationen an einen Roman des sozialistischen Realismus: «Den Sträflingen machte diese Arbeit fast immer Freude. Die frische Winterluft und die Bewegung erwärmten sie. Alle bekamen gute Laune. Man hörte Lachen, Schreien und Neckereien.»[10] Ein ganz anderes Bild der Zwangsarbeit gibt uns ein Mithäftling des Autors. Statt an heitere Massengymnastik bei blauem Himmel und Sonnenschein erinnert er sich an das mühsame Abtragen von zu Eishügeln gefrorenen Schneewehen mit Hacke und Spaten:

> Das war eine unglaublich anstrengende Arbeit, deren Härte noch verstärkt wurde durch die Anfeuerungsrufe der Aufseher, die ihre Nagajkas über unseren Köpfen schwangen […] Erst bei Anbruch der Dämmerung kehrten wir nach dieser harten Tagesarbeit, die alles menschliche Maß übertraf, völlig ausgelaugt ins Gefängnis zurück. Durchfroren und hungrig nach vierundzwanzig Stunden ohne Essen, baten wir die Köche, uns etwas Warmes zuzubereiten, als Dostojewskij plötzlich sagte, ihm werde schwarz vor Augen, er könne einfach nicht mehr, und er ohnmächtig vor uns zu Boden stürzte.[11]

In der Häftlingskartei des Zuchthauses von Omsk wird Dostojewskijs Arbeitstauglichkeit der Kategorie «Ungelernter Arbeiter. Kann lesen und schreiben» zugeordnet. Während sich die meisten anderen Häftlinge auf ein oder mehrere Handwerke wie Schneidern, Schustern, Stricken, Schnitzen, Frisieren oder Kochen verstehen und dadurch eine für das Überleben im Ostrog wichtige Einnahmequelle haben, ist Dostojewskij als Hilfsarbeiter nur für niedere Dienste einsetzbar. Neben Schneeschaufeln sind dies Abbrucharbeiten an alten Fährschiffen, das Stapeln von Ziegeln in der Ziegelbrennerei, das Brennen und Zerstampfen von Alabaster und die Bedienung des Schwungrades der Drechselmaschine. Obwohl ihm die Arbeit, vor allem das Zerstoßen von Alabaster, ein gewisses Vergnügen bereitet, lassen ihn die anderen Häftlinge wegen seiner Körperschwäche und mangelnden Geschicklichkeit ihre Verachtung deutlich spüren:

> Wo auch immer ich ihnen bei der Arbeit zu helfen suchte, war ich doch stets nur im Wege und überflüssig, überall störte ich, überall fluchten sie und verscheuchten mich. Jeder noch so mickrige Kerl, der selbst am allerschlechtesten arbeitete [...], hielt sich für berechtigt, mich anzubrüllen und fortzujagen, wenn ich neben ihn trat, indem er vorgab, dass ich ihn störte.[12]

Ärger als alle Erniedrigungen, Krankheiten und Härten der Katorga ist das Schreibverbot, dem Dostojewskij vier Jahre lang unterliegt. Literatur war sein Leben gewesen, der Mittelpunkt seines Denkens, seine einzige Erwerbsquelle, sein Lebenselixier. Selbst die Hinrichtungsszene auf dem Semjonow-Platz hatte er durch das Prisma der Literatur, Victor Hugos «Der letzte Tag eines Verurteilten», wahrgenommen. In seinem Abschiedsbrief an Michail vom 22. 12. 1849 hatte es geheißen: «Wenn ich nicht schreiben kann, gehe ich zugrunde. Lieber fünfzehn Jahre Haft, aber mit der Feder in der Hand.» Die Feder ist seine Waffe, und da im Russland Nikolajs I. auch Bücher im Verdacht stehen, Waffen zu sein, wird Dostojewskij beides verboten. Weder lesen noch schreiben zu dürfen ist für ihn gleichbedeutend mit lebendig begraben zu sein.[13] «Ich kann Ihnen gar nicht sagen, wie sehr ich darunter gelitten habe, im Zuchthaus nicht schreiben zu können», klagt er später in einem Brief an Apollon Majkow. «Und trotzdem», fährt er fort, «habe ich innerlich unter Hochdruck gearbeitet» (6. 11. 1854).

Auf die Frage eines Justizbeamten, ob er im Gefängnis oder im Lazarett irgendetwas zu Papier gebracht habe, erklärt er: «Ich habe nichts geschrieben und schreibe nichts. Aber ich sammle Material für ein künftiges Werk.» Wo sich dieses Material befinde, will der Beamte wissen. Die Antwort lautet: «In meinem Kopf.»[14] Das war nicht die ganze Wahrheit. Dank der Fürsprache Natalja Fonwisinas kann der Oberarzt des Gefängnisspitals Dostojewskij mehrfach für längere Zeit krankschreiben, damit er sich im warmen Lazarett etwas erholen und sich seinen Notizen widmen kann. Hier vor allem entsteht das «Sibirische Heft», eine Sammlung von im Ostrog aufgefangenen Begriffen, Redewendungen und Dialogen in der sprachlichen Färbung des sibirischen Knastjargons. In den «Aufzeichnungen aus einem Totenhaus» greift Dostojewskij auf dieses Material zurück, um der Rede der Häftlinge ein authentisches Kolorit zu geben. Die Rolle eines gleichsam wissenschaftlichen Beobachters ermöglicht Dostojewskij einen ähnlichen Abstand zu den Mithäftlingen, wie sie ein ethnologischer Feldforscher gegenüber seinem Untersuchungsgegenstand einnimmt. Und sie immunisiert ihn bis zu einem gewissen Grade gegen die Grausamkeiten und die Tristesse des Gefängnisalltags.

Was Dostojewskij gegenüber Majkow als «Arbeit unter Hochdruck» bezeichnet, beschränkt sich jedoch nicht auf das Sammeln sprachlicher Folklore. Einen deutlich höheren Stellenwert hat das Studium der Psychologie und Soziologie des Zuchthauses. Dieser Prozess findet tatsächlich allein im Kopf statt und wird erst 1861 mit den «Aufzeichnungen aus einem Totenhaus» konkrete Textgestalt annehmen. Die Arbeit an diesem imaginären Werk entlastet Dostojewskij von der düsteren Realität des Zuchthauses seelisch mindestens ebenso sehr wie der ethnographische Blick auf die Mithäftlinge. Sie erschließt ihm neue Themenbereiche, allen voran die Psychologie und Metaphysik des Verbrechens. Auf diese Weise wird in der Katorga der Grundstock für ein geistiges Kapital gelegt, von dessen Zinsen Dostojewskij in einem Brief an Michail sogar schon vorsichtig zu träumen wagt:

> Halte es um Christi willen bitte nicht für Prahlerei von mir, aber wisse und sei überzeugt, dass mein literarischer Name nicht untergeht. An Material hat sich während der sieben Jahre viel in mir angesammelt, meine Gedanken sind klarer geworden und haben sich gefestigt [...] Und wenn man mir erst gestattet zu publizieren, bin ich mir sicher, es jährlich auf 600 Rubel zu bringen. (22.12.1857)

Schon zur Zeit der Dekabristen wurden politische Sträflinge in Westsibirien strenger behandelt als in Ostsibirien. Während Petraschewskij sich im fernen Irkutsk relativ frei bewegen und Bücher, Pakete und Geldsendungen empfangen darf, bleibt Dostojewskij dies untersagt. Trotzdem gibt es in Omsk, wie in allen Gefängnissen dieser Welt, die Möglichkeit, mit der Außenwelt über Kassiber in Kontakt zu treten. Dostojewskijs Verwandte haben jedoch, wenn auch aus unterschiedlichen Gründen, davon nie Gebrauch gemacht. Die Kumanins sind als brave Untertanen entsetzt, einen «Staatsverbrecher» in ihren Reihen zu haben. Lange Zeit halten sie Abstand vom schwarzen Schaf der Familie. Andrej Dostojewskij, der jüngere Bruder, wird 1849 als Stadtbaumeister ins ukrainische Jelisawetgrad versetzt, wo man über die Verwicklung seines Bruders in die Sache der Petraschewzen genau informiert ist. Die regierungsamtlichen «St. Petersburger Nachrichten» hatten ausführlich über den Ausgang des Prozesses berichtet und dabei auch die Namen der Verurteilten und ihr jeweiliges Strafmaß publik gemacht. An seinem neuen Wohnort wird Andrej lange Zeit gesellschaftlich geschnitten; er fühlt sich stigmatisiert und schämt sich seines Bruders, wofür ihn seine Schwester Warwara übrigens nicht weniger bedauert als den zu Kettenhaft verurteilten Bruder Fjodor.

Weder Andrej noch die anderen Geschwister haben während Dostojewskijs Haft je versucht, mit ihrem Bruder Kontakt aufzunehmen. Eine Ausnahme war Michail, der im Frühjahr 1850 beantragt hatte, mit Fjodor korrespondieren zu dürfen. Da man ihm dies, wie angeblich allen Angehörigen von Staatsverbrechern, untersagt und widrigenfalls harte Konsequenzen angedroht habe, seien ihm, so Michails Rechtfertigung nach Dostojewskijs Entlassung, die Hände gebunden gewesen.[15] Diese Begründung ist nicht sehr stichhaltig. Über inoffizielle Kanäle war es sehr wohl möglich, Kontakt mit den Häftlingen aufzunehmen. Dostojewskij macht im ersten Brief an Michail nach seiner Haftentlassung denn auch keinen Hehl daraus, wie sehr ihn gerade Michails Schweigen enttäuscht, ja verbittert hat.

Umso dankbarer ist er seiner Wohltäterin Natalja Fonwisina, die durchaus Mittel und Wege gefunden hat, mit ihm zu korrespondieren. Ihr gilt Dostojewskijs erster Brief nach seiner Haftentlassung. Dem Dekabristen Fonwisin und seiner Frau war im Frühjahr 1853 nach fast dreißigjähriger Verbannung die Rückkehr nach Russland gestattet worden. Nach dem Tod zweier im Exil geborener Kinder schon im Säuglingsalter und dem nur wenige Jahre zurückliegenden Tod ihrer beiden älteren, an Schwindsucht erkrankten Söhne, die sie 1828 in Russland hatte zurücklassen müssen, war die Heimkehr für Natalja Fonwisina mit schmerzlichen Erinnerungen verbunden, die sie Dostojewskij in einem Brief vom November 1853 mitteilt.

Nun ist er es, der seiner Wohltäterin Trost spendet, und kann er einen Teil jenes Zuspruchs zurückgeben, mit dem sie vier Jahre zuvor den Häftling in Tobolsk aufgerichtet hatte:

> Ich [...] entnehme Ihrem Brief, dass Sie voller Trauer in die Heimat zurückgekehrt sind [...] Nicht weil Sie religiös sind, sondern weil ich selbst es erlebt und gefühlt habe, sage ich Ihnen, dass man in solchen Augenblicken «wie verdorrtes Gras» nach Glauben dürstet und ihn auch findet, weil sich eigentlich erst im Unglück die Wahrheit enthüllt. Von mir selbst möchte ich Ihnen sagen, dass *ich ein Kind des Jahrhunderts* bin, ein Kind des Unglaubens und des Zweifels, ich bin es bis zum heutigen Tag und werde es (dessen bin ich gewiss) bis ans Ende meines Lebens bleiben. Wie viel schreckliche Qualen bereitete und bereitet mir dieser Durst nach Glauben, der in mir desto stärker ist, je mehr Argumente ich gegen ihn habe. Und doch schenkt mir Gott zuweilen Augenblicke, in denen ich vollkommene Ruhe finde [...] Und in Augenblicken wie diesen habe ich mir ein Glaubensbekenntnis geschaffen, in dem mir alles licht und heilig erscheint. Dieses Bekenntnis ist ganz einfach. Es besteht in dem Glauben, dass es nichts Schöneres, Tieferes, Einnehmenderes, Vernünftigeres, Mutigeres und Vollkommeneres gibt als Christus, dass es dies nicht nur nicht gibt, sondern, wie ich mir mit eifersüchtiger Liebe sage, auch nicht geben kann. Und mehr als dies: Bewiese mir jemand, dass Christus jenseits der Wahrheit wäre, und wäre die Wahrheit tatsächlich jenseits von Christus, dann möchte ich lieber mit Christus sein als mit der Wahrheit. (Januar/Februar 1854, Hervorhebungen A. G.)

Diese Worte sind ganz gewiss ernst gemeint. Trotzdem bleibt zu fragen, ob sie ein «Glaubens-» oder nicht eher ein «Zweifelsbekenntnis» darstellen.[16] Nicht um Wahrheit und Glauben als solche geht es hier, sondern um den Durst danach. Dies erinnert an Lessings berühmten Satz: «Wenn Gott in seiner Rechten alle Wahrheit und in seiner Linken den einzigen immer regen Trieb nach Wahrheit, obschon mit dem Zusatze, mich immer und ewig zu irren, verschlossen hielte und spräche zu mir:

Wähle! Ich fiele ihm mit Demut in seine Linke und sagte: Vater, gib! Die reine Wahrheit ist ja doch nur für dich allein!»[17] Dostojewskij stellt Christus höher als die Wahrheit. Vielleicht ahnt er bereits, was später dem Skeptiker Lew Schestow an Lessings Satz aufging: dass die Wahrheit, wenn man sie denn fände, sich als eine «sehr unangenehme Überraschung» erweisen könnte.[18] Das Chaos, das Dostojewskij vier lange Jahre erlebt hat, lässt sich mit Glaubensdurst allein nicht bändigen. Der Abgrund der Verneinung liegt bei ihm unablässig im Kampf mit den lichten Höhen des Glaubens. Der Abgrund bringt «den Willen zum Glauben hervor. Dieser Wille aber steht ständig in der Gefährdung durch den gesichteten Abgrund.»[19]

Soldat Dostojewskij

Auf den Tag genau vier Jahre, nachdem sich die Tore des Zuchthauses von Omsk hinter ihnen geschlossen hatten, werden Sergej Durow und Fjodor Dostojewskij in der Gefängnisschmiede von ihren Ketten befreit.

> Die Schmiede drehten mich um, so dass ich mit dem Rücken zu ihnen stand, hoben von hinten meinen Fuß und setzten ihn auf den Amboss [...] Die Fesseln fielen. Ich hob sie auf ... Einmal noch wollte ich sie in Händen halten, sie zum letzten Mal sehen [...] «Nun denn, mit Gott! Mit Gott!», riefen die Sträflinge ... Ja, mit Gott! Freiheit, neues Leben, Auferstehung von den Toten ... Was für ein herrlicher Augenblick!

Das effektvolle Finale der «Aufzeichnungen aus dem Totenhaus» zieht einen Schlussstrich, den es im Leben des Staatsverbrechers Fjodor Michajlowitsch Dostojewskij so nicht gegeben hat, denn welche «Freiheit» und welches «neue Leben» könnten nun vor ihm liegen? Im Anschluss an die vierjährige Zuchthausstrafe sieht das Urteil vom 22. Dezember 1849 für ihn auf unbestimmte Zeit den erniedrigenden und eintönigen Dienst als gemeiner Soldat in einem sibirischen Linienbataillon vor. Der Offizierstitel war ihm wie allen anderen der Armee angehörenden Petraschewzen aberkannt worden. Das bedeutet für eine unbestimmte Anzahl von Jahren Militärdienst im untersten Mannschaftsrang mit einem Sold, der zum Leben so wenig reicht wie zum Sterben. Es bedeutet die Kasernierung in einer zugigen Holzbaracke, die sich vom Ostrog kaum mehr als dadurch unterscheidet, dass man nachts nicht mehr den Gestank des Toilettenkübels ertragen muss. Es bedeutet die Ungewissheit darüber, wie lange es den Petersburger Behörden gefällt, ihn diesen militärisch völlig sinnlosen Dienst ausüben zu lassen. Und es bedeutet vor allem, weiterhin abgeschnitten zu sein vom literarischen Leben Russlands.

Trotzdem bietet die neue Lage auch ein paar Lichtblicke. Dostojewskij kann wieder Briefe schreiben und Post empfangen, und er kann Zeitungen und Zeitschriften lesen, auch wenn diese in Sibirien, je nach Straßenzustand, meist mit einer Verspätung von vier bis acht Wochen eintreffen. Sein erster Brief an Michail vom 22. Februar 1854, der ausführlich die Fahrt von Petersburg nach Tobolsk im Winter 1849/50 und das Zuchthausleben in Omsk schildert, gehört zu den wichtigsten autobiographischen Dokumenten des Autors. Man muss ihn sehr genau lesen, um zu ermessen, wie sehr das Zuchthausleben in den sieben Jahre später erschienenen «Aufzeichnungen aus einem Totenhaus» weichgezeichnet wird.

Natürlich gelangt der Brief nur über einen inoffiziellen Kanal zu Michail. Alle auf dem Postweg gesandten Schreiben werden kontrolliert. Dostojewskij macht sich dies zunutze, indem er in offiziell versandte Briefe immer wieder staatsfromme Passagen einflicht, die der Geheimpolizei politisches Wohlverhalten demonstrieren. Jetzt bittet er seinen Bruder vor allem um Zeitschriften und Literatur aller Art: Geschichte, Ökonomie, Kirchengeschichte und Kirchenväter, Kants «Kritik der reinen Vernunft» in französischer Übersetzung sowie Hegels «Geschichte der Philosophie», für deren Lektüre er ein deutsch-russisches Wörterbuch erbittet. Nur Bruchteile davon wird er erhalten und lesen können. Doch die Wunschliste bezeugt seinen immensen Lesehunger. Neben Büchern bittet er unverblümt um Geld, solange ihm die Veröffentlichung eigener Werke untersagt sei: «Bis dahin unterstütze mich bitte. Ohne Geld bringt mich das Soldatenleben um [...] Was du für mich ausgibst, wird nicht verloren sein. Hab keine Angst, dass Deinen Kindern etwas gestohlen wird, wenn du es mir gibst. Wenn ich nur am Leben bleibe, werde ich es ihnen mit Zins und Zinseszins zurückzahlen» (30. 1. 1854). Obwohl er seit Jahren nichts mehr veröffentlicht hat, ist Dostojewskijs Vertrauen in sein Können und seine Chancen auf dem literarischen Markt ungebrochen.

Ende Februar 1854 tritt er die Reise in die 600 Kilometer südöstlich von Omsk am Irtysch gelegene Garnisonsstadt Semipalatinsk an, wo man ihn dem 7. Sibirischen Linienbataillon zugeteilt hat. Im 20. Jahrhundert ist die am Rande der großen Kirgisensteppe (heute Kasachensteppe) gelegene Region von Semipalatinsk als Atomwaffentestgelände der Sowjetunion bekannt geworden. Der Name Semipalatinsk, auf Deutsch «Stadt der sieben Paläste», geht auf eine buddhistische Tempelanlage aus mongolischer Zeit zurück, von der schon zu Dostojewskijs Zeit nichts mehr erhalten geblieben war. Im frühen 18. Jahrhundert von Kosaken als Grenzfeste angelegt, wurde der Ort relativ schnell ein wichtiger Umschlagplatz für den Handel zwischen Russland und China. Mehr Bedeutung als die Garnison gewinnt im 19. Jahrhundert die Karawanserei. Seit 1851 ziert ein Lastkamel unter gestirntem Halbmond das Stadt- und Kreiswappen von Semipalatinsk. Um die Mitte des 19. Jahrhunderts hat der Ort rund 6000 Einwohner, weniger als halb so viel wie Omsk, das Dostojewskij jetzt hinter sich lässt.

Mit Ausnahme der orthodoxen Auferstehungskirche und einer von insgesamt sieben Moscheen sind alle Gebäude der Stadt, einschließlich Garnison, Schule und Krankenhaus, aus Holz errichtet. Die Straßen sind, wie damals in den meisten Provinzstädten auch des europäischen Russlands, ungepflastert und bei Regen- oder Tauwetter praktisch unpassierbar. Bei Trockenheit fegen Sandstürme über die flachen, eingeschossigen Häuser und Hütten. Im Volksmund wird Semipalatinsk deshalb «Streusandbüchse des Teufels» genannt. Die Bevölkerung besteht zu je einem Drittel aus Russen, Kosaken und Kirgisen bzw. Kasachen. Die meisten russischen Einwohner sind Angehörige der Armee oder der Ziviladministration. Familie haben in der Regel nur höhere Offiziere und Beamte, weshalb die Stadt ein gesellschaftliches Leben kaum kennt. Im ganzen Ort gibt es ein einziges Klavier. Und nicht mehr als ein Dutzend Einwohner halten sich eine Zeitung oder Zeitschrift. Da Nachrichten aus Russland und Europa hier mit noch größerer Verspätung eintreffen als in Omsk, hat man ein vergleichsweise entspanntes Verhältnis zur großen Politik. Das gilt sogar für den Krimkrieg, der in sein entscheidendes Stadium tritt, als Dostojewskij in Semipalatinsk eintrifft.

In den ersten Wochen seines Aufenthalts muss Dostojewskij mit einem Feldbett im großen Gemeinschaftssaal der Bataillonskaserne vorliebnehmen. Die dicht nebeneinander aufgereihten Pritschen, die sich jeweils zwei Mann teilen und unter denen sich nachts die Ratten tummeln, sind kaum komfortabler als das Massenlager im Ostrog. Als misslicher empfindet es Dostojewskij, dass er hier genauso wenig allein sein kann wie im Zuchthaus. Im März 1854 erhält er zum ersten Mal Post von Michail. Dem Brief sind 50 Rubel beigefügt. Das ist nicht viel, ermöglicht es Dostojewskij aber doch, ein Privatquartier in unmittelbarer Nähe der Kaserne zu mieten. Einschließlich Bedienung kostet die Wohnung im Monat fünf Rubel. Seine tägliche Essensration – Brot, Grütze oder Kohlsuppe, Kwas und Tee – nimmt sich Dostojewskij meist aus der Kaserne mit hinüber in sein Zimmer. Im Bedarfsfall kann er sich auch von seiner Wirtin etwas kochen lassen. Die Lebenshaltungskosten in Sibirien sind deutlich niedriger als im europäischen Russland. Ein Pfund Fleisch kostet einen Groschen, ein Pud (16 Kilo) Buchweizengrütze dreißig Kopeken. Zum ersten Mal seit seiner Verhaftung vor fünf Jahren hat Dostojewskij wieder seine eigenen vier Wände. Schon dies ist für ihn Luxus. Noch mehr genießt er den Umstand, dass er die Nächte zu seiner Verfügung hat. Allerdings wird es noch eine Weile dauern, bis er diese neue Freiheit für das nutzen wird, wonach er sich so lange gesehnt hat, nämlich für seine literarische Arbeit.

Seine Wirtin vermietet Dostojewskij nicht nur ein Zimmer, sondern auch ihre zwei Töchter im Alter von zwanzig und sechzehn Jahren. Beide führen ihm den Haushalt und verdienen sich durch intimere Dienste ab und an ein paar Kopeken hinzu. Für Dostojewskijs Freund Alexander Wrangel erledigt sich dieses Thema mit dem Hinweis, dass so etwas «in Sibirien seinerzeit [...] gang und gäbe war». Als Dostojewskij der Wirtin eines Tages moralische Vorhaltungen macht – eine Doppelmoral, die das Verhalten des Helden der «Aufzeichnungen aus dem Kellerloch» vorwegnimmt –, entgegnet die Wirtin, es sei schließlich ehrenvoller, das Bett mit einem hohen Herrn zu teilen, «als für zwei Pfefferkuchen oder ein Pfund Nüsse mit einem Bataillonsschreiber oder einem Unteroffizier». «Dieser praktischen Logik fiel es uns schwer, etwas entgegenzusetzen», resümiert Wrangel in seinen Erinnerungen.[20] In der Katorga von Omsk hatte weibliche wie männliche Prostitution eine wichtige

Rolle gespielt. Ob Dostojewskij dort sexuelle Dienstleistungen in Anspruch nahm oder ob er sein Triebleben asketisch im Griff hatte,[21] wissen wir nicht. Vor seiner Verhaftung hatte er jedenfalls keinerlei moralische Bedenken, ins Bordell zu gehen. Nach vierjährigem Aufenthalt in einer Männergesellschaft, deren sexuelles Frustrations- und Gewaltpotential jüngere Inszenierungen von Leoš Janáčeks Oper «Aus einem Totenhaus» wie die von Calixto Bieito und Patrice Chereau drastisch vor Augen geführt haben, dürften die Triebnöte des nunmehr Dreiunddreißigjährigen beträchtlich gewesen sein, zumal er von Natur aus mit einer starken sexuellen Appetenz ausgestattet war. Witalij Swinzow spricht von «erhöhter sexueller Erregbarkeit in Verbindung mit einer kräftigen sexuellen Konstitution»,[22] und Apollinarija Suslowa, seine Geliebte in den 1860er Jahren, klagt über einen «Überschuss an erotischem Feuer»,[23] den Dostojewskijs intime Briefe an seine zweite Frau Anna Grigorjewna bestätigen werden. Auch sein literarisches Frühwerk ist gesättigt mit erotischen Phantasien. Namentlich gilt dies für die zuletzt entstandenen Erzählungen «Netotschka Neswanowa» und «Ein kleiner Held», in denen der Autor ein raffiniertes Spiel mit der erwachenden, noch kaum bewussten Sexualität von Kindern einerseits und den erotischen Wünschen ihrer erwachsenen Bezugspersonen andererseits treibt.

Die beiden Wirtstöchter mögen Dostojewskijs Bedarf an «niederer Minne» gedeckt haben. Sein eigentliches Streben jedoch gilt der «hohen Minne». Die erste Frau im Suchfeld dieses Begehrens, in die sich Dostojewskij in den vierziger Jahren heftig, aber aussichtslos verliebt hatte, war die schöne Awdotja Panajewa gewesen. Doch attraktive Salonlöwinnen wie die Panajewa sind in Semipalatinsk nicht zu haben. Dafür scheint Dostojewskij in der Kringel-Bäckerin Jelisaweta («Lisonka») Neworotowa, einer siebzehnjährigen Schönheit, die er auf dem Markt kennenlernt, so etwas wie einen Ersatz für sein hohes Ideal gefunden zu haben. Er korrespondiert mit ihr auf ähnlich platonische Weise wie die zwei Liebenden in seinem Debütroman «Arme Leute». Zur Erleichterung von Dostojewskijs notorisch eifersüchtiger Witwe Anna Grigorjewna, vielleicht aber auch zum Glück für Dostojewskij selbst sind diese Herzensergießungen eines Genies in den Wirren der Oktoberrevolution verloren gegangen.

Schon bald nach seiner Ankunft wird Dostojewskij in das überschaubare Honoratiorenmilieu von Semipalatinsk eingeführt. Der Mann, dem er dies verdankt, ist sein ebenso gastfreundlicher wie trinkfester Bataillonskommandeur Oberstleutnant Belichow, dessen Zuneigung sich Dostojewskij dadurch erwirbt, dass er ihm ganze Nachmittage lang aus vergilbten, mehrere Wochen alten Zeitungen vorliest. Belichow ist leidenschaftlicher Kartenspieler, und die Spielsucht wird ihn bald finanziell ruinieren. Irgendwann beginnt er, seine Schulden aus der Bataillonskasse zu begleichen und wird sich, als dies 1857 ruchbar wird, eine Kugel in den Kopf jagen. In Belichows Haus macht Dostojewskij im Frühjahr 1854 die Bekanntschaft des Zollbeamten Alexander Issajew. «Gott hat mir die Bekanntschaft einer Familie geschenkt, die ich niemals vergessen werde», jubiliert er in einem Brief an Michail. «Es handelt sich um die Familie Issajew [...] Issajew hatte hier eine recht gute Stelle, kam damit aber nicht zurecht und nahm wegen einiger Unannehmlichkeiten seinen Abschied.» Wegen Trunksucht wurde Issajew aus dem Dienst entlassen, was seine Familie «in schreckliche Armut» gestürzt hat.

> Er machte Schulden, führte ein liederliches Leben und war überhaupt von recht liederlicher Wesensart: leidenschaftlich, starrsinnig, grob [...] leichtsinnig wie ein Zigeuner, voller Eigenliebe und Stolz [...] Dabei hatte er ein stark ausgeprägtes und gütiges Wesen, war gebildet und von rascher Auffassungsgabe, worüber auch immer man sich mit ihm unterhielt [...] Trotz aller Widrigkeiten war er von außergewöhnlicher Noblesse. (13. 1. 1856)

Issajews Charakterbild nimmt im Laufe der Schilderung immer mehr Züge jenes heiklen Typus an, der uns in Dostojewskijs Romanen in vielen Varianten begegnet. Sie sind, wie etwa der alte Marmeladow in «Schuld und Sühne», intelligent, hypersensibel und ehrgeizig, zugleich aber neurasthenisch, willensschwach und beruflich wie privat erfolglos, weshalb sie ihr Unglück im Alkohol ertränken. Dem Porträt Issajews werden zugleich Züge jenes «armen Menschen» beigemischt, auf dem Dostojewskijs erster und bisher einziger literarischer Erfolg beruhte. Damit versucht er, das Mitleid des Bruders zu wecken und ihn zu weiterer finanzieller Hilfe zu bewegen. Das Zusammenspiel von sentimentaler Arme-Leute-Prosa und Bettelbrief hatte er ja erfolgreich bereits als Schüler in seiner Korrespondenz mit dem Vater erprobt. Jetzt bleibt das Verfassen von Bitt- und Bettelbriefen so lange seine einzige «literarische»

Erwerbsquelle, wie er als politischer Verbannter einem Publikationsverbot unterliegt.

Wie oft in seinen Briefen rückt Dostojewskij mit dem eigentlichen Anlass seines Schreibens erst spät heraus: «Aber nicht er [Issajew], sondern seine Frau Maria Dmitrijewna ist es, zu der ich mich hingezogen fühle. Sie ist eine Dame, noch jung, 28 Jahre alt, nett, sehr gebildet, sehr gescheit, gut, lieb, graziös, mit einem vortrefflichen, großzügigen Herzen [...] Eine Frau wie diese habe ich selten getroffen.» Maria Dmitrijewna Issajewa, geb. Konstant (Constant), ist damals dreißig Jahre alt. Im 19. Jahrhundert ist das für Damen etwas zu viel, um als «noch jung» durchzugehen. Deshalb macht Dostojewskij sie vor dem Bruder zwei Jahre jünger. Marias Großvater väterlicherseits, François de Constant, war 1794 vor dem Terror der Jakobiner nach Russland geflohen. Ihr Vater war Leiter der Quarantäne-Station von Astrachan am Kaspischen Meer. Als Wirklicher Geheimer Staatsrat hatte er eine bemerkenswerte Karriere gemacht und seinen sieben Kindern eine solide Ausbildung angedeihen lassen. Die drei Töchter waren in einem Mädchenpensionat erzogen worden, die vier Söhne hatte er in Kadettenanstalten, später bei der kaiserlichen Garde untergebracht. 1847 hatte Maria den damals bei der Zollverwaltung von Astrachan tätigen Alexander Issajew geheiratet. Ein Jahr später war ihr Sohn Pawel (Pascha) zur Welt gekommen. Zu Beginn der 1850er Jahre wird Issajew nach Sibirien und schließlich nach Semipalatinsk versetzt, wo er zunehmend der Trunksucht verfällt und sich mit zwielichtigen Gestalten umgibt.

Dostojewskij, der Issajew im Frühjahr 1854 kennenlernt, fängt rasch Feuer für dessen hübsche, gebildete und in der sibirischen Provinz exotisch wirkende Frau. Maria erwidert seine Sympathiebezeugungen zunächst wohl mehr aus Koketterie als aus echtem Interesse. Das einzige erhaltene Bild Marias, eine Daguerreotypie vom Ende der 1850er Jahre, zeigt eine attraktive schlanke Frau mit etwas unregelmäßigen Zügen und biedermeierlich gescheiteltem Haar, die mit leicht geschürzten vollen Lippen – eine Wange kokett auf den linken Arm gestützt – aus großen dunklen Augen herausfordernd in die Kamera blickt. Da Alexander Issajew bei Dostojewskijs Besuchen meist sturzbetrunken ist und bald auf dem Sofa eindämmert, kommen sich Maria und Dostojewskij rasch näher. Anfang 1855 nimmt ihre Beziehung intimere Formen an. Just zu diesem Zeitpunkt jedoch wird Issajew zum Inspektor für das Schankwesen in der mehr als 500 Kilometer entfernten Stadt Kusnezk (heute Nowokusnezk) ernannt und damit der Bock zum Gärtner gemacht.

Für Dostojewskij droht mit Issajews Versetzung die Welt unterzugehen. Baron Wrangel hat den Dostojewskij-Mythos mit seiner Schilderung des Abschieds der beiden Liebenden in einer Mainacht des Jahres 1855 um einige kinematogene Bilder bereichert, die sich Wladimir Chotinenkos TV-Biopic «Dostojewskij. Ein Leben voller Leidenschaften» (2011) allerdings hat entgehen lassen: Wrangel und Dostojewskij begleiten das Fuhrwerk der Issajews in der Kutsche des Barons ein Stück des Weges. Wrangel traktiert den künftigen Schankinspektor «nach sibirischem Brauch» unterwegs so ausgiebig mit Champagner, dass er den sanft entschlummerten Gatten schon bald mühelos in seine eigene Kutsche hieven kann. Nun steigt Dostojewskij in Issajews Kalesche und fährt mit Maria hinaus in die vom gestirnten Nachthimmel festlich illuminierte Steppe.

> Der Weg war eben wie ein Brett, ringsum ein dichter Kiefernhain, sanft schimmerte der Mond, die Luft hatte etwas Süßes und Betörendes ... Dann aber wurde es Zeit aufzubrechen. Meine beiden Turteltauben umarmten sich, wischten die Tränen fort, und ich bugsierte den betrunken vor sich hindämmernden Issajew hinüber auf sein Fuhrwerk [...] Die Pferde ziehen an, die Equipage setzt sich in Bewegung, Staub wirbelt auf, das Fuhrwerk und seine Insassen entschwinden den Blicken, der Klang des Postglöckchens verhallt ... Dostojewskij aber steht noch immer wie angewurzelt, findet keine Worte und lässt mit gesenktem Kopf seinen Tränen freien Lauf.[24]

Abgesehen von einigen sachlichen Ungereimtheiten ist dieser Jahrzehnte später entstandene Bericht bis hinein in einzelne Bildmotive literarisch überformt durch die in Russland populäre Romanze «Eintönig läutet das Glöckchen» (Odnoswútschno gremít kolokóltschik). Solche poetischen Freiheiten darf sich Wrangel jedoch erlauben. Schließlich können die Issajews nur deshalb umziehen, weil der Baron auf Dostojewskijs Drängen inzwischen Issajews Schulden beglichen hat. Es sollte nicht seine letzte Wohltat bleiben.

Alexander Georg Wrangel entstammte einer baltischen Adelsfamilie mit dänischen Wurzeln. Nach Abschluss des Alexander-Lyzeums in Petersburg hatte er einen Posten im Justizministerium übernommen.

Da den umtriebigen jungen Mann eine Beamtenkarriere in der Hauptstadt nicht reizte, hatte er sich im Herbst 1854 freiwillig als Bezirksstaatsanwalt nach Semipalatinsk versetzen lassen. Dort kaum eingetroffen, nimmt er unverzüglich Kontakt mit Dostojewskij auf, für dessen Werk er sich schon als Jüngling begeistert hat und dem er jetzt Neuigkeiten aus der Hauptstadt sowie Michail Dostojewskijs ersten Brief samt beigefügten 50 Rubel mitbringt. Trotz des Altersunterschieds von zwölf Jahren entsteht zwischen beiden Männern bald eine enge Freundschaft.

Wrangel hat nicht nur eine gut sortierte Bibliothek, sondern auch genügend Geld, um Dostojewskij wiederholt aus der Klemme zu helfen. Zudem kann Dostojewskij, wann immer er möchte, den dienstlich kaum ernsthaft beanspruchten Baron in dessen geräumiger Wohnung aufsuchen, wo Speisen und Getränke auf den Tisch kommen, die Dostojewskij utopisch erscheinen müssen. Im Sommer pachtet der Baron eine Datscha am Ufer des Irtysch. Dort legen die beiden Freunde Obst- und Gemüsebeete an, baden im Fluss oder liegen im Gras, die endlose Weite der großen Kirgisensteppe und die Jurten der Nomaden vor Augen, eine fremde, archaische Welt, wo «die Zeit stehengeblieben zu sein schien, als wären die Tage Abrahams und seiner Herden noch nicht vergangen».[25]

Mindestens ebenso wichtig wie der intellektuelle Austausch und die Verbesserung seiner Lebensbedingungen sind für Dostojewskij die Beziehungen der Familie Wrangel zu einflussreichen Kreisen der Hauptstadt. Dort weht inzwischen ein neuer politischer Wind. Zar Nikolaj I. war nach dreißigjähriger Regierungszeit am 18. Februar 1855 unerwartet verstorben. Seinem Nachfolger Alexander II. hatte er nicht nur die Beendigung des Krimkriegs, sondern auch die Lösung des drängendsten aller innenpolitischen Probleme Russlands hinterlassen: der Leibeigenschaft. Zu den ersten Amtshandlungen des neuen Herrschers gehört eine Amnestie der noch lebenden Dekabristen, was die Hoffnungen auf einen Gnadenakt auch für die Petraschewzen nährt. So weit geht der neue Herrscher zwar nicht, doch verfügt er anlässlich seiner Thronbesteigung im März 1855, dass von den militärisch degradierten politischen Häftlingen bei guter Führung gemeine Soldaten zu Unteroffizieren und Unteroffiziere zu Fähnrichen befördert werden sollen. Das klingt einfach, erweist sich jedoch, wie fast jede Amtshandlung im russischen Imperium, als ein gewaltiges Projekt. Ganze acht Monate braucht es, bis der Soldat Dostojewskij zum Unteroffizier befördert wird. Und auch dies ist kein Selbstläufer, sondern setzt auf Seiten des zu Befördernden deutliche Signale politischen Wohlverhaltens voraus.

Im April 1854 verfasst Dostojewskij ein zehn Strophen langes Gedicht mit dem Titel «Auf die europäischen Ereignisse des Jahres 1854», das getragen ist vom heiligen Zorn über den Schulterschluss Frankreichs und Englands mit dem Osmanischen Reich. Oberst Belichow, Dostojewskijs Regimentschef, schickt die Verse über den Stab des Sibirischen Oberkommandos an die Dritte Abteilung nach Petersburg mit der Bitte, es in den «Petersburger Nachrichten», einem regierungsamtlichen Blatt, publizieren zu lassen. General Dubelt, der Chef der Dritten Abteilung, lehnt dies jedoch ab.

Man hat das «nicht sehr angenehme Biographicum» dieses lyrischen Sendschreibens an das russische Herrscherhaus[26] als Notbehelf eines Autors gerechtfertigt, der verzweifelt um seine Rückkehr in die Literatur kämpft.[27] Wäre dies jedoch Dostojewskijs einziges Ziel gewesen, so hätte er weder formal noch inhaltlich so weit gehen müssen wie hier. Offenbar verfolgt Dostojewskij nicht nur ein taktisches Ziel. Vielmehr legt sein Gedicht vor dem Hintergrund des Krimkriegs ein glühendes Bekenntnis zum politischen System Russlands mit seinen drei tragenden Säulen ab: Autokratie, Orthodoxie, Volkhaftigkeit. Als öffentliche Selbstkritik, vor allem aber als Reuebekenntnis eines Mannes, der für dieses System zum Staatsfeind geworden ist, zeigt das Gedicht der Obrigkeit an, dass sich sein Autor auf dem Weg zu jenem Ziel befindet, das er später als «Wiedergeburt meiner Überzeugungen» bezeichnet.

Literarisch orientiert sich Dostojewskij an jenen Propagandatexten, mit denen die russischen Zeitungen der Jahre 1854–1856 gespickt sind und die für ihn zu den prägenden Lektüreerfahrungen nach der Haftentlassung gehören. Dem «heiligen Russland» als Hort des wahren Glaubens stellt er den von Gott abgefallenen Westen gegenüber. Wie vor zwei Jahrtausenden auf Golgatha werde auf der Krim «heiliges Blut» vergossen, das Blut Russlands, dessen Leiden dem Martyrium Christi glichen. Dieses Bild nimmt die Idee vom «russischen Gott» vorweg, während die an Europa gerichteten Verse auf die bis heute aktuell gebliebene Idee des Eurasismus verweisen:

Was wisset ihr von Russlands Weltgeschicken?
Niemals wird euch seine Bestimmung klar.
Sein ist der Osten! Millionen blicken
Von dort mit Sehnsucht nach dem Doppelaar![28]

Nach dem Misserfolg des ersten Gedichts unternimmt Dostojewskij im Sommer 1855 einen zweiten Anlauf. Gelegenheit dazu bietet der Geburtstag der Zarin Alexandra Fjodorowna. Eigentlicher Adressat der Verse ist aber nicht die Kaiserin, sondern ihr im Februar verstorbener Gatte, Zar Nikolaj I., dessen Namen die «sündigen Lippen» des Autors nicht auszusprechen wagen. In der 4. Strophe wird Gott für «den Richterspruch» gedankt, den er dem Autor «in der Stunde des Zweifels gesandt» und damit ein «neues Leben» geschenkt habe.[29] Die Wendung «Stunde des Zweifels» steht für die revolutionären Umtriebe der Petraschewzen, der «Richterspruch» für das Urteil vom Dezember 1849. Deutlicher können innere Umkehr und Reue eines politischen Verbrechers kaum bekundet werden. Indem er sein Todesurteil und die Scheinhinrichtung zur Ursache seiner inneren Wiedergeburt macht, küsst Dostojewskij die Hand, die ihn geschlagen hat. So jedenfalls sehen es die Autoren von Nekrassows Magazin «Der Zeitgenosse», bei denen sich die Nachricht von Dostojewskijs lyrischer Loyalitätsbekundung schnell herumgesprochen hat. Mit deren Häme muss Dostojewskij gerechnet haben, und vermutlich hat er sie auch bewusst in Kauf genommen. Schließlich verlangt jede echte Konversion die Bereitschaft, den neuen Glauben öffentlich zu bekennen.

Dostojewskijs lyrischem Witwentrost ist bei Hofe mehr Erfolg beschieden als seinem Kriegsgedicht. Nachdem der Gouverneur von Westsibirien, General von Hasford, sich zunächst geweigert hatte, das Gedicht eines ehemaligen Staatsfeindes der Regierung weiterzuleiten, gelangt das Manuskript dank Wrangels Petersburger Beziehungen schließlich zur Kaiserin, und zwar mit der Empfehlung, den Autor als Lohn für sein Wohlverhalten vom gemeinen Soldaten zum Unteroffizier zu befördern. Dies geschieht am 20. November 1855. Den Krimkriegs- und den Geburtstagsversen folgt im Frühjahr 1856 ein weiteres Gedicht anlässlich der Krönung Alexanders II., das für den neuen Herrscher Gottes Segen auf jenem «dornenreichen Wege» erfleht, der nach dem Ende des Krimkriegs vor Russland liege. Alle drei Gedichte sind zu Lebzeiten des Autors nicht erschienen, obwohl Dostojewskij ihre Veröffentlichung angestrebt hat. Zu den wenigen Personen, denen der Autor sein Krönungsgedicht zu lesen gibt, gehört sein auf dem Feld der Poesie wesentlich besser beschlagener Bruder Michail, der ohne Umschweife erklärt: «Ich habe deine Verse gelesen und finde sie miserabel. Lyrik ist deine Sache nicht.»[30]

Nach dem Wegzug des Ehepaars Issajew setzt zwischen Semipalatinsk und Kusnezk eine rege Korrespondenz ein, von der leider nur ein einziger Brief Dostojewskijs an Maria Issajewa erhalten geblieben ist, und zwar der erste nach der von Wrangel beschriebenen denkwürdigen Maiennacht: «Schon zwei Wochen sind es nun, und ich weiß nicht, wohin vor Gram. Wenn Sie wüssten, wie sehr ich in meiner Einsamkeit hier verwaist bin! Es ist genau wie damals, als man mich im Jahre neunundvierzig zum ersten Mal verhaftet, im Gefängnis begraben und mich aller Menschen beraubt hat, die mir lieb und teuer sind.» (4.6.1855) Nach vierjähriger Haft sei Maria die Einzige gewesen, der er sein Herz habe ausschütten können. Wie eine leibliche Schwester sei sie ihm gewesen. Seit ihrer Abreise irre er ziellos umher wie Ahasver, der ewige Jude. Wenige Wochen nach seiner Ankunft in Kusnezk erkrankt Alexander Issajew und stirbt, da ärztliche Hilfe nicht zur Stelle ist, im August 1855 im Alter von dreiunddreißig Jahren. Dostojewskij setzt Himmel und Hölle in Bewegung, um Maria, die kein Geld für das Begräbnis hat, zu unterstützen. Wieder einmal muss Wrangel als Nothelfer einspringen.

Issajews Tod eröffnet Dostojewskij neue Perspektiven. Nach seiner Beförderung zum Unteroffizier trägt er sich mit Heiratsplänen. Noch aber ist die Zeit dafür nicht reif, nicht weil Maria die Witwenfrist abwarten müsste, sondern weil sie sich nicht entscheiden kann. Kusnezk ist ein Nest von damals nicht einmal zweitausend Einwohnern. Das Angebot an attraktiven alleinstehenden Frauen ist daher denkbar knapp. Bald tauchen andere Freier auf, und Dostojewskij wird von Maria auf die Folter gespannt. Mit der ihr eigenen Grausamkeit bittet sie ihn um Entscheidungshilfe für den – wie sie nahelegt: wahrscheinlichen – Fall, dass ein solider, materiell gut versorgter älterer Herr um ihre Hand anhalten sollte. Dostojewskij schwant Unheil, er fällt in Ohnmacht und weint eine ganze Nacht lang (23.3.1856). Maria tröstet ihn: Noch sei nichts entschieden.

Kaum scheint diese Gefahr gebannt, naht die nächste in Gestalt eines adretten jungen Mannes, der mit vierundzwanzig Jahren deutlich jünger ist als Maria. Der Konkurrent heißt Nikolaj Wergunow, ist Lehrer an der Kreisschule von Kusnezk und erteilt nebenbei und wohl nicht ganz selbstlos Marias Sohn Pascha privaten Zeichenunterricht. Marias Interesse an diesem Jüngling ist ernst, und sie lässt Dostojewskij dies auch mit gnadenloser Offenheit wissen. Dostojewskij gerät in Panik. Er will nach Kusnezk. Er muss Maria sehen, sich mit ihr aussprechen. Er gesteht seinem Freund Wrangel: «Mein Herz ist mit tödlicher Trauer getränkt. Nachts träume ich und schreie, würgen mich Spasmen der Kehle [...] Ich sterbe, wenn ich meinen Engel verliere: Entweder ich verliere den Verstand oder ich springe in den Irtysch.» (23. 3. 1856) Anstatt ins Wasser zu gehen, nimmt er dann doch lieber ein paar Tage Urlaub, und obwohl er nur ein Visum für die Stadt Barnaul bekommt, macht er im Juni 1856 unerlaubt einen Abstecher ins 300 Kilometer weiter entfernte Kusnezk. Dort verbringt er mit Maria zwei Tage, von denen er später sagen wird, sie seien «Wonne und unaussprechliche Qual» zugleich gewesen (14. 6. 1856).

Marias Gunstbeweise stimmen ihn hoffnungsfroh. Nach Semipalatinsk zurückgekehrt, nimmt Dostojewskijs Leiden jedoch seinen Fortgang. Maria kann sich lange nicht für einen der beiden Kandidaten entscheiden. Erst gegen Ende des Jahres 1856 senkt sich die Waage zugunsten Dostojewskijs, der im September vom Unteroffizier zum Fähnrich befördert wird. Wesentlichen Anteil an dieser Entwicklung hat neuerlich Wrangel, der auf seiner Rückreise nach Petersburg einen Brief Dostojewskijs an General Eduard von Totleben, einen der Helden des Krimkriegs, mitgenommen hatte. Als leitendem Festungsingenieur von Sewastopol war es vor allem Totleben zu danken gewesen, dass sich die Krim-Metropole so lange gegen die überlegene Feuerkraft der Alliierten hatte behaupten können. Totleben war, wie Dostojewskij, Absolvent der Petersburger Ingenieurschule. Sein jüngerer Bruder Gustav Adolf, auch er ein Zögling der Ingenieurschule, war mit Dostojewskij befreundet und hatte eine Zeitlang mit ihm eine Wohnung geteilt.

Dostojewskijs Brief an den General vom 24. März 1856 bringt einmal mehr seinen politischen Gesinnungswandel zum Ausdruck. Die Zugehörigkeit zum Petraschewskij-Kreis schreibt er jetzt einer an Blindheit grenzenden Begeisterung für wirklichkeitsfremde Theorien und Utopien zu. Überdies habe ihn eine eigentümliche Gemütskrankheit in Form hypochondrischer Zustände geplagt, die seine Missetaten freilich nicht rechtfertigen könnten. Völlig zu Recht sei er wegen regierungsfeindlicher Umtriebe verurteilt worden, doch habe seitdem «lange und leidvolle Erfahrung» ihn ernüchtert und er seine Ansichten «in vielerlei Hinsicht» geändert (9. 11. 1856). Für eine militärische Karriere gänzlich ungeeignet, könne er dem Vaterland einzig in der Rolle dienen, zu der er sich berufen fühle, nämlich als Schriftsteller. Um dafür eine Existenzgrundlage zu haben, bitte er darum, wieder publizieren zu dürfen. Totleben schickt Dostojewskijs Brief mit einem Empfehlungsschreiben an den für das Ingenieurwesen zuständigen Großfürsten Nikolaj Nikolajewitsch, einen Bruder des neuen Zaren, der es Ende Mai an den Kriegsminister Nikolaj Suchosanet weiterleitet. Der wiederum erklärt sich im Juni «angesichts der aufrichtigen Reue und des Gesinnungswandels des Unteroffiziers des 7. Sibirischen Linienbataillons Dostojewskij» bereit, diesen zum Fähnrich zu befördern. Definitiv in Kraft tritt Dostojewskijs Beförderung am 1. Oktober, worüber man ihn vier Wochen später in Kenntnis setzt.

Auch wenn er mit nunmehr fünfunddreißig Jahren einen militärischen Rang einnimmt, den Offiziersanwärter damals normalerweise im Alter von sechzehn oder siebzehn erreichen, ist Dostojewskij als Fähnrich nun wieder Mitglied des Offizierskorps. Seine materielle Lage verbessert sich damit kaum; doch hebt die Beförderung zum Offizier sein Sozialprestige so unvergleichlich über das seines Konkurrenten, des kleinen Primarschullehrers Wergunow, dass er beschließt, nicht länger zu warten. Er macht Maria Issajewa einen förmlichen Antrag und hat Erfolg.

Der Karrieresprung ihres Freiers und die Aussicht, Sibirien bald verlassen zu können, haben Marias Entscheidung sicherlich beeinflusst. Wrangel hatte seinem Freund von dieser Heirat nachdrücklich abgeraten. Und auch Michail, sein älterer Bruder, hatte prophezeit, es werde ihm schwerfallen, seine «Dukaten», also sein literarisches Talent, gegen «das Kleingeld» des Ehe- und Familienlebens einzutauschen.[31] Michail weiß, wovon er spricht. Seit vierzehn Jahren unglücklich verheiratet, hat er die Literatur an den Nagel gehängt und ernährt seine stetig wach-

Maria I. Dostojewskaja, die erste Frau des Schriftstellers (um 1860)

sende Familie durch die ungleichmäßigen Erträge einer Tabakmanufaktur, die er mit hohen Krediten erworben hat.

Fjodor jedoch lässt sich nicht beirren. «Mein Entschluss steht unwiderruflich fest»,[32] lässt er den Bruder wissen. Statt gute Ratschläge zu erteilen, solle Michail ihm lieber finanziell helfen, denn er sitze leider wieder mal auf dem Trockenen. Die 200 Rubel, die ihm seine Schwester Warwara nach der Beförderung zum Fähnrich unlängst geschickt hatte, sind für die Tilgung von Schulden und für seine Neueinkleidung draufgegangen. Als Offizier braucht er nicht nur Accessoires wie Tschako, Schärpe, Degen und Portepée, sondern auch neue Stiefel und zwei Uniformen: eine für den Dienst, die andere für Paraden und die Hochzeit, die er bereits im Geiste inszeniert. Die Zeit bis zur Wiedererlangung seines Publikationsrechts will er durch einen Kredit überbrücken, den er durch neues Manuskriptmaterial im Wert von mindestens eintausend Rubel für hinreichend gedeckt hält (28.1: 258 f.). Auch benötige die Braut für die bevorstehende Hochzeit leider noch einige «fast unumgängliche» Dinge, und zwar:

> 1) Zu Ostern einen Hut (hier gibt es gar keine), natürlich einen Frühlingshut.
> 2) (Sofort) Seidenstoff für ein Kleid (irgendeinen, außer Glacé), in einer Farbe, wie man sie jetzt trägt (sie ist blond, etwas mehr als mittelgroß, mit einer herrlichen Taille, ähnlich gewachsen wie Emilia Fjodorowna [Michails Frau – A. G.], wie ich sie in Erinnerung habe).
> Eine Mantille (aus Samt oder eine andere) – nach Deinem Geschmack.
> Ein halbes Dutzend feiner holländischer Damentaschentücher.
> 2 Häubchen (möglichst mit blauen Bändern), nicht teuer, aber gut.
> Eine Stola aus wollener Spitze (falls nicht zu teuer). (22.12.1856)

Diese Liste hat auffallende Ähnlichkeit mit dem fatalen Wunschzettel, den in «Arme Leute» Makar Djewuschkin für die bevorstehende Hochzeit seiner geliebten Warwara abarbeiten muss. Natürlich weiß Dostojewskij das, und er weiß auch, dass Michail diese Parallele unmöglich entgehen kann. Deshalb fügt er als «Nota bene» vorsichtshalber hinzu: «Falls Dir diese Liste lächerlich vorkommt, weil ich damit fast 100 Silberrubel von Dir erbitte, so mach dich nur lustig und gib mir einen Korb.»

Ende Januar 1857 nimmt Dostojewskij zwei Wochen Urlaub und fährt nach Kusnezk. Dort werden am 6. Februar in der Madonna-Hodegetria-Kirche der «im 7. Sibirischen Linienbataillon dienende Fähnrich Fjodor Michajlowitsch Dostojewskij, vierunddreißig Jahre alt, orthodoxen Glaubens, in erster Ehe», und die «Witwe Maria Dmitrijewna, Gattin des verstorbenen Schankkommissars und Kollegiensekretärs Alexander Issajew, orthodoxen Glaubens, in zweiter Ehe», getraut.[33] Als Trauzeuge für den Bräutigam hat sich Nikolaj Wergunow, Dostojewskijs einstiger Nebenbuhler, zur Verfügung gestellt. Trauzeuge der Braut ist ihr Hauswirt, der Kreisrichter Iwan Katanajew, der auch das Hochzeitsfest ausrichtet.

Eine Woche lang wird gefeiert, dann geht es Mitte Februar in gehobener Stimmung zurück nach Semipalatinsk. In Barnaul wird eine Übernachtungspause eingelegt, und hier ereignet sich die Katastrophe. Dostojewskij erleidet einen schweren epileptischen Anfall. Maria, zum ersten Mal Zeugin einer solchen Attacke, ist zu Tode erschrocken. Der herbeigerufene Arzt, ein erfahrener Mediziner, diagnostiziert «genuine Fallsucht», die infolge von Spasmen der Luftröhre zum Tod durch Ersticken führen könne. Dostojewskij ist außer sich:

> Jetzt wirst du begreifen, mein Freund [Michail], was für verzweifelte Gedanken mir durch den Kopf gehen. Als ich heiratete, habe ich voll und ganz den Ärzten geglaubt, die versicherten, es handele sich nur um nervöse Anfälle, die sich bei einer Änderung der Lebensweise erledigen würden. Wenn ich positiv gewusst hätte, dass ich an genuiner Fallsucht leide, hätte ich nicht geheiratet. (9.3.1857)

Der Aufenthalt in Barnaul muss verlängert werden. Nach schweren Anfällen benötigt Dostojewskij stets mehrere Tage, um sich zu erholen. Am 20. Februar trifft das Ehepaar müde und missgestimmt in Semipalatinsk ein. Auch Maria kränkelt, möglicherweise schon ein erstes Anzeichen ihrer Schwindsucht. Dostojewskij hat eine möblierte Vier-Zimmer-Wohnung gemietet. Ohne die 600 Rubel, die ihm die Kumanins zur Hochzeit aus Moskau geschickt haben, könnte er sich diesen Luxus nicht leisten. Nach Rückzahlung mehrerer alter Kredite liegen Anfang März gerade noch «250 Rubel in der Kommode». Mit seinem kümmerlichen Sold als Fähnrich könnte er bei schlechter Kost und miserablen hygienischen Bedingungen nur in der Kaserne und als Junggeselle überleben, nicht aber als Ehemann. Ohne Publikationserlaubnis ist er faktisch erwerbslos. Gleichwohl bleibt ihm jede Form von Ökonomie und Sparsamkeit fremd. Das Geld seiner Schwester und des Onkels sowie zwei Kredite von 800 Rubel summieren sich zu 1600 Rubel, die Dostojewskij in zwei Monaten durchbringt. Der größte Teil davon entfällt auf die Hochzeit, von der er behauptet, sie sei höchst bescheiden ausgefallen. Er habe, rechtfertigt er sich vor Michail, selbst nicht geahnt, dass er dafür so viel Geld benötige. Aber «weniger auszugeben war einfach unmöglich» (9.3.1857).

Der letzte Satz bringt Dostojewskijs Einstellung zum Geld auf den Punkt. Nicht die Einnahmen sind Maßstab seines Konsumverhaltens, vielmehr ist es umgekehrt. Er braucht ein bestimmtes Einnahmeminimum zur Aufrechterhaltung seines konsumptiven Status quo, also Aufwendungen für ein Fest, für Restaurantbesuche, eine Reise, ein kulturelles Ereignis, die eigene Garderobe, Genussmittel, Geschenke etc., und zwar weitgehend unabhängig von der Höhe der Einkünfte. Reichen diese nicht aus, wird Geld geborgt. Das hatte er in den vierziger Jahren so gehalten, und daran wird sich auch bis zu seiner zweiten Heirat wenig ändern. Sozialgeschichtlich ist dieser Verhaltenstypus ein Erbe der Aristokratie. Bis zur Bodenreform des Jahres 1861 hielt es der russische Adel, wie Turgenjews Roman «Väter und Söhne» (1863) eindrucksvoll zeigt, für unter seiner Würde, in ökonomischen Kategorien zu denken und sich an so etwas Vulgärem wie Kosten-Nutzen-Berechnungen zu orientieren. Entsprechend definierte man seinen gesellschaftlichen Rang «weniger über die Potenz des Geldverdienens als über die Potenz des Geldausgebens».[34]

Heimkehr mit Hindernissen

Zu den Erfahrungen der Katorga gehört für Dostojewskij die Erkenntnis, der Mensch sei ein Wesen, das sich an alles gewöhnt.[35] Auch an Schulden kann man sich gewöhnen und sie wie Balzac damit rechtfertigen, dass die Klasse der Gläubiger die der Schuldner notwendig voraussetzt.[36] Doch obwohl Dostojewskij kaum je ohne Schulden gelebt hat und die Begriffe «Schuld» (russ. «wina») und «Schulden» (russ. «dolgi») im Russischen nicht so eng benachbart sind wie im Deutschen, wird das Schuldenmachen auf Dauer auch für ihn zum moralischen Problem.[37] Nach nichts, schreibt er seiner Schwester Warwara im Frühjahr 1857, sehne er sich mehr als nach dem Tag, «an dem ich mir mein tägliches Brot selber verdiene. Erst dann und nur dann werde ich das Recht haben, mich Mensch zu nennen.» (15. 3. 1857) Als Broterwerb allerdings kommt nur die Schriftstellerei in Frage.

Mit der Wiedereinsetzung in seine Adelsrechte erhält Dostojewskij im April 1857 die Genehmigung zur Publikation seiner Werke. Damit hat er ein wichtiges Etappenziel erreicht. Schon seit langem trägt er sich mit dem Plan, einen großen humoristischen Roman über die russische Provinz in der Tradition von Gogols unvollendetem Gesellschaftsepos «Die toten Seelen» zu schreiben. Seit seiner Haftentlassung hatte er zwar die Zeit, nicht aber die Muße zum Schreiben. Seine Gedanken kreisten unablässig um die schöne Maria Issajewa. Offenbar zum ersten Mal in seinem Leben, und deshalb umso heftiger, war er liebeskrank und gab sich dieser Krankheit mit ganzer Seele hin: «Ich konnte nicht schreiben. Ein

Umstand, ein Glücksfall, auf den ich lange habe warten müssen und der schließlich auch mir zuteilwurde, hat mich leidenschaftlich gepackt und völlig in Beschlag genommen. Ich war glücklich und außerstande zu arbeiten.» (18. 1. 1856)

Doch bald holt der Alltag ihn wieder ein. Ohne festes Einkommen, mit einer – Stiefsohn Pascha inbegriffen – dreiköpfigen Familie und einer, wie sich bald zeigt, ausgesprochen kapriziösen Frau an seiner Seite wächst der finanzielle Druck erheblich. Dostojewskij wendet sich in seiner Not an Michail mit der Bitte, ihn ein letztes Mal zu retten. Er weiß nicht, dass die Geschäfte des Bruders schlecht gehen. Auf Michails Tabakmanufaktur lasten große Hypotheken, sein Unternehmen steht vor dem Bankrott. Da er selbst nicht helfen kann, stellt Michail eine Verbindung zu dem jungen, begüterten Grafen Grigorij Kuscheljow-Besborodko her, der demnächst eine eigene Zeitschrift mit dem Titel «Das russische Wort» (Russkoje slowo) herausgeben will. Dostojewskij stellt Kuscheljow eine Erzählung im Umfang von fünf Druckbögen (ca. 80 Seiten) in Aussicht und fordert als Honorar 100 Rubel pro Bogen.

Die 500 Rubel, die der als Verleger völlig unerfahrene Kuscheljow überweist, sind ausgegeben, noch bevor Dostojewskij eine einzige Zeile zu Papier gebracht hat. Während in Petersburg Michail zu seinem Literaturagenten wird, dient ihm in Moskau in gleicher Rolle sein alter Freund Alexej Pleschtschejew. Der vermittelt im Januar 1858 einen Kontakt zu dem Herausgeber der konservativen Zweimonatsschrift «Der Russische Bote» (Russkij westnik), Michail Katkow. Diesem bietet Dostojewskij einen Roman im Umfang von 14 bis 15 Druckbögen (ca. 250 Seiten) an, dessen erster Teil «mit Sicherheit» bis zum Herbst fertig werde. Leider zwinge ihn, wie er im Postskriptum einräumt, seine angespannte finanzielle Lage zu dem «exzentrischen Vorschlag», um einen Vorschuss von 500 Rubel zu ersuchen. Nicht ganz zu dieser Bitte passt die Beteuerung, eigentlich halte er «Arbeit für Geld» und «Arbeit für die Kunst» für unvereinbar. Glaubwürdiger klingt der fatalistische Schlusssatz: «Vermutlich besteht mein Schicksal darin, im peinlichsten Sinne des Wortes *für Geld* zu arbeiten.» (11. 1. 1858)

Katkow geht nach einigem Zögern auf Dostojewskijs Vorschlag ein, überweist im April die gewünschten 500 Rubel und bittet ihn, sich mit der Arbeit Zeit zu lassen. Dostojewskijs erhält somit zu Beginn des Jahres 1858 Honorarvorschüsse für zwei Werke, für die zu diesem Zeitpunkt kaum mehr als ein paar Skizzen stehen. Beide sollen in humoristischem Ton gehalten sein und in der russischen Provinz spielen. Für Kuscheljows «Russisches Wort» beabsichtigt Dostojewskij, aus einer relativ autonomen Episode des geplanten großen Romans ein kürzeres Werk mit dem Titel «Onkelchens Traum» abzuzweigen, das bis zum Herbst 1858 fertig sein soll. Für Katkows «Russischen Boten» schwebt ihm ein umfangreicher dreiteiliger Roman mit dem Titel «Das Dorf Stepantschikowo» vor, der wohl das ursprüngliche Romanprojekt über die russische Provinz retten soll. An die Vertextung seiner Zuchthauserlebnisse, die er seit langem «im Kopf» hat, ist vorläufig nicht zu denken, da er als «Staatsverbrecher» offiziell noch immer polizeilich beobachtet wird.

Die Arbeit an «Onkelchens Traum» kommt nur schleppend voran. Dostojewskijs Gesundheit ist angeschlagen. 1858 wird er mitunter im Wochentakt von epileptischen Anfällen heimgesucht. Zusätzlich belastet ihn das, was Michail das «Kleingeld des Ehelebens» genannt hatte. Maria ist launisch und reizbar. Statt in der Petersburger High Society an der Seite eines berühmten Schriftstellers zu glänzen, teilt sie ihr Leben in einem Provinznest am Rande der Großen Kirgisensteppe mit einem achtunddreißigjährigen kränkelnden Fähnrich, dessen literarischer Lorbeer seit langem verwelkt ist, der seit ihrer Heirat mit seiner Feder noch keine einzige Kopeke verdient hat und nur von Krediten und Almosen lebt.

Andererseits ist auch Dostojewskij kein bequemer Partner. Er ist frustriert vom eintönigen Dienst in der Armee und dem «Stumpfsinn des Provinzlebens» (13. 12. 1858), das ihn «tödlich langweilt» (12. 12. 1858). In den letzten anderthalb Jahren seines sibirischen Exils wird er immer häufiger von Depressionen heimgesucht, die durch die Epilepsie noch verstärkt werden. Seiner Schwägerin Warwara Konstant schreibt er nach Astrachan, er «habe so eine Ahnung, ein Vorgefühl», bald zu sterben. Eigentlich habe er auf dieser Welt schon alles erlebt, so dass nichts mehr bleibe, «wonach ich streben könnte». Wie soll man unter solchen Bedingungen schreiben? Sibirien widert ihn an. Der Roman, der nicht fertig wird, widert ihn an. Die Schriftstellerei widert ihn an, ganz besonders «der widerliche Job eines armen Dichters» (13. 12. 1858).

Im Dezember 1857 hatte sein Bataillonsarzt schriftlich bestätigt, dass Dostojewskij als Epileptiker dienstuntauglich sei. Gestützt auf dieses Attest, das der Generalgouverneur von Westsibirien, August von Hasford, befürwortet, bittet Dostojewski im März 1858 den Zaren offiziell wegen seiner «im Dienst völlig ruinierten Gesundheit» um Entlassung aus dem Armeedienst. Das Gesuch wird einen Monat später von der Dritten Abteilung befürwortet. Aber erst im Dezember 1858 setzt das Kriegsministerium General Hasford darüber in Kenntnis, dass Dostojewskijs Antrag auf Dienstbefreiung und Rückkehr ins europäische Russland unter gleichzeitiger Beförderung zum Leutnant stattgegeben werde, allerdings mit der Maßgabe, ihm eine Wohnsitznahme nur außerhalb Moskaus und Petersburgs zu gestatten. Dostojewskij beantragt daraufhin eine Niederlassungsbewilligung für die nordwestlich von Moskau gelegene Stadt Twer.

Ende Dezember 1858, drei Monate später als geplant, erhält Kuschel-jow-Besborodko, in dessen Zeitschrift der Roman im März 1859 erscheinen wird, Dostojewskijs Manuskript von «Onkelchens Traum». Das Werk ist eines der heitersten, literarisch aber eher schwächeren des Autors, wie überhaupt die «sibirischen Romane» zu dem Teil seines Gesamtwerks gehören, der am schnellsten in Vergessenheit geraten wird. Der Plot des kurzen Romans eignet sich eher für ein Vaudeville als für einen Erzähltext. Im Zentrum der Handlung steht die reiche Gutsbesitzerin Marja Alexandrowna, die ihre Tochter Sinaida standesgemäß unter die Haube bringen möchte. Gelegenheit dazu bietet die Ankunft eines steinreichen, aber senilen Fürsten, der sich nur noch dank kosmetischer Herrichtung (Perücke, falscher Bart, Schminke) öffentlich zeigen kann. Diese «Leiche auf Sprungfedern» geht tatsächlich in Marja Alexandrownas Falle und hält um Sinaidas Hand an. Die Intrige der Mutter wird zweifach durchkreuzt: durch Sinaidas heimliche Liebe zu einem bettelarmen, schwindsüchtigen Lehrer sowie durch die Gegenintrige eines jungen Mannes namens Pawel Mosglajkow, der ebenfalls ein Auge auf Sinaida geworfen hat. Um ihn als Rivalen loszuwerden, redet Mosglajkow dem senilen «Onkelchen» ein, dass er seinen Heiratsantrag nur geträumt habe, woraufhin der Fürst, dem die Sache ohnedies längst zu heiß wird, seine Heiratsabsichten widerruft. Marja Alexandrowna, die sich im Geiste schon als Mitglied der Petersburger Hautevolee gesehen hat, ist blamiert, aber auch Mosglajkow geht leer aus. Der greise Fürst segnet vor Aufregung das Zeitliche und hinterlässt der Gutsbesitzerin das Problem der Entsorgung einer

«Leiche auf Sprungfedern». Im Epilog – eine Replik auf Puschkins «Eugen Onegin» – begegnen wir Sinaida Jahre später auf einem Ball in Petersburg als strahlende Schönheit an der Seite ihres Gatten, eines hohen Beamten.

Dostojewskij zeigt hier, dass er nicht nur der Autor des Finsteren, Morbiden und Tragischen ist, sondern, wie Eckhard Henscheid der Dostojewskij-Gemeinde unlängst ins Merkheft schrieb, auch ein Meister des Komischen, der Satire und der Parodie.[38] Der greise Fürst, das «Onkelchen», ist ähnlich grotesk angelegt wie die Automatenfiguren E. T. A. Hoffmanns oder Nikolaj Gogols. Und die Gutsbesitzerin Marja Alexandrowna ist als Virtuosin der Bigotterie und des raffinierten Ränkespiels eine ähnlich grandiose Buffo-Rolle wie Kleists Dorfrichter Adam. Eine wichtige technische Neuerung gegenüber Dostojewskijs bisheriger Erzählweise ist der Einsatz von Verfahren des Dramas. Dazu gehören die dialogische Anlage der Erzählung und die possenhaften Elemente der Commedia dell'arte bzw. des Vaudevilles sowie die Konzentration der Handlung auf wenige Höhepunkte.

«Onkelchens Traum» liegen allerdings zwei unterschiedliche Gattungskonzepte zugrunde, die die Kohärenz des Textes überfordern. Gegen die Gesetze der Komödie bzw. des komischen Romans läuft die melodramatische Handlung um Sinaida und ihren todkranken Geliebten. Einmal mehr erliegt Dostojewskij hier der Versuchung, ins Rührselige abzudriften: «Gar manche Träne schimmerte an ihren langen, seidigen Wimpern»; «Und der Arme wies mit seiner abgezehrten Hand auf das vereiste, trübe Fenster. Dann ergriff er Sinaidas Hände, drückte sie an seine Augen und schluchzte bitterlich»; «Und als endlich der letzte scheidende Strahl der Sonne das vereiste winzige Fenster der kleinen Stube vergoldete, floh die Seele des Dulders den ausgezehrten Körper und folgte diesem Strahle nach».[39] Solche Sätze wirken um die Mitte des 19. Jahrhunderts aus der Zeit gefallen und eher wie Parodien auf den Stil des empfindsamen Romans, sind aber ganz bewusst an ein Publikum gerichtet, das von Literatur vor allem große Gefühle und Tränendrüsenmassagen erwartet.

Nach Fertigstellung von «Onkelchens Traum», der im März 1859 im «Russischen Wort» erscheint, macht sich Dostojewskij an die 1857 begonnene, aber immer wieder unterbrochene Arbeit des Romans «Das Gut Stepantschikowo und seine Bewohner». Das Manuskript des neuen

Werks wird im Juni 1859 abgeschlossen. Dostojewskij setzt große Hoffnungen auf den Text, den er – trotz selbstkritisch eingeräumter Längen – wieder einmal für sein bisher bestes Werk hält und von dem er sich «die Festigung meines Namens in der Literatur» verspricht (9.5.1859). Mit fünfzehn Druckbögen ist das Manuskript erheblich länger geworden als geplant. Bei einem Bogenhonorar von 100 Rubel schuldet Katkow ihm folglich noch 1000 Rubel. Obwohl Dostojewskij für die bevorstehende Rückkehr nach Russland nur um 200 Rubel bittet, hüllt Katkow sich zunächst in Schweigen. Erst Ende August wird er Michail mitteilen, dass er es ablehnt, den neuen Roman zu veröffentlichen.

Inzwischen hat Pleschtschejew Verbindung zu Nikolaj Nekrassow aufgenommen, der den alten Zwist mit Dostojewskij offenbar bedauert und ihn zur Mitarbeit am «Zeitgenossen» einlädt. Als gewiefter Geschäftsmann weiß Nekrassow, dass der Marktwert eines Autors, der sich nach zehn Jahren Sibirien wieder zu Wort meldet, deutlich gestiegen sein muss. Doch nach der Lektüre des Manuskripts von «Das Dorf Stepantschikowo» ist er ebenso entsetzt wie Katkow. «Dostojewskij ist am Ende!», lautet sein Urteil. «Als Schriftsteller bringt er nichts mehr zustande.»[40] Da er gegenüber Dostojewskij im Wort steht, erklärt er sich jedoch zur Annahme des Romans bereit, allerdings zu so ungünstigen Bedingungen, dass Dostojewskij unmöglich zustimmen kann. Hatte Nekrassow zunächst 120 Rubel pro Druckbogen in Aussicht gestellt,[41] so bietet er nun für das gesamte Manuskript 1000 Rubel, was einem Bogenhonorar von 60 bis 70 Rubel entspräche. 1000 Rubel könnten Dostojewskijs aktuelle Geldnot deutlich mildern, doch der symbolische Preis, den er dafür zu zahlen hätte, ist ihm zu hoch. Die Annahme von Nekrassows Offerte käme einer «moralischen Demütigung» gleich und würde ihn «infolgedessen jeder literarischen Bedeutung berauben» (9.10.1859).

Dostojewskij weiß längst, dass der symbolische Wert eines Honorars nicht weniger wiegt als die monetäre Vergütung selbst. Deshalb kränkt es ihn umso mehr, als er erfährt, dass Katkow für Turgenjews Roman «Das Adelsnest» (1859) pro Druckbogen 400 Rubel zu zahlen bereit war, also das Vierfache von dem, was er Dostojewskij angeboten hat: «Ich weiß, dass ich schlechter schreibe als Turgenjew, aber so viel schlechter nun auch wieder nicht» (9.5.1859). Turgenjews Romane – knapp im Umfang, harmonisch im Aufbau, konzentriert auf ein kleines

Figurenensemble, auktorial erzählt und mit einem hohen Anteil an opulenten Raum- und Landschaftsbeschreibungen – setzen um die Jahrhundertmitte einen Maßstab für die Gattung des Romans, den ein Autor von so ganz anderem Talent und Temperament wie Dostojewskij verfehlen muss. Dass er selbst eine völlig neue Romantechnik entwickelt, wird Dostojewskij erst relativ spät bewusst, weswegen er seine eigenen Werke lange Zeit selbst als minderwertig, weil unter zu großem Zeitdruck entstanden wahrnimmt.

Nach dem Scheitern der Verhandlungen mit Katkow und Nekrassow erscheint «Das Dorf Stepantschikowo» schließlich im Winter 1859 für ein Honorar von 120 Rubel pro Druckbogen in den «Vaterländischen Annalen», dem Magazin ausgerechnet jenes verhassten Alexander Krajewskij, in dessen Abhängigkeit sich Dostojewskij nie wieder hatte begeben wollen. Thematisch wie strukturell sind die Gemeinsamkeiten von «Das Dorf Stepantschikowo» und «Onkelchens Traum» unübersehbar. Wieder spielt die Handlung in der russischen Provinz, wieder wird sie überwiegend szenisch und dialogisch präsentiert, und wieder steht eine komisch-negative Figur im Mittelpunkt, hier ein russischer Tartuffe namens Foma Fomitsch Opiskin. Dessen moralischer Widerpart ist der naive und schüchterne, aber edle und großherzige Gutsherr Jegor Rostanjew. Foma Fomitsch, ein Provinzintellektueller mit literarischen Ambitionen, war von Rostanjews verstorbenem Vater als Kostgänger ständig gedemütigt worden. Rostanjews greise Mutter, die «Generalin», dagegen hält ihn für ein Genie. Seine Gesellschaft und sein Rat sind ihr unentbehrlich geworden. Vom verachteten Gnadenbrotempfänger zur grauen Eminenz avanciert, entwickelt sich Foma zum Haustyrann. Nichts geschieht ohne sein Einverständnis. Sein Wort gilt als Gesetz.

Foma ist besessen von der Idee, Russland zu zivilisieren. Alle rohe Natur, alles Bäuerliche und Viehische ist ihm verhasst. Das gilt nicht nur für die «wilden Lieder und Tänze» des gemeinen Volkes, sondern auch für die grobe russische Sprache, die er «mittels der französischen» zu mildern hofft. Zugleich predigt er christliche Werte wie Nächstenliebe, Barmherzigkeit und Besitzlosigkeit, die nicht er, sondern sein Gegenspieler, der edle Rostanjew, verkörpert. Der ist unsterblich verliebt in die hübsche Erzieherin Nastja. Obwohl sie seine Gefühle erwidert, wagt der schüchterne Rostanjew nicht, ihr seine Liebe zu gestehen. Doppelt so alt wie Nastjenka, hält er seine Leidenschaft für verwerflich. In diesen Skrupeln bestärken ihn seine Mutter und Foma Fomitsch nach Kräften. Beide wollen die Liaison zwischen Rostanjew und Nastja unbedingt verhindern. Dabei kommt es zum Eklat. Foma bezichtigt Rostanjew, sich an Nastjenka vergangen zu haben. Rostanjew gerät erstmals in seinem Leben in Rage und wirft Foma Fomitsch aus dem Haus. Und er setzt noch eins drauf, indem er Nastja coram publico einen Heiratsantrag macht. Tief gekränkt bekundet Foma die Absicht, sein restliches Leben als einfacher Pilger zu verbringen. Theatralisch verlässt er das Haus, entfernt sich jedoch vorsichtshalber nicht allzu weit. Rostanjews Zorn ist rasch verraucht. Aus Mitleid lässt er Foma zurückholen. Im Finale triumphiert das Komödiengesetz allseitiger Harmonie. Foma gibt dem liebenden Paar seinen Segen und wird, wie der Erzähler augenzwinkernd zu verstehen gibt, so zum «Schöpfer des allgemeinen Glücks».

So wenig motiviert wie der Romanschluss wirkt über weite Strecken die gesamte Handlung, deren Nebenstränge und -figuren den Text über Gebühr in die Länge ziehen. Die Kritik übergeht das Werk, in das Dostojewskij so große Hoffnungen gesetzt hatte, mit dröhnendem Schweigen. Für den Autor ist das schlimmer als ein Verriss. Selbst Alexej Pleschtschejew, der den Kontakt zu Katkow hergestellt hatte, ist enttäuscht: «Wo sind die Typen à la Gogol, von denen M[ichail] M[ichajlowitsch] mir berichtet hat?», schreibt er an Alexander Miljukow. «Warum gibt es außer Rostanjew keine einzige lebendige Person? Alles ist künstlich, ausgeklügelt und schrecklich geschraubt. Aber bitte sagen Sie ihm [Dostojewskij] nicht, was ich Ihnen schreibe.»[42]

Die Zurückhaltung der Zeitgenossen ist verständlich, zeigt sich doch erst aus der Perspektive von Dostojewskijs Gesamtwerk das literarische Potenzial der beiden Hauptfiguren. Rostanjew ist ein Vorläufer des friedfertigen, sanften, reinen Typus, den Dostojewskij später als Ideal des slawischen Menschen, etwa in der Figur des Fürsten Myschkin im Roman «Der Idiot» oder des Starez Sossima in «Die Brüder Karamasow», dem aggressiven Homo occidentalis gegenüberstellt. Komplexer angelegt ist die Person Foma Fomitschs. Vom General gedemütigt, als Literat gescheitert – sein Nachname «Opiskin» leitet sich von russisch «opíska» (der Schreibfehler) ab – und aus der idyllischen Welt Rostanjews verstoßen, gehört er zu den Erniedrigten und Beleidigten, von denen Dostojewskijs Werk dicht bevölkert ist.

Zugleich wird an Foma Fomitsch exemplarisch gezeigt, was geschieht, wenn ein erniedrigtes Subjekt Macht bekommt. Foma zeigt typische Merkmale des autoritären Charakters. Er zeichnet sich aus durch die Bereitschaft zur Selbsterniedrigung und -unterwerfung, aber auch durch das Bedürfnis, sich über andere zu erheben und sie zu unterdrücken. Als Machtmensch schlüpft Foma in die Rolle des Usurpators, der in der russischen Geschichte wiederholt und bei Dostojewskij besonders markant in den «Dämonen» in Erscheinung tritt.[43] Fomas Frankophilie ist eine Anspielung auf das Zivilisationsprojekt Peters des Großen, das in der Auseinandersetzung zwischen Slawophilen und Westlern einen zentralen Platz einnimmt. So wie Zar Peter seinen Untertanen das Tragen von Vollbärten als «barbarisch» untersagte, zwingt auch Foma den Oberst, seinen Backenbart abzurasieren, weil der zu «wenig patriotisch» sei. Den zeitgenössischen Lesern musste dies umso absurder erscheinen, als zum Herrscherbild Nikolajs I. wie seines Sohnes Alexander II. der üppige Backenbart gehört. Nicht weniger absurd erscheint Fomas Kampf gegen die Lieder und Tänze des einfachen Volkes, also gegen jene kulturellen Praktiken, deren Rekonstruktion und Sammlung ein Kernanliegen der Slawophilen ist.

Am 30. Juni 1859 wird Dostojewskij vom Stab seines Bataillons der Passierschein für die Fahrt nach Twer ausgefertigt. Das Ehepaar hat seine Reisevorbereitungen inzwischen abgeschlossen und sitzt auf gepackten Koffern. Auch ein Reisewagen mit Kutscher steht bereit. Das alles ist dermaßen ins Geld gegangen, dass die Dostojewskijs Teile ihrer Garderobe haben versetzen müssen. Schon jetzt wissen sie, dass ihre Barschaften nicht bis Twer, sondern bestenfalls bis Kasan an der Wolga reichen werden. Dostojewskij bittet seinen Bruder, ihm dorthin postlagernd 200 Rubel zu schicken, natürlich nur als Kredit, denn in Kasan erwarte er «mindestens» 800 Rubel von Katkow. Noch weiß er nicht, dass Katkow an der Veröffentlichung von «Stepantschikowo» nicht mehr interessiert ist.

Am Morgen des 2. Juli brechen die Dostojewskijs von Semipalatinsk auf. Ihr erstes Reiseziel ist Omsk, wo aus der Kadettenanstalt Stiefsohn Pascha abgeholt wird. Weiter geht es über Tjumen, Ekaterinburg und

Kasan nach Zentralrussland. Am 18. August erreichen sie das Ziel ihrer Reise, das 150 Kilometer nordwestlich von Moskau gelegene Twer am Oberlauf der Wolga. Seit 1851 ist die Stadt über die sogenannte Nikolaj-Bahn mit Moskau und Petersburg verbunden. Infolgedessen hat sie einen kräftigen wirtschaftlichen Aufschwung erfahren. Mit jetzt 30 000 Einwohnern hat sich die Bevölkerung seit der Jahrhundertwende nahezu verdoppelt. Twer ist russisches Kernland. Im Mittelalter eines der mächtigsten Großherzogtümer und lange Zeit Konkurrent Moskaus im Ringen um die russische Vorherrschaft, war die Stadt nach einem verheerenden Brand im Jahre 1763 komplett wiederaufgebaut worden. Holzhäuser waren durch solide Steinhäuser, enge Gassen durch breite Straßen, das Gewirr verwinkelter Gassen und Höfe durch ein symmetrisches Straßennetz mit attraktiven Fluchtpunkten und einer stattlichen Uferpromenade ersetzt worden.

Für elf Rubel monatlich mieten die Dostojewskijs eine möblierte Drei-Zimmer-Wohnung in einem Haus, in dem angeblich schon Puschkin abgestiegen war. Das Quartier erweist sich jedoch für eine dreiköpfige Familie als zu eng. An die Bewirtung von Gästen ist nicht zu denken. Twer erscheint Dostojewskij, wie er Wrangel schreibt, schon nach wenigen Wochen «tausendmal abscheulicher als Semipalatinsk. Düster, kalt, Häuser aus Stein, kein Verkehr, nichts von Interesse – nicht mal eine ordentliche Bibliothek. Ein regelrechtes Gefängnis!» (22.9.1859) Unter der langen Reise hat Dostojewskijs Gesundheit gelitten. Die Abstände zwischen den epileptischen Anfällen sind kürzer geworden. Auch der Hausfrieden hängt schief. Immer öfter kommt es zwischen den Eheleuten aus nichtigem Anlass zum Streit. Maria sucht dann Halt bei ihrem zwölfjährigen Sohn Pascha. Diese asymmetrische Konstellation belastet Dostojewskijs Beziehung sowohl zu Maria als auch zu Pascha zunehmend. «Ich habe», vertraut er Wrangel an, «die Bürde des Familienlebens auf mich genommen und trage schwer daran.» Maria findet in seinen Briefen an seinen Bruder Michail nur noch Erwähnung, wenn sie für ihre Garderobe ein Stück benötigt, das im «abscheulichen Twer» nicht aufzutreiben ist:

> Und jetzt noch eine große Bitte: Meine Frau hat keinen Hut (vor unserer Abreise haben wir die Hüte verkauft. Es macht ja keinen Sinn, sie 4000 Werst mit sich herumzuschleppen!) [...] In den Geschäften hier gibt es nichts, nur

> Sommerhüte, und zwar ziemlich hässliche. Meine Frau aber möchte zum Ausgehen einen Herbsthut, und zwar einen möglichst preiswerten. Deshalb meine dringliche Bitte an Dich: Schick nach Mme. Wiechmann [eine bekannte Petersburger Hutmacherin – A. G.], oder gehe selbst zu ihr, und wenn sie so einen Hut hat, kaufe ihn, wenn nicht, bestelle ihn. Der Hut soll grau oder fliederfarben sein, ohne jeden Zierrat und Schmuck, ohne Blumen, mit einem Wort so schlicht, billig und elegant wie möglich (auf keinen Fall weiß!) – ein Ausgehhut im eigentlichen Sinne des Wortes [...] Sag um Himmels willen nicht Nein! Wir verkaufen den Reisewagen, und du bekommst das Geld sofort zurück. Bei Wiechmann gibt es Hutbänder [...] mit schmalen grau-weißen Längsstreifen. Genau solche Bänder zum Hut möchten wir. Schade, dass ich Dir kein Muster schicken kann. Bring den Hut mit, wenn du kommst. Und falls das nicht geht, bestelle ihn; dann soll man ihn, wenn er fertig ist, mit der Bahn schicken. (24. 8. 1859)

Michails ohnedies geringe Sympathie für seine Schwägerin dürfte durch Aufträge dieser Art kaum gestiegen sein. Im August 1859, als Dostojewskij diesen Brief an Michail schreibt, ist es um seine Finanzen besonders schlecht bestellt. Den Reisewagen, für den er in Semipalatinsk viel Geld hatte zahlen müssen, ist er noch immer nicht losgeworden. Im Zeitalter der Eisenbahn ist der Preis von Kutschen drastisch gesunken. Auch von Katkow hat er noch immer keine ermutigende Nachricht und, schlimmer, kein Geld. Am 23. August wird Michail mitgeteilt, dass die Redaktion des «Russischen Boten» die Veröffentlichung von «Stepantschikowo» ablehne. Er könne sich das Manuskript – gegen Rückzahlung des Vorschusses von 500 Rubel, versteht sich – im Petersburger Kontor der Zeitschrift jederzeit abholen.

Nach dem Scheitern der Verhandlungen mit Nekrassow kann das Werk schließlich durch Vermittlung des Bruders ab November 1859 als Serie in Alexander Krajewskijs «Vaterländischen Annalen» erscheinen. Die Planung der für die Serialisierung erforderlichen Textschnitte und der Abfolge der einzelnen Kapitel muss Dostojewskij Michail überlassen, der sie in Petersburg direkt mit Krajewskij bespricht und immer wieder aus Twer schriftlich die Zustimmung des Autors einholen muss. «Du schreibst etwas von Kürzungen am 1. Kapitel», teilt Michail ihm am 1. November 1859 mit. «Das geht nicht! Es ist bereits gedruckt. Ich war vorhin selbst in der Druckerei.»[44]

Für Dostojewskij steht fest, dass es so nicht weitergehen kann. Er muss in die Hauptstadt und sich selbst um seine Angelegenheiten kümmern. Wieder setzt er einen langen Brief an General von Totleben auf, der sich schon vor drei Jahren für ihn verwendet hatte. Er habe geglaubt, nur ein paar Tage in Twer verbringen zu müssen, um dann zügig nach Petersburg übersiedeln zu können. Doch nun seien bereits anderthalb Monate verstrichen, ohne dass sein Fall entschieden sei. Abgesehen von seiner Krankheit, die nur Spezialisten in der Hauptstadt behandeln könnten, sei es für ihn als Autor, der eine Familie ernähren müsse, äußerst abträglich, nur postalisch oder über Dritte mit Verlegern und Redakteuren verhandeln zu können:

> Ich lebe von meiner Arbeit, einer harten Arbeit – der Literatur. Dadurch, dass ich mit literarischen Unternehmern nur aus der Ferne verhandeln kann, entstehen mir etliche Nachteile. Auf diese Weise habe ich schon viel Geld verloren. Auch jetzt habe ich ein Projekt, eine Ausgabe meiner Werke, das sich unmöglich ohne meine persönliche Anwesenheit durchführen lässt, das jedoch meinen Lebensunterhalt für zwei Jahre sichern würde, wenn es gut geht, sogar viel länger, so dass ich, vielleicht erstmals in meinem Leben, versorgt wäre und die Möglichkeit hätte, nicht auf Bestellung, nicht für Geld, nicht zu einer bestimmten Frist, sondern gewissenhaft, rechtschaffen und überlegt zu arbeiten, ohne die Feder für mein tägliches Brot zu verkaufen. (4.10.1859)

Vieles in Dostojewskijs Brief ist Rhetorik, diese Passage nicht. Dostojewskij offenbart dem General sein Kernanliegen. Er will zurück ins literarische Leben Russlands. Er will einen Neuanfang unter anderen Vorzeichen als in den 1840er Jahren. Er braucht mehr Zeit und mehr Muße, um endlich ein Werk zu schreiben, mit dem er wirklich zufrieden sein kann, einen Roman ohne Zugeständnisse an den Terminkalender. Dass dieser Wunsch ein utopischer ist, will Dostojewskij nicht aufgehen. Jenes unbegrenzte Maß an Zeit, das er für die Entstehung eines wirklich vollkommenen Textes zu benötigen glaubt, war ein Privileg der alten Adelsliteratur gewesen. Seit den 1840er Jahren kommen immer mehr Schriftsteller aus dem Milieu der unteren, nichtvermögenden Mittelklasse, die als Lehrer, Journalisten oder Schriftsteller darauf angewiesen sind, ihr geistiges Kapital in reales umzumünzen. Auf dem Literaturmarkt gilt, wie auf jedem Markt und für jede Arbeit, Benjamin Franklins

Gesetz «time is money». Als Arbeit wird Literatur zwangsläufig zum Schreiben unter Druck. Es wird lange dauern, bis Dostojewskij dies erkennt, und noch viel länger, bis er es anerkennt.

Auf Anraten des Generalgouverneurs von Twer wendet sich Dostojewskij wenige Tage später direkt an den Zaren. In diesem offiziellen Bittbrief zieht er die Register, die er immer einsetzt, wenn er menschlich beeindrucken will. Er macht sich und seine Familie zu Figuren einer Erzählung in der Tradition des sozialen Sentimentalismus:

> Meine Krankheit verschlimmert sich zusehends. Jeder Anfall schwächt mein Gedächtnis, meine Phantasie, meine seelischen und körperlichen Kräfte. Das Ende meiner Krankheit ist Atonie, Tod oder Wahnsinn. Ich habe eine Frau und einen Stiefsohn, für die ich sorgen muss. Ich habe keinerlei Vermögen und verdiene meinen Lebensunterhalt einzig und allein durch literarische Arbeit, eine Arbeit, die angesichts meiner Krankheit besonders schwer und anstrengend ist [...] Eure Kaiserliche Hoheit! In Ihren Händen liegt mein ganzes Schicksal, meine Gesundheit, mein Leben! [...] Sie, Herr, sind wie die Sonne, die über Gerechten und Ungerechten scheint. Millionen Ihres Volkes haben Sie schon beglückt. Beglücken Sie auch ein armes Waisenkind, seine Mutter und einen unglücklichen Kranken, der bis heute zu den Verstoßenen gehört und der doch bereit ist, *sein Leben für den Zaren* hinzugeben, einen Zaren, der seinem Volke so viel Gutes erwiesen hat!» (10. 10. 1859, Hervorhebung A. G.)

«Ein Leben für den Zaren» – das ist nicht nur empfindsames Erzählen, das ist großes Theater. Michail Glinka hatte seine berühmte Oper gleichen Namens, die am Beginn des russischen nationalen Singspiels steht, ursprünglich «Iwan Sussanin» genannt. Für die Uraufführung im Jahre 1836 hatte Nikolaj I. die Umbenennung in «Ein Leben für den Zaren» verfügt. Wenn Dostojewskij diesen Titel zitiert, bedient er sich der Sprache der Macht und identifiziert sich einmal mehr mit den Allmachtsphantasien Nikolajs I., des inzwischen verstorbenen «Galgenzaren»[45]. Nach dem Bittschreiben an den Zaren hatte er ein weiteres aufgesetzt, diesmal an Fürst Wladimir Dolgorukow, den jetzigen Chef der Dritten Abteilung. Dostojewskijs neuem Gesuch um eine Niederlassungsbewilligung für Petersburg ist ein Empfehlungsschreiben des Gouverneurs von Twer beigefügt. Drei Wochen später lässt Dolgorukow mitteilen, Seine Kaiserliche Hoheit geruhe, dem Gesuch Fjodor Michajlowitsch Dostojewskijs stattzugeben. Allerdings unterliege der Gesuchsteller weiterhin der polizeilichen Observation.

Unterdessen hat Michail in Petersburg für die Familie seines Bruders eine möblierte Wohnung angemietet, einen Vorrat an Brennholz beschafft und eine Haushälterin engagiert. Die Übersiedlung von Twer nach Petersburg ist für den 15. Dezember vorgesehen. Einen Tag zuvor erleidet Dostojewskij einen schweren epileptischen Anfall. Die Abreise muss verschoben werden. Am 19. Dezember endlich besteigt das Ehepaar Dostojewskij zusammen mit Pascha Issajew in Twer den Nachtzug nach Petersburg, wo sie am nächsten Morgen eintreffen. Die neue Wohnung im Haus des Kaufmanns Palibin liegt etwas abseits vom Zentrum zwischen Fontanka und Umfassungskanal und kostet knappe 30 Rubel im Monat. Wie seine letzte Petersburger Wohnung und wie später die meisten, in denen Dostojewskij sich niederlässt, befindet sich auch diese in einem Eckhaus. Welche Bewandtnis diese auffällige Vorliebe hat, ist unklar. Ist es die Vorsicht des Fuchses, der stets mehr als einen Fluchtweg anlegt, oder der Ehrgeiz, sich stets an der «Spitze» einer Formation zu befinden, als die ein Eckhaus symbolisch verstanden werden kann?[46] Ist es das Bedürfnis, stets eine Kirche im Blickfeld zu haben?[47] Oder handelt es sich um eine besondere Erscheinungsform jener Klaustrophobie, die sich von Makar Dewuschkin bis zu Holbeins «Totem Christus im Grabe» als roter Faden durch sein ganzes Werk zieht?

Weihnachten steht vor der Tür. Vor genau zehn Jahren hatte Dostojewskij die Stadt als Kettensträfling im offenen Pferdeschlitten verlassen, vorbei an den hell erleuchteten Wohnungen des Newskij-Prospekt, in denen, wie jetzt wieder, die Christbäume geschmückt wurden. Damals war er achtundzwanzig Jahre alt. Vor zwei Monaten ist er achtunddreißig geworden. Im 19. Jahrhundert steht man damit an der Schwelle zum Alter. Aber Dostojewskij fühlt sich plötzlich nicht mehr alt. Petersburg mit seinen Geräuschen und Gerüchen, seiner Geschäftigkeit und seiner imperialen Pracht, seinen vertrauten Plätzen und Erinnerungen setzt neue Kräfte in ihm frei. Das Wetter ist abscheulich, doch dafür pulsiert hier das intellektuelle Leben Russlands und kann Dostojewskij nach der Tristesse des Provinzlebens wieder an all dem teilnehmen, «was bei uns bewusst lebt» (16. 8. 1861).

Am 28. Dezember findet die russische Umzugsfeier statt, das «Nowoséljе». Außer Michails Familie sind alte Freunde geladen: Alexander Miljukow, Stepan Janowskij und Apollon Majkow. Miljukow hat Dostojewskij vor wenigen Tagen zusammen mit Michail vom Bahnhof abgeholt. Zehn Jahre zuvor hatte er in der Peter-Pauls-Festung zusammen mit Michail Abschied von ihm genommen. Ein Kreis hat sich geschlossen. Miljukow findet den Freund überhaupt nicht gealtert. Im Gegenteil, er wirke frischer und energiegeladener als vor der sibirischen Katorga.[48] Dostojewskij genießt die Gesellschaft der alten Gefährten. Kaum etwas hat er mehr vermisst als die Gespräche mit ihnen. Man diskutiert die Reformvorhaben Alexanders II., die politische Lage in Westeuropa, die neueste russische Literatur und nicht zuletzt Dostojewskijs eigene Pläne.

Eine handschriftliche Notiz von ihm sieht für 1860 folgendes Programm vor: «1) Mignon, 2) Frühlingsliebe, 3) Der Doppelgänger (überarbeitet), 4) Aufzeichnungen eines Häftlings, 5) Apathie und Impressionen». «Mignon» ist der vorläufige Arbeitstitel für «Die Erniedrigten und Beleidigten», und aus den «Aufzeichnungen eines Häftlings» werden wenig später die «Aufzeichnungen aus einem Totenhaus». Beide Werke führen zu Dostojewskijs literarischer Wiedergeburt.

3

Literarische Auferstehung (1860–1867)

Neuanfänge

Alexander Miljukow erinnert sich:

> Unsere Gespräche im wieder vereinten kleinen Freundeskreis unterschieden sich in vieler Hinsicht von denen, die wir [seinerzeit] im Durow-Zirkel geführt hatten. Kein Wunder! Westeuropa und Russland hatten in diesen zehn Jahren gleichsam die Rollen getauscht: Dort waren die humanistischen Utopien, die uns seinerzeit fasziniert hatten, zu Staub zerfallen und triumphierte die Reaktion, während hier vieles von dem Wirklichkeit zu werden begann, was wir uns erträumt hatten.[1]

Damit ist der von Alexander II. angestoßene Reformprozess gemeint, in dessen Mittelpunkt das Manifest über die Aufhebung der Leibeigenschaft vom 19. Februar 1861 steht, eine historisch überfällige Maßnahme, die ihm den Ehrentitel «Zar-Befreier» eingebracht hat. Zwar blieb die neue Freiheit der 23 Millionen russischen Bauern ökonomisch wie juristisch begrenzt. Gleichwohl hat das Ende der Leibeigenschaft enorme Bedeutung für die weitere Entwicklung Russlands. Die russische Krone verdankt ihr eine Akzeptanz selbst unter kritischen Intellektuellen, an die unter Nikolaj I. nicht zu denken gewesen wäre. Mit Ausnahme des linken «Zeitgenossen» veröffentlichen alle Zeitungen des Landes den Text des Manifests zusammen mit Lobeshymnen auf den «Zar-Befreier». Von Anfang an war die Bauernbefreiung als Anstoßprojekt für weitere Reformen geplant, um «wie die Öffnung einer Schleuse [...] eine wirtschaftliche

Dynamik [zu] erzeugen, die Russland aus der Stagnation befreien und zu neuer, auch außenpolitischer Macht führen sollte».[2]

Die «Sechziger Jahre» des 19. Jahrhunderts sind im historischen Gedächtnis Russlands auf ähnliche Weise zum Mythos geworden wie in Deutschland die «Goldenen Zwanziger» oder das Jahr «1968». Nach jahrzehntelangem Stillstand führen sie zu einer Aufbruchsstimmung, die alle Bereiche der Gesellschaft erfasst: Stadt und Land, Adel und Bauernschaft, Politik und Armee, Recht und Verwaltung, Familie und Arbeit, Bildung und Ausbildung, Wissenschaft und Kultur. Dostojewskij wird nicht nur Zeuge und Kommentator dieser Entwicklung, sondern auch einer ihrer Pioniere und Profiteure. Dabei erweist sich sein Weg als ebenso wenig geradlinig wie der Weg Russlands insgesamt im Übergang vom wirtschaftlich rückständigen, traditionsverhafteten Agrarland zum modernen Industriestaat.

Am unmittelbarsten schlägt sich der politische Wandel unter Alexander II. für Dostojewskij und seinen Bruder in der Reform des Presse- und Verlagswesen nieder. 1856 wird das berüchtigte Buturlin-Komitee abgeschafft. 1862 löst der Zar die zentrale Zensurbehörde auf und überträgt die Kontrolle des Druckwesens dem Ministerium für Volksbildung. Im Rahmen des neuen Pressegesetzes von 1865 tritt bei Tageszeitungen und Zeitschriften sowie bei Druckerzeugnissen von mehr als zehn Druckbögen an die Stelle der bisherigen Vorzensur eine Nachzensur, die die Verbreitung anstößigen Schrifttums nach erfolgter Drucklegung verbieten kann.

Die Zensur selbst wird damit nicht abgeschafft, aber deutlich gelockert, und das hat konkrete Folgen für den Buch- und Zeitungsmarkt insgesamt. Am Ende des Ära Nikolajs I. hatte es in Russland, einem Land mit damals 60 Millionen Einwohnern, insgesamt dreißig Zeitungen und Zeitschriften gegeben. Im Jahre 1860, als Dostojewskij aus Sibirien zurückkehrt, hat sich diese Zahl verfünffacht. Michail Dostojewskij, dessen Tabakmanufaktur nur mäßige Gewinne abwirft, wittert die Chance für ein neues «Unternehmen», von dem er ebenso zu profitieren hofft wie sein schreibender Bruder. Schon im Juni 1858 hatte er beim Petersburger Zensurkomitee den Antrag auf Gründung einer politisch-literarischen Wochenschrift mit dem Titel «Die Zeit» (Wrémja) gestellt. Im November wird sein Gesuch offiziell bewilligt.

Noch von Semipalatinsk aus hatte Dostojewskij Michails Projekt mit regem Interesse verfolgt: «Die Zeitung, von der Du mir geschrieben hast, ist eine feine Sache. Mir schwebt ein solches Organ schon lange vor, wenn auch nur ein rein literarisches.»[3] Er selbst könne neben eigenen Texten literarische Feuilletons, Literaturkritiken und Essays zur russischen Gegenwartsliteratur beisteuern. Mit der Erlaubnis zur Wohnsitznahme in Petersburg eröffnen sich nun neue Perspektiven. Dostojewskij zeigt sich gegenüber Michail zuversichtlich, dass sie beide als Zeitungsmacher über «mehr Geschick, mehr Fähigkeiten und mehr Wissen» verfügen als alle Krajewskijs und Nekrassows zusammen, dieses «Bauernpack in der Literatur», das immer reicher wird, «während wir auf dem Trockenen sitzen» (12. 11. 1859).

Die Gespräche der Brüder, die nun fast täglich zusammentreffen, drehen sich in den kommenden Wochen und Monaten vor allem um die Zeitschrift, für die sich Dostojewskij mit der gleichen Leidenschaft engagiert wie für jedes neue Projekt. Eine realistische Einschätzung ihrer Möglichkeiten bringt die Brüder zu der Erkenntnis, dass ihre Mittel für eine Wochenschrift nicht ausreichen. Deshalb beschließen sie, sich auf ein Monatsmagazin zu beschränken, dessen Start auf das kommende Jahr verschoben wird. Als ehemaliger politischer Sträfling darf Dostojewskijs Name nicht im Impressum der Zeitschrift erscheinen. Als Herausgeber firmiert daher Michail, der sich um «den eigentlichen geschäftlichen Kram, Druck, Papier, Vertrieb»[4] kümmert, während Fjodor, neben eigenen literarischen und publizistischen Beiträgen, einen Großteil der redaktionellen Arbeit übernimmt.

Im Herbst 1860 entwirft er ein Programm des Journals, das kurz darauf – allerdings unter Michails Namen – in mehreren großen Zeitungen und Zeitschriften erscheint. Die «Ankündigung der Subskription auf das Journal ‹Die Zeit› für das Jahr 1861» umreißt die ideologische Plattform des Magazins, die in Russlands Ideengeschichte als Doktrin der «Bodenständigkeit» («potschwennitschestwo») eingegangen ist. Grob gesagt läuft sie auf einen Kompromiss zwischen Slawophilen und Westlern hinaus, jenen beiden Flügeln der russischen Intelligenzija also, die sich seit einem Vierteljahrhundert darüber streiten, ob Russlands Heil weiterhin in der Orientierung an Kultur und Zivilisation des Westens oder in der Rückbesinnung auf die nationale Eigenart des Russen- bzw. Slawentums liege.

Ein Schlüsselthema in diesen Debatten ist die Frage nach der geschichtlichen Rolle Peters des Großen. Für die Westler bleibt Peter eine Lichtgestalt, die Russland aus dem Mittelalter direkt in die Neuzeit katapultiert und für den Anschluss des Landes an Europa gesorgt hat. Dagegen steht aus slawophiler Sicht Peter am Beginn allen Übels, weil er zentrale Elemente der nationalen Identität Russlands wie das orthodoxe Christentum, den Vorrang von Gemeinschaftsinteressen vor denen des Individuums und den – im Anschluss an Herder – friedfertigen Charakter der Slawen ignoriert und unterdrückt habe.

Dostojewskij stellt Peters Verdienste nicht grundsätzlich in Frage. Der Zar habe den Horizont der Russen erweitert und ihnen gezeigt, dass auch sie zur großen Völkerfamilie gehören. Der von ihm begonnene Reformprozess, der bis in die Gegenwart andauere, stoße nun jedoch an eine Grenze. Peters Reformen hätten die Nation gespalten. Einer kleinen, westlich erzogenen, der russischen Sprache zeitweise kaum noch mächtigen, weil überwiegend Französisch oder Deutsch parlierenden Elite von Adligen und Intellektuellen stehe die breite Masse des Volkes gegenüber. Diese beiden ungleich großen und ungleich mächtigen Schichten lebten ihr eigenes Leben in gesonderten Welten. Die Entfremdung zwischen ihnen gehe so weit, dass das Volk die Kultur der Oberklasse als «deutsch» empfinde und die Nachfolger Zar Peters als «Ausländer» betrachte.

Im Fluchtpunkt all dieser Argumente steht Dostojewskijs «russische Idee». Zutreffender wäre sie als «russische Mission» zu bezeichnen, handelt es sich doch um die Vorstellung, Russland sei – gerade weil es sich dank Zar Peter I. die verschiedensten Elemente der westeuropäischen Kultur zu eigen gemacht und damit immer weiter von seinem Mutterboden (pótschwa) entfernt habe – dazu berufen, West- und Osteuropa kulturell zu versöhnen. Nur Russland sei imstande, jene Widersprüche aufzuheben, die zwischen und innerhalb dieser beiden kulturellen Lager bestehen. Die «russische Idee» zieht sich im Weiteren wie ein roter Faden durch Dostojewskijs politisches Denken bis hin zu seiner großen Puschkin-Rede von 1880. Auf dem Weg dorthin allerdings wird sie immer mehr den Charakter eines nationalistischen, nicht selten chauvinistischen Dogmas annehmen.

Unübersehbar ist der Einfluss slawophiler Theoretiker, besonders Iwan Kirejewskijs und seiner um die Idee der intakten Volksgemeinschaft kreisenden Geschichtsphilosophie, auf das Programm der «Zeit». Dennoch hält Dostojewskij Abstand auch zu den Slawophilen. Deren Idealisierung des vorpetrinischen, altmoskowitischen Russland lehnt er gleichermaßen ab wie die Fundamentalkritik der westlichen Kultur. Stattdessen plädiert er für ein Bündnis zwischen intellektuellen Eliten und einfachem Volk und für eine Versöhnung der Slawenwelt mit Westeuropa.

Stärker als das System der Slawophilen haben Dostojewskij die Ideen des Literaturkritikers Apollon Grigorjew beeinflusst. Als eingefleischter Romantiker und Schelling-Schüler entwickelte Grigorjew im Rahmen seiner «organischen Kritik» eine historische Konzeption, die allen Phasen der russischen Geschichte die gleiche Berechtigung zuspricht. Solche Gleichberechtigung und Gleichwertigkeit gilt nach Herder auch für die europäischen Nationen, die miteinander verbunden seien durch die unwandelbare «Wahrheit der menschlichen Seele»[5]. Die Reformen Peters des Großen hätten die außerordentliche Empfänglichkeit der Russen für andere Kulturen unter Beweis gestellt. Deshalb sei gerade das russische Volk dazu berufen, die Gegensätze zwischen Ost und West zu überwinden. Den Beweis dafür habe das Universalgenie Alexander Puschkin geliefert, der mit leichter Hand Elemente typisch russischer «Volkhaftigkeit» («narodnost») mit solchen der europäischen Aufklärung und Romantik zur Synthese gebracht habe.

Dostojewskijs «potschwennitschestwo» wurzelt aber auch in den Grenzerfahrungen seiner eigenen Existenz. Dazu gehört zuallererst der 22. Dezember 1849 und die Vorstellung, dass sich der Verstand («der Kopf») vom Rest der Persönlichkeit («Herz», «Leib», «Blut») loslöst: «Ja fürwahr, der Kopf [...] ist schon von meinen Schultern getrennt», hatte er damals an Michail geschrieben (22. 12. 1849). Die Enthauptungsmetapher war der Scheinhinrichtung am Morgen desselben Tages geschuldet. Die Trennung von Kopf und Körper bringt zugleich die Entfremdung der Intelligenzija vom Volk und die Notwendigkeit einer Umkehr zum Ausdruck, der Rückkehr zum heimatlichen Nährboden, der im Zentrum der Theorie bzw. der Mythologie des «potschwennitschestwo» steht. Die Erfahrung der sibirischen Katorga lädt das Motiv der Spaltung mit neuen Energien auf. Für den Häftling Dostojewskij war der Kontakt mit dem einfachen Volk zum Trauma geworden: «150 Feinde wurden nicht müde, uns zu verfolgen; das war ihr Vergnügen, ihre Zerstreuung, ihr Zeitvertreib. Und wenn uns etwas dagegen geschützt hat, so unsere Gleichgültigkeit, unsere moralische Überlegenheit, die sie nicht begreifen konnten, aber achteten, und unsere standhafte Weigerung, ihnen zu Willen zu sein.» (30. 1. 1854), schrieb er unmittelbar nach der Haftentlassung an seinen Bruder Michail. Deutlicher lässt sich ein soziokultureller Gegensatz kaum markieren. Für den Autor des «Totenhauses» dagegen stellt sich das Zuchthaus als ein Fegefeuer dar, das der Intellektuelle durchschreiten muss, um zu «neuem Leben» aufzuerstehen und sich mit dem Volk zu versöhnen. Hier sieht Dostojewskij die Schnittstelle zwischen seiner eigenen Biographie und der Geschichte seines Landes: «Jetzt aber», heißt es im Programmtext der «Zeit» von 1861 über den Reformerlass Alexanders II., «treten wir in ein neues Leben ein.»[6] Damit sind alle Russen gemeint.

Das Comeback: «Die Erniedrigten und Beleidigten»

Von Anfang an war die neue Zeitschrift als literarisches Forum für Dostojewskij gedacht. Allerdings wird den Brüdern klar, dass eine Monatsschrift im Umfang von vier- bis fünfhundert Seiten, also ein «dickes Journal», wie diese Art von Zeitschriften in Russland genannt wird, einen Stamm an festen Mitarbeitern und darüber hinaus einen größeren Kreis etablierter Autoren und literarischer Debütanten benötigt. Die Rekrutierung von Mitarbeitern und Beiträgern erfolgt in den ersten Monaten des Jahres 1860. Sie wird den Herausgebern durch die Freundschaft mit Alexander Miljukow erleichtert, der seit kurzem die Zeitschrift «Die Fackel» (Swjétotsch) herausgibt und bei dem sich dienstagabends ein Zirkel von Literaten und Intellektuellen versammelt. Dazu gehören alte Freunde wie Apollon Majkow und Stepan Janowskij, aber auch neue Gesichter wie die Poeten Wsjewolod Krestowskij, Jakow Polonskij und Dmitrij Minajew sowie die Kritiker Apollon Grigorjew und Nikolaj Strachow.

Schon bald nach seiner Ankunft in Petersburg wird Dostojewskij Mitglied der «Gesellschaft zur Unterstützung notleidender Literaten und Gelehrter». Im November 1859 nach dem Vorbild des «Royal Literary Fund» gegründet und finanziert durch Mitgliedsbeiträge, Spenden und Benefizveranstaltungen, markiert der «Literaturfonds», wie die Gesellschaft kurz genannt wird, einen Wendepunkt in der russischen Literaturgeschichte. Zum ersten Mal treten die Schriftsteller hier gruppen- und flügelübergreifend als eigene Standesorganisation auf. Literatur bekommt auf diese Weise den Status eines speziellen Gewerbes, das «Güter» für einen seit dem Krimkrieg rasch wachsenden Markt herstellt und sich zum produktiven Kern einer ganzen Industrie entwickelt. Auch in anderen geistigen und künstlerischen Sparten, etwa bei Ärzten, Juristen, bildenden Künstlern und Musikern, kommt es unter Alexander II. zur Bildung von Standesorganisationen.

Häufig beschränkt sich die Aktivität solcher Verbände nicht auf die Vertretung eigener Interessen. Vielmehr fordern sie, getragen von der immer lauter werdenden Forderung nach «glasnost», also nach Öffentlichkeit allen gesellschaftlichen Handelns,[7] Mitwirkungsrechte an den Geschäften des Staates. So wird eine Bittschrift der Petersburger Schriftsteller an die Regierung zugunsten eines politisch Verfolgten ausdrücklich als kollektive Willensbekundung des «Standes der Literaten» bezeichnet. Der seit 1861 amtierende Volksbildungsminister Admiral Jewfimij Putjatin reagiert darauf mit der gereizten Feststellung, «dass in Russland ein Stand der Literaten nicht existiere». Um diese Aussage zu unterstreichen, ordnet er an, die Überbringer der Bittschrift zehn Tage in der Petersburger Hauptwache einzusperren.[8]

Im Gegensatz zum neuen bäuerlichen Selbstverwaltungsorgan des «Semstwo» und zu den 1864 eingeführten Schwurgerichten benötigt der politische Teilhabeanspruch der Standesorganisationen kein offizielles Mandat. Namentlich gilt dies für Presse und Literatur. Dostojewskij hatte sein publizistisches Talent schon 1847 mit einer Reihe von Feuilletons in den «Petersburger Nachrichten» unter Beweis gestellt und das Recht auf öffentliches Räsonnement im Petraschewzen-Prozess nachdrücklich verteidigt. Seine neue Rolle als Mitherausgeber einer Zeitschrift und dem – im weitesten Sinne – auf Volksbildung ausgerichteten Programm des «potschwennitschestwo» machen aus der publizistischen Neigung des passionierten Zeitungslesers Dostojewskij eine staatsbürgerliche Pflicht, ja eine Mission, der er bis hin zum «Tagebuch eines Schriftstellers» treu bleiben wird.

Den Literaturfonds leitet ein zwölfköpfiges ehrenamtliches Exekutivkomitee, das Dostojewskij zum Mitglied wählt. 1863 wird er Sekretär des Fonds und übt in dieser Funktion Tätigkeiten aus, die er bisher als «deutsch» verabscheut hatte. Er schreibt die Sitzungsprotokolle des Komitees, erstellt Rechenschaftsberichte zu Händen der Revisionskommission und unterzeichnet Zahlungsanweisungen. Seine Skizzenhefte aus dieser Zeit enthalten Kolonnen von Abrechnungen, die mit buchhalterischer Akribie jede Kopeke an Einnahmen und Ausgaben verbuchen.[9]

Seine Doppelrolle als Herausgeber einer Zeitschrift und als Literaturfunktionär hat ein neues, ökonomischeres Verhältnis zum Wirtschaften im Allgemeinen und zum Geld im Besonderen zur Folge. Haupteinnahmequelle des Literaturfonds sind literarische und musikalische Benefizveranstaltungen. Am 14. April 1860 findet eine szenische Lesung von Gogols Komödie «Der Revisor» statt. Veranstaltungsort ist, wie bei den meisten Veranstaltungen des Literaturfonds, das riesige Palais Ruadse an der Bolschaja-Morskaja-Straße. Ein Jahr später wird hier als neue Standesorganisation der Solidarverband russischer Kaufleute gegründet, mit dem sich der Literaturfonds die Fest- und Vortragssäle des Hauses fortan teilt. Obwohl diese Nachbarschaft Zufall war, symbolisiert das Nebeneinander von Literatur und Kommerz doch die friedliche Koexistenz zweier Sphären, die bis vor kurzem noch als unvereinbar gegolten hatten.

An der «Revisor»-Lesung vom 14. April nimmt die Elite der russischen Gegenwartsliteratur teil: Alexej Pissemskij, Iwan Turgenjew, Nikolaj Nekrassow, Iwan Gontscharow, Dmitrij Grigorowitsch, Pjotr Weinberg, Alexander Druschinin, der Gründer des Literaturfonds, und, in der Rolle des Postmeisters Schpjekin, Dostojewskij. Über dessen schauspielerisches Talent gehen die Meinungen auseinander. Weinberg rühmt die subtile Komik, mit der Dostojewskij geglänzt habe. Freund Wrangel dagegen hält Dostojewskij für offensichtlich indisponiert, er habe viel zu leise und mit fast versagender Stimme gelesen. Das Publikum jedoch ist begeistert und dankt dem Autor «mit donnerndem Applaus»[10]. Wie auch immer Dostojewskij gelesen haben mag – als Sibirien-Heimkehrer umgibt ihn die Aureole des politischen Märtyrers. Vor allem deshalb ist der Saal gedrängt voll, genauso wie vier Tage später, als er bei einer Lesung von Gogols «Heirat» und Turgenjews «Provinzlerin» auftritt.

Die gemeinsame Teilnahme an den Veranstaltungen des Literaturfonds lassen die alte Zwietracht zwischen Dostojewskij und den Autoren des «Zeitgenossen» in den Hintergrund treten. Unter den Schriftstellern herrscht jetzt ein fast genossenschaftliches Gefühl.[11] Die Brüder Dostojewskij nutzen die Gunst der Stunde, um renommierte Autoren wie Turgenjew, Gontscharow, Ostrowskij und Nekrassow für ihr Magazin zu gewinnen. Die neue Eintracht ist dabei nicht zuletzt der volksfreundlichen Schnittmenge zwischen Dostojewskijs «potschwennitschestwo» und den linken Positionen des «Zeitgenossen» zuzuschreiben.

Dass es der «Zeit» aus dem Stand gelingt, einen Großteil der literarischen Elite Russlands anzuwerben, ist zweifellos ein wichtiger Grund für den Publikumserfolg des Magazins. 1861, im ersten Jahr ihres Erscheinens, macht das «Journal» bei 1600 Abonnenten einen Gewinn von 6000 Rubeln, der sich 1862 bei 4000 Abonnenten mehr als verdoppelt.[12] Solche Bilanzen versetzen Michail Dostojewskij in die Lage, seine Tabakmanufaktur aufzugeben, Nikolaj Strachow, der für das Ressort Wissenschaft zuständig ist, verlässt seine Stelle als Gymnasiallehrer. Apollon Grigorjew, der das Ressort Literaturkritik übernimmt, sieht den Erfolg des Journals vor allem im Talent Dostojewskijs und in dessen Nimbus als politischer Märtyrer begründet.[13] Selbst linke Intellektuelle wie der Sozialist Nikolaj Utin, der Dostojewskijs «Mystik und Moralpredigten» verabscheut, kommen nicht umhin, ihm Respekt zu bezeugen als einem, der «für seine Überzeugungen gelitten hat».[14]

Die in Semipalatinsk entstandenen Romane, «Onkelchens Traum» und «Das Dorf Stepantschikowo», auf die Dostojewskij so große Hoffnungen gesetzt hatte, waren ein Schlag ins Wasser gewesen. Die Literaturkritik hatte sie mit diskretem Schweigen übergangen. Umso vernehmlicher wird das Echo auf seinen nächsten Roman «Die Erniedrigten und Beleidigten», der von Januar bis Juli 1861 in der «Zeit» erscheint und den Grundstein für den Erfolg des Magazins der Brüder Dostojewskij legt. Die starke Wirkung des neuen Romans beruht vor allem darauf, dass Dostojewskij sich darin – ähnlich skrupellos wie seine französischen Vorbilder Eugène Sue in «Les mystères de Paris» (Die Geheimnisse von Paris, 1842/43) und Victor Hugo in «Les Misérables» (Die Elenden, 1862) – der Techniken des massenwirksamen Feuilletonromans bedient.

Der Faden der überwiegend in Petersburg spielenden Handlung ist um drei Figurengruppen gesponnen: zunächst um die Familie des rechtschaffenen Gutsverwalters Nikolaj Ichmenjew, in dessen Haus der früh verwaiste Ich-Erzähler zusammen mit Ichmenjews Tochter Natascha in idyllisch-ländlicher Umgebung aufgewachsen ist («Oh, goldene, herrliche Zeit!»); sodann um den skrupellosen Fürsten Walkowskij, den Besitzer des von Ichmenjew verwalteten Gutes, und dessen Sohn Aljoscha, einen gutmütigen, aber willensschwachen jungen Mann; schließlich um das rätselhaft frühreife, Goethes Mignon geschuldete Mädchen Nelli.

Walkowskij hatte einst Nellis Mutter, die Tochter eines reichen Unternehmers, verführt und sich mit ihr offiziell verlobt. Auf betrügerische Weise in den Besitz ihres Vermögens gelangt, hatte er die schwangere Braut sitzen lassen und unter dem Vorwand, sie habe ihn mit einem anderen betrogen, sein schriftliches Heiratsversprechen zurückgefordert. Die Mutter war dann mit einem verkrachten Poeten und der kleinen Nelli in bitterer Armut durch Europa zigeunert, bis sie erkrankte, starb und Nelli der Obhut ihres Großvaters überließ. Bis zuletzt hatte sie sich geweigert, dem Fürsten, der längst neue Heiratsabsichten hegte, das schriftliche Ehegelöbnis zurückzugeben. Auch Ichmenjew wird zum Leidtragenden einer Intrige des Fürsten. Walkowskij beschuldigt den alten Mann zu Unrecht der Veruntreuung von Geldern, prozessiert erfolgreich gegen ihn und treibt ihn damit in den finanziellen Ruin. Fast alle Personen fallen auf diese Weise den «Erniedrigungen und Beleidigungen» des Fürsten zum Opfer.

Neben Walkowskijs Intrigen wird die Handlung durch die ins Leere gehenden Liebeswünsche der jugendlichen Helden in Gang gehalten. Im Finale versammelt man sich am Bett der sterbenden Nelli. Das könnte ein Tableau nach Art der empfindsamen Genremalerei sein, auf deren Motivrepertoire Dostojewskij gern zurückgreift. Doch die Idylle wird dadurch gestört, dass Nelli auf dem Sterbebett ihren Vater verflucht. Noch weniger in die behagliche Welt der Idylle passt Fürst Walkowskij. Als Bösewicht entspricht er zwar dem simplen Figurenschema des Kolportageromans, doch überbietet seine intellektuelle Dämonie, in der immer wieder die Brillanz des Bösen aufblitzt, das Rollenkonzept des finsteren Schurken, wie man ihn von George Sand, Balzac, Sue oder Dickens kennt, bei weitem. Walkowskij verachtet die Welt der «Unschuldsidyllen und Schäferspiele» wie überhaupt jede Art von Idealismus, das «Schillertum», wie er es ironisch nennt. Einziger Zweck seines Tuns und Trachtens ist sein Ich. «Alles ist für mich da, die ganze Welt nur für mich geschaffen», lautet sein zynisches Credo. Die einzig sinnvolle Wertschöpfung des Menschen sieht Walkowskij in der Steigerung seiner Lust und seiner Macht. Als Chiffre für dieses auf Lustmaximierung verengte Aufklärungsdenken taucht hier erstmals in Dostojewskijs Werk der Name des Marquis de Sade auf. Walkowskijs Philosophie gipfelt in der These: «Das Leben ist ein Geschäft. Werft euer Geld nicht zum Fenster heraus, sondern zahlt nur für jede Gefälligkeit, so habt ihr alle Verpflichtungen gegenüber eurem Nächsten abgegolten.»

Walkowskijs Gegenspieler ist der Ich-Erzähler Iwan Petrowitsch, ein verkrachter Schriftsteller. Der ursprüngliche Untertitel des Romans lautete «Aus den Aufzeichnungen eines gescheiterten Literaten». Damit bekommt das Werk einen autobiographischen Subtext. Mit dem Schicksal Iwan Petrowitschs rekonstruiert Dostojewskij die Geschichte seines eigenen Scheiterns in den vierziger Jahren. Iwan Petrowitsch wird keine literarische Karriere machen. Er wird in jungen Jahren so arm und elend sterben wie Nelli und ihre Mutter. Damit schließt sich der Kreis. «Die Erniedrigten und Beleidigten» (eine Formulierung des alten Ichmenjew) haben keine Chance, ihrem Milieu zu entrinnen.

Julius Meier-Graefe nennt das Werk einen «Hintertreppenroman in des Wortes verwegenster Bedeutung. Man staunt über die Harmlosigkeit der Zumutung [...] Das alte begriffliche Schema [des Kolportageromans – A. G.] erscheint hier in Paradestellung.»[15] Dieses Urteil war für die Dostojewskij-Rezeption im 20. Jahrhundert mehr oder weniger repräsentativ.[16] Die zeitgenössischen Leser sahen das anders. Die schon durch den Titel des Romans angedeutete Nähe zu «Arme Leute», der Einsatz ähnlicher Verfahren der Leserlenkung wie dort, das Milieu der Großstadt jenseits der Paläste und grandiosen Prospekte sowie nicht zuletzt die Spiegelfigur des gescheiterten Literaten, mit der «der arme Dostojewskij» ein wirksames «self fashioning»[17] betreibt – all dies sichert den «Erniedrigten und Beleidigten» den Zuspruch wo schon nicht der Kritik, so doch der breiten Leserschaft. Selbst der Dostojewskij alles andere als wohlgesinnte Kritiker Nikolaj Dobroljubow vom linken «Zeitgenossen», der an dem neuem Roman eine Menge auszusetzen hat, muss zugeben, dass das Buch beim Leser ankommt.

Gleichzeitig mit der Arbeit an den «Erniedrigten und Beleidigten» bereitet Dostojewskij 1860 für den Verleger Nikolaj Osnowskij eine zweibändige Ausgabe seiner Werke vor. Neben wichtigen Texten der vierziger Jahre wie «Arme Leute», «Der Doppelgänger» und «Weiße Nächte» nimmt er in diese Edition auch das 1849 erschienene Romanfragment «Netotschka Neswanowa» auf. Ursprünglich als Entwicklungsroman angelegt, dessen Fortsetzung er nach seiner Verhaftung hatte abbrechen müssen, wird dieser Text nun zu einer Erzählung umgearbeitet, in der dem Themenkomplex Kunst und Künstlertum zentrale Bedeutung zukommt. Mit der Figur des Geigers Jefimow entwirft Dostojewskij einen Kontrasttypus zum «literarischen Postgaul» Iwan Petrowitsch. Jefimow hat die Anlage zum Genie. Größer jedoch als seine Geigenkunst ist sein Geltungsdrang. Jefimow hat ein Bild von sich selbst, das gleich weit entfernt ist von seinem wahren Ich wie von dem Bild, das die anderen von ihm haben. «Aut Caesar aut nihil», lautet seine Devise. Willensschwach und undiszipliniert, wie er ist, und weil er sich für ein Genie hält, lehnt Jefimow es ab, sein Talent systematisch zu entwickeln. Er beginnt zu trinken, landet in der Gosse, entwickelt sich zum Narren, der über die vermeintliche Unfähigkeit anderer Künstler spottet, und macht sich als musikalischer Thersites allgemein unbeliebt. Erst das Spiel eines Violinvirtuosen von europäischem Rang öffnet ihm die Augen. Er muss erkennen, wie weit er dem anderen unterlegen ist, und verliert darüber den Verstand.

Das könnte ein romantisches Sujet in der Art des in Russland populären E. T. A. Hoffmann sein, ist es aber nicht. Denn Jefimow hat einen positiven Gegenspieler in Gestalt seines Kollegen und Freundes, des deutschen Musikers B., der es, obwohl weniger begabt als Jefimow, beruflich wie künstlerisch sehr viel weiter bringt. B. ermahnt Jefimow zu lernen, zu üben, sich fortzubilden. Dafür sei nicht mehr, aber auch nicht weniger erforderlich als «unaufhörliche, unermüdliche Arbeit». Die Figur des B. ist einer der wenigen Deutschen in Dostojewskijs Werk, die nicht mit Verachtung gestraft werden. Was Dostojewskij an den Deutschen sonst gewöhnlich auszusetzen hat, erscheint hier als Tugend. «B.», heißt es, war «vor allem Deutscher und steuerte sein Ziel direkt, systematisch, im vollen Bewusstsein seiner Kräfte an, fast schon im Voraus berechnend, was aus ihm einmal wird.»

Ein solches Maß an Rationalität und Kalkül war Dostojewskij selbst früher fremd. Die Kritik am Geniekult und die Wertschätzung von Technik und vor allem von Arbeit entspricht aber nicht nur der Ästhetik des europäischen Realismus, sondern gehört inzwischen auch zum beruflichen Selbstverständnis Dostojewskijs. Im Sommer 1858 war dieses Thema zwischen ihm und Michail kontrovers diskutiert worden. Michail wartete darauf, dass Fjodor nach seiner Haftentlassung finanziell endlich auf eigenen Füßen zu stehen käme und druckfertiges Textmaterial ablieferte. Seine Hoffnung darauf untermauerte er mit der genieästhetischen These, dass ein wahres Kunstwerk «in einem Augenblick» («srasu») hingeworfen werde und nicht ewig bebrütet werden dürfe (31. 5. 1858).

Dostojewskij hält dagegen, für alle Dichter und zu allen Zeiten sei literarische «Arbeit» («trud») unerlässlich gewesen, was selbst für die so locker und improvisiert wirkenden Verse eines Alexander Puschkin gelte. Deren Leichtigkeit sei in Wirklichkeit das Resultat einer «gewaltigen Arbeit», eines langen und mühsamen Prozesses des Streichens, Neuansetzens, «Zusammenklebens», den man dem fertigen Kunstwerk nicht mehr ansehe. Dostojewskij kann sich dabei auf Pawel Annenkow berufen, der 1855 anhand von Abschriften erstmals gezeigt hatte, dass Puschkins Manuskripte von Streichungen und Korrekturen nur so wimmeln. Michail verwechsle, so Dostojewskijs Vorwurf, «Inspiration, das heißt den ersten, spontanen Schaffensakt eines Bildes oder einer Bewegung in der Seele (der sich stets vollziehe), mit Arbeit». Das eine schließe das andere nicht aus, vielmehr bedinge beides sich gegenseitig. Arbeit und Inspiration gehörten zusammen. Von hier ist es nur noch ein kleiner Schritt zu Dostojewskijs Überzeugung, auch die Inspiration selbst sei bereits Teil der literarischen Arbeit und stelle insofern eine geldwerte Leistung dar. Bestimmte literarische Projekte, so schreibt er am 28. 2. 1870 aus Dresden an Strachow, habe er seinen Verlegern immer erst dann «verkauft», wenn «die poetische Idee» dazu in ihm einigermaßen ausgereift gewesen sei.[18] Die «Idee» bzw. die Entfaltung des Konzepts, das vor seiner endgültigen Fassung stets eine Vielzahl von Entwurfsphasen durchläuft, hat den Hauptanteil an dem, was Dostojewskij als «gewaltige Arbeit» bezeichnet.[19]

Wieder in der Erfolgsspur: «Aufzeichnungen aus einem Totenhaus»

Waren die «Erniedrigten und Beleidigten» ein Erfolg zumindest bei der Leserschaft, so werden die «Aufzeichnungen aus einem Totenhaus», in denen er seine sibirischen Zuchthauserfahrungen literarisch verwertet, ein Triumph, wie Dostojewskij ihn seit seinem literarischen Debüt nicht mehr erlebt hat. Die ersten vier Kapitel des Buches erscheinen 1860/61 noch in der Zeitschrift «Die russische Welt» (Russkij mir). Nach dem vielversprechenden Start des eigenen Journals entschließt sich Dostojewskij, das neue Werk selbst herauszubringen. Zunächst erscheinen 1861 in der April-Ausgabe der «Zeit» die Einleitung und die ersten vier Kapitel. Danach kündigt die Redaktion an, die Veröffentlichung der «Aufzeichnungen aus einem Totenhaus» erst nach Abschluss der ebenfalls in der «Zeit» als Fortsetzungsroman erscheinenden «Erniedrigten und Beleidigten» fortzusetzen. Durch solche Hinweise, zu denen gelegentlich auch eine redaktionelle Notiz darüber gehört, dass die nächste Folge eines Werkes sich wegen einer Erkrankung des Autors verzögere, erhöht sich beim Publikum die Spannung. Es lernt, die Entstehung von Texten als eine Arbeit zu begreifen, deren Gelingen wie jede andere Arbeit nicht zuletzt von der körperlichen Verfassung des Autors abhängt. Die restlichen Kapitel der «Aufzeichnungen aus einem Totenhaus» erscheinen von September 1861 bis Dezember 1862. Schon 1862 liegt im Verlag Alexander Basunow die erste Buchausgabe des «Totenhauses» vor. Hatte Dostojewskij für die Einzelveröffentlichung der «Erniedrigten und Beleidigten» noch 1000 Rubel bekommen, so zahlt Basunow für das Manuskript des «Totenhauses» bereits mehr als das Dreifache.

Dieser Erfolg hat mehrere Ursachen. Zum einen trägt das Genre der «Aufzeichnungen» dem postromantischen Bedürfnis nach aktuellen Darstellungen der sozialen, regionalen und ethnischen Vielfalt Russlands Rechnung. Ein weiterer Grund ist in der politischen Atmosphäre zu Beginn der 1860er Jahre zu sehen: In Russland wird intensiv eine Reform des Justizwesens, insbesondere des Strafsystems diskutiert. Brutale Körperstrafen wie Auspeitschen, Spießrutenlauf und Brandmarkung werden zunehmend skandalisiert. Dostojewskijs gnadenlos genaue Schilderung solcher Züchtigungsformen hat wesentlich dazu

Fotoporträt Dostojewskijs von P. Borel (1862)

beigetragen, den Justizreformen unter Alexander II. den Boden zu bereiten.

Vor allem jedoch ist der große Erfolg der «Aufzeichnungen aus einem Totenhaus» bei den Lesern darauf zurückzuführen, dass Dostojewskij hier erstmals das Verbrechen als ein Thema erprobt, für das er später zum Spezialisten wird. Damit erschließt sich ihm eine schier unerschöpfliche Quelle publikumswirksamer Spannungseffekte des Grauenhaften und Grausamen, im «Totenhaus» etwa in der düsteren Geschichte eines brutalen Gattenmörders («Akulkas Mann») oder eines Vatermörders, der sarkastisch damit prahlt, sein Erzeuger habe sich «bis zu seinem Tod nie über irgendein Leiden beklagt». Der Themenkomplex des Verbrechens gibt Dostojewskij überdies die Möglichkeit, einmal mehr seinen analytischen Scharfsinn als «Seelenkenner» unter Beweis zu stellen. Hinter der Psychologie des Verbrechers zeichnet sich schließlich die Metaphysik des Verbrechens ab und damit das Problem der Willensfreiheit als eines der künftigen Kernthemen des Autors.

Als quasi ethnographischer Erfahrungsbericht[20] räumen die «Aufzeichnungen aus dem Totenhaus» mit den romantischen Klischees des dämonischen Schurken der Schauerromane und des «noble outlaw» auf, wie man sie aus den Werken Ann Radcliffes, Walter Scotts und Lord Byrons kennt. Die Vielzahl der vom Erzähler vorgestellten kriminellen Karrieren bewirkt eine Art Veralltäglichung des Verbrechens. Einen ähnlichen Effekt hat die detaillierte Darstellung der Machthierarchie, der symbolischen Ordnung, des Tagesablaufs sowie nicht zuletzt der Sprache des Zuchthauses. Den genetischen Kern des Textes stellt das «Sibirische Heft» dar, in dem Dostojewskij im Zuchthaus von Omsk rund fünfhundert Redewendungen des russischen Knastjargons aufgezeichnet hatte, von denen ein Großteil in den «Aufzeichnungen» wieder erscheint. Was das Verbrechen dadurch an romantischer Exotik verliert, gewinnt es an sozialer Kraft. Als besonders publikumswirksame Passage hat sich auf öffentlichen Lesungen immer wieder die Badehaus-Szene des 9. Kapitels erwiesen:

> Als wir die Tür zur Banja öffneten, dachte ich, wir hätten die Hölle betreten. Man stelle sich einen Raum von zwölf Schritt Länge und Breite vor, in dem sich vielleicht hundert, wenigstens aber achtzig Mann zusammendrängten [...] Beißender Dampf, Ruß, Schmutz und ein solches Gedränge, dass kein Durchkommen war [...] Auf der Schwitzbank hoben und senkten sich im Takt fünfzig Birkenruten. Alle peitschten sich damit wie im Delirium. Jede Minute gab es einen neuen Dampfaufguss. Das war keine Hitze mehr. Das war die Hölle. Alles schrie und grölte zum Klang der hundert Ketten, die über den Boden schleiften. Manche, die vorwärtsgehen wollten, verhedderten sich mit den Ketten von anderen und stießen den weiter unten Sitzenden damit gegen die Köpfe, fielen hin, fluchten und zogen die anderen mit sich. Schmutziges Wasser strömte von allen Seiten. Alle waren wie im Rausch und wie in Ekstase. Man hörte Gewinsel und Gebrüll. An dem Fenster zum Vorraum, durch das heißes Wasser gereicht wurde, gab es Wortgefechte, Gedränge, eine regelrechte Rauferei. Das heiße Wasser schwappte, bis es seinen Platz erreicht hatte, aus den Eimern auf die Köpfe der unten Sitzenden [...] Die kahl rasierten Schädel und die von Hitze geröteten Körper der Häftlinge erschienen noch abstoßender. Auf den erhitzten Rücken traten die alten Narben von Peitschen- und Stockhieben so stark hervor, dass sie von neuem zu bluten schienen. Schreckliche Narben! Bei ihrem Anblick überlief es mich kalt.

Der Höllenvergleich zeigt, dass diese Szene kein realistisches, sondern ein symbolisch überhöhtes, von Dantes «Inferno» inspiriertes Bild der Gefängniswelt gibt. Alexander Herzen nennt die «Aufzeichnungen» denn auch ein «carmen horrendum, das für alle Zeit über dem Ausgang aus dem finsteren Reich Nikolajs prangt so wie Dantes Aufschrift über dem Eingang zur Hölle».[21]

In ihrer Summe ergeben die Porträts der einzelnen Figuren ein Verbrecher-Bestiarium. «Es gibt eben Menschen, die wie Tiger nach Blut lechzen.» Dennoch erweisen sich als wirklich bestialisch nur einige wenige Typen wie der Kindsmörder Gasin, der seine Opfer «ruhig, langsam und mit Behagen abschlachtet», oder ein Sträfling namens «A-w», «ein Stück Fleisch mit Zähnen und einem Magen, der eine unstillbare Gier nach den allerrohesten, bestialischsten körperlichen Genüssen hatte». In den meisten anderen Fällen nehmen die Sträflinge desto menschlichere Züge an, je mehr der Erzähler sich in ihre Biographien und Charaktere vertieft. Menschsein wird dabei im paulinischen Sinne als «Sieg des Geistes über das Fleisch» begriffen.

An der Durchsetzung des Geistprinzips in der Hölle der Katorga hat der Ich-Erzähler, Alexander Petrowitsch Gorjantschikow, maßgeblichen Anteil. Er macht die durch das Verbrechen entstellte, letztlich aber unzerstörbare Gottebenbildlichkeit der Sträflinge wieder sichtbar, weil er weiß, dass «eine menschliche Behandlung selbst einen Zuchthäusler zum Menschen machen [kann], in dem das Ebenbild Gottes schon lange getrübt ist». Gorjantschikow beeindruckt die anderen Häftlinge durch seine Bescheidenheit, seine Sanftmut und Hilfsbereitschaft. Er leistet praktische und moralische Entwicklungshilfe, indem er einen Tataren lesen und schreiben lehrt. «Du hast mich zum Menschen gemacht», dankt ihm der junge Mann vor seiner Entlassung. «Gott wird's dir vergelten.» Die Alphabetisierung des Tataren erfolgt mit Hilfe einer russischen Fassung des Neuen Testaments und stellt insofern in doppelter Hinsicht ein Missionierungsprojekt dar.

Das «fabula docet» des Buches lautet: «Auch der Sträfling ist ein Mensch und er heißt dein Bruder.» Das ist letztlich dieselbe Botschaft wie die des Romans «Arme Leute». Hier wie dort geht es um den Nachweis der Menschenwürde all jener, die mühselig und beladen oder gestrauchelt sind. Der Veredelung von «Verbrechern» zu «Menschen» entspricht in der

Psyche des Autors die Sublimierung von schlechten Katorga-Erfahrungen zu guten. Mit Lew Schestow lässt sich diese doppelte Verwandlung als ein Akt der seelischen Abwehr deuten. Aus dieser Sicht will Dostojewskij die Schrecken des Zuchthauses einfach nicht wahrhaben. Er will «die Grausamkeit ins Maß» bringen[22] und den Leser von der moralischen Schönheit des russischen Volkes überzeugen, das er in den Kriminellen der Katorga gefunden zu haben meint. Schestow analysiert diese optische Täuschung mit der Strenge des eingefleischten Skeptikers. Doch das Maß der Mäßigung des Grausamen ist vorgegeben durch den ideologischen Wandel des Autors vom Revolutionär zum zarentreuen Patrioten. Und dieser Wandel, diese Verwandlung, ob man sie politisch akzeptiert oder nicht, gehört nun mal zum neuen Selbstbewusstsein des Autors.

Als «Menschenbrüder» werden die Bewohner des «Totenhauses» zu Akteuren eines christlichen und zugleich eines nationalen Dramas. Das Zuchthaus wird zum Ort der ersten Kontaktaufnahme des abgehobenen adligen Intellektuellen mit dem russischen Volk, das ihm zunächst mit Misstrauen begegnet und sich weigert, ihn als «Genossen» anzuerkennen:

> Nein, es gibt nichts Schwereres, als das Zutrauen des Volkes (insbesondere dieses Volkes) und seine Liebe zu gewinnen [...] Fast zwei Jahre musste ich im Zuchthaus leben, um die Sympathie auch nur einiger Häftlinge zu gewinnen. Zuletzt aber hat mich doch der größte Teil von ihnen liebgewonnen und mich als «guten Menschen» betrachtet.

Obwohl das Buch mit der Haftentlassung des Erzählers endet, ist der zentrale Faden der Erzählung nicht zwischen den Polen «Gefangenschaft» und «Freiheit», sondern zwischen den Polen «Absonderung vom Volk» und «Einswerdung mit dem Volk» gesponnen: «Überhaupt war dies die Zeit meines ersten Kontakts mit dem Volk. Ich selbst wurde ein Teil des einfachen Volkes, wurde ein ebensolcher Sträfling wie alle anderen.»[23] Um Teil des Volkes zu werden, muss der Intellektuelle wie Jesus Christus «Knechtsgestalt» annehmen (Phil 2,7). Er muss jene «Entäußerung» oder «Leerwerdung» («kénosis») leisten, zu der Dostojewskij seine positiven Helden verpflichtet.

Ungeachtet der vielen konkreten Beziehungen zu Dostojewskijs sibirischer Häftlingsgeschichte sind die «Aufzeichnungen aus einem Totenhaus» kein echter Erfahrungsbericht, kein Ego-Dokument, wie Eugène-Melchior de Vogüés Übersetzung des russischen Titels als «Souvenirs de la maison des morts» von 1885 vermuten lässt.[24] Sie sind die Erzählung von der Läuterung eines russischen Aristokraten zu einem «Teil des Volkes». Trotzdem wurde das Werk von den Zeitgenossen als autobiographisches Dokument verstanden. Man las es als persönliche Leidensgeschichte Dostojewskijs und als Umsetzung von Alexander Herzens Losung «Ins Volk!» (1861). Der mit den Slawophilen sympathisierende Kritiker Apollon Grigorjew erklärt Dostojewskij nach seinem jüngsten Werk neben dem Dramatiker Alexander Ostrowskij zum derzeit bedeutendsten russischen Autor, dem es im «Totenhaus» durch seinen «psychologischen Leidensprozess gelungen [sei], vollständig mit dem Volke zu verschmelzen».[25]

Im August 1862 präsentiert der Maler Konstantin Pomeranzew auf der Jahresausstellung der Russischen Akademie der Künste ein Gemälde mit dem Titel «Ein Weihnachtsfest im Totenhaus», dem ein gleichlautendes Kapitel in den «Aufzeichnungen aus einem Totenhaus» entspricht. Das Bild zeigt im stark ausgeleuchteten Mittelfeld Fjodor Dostojewskij, gemalt nach einem Porträtfoto von 1862, in der vergitterten Baracke des Ostrog als Beobachter einer nächtlichen Rauferei zwischen zwei Sträflingen.[26] Mit Pomeranzews Werk bekommt Dostojewskij ein neues Etikett. Als «Verfasser der Aufzeichnungen aus einem Totenhaus», wie man ihn – nicht zuletzt aus Werbezwecken – nun bezeichnet, wird er als «neuer Dante» gefeiert, der «in eine Hölle hinabgestiegen ist, die umso schrecklicher war, als sie nicht etwa in der Phantasie des Dichters, sondern in Wirklichkeit existierte».[27]

Aus dem von Pomeranzew benutzten Fotoporträt fertigt Pjotr Borel 1862 eine Lithographie an, die Eingang in die in hoher Auflage erscheinende «Porträtgalerie russischer Literaten, Journalisten, Künstler und anderer bedeutender Menschen» findet, mit der das Druckgewerbe den seit der Jahrhundertmitte durch Daguerreotypie, Fotografie und Fototypie befeuerten Bildhunger des lesenden Publikums befriedigt. 1863 erscheint in der Wochenschrift «Die Illustration» ein auf der Grundlage von Borels Lithographie entstandener Holzschnitt mit einem Begleittext, der Dostojewskij als den Autor der großartigen «Aufzeichnungen aus einem Totenhaus» würdigt.[28]

Das «Totenhaus» macht Dostojewskij wie siebzehn Jahre zuvor wieder zu einem gefragten Mann. Er wird zu Abendessen und Hauskonzerten eingeladen. Er bekommt Fanpost aus ganz Russland («Wie unerbittlich wahrhaftig dieses schreckliche Bild entrollt wird. Ich habe geweint ...»[29]). Man erfleht ein Foto von ihm. Man bittet um seine Mitarbeit an Zeitschriften und Sammelbänden. Und man drängt ihn immer öfter zur Teilnahme an Benefizveranstaltungen, wo man sich vor allem Lesungen aus dem «Totenhaus» wünscht.[30] Der Schriftsteller Pjotr Boborykin wird 1862 Zeuge einer solchen Lesung im Palais Ruadse:

> Damals nahm das Publikum, besonders die Jugend, in ihm nur den ehemaligen Zuchthäusler und politischen Verbrecher wahr. In seinem Roman «Die Erniedrigten und Beleidigten» sahen alle nur den Vorkämpfer für gesellschaftliche Gerechtigkeit und einen Ankläger all dessen, was in Russland jeden Hauch von Freiheit und Aufklärung erstickte. Das «Totenhaus» erschien als ein beispielloses Dokument der russischen Katorga. Was darin bereits an mystisch-staatstreuer Gesinnung angelegt war, wurde noch nicht von allen hinreichend begriffen und Dostojewskij damals geradezu als Revolutionär betrachtet. Als sich mit dem Erscheinen des Journals [«Die Zeit» – A. G.] das *bodenständige* Neoslawophilentum deutlicher artikulierte, veränderte dies zwar den Blick auf das Credo des Autors des «Totenhauses», ihm selbst jedoch lastete man das nicht an.[31]

Unruhige Zeiten

Die Benefizveranstaltung vom 2. März 1862 im Palais Ruadse wird ein Großereignis im gesellschaftlichen Leben Petersburgs. Außer Dostojewskij treten an diesem Abend der Literaturkritiker Nikolaj Tschernyschewskij vom linken «Zeitgenossen» und der junge Geschichtsprofessor Platon Pawlow auf. In den Vortragspausen wird das Publikum musikalisch von Henryk Wieniawski und Anton Rubinstein unterhalten. Dostojewskij steuert zum Abendprogramm das damals noch unveröffentlichte Kapitel «Die Krankenstation» der «Aufzeichnungen aus einem Totenhaus» bei. Besonders eindrucksvoll und verstörend ist darin die von ihm instinktsicher für den Vortrag ausgewählte Sterbeszene des jungen an Schwindsucht erkrankten Häftlings Michajlow:

> Er starb um drei Uhr nachmittags, an einem hellen frostigen Tag [...] Er hatte die Bettdecke abgeworfen, sich seiner Kleider entledigt und begon-

> nen, sich auch das Hemd herunterzureißen. Es war schrecklich, auf diesen unglaublich langen Körper zu blicken, mit den bis auf die Knochen abgemagerten Armen und Beinen, dem eingefallenen Bauch, der hochstehenden Brust und den wie bei einem Skelett hervortretenden Rippen [...] Eine halbe Stunde vor seinem Tod wurde es bei uns im Saal ganz still, und man sprach nur noch im Flüsterton [...] Schließlich tastete er mit unsicherer Hand nach dem Kreuz auf seiner Brust und begann daran zu zerren, als ob es ihn belaste, beunruhige und beschwere. Man nahm ihm auch das Kreuz ab. Etwa zehn Minuten später war er tot [...] Einer [...] trat schweigend an den Leichnam und schloss ihm die Augen. Als er das Kreuz auf dem Kissen sah, nahm er es in die Hand, betrachtete es, legte es Michajlow wieder um den Hals und bekreuzigte sich. Unterdessen begann das leblose Gesicht zu erstarren. Ein Lichtstrahl spielte auf ihm; der Mund war halb geöffnet; zwei Reihen weißer, junger Zähne schimmerten unter den dünnen, am Zahnfleisch haftenden Lippen. Endlich erschien der wachhabende Unteroffizier mit Säbel und Helm, hinter ihm zwei Wachtsoldaten [...] Einen Schritt vor dem Toten blieb er wie angewurzelt und starr vor Schreck stehen. Der vollkommen nackte, ausgemergelte Leichnam, an dem nur noch die Fußfessel hing, machte ihn sichtlich betroffen, und plötzlich löste er die Schuppenkette, nahm, was durchaus nicht erforderlich gewesen wäre, den Helm ab und bekreuzigte sich schwungvoll. Es war ein strenges, graues Soldatengesicht.

Ein Vergleich mit den Sterbeszenen in den «Erniedrigten und Beleidigten» verdeutlicht den Entwicklungssprung, den Dostojewskij in kaum mehr als einem Jahr gemacht hat. Der lakonisch-präzise Bericht von Michajlows Todeskampf, der krude Naturalismus der Beschreibung seines ausgezehrten Körpers und eine Perspektive, die das Gefühl des Erzählers weitgehend ausklammert, um das Geschehen aus der unsentimentalen und doch teilnahmsvollen Perspektive der Häftlinge und Wachsoldaten wiederzugeben – all dies unterscheidet sich von den larmoyanten Klischees, mit denen der Autor in seinem letzten Roman noch gearbeitet hatte.

Obwohl Dostojewskij mit seiner leisen, immer etwas heiseren Stimme in den hinteren Reihen des bis auf den letzten Platz gefüllten Saals des Palais Ruadse kaum zu verstehen ist, bekommt er stehende Ovationen. Sie gelten wohl weniger Dostojewskij als seinem Mitleid mit einem Opfer des zaristischen Regimes, denn so wird die Szene vom Tod

Michajlows verstanden. Dostojewskijs Auftritt folgt ein Vortrag des Historikers Platon Wassiljewitsch Pawlow zum Thema «Das Millenium Russlands». Pawlow teilte die Auffassung der «Bodenständigen», dass Russlands größtes Problem die Trennung der gesellschaftlichen Eliten vom einfachen Volk sei. Die fatale Gesetzmäßigkeit der russischen Geschichte habe bisher in der steten Vertiefung des Grabens zwischen diesen beiden ungleichen Schichten bestanden. «Russland steht an einem Abgrund», schließt er seinen Vortrag, «in den wir hinabgerissen werden, wenn wir nicht zum letzten Mittel der Rettung greifen, der Annäherung ans Volk.»[32]

Diese These war weder sonderlich originell noch provokant, schließlich war sie das ideologische Leitmotiv der Epoche. Doch beeindruckend an Pawlows Vortrag ist weniger was, als wie er es sagt. Durch seine eigenwillige Intonation macht der Professor aus dem zuvor von der Zensur genehmigten Text einen dramatischen Monolog, der gespickt ist mit effektvollen rhetorischen Fragen, Apostrophen, Sentenzen und Pausen. Das kommt an bei den Zuhörern, unter denen auch Nikolaj Schelgunow sitzt, der 1861 ein revolutionäres Flugblatt mit dem Titel «An die junge Generation» verfasst hatte. Schelgunow erinnert sich:

> Im Saal wurde es laut, man hörte wilde Begeisterungsrufe, es wurde mit Stuhlbeinen und Stiefelabsätzen geklopft. Ich saß hinter der Bühne, wo übrigens auch Nekrassow saß und auf seinen Auftritt wartete. Schon stürzte Jegor Petrowitsch Kowalewskij [der Präsident des Literaturfonds – A. G.] zu uns und sagte: «Haltet ihn zurück, haltet ihn zurück! Sonst kommt er morgen nach Sibirien!» Doch Pawlow zurückzuhalten war unmöglich. Nachdem er sich immer mehr in Rage geredet hatte, beendete er seinen Vortrag unter ohrenbetäubendem Geschrei des Publikums und verließ die Bühne.[33]

An den Schluss seines Vortrags setzt Pawlow das Bibelzitat «Wer Ohren hat zu hören, der höre!» (Lk, 8,8). Leider sind im Saal mehr Ohren, als dem Professor lieb sein können. Die geheime Staatspolizei hört mit. Zwei Tage später wird Pawlow wegen regierungsfeindlicher Umtriebe verhaftet. Seine akademische Karriere ist damit beendet.

Die Petersburger Studenten reagieren auf Pawlows Verhaftung mit Protestaktionen. Seit Beginn des Jahres 1861 sind es vor allem die Universitäten, an denen sich jene «junge Generation» formiert und artikuliert, an die sich Schelgunows Aufruf richtete. Immer öfter kommt es zu Zusammenstößen zwischen Polizei und demonstrierenden Studenten. Schon im September 1861 war ein Zug von neunhundert Studenten der Universität Petersburg – immerhin drei Viertel aller eingeschriebenen Hochschüler –, denen sich eine rasch wachsende Menge von Bürgern angeschlossen hatte, durch Petersburg gezogen, um für ein neues, von Kirche und Staat unabhängiges Universitätsstatut zu demonstrieren. In der folgenden Nacht wurden sechsundzwanzig Studenten verhaftet und in die Peter-Pauls-Festung gesperrt,[34] was zu neuen, noch massiveren Protesten führte. Längst hat sich der Staat das Heft des Handelns aus der Hand nehmen lassen.

Um den revolutionären Schwelbrand ein für alle Mal zu löschen, greift die Regierung zum letzten Mittel und schließt vorübergehend die Universität Petersburg. Doch auch diese Maßnahme will nicht verfangen. Im Mai 1862 tauchen in Petersburg und Moskau weitere Flugschriften mit dem Titel «Das junge Russland» auf, deren Radikalität sich in Inhalt und Form deutlich von den bisherigen Proklamationen unterscheidet. Das Blatt ruft unverhohlen zur Gewalt gegen den Staat und die besitzenden Klassen auf. Der einzige Ausweg aus der derzeitigen Lage sei «eine blutige und erbarmungslose Revolution, eine Revolution, die radikal und ausnahmslos sämtliche Grundlagen der gegenwärtigen Gesellschaft verändern und die Anhänger der jetzigen Ordnung vernichten muss». Zu diesen Grundlagen werden nicht nur Ökonomie und Recht, sondern auch Ehe und Familie, vor allem aber Kirche und Religion gerechnet, da sie die Menschen zwingen, an Gott zu glauben und damit «an ein inexistentes Wesen [...], an das Traumgebilde einer überhitzten Phantasie».[35]

In der Nacht vom 15. zum 16. Mai 1862 bricht an verschiedenen Orten Petersburgs Feuer aus. Die Brände halten zwei Wochen an und legen ganze Straßenzüge in Schutt und Asche. Dostojewskij ist zutiefst beunruhigt. Strachow beschreibt die Reaktion des Freundes später wie folgt:

> Ich entsinne mich, wie ich einmal mit Fjodor Michajlowitsch auf die Inseln hinausfuhr. Vom Schiff aus sah man in der Ferne Rauchwolken, die sich an drei oder vier Stellen über der Stadt erhoben [...] Dass bei diesen Feuersbrünsten Brandstiftung vorlag, war kaum zu bezweifeln, nur sind sowohl diese wie auch noch andere traurige Vorfälle jener Zeit aus irgendwelchen Gründen vollkommen unaufgeklärt geblieben.[36]

Petersburg in Flammen, Illustration aus dem französischen Magazin «L'Illustration», 5. Juli 1862

Obwohl die Ursache der Brände tatsächlich nicht ermittelt werden kann, hält sich wegen des zeitlichen Zusammenfalls mit dem Flugblatt «Das junge Russland» hartnäckig das Gerücht, die Brandstifter seien unter den revolutionären Studenten zu suchen. Die rechte Presse macht dieses Gerücht zur regierungsamtlichen Version. Demgegenüber sieht die politische Linke in den Feuersbrünsten eine Provokation der Regierung, die einen Vorwand zum schärferen Durchgreifen gegen die politische Opposition und die Studenten gesucht habe.

Dostojewskij, der sich bei seinen öffentlichen Auftritten von einer Welle der Sympathie gerade in der jungen, politisch engagierten Generation getragen weiß und den das kompromisslose Vorgehen des Staates gegen die Studenten kaum weniger beunruhigt als die Brände, wendet sich in der «Zeit» in zwei Beiträgen scharf gegen die Unterstellung, bei den Brandstiftern habe es sich um Studenten gehandelt.[37] Flugblätter wie die jüngst aufgetauchten, so Dostojewskij, verdienten angesichts ihrer intellektuellen Armut nur Spott und dürften nicht für das Werk angehender Akademiker gehalten werden. Eine pauschale Verunglimpfung der Studenten, auf denen schließlich die Hoffnung des ganzen Landes liege, vertiefe den Graben zwischen Volk und Intelligenz. Anstatt Gerüchten zu glauben, müsse ein ordentliches Gericht die Sachlage klären und herausfinden, wer für die Brandstiftung verantwortlich sei. Beiden Artikeln verweigert die Regierung die Druckerlaubnis. Auf den der Zensurstelle vorgelegten Korrekturfahnen findet sich der handschriftliche Vermerk Alexanders II.: «Von wem geschrieben?»[38] Für die Zukunft des Magazins der Brüder Dostojewskij verheißt dies wenig Gutes.

Ein fernes Echo haben die Petersburger Brände in Dostojewskijs Roman «Die Dämonen» von 1871/72 sowie im «Tagebuch eines Schriftstellers» von 1873, in dem er seine Leser an die Zeit der Proklamationen von 1862 erinnert:

> Eines Morgens fand ich an der Türklinke meiner Wohnung einen der merkwürdigsten Aufrufe, die damals verbreitet wurden [...] Der Titel lautete «An die junge Generation». Etwas Unsinnigeres und Dümmeres kann man sich nicht vorstellen. Der Inhalt war empörend, doch die Form so lächerlich, wie sie nur ein Gegner dieser Leute hätte erfinden können, um sie bloßzustellen.[39]

Noch am selben Tage, fährt Dostojewskij fort, habe er sich entschlossen, Nikolaj Tschernyschewskij, den bei der jungen Generation damals besonders einflussreichen Kritiker des «Zeitgenossen», aufzusuchen. Dabei habe er Tschernyschewskij – dem er allerdings keine direkten Kontakte zu den Verfassern der Flugschrift und den Brandstiftern unterstellt habe – gebeten, seine Popularität bei der aufmüpfigen Jugend zu nutzen und mäßigend auf sie einzuwirken. Tschernyschewskij hat die Begegnung anders in Erinnerung. Seinen Memoiren zufolge hat Dostojewskij ihm direkte Verbindungen zu den Brandstiftern unterstellt und ihn deshalb beschworen, diese zur Umkehr zu bewegen.[40]

Wenige Wochen nach dieser Begegnung verfügt die Zensurbehörde die Schließung des Journals «Der Zeitgenosse». Tschernyschewskij wird am 7. Juli 1862 verhaftet und nach zweijähriger Untersuchungshaft in der Peter-Pauls-Festung zu sieben Jahren Katorga und lebenslanger Verbannung in Sibirien verurteilt. Am 10. Juni empfiehlt die für Zensurbelange zuständige Regierungskommission, auch das Journal der Brüder Dostojewskij wegen der verbotenen Artikel über die Petersburger Brände für acht Monate zu schließen, was der zuständige Innenminister Pjotr Walujew jedoch ablehnt.[41] Dostojewskij ahnt nichts von dem Damoklesschwert, das über seinem Haupt schwebt, als er drei Tage zuvor, am Morgen des 7. Juni 1862, den Zug von Petersburg nach Berlin besteigt, um seine erste Europareise anzutreten.

Europa für Fortgeschrittene

Diesen Urlaub hatte er sich redlich verdient. Binnen zweier Jahre hat Dostojewskij Texte im Umfang von mehr als einhundert Druckbögen verfasst. Er hat seine früheren Werke überarbeitet und neu herausgegeben, hat als Redakteur der «Zeit» fremde Manuskripte lesen und lektorieren müssen, ist bei Dutzenden öffentlichen Lesungen aufgetreten und seinen Aufgaben im Literaturfonds nachgekommen, ganz zu schweigen von den mit wachsendem Ruhm immer zahlreicher gewordenen gesellschaftlichen Verpflichtungen. Diese Belastungen haben Spuren hinterlassen. Die epileptischen Anfälle, die er seit seiner Rückkehr nach Petersburg – zusammen mit Ausgaben und Einnahmen – penibel verbucht, haben deutlich zugenommen. Hinzu kommen chronische Atemwegsbeschwerden und Hämorrhoiden.

All dies ist mehr als genug für ein ärztliches Attest, das ihm «die Wasser von Bad Gastein sowie Seebäder in Biarritz» verordnet[42] und von den Behörden als Begründung für einen längeren Auslandsaufenthalt ohne weiteres akzeptiert wird. Die Zeitschrift würde, davon ist Dostojewskij überzeugt, ein paar Monate auch ohne ihn zurechtkommen. Zwar ist Michail wenig begeistert vom Vorhaben des Bruders, doch hofft er, dass sich Fjodors Ausflug nach Europa für die Zeitschrift literarisch irgendwie auszahlen werde. Abgesehen von den derzeit noch lösbar erscheinenden Problemen mit der Zensur ist die «Zeit» in diesem Jahr gut aufgestellt. 1862 zählt sie mehr als 4000 Abonnenten und steht damit auf Augenhöhe mit der Konkurrenz. Für seine Frau und ihren Sohn Pascha hat Dostojewskij vor Beginn seiner Reise vorgesorgt, indem er ihr die Verfügung über den Rest des Honorars für die Buchausgabe der «Aufzeichnungen aus einem Totenhaus» überlässt.

Seinem jüngeren Bruder Andrej teilt er am Vorabend der Reise mit, er werde allein fahren und Maria in Petersburg zurücklassen, weil für eine gemeinsame Reise die finanziellen Mittel fehlten. Zudem müsse Maria sich um ihren Sohn Pascha kümmern, der sich auf Prüfungen am Gymnasium vorbereite. Doch das ist nur die halbe Wahrheit, denn eigenen Angaben zufolge hat Dostojewskij als Mitarbeiter der «Zeit» jährlich 7000 bis 8000 Rubel verdient (11./23.12.1868) – nahezu das Vierfache von dem, was damals ein Wirklicher Geheimer Staatsrat 1. Klasse als Jahresgehalt bezieht. Dass Dostojewskij allein fährt, hat andere Gründe. Schon vor ihrer Rückkehr nach Petersburg war die Ehe mit Maria an einem toten Punkt angelangt, über den auch die Verbesserung der sozialen und materiellen Situation des Paares nicht hatte hinweghelfen können. Die beiden haben sich im Laufe der Jahre auseinandergelebt.

Am Morgen des 7. Juni 1862 besteigt Dostojewskij den Zug nach Berlin, wo er am 9. bzw. am 21. Juni unserer Zeitrechnung eintrifft.[43] Sein Reiseprogramm würde man im modernen Tourismusjargon als «City-hopping» bezeichnen. Am 22. Juni ist er in Dresden, am 23. in Frankfurt und Wiesbaden, am 24. in Heidelberg, am 25. in Mainz, am 26. in Köln. Von Frankfurt aus macht er einen halbtägigen Abstecher ins nahe Wiesbaden, um hier zum ersten Mal in seinem Leben eine Spielbank aufzusuchen, also jenen magischen Ort, der ihn seitdem jahrelang in seinen Bann ziehen wird. Reizauslöser könnte der Hinweis des von Dostojewskij mitgeführten Reiseführers «Reichard's Passagier auf der Reise in Deutschland und der Schweiz» gewesen sein, dass im «mondänen Kurort Wiesbaden» für «Hasardspiele aller Art» gesorgt sei.[44] Michail beschwört den Bruder: «Hör um Gottes willen auf zu spielen! Wozu das Schicksal herausfordern? Was wir mit dem Verstand nicht erlangen, gewährt auch das Glück uns nicht.»[45]

Doch vorerst sind diese Sorgen unbegründet. Fjodor hat Wiesbaden bereits verlassen und befindet sich auf dem Weg nach Paris, wo er am Morgen des 28. Juni eintrifft, um sich hier erstmals auf seiner Reise für mehr als vierundzwanzig Stunden einzurichten. Im Gegensatz zu Berlin, das auf ihn in seiner provinziellen Biederkeit einen irgendwie «säuerlichen, zumindest süßsauren Eindruck» macht, hat die französische Metropole einem «einfachen Touristen» wie ihm allerhand zu bie-

Spielsaal im Kurhaus zu Wiesbaden (um 1870)

ten. Trotzdem beschreibt er die Stadt als «unglaublich langweilig». Das freilich liegt nicht an Paris, sondern daran, dass Dostojewskij, wie Strachow feststellt, einfach «kein Meister im Reisen war; ihn interessierte weder die Natur besonders noch historische Sehenswürdigkeiten noch Kunstwerke, außer vielleicht die allergrößten».[46]

Am 12. Juli macht Dostojewskij von Paris aus einen einwöchigen Abstecher nach London, wo er den berühmten Kristallpalast besichtigt und mehrfach Alexander Herzen in dessen nahe der Paddington-Station gelegenen Villa seine Aufwartung macht. Hier geben sich seit einem Jahrzehnt russische Reisende wie Turgenjew, Tschernyschewskij und Tolstoj, aber auch prominente englische Gäste wie Dickens, Trollope und Carlyle die Klinke in die Hand. «Gestern war Dostojewskij hier», schreibt Herzen nach Dostojewskijs erstem Besuch. «Er ist ein naiver, etwas unklarer, aber sehr netter Mensch. Glaubt enthusiastisch ans russische Volk.»[47]

Nach Paris zurückgekehrt, reist Dostojewskij Ende Juli über Köln und das Rheintal weiter in die Schweiz. In Genf stößt Anfang August

Nikolaj Strachow zu ihm, mit dem er sich von Paris aus verabredet hat. Aus Sorge, ihn zu verpassen, hatte Dostojewskij dem Freund genau beschrieben, welche Nachrichten er jeweils wo hinterlassen solle, damit man sich nicht verfehle. Solche Vorsichtsmaßnahmen erweisen sich als überflüssig. Strachow findet den Freund sehr schnell, indem er zielstrebig die Cafés am Quai du Montblanc ansteuert und gleich im ersten fündig wird. Auch in Zukunft werden Kaffeehäuser der bevorzugte Aufenthaltsort von «Monsieur Théodore Dostoïevsky» sein, wie er sich in Europa nennt, vor allem solche, in denen, wie in Genf, russische Zeitungen ausliegen.

Ende Juli reisen die Gefährten nach Florenz, wo sie für anderthalb Wochen in der Hotelpension «Suisse» an der im historischen Zentrum gelegenen Via Tornabuoni absteigen. Während Strachow die Uffizien, den Dom, die Loggia dei Lanzi und die Boboli-Gärten besucht, verbringt Dostojewskij die meiste Zeit im Cabinet Vieusseux, einer Lesehalle an der nahen Piazza Santa Trinità mit einem reichen Angebot an ausländischen Periodika, darunter auch russischen Zeitungen. Wenn das Kabinett am Nachmittag die Pforten schließt, setzt Dostojewskij seine Lektüre in der Pension «Suisse» mit Victor Hugos unlängst erschienenem Bestseller «Les Misérables» fort, dessen Bände er nach der Lektüre sogleich an Strachow weitergeben muss. Dostojewskij erkennt in Hugos Roman sein eigenes Interesse an den Erniedrigten und Beleidigten dieser Welt wieder. Hugo wird für ihn zu einer literarischen Schlüsselfigur des 19. Jahrhunderts, weil er die Idee der «Wiederaufrichtung des gescheiterten Menschen» in den Mittelpunkt seines Schaffens gestellt habe.[48]

Auch Strachow ist von Hugos Roman angetan. Aber er findet, dass man als Tourist in Florenz Sinnvolleres tun könne, als russische Zeitungen und französische Romane zu lesen. Nur ein einziges Mal gelingt es ihm, den Gefährten zu einem Besuch der Uffizien zu bewegen, wo Dostojewskij jedoch, sichtlich genervt, bald zum Aufbruch drängt. Die beiden verlassen die Galerie, «ich glaube, noch bevor wir zur Venus von Medici gekommen waren».[49] So wie die Straßen von Berlin und Genua ihn an die Prospekte der russischen Hauptstadt erinnern, findet Dostojewskij, dass der Arno der Petersburger Fontanka gleicht. In allem, was ihm in der Fremde begegnet, meint er Dinge zu sehen, die ihm entweder längst bekannt sind oder ihm im Gegenteil so abartig und absurd erscheinen, dass er sich nicht auf sie einlassen muss.

Mitte August trennen sich die beiden. Während Strachow nach Paris weiterfährt, tritt Dostojewskij die Heimreise nach Petersburg an, wo er am 5. September eintrifft und sich sogleich in die Arbeit stürzt, also in die Vertextung seiner Reiseeindrücke. Das Resultat sind die in der Februar- und Märznummer der «Zeit» 1863 erscheinenden «Winternotizen über Sommereindrücke», die einen neuen, zwischen Reportage und Essay oszillierenden Stil Dostojewskijs ankündigen, der fortan zu seinem publizistischen Markenzeichen wird.

Der Titel des Werks spielt auf die Eingangsverse von Shakespeares «Richard III.» an. Während sich dort der «Winter unseres Missvergnügens» in einen «glorreichen Sommer» verwandelt, ergreift bei Dostojewskij ein Erzähler das Wort, der seine sommerlichen Reiseeindrücke auf winterliches Missvergnügen umstimmt. Seine Übellaunigkeit gilt dabei weniger Europa als einer Bewunderungstradition der russischen Eliten, an deren Anfang Peter der Große steht. Als «Zar und Zimmermann» war Peter demonstrativ bei Europa in die Lehre gegangen, um in Holland das Handwerk des Schiffbauers zu erlernen. Peters Nachfolgerin Katharina die Große hatte dem bankrotten Denis Diderot seine Bibliothek abgekauft und sich damit als erste Leserin der französischen Aufklärung inszeniert. Nikolaj Karamsin, der spätere Hofhistoriograph Alexanders I., war 1791/92 in Europa auf den Spuren von ihm verehrter Geistesgrößen gewandelt, hatte in Königsberg mit Kant, in Weimar mit Wieland und Herder, in Zürich Umgang mit Lavater gepflegt und am Genfersee in Erinnerungen an Rousseau geschwelgt («Heute früh um 5 Uhr verließ ich Lausanne in der heitersten Stimmung – Rousseaus ‹Neue Heloise› in der Hand»[50]). Jahrzehntelang galt Karamsins in seinen «Briefen eines russischen Reisenden» (1791/92) verewigte Tour durch Deutschland, die Schweiz, Frankreich und England als Norm der Europareise. Russische Europatouristen führten die «Briefe» im Handgepäck mit und pflegten ihre eigenen Eindrücke mit denen Karamsins zu vergleichen.[51] Erst vor diesem Hintergrund wird die polemische Dimension der «Winteraufzeichnungen» mit ihrer Absage an Karamsins Attitüde des «europäisierten Russen» deutlich.[52] Dostojewskij sieht in dieser Attitüde eine peinliche Unterwerfungsgeste. Als besonders würdelos empfindet er das Verhalten jener reisenden Landsleute, die schon im ostpreußischen Eydtkuhnen, also kurz hinter der russischen Grenze, «unglücklichen kleinen Hunden frappierend gleichen, die ihr Herrchen verloren haben und aufgeregt hin und her rennen». Der Vergleich zeigt, worum es Dostojewskij geht: nicht um Ignoranz oder Bildungsfeindlichkeit, sondern um das Selbstbewusstsein der Russen, um die Überwindung ihres jahrhundertealten Minderwertigkeitskomplexes gegenüber Europa und um die Entwicklung eines Bewusstseins vom kulturellen Wert der eigenen Nation.

Aus diesem Grund wird Europa durchgehend aus der Perspektive eines «winterlichen Missbehagens» vermittelt, die das russische Klischee von der kulturellen Überlegenheit Westeuropas konterkariert. So wird alles abgelehnt, was mit deutscher Kultur zusammenhängt und im Russland Nikolajs I. nur deshalb als vorbildlich gegolten hatte, weil es deutsch war. Zu den im buchstäblichen Sinne deutschen «Vor-Bildern» gehört der Kölner Dom, dessen Architektur Dostojewskij an der Petersburger Ingenieurschule ausgiebig hatte studieren müssen, woraus sich erklärt, warum als Randzeichnungen seiner Manuskripte immer wieder gotische Spitzbögen, Rosetten und Blendarkaden auftauchen. In den «Winternotizen» wird die Zentralkirche des deutschen Katholizismus erbarmungslos geschändet: «Er kam mir vor wie geklöppelte Spitze, Spitze und noch mal Spitze, wie ein Artikel aus einem Galanteriewarengeschäft in der Art eines hundertfünfzig Meter hohen Briefbeschwerers». Die Verzwergung eines Bauwerks, auf das die Deutschen im 19. Jahrhundert besonders stolz waren, stellt die Umkehrversion des gigantischen «Vernunftkerkers» dar, zu dem Heine den Kölner Dom in «Deutschland. Ein Wintermärchen» (1844) gemacht hat: «Er sollte des Geistes Bastille sein, / Und die listigen Römer dachten: / In diesem Riesenkerker wird / Die deutsche Vernunft verschmachten!»

Für die Schweiz hatte Dostojewskij in seinem Reiseplan anderthalb Wochen vorgesehen. Doch die von anderen russischen Reisenden in höchsten Tönen gepriesene Pracht der Schweizer Berge und Seen scheint spurlos an ihm vorübergegangen zu sein. Für Italien gilt ein Gleiches. Dies liegt weniger an Dostojewskijs eher unterentwickelter Empfänglichkeit für landschaftliche Reize als daran, dass weder Deutschland noch die Schweiz und auch nicht das vorher so heiß ersehnte Italien eigentliches Ziel seiner Reise ist. Eigentlich will er nur nach Frankreich, dessen Sprache er ungleich besser beherrscht als Deutsch und Italienisch, und vor allem Paris, das ihm dank der Werke Victor Hugos, Eugène Sues und Honoré de Balzacs fast so vertraut ist wie Sankt Petersburg.

Das Paris des Jahres 1862 aber ist kein magischer Ort mehr für ihn. Nicht nur weil es die Wiege derselben sozialistischen Ideen war, denen er inzwischen abgeschworen hat, sondern auch deshalb, weil es als Metropole des modernen Kapitalismus für eine Gesellschaftsform steht, die Dostojewskij genauso ablehnt wie den Sozialismus. Weit mehr noch als in den Romanen Balzacs erweist sich das Paris des Second Empire als «Quelle und Keim jener bourgeoisen Ordnung [...] die jetzt die ganze Welt beherrscht». Im Katechismus der siegreichen Bourgeoisie gilt als erste Regel, «dass Geld die höchste Tugend und Pflicht eines Menschen ist». Was Dostojewskij wahrnimmt, ist das Paris des Georges-Eugène Hausmann, der die französische Hauptstadt seit einem Jahrzehnt zu einer Bühne des Industriezeitalters und des Großbürgertums umformt. Es ist das Paris der Passagen, der großen Bahnhöfe und Boulevards, der Weltausstellungen und der Operette Jacques Offenbachs, dieser «ironischen Utopie einer dauerhaften Herrschaft des Kapitals».[53] Der ganze inszenierte Wohlstand, die Perfektion aller Einrichtungen des öffentlichen Raumes, der Komfort als höchstes Lebensprinzip – zumindest «für jene, die das Recht auf Komfort haben» – all dies bringt Dostojewskij zu dem spöttischen Resümee:

> Was für eine Ordnung! Was für eine Vernünftigkeit! Was für wohlberechnete und auf Dauer gestellte Verhältnisse; wie abgesichert und vorliniiert alles ist; wie zufrieden alle sind; wie sehr sich alle davon zu überzeugen suchen, dass sie zufrieden und vollkommen glücklich sind ... und ... und an diesem Punkt sind sie stehengeblieben. Weiter voranschreiten kann man nicht.

Zum ersten Mal taucht hier das Bild vom Ende der Geschichte als einer in Dostojewskijs Kulturmodell zentralen Denkfigur auf. Damit ist kein positiver Abschluss der Geschichte gemeint wie in der Denktradition von Hegel bis Francis Fukuyama, sondern die Preisgabe der heilsgeschichtlichen Erwartungen des Christentums zugunsten einer auf

Profit- und Lustmaximierung beschränkten Welt, die Dostojev als «irdisches Paradies», mal als «Ameisenhaufen», mal als «T zu Babel» bezeichnet. Der einzige Entwicklungsschritt, der die in der sich alle Widersprüche in eine «Windstille der Ordnung lösen scheinen, noch bevorsteht, ist ihre Verwandlung ins reine Idyll: «In der Tat, nur noch ein Weilchen, und Paris mit seinen anderthalb Millionen Einwohnern wird sich in ein in Windstille erstarrtes deutsches Universitätsstädtchen verwandeln, zum Beispiel in der Art Heidelbergs.»

Das von anderen Europareisenden des 19. Jahrhunderts in den höchsten Tönen gepriesene Heidelberg[54] wäre demnach für eine Gesellschaft so etwas wie die Höchststrafe. Anders als der Rousseau-Schüler Lew Tolstoj verabscheut Dostojewskij die Idylle als steriles, lebensfernes, ja letztlich lebensfeindliches Gesellschaftsmodell. Die Idylle verdanke sich dem Rückzugsbedürfnis der Bourgeoisie aus der Stadt in grüne Oasen. Zugleich sei sie Resultat einer spezifisch bürgerlichen Besitzgier, die, mit Erich Fromm, nur das zu genießen erlaubt, was man hat, nicht aber das, was man ist:[55]

> Deshalb kauft der Bourgeois, wenn er sich vom Geschäftsleben zurückzieht, mit Vorliebe irgendwo ein Stück Land, baut sich ein eigenes Haus, legt einen eigenen Garten an, umgeben von seinem eigenen Zaun, mit eigenen Hühnern und eigener Kuh. Und auch wenn das alles nur in mikroskopischem Maßstab existiert, gleichviel – der Bourgeois schwelgt in kindlichstem, rührendstem Entzücken. «*Mon arbre, mon mur*», versichert er unablässig sich selbst und jedem, den er zu sich einlädt, und wiederholt dies bis ans Ende seiner Tage. Denn auf eigenem Grund *se rouler dans l'herbe* ist für ihn am allersüßesten.

Zur gallophoben Tradition der russischen Literatur des 18. Jahrhunderts gehört der Gemeinplatz, dass Paris ein Pfuhl der Sünde sei, zu dem man zwecks Ausbildung seines Verstandes als russisches Ferkel pilgere, um als voll ausgebildetes Schwein wieder nach Russland zurückzukehren.[56] Dostojewskij kehrt diesen Topos um, indem er Paris zum Inbegriff der Ordnung, des Anstands und einer demonstrativen, wenn auch bigotten Tugend macht.

Die Schattenseite der bürgerlichen Ordnung offenbart sich ihm wenig später in London als eine Metropole der grandiosen Widersprüche. Auf der einen Seite Glanz und Glamour der City, die großen Bankhäuser und Handelskontore – auf der anderen Seite das Elend von Whitechapel und Haymarket, die freudlosen Vergnügungen der Masse, Verbrechen, rohe Gewalt, Alkoholismus, Prostitution und bitteres Elend. Mit wenigen Strichen gelingen Dostojewskij Bilder der englischen Hauptstadt, die an Eindrücklichkeit den London-Bildern eines Friedrich Engels oder Charles Dickens nicht nachstehen und als «mächtigste zivilisationskritische Vision des 19. Jahrhunderts» bezeichnet wurden:[57]

> Schon äußerlich was für ein Unterschied zu Paris! Diese Tag und Nacht ruhelose und wie ein Meer unermesslich große Stadt, dieses Pfeifen und Heulen der Maschinen, diese über die Häuser (und bald auch unter ihnen) hinwegjagenden Züge, dieser kühne Unternehmergeist, diese scheinbare Unordnung, die letztlich eine bürgerliche Ordnung auf höchster Stufe ist, diese vergiftete Themse, diese von Steinkohlebrand verpestete Luft, diese üppigen Squares und Parks, diese schrecklichen Ecken der Stadt wie Whitechapel mit seiner halbnackten, wilden und hungernden Bevölkerung, und die City mit ihren Millionen und dem Welthandel, der Kristallpalast, die Weltausstellung ... Ja, die Weltausstellung hat etwas Frappierendes. Man spürt die furchtbare Kraft, die diese zahllosen Menschen aus aller Herren Länder zu einer einzigen Herde zusammengetrieben hat; man erkennt darin einen titanischen Gedanken; man spürt, dass hier etwas schon an sein Ziel gekommen ist, ein Sieg errungen wurde, ein Triumph [...] «Sollte dies tatsächlich das erreichte Ideal sein?», denkt man sich. «Ist das nicht das Ende und tatsächlich die *eine Herde?*» [...] Das erinnert an ein Bild aus der Bibel, etwas von Babylon, eine Prophezeiung aus der Apokalypse, die sich offensichtlich erfüllt hat. Und man spürt, dass es viel geistiger Gegenwehr und Verneinung bedarf, um standzuhalten und dem Augenschein nicht zu erliegen, sich nicht vor der Tatsache zu beugen und Baal nicht zu vergöttern, also das Wirkliche nicht für das Ideal zu halten ...

Dostojewskijs scharfer Blick erfasst, wie sehr gerade die Weltausstellungen des 19. Jahrhunderts eine neue Epoche repräsentieren. Sie waren eine Selbstfeier des Industriezeitalters, auf der «ungebrochener Fortschrittsglaube, die Aufbruchstimmung der Gründerzeit, die Hoffnungen auf die Segnungen der liberalen Wirtschaftsordnung – Freihandel und uneingeschränkter Wettbewerb – und grenzenloses Vertrauen in die Möglichkeiten von Technik und Industrie» zueinanderfanden.[58]

Albert von Sachsen-Coburg und Gotha, Prinzgemahl Königin Victorias und Spiritus Rector der Weltausstellung von 1851, hatte bei deren Eröffnung der Zuversicht Ausdruck verliehen, dass nunmehr «jenes große, von der Geschichte überall angedeutete Ziel» in greifbare Nähe gerückt sei, «nämlich die Vereinigung des Menschengeschlechts».[59] Was Prinz Albert als höchstes Ziel der Geschichte begreift, ist für Dostojewskij die Schreckensvision vom gesichtslosen «universalen Allgemeinmenschen». Der von der Weltausstellung auf den Horizont der Geschichte projizierten Kosmopolis «fehlt der Boden, es fehlt das Volk. Nationalität ist nur noch ein bestimmtes Steuersystem, die Seele eine Tabula rasa, ein Stück Wachs, aus dem man im Handumdrehen einen richtigen Menschen formen kann, den universalen Allgemeinmenschen, einen Homunkulus; man braucht dazu nur die Früchte der europäischen Zivilisation anzuwenden und zwei, drei Bücher zu lesen.»

Die teils satirischen, teils apokalyptischen Bilder von Paris und London sollen den Landsleuten in der historischen Schwellensituation Russlands zu Beginn der sechziger Jahre des 19. Jahrhunderts eine Warnung vor Fehlentwicklungen sein, wie Westeuropa sie unter der Herrschaft der Bourgeoisie und des Kapitals unumkehrbar eingeschlagen hat. Als deren fatalste gilt Dostojewskij das Prinzip «Nach mir die Sintflut!» (Après moi le déluge), das dem Brüderlichkeitspostulat der Französischen Revolution Hohn spricht und von dem auch Karl Marx wenig später erklären wird, dies sei «der Wahlruf jedes Kapitalisten und jeder Kapitalistennation»[60]. Schon ganz in der Tradition des slawophilen Denkens, stellt er dem Individualismus des Westens auf russischer Seite ein «instinktives», natürliches Bedürfnis nach Gemeinschaft, Eintracht und Brüderlichkeit gegenüber. Die hier nur skizzenhaft umrissene Kritik an Kapitalismus und bürgerlicher Gesellschaft, Fortschrittsglauben und moderner Konsumgesellschaft wird Dostojewskij im folgenden Werk immer weiter entfalten, vertiefen, variieren, zum Teil auch modifizieren. Insofern markieren nach der mit dem «Totenhaus» abgeschlossenen «sibirischen Periode» schon die in der Forschung als Reiseliteratur oft unterschätzten «Winteraufzeichnungen» eine neue Phase in Dostojewskijs Schaffen.

Neue Krisen

Im Januar 1863 bricht in dem von Russland annektierten Teil Polens ein Aufstand aus, den russische Truppen erst nach Monaten unter Kontrolle bringen können. Die Presse reagiert unterschiedlich auf diese Ereignisse. Während Herzens Journal «Die Glocke» (Kólokol) erwartungsgemäß Partei für die polnische Seite ergreift, verlangt Michail Katkows konservativer «Russischer Bote» drakonische Maßnahmen gegen die Insurgenten. Das Verhältnis zwischen Polen und Russland, so Katkow, sei eine «Schicksalsfrage». Entweder Russland oder Polen! Angesichts ihrer tiefgreifenden kulturellen Unterschiede sei eine friedliche Koexistenz beider Länder unmöglich.[61]

Im April bezieht Nikolaj Strachow in der «Zeit» mit dem Beitrag «Eine Schicksalsfrage» Stellung zum Polenkonflikt. Statt auf die militärische Karte zu setzen, solle Russland im Konflikt mit Polen als einem kulturell zu Westeuropa gehörenden Land, das auf seine zivilisatorischen Errungenschaften stolz sein könne, seine überlegenen geistigen Werte ausspielen. Mehr als die Stärke seiner Waffen gehöre dazu die Fähigkeit zur Überwindung des borniert-nationalen Denkens zugunsten jenes universellen, allgemein menschlichen Prinzips, das der «Theorie der Bodenständigkeit» und ihrem Kerngedanken, der «russischen Idee», zugrundeliege.

Strachows Thesen überschätzen im ideologisch aufgeheizten Klima dieser Wochen das Differenzierungsvermögen des rechten Lagers und der Zensur. Am 24. Mai verfügt das Innenministerium die sofortige, unbefristete Einstellung des Magazins «Die Zeit» wegen des «im höchsten Grade anstößigen und empörenden Inhalts [von Strachows Artikel] bezüglich der Vorgänge in Polen, der allen Handlungen der Regierung und allen patriotischen Gefühlen und Erklärungen zuwiderläuft».[62] Die Härte dieser Sanktion erscheint umso absurder, als damit ein politisch absolut loyales Blatt für einen allenfalls missverständlich formulierten Beitrag mit einem Totalverbot belegt wird, während Nekrassows viel kritischerem «Zeitgenossen» ein Jahr zuvor nur eine Zwangspause von acht Monaten verordnet worden war. Vermutlich haben weniger Strachows Ausführungen als die damals von der Zensur unterdrückten kritischen Artikel Dostojewskijs über die hochschulpolitische Reaktion der Regierung auf die Petersburger Brände zur Schließung der «Zeit» geführt. Bezeichnenderweise begründet der Innenminister die Einstellung auch mit der insgesamt «schädlichen Tendenz dieser Zeitschrift».

Dostojewskij nimmt das Verbot der «Zeit», das ihn und Michail der gemeinsamen Existenzgrundlage beraubt, gelassener hin, als zu erwarten wäre. Noch geht er davon aus, dass die Sanktion nur vorübergehender Art sei. Zudem trägt er sich wieder mit Reiseplänen. Schon im April 1863 hat er dem Innenministerium ein Attest seines Hausarztes vorgelegt, das «dem Leutnant a. D. Fjodor Michajlowitsch Dostojewskij bescheinigt, an Epilepsie zu leiden [...] und zur Heilung dieser Krankheit der Anwendung von Seebädern im Ozean» zu bedürfen.[63] Iwan Turgenjew, den er in einem Brief nach Baden-Baden vom Verbot der «Zeit» unterrichtet, teilt er mit: «Eigentlich fahre ich [...] nach Berlin und Paris nur, um Spezialisten für Epilepsie zu konsultieren (Trousseau in Paris, Ramberg in Berlin).» (17. 6. 1863) Der «eigentliche» Grund jedoch ist ein anderer: In Paris gibt es eine Frau, mit der er seit einigen Monaten ein Verhältnis hat. Dass sich seine Ehe mit Maria Dmitrijewna in einer Dauerkrise befindet, ist unter Freunden und Bekannten ein offenes Geheimnis.

Die Frau, die jetzt, im Sommer des Jahres 1863, in Paris auf ihn wartet, heißt Apollinaria Suslowa und ist achtzehn Jahre jünger als Dostojewskij. Wann und unter welchen Umständen sich die beiden kennengelernt haben, ist unklar. In der Mai-Ausgabe der «Zeit» von 1861 war die Erzählung einer unbekannten Autorin erschienen, die sich hinter dem Kürzel «A. S.» verbarg. Das Werk mit dem etwas rätselhaften Titel «Inzwischen» war literarisch so dürftig, dass sich die Leser gefragt haben müssen, wie dieser Text auf die Seiten einer Zeitschrift gelangen konnte, in deren aktueller Ausgabe renommierte Autoren wie Alexander Ostrowskij, Apollon Majkow, Nikolaj Nekrassow, Dmitrij Grigorowitsch und Fjodor Dostojewskij vertreten waren.

Es ist denkbar, dass Apollinarija den Autor schon Ende 1860 nach einer seiner öffentlichen Lesungen angesprochen, ihm ihre Bewunderung ausgedrückt und eigene literarische Ambitionen angedeutet hatte, woraufhin der geschmeichelte Autor sie in die Redaktion seiner Zeitschrift eingeladen haben mag. Dem ersten Treffen waren an wechselnden Orten weitere, zunehmend intime gefolgt. Aus Apollinarijas schwärmerischer Bewunderung für den berühmten Autor und aus dessen Sympathie für eine junge Leserin mit literarischen Ambitionen war ein intimes Verhältnis bzw. das geworden, was Apollinarija später verächtlich «eine Beziehung» nennen wird.

Apollinarija Prokofjewna Suslowa war eine typische Vertreterin jener legendären «Sechziger»-Generation, die nach dem Ende der Ära Nikolajs I., durchdrungen von einem neuen Lebensgefühl und nicht selten mit überzogen utopischen Erwartungen, die gesellschaftliche Erneuerung Russlands anstrebte – nicht irgendwann, sondern jetzt, sofort, auf der Stelle. Nach der Bauernbefreiung hatte die Frauenfrage auf der Agenda der «Sechziger» höchste Priorität, galt sie doch als Lackmustest für die Bereitschaft der politischen Administration Alexanders II. zu einer echten Liberalisierung der Gesellschaft. Unter dem Einfluss der gerade beim weiblichen Lesepublikum erfolgreichen Romane George Sands, die in den vierziger Jahren auch Dostojewskij verschlungen hatte, geraten in den 1860er Jahren geheiligte Institutionen wie Ehe und Familie – für die orthodoxe Kirche noch immer Keimzelle und Fundament eines intakten Gemeinwesens – ins Fadenkreuz der Kritik. Welchen Sinn, fragt die junge Generation, kann eine Ehe haben, die nicht auf wechselseitiger Zuneigung, sondern auf materiellem Kalkül oder Gewohnheit beruht? Und wie human kann eine Gesellschaft sein, in der noch immer ein Sprichwort aus der Zeit Iwans des Schrecklichen zirkuliert: «Das Huhn ist kein Vogel, das Weib kein Mensch»? Alexander II. lässt Sekundarschulen für Mädchen einrichten und gestattet erstmals Frauen als Hörerinnen den Zutritt zur Universität, wenn auch ohne Immatrikulationsrecht. Zu den bildungsbeflissenen jungen Frauen, die jetzt in die Hörsäle drängen, gehören auch Apollinarija Suslowa und ihre Schwester Nadeschda, die später als erste russische Ärztin in die Wissenschaftsgeschichte eingehen wird.

Als Kinder eines ehemaligen Leibeigenen, der sich zum Besitzer einer Textilfabrik emporgearbeitet hatte, haben die Suslow-Töchter eine qualifizierte Ausbildung erhalten wie sonst nur Sprösslinge des höheren Adels. Zudem verfügen die Schwestern über finanzielle Mittel, die ihnen ein unabhängiges Leben in der Hauptstadt und in Europa ermöglichen. Während Nadeschda als Schülerin des berühmten Physiologen Iwan Setschenow beharrlich ihr medizinisches Berufsziel verfolgt und 1867 in Zürich in Medizin promoviert wird, träumt «Polina» von einer literarischen Karriere. Offensichtlich ist Dostojewskij bereit, diese zu fördern. Im März 1863 erscheint in seiner Zeitschrift unter dem Titel «Vor der Hochzeit» eine weitere Erzählung aus Apollinarijas Feder, die künstlerisch kaum auf höherem Niveau steht als ihr Debütwerk «Inzwischen». Gerade weil beide Texte technisch so unbeholfen und naiv sind und das Wertesystem ihrer weiblichen Hauptfiguren offensichtlich identisch ist mit dem der Autorin, geben sie Aufschluss über deren Ideen- und Gefühlswelt.

Die Heldinnen beider Erzählungen liegen im Konflikt mit den Rollenerwartungen ihrer Zeit. Sie streben nach Unabhängigkeit und Selbstverwirklichung und widersetzen sich einer Ehe, die für die Frau bestenfalls ein «mehr oder weniger einträgliches Geschäft» ist. Beide verstehen sich als Repräsentantinnen einer neuen Generation «von Menschen mit gesunden Vorstellungen und neuen Anschauungen»[64], die gegen die Erziehungsdressur von Töchtern aus besserem Hause aufbegehren und in der Gesellschaft einen eigenen Platz jenseits eingespielter weiblicher Rollenmuster beanspruchen. Sie scheitern jedoch zuletzt an der Prosa der Verhältnisse.

Das einzige erhaltene Foto von Apollinarija aus den frühen sechziger Jahren zeigt eine junge Frau mit breitem, noch backfischhaftem Gesicht, starken, dunklen Augenbrauen und einer modischen, für die emanzipierte weibliche Jugend dieses Jahrzehnts typischen Kurzhaarfrisur. Der starr auf einen Punkt neben der Kamera gerichtete Blick und die leicht verkrampfte Haltung von Armen und Händen lässt auf eine deutlich geringere Bereitschaft zur Pose schließen als seinerzeit das Porträtfoto der Maria Issajewa, die selbstbewusst und mit kokett gespitzten Lippen in die Kamera blickte. Apollinarijas energischer Mund und die unweiblich zur Faust geballte linke Hand verraten Zielstrebigkeit und Durchsetzungsvermögen. Beides passt nicht recht zu dem Dulderinnenantlitz, das Apollinarija der Heldin ihrer dritten, am offensichtlichsten autobiographisch gefärbten Novelle «Die Fremde und ihr Mann» verleiht: «Auf diesem Gesicht lag, wenn auch nicht für jedermann sichtbar, ein tiefer Abdruck jenes schicksalhaften Fanatismus, der die Gesichter von Madonnen und christlichen Märtyrerinnen kennzeichnet.»[65]

Obgleich Apollinarija keine so auffallende Schönheit wie Maria Issajewa war, hat sie nicht nur Dostojewskij, sondern auch vielen anderen

Apollinarija P. Suslowa (Foto aus den 1870er Jahren)

Männern den Kopf verdreht, zuletzt dem sechzehn Jahre jüngeren Dichterphilosophen und Dostojewskij-Schüler Wassilij Rosanow, den sie 1880 heiraten und in einem zermürbenden Rosenkrieg an den Rand des Wahnsinns treiben wird. Dostojewskijs Tochter Ljubow, die an keiner Beziehung ihres Vaters ein gutes Haar lässt, macht später aus Apollinarija eine nymphomane Salonsozialistin: «Damals war die freie Liebe Mode geworden. Jung und hübsch, folgte Polina eifrig dem Zug der Zeit, trieb sich im Dienste der Venus von einem Studenten zum anderen und glaubte so der europäischen Zivilisation zu dienen.»[66]

Dieses Bild der Suslowa ist zeitgenössischen Karikaturen der «émancipée» geschuldet und hat mit der Wirklichkeit wenig zu tun. Apollinarija war keine Femme fatale. Was Dostojewskij an ihr faszinierte, war neben ihrer jugendlichen Anmut eine Mischung aus «naiver Schwärmerei und Nüchternheit»[67], aus Idealismus und Aktionismus, der die «Sechziger» kennzeichnete und sich deutlich von den aktionsgehemmten Melancholikern einer älteren Generation literarischer Helden unterschied wie etwa Puschkins Eugen Onegin, Lermontows Petschorin oder Turgenjews Rudin.

Irr- und Leidenswege einer «Beziehung»

Seit dem Frühjahr 1863 also wartet «Polja», wie er sie in seinen Briefen nennt, in Paris auf Dostojewskij, dessen Abreise sich wegen der Turbulenzen, in die sein Journal im Mai gerät, verzögert. Erst im Juli gelingt es ihm, die für die Reise erforderlichen Geldmittel aufzutreiben. Da die Herausgeber der «Zeit» nach dem Erscheinungsverbot des Magazins keine Kredite mehr bekommen, gewährt ihm der Literaturfonds ein Darlehen in Höhe von 1500 Rubel, das er sich verpflichtet bis Februar 1864 zurückzuzahlen. Dostojewskij bringt seine lungenkranke Frau, deren Leiden sich in den letzten Monaten stark verschlechtert hat, des trockeneren Klimas wegen in die zentralrussische Stadt Wladimir, dann tritt er Mitte August seine zweite Europareise an.

Anstatt die französische Hauptstadt auf kürzestem Wege anzusteuern, legt er einen viertägigen Zwischenstopp im Wiesbaden ein, wo er schon ein Jahr zuvor, wenn auch erfolglos, sein Glück im Roulette versucht hatte. Diesmal gewinnt er auf einen Schlag 10 400 Franken, die er mit dem festen Vorsatz, am nächsten Tag abzureisen, in sein Hotelzimmer, dann aber wieder zurück ins Kasino trägt, um sie zur Hälfte zu verspielen. Von der verbliebenen Summe schickt er 300 Rubel seiner Schwägerin Warwara Konstant nach Petersburg mit der Bitte, das Geld für seinen Stiefsohn und für Maria aufzubewahren, um deren Gesundheit er sich «schreckliche Sorgen» mache (27. 8. 1863).

Während er Wiesbaden hinter sich lässt und Kurs auf Frankreich nimmt, ahnt er nicht, dass die seelischen Konflikte der jungen Frau, mit der er verabredet ist, nicht geringer sind als seine eigenen. Seit sie allein in Paris lebt, sind Apollinarija Zweifel an ihrer Beziehung zu Dostojewskij gekommen, von dem sie sich in den Monaten vor ihrer Abreise weniger als Geliebte denn als Mätresse behandelt fühlte. Was sie als «Sechzigerin» stört, ist nicht die intime Bindung an einen verheirateten Mann, sondern die Tatsache, dass daraus im Laufe der Zeit ein mehr oder weniger mechanisches Verhältnis geworden ist, das sich weder mit ihrem Selbstbewusstsein als Frau noch mit ihrer Vorstellung von Liebe verträgt.

In einem langen, nie abgeschickten Brief wirft sie ihrem Liebhaber vor, sich zu «verhalten wie ein seriöser, sehr beschäftigter Mann, der seine Pflichten kennt und dabei nicht vergisst sich zu amüsieren, es vielmehr als nötig erachtet, sich zu amüsieren, weil irgendein großer Arzt oder Philosoph meint, man solle sich einmal im Monat betrinken»[68]. Von Dostojewskij hatte sie sich den Austausch mit einem Menschen versprochen, den sie sich ähnlich edel vorstellte wie die Helden seiner Werke. Ohne seelischen und moralischen Mehrwert schrumpft Liebe für Apollinarija zur «Beziehung» bzw. zu dem, was nach Kants spröder Definition das Wesen einer «Geschlechtsgemeinschaft» ausmacht, nämlich den «wechselseitigen Gebrauch, den ein Mensch von eines anderen Geschlechtsorganen und Vermögen macht».[69] Reduziert auf ein solches «commercium sexuale», unterscheidet sich die Beziehung zu Dostojewskij nicht mehr von jenem traditionellen Geschlechter- und Eheverhältnis, das die Sechziger-Generation gerade überwinden will.

Dostojewskij beschwört Apollinarija, sich ihrer Liebe nicht zu schämen, und meint damit offensichtlich die exzessiv körperliche Seite ihres Verhältnisses.[70] Mit seinen vierzig Jahren ist Dostojewskij sexuell erfahrener, man könnte auch sagen: abgebrühter als seine Geliebte. Zudem prägt ihn eine ungewöhnlich starke Sinnlichkeit, von der sich die noch unerfahrene Apollinarija zugleich angezogen und abgestoßen fühlt. Dass dies im 19. Jahrhundert kein persönliches Problem Apollinarijas ist, legt Nietzsches Betrachtung «Von der weiblichen Keuschheit» in «Ecce Homo» nahe. Der Schock, so Nietzsche, den Frauen in ihrer ersten Ehezeit durch die «unerwartete Nachbarschaft von Gott und Tier» im Manne erführen, zwinge sie, für normal zu halten, was die Erziehung ihnen bis dahin als «das Böse» schlechthin vorgestellt habe.[71] Für Apollinarija ist so auch Dostojewskij in zwei inkompatible Rollen gespalten. Als Verfasser hochmoralischer Texte, in denen er Prostitution, Wollust und käufliche Ehe geißelt, verkörpert er für sie «das höchste Ideal», als Liebhaber dagegen «die trübe, die schwere, die sinnliche Seite» des Eros und in diesem Sinne «das Tier».[72]

Im Sommer 1863 hat Apollinarija noch einen ganz anderen Grund,

Dostojewskijs Ankunft mit gemischten Gefühlen entgegenzusehen. In Paris hat sie sich Hals über Kopf in einen schmucken Spanier verliebt, der an der Sorbonne Medizin studiert. Salvador, wie der Jüngling heißt, scheint jener Typ des Latin Lovers gewesen zu sein, der gerade auf russische Frauen unwiderstehlich wirken soll.[73] Allerdings gerät auch diese Beziehung bald in eine Schieflage. Als der junge Mann festgestellt hat, dass Apollinarija es mit der Liebe deutlich ernster ist als ihm, tritt er den Rückzug an. Er hält Verabredungen nicht ein, lässt sich verleugnen, beantwortet ihre Briefe nicht mehr. Apollinarija ist hin- und hergerissen zwischen Liebe und verletztem Stolz. Ausgerechnet auf dem Höhepunkt dieser Beziehungskrise kündigt Dostojewskij sein Erscheinen an. Apollinarija schickt ihm einen Brief ins Hotel, um ihn vorzubereiten:

> Du kommst etwas spät ... Noch vor kurzem habe ich davon geträumt, mit Dir nach Italien zu reisen, und sogar Italienisch zu lernen begonnen. Alles hat sich in wenigen Tagen geändert. Du hast einmal gesagt, ich könne mein Herz nicht so schnell verschenken. Aber ich habe schon dem ersten Drängen nachgegeben und es in nur einer Woche verschenkt – ohne Widerstand, ohne Überzeugung, fast ohne Hoffnung, geliebt zu werden. [...] Lebe wohl, mein Lieber![74]

Dostojewskij eilt nach seiner Ankunft in Paris direkt zu ihrer Wohnung. Das folgende Treffen hat Apollinarija in ihrem Tagebuch detailliert festgehalten.

> «Guten Tag», sagte ich mit bebender Stimme. Er fragte, was mit mir sei, und verstärkte dadurch meine Aufregung, mit der aber auch seine eigene Unruhe wuchs. – «Ich dachte, dass du nicht kommen würdest», sagte ich, «weil ich dir einen Brief geschrieben habe.» – «Was für einen Brief?» – «Dass du nicht kommen sollst.» – «Wieso?» – «Weil es zu spät ist.» – Er senkte den Kopf. «Ich muss alles wissen. Lass uns irgendwohin fahren, und sprich, oder ich sterbe.» Ich schlug vor, zu ihm zu fahren. Den ganzen Weg über schwiegen wir. Ich sah ihn nicht an. Immer wieder rief er dem Kutscher, der ihm über die Schulter befremdete Blicke zuwarf, verzweifelt und ungeduldig zu: «Vite, vite!» Ich bemühte mich, F[jodor] M[ichajlowitsch] nicht anzuschauen. Auch er sah mich nicht an, hielt aber den ganzen Weg über meine Hand, presste sie immer wieder zusammen und zuckte dabei

krampfhaft. «Beruhige dich», sagte ich. «Ich bin doch bei dir.» Als wir in seinem Zimmer waren, fiel er vor mir nieder, umfing schluchzend meine Knie und wehklagte laut: «Ich habe dich verloren! Ich wusste es!»[75]

In Apollinarijas autobiographischer Erzählung «Die Fremde und ihr Mann» lacht ihr Verehrer an dieser Stelle «krampfhaft auf, um sich alsbald einem Anfall wilden Schmerzes zu überlassen»[76].

Nachdem Apollinarija ihn über die jüngste Entwicklung ihrer Beziehung zu Salvador informiert hat, findet Dostojewskij die Fassung wieder. Dass sein Nebenbuhler keine ernsthaften Absichten zu verfolgen scheint, erleichtert ihn. Er schlägt Apollinarija vor, gemeinsam nach Italien zu fahren, wo er sich keusch in die Rolle eines Freundes oder Bruders zu fügen verspricht. Drei Tage später erhält Apollinarija die Nachricht, Salvador sei an Typhus erkrankt. Außer sich vor Angst, setzt sie Himmel und Hölle im Bewegung, um mehr über den Zustand des Geliebten zu erfahren. Doch ihre Briefe bleiben weiterhin unbeantwortet. Kurz darauf stößt sie in der Rue de la Sorbonne auf Salvador, der keineswegs wie ein Typhuskranker, sondern wie das blühende Leben aussieht, ihre Fragen jedoch fahrig und ausweichend beantwortet. Da nun kein Zweifel mehr daran besteht, dass der schöne Salvador ihr etwas vorgemacht hat, willigt sie ein, Dostojewskij zu begleiten.

Am 3. September 1863 trifft das Paar in Baden-Baden ein, wo Iwan Turgenjew lebt. Dostojewskij hatte sein Erscheinen bereits von Petersburg aus angekündigt. Die Kontaktpflege mit Turgenjew, dem nach Gogols Tod führenden Autor Russlands, ist für die Brüder Dostojewskij von größter Bedeutung. Für die geplante Weiterführung ihrer Zeitschrift sind sie auf Bestseller-Autoren wie ihn, den Verfasser des gerade erst erschienenen Erfolgsromans «Väter und Söhne», dringend angewiesen. Dostojewskij jedoch setzt in Baden-Baden andere Prioritäten. Viel mehr als Turgenjew interessiert ihn hier das weltberühmte Kasino. In kürzester Zeit verspielt er 3000 Franken und damit fast den gesamten Rest des Gewinns von Wiesbaden. Mit den 250 Franken, die ihm noch bleiben, würden Apollinarija und er nicht einmal bis nach Italien kommen. Als Hasardspieler unterscheidet sich Dostojewskij markant von einem Spielertypus wie Lew Tolstoj, der sich nach großen Spielverlusten in einem Kosakendorf niederlässt, in bescheidensten Verhältnissen lebt, seine Lebenshaltungskosten auf fünf Rubel monatlich reduziert und dies so lange durchhält, bis er in der Lage ist, seine Spielschulden zu begleichen.

Turgenjew hatte Dostojewskij bei dessen Besuch in seiner Baden-Badener Villa das Manuskript der noch unfertigen Erzählung «Gespenster» zu lesen gegeben, die er den Herausgebern der «Zeit» seit langem versprochen hat. Doch besessen vom Spiel, lässt Dostojewskij den Text achtlos im Hotelzimmer liegen und muss ihn, wie er dem Bruder schriftlich gesteht, Turgenjew vor seiner Weiterreise ungelesen wieder zurückgeben. Michail, der daheim um die Wiederzulassung der Zeitschrift kämpft und dem finanziell das Wasser bis zum Hals steht, ist aufs Äußerste verärgert («Du hast einen solchen Bock geschossen, dass ich es Dir gar nicht sagen kann!»). Zudem fehlt ihm jedes Verständnis dafür, «wie man spielen kann, wenn man mit einer Frau unterwegs ist, die man liebt».[77]

Drei Tage nach dem Treffen mit Turgenjew besteigt das Paar den Zug nach Turin. Die zweimonatige Italienreise wird für Dostojewskij zu einer erotischen Tortur. Entgegen seinem Versprechen versucht Dostojewskij in den ersten Wochen mehrfach, das frühere intime Verhältnis wiederherzustellen. Apollinarija weiß, dass sie ihm nur den kleinen Finger geben muss, um seine Leidenschaft anzustacheln. Offenbar gefällt es ihr, ihn auf diese Weise immer wieder ins Leere laufen zu lassen. Die ständige Frustrierung seines Begehrens durch Apollinarija ist nicht frei von Sadismus und weist voraus auf Romanheldinnen wie Nastasja Filippowna im «Idiot» oder Gruschenka in den «Brüdern Karamasow».

In Rom kommt es eines Nachts zu einer heiklen Szene. Apollinarija hat Dostojewskij, als er ihr Gute Nacht sagen will, in einer Aufwallung von Rührung und Dankbarkeit umarmt. Nur widerstrebend verlässt Dostojewskij daraufhin ihr Zimmer, weil «es für ihn erniedrigend sei, mich so zu verlassen (es war 1 Uhr nachts. Ich lag entkleidet im Bett).» Als demütigend empfindet Dostojewskij seinen Rückzug deshalb, weil, wie er sich ausdrückt, «die Russen noch nie den Rückzug angetreten haben».[78] Das Machohafte dieser Kasinosprache war gerade den Frauen der Sechziger-Generation ein Gräuel. In Apollinarijas Novelle «Die Fremde und ihr Mann», die relativ unverschlüsselt ihre Italienreise mit Dostojewskij wiedergibt, beginnt die entscheidende Krise des Paares damit, dass der Held Losnitzkij (alias Dostojewskij) in aufgeräumter Stimmung mit früheren Liebesabenteuern prahlt und die Heldin Anna Pawlowna (alias Apollinarija) damit schockiert («Sie befremdete seine Prahlsucht, mit der sich Männer einer besonderen Sorte großtun und die sie so von ihm nicht erwartet hatte»). Mit der erotischen Bravade des Helden beginnt dessen Selbstentzauberung. Anna Pawlowna entdeckt immer mehr abstoßende Züge an ihrem Partner, über dessen «Alltagsverhalten, das im intimen Miteinander so wichtig ist», sie bisher hinweggesehen hatte. Die «niedrigen Züge seines Charakters» irritieren sie umso mehr, «als dieser Mensch ihr früher als Muster der Vollkommenheit erschienen war».[79]

Während in Apollinarijas Erzählung die Heldin auf dem Höhepunkt ihrer Krise ins Wasser geht, setzt Apollinarija die Reise mit Dostojewskij scheinbar unbeeindruckt fort. In Turin verbringen die beiden eine Woche. In einem Restaurant wird hier beim Mittagessen die Idee des Caesarismus als zweiter thematischer Kern des Romans «Schuld und Sühne» geboren: «Als wir zu Mittag speisten, sah er ein kleines Mädchen, das gerade Nachhilfeunterricht bekam. ‹Stell dir so ein Mädchen zusammen mit einem Greis vor, und plötzlich sagt irgendein Napoleon: *Die ganze Stadt auslöschen!* So ist es in dieser Welt immer gewesen.›»[80]

Weitere Stationen nach Turin sind Genua, Rom, Neapel, Livorno. Zuletzt landen sie aber wieder in Turin, von wo Apollinarija die Heimreise nach Paris antritt. Die Beziehungskrise der beiden war im Laufe der Reise zunehmend von aktuellen Geldnöten überlagert worden. Immer öfter waren sie genötigt gewesen, Wertgegenstände zu versetzen, reisende Landsleute anzupumpen oder als Ultima Ratio den getreuen Michail um Geld zu bitten. Der ist zwar selbst hoffnungslos überschuldet, schafft es aber irgendwie, dem Bruder eine größere Summe nach Italien zu senden. An ein neues literarisches Werk, zu dem Michail ihn drängt, ist unter den psychischen Bedingungen dieser Reise nicht zu denken. «Alles, was ich in Turin zu Papier gebracht habe, habe ich zerrissen. Es widert mich an, auf Bestellung zu schreiben.» (8.9.1863) Von Rom aus bittet Dostojewskij seinen Freund Strachow, er möge bei Pjotr Boborykin, dem Herausgeber der «Lesebibliothek», einen Vorschuss von 300 Rubel für ein neues Projekt, den Roman «Der Spieler», erwirken. Er begründet dies mit dem vielzitierten Satz:

> Ich bin ein Proletarier der Literatur, und wer meine Arbeit haben will, muss mich im Voraus bezahlen. Ich verfluche dieses System selbst. Aber es hat sich nun mal so ergeben, und wie es aussieht, wird sich auch nichts mehr daran ändern. (18.9.1863)

Außerstande, seine Hotelrechnung zu begleichen, schreibt er einen weiteren Bettelbrief nach Paris. Apollinarija, selbst knapp bei Kasse, schickt ihm 300 Francs, so dass er seine Reise fortsetzen kann. Schon in Dresden allerdings ist auch dieses Geld ausgegeben, so dass er sich genötigt sieht, durchreisende Landsleute anzupumpen. Am 21. Oktober, dem Tag, an dem er müde, abgebrannt und mit schlechtem Gewissen in Petersburg eintrifft, bestätigt ein Moskauer Zivilgericht, dass ihm sein unlängst verstorbener Onkel Alexander Kumanin testamentarisch 3000 Rubel vermacht hat. Das ist weniger als von Dostojewskij erhofft, reicht aber, um die drückendsten Geldsorgen zu zerstreuen.

1864 – *Annus horribilis*

Trotzdem wartet zu Hause neues Ungemach. Die Krankheit seiner Frau ist in ein kritisches Stadium getreten. Im November 1863 verlegt Dostojewskij ihren und seinen Wohnsitz nach Moskau, wo Maria ärztlich besser versorgt ist als im provinziellen Wladimir. Petersburg kommt für sie wegen des feuchten Klimas weiterhin nicht in Frage. Dort kämpft Michail noch immer um die Wiederzulassung der Zeitschrift – bislang vergeblich, doch hatten die letzten Signale der hohen Behörden Anlass zur Hoffnung gegeben. Am 27. Januar 1864 ist es dann endlich so weit. Das Innenministerium erteilt Michail die Druckerlaubnis für ein neues Magazin unter dem Titel «Epoche» (Epocha). Für die nun anstehende redaktionelle und unternehmerische Arbeit fällt sein Bruder, der in Moskau seine Frau betreuen muss, jedoch weitgehend aus.

Auch sonst steht das neue Journal unter keinem günstigen Stern. Für die erste Ausgabe kann der Herausgeber an Belletristik bisher nur Turgenjews Erzählung «Gespenster» anbieten. Das ist zu wenig für eine Startnummer. Dostojewskij selbst war zu Michails Enttäuschung aus Europa mit leeren Händen zurückgekehrt. Der versprochene Roman, der die Leser auf die neue Zeitschrift hatte neugierig machen sollen, lässt auf sich warten. Erst im Januar 1864, nach dem Umzug von Wladi-

mir nach Moskau, arbeitet Dostojewskij endlich an seinem neuen Werk, den «Aufzeichnungen aus einem Kellerloch», kommt allerdings wegen Marias Krankheit nur mühsam voran. Ebenso schleppend läuft die Subskription auf die neue Zeitschrift. Die Zahl der Abonnenten, und damit der erhoffte Kapitalzufluss, bleibt weit hinter den Erwartungen zurück. Da Michail trotz des Verkaufs seiner Tabakmanufaktur über keinerlei Rücklagen verfügt, muss er alle laufenden Kosten für Werbung, Löhne, Honorare und Druckerei durch Kredite finanzieren.

Die als Doppelnummer für die Monate Januar/Februar konzipierte erste Ausgabe der «Epoche» kann erst im April 1864 ausgeliefert werden. Zu diesem Zeitpunkt haben die Ärzte die schwerkranke Maria bereits aufgegeben. Ende März teilt Dostojewskij dem Bruder mit, dass Maria nach Auskunft der Ärzte das bevorstehende Osterfest nicht mehr erleben werde. Marias Sohn Pascha, der in Michails Familie lebt, solle unverzüglich nach Moskau kommen. In der Nacht zum 14. April 1864 er-

Michail M. Dostojewskij, der Bruder des Autors, links: Zeichnung von K. Trutowskij

leidet Maria einen Blutsturz. Versehen mit den Sterbesakramenten, nimmt sie Abschied von ihrer Familie. Der Todeskampf dauert zwei Tage. Maria stirbt am Abend des 15. April, drei Tage vor dem Osterfest. Dostojewskij hält die Totenwache. An ihrem Leichnam, der nach russischem Brauch bis zur Beisetzung auf einem Tisch aufgebahrt ist, notiert er seine Reflexionen sub specie mortis:

> 16. April. Mascha liegt auf dem Tisch. Werde ich Mascha wiedersehen? – Einen Menschen dem Gebote Christi gemäß zu lieben *wie sich selbst* ist unmöglich. Das Gesetz der Persönlichkeit auf Erden fesselt [den Menschen]. Das *Ich* steht dagegen. Allein Christus hat dies vermocht, doch Christus war ein überzeitlich gültiges Ideal, das der Mensch anstrebt und dem Gesetz der Natur zufolge anstreben muss.[81]

Die Geschichte der Menschheit wie die jedes einzelnen Menschen, so Dostojewkijs weitere Überlegungen, wäre jedoch sinnlos, wenn sie dieses Ideal zwar ständig anstrebe, ihr Leben jedoch mit dem Tod ein für alle Mal beendet wäre. Einen Sinn könne das menschliche Sein nur haben, wenn es ein Leben danach, «ein künftiges, ein paradiesisches», ein unsterbliches Leben gebe. Auch sei eine ethische Rechtfertigung der Welt und ihrer Leiden nur möglich, wenn dem Menschen die Gewissheit bleibe, dass er die Trägheit der eigenen Natur (das «Gesetz der Persönlichkeit») durch das Opfer der Liebe und das Einswerden von Ich und Menschheit überwinden könne, wenn auch nur in einer utopischen Perspektive. Solange er dazu nicht imstande sei, leide der Mensch und empfinde dieses Leiden als Sünde. Unaufhörliches Leiden an den eigenen Widersprüchen gehöre jedoch ebenso zur Conditio humana wie der «paradiesische Genuss der Erfüllung des [christlichen] Gesetzes, das heißt des Opfers» als Lohn des Leidens.

Die Idee des Selbstopfers als Schlüsselfigur seines christozentrischen Weltbildes hatte schon im Zentrum von Dostojewskijs «Winternotizen» gestanden. Dort wird das Brüderlichkeitsprinzip der Französischen Revolution als abstrakte Utopie kritisiert, der das in Westeuropa vorherrschende «Vereinzelungsprinzip» unversöhnlich gegenüberstehe. Wahre Brüderlichkeit liege nicht «in der Natur» des westeuropäischen Menschen. In den 1870er Jahren wird Dostojewskij die Bereitschaft zur selbstlos-brüderlichen Hingabe, die das neutestamentarische Gebot «Liebet einander» (Joh 13,34 f.) befolgt, zum nationalen Alleinstellungsmerkmal des Russentums machen.

Selbst in seinen persönlichsten, noch ungesicherten, ihren Gegenstand erst vorsichtig ertastenden Gedanken an Marias Bahre bleibt Dostojewskij der Ideologe, als den ihn das Publikum inzwischen kennt. Sein Denken ist auf ein Feindbild fixiert, das er mal «Theoretiker und Nihilisten», mal «Antichristen», mal «Atheisten», mal «Materialisten» oder «revolutionäre Partei» nennt:[82]

> Die Lehre der Materialisten ist allgemeiner Stillstand und materielle Mechanik, also Tod. Die Lehre der wahren Philosophie [d. h. die Lehre Christi – A. G.] ist Vernichtung des Stillstands, das heißt Idee, Zentrum und Synthese des Universums und seiner äußeren Form, der Materie, das heißt Gott, das heißt ewiges Leben.

Was Dostojewskij hier in wenigen Worten umreißt, ist nicht weniger als das ideologische Programm seiner künftigen Romane. Diese werden von «Schuld und Sühne» bis hin zu den «Brüdern Karamasow» den «schicksalhaften Gegensatz zwischen dem Gesetz Christi und dem Gesetz der Persönlichkeit dramatisieren»[83] und dabei – das Weltbild der «falschen Philosophen» ständig im Visier – die immer gleichen Themen umspielen: Gott und Unsterblichkeit, Geist und Materie, Freiheit und Gnade, Glauben und Wissen, Gottesmensch und Menschengott, Sozialismus und Christentum, Russland und Europa.

Maria wird am 17. April beigesetzt. Zehn Tage später löst Dostojewskij die Moskauer Wohnung auf und zieht zurück nach Petersburg, wo er seinem Bruder bei der Redaktion der «Epoche» zur Hand geht und als Protokollführer wieder regelmäßig an den Sitzungen des Literaturfonds-Komitees teilnimmt. Am 1. Juni wird dort sein eigener Antrag auf Gewährung eines Kredits in Höhe von 1500 Rubel für eine Auslandsreise verhandelt, die seine angeschlagene Gesundheit wiederherstellen soll. Da er das letzte Darlehen des Fonds dank des Kumanin'schen Erbes vorfristig hatte zurückzahlen können, wird seinem Antrag entsprochen, wenn auch nur mit knapper Stimmenmehrheit. Dass ein Mitglied des Komitees zweimal relativ kurz hintereinander finanzielle Hilfe beantragt, behagt nicht allen Mitgliedern des Gremiums und wird später von der Revisionskommission auch beanstandet.[84] Tatsächlich beabsichtigt Dostojewskij so wenig wie auf seiner letzten Reise, westeuropäische Spezialisten zu konsultieren. Vielmehr will er sich so schnell wie möglich mit Apollinarija treffen, die ihn unlängst ermuntert hat, sie im belgischen Spa zu besuchen, wo sie sich ab Mitte Juni einer Kur unterziehen wolle.

Am 16. Juni wird Dostojewskij der Pass ausgefertigt. Doch er muss die Abreise verschieben, weil Michail, der schon seit einiger Zeit Probleme mit der Leber hat, plötzlich schwer erkrankt und nicht mehr in der Lage ist, die Redaktionsgeschäfte zu führen. Anfang Juli fällt Michail Dostojewskij ins Koma. Er stirbt, ohne das Bewusstsein wiedererlangt zu haben, am Morgen des 10. Juli an einem Gallenerguss. Marias Tod hatte einen langen Schatten vorausgeworfen, der Tod des Bruders dagegen kommt wie ein Blitz aus heiterem Himmel. Michail hatte vom Beginn seiner literarischen Karriere an bedingungslos an das Talent des jüngeren Bruders geglaubt und ihn moralisch wie materiell unterstützt. Seine Zeitschriften waren vor allem als Bühne für Fjodor gedacht gewesen, dem Michail in geschäftlicher Hinsicht den Rücken freihielt, damit er sich ganz auf seine Arbeit konzentrieren konnte. Wann immer Fjodor ein Geldproblem hatte, war Michail zur Stelle gewesen. Und nicht zuletzt war Michail seit ihrer Moskauer Kindheit sein engster Freund gewesen, der Einzige, dem er sich vorbehaltlos anvertrauen und auf den er sich blind hatte verlassen können.

An Bargeld hinterlässt Michail 300 Rubel, die gerade einmal für die Beisetzung reichen. Wegen seiner Verwicklung in die Petraschewzen-Affäre hat Michail nach wie vor unter geheimpolizeilicher Beobachtung gestanden. Ein Agent der Dritten Abteilung ist denn auch zugegen, als Michail Dostojewskij am 13. Juli, begleitet von den nächsten Angehörigen und einer Handvoll Literaten, im Petersburger Villenvorort Pawlowsk zu Grabe getragen wird. «Keine besonderen Vorkommnisse», vermeldet der Spitzel. Auf eine Trauerrede sei verzichtet worden. Seinen Stiefsohn Pascha hatte Dostojewskij nachdrücklich gebeten, über Michails bevorstehenden Tod Schweigen zu bewahren. Er befürchtet, dass ihm die Gläubiger seines Bruders sonst das Haus einrennen. Tatsächlich hinterlässt Michail einen Schuldenberg von 25 000 Rubel, davon 15 000 Rubel in Wechseln, die demnächst fällig werden.

In dieser Situation hat Dostojewskij zwei Möglichkeiten. Entweder er gibt die defizitäre Zeitschrift auf und überredet Emilia Fjodorowna, Michails Witwe, das Erbe auszuschlagen, so dass die Gläubiger leer ausgehen oder bestenfalls 20 Prozent ihrer Darlehen zurückbekommen würden. Oder er führt die «Epoche» weiter, was allerdings nur durch die Aufnahme neuer Kredite möglich erscheint, deren Höhe er auf mindestens 18 000 Rubel veranschlagt (31. 3. 1865). Außer Frage steht für Dostojewskij, dass er nach allem, was Michail für ihn getan hat, moralisch verpflichtet ist, sich um die Familie des Bruders zu kümmern. Dies freilich wäre, wie er rückblickend feststellt, auch ohne Weiterführung der Zeitschrift möglich gewesen, da ihm seine literarischen Arbeiten in den letzten zehn Jahren durchschnittlich etwa acht- bis zehntausend Rubel pro Jahr eingebracht hätten.

Auch wenn diese Zahl zu hoch sein dürfte, hätte Dostojewskij tatsächlich besser daran getan, die Zeitschrift aufzugeben. Während die «Zeit» im Jahre 1863 noch mehr als 50 000 Rubel Gewinn machte,[85] verursacht die «Epoche» 1864 ein Defizit von fast 17 000 Rubel. Auch die Subskription für das Jahr 1865 läuft schlecht. Apollon Grigorjew, der

Chefkritiker des Magazins, ist im Herbst 1864, nur wenige Wochen nach seinem Freikauf aus dem Schuldturm, infolge seiner Trunksucht einem Schlaganfall erlegen. Immer mehr namhafte Autoren haben sich von der Zeitschrift zurückgezogen. Unter den neu gewonnenen Autoren der «Epoche» ragt einzig der Name des von der Linken geschmähten Nikolaj Leskow hervor, dessen von Schostakowitsch als Oper vertonte Erzählung «Lady Macbeth aus Mzensk» in der Januar-Ausgabe 1865 erscheint.

Um sein Journal aus der Krise zu bringen, lässt sich Dostojewskij im August 1864 seinen Anteil am Erbe der reichen Tante Alexandra Kumanina in Höhe von 10 000 Rubel auszahlen. Doch auch diese Kapitalspritze, die zum großen Teil in den Schuldendienst geht, kann das Magazin nicht mehr retten. Zu Beginn des Jahres 1865 ist die Zeitschrift mit weniger als 2000 Abonnenten so defizitär geworden, dass Dostojewskij sich im Februar zu ihrer Einstellung gezwungen sieht.

Hamlet als beleidigte Maus: «Aufzeichnungen aus einem Kellerloch»

In dieser nach dem Schicksalsjahr 1849 zweiten großen Krise seines Lebens entsteht unter Mobilisierung letzter Kraftreserven und mit großen Unterbrechungen eines der bedeutendsten Werke Dostojewskijs, die «Aufzeichnungen aus einem Kellerloch», eine Art Vorstudie zu den großen Romanen der 1860/70er Jahre. Der ursprüngliche Titel lautete «Eine Beichte», und im Beichtmodus setzt der Text denn auch ein: «Ich bin ein kranker Mensch ... Ich bin ein boshafter Mensch. Ich bin kein anziehender Mensch.» Die Krankheit des Erzählers besteht in einem hypertrophen Bewusstsein, einem unausgesetzten Reflexionszwang, der den «entwickelten Menschen unseres unglücklichen neunzehnten Jahrhunderts» kennzeichne. Der Kellerlochmensch stellt sich damit in die Tradition des skeptischen «enfant du siècle», dem die europäische Romantik durch Benjamin Constant («Adolphe», 1816), Alfred de Musset («Confession d'un enfant du siècle», «Bekenntnis eines jungen Zeitgenossen», 1836) und Michail Lermontow («Ein Held unserer Zeit», 1840) Gestalt verliehen hat.

Dostojewskijs namenloser Held allerdings ist kein vom «mal du siècle» geplagter Edelmann, sondern ein kleiner Petersburger Beamter, der nach zwanzig Dienstjahren seinen Abschied genommen hat und nun im schäbigen Souterrain einer Petersburger Mietskaserne haust. Wie die Helden von Dostojewskijs Frühwerk kennzeichnet den Seelenzustand des Kellerlochmenschen die Mechanik des Überdrucks. Ein unscheinbares Subjekt, eine soziale Amöbe gleichsam, wird mit einem Maß an Energie aufgeladen, das diesen sozialen Einzeller überfordert. War dies in «Arme Leute» eine Liebesleidenschaft, für die dem Helden keine angemessene Sprache zu Gebote stand, so ist es hier ein kleiner Beamter mit einer Bildung, einer intellektuellen Beweglichkeit und einem sprachlichen Raffinement, für das ihm ein kongenialer Gesprächspartner und ein geeignetes Publikum fehlen.

Die englische Übersetzung des Buches lautet «Memories from a Mousehole». Der Kellerlochmensch figuriert in dieser vom Text selbst erzeugten Metapher als «Maus mit verschärftem Bewusstsein».[86] Bevor sie ihre Lebensbeichte ablegt, rechnet «die Maus» mit ihren Gegnern ab, unter denen man sich jene europäisch gebildeten, den Ideen der Aufklärung verpflichteten Russen vorstellen muss, gegen die sich auch die «Winternotizen» gerichtet hatten. Die Zwischenrufe und Unmutsbekundungen dieses imaginären Publikums muss der Leser mitwahrnehmen, um sich die delikate Situation des Sprechers zu vergegenwärtigen. Die bald ängstlichen, bald spöttischen, bald wütenden Seitenblicke auf sein Auditorium machen die Rede des Kellerlochmenschen doppelbödig. Jeder seiner Sätze will einem kritischen Einwand des fiktiven Gegenübers zuvorkommen und wird dadurch «dialogisch» aufgespalten.[87]

Die Idee zu den «Aufzeichnungen» überschneidet sich im Laufe des Jahres 1863 mit Dostojewskijs Plan, Nikolaj Tschernyschewskijs soeben erschienenen Erfolgsroman «Was tun?» für das Journal seines Bruders zu besprechen. Wie viele Projekte Dostojewskijs zerschlägt sich auch dieses, doch wird die ideologische Auseinandersetzung mit Tschernyschewskij, speziell mit seinem in den Kasematten der Peter-Pauls-Festung entstandenen sozialutopischen Roman, zum thematischen Kern des neuen Werks. Tschernyschewskijs Buch trägt den Untertitel «Erzählungen von neuen Menschen». Es schildert die Bemühungen zweier junger Petersburger Mediziner und ihrer Frauen um eine neue, den Prinzipien des utopischen Sozialismus verpflichtete Lebensform. Eine zentrale Rolle spielt dabei die von Jeremy Bentham und John Stuart Mill inspirierte Ethik des

«vernünftigen Egoismus». Schon in seiner Schrift «Das anthropol
Prinzip in der Philosophie» (1860) hatte Tschernyschewskij die Tl
treten, dass der Mensch gut nur insofern sei, als ihm sein Tun un
einen wie immer gearteten Nutzen bringe, das Gute mithin so etwas wie «der Superlativ des Nutzens» sei.[88] Entsprechend lautet das Credo des Arztes Lopuchow, eines der Helden von Tschernyschewskijs Roman: «Ich liebe niemanden mehr als mich selbst.» Ebenso wenig wie von Mill, dessen Hauptwerk «Utilitarismus» 1861 erschienen war, wird damit ein schnödes Eigeninteresse propagiert. Vielmehr besteht für Mill wie für seinen russischen Adepten das höchste anzustrebende Gut im Glück der Allgemeinheit. Wenn bei Tschernyschewskij die Heldin Wera Pawlowna im Traum einen Palast erblickt, der dem «auf dem Hügel von Sydenham» gleicht, so ist damit Paxtons Kristallpalast gemeint, der Tschernyschewskij bei einem Londonbesuch im Jahre 1859 tief, wenn auch auf ganz andere Weise beeindruckt hatte als Dostojewskij. In Wera Pawlownas Traum hat der Kristallpalast das Design einer Großkommune à la Charles Fourier, deren Mitglieder sich glücklich schätzen, ihr Leben nach den Prinzipien der Vernunft und des größten Glücks der größten Zahl eingerichtet zu haben.

Gerade dieses Allgemeinglück ist dem Kellerlochmenschen suspekt. Sein eigener skeptischer Blick auf die Weltgeschichte nämlich sagt ihm, dass die Menschheit, entgegen allen Annahmen der idealistischen wie der materialistischen Philosophie, keineswegs einem immer höheren Grad an Vernunft entgegenschreitet und damit zuletzt «der Geist zu seiner Wirklichkeit kommt»[89]. «Schauen Sie sich doch nur um!», hält er dem Fortschrittsoptimismus seiner Zeit entgegen, «das Blut fließt in Strömen, und noch dazu auf so fröhliche Weise, als wäre es Champagner! Da haben Sie unser ganzes neunzehntes Jahrhundert! [...] Mit einem Wort, man kann alles von der Weltgeschichte sagen ... Nur eines nicht – dass sie vernünftig sei.» Der Kellerlochmensch verwirft die Idee des Glücks der größten Zahl vor allem deshalb, weil es auf einem Kosten-Nutzen-Kalkül beruhe, das dem Einzelnen jede Entscheidung abnehme und ihn damit des «nützlichsten aller Nutzen» beraube, nämlich der Willensfreiheit. Die Phalanstères eines Charles Fourier erniedrigten den Menschen zum willenlosen Instrument in der Art einer Klaviertaste oder Orgelpfeife: «Der Mensch braucht einzig und allein ein *selbstständi-*

ges Wollen, was immer es koste und wohin immer solche Selbstständigkeit führen mag.»

Aus der Perspektive des Kellerlochs steht der Kristallpalast für die Herrschaft einer erbarmungslos präzisen Vernunft. Reduziert auf Kosten-Nutzen-Rechnungen und auf Naturgesetze, die den Menschen determinieren, kommt der modernen Zivilisation das Leben abhanden und «beginnt der Tod»: «Ach, meine Herren, was kann es dann noch für einen eigenen Willen geben, wenn Tabellen und Arithmetik den Ton angeben, wenn nur noch das ‹zweimal zwei ist vier› gilt? Zweimal zwei wird auch ohne meinen Willen vier sein.»[90]

Natürlich schätze der Mensch Wohlstand und Wohlfahrt. Doch ebenso, wenn nicht weit mehr, schätze er das Leiden. Leiden allerdings bedeute Zweifel, Verneinung, Freiheit zum Widerstand, intellektuelle Haltungen mithin, denen der Kristallpalast kein Wohnrecht gewähre, weil dort nur ein naiver, auf nächstliegende Vernunftgründe fixierter Mensch Zutritt habe, der hier als «unmittelbar» bezeichnet wird. Der «unmittelbare Mensch» ist der schon in den «Winternotizen» verächtlich gemachte «homme de la nature et de la vérité»: ein tatkräftiger, aber einfältiger Typus, dem zur Erklärung der Welt einfachste Gründe genügen, eben die Gesetze der Vernunft, für die hier symbolisch die Formel «zweimal zwei gleich vier» steht.

Das Verhältnis des Kellerlochbewohners zum «unmittelbaren» Menschen bleibt freilich ambivalent. Obwohl er ihn verspottet, beneidet er ihn zugleich, weil sein eigener Ideenreichtum und sein ganzer Scharfsinn letztlich ins Leere laufen. Seine Suche nach komplexesten Kausalzusammenhängen führt «zu einer schlechten Unendlichkeit», in deren fahlem Licht jeder Wert relativiert und jedes Handeln sinnlos wird.[91] Während der unmittelbare Mensch sich durch ein intaktes Selbstbewusstsein auszeichnet, neigt der Kellerlochbewohner einerseits zu Eitelkeit und Hybris, andererseits zu Minderwertigkeitskomplexen. Er ist außerstande, sein eigenes Spiegelbild zu ertragen, da er «den Verdacht hegt, es habe einen schurkischen Ausdruck». Der naiven Selbstgewissheit des unmittelbaren Menschen steht das Selbstbewusstsein des Kellerlochmenschen als ein sich selbst reflektierendes Bewusstsein in jener destruktiven Variante gegenüber, die Hegel als «unglückliches, in sich entzweites Bewusstsein» bezeichnet.[92]

Mit seinen Zweifeln und Selbstzweifeln, seiner nervösen Unruhe und Unzufriedenheit wird der Kellerlochmensch zum modernen Hamlet: intellektuell brillant, doch von des Gedankens Blässe angekränkelt und aktionsgehemmt wie Shakespeares bleicher Held. Demgegenüber verkörpert der unmittelbare Mensch einen blauäugigen Tatendrang, für den in der Mythologie der europäischen Intelligenz Don Quijote als Widerpart Hamlets steht. Wenige Tage nach Dostojewskijs Rückkehr aus der sibirischen Verbannung, im Januar 1860, hatte Iwan Turgenjew in Petersburg auf einer der ersten Veranstaltungen des Literaturfonds einen viel beachteten Vortrag zum Thema «Hamlet und Don Quijote» gehalten. Schon Belinskij hatte Hamlet verurteilt, weil er «nur rede, anstatt zu handeln»[93]. In dieser Tradition steht auch Turgenjews Hamlet-Bild. Obwohl der Dänenprinz ihn fasziniert, liegen Turgenjews Sympathien beim Ritter von der traurigen Gestalt, dessen naiver Idealismus die eigentliche Antriebskraft der Geschichte darstelle. Einen Don Quijote der jüngeren Vergangenheit sieht Turgenjew in Charles Fourier, der sich jahrelang täglich um zwölf Uhr mittags mit einem englischen Mäzen verabredet glaubte, von dem er sich die Finanzierung seines Phalanstère versprach, der aber nie erschien. Wie Don Quijote sei Fourier von seinen Zeitgenossen verlacht worden. «Und trotzdem würde die Menschheit ohne diese komischen Don Quijotes, ohne solche kauzigen Erfinder nicht vorankommen und hätten die Hamlets nichts, worüber sie nachdenken könnten.»[94]

Die positive Einschätzung Fouriers dürfte Dostojewskij nach seiner Abkehr vom utopischen Sozialismus kaum geteilt haben, wohl aber das negative Urteil über Hamlet als Verkörperung der «zentripetalen», die Welt ausschließlich aufs eigene Selbst beziehenden «Macht des Egoismus», der gegenüber Don Quijote das zentrifugale «Prinzip der Hingabe und des Opfers» verkörpert.[95] Ebendies war die finale Botschaft der «Winternotizen über Sommereindrücke», die dem Egoismus der Bourgeoisie die christliche Idee des Selbstopfers gegenübergestellt hatten. Auf diesen Gegensatz läuft auch die narrative Pointe des 2. Teils der «Aufzeichnungen aus einem Kellerloch» hinaus. Unter dem Titel «Bei nassem Schnee» wird hier eine Episode aus dem Leben des Kellerlochmenschen geschildert, die zwanzig Jahre zurückliegt und demnach, wie aus der inneren Chronologie des Textes zu schließen ist, im Jahre 1848 spielt.

als junger Mann zeigt sich der Held als kontaktscheuer Neu- ;ine Beziehungen zur Außenwelt beschränken sich auf den einer Petersburger Behörde und auf die Lektüre belletristi- ..ke, vor allem solcher, die «das Schöne und Erhabene» feiern. Je mehr er sich an den edlen Gedanken, Gefühlen und Taten seiner literarischen Helden berauscht, desto intensiver gibt sich der Kellerlochmensch den lasterhaftesten Ausschweifungen hin, und zwar «nachts, heimlich, ängstlich, schmutzig, mit einem Schamgefühl, das mich selbst in den ekelsten Augenblicken nicht verließ [...] Schon damals trug ich das Kellerloch in meiner Seele.» Wie bei einer «pikanten Sauce» sei es dabei das Zugleich von Erhabenheit und Gemeinheit, was den eigentlichen Genuss ausmache.

In einem Bordell lernt er die junge Prostituierte Lisa kennen, «ein frisches, junges, etwas blasses Gesicht mit geraden Augenbrauen und ernstem, etwas erstauntem Blick. Das gefiel mir sofort. Ich hätte sie gehasst, wenn sie gelächelt hätte.» Nach dem Sex hält der Kellerlochmensch Lisa eine Predigt über die moralische Bedenklichkeit und die Gesundheitsrisiken der Prostitution. Er erschleicht Lisas Vertrauen, indem er ihr als Alternative zur ihrem Hurendasein ideale Bilder «wahrer Weiblichkeit» und «echten Familienglücks» vor Augen führt und dem Mädchen damit einen Strom von Reuetränen entlockt. Bestürzt von der Wirkung seiner Worte, bricht der Held hastig auf und hinterlässt seine Visitenkarte.

Lisa sucht ihn einige Tage später auf, doch zur Unzeit, nämlich just in dem Augenblick, als der Kellerlochmensch seinem aufsässigen Diener eine Szene macht. Aus Scham darüber, dass Lisa Zeugin des peinlichen Auftritts geworden ist, glaubt der Held, sich an ihr rächen zu müssen. Er behauptet, ihr neulich nur eine Komödie vorgespielt und keines seiner Worte ernst gemeint zu haben. Sein Scheingeständnis geht dann jedoch bruchlos in eine echte Beichte über, in der er all seine Schwächen bekennt: seine Trägheit, seine Feigheit, seinen Machttrieb, seine Minderwertigkeitsgefühle und seinen Egoismus, der in einer Formel Ausdruck findet, die als intellektuelle Folklore inzwischen russische Teebecher ziert: «Soll die Welt untergehen oder ich keinen Tee mehr trinken? Ich sage, die Welt soll untergehen, wenn ich nur immer meinen Tee habe.» Lisa begreift, dass die Bosheiten des Helden nur Maskerade einer gequälten Seele sind, die verzweifelt nach Liebe sucht. Und entsprechend reagiert sie: «Sie stürzte plötzlich zu mir, umfing meinen Hals mit beiden Armen und fing an zu weinen. Auch ich konnte nicht mehr an mich halten und begann zu schluchzen wie nie zuvor in meinem Leben ...»

Noch einmal werden Zärtlichkeiten ausgetauscht. Dann siegt im Kellerlochmenschen eine Mischung aus Scham und Zorn über Lisas Mitleid. Seine vertrackte Phantasie kann sich Liebe nicht anders vorstellen denn als Kampf oder Kauf. Er steckt ihr eine Fünf-Rubel-Note zu und stößt sie damit zurück in die Rolle der Dirne, aus der seine Moralpredigt sie angeblich hatte erlösen sollen. Lisa verlässt ihn, ohne das Geld auf dem Tisch anzurühren. Im Gegensatz zu Shakespeares «Hamlet» ist der Rest dann nicht Schweigen, sondern eine Fortsetzung der Kellerlochrede in einer Endlosschleife, würde der fiktive Herausgeber an dieser Stelle nicht einen Punkt machen: «Er konnte einfach nicht anders und setzte seine Aufzeichnungen fort. Doch uns will scheinen, dass man hier auch Schluss machen kann.»

Neben den «Brüdern Karamasow» sind die «Aufzeichnungen aus einem Kellerloch» zumindest in Westeuropa und Amerika das am meisten diskutierte Werk Dostojewskijs. Mit seinem paradoxen Helden, der in einer entzauberten Welt aufbegehrt gegen die Diktatur der Vernunft und die Gewalt naturgesetzlicher «Notwendigkeiten»,[96] gegen den Fortschrittsoptimismus und die Bewertung der Welt nach Kosten-Nutzen-Kalkül und der gleichwohl der Vernunft nicht entraten kann, ist das Werk zu einem Portaltext der Moderne geworden, der Nietzsche und Freud, Kafka und Camus, Lebensphilosophie und Existentialismus inspiriert hat. Als Gegner der bürgerlich-kapitalistischen Ordnung, die im 19. Jahrhundert immer festere Gestalt annimmt, tritt Dostojewskijs Held in der Rolle des Anklägers auf. Was er dem kalten, «stahlharten Gehäuse» dieser Ordnung (Max Weber) entgegenhält, ist die Idee des freien Willens und das Recht auf Autonomie, auf Zweifel, auf Widerspruch, auf Spontaneität und auf Unvernunft selbst um den Preis des eigenen Leidens.

Vor allem diesem eigensinnigen Nonkonformismus verdankt der Kellerlochmensch seine enorme Wirkung im 20. Jahrhundert. Am Beginn dieser Rezeptionslinie steht Lew Schestow, der das Werk als Wendepunkt in Dostojewskijs Biographie deutet: Nachdem er sich in den «Aufzeichnungen aus einem Totenhaus» noch selbst beschwichtigt und das Elend der Katorga in das erbauliche Bild eines Intellektuellen gebracht habe, der zu seiner wahren Bestimmung gefunden habe, nämlich der Verbrüderung mit den niedrigsten Schichten des russischen Volkes, mache sich Dostojewskij nun endlich ehrlich. Sein neues Werk sei der herzzerreißende, entsetzte Schrei eines Menschen, «der sich plötzlich davon überzeugt, dass er sein ganzes Leben lang gelogen und sich verstellt hatte, wenn er sich selbst und andere glauben machen wollte, das höchste Lebensziel wäre, dem *niedrigsten Menschen* zu dienen».[97]

Dieser wohl etwas zu umstandslos auf Nietzsche bezogenen Deutung steht nicht nur die ontologische Differenz zwischen Autor und Held, sondern auch die Tatsache entgegen, dass der Kellerlochmensch in der Rolle des Anklägers wie des Angeklagten auftritt. Sein pathologisches Überbewusstsein, seine seelischen Deformationen, sein Machttrieb, sein Egoismus, seine Kontaktunfähigkeit und seine Aktionshemmung – all dies soll den Zeitgenossen die verheerenden Folgen das europäischen Kulturmodells für Russland vor Augen führen. Dostojewskij will zeigen, dass die Ursache dieser Übel in der Individualisierung der modernen Gesellschaft westlichen Zuschnitts liegt, die dem Menschen Leistungen zumutet, mit denen er als Einzelner überfordert ist.

In einer Welt ohne Gott, ohne intakte Gemeinschaft und ohne verpflichtende Wertordnung verliert der Mensch das sittliche Orientierungsvermögen. Daher das Nebeneinander von erhabenen Gefühlen und moralischer Kloake. Nach der Demontage Gottes tritt unter der Herrschaft des Materialismus an seine Stelle die «eiserne Notwendigkeit» der Naturgesetze[98] und mit ihr das von Feuerbach und Tschernyschewskij propagierte «anthropologische Prinzip». Der Furor, mit dem der Kellerlochmensch gegen die Macht der Naturgesetze anrennt, ist letztlich nur Ausdruck seiner Hilflosigkeit. Er weiß, dass er diesen Gesetzen ausgeliefert bleibt. Und in dem Maße, wie die entgötterte Welt auf materielle Ursachen und Wirkungen schrumpft und ihm seine eigene Ohnmacht vor Augen führt, steigert sich seine Wut. Zuletzt schlägt das Gefühl seiner Hilflosigkeit in ein verqueres Überlegenheitsbewusstsein um, das ihn glauben macht, weder Gott noch die Naturgesetze, vielmehr er selbst sei Mittelpunk der Welt:

«Übrigens: Worüber kann ein anständiger Mensch mit dem größten Behagen reden? Antwort: Über sich selbst.»

Im März 1864 hatte Dostojewskij sich über die Eingriffe beklagt, die die Zensur an der Druckvorlage des 1. Teils der «Aufzeichnungen aus einem Kellerloch» vorgenommen habe. «Die Schweine von der Zensur haben die Passagen, in denen ich alles verspotte, zum Schein mitunter sogar Gott gelästert habe, zugelassen und das gestrichen, wo ich aus all dem die Notwendigkeit des Glaubens an Christus abgeleitet habe.» (26.3.1864) Einer Notiz Dostojewskijs aus dem Jahre 1873 zufolge besteht die Tragik des Kellerlochmenschen vor allem in seiner Unfähigkeit, sich zu ändern, wörtlich «sich zu bessern». Ursache dieses Unvermögens seien «die Vernichtung des Glaubens an allgemeine Prinzipien» und die Überzeugung, es gebe «nichts Heiliges».[99]

Dieser Nihilismus geht weit hinaus über den der jungen Generation, die Iwan Turgenjew in «Väter und Söhne» porträtiert. Der Kellerlochmensch bezieht eine Position jenseits von Gut und Böse. Während Nietzsche sich von diesem Jenseits einen neuen, willensstarken Menschen des «freien Geistes» verspricht, verharrt Dostojewskijs Untergrundheld in Stillstand und Passivität. Sein Verhängnis besteht darin, dass er nicht daran glaubt, seinem Leben noch eine neue Richtung geben zu können. Stattdessen genießt er masochistisch die Gewissheit, «keinen Ausweg mehr zu haben, nie mehr ein anderer Mensch werden zu können und – auch wenn noch genügend Zeit und Glauben blieben, um ein anderer zu werden – eine solche Veränderung wahrscheinlich selbst gar nicht mehr zu wollen». Die Weigerung, «ein anderer» zu werden, bedeutet die Absage an jede Form von Transzendenz. Für Dostojewskij ist dies ein Akt der Glaubensverweigerung. Das Damaskus-Erlebnis der inneren Umkehr wird dem Menschen nicht durch Erziehung oder Umerziehung zuteil. Es verdankt sich vielmehr einer Epiphanie, für die der Mensch frei sein muss, wenn sie ihm als Gnade zuteilwerden soll. «Was der Mensch nicht vermag, das vermag Gott. Nicht Umerziehung, sondern Wiedergeburt. Daher die Notwendigkeit des Glaubens an Christus.»[100]

Doch derlei «Notwendigkeiten» bringen die Stimme des Kellerlochs nicht zum Verstummen. Die Stimme des Zweifels bleibt der disharmonische Begleitton aller religiösen Gewissheiten. Die bösen Geister, die im Untergrund spuken, sie sind Dostojewskijs eigene Dämonen und entspringen einer Seite seines Talents, das als «wölfisch» und «grausam» bezeichnet wurde.[101] Sie sind die innere Stimme eines christlichen Autors, der bekennt, «ein Kind des Unglaubens und des Zweifels» zu sein. Der Zweifel ist den «Aufzeichnungen aus einem Kellerloch» tiefer eingeschrieben als jedem anderen Werk Dostojewskijs. Darin hat Schestow zweifellos Recht. Doch er irrt, wenn er daraus eine «Philosophie der Hoffnungslosigkeit» ableitet.[102] Das Gegenteil ist der Fall. Dies deutlich zu machen, gelingt dem Autor auch ohne die von der Zensur gestrichenen Passagen. Die Szene des vorletzten Kapitels, in welcher der Kellerlochmensch in Lisas Armen von Weinkrämpfen geschüttelt wird, ist erkennbar als Katharsis angelegt. Sie folgt der gleichen Dramaturgie wie später das finale Reuebekenntnis Raskolnikows in «Schuld und Sühne». Sie markiert den Punkt, an dem der Kellerlochmensch sich selbst hätte transzendieren können. Stattdessen jedoch kehrt er zurück in die Endlosschleife seines unglücklichen Bewusstseins.

Ein riskanter Plan

Den Zeitgenossen bleibt die Brisanz des neuen Werks verborgen. Die Literaturkritik übergeht es mit Schweigen. Apollonarija Suslowa zeigt sich nach der Lektüre des 1. Teil dieses «skandalösen Romans» befremdet. Ihr missfallen die «zynischen Dinge», die Dostojewskij seinem Helden in den Mund lege.[103] Damit gibt sie die herrschende Meinung der literarischen Kreise wieder, in denen sie damals verkehrt. Offensichtlich überfordern die «Aufzeichnungen aus einem Kellerloch» die Zeitgenossen ebenso wie seinerzeit «Der Doppelgänger».

Als im Februar 1865 die letzten Kapitel des Manuskripts in Druck gehen, hat Dostojewskij allerdings andere Sorgen als das Echo der Literaturkritik. Seit Michails Tod führt er die Geschäfte der überschuldeten Zeitschrift. In dieser Rolle sieht er sich tagtäglich konfrontiert mit Honoraransprüchen, abgelaufenen Krediten, zu Protest gegebenen Wechseln, Mahnungen wegen unbezahlter Rechnungen und Brandbriefen von Abonnenten, die sich über die verzögerte Auslieferung seiner Zeitschrift «Die Epoche» beschweren. In den Notizbüchern dieser Jahre vermerkt Dostojewskij penibel, wie viel er wem schuldet, wann ein Wechsel abläuft und wer als Nächster um einen Kredit anzugehen ist. Wie schlecht es um sein persönliches Budget bestellt ist, zeigen seine häufigen Besuche in Pfandleihen, wo er Silber, Geschirr, Bücher, seinen Pelz oder seinen Mantel versetzt. Wegen zweier fälliger Wechsel wird ihm am 5. Juni die polizeiliche Beschlagnahme seiner Möbel angekündigt. Nur ein Kredit des Literaturfonds in Höhe von 600 Rubel, den er einen Tag später beantragt und der umgehend gewährt wird, rettet ihn aus dieser Lage.

Mit der Einstellung der «Epoche» im Juni 1865 versiegt eine Geldquelle, die ihm seit vier Jahren ein gutes Einkommen garantiert hatte. Ohne diese Quelle und ohne ein fertiges Manuskript in der Schublade bleibt ihm nur die Rückkehr zum verhassten System der Vorschussnahme. Wieder muss Dostojewskij Klinken putzen. Er fragt an bei Walentin Korsch von den «Sankt Petersburger Nachrichten», bei Alexander Krajewskij von den «Vaterländischen Annalen», bei Pjotr Boborykin von der «Lesebibliothek», bei Michail Katkow vom «Russischen Boten». Überall zeigt man ihm die kalte Schulter. Katkow hat die 500 Rubel nicht vergessen, die er Dostojewskij sieben Jahren zuvor für «Das Gut Stepantschikowo» vorgeschossen hatte, dann aber zurückverlangen musste, weil er mit dem Manuskript nicht zufrieden war.

Schließlich wendet sich Dostojewskij an den Musikverleger Fjodor Stellowskij, der seit kurzem auch Belletristik im Programm hat. Stellowskij bietet 3000 Rubel für eine dreibändige Gesamtausgabe von Dostojewskijs Werken sowie für einen zusätzlichen Roman im Umfang von mindestens zwölf Druckbögen, also knapp 200 Seiten, der spätestens am 1. November 1866 vorliegen muss. Andernfalls sichert sich Stellowskij für weitere neun Jahre die Rechte an sämtlichen Werken Dostojewskijs, ohne dafür auch nur eine Kopeke Honorar zahlen zu müssen. Zu den Mythen der Dostojewskij-Forschung gehört das Bild Stellowskijs als eines bösen Ausbeuters,[104] zu dem das Ehepaar Dostojewskij nach Kräften beitragen hat.[105] Indes dürften Dostojewskij, als er Anfang Juli 1865 den Vertrag unterzeichnet, dessen Bedingungen weit weniger erpresserisch erschienen sein, als er sie im Nachhinein darstellt. Bei seinem ersten Kredit des Literaturfonds hatte er dem Fonds im Falle der Nichtrückzahlung die Rechte an seinen gesamten Werken vermacht. Und noch am 8. Juni 1865 versucht er, den Verleger Krajewskij zu einem Vorschuss von

3000 Rubel für «Schuld und Sühne» mit dem Angebot zu bewegen, ihm bei Nichterfüllung des Vertrags «das volle und immerwährende Recht auf die Edition *aller* meiner Werke»[106] sowie deren Verkauf oder Verpfändung zu überlassen.

Insofern lässt sich vermuten, dass Dostojewskij nicht Opfer eines Knebelvertrags wurde, sondern bei der Formulierung der Konditionen aktiv mitgewirkt hat. Wenn er Stellowskij später abschätzig als «Spekulanten» bezeichnet (17.6.1866), so gilt diese Zuschreibung auch für ihn selbst, hatte seine literarische Karriere doch von Anfang an im Zeichen der Spekulation und des Risikos gestanden. Es ist unwahrscheinlich, dass Dostojewskij sich der Gefahr, der er sich mit diesem Vertrag aussetzte, nicht bewusst gewesen sein sollte. Schließlich bleibt das Risiko bis in die siebziger Jahre ein wesentliches Stimulans seiner Literaturproduktion. Als Wette gegen das Schicksal hat das Risiko ihn schon immer fasziniert,[107] und nach seinen Roulette-Abenteuern erhält sein Spieltrieb einen neuen Schub. Derselbe Brief, in dem er gegen den «Spekulanten» Stellowskij wettert, enthält Dostojewskijs freimütiges Bekenntnis, ihm komme der Zwang, binnen kürzester Frist für zwei verschiedene Romane [«Der Spieler» und «Schuld und Sühne» – A. G.] dreißig Druckbögen zu verfassen, nicht einmal ungelegen. Im Gegensatz zu Turgenjew, der allein beim Gedanken an eine solche Arbeitsweise sterben würde, finde er, Dostojewskij, an «derart exzentrischen und außergewöhnlichen Dingen» durchaus Gefallen, da er nun mal nicht «zur Kategorie der solide lebenden Menschen» gehöre (17.6.1866).

Zwei Wochen nach dem Vertrag mit Stellowskij bricht Dostojewskij zu seiner dritten Europareise auf. Sein Ziel ist Wiesbaden, wo er vor zwei Jahren an einem Abend über 10 000 Francs gewonnen hatte. Stellowskijs 3000 Rubel sind schon vor Beginn der Reise fast vollständig in den Abbau fälliger Kredite geflossen. Geblieben sind ihm jetzt gerade noch knapp 200 Rubel,[108] für eine dreimonatige Auslandsreise also vergleichsweise wenig. Aber Dostojewskij will gar nicht reisen, und schon gar nicht als Tourist. Eigentlich zieht es ihn auch nicht nach Wiesbaden, sondern nur auf kürzestem Wege an den grünen Tisch des Kasinos, wo man so schnell zu Geld kommen kann wie auf keinem Literaturmarkt der Welt. Er wählt das Hotel «Victoria», das nur einen Steinwurf vom Kasino entfernt liegt.[109] Neben dem Spielfieber zieht ihn eine andere

Passion ins Ausland, nämlich seine trotz aller Zurückweisungen und Demütigungen unverminderte Leidenschaft für Apollinarija Suslowa. Sie hält sich derzeit in der Schweiz auf, hat jedoch angekündigt, auf der Rückreise nach Paris in Wiesbaden Station zu machen.

Wiesbaden wird zum Fiasko. Schon am ersten Tag verspielt Dostojewskij sein gesamtes Geld und kann das Hotel nicht mehr bezahlen. Er muss deshalb nicht nur aufs Abendbrot, sondern auch auf Kerzenlicht verzichten. Da er seit geraumer Zeit nachts arbeitet, ist diese Strafe für ihn doppelt hart. Zwischenzeitlich erzielt er zwar einen Spielgewinn von 12 000 Franken, aber anschließende Verluste pulverisieren diesen ebenso rasch wie sein mageres Startkapital. Dostojewskij bittet Alexander Herzen in Genf um einen Kredit. Aber Herzen befindet sich auf einer Wanderung in den Bergen der Westschweiz und ist nicht erreichbar. Dostojewskij fragt Turgenjew im nahen Baden-Baden, ob er ihm 100 Taler leihen könne. Turgenjew schickt 50 – eine Knauserigkeit des vermögenden Autors, die Dostojewskij ihm nie verziehen hat. Da Dostojewskij sich mit der Rückzahlung des Geldes viele Jahre Zeit ließ, hat Turgenjew die geforderte Summe von 100 Talern irgendwann mit den tatsächlich geliehenen 50 verwechselt, was die Beziehung zwischen den beiden zusätzlich belasten sollte.

Inzwischen ist Apollinarija eingetroffen. Aber entnervt von Dostojewskijs Spielsucht und seiner notorisch schlechten Laune ergreift sie schon nach wenigen Tagen die Flucht nach Paris. Da sie ihm fast ihr ganzes restliches Reisegeld überlassen hat, reicht es für sie selbst gerade noch zu einer Bahnfahrt in der Holzklasse. Dostojewskij schickt ihr einen Brief nach, den ihm sein schlechtes Gewissen diktiert: «Was, wenn Du nun in Köln nicht genug für die 3. Klasse hattest? Dann wärst Du jetzt in Köln ganz allein und wüsstest nicht, was tun. Das ist entsetzlich [...] Und selbst wenn es für die Weiterreise noch gereicht hat, wirst Du auf jeden Fall hungrig gewesen sein. All das macht mir Kopfweh und lässt mir keine Ruhe» (10. 8. 1865). Die Kopfschmerzen hindern ihn nicht daran, Apollinarija abschließend um 150 Gulden zu bitten, damit er «mit diesen Schweinen abrechnen und in ein anderes Hotel ziehen kann».

Mit «Schweinen» ist in diesem Fall die Hotelleitung gemeint, die ihn nicht mehr zur Table d'hôte zulässt und sich weigert, ihm Anzug und

Stiefel reinigen zu lassen, weil es «für den Deutschen kein schlimmeres Verbrechen gibt, als kein Geld zu haben und nicht fristgerecht zu zahlen». Dostojewskijs Abneigung gegen die Deutschen und alles Deutsche bekommt in Wiesbaden neue Nahrung. Er möchte fort von hier, am liebsten nach Paris, auch wenn ihm Apollinarija die kalte Schulter zeigt. Doch dazu fehlt ihm das Geld. Er bittet Baron Wrangel, der jetzt an der russischen Botschaft in Kopenhagen arbeitet, ihm mit 100 Talern auszuhelfen. Wrangel schickt den gewünschten Betrag mit einiger Verspätung. Auch dieses Geld wird unverzüglich im Kasino vernichtet. Dostojewskij schwant, dass sich sein Traum vom schnellen Geld zumindest diesmal nicht erfüllen wird.

Dank eines Kredits, den ihm der Priester der russischen Gemeinde in Wiesbaden gibt, kann er schließlich Ende September die Hotelkosten begleichen und die Heimreise antreten. Die Rückfahrt verbindet er mit einem Abstecher nach Kopenhagen, wohin Wrangel ihn eingeladen hat. Bevor Dostojewskij im russischen Kronstadt von Bord des Dampfschiffs geht, das am nächsten Tag nach Kopenhagen zurückfährt, übergibt er der Besatzung ein Schreiben an Wrangel, in dem er den Baron freundlich bittet, seine Bordrechnung zu begleichen. Wrangel dürfte wenig begeistert gewesen sein, hatte er Dostojewskijs doch nicht nur eine Woche lang bewirtet, sondern ihm für die herbstliche Schiffspassage auch einen Mantel und ein Plaid geliehen, um deren Rücksendung er Dostojewskij höflich ersucht, als in Kopenhagen der Winter vor der Tür steht.

Die letzten Monate des Jahres 1865 sind ausgefüllt mit Bettelbriefen, Rennereien zu Pfandleihen und Auseinandersetzungen mit Gläubigern, die er ein ums andere Mal hinhalten muss. Unangenehme Pflichten dieser Art erledigt er tagsüber. Die Abende und Nächte bleiben der literarischen Arbeit vorbehalten. Der neue Roman, den er plant und für den er lange vergeblich um Vorschüsse geworben hat, nimmt allmählich Gestalt an. Der erste Arbeitstitel lautet «Die Trinker». Erscheinen wird das Buch schließlich unter dem Titel «Schuld und Sühne».

Einen Monat zuvor hatte ihm der Wiesbadener Pope Iwan Janyschew 300 Rubel nach Petersburg gesandt. Sie stammten von Michail Katkow, dem Herausgeber des «Russischen Boten», der das Geld nach Wiesbaden hatte schicken lassen, weil er nicht wusste, dass sich Dostojewskij schon auf der Heimreise befand. Dostojewskij hatte das Geld als Zustimmung zu seinem Romanprojekt aufgefasst und sich mit neuem Eifer in die Arbeit gestürzt. Doch Katkow lässt sich mit der endgültigen Entscheidung über die Annahme des Manuskripts für sein Journal weitere zwei Monate Zeit.

Unterdessen rennen Dostojewskijs Gläubiger ihm die Bude ein. Einige von ihnen kann er hinhalten und eine Fristerstreckung erwirken, andere haben weniger Geduld und drohen, ihn ins «Loch» zu bringen, also in den Schuldturm. Dostojewskij trägt sich mit dem Gedanken, wieder eine Zeitschrift herauszugeben, um eine halbwegs sichere Existenzgrundlage zu haben, doch zuerst will er den Roman beenden. Wrangel, dem er von seinen Sorgen berichtet, drängt ihn neuerlich zu einer Stelle im Staatsdienst. Aber Dostojewskij winkt ab. Er ist zuversichtlich, dass sein Marktwert ihm nicht nur sein tägliches Brot, sondern ein ausgesprochen «süßes und reichliches Stück Brot» garantieren wird (18. 2. 1866).

Erst im Januar 1866, nachdem Katkow die ersten Kapitel des neuen Romans gelesen und erkannt hat, dass ihm mit «Schuld und Sühne» ein Bestseller ins Netz gegangen ist, teilt er dem Autor mit, die Drucklegung des Romans sei beschlossene Sache und beginne bereits mit der nächsten Nummer des «Russischen Boten». Damit ist Dostojewskij fürs Erste gerettet. Solange die Kapitel des neuen Romans in seiner Zeitschrift erscheinen, gewährt Katkow großzügig Vorschüsse, die sich auf insgesamt 5000 Rubel belaufen. Davon hätte Dostojewskij komfortabel leben können, wäre er denn schuldenfrei gewesen. Doch von den insgesamt 14 000 Rubel, die er für die Zeitschriften- und die erste Buchfassung von «Schuld und Sühne» an Honoraren erzielt, fließen 12 000 in Zinsen und die Tilgung der ihm von seinem Bruder hinterlassenen Kredite.[110]

Anstatt in Saus und Braus lebt Dostojewskij im Winter 1865/66 nach eigener Aussage «wie ein Anachoret» und ernährt sich «von Kopekenbeträgen» (9. 5. 1866). Seit seinem Umzug von Moskau nach Petersburg im August 1864 haust er für monatlich 25 Rubel in einer Drei-Zimmer-Wohnung in der Malaja Meschtschanskaja Uliza (Kleine Kleinbürgerstraße), Ecke Stoljarnyj Pereulok (Tischlergasse). Schon die Straßennamen deuten an, dass hier nicht die feinen Leute, sondern Arbeiter, Handwerker und kleine Kaufleute zu Hause sind. Es ist die in «Schuld und Sühne» beschriebene Gegend um den Petersburger Heumarkt und um den einen Steinwurf von Dostojewskijs Haus entfernten Katharinen-Kanal (heute Gribojedow-Kanal), der sich damals als übelriechende Kloake zwischen Mojka und Fontanka durch ein Gewirr von Straßen und Gassen schlängelt. Dostojewskijs Witwe Anna Grigorjewna erinnert sich später an ihren ersten Besuch bei Dostojewskij in Wohnung Nr. 13:

> Es war ein großes Haus mit vielen kleinen Wohnungen von Kaufleuten und Gewerbetreibenden. Fjodor Michajlowitschs Arbeitszimmer war ein großer zweifenstriger Raum; an diesem sonnigen Tag war es hier sehr hell, sonst aber hatte es etwas Bedrückendes – es war düster und ganz still; irgendwie hatte diese Finsternis und Stille etwas Deprimierendes.[111]

Was Anna Grigorjewna als bedrückend empfindet, ist für Dostojewskij eine inzwischen unerlässlich gewordene Voraussetzung für den Akt des Scheibens, der am produktivsten in den Nacht- und frühen Morgenstunden stattfindet. Trotzdem verfolgt ihn ständig die Furcht, dass am nächsten Morgen wieder ein Gläubiger vor der Tür stehen könnte. Die ewigen finanziellen Sorgen lähmen seine Schaffenskraft, die er gerade jetzt umso dringender benötigt, als es gilt, den neuen, bei Katkow in Fortsetzungen erscheinenden Roman voranzubringen, der zum Ende des Jahres 1866 abgeschlossen sein muss.

Um den Gläubigern zu entrinnen und in Ruhe arbeiten zu können, erwägt er einen dreimonatigen Aufenthalt in Dresden, gibt diesen Plan aber auf, weil der Kurs des Rubel so stark gefallen ist, dass eine Auslandsreise zu kostspielig wäre. Da er ohnehin zu Gesprächen mit Katkow nach Moskau muss und hofft, dort für seine Gläubiger wenigstens eine Zeitlang unerreichbar zu sein, mietet er sich Mitte Juli 1866 gegenüber dem Moskauer Bolschoj-Theater im komfortablen Hôtel Dusaux ein. Gerade zu dieser Zeit wird Russland von einer anhaltenden Dürreperiode mit brütender Hitze von über dreißig Grad und trockenen Steppenwinden heimgesucht. Das Hotelzimmer, in dem Dostojewskij eigentlich hatte arbeiten wollen, wird zum Backofen, und das von seinen Bewohnern im Sommer verlassene Moskau zur glühenden Steinwüste. In dieser Situation fügt es sich günstig, dass in dem Dorf Ljublino südlich von Moskau, direkt neben dem Sommerhaus seiner Schwester Wera

Iwanowa, eine Datscha frei wird, die bei kurzfristiger Anmietung zum halben Preis zu haben ist.

Obwohl Dostojewskij, anders als die meisten Russen, nicht zu den passionierten «Datschniki» gehört, verbringt er die Sommermonate in der «schönsten Gegend der Welt und in allerangenehmster Gesellschaft» (10. 7. 1866). Wera hat zehn Kinder, von denen das älteste, die damals neunzehnjährige Sofja (Sonja), seine Lieblingsnichte wird. Ihr wird er später den Roman «Der Idiot» widmen. Beflügelt von der entspannten Atmosphäre in Weras großer Familie, zu der immer wieder Freunde und andere Verwandte stoßen, geht ihm die Arbeit an «Schuld und Sühne» leicht von der Hand. In seiner ansonsten völlig leeren Datscha – Ferienhäuser wurden in Russland traditionell unmöbliert vermietet, weshalb zu Beginn der Sommersaison stets ganze Kolonnen von mit Möbeln und Hausrat schwer bepackten Gespannen aus der Stadt in die Datschenkolonien fuhren – hat er sich im Obergeschoss ein geräumiges Arbeits- und Schlafzimmer eingerichtet, in dem er ungestört schreiben kann. Entgegen seiner Gewohnheit sitzt er schon morgens am Schreibtisch und arbeitet ohne Unterbrechung bis zum Mittagessen um 15 Uhr. Den Rest des Tages verbringt er in Gesellschaft der Iwanows. Erlöst von der asketischen Strenge seines Petersburger Alltags, nimmt er an den Spielen, Gesprächen, Ruderpartien und Ausflügen der Familie teil und beeindruckt besonders die jungen Leute durch eine Lausbubenhaftigkeit, die sie seinem altherrenhaften Aussehen und seiner Aureole als «Autor des Totenhauses» nicht zugetraut hätten.[112]

Inzwischen allerdings rückt der Termin bedrohlich näher, zu dem Stellowskij einen neuen Roman im Umfang von zwölf Druckbögen erwartet, mit dem er noch immer nicht begonnen hat. In Ljublino entwirft Dostojewskij das Konzept dieses Romans, dessen Idee er Strachow schon vor drei Jahren in einem Brief aus Rom vorgestellt hatte:

> Das Sujet der Erzählung ist folgendes: der Typ des im Ausland lebenden Russen. Sie wissen ja, dass in diesem Sommer in den Zeitschriften viel von den im Ausland lebenden Russen die Rede war [...] Die Hauptsache aber ist, dass er seine ganzen Lebenssäfte und Kräfte, seine Willkür, seinen Furor für das Roulette verausgabt hat. Er ist Spieler, aber kein normaler Spieler, so wie auch Puschkins Geiziger Ritter kein bloßer Geizhals ist. (18. 9. 1863)

Kein russischer Typus steht Dostojewskij so nahe wie der des Hasardspielers, kein Sujet ist ihm vertrauter. Es bedarf allerdings auch so intimer Kenntnisse der Psychologie des Helden und seines Milieus, um in den wenigen Wochen, die jetzt noch bleiben, einen kompletten Roman zu Papier zu bringen. Mitte September kehrt Dostojewskij nach Petersburg zurück. Dort ist Alexander Miljukow entsetzt über den Stress, dem sich der Freund durch den Vertrag mit Stellowskij ausgesetzt hat. Miljukow entwirft einen Rettungsplan: Dostojewskij habe sich nur zu einem *Roman*, nicht aber zu einem *guten* Roman verpflichtet. Deshalb solle er ihn, Miljukow, und vielleicht zwei, drei andere Freunde in das Sujet des geplanten Werkes einweihen. Wenn jedes Mitglied der Gruppe drei bis vier Druckbögen schreibe, könne der Roman zum 1. November fertig sein. Aber Dostojewskij lehnt ab. Er ist im Begriff, mit «Schuld und Sühne» seinen bisher größten Coup zu landen, und möchte seinen guten Namen durch literarischen Pfusch nicht aufs Spiel setzen. Miljukow macht einen anderen Vorschlag: «Dann nehmen Sie sich doch einen Stenografen und diktieren Sie den ganzen Roman. Ich meine, dass Sie in einem Monat fertig sein können.»[113] Noch nie hat Dostojewskij ein Werk diktiert. Bisher war er es gewohnt, allein zu arbeiten. Doch Miljukows Idee überzeugt ihn.

Während in Westeuropa die Stenografie schon seit mehr als hundert Jahren verbreitet ist, setzt ihre Entwicklung in Russland erst unter Alexander II. ein. Als erstes Stenogramm gilt hier eine Mitschrift des 1860 an der Petersburger Universität ausgetragenen Disputs zwischen den Professoren Michail Pogodin und Nikolaj Kostomarow über den Ursprung des russischen Staates. Seither hat die russische Stenografie immer mehr gesellschaftliche Bereiche erobert, neben Justiz und Verwaltung zunehmend auch die Literatur. In Petersburg gilt als Koryphäe auf diesem Gebiet der Redakteur und Übersetzer Pawel Olchin, der sich in Nürnberg die deutsche Stenografie angeeignet und mit seinem soeben in dritter Auflage erschienenen dreibändigen «Handbuch der russischen Stenografie nach dem System Gabelsberger» einen von der Regierung ausgeschriebenen Wettbewerb um die Verbreitung der Stenografie in Russland gewonnen hat.

Seit 1865 gibt Olchin am 6. Petersburger Knabengymnasium Abendkurse in Stenografie für ein überwiegend weibliches Publikum. Von einem Kollegen Miljukows auf Dostojewskijs Notlage angesprochen, fragt Olchin seine damals zwanzigjährige Schülerin Anna Snitkina, ob sie sich vorstellen könne, für den Schriftsteller Fjodor Michajlowitsch Dostojewskij einen Text im Umfang von sieben Druckbögen zu stenografieren. Das Honorar betrage 50 Rubel, abzüglich zehn Prozent Provision. Anna muss nicht lange nachdenken, hat sie doch nach eigenem Bekunden «über den ‹Aufzeichnungen aus einem Totenhause› Tränen vergossen».[114] Die Aussicht, «diesen begnadeten Schriftsteller nicht nur kennenzulernen, sondern ihm auch bei der Arbeit zur Hand zu gehen, erregte und erfreute mich über die Maßen. Olchin gab mir einen kleinen, vierfach gefalteten Zettel mit der Adresse ‹Tischlergasse, Ecke Kleine Kleinbürgerstraße, Wohnung No. 13, bei Dostojewskij›». Anna hatte sich den Autor des «Totenhauses» als einen stattlichen Herrn von hohem Wuchs und mit hagerem, bleichem, strengem Gesicht vorgestellt. Stattdessen steht ihr «ein Mann von mittlerem Wuchs, mit zerquältem, kränklichem Gesicht und hellen, leicht rötlichen Haaren [gegenüber], die stark pomadisiert und auf merkwürdige Weise, wie eine Perücke, gekämmt waren»[115].

Dostojewskij beginnt sein Diktat am 3. Oktober. In der Regel findet es nachmittags zwischen zwölf und sechzehn Uhr statt. Es dauert etwas, bis er sich an die neue Arbeitsweise gewöhnt hat. Beim Diktat «durchmaß Dostojewskij das Zimmer mit schnellen Schritten diagonal von der Tür zum Ofen, gegen den er beim Vorbeigehen zweimal klopfte. Dabei rauchte er unablässig und warf die nur halb gerauchten Papirossi in den Aschenbecher am Ende des Schreibtischs». Zu Hause schreibt Anna die Stenogramme ins Reine, um sie Dostojewskij am nächsten Tag zur Korrektur vorzulegen und dabei «triumphierend die Zahl der neuen Seiten zu verkünden». Nach dreieinhalb Wochen, am 29. Oktober, ist der Text fertig. Am 30. Oktober 1866, seinem 45. Geburtstag – Anna hat sich eigens ein lila Kleid angezogen, und Dostojewskij findet, dass es ihr stehe, weil sie darin größer und schlanker wirke[116] –, macht Dostojewskij sich an die Schlusskorrekturen. Pünktlich am 1. November bringt er das Manuskript in Stellowskijs Büro an der Bolschaja-Morskaja-Straße, wo er den Verleger aber nicht antrifft. Möglicherweise will Stellowskij ihn ins offene Messer laufen lassen, um sich für weitere neun Jahre die Rechte an seinem Werk zu sichern. Dostojewskij befolgt den Rat eines befreundeten Richters und hinterlegt das Manuskript gegen Quittung auf dem für Stellowskijs Wohnbezirk zuständigen Polizeirevier. Damit ist er juristisch auf der sicheren Seite.

Hasard in Roulettenburg: «Der Spieler»

Stellowskij lässt das Manuskript umgehend in Druck gehen, so dass das Buch schon Anfang Dezember 1866 ausgeliefert werden kann. Der fiktive Ort Roulettenburg, in dem der Roman spielt, stellt einen Querschnitt der südwestdeutschen Kur- und Kasino-Orte Bad Homburg, Baden-Baden und Wiesbaden dar. Wie 1863 gegenüber Strachow angekündigt, steht im Mittelpunkt der Handlung ein im Ausland lebender Russe namens Alexej Iwanowitsch, der überzeugt ist, «in Russland kein Betätigungsfeld» zu haben, und sich in Deutschland der Spielleidenschaft hingibt. Alexej ist verliebt in Polina, die Stieftochter eines betagten, aber noch rüstigen Generals, zu dessen Entourage Alexej als Hauslehrer gehört. Polina wird nicht nur von Alexej, sondern auch von einem Marquis de Grillet und dem reichen Engländer Mr. Astley umworben. Zum Gefolge des Generals gehört außerdem Mlle. Blanche, eine fünfundzwanzigjährige französische Kokotte, für die der alte Herr in heftiger Leidenschaft entbrannt ist. So wie der Held zwischen Spiel- und Liebestrieb schwankt, sind auch die anderen Figuren des Romans durch Liebes- und Geldbeziehungen miteinander verbunden. Der Marquis, der in Wirklichkeit gar keiner ist, verliert das Interesse an Polina, als er erfährt, dass von ihrem Stiefvater kein Erbe zu erwarten sei. Polina, deren Liebe zu de Grillet längst erloschen ist, hat bei ihm Schulden und will sich durch das Glücksspiel aus ihrer finanziellen Abhängigkeit von ihm befreien. Mlle. Blanche wiederum lässt den General sitzen, als sich herausstellt, dass er, ungeachtet seiner üppigen Geschenke, pleite ist und seine Hoffnung auf das baldige Ableben seiner hochbetagten, schwerreichen Moskauer Erbtante, der «Madame la générale Princesse de Tarassséwitsch», sich nicht erfüllen wird.

Der überraschende Besuch dieser alten Dame treibt die Handlung auf den Höhepunkt. Kaum in Roulettenburg angekommen, begibt sich die resolute «Babuschka» unverzüglich ins Kasino und verspielt in kurzer Zeit einen sechsstelligen Franken-Betrag, weil sie starrköpfig auf Zéro setzt, die riskanteste aller Roulettepositionen.[117] Alexej Iwanowitsch hingegen gewinnt am Roulettetisch 200 000 Franken, von denen er Polina 50 000 abgibt, damit sie ihre Schulden bei de Grillet bezahlen kann. Für Alexej völlig unerwartet, verbringt Polina die Nacht mit ihm und wirft ihm am nächsten Morgen das Geld an den Kopf. Sie möchte nicht von ihm gekauft worden sein. Damit ist die Beziehung zwischen den beiden beendet. Alexej Iwanowitsch folgt als neuer Geliebter der so hübschen wie flatterhaften Mlle. Blanche nach Paris. Dort geht sein Spielgewinn in kurzer Zeit für ein Luxus- und Lotterleben drauf, das ihn schon bald tödlich langweilt. Der Epilog zeigt den Helden eineinhalb Jahre später in Roulettenburg. Endgültig der Spielsucht verfallen und finanziell wie seelisch ruiniert, weiß Alexej, dass er «ein verlorener Mensch» ist. Aber wie alle Spieler hat er den Traum nicht aufgegeben, durch den einen großen Glückstreffer beim Roulette «neu geboren zu werden» und sich von seiner Sucht zu befreien: «Morgen, morgen wird alles ein Ende nehmen!»

In knapp drei Wochen zu Papier gebracht, zählt «Der Spieler» zwar nicht zu Dostojewskijs literarischen Spitzenleistungen. Doch gerade weil sich der Autor unter dem ungeheuren Zeitdruck ganz auf sein Improvisationstalent verlassen, mithin Techniken und Themen, Figuren und Motive abrufen musste, die ihm besonders lagen, ist dieser Kurzroman ein für Dostojewskijs Schreibweise besonders typisches Werk geworden. Dies gilt schon für die Form der Ich-Erzählung, die hier als tagebuchhaftes «writing to the moment» («Gerade erfahre ich [...], dass Marja Flippowna heute [...] nach Karlsbad abgereist ist [...] Was hat diese Neuigkeit zu bedeuten?») dem Leser hinsichtlich der weiteren Handlung nur ein Minimum ein Vorhersehbarkeit ermöglicht und umgekehrt ein Maximum an Überraschungseffekten beschert. Auch die dialogische Anlage des Romans und die turbulente, stets auf ein «katastrophisches Jetzt»[118] fokussierte Dramaturgie der Ereignisfolge, die zu immer neuen Bearbeitungen des Romans für Bühne und Leinwand angeregt haben, gehört zu den einschlägigen Verfahren des Autors. Nicht minder typisch für Dostojewskijs Romantechnik ist schließlich das nationale Profil der Figuren. Einem genuin russischen Typus wie der warmherzigen Moskauer Babuschka, die mit hoher Bugwelle durchs Leben rauscht, stehen schlitzohrige Franzosen wie Mlle. Blanche und de Grillet, dümmliche Deutsche wie der Baron Wurmerhelm und assimilierte Auslandsrussen wie der General gegenüber.

Alexej Iwanowitsch, der Held und Ich-Erzähler, ist typologisch ein Nachfahre des in der russischen Literatur des 19. Jahrhunderts seit Puschkin wiederkehrenden «überflüssigen Menschen». Von Natur aus mit einem ähnlich scharfen Verstand ausgestattet wie der Kellerlochbewohner, fehlt ihm die Kraft, seinem Leben eine Richtung und einen Sinn zu geben, weil er den Kontakt zum russischen Boden verloren hat. Zuletzt versinkt er wie Puschkins Eugen Onegin und Lermontows Petschorin in metaphysischer Langeweile. Eine Entwicklung, die nach Schopenhauer unausweichlich ist, denn wo der Wille als Leben erhaltende Kraft nicht gefordert ist, wird er «angereizt durch Erregung der Leidenschaften, zum Beispiel durch hohe Hasardspiele, dieses wahrhaft degradierende Laster».[119]

Zur Charakterprobe aller Figuren des Romans wird ihr Verhältnis zu Geld und Besitz. Auf dieser thematischen Ebene liefert «Der Spieler» eine regelrechte Phänomenologie des Besitzwechsels. Vom Diebstahl (dem Abgreifen fremder Gewinne beim Roulette), der Veruntreuung (dem Griff des Generals in die Regimentskasse) und dem Glücksspiel in seiner «plebejischen» (geldgierigen) wie «aristokratischen» (leidenschaftslosen) Variante über den ehrlichen Gelderwerb durch Arbeit (Alexej als Hauslehrer des Generals), die käufliche Liebe (Mlle. Blanche als Kurtisane) bis hin zum großzügigen Geschenk (Alexejs 50 000 Franken für Polina) und zur Erbschaft (dem Vermächtnis der Babuschka für Polina) sind die elementaren Formen des Besitzwechsels hier fast vollständig vertreten. «Wozu brauchen Sie Geld?», will Alexej von Polina wissen. «Was heißt, wozu?», entgegnet sie. «Geld ist alles!» Tatsächlich ist Geld in Roulettenburg alles und es dreht sich, buchstäblich, alles ums Geld. Als Variante des Fortuna-Rades illustriert das Roulette die Geldzentriertheit und den Kasino-Kapitalismus der modernen Welt, bei dem «eine einzige Drehung des Rades alles verändern kann».

Dennoch zielt das ideologische Konzept des neuen Romans, das sich Dostojewskijs «russischer Idee» verdankt, weniger auf eine Kritik des Kapitalismus als auf den im Geldverhalten der Figuren zutage tretenden kulturellen Gegensatz zwischen Russland und Europa. Galt in den «Winteraufzeichnungen» die Kritik des Autors dem Besitzfetischismus der *französischen* Bourgeoisie, so hier dem spezifisch *deutschen* Umgang mit Geld. In Deutschland, so die These des Ich-Erzählers Alexej Iwanowitsch, lebt man, um zu arbeiten, und arbeitet man, um zu sparen, was dadurch verschleiert wird, dass der deutsche Haushaltungsvorstand, der *Herr Vater*, seiner Familie das Sparen als Kardinaltugend predigt und die Lebensfeindlichkeit seines aufs Sparen reduzierten Weltbildes durch die Kulisse einer biedermeierlichen Idylle tarnt:

> Jeder *Herr Vater* hat eine Familie, und abends wird aus erbaulichen Büchern vorgelesen. Über dem Häuschen rauschen Ulmen und Kastanien. Dazu ein Sonnenuntergang, ein Storch auf dem Dach, und alles ungemein poetisch und rührend [...]. Alle schuften wie die Jochochsen, und alle sparen wie die Juden [...] Nach fünfzig oder siebzig Jahren verfügt der Enkel des ersten *Herrn Vater* tatsächlich über ein ansehnliches Kapital, das er seinem Sohn vermacht, dieser dem seinen, und nach fünf oder sechs Generationen wird ein Baron Rothschild oder ein Hoppe & Co. oder weiß der Teufel was hervorgebracht. Was für ein erhabenes Schauspiel! Ein- oder zweihundert Jahre Arbeit von Geschlecht zu Geschlecht, Geduld, Verstand, Redlichkeit, Charakter, Beständigkeit, Kalkül und ein Storch auf dem Dach!

Alexejs Befremden über die deutsche Arbeitswut «unter strengster Vermeidung allen unbefangenen Genießens» nimmt Max Webers Thesen zur protestantischen Leistungsethik vorweg und hat – bedenkt man Webers starkes Interesse an Russland – diese möglicherweise sogar mitinspiriert. Speziell gilt das für die auf den Kopf gestellte Mittel-Zweck-Relation von Arbeit und Leben.[120]

Im Kontrast zu deutschem Geist und Geiz verkörpert die Babuschka die russische Einstellung zum Geld. Sie spielt hitzig und hochriskant, setzt riesige Summen und verliert ein Vermögen. Obwohl als Generalswitwe dem Hochadel zuzurechnen, steht sie für eine Spielweise, die von der besseren Gesellschaft als «plebejisch» verachtet wird. Zum Ehrenkodex des russischen Adels im 19. Jahrhundert gehört die Verhaltensregel, das Glücksspiel nicht als Affektventil, sondern im Gegenteil als Affektregulator zu betrachten.[121] Ein «Gentleman-Spieler» muss den Lauf der Roulettekugel kühlen Blutes verfolgen und hat selbst bei hohen Verlusten Haltung zu bewahren. Demgegenüber geht es dem «plebejischen» Spieler allein ums Gewinnen. Was ihn antreibt, sind Leidenschaft und nackte Gier; auf die Form pfeift er. So auch die Babuschka, die sich am Spieltisch ungeniert und laut über ihre Verluste ärgert und Alexej Iwanowitsch, der für sie setzen muss, ungeduldig in die Rippen stößt. Die Babuschka entschwindet zuletzt in ihr heimisches Moskau, das der Leser sich als geldfreies Arkadien vorstellen muss: «Was haben wir nicht alles daheim in Moskau! Einen Garten und Blumen, wie es sie hier gar nicht gibt, und Wohlgeruch und Äpfelchen, die an den Bäumen reifen».[122]

Den Gegensatz zwischen «plebejischem» und «gentlemanhaftem» Spiel überwölbt die kulturtypologische Antithese «Form versus Formlosigkeit». Dabei wird dem Westen mit seinen Benimmregeln und Tugendkatechismen eine abstrakte, lebensfeindliche Haltung zugeschrieben, während Russland in Gestalt der Babuschka als Hüterin all dessen erscheint, was der Kellerlochmensch als «lebendiges Leben» bezeichnet. Die Ursache dieser kulturellen Differenz sieht Alexej Iwanowitsch darin, dass «die Russen viel zu reich und zu vielseitig begabt sind, um sich rasch eine schickliche Form anzueignen». Die Fähigkeit zum Kapitalerwerb, die im westlichen Tugendsystem an erster Stelle stehe, sei dem Russen wesensfremd. Nicht nur sei er «unfähig, Kapital zu erwerben», sondern er «verschwende es auch sinnlos und chaotisch». Daher seine Neigung zum Roulette, bei dem große Summen ohne besonderen «formalen» Aufwand und ohne Kalkül gewonnen, freilich auch verloren werden können.

Die autobiographischen Bezüge im «Spieler» haben immer wieder Anlass gegeben, den Roman als quasidokumentarischen Text zu lesen. Tatsächlich aber bereichert er unser Wissen über Dostojewskij als Person allenfalls im Hinblick auf verschiedene Strategien der Rechtfertigung des Glücksspiels, die sich teilweise mit Dostojewskijs eigenen decken. Die prosaischste, von der romantischen Herausforderung des Schicksals durch den Spieler denkbar weit entfernte Begründung des Glücksspiels liefert das Argument, der tägliche Gang ins Kasino sei letztlich nur eine, wenn auch etwas exzentrische, Form von Arbeit. «Warum sollte das Spiel schlechter sein als jede andere Form des Gelderwerbs, etwa der Handel?», fragt sich Alexej. Es ist schließlich weniger das große als vor allem das schnelle Geld, zu dem man hier leichter kommen kann als irgendwo sonst. Wenn er sich als «Erwerbstätiger» versteht, darf der Roulettespieler allerdings nicht Vabanque spielen, sondern muss sich an eine gewisse «Ordnung» halten und bemüht sein, «sich in jeder Phase des Spiels unter Kontrolle zu haben und nicht in Hitze zu geraten» (20. 8. 1863).

Seinem Bruder Michail gegenüber verteidigt Dostojewskij das Roulettespiel damit, dass er in Wiesbaden dank eines von ihm entdeckten «Systems» 10 000 Franken gewonnen und erst zu verlieren begonnen habe, als er das System gewechselt habe (8. 9. 1863). Der Typus des Systemspielers freilich setzt auf rationales Kalkül und ist insofern zu «europäisch», um für Dostojewskijs Romanhelden Alexej Iwanowitsch kulturell akzeptabel zu sein. Als «einfacher Sterblicher, der ohne Berechnung spielt», misst er dem «Kalkül» keine Bedeutung zu.

Eine weitere Rechtfertigungsstrategie besteht darin, das Glücksspiel zum Rettungsprojekt zu stilisieren. Alexej möchte Polina durch seinen Gewinn davor bewahren, dem Marquis de Grillet weiter verpflichtet zu sein. Dass Polina sein Geldangebot ablehnt, weil sie sich für die mit Alexej verbrachte Liebesnacht nicht bezahlen lassen will, ist ein Schwachpunkt im Plot. Schließlich war sie es, die Alexej gebeten hat, für sie Roulette zu spielen, um sich aus ihrer misslichen Lage befreien zu können. Trotz Polinas Verzicht adelt sein Zweck Alexejs Hasardspiel. Zur Gabe und damit zur höchsten Form des Besitzwechsels veredelt, verliert der Geldgewinn den Ruch ungezügelter Spielleidenschaft und schnöder Habgier. Auf gleiche Weise legitimiert Dostojewskij sein Roulettespiel gegenüber seinem Bruder mit der Absicht, durch einen Glückstreffer «Euch alle zu retten».

Die moralische Rechtfertigung des Spiels wird überboten durch die ethnische Zuschreibung des plebejischen Spiels als typisch russische, vitale, verschwenderische Einstellung zu den Mitteln des Lebens. Zur poetischen Apparatur verklärt, verwandelt sich die Roulettemaschine in einen Generator der Leidenschaften. Dabei symbolisiert der Wirbel des rotierenden Zahlenblatts sowohl das Tempo der Geldzirkulation im Kasino als auch den Orientierungsverlust des leidenschaftlichen Spielers, der zuletzt erkennen muss, dass er «dem Geld nicht gewachsen und ihm schwindlig geworden»[123] ist. Erotisches Schwindelgefühl und Spielleidenschaft gehen bei Alexej Iwanowitsch ineinander über. Nach Polinas erstem Gunstbeweis spielt er am Roulettetisch «wie im Fieber» und gewinnt 100 000 Florin. Der Rausch des Spiels verwandelt Geld, das «verachtete Metall», in ein Objekt der Lust: «Ich empfand damals einen unwiderstehlichen Genuss beim Einsammeln und Zusammenraffen der Banknoten, die sich vor mir aufhäuften.» Die Spannung der Szene löst sich zuletzt auf in ein karnevaleskes Tableau, auf dem Alexej unter der Last von Banknoten und Münzrollen schier zusammenzubrechen droht.

Als Spieler hat Dostojewskij die gleiche Neigung zum Hasard wie Alexej Iwanowitsch. Umso mehr fällt auf, dass er diese – in seinem Roman als eine Art «Poesie» ranghöchste – Form des Glücksspiels zur Rechtfertigung seiner eigenen Spielsucht nie in Anspruch nimmt. Eine Erklärung dafür liefert sein Brief an Strachow vom September 1863, in dem er dem Freund den Plan seines künftigen Romans vorstellt. Der Spieler, heißt es dort, sei «auf seine Weise ein Poet». Doch schäme er sich dieser Poesie, denn tiefinnerlich spüre er ihre Erbärmlichkeit, wiewohl der Zwang zum Risiko ihn in seinen eigenen Augen adele (30./18. 9. 1863). Edel und «poetisch» stellt das Hasardspiel sich demnach nur aus der Sicht des Helden dar. Diese Nobilitierung aber ist Selbstbetrug, da sie das innere und damit das für Dostojewskij zuverlässigere Wissen um die Erbärmlichkeit des Spiels übertünchen soll.

Scham über die eigene Spielleidenschaft wird zum Leitmotiv auch in Dostojewskijs Korrespondenz der 1860er Jahre. Immer wieder bittet er, was seine Sucht betrifft, um Nachsicht und Diskretion:

> Reden Sie mit niemandem darüber [...] ich meine vor allem Pascha. Er ist noch dumm und setzt sich möglicherweise in den Kopf, eine Karriere als Spieler machen zu können. (20. 8. 1863) – Über meine Lage zu niemandem ein Wort! Das bleibt unter uns. Das heißt: meine Verluste im Spiel. (8. 9. 1863) – Weil aber in diesem Fall Phrasen absolut nutzlos [...] wären, gestehe ich Ihnen offen – auch wenn mir dieses Geständnis peinlich ist –, dass ich aus Dummheit [...] alles verspielt habe, was ich bei mir hatte. (24. 8. 1865) – Anja, versprich mir, dass Du niemals jemandem diese Briefe zeigst. Ich will nicht, dass meine scheußliche Lage ins Gerede kommt. (23. 4. 1867) – Und nun beginne ich, Ihnen meine Gemeinheiten und Laster zu schildern [...] Allerdings schreibe ich dies nur *Ihnen, ganz allein*. Liefern Sie mich nicht dem Urteil der Menge aus! (18. 8. 1867)

Alexej Iwanowitschs These von der moralischen Überlegenheit der russischen Spielweise fehlt somit die Deckung durch den Autor. Letztlich handelt es sich auch gar nicht um eine echte These, sondern nur um eine besonders steile Hypothese. Solche rhetorischen Zuspitzungen meist hypothetischen Charakters lassen den Leser im Unklaren darüber, ob und inwieweit sie die Meinung des Autors wiedergeben. Auch wenn

Dostojewskij die Aussagen des fiktiven Spielers Alexej Iwanowitsch nicht ausdrücklich autorisiert, hat er mit seinem Helden doch gemein, dass er als streitbarer Ideologe im Medium der Presse wie im Roman provokative Aussagen liebt, die hart an der Grenze der Plausibilität oder Seriosität stehen.

Als Diskursstrategie weist dieses Verhaltensmuster auf die Rolle des «Jurodiwyj» zurück, des russischen Narren in Christo.[124] Dieser in Dostojewskijs Werk in zahlreichen Varianten vertretene Typus zeichnet sich durch (den Anschein der) Verrücktheit, die Widersprüchlichkeit seiner Aussagen, ein hochgradig deviantes Verhalten, Unberechenbarkeit und vor allem durch Unzurechnungsfähigkeit aus. Die Narrenrolle entbindet den Jurodiwyj von jeder Verantwortung für sein Reden und Handeln. Eine ähnliche Haftungsfreiheit kennzeichnet in den «Aufzeichnungen aus einem Kellerloch» und im «Spieler» eine Redestrategie, die Michail Bachtin als Rhetorik der «Hintertür» bezeichnet. Damit ist eine Form der Rede gemeint, die sich stets die Möglichkeit vorbehält, «den letzten, endgültigen Sinn seines Wortes zu ändern».[125]

Auf der Satzebene «öffnet» eine solche rhetorische «Hintertür» besonders häufig die Partikel «übrigens», eine der häufigsten in Dostojewskijs Syntax. So registriert der Kellerlochmensch auf dem Höhepunkt der peinlichen Gardinenpredigt, die er der Prostituierten Lisa hält: «Das Spiel, das Spiel riss mich fort, übrigens nicht nur das Spiel». Der Spielmodus des Sprechens bringt sich hier im Thema wie in der Form des Satzes zur Geltung. Die Einschränkung «übrigens nicht nur das Spiel» stellt die Gültigkeit der bisherigen Aussage in Frage. Dabei markiert die Partikel «übrigens» den Punkt, an dem der semantische Schalter des Satzes auf null gestellt wird und sich der Sprecher die Möglichkeit verschafft, seiner eigenen These durch eine Hintertür zu entkommen. Alexej Iwanowitsch ist in diesem Sinne nicht nur ein Roulette-, sondern auch ein Diskurszocker und darin ebenfalls ein Spiegelbild Dostojewskijs, der es liebte, «mit der Gefahr zu spielen, so wie er immer und überall mit ihr spielte – [...] am Kartentisch, bei wollüstigen Ausschweifungen, in mystischen Schauern».[126]

Spaltungen: «Schuld und Sühne»

alb Wochen, in denen er den «Spieler» zu Papier bringt, sind wskij das größtmögliche Zeitfenster, das er sich für diese Causerie leisten kann. Ansonsten gilt im Jahre 1866 sein Hauptaugenmerk dem großen Roman, mit dem er sich endgültig einen Platz im Pantheon der Weltliteratur sichern wird, nämlich «Schuld und Sühne». Dostojewskijs Überzeugung, «dass bis dahin kein einziger von unseren Schriftstellern, weder den toten noch den lebenden, unter solchen Bedingungen geschrieben hat, unter denen ich *unausgesetzt* schreibe» (17. 6. 1866), bezieht sich vor allem auf die Arbeit an «Schuld und Sühne», als er «binnen vier Monaten dreißig Druckbögen für zwei verschiedene Romane» schreiben muss.

Im Kern geht die Idee zu dem neuen Werk auf die 1850er Jahre zurück. Als Textformat war zunächst ein Kurzroman im Umfang von maximal 200 Seiten geplant, dessen Plot ein Brief an Katkow vom September 1865 umreißt. Danach soll es um den «psychologischen Bericht eines Verbrechens» gehen:

> Die Handlung ist aktuell, sie spielt in diesem Jahr. Ein junger Mann, ein aus der Universität ausgeschlossener Student kleinbürgerlicher Herkunft, der in größter Armut lebt, hat sich aus Leichtsinn und weil seine Begriffe noch ungefestigt sind, gewissen sonderbaren, «unfertigen» Ideen hingegeben, die jetzt im Schwange sind, und den Entschluss gefasst, seiner üblen Lage mit einem Schlag zu entkommen. Er hat beschlossen, eine alte Frau umzubringen: die Witwe eines Titularrats, die Kredite verleiht [...] *«Sie ist zu nichts gut»* – *«Wozu lebt sie überhaupt?»* – *«Sie ist niemandem von Nutzen»* usw. (10. 9. 1865).

Die Ankündigung eines «psychologischen Berichts» besagt, dass der Roman zunächst als Beichte, mithin als Ich-Erzählung geplant war. Parallel zu diesem Projekt verfolgt Dostojewskij den Plan eines größeren Milieuromans mit dem Arbeitstitel «Die Trinker», den er im Sommer 1865 den «Petersburger Mitteilungen» und den «Vaterländischen Annalen» anbietet. Nachdem deren Herausgeber ihm wegen der hohen Vorschussforderung von 3000 Rubel eine Absage erteilt haben, entschließt sich Dostojewskij, die beiden geplanten Handlungsstränge in einer Struktur zusammenzuführen, die wesentlich komplexer ist als die seiner bisherigen Romane. Die schon in Wiesbaden begonnene, dann in Kopenhagen und auf dem Schiff nach Petersburg fortgesetzte Arbeit am neuen Werk kommt zunächst gut voran, gerät jedoch ins Stocken, als sich immer klarer abzeichnet, dass die perspektivisch beschränkte Form der Ich-Erzählung mit der komplexen Anlage des Romans überfordert ist.

Im November 1865 vernichtet Dostojewskij das gesamte bisherige Manuskript und beginnt mit der Arbeit an der endgültigen, nunmehr auktorial («allwissend») erzählten Fassung. Da die ersten Kapitel des Romans schon im Januar 1866 im «Russischen Boten» erscheinen sollen, steht der Autor unter enormem Druck. Seinem Freund Alexander Wrangel schreibt er: «Den ganzen Winter über habe ich niemanden besucht und niemanden und nichts gesehen. Im Theater war ich nur zur Uraufführung von [Tschajkowskijs Oper – A. G.] ‹Rogneda›. Und so wird es bis zur Fertigstellung des Romans weitergehen – falls ich nicht im Schuldturm lande». (18. 2. 1866)

Das positive Echo auf die ersten beiden Teile von «Schuld und Sühne», die im Januar und Februar 1866 im «Russischen Boten» erscheinen, beflügelt die weitere Arbeit am Roman, dessen Manuskript zu diesem Zeitpunkt von seiner Vollendung allerdings noch weit entfernt ist. Die folgenden Kapitel entstehen jeweils parallel zur Drucklegung der gerade fertig gewordenen Teile des Romans. Trotz der durch die Arbeit am «Spieler» erzwungenen vierwöchigen Pause wird das Werk dank Anna Snitkinas stenografischer Assistenz rechtzeitig im Dezember 1866 fertig. Nur mit dem Epilog muss sich die Leserschaft bis zum Beginn des neuen Jahres gedulden.

Wörtlich müsste der Roman, wie von Svetlana Geier, eigentlich mit «Verbrechen und Strafe» übersetzt werden.[127] Unter der Rubrik «Verbrechen und Strafen» war 1863 in der Zeitschrift der Brüder Dostojewskij ein Bericht über spektakuläre Fälle der jüngeren französischen Kriminalgeschichte erschienen. Darin wird auch der Fall des Raubmörders Pierre-François Lacenaire erwähnt, der seine brutalen Verbrechen als «Duell» mit einer Gesellschaft gerechtfertigt hatte, die auf Ungleichheit und Ungerechtigkeit beruhe, während er seine Taten später dem schädlichen Einfluss der sozialutopischen Ideen seiner Zeit zuschrieb.[128] Den Fall Lacenaire hatte das Journal der Brüder Dostojewskij seinen Lesern schon 1861 mit einem ausführlichen Prozessbericht vorgestellt, der in den folgenden Nummern der «Zeit» eine ganze Serie von Fallbeispielen aus der neueren französischen Kriminalgeschichte gefolgt war. Dostojewskijs Held Raskolnikow und Lacenaire gleichen sich darin, dass sich beide als «edle Verbrecher» definieren, die unter dem Einfluss einer bestimmten Doktrin oder dessen, was Dostojewskij als «unfertige Ideen» bezeichnet, ihrer Gesellschaft den Kampf ansagen.

Der Jurastudent Rodion Raskolnikow hat unlängst einen Aufsatz mit dem Titel «Über das Verbrechen» veröffentlicht. Darin verteidigt er das Recht von Ausnahmepersönlichkeiten, sich über geltendes Gesetz hinwegzusetzen. Wären einem Kepler oder einem Newton, so Raskolnikows These, ihre bahnbrechenden Entdeckungen nur um den Preis möglich gewesen, dass sie zehn oder gar hundert Menschen hätten beseitigen müssen, die ihren Entdeckungen im Wege standen, so wäre dieser Preis nicht zu hoch gewesen. Seit jeher gebe es zwei Klassen von Menschen: die große Masse der «Gewöhnlichen» (das «Material») und eine kleine Elite der «Außergewöhnlichen». «Die Gewöhnlichen müssen Gehorsam leisten und haben kein Recht, das Gesetz zu übertreten [...] Die Außergewöhnlichen dagegen haben schon deshalb das Recht, jede Art von Verbrechen zu begehen und das Gesetz zu brechen, weil sie außergewöhnlich sind.» Der innere Weg des Helden ist damit vorgezeichnet. Raskolnikow muss zuletzt einsehen, dass er, so wenig wie Napoleon, jenseits von Gut und Böse, das heißt über Recht und Moral steht. Und er muss bekennen, dass er gemordet hat, und zwar öffentlich, an einer Straßenkreuzung, vor allem Volke. Anstatt «Karriere» als Menschheitsbeglücker zu machen, wird er in der Nachfolge Christi seinen persönlichen «Leidensweg» antreten.

Obwohl der Zeitrahmen des Kerngeschehens nur zwei Wochen umfasst, ist der Roman dermaßen gesättigt mit Haupt- und Nebenhandlungen, Szenen und Dialogen, Krisen und Katastrophen, dass der Leser nach Bewältigung der mehr als 700 Seiten der deutschen (bzw. der gut 400 der russischen) Ausgabe den Eindruck hat, eine Wegstrecke epischen Ausmaßes hinter sich zu haben. Dabei setzt die Erzählung in medias res ein und nimmt rasch Fahrt auf. Rodion Raskolnikow, ein sechsundzwanzigjähriger Student aus der Provinz, der sein Jura-Studium in Petersburg abbrechen musste, weil er die Kolleggelder nicht mehr bezahlen konnte, hat beschlossen, seinem Elend ein für alle Mal ein Ende zu setzen. Er will die alte, «nutzlose», wegen ihrer Wucherzinsen berüchtigte Pfandleiherin Aljona Iwanowna mit einer Axt umbringen. Das Geld, das er dabei zu erbeuten hofft, soll ihm den Beginn einer «Karriere» ermöglichen, auf deren Gipfel er sein Verbrechen durch «eine Unmenge guter und nützlicher Taten zu sühnen» gedenkt.

Zwei Tage vor der Tat macht der Held in einem Gasthaus die Bekanntschaft des ehemaligen Beamten Semjon Marmeladow, der hier das Geld vertrinkt, das Sonja, seine achtzehnjährige Tochter aus erster Ehe, als Prostituierte verdienen muss, um die Familie zu ernähren. Schon stark berauscht, bittet er Raskolnikow, ihn nach Hause zu begleiten. Auf diese Weise lernt der Held in einer schäbigen Mietskaserne die Familie Marmeladow kennen: die schwindsüchtige, nervöse, hysterische Katerina Iwanowna und ihre drei kleinen Kinder, das für Dostojewskij typische Arme-Leute-Milieu à la Dickens. Raskolnikows Weltekel bekommt neuen Auftrieb. Die Marmeladows haben sich offenbar damit arrangiert, dass die eigene Tochter für sie anschafft. «Der Mensch ist ein Schuft und gewöhnt sich an alles!»

Am nächsten Tag erhält Raskolnikow einen Brief seiner Mutter. Sie teilt ihm mit, seine Schwester Dunja habe sich mit dem wohlhabenden Rechtsanwalt Pjotr Luschin verlobt, womit sich die finanziellen Probleme der ganzen Familie in naher Zukunft erledigen würden, da Raskolnikow gewiss ein warmes Plätzchen in der Kanzlei seines künftigen Schwagers finden werde. Zugleich kündigt die Mutter an, dass sie und Dunja bald in Petersburg eintreffen, um die Hochzeit vorzubereiten. Raskolnikow durchschaut, dass Dunja die Ehe mit dem zwanzig Jahre älteren «Kapitalisten» Luschin nur eingeht, um sich für die Familie und vor allem für ihn, Raskolnikow, zu opfern. Auf das Tauschverhältnis Geld gegen Liebe reduziert, würde Dunjas Rolle jedoch ähnlich fragwürdig wie die der Hure Sonja Marmeladowa. Die Heirat muss verhindert werden – für Raskolnikow ein weiterer Grund, sein Mordprojekt so rasch wie möglich in die Tat umzusetzen.

Die Schilderung des Mordes und der Flucht des Täters vom Tatort ist ein Bravourstück europäischer Erzählkunst. Die Wucherin Aljona Iwanowna gewährt Raskolnikow nach anfänglichem Zögern Einlass und wird, als sie sich prüfend über Raskolnikows angebliches «Pfand» beugt, ein leichtes Opfer der Hiebe, die er ihr mit der stumpfen Seite der Axt zufügt. Als Raskolnikow in ihrem Schlafzimmer unter dem Bett nach Geld und Wertgegenständen sucht, hört er im Nebenraum Schritte. An der blutüberströmten Leiche Aljona Iwanownas steht deren vor Schreck wie gelähmte jüngere Schwester Lisaweta, die unbemerkt eintreten konnte, weil er vergessen hatte, die Wohnungstür zu schließen. Raskolnikow bleibt keine Wahl. Er muss Lisaweta als Zeugin beseitigen. Dazu genügt ein einziger Hieb mit der scharfen Seite der Axt: «Der Schlag traf sie mitten auf den Schädel und spaltete ihre Stirn fast bis zum Scheitel.»

Kurz darauf sind im Treppenhaus Schritte zu hören, die sich rasch der Wohnung nähern. Raskolnikow kann gerade noch den Sperrhaken vorlegen, als es auch schon läutet. Vor der Tür stehen zwei Männer, offenbar Kunden der Wucherin. Wie ihrem Gespräch zu entnehmen ist, wissen sie, dass die Alte die Wohnung nicht verlassen haben kann und jemand den Sperrhaken von innen vorgelegt haben muss. Als ihr Läuten keinen Erfolg hat, rütteln sie mit Gewalt an der Wohnungstür, hinter der Raskolnikow, die Axt in Händen und mit angehaltenem Atem, damit rechnen muss, dass der Sperrhaken dem Druck nicht länger standhält. Schließlich entfernen sich die Männer, um die Wohnung vom Hausmeister öffnen zu lassen. Dank dieses «tollen Filmtricks», den gerade «das Unwahrscheinliche glaubhaft macht»,[129] gelingt es dem Täter, unbemerkt zu entkommen.

Damit endet der erste von sechs Teilen des Romans, in dessen Zentrum die Tat steht. Wie in jedem Krimi läuft alles Weitere auf die Entlarvung des Täters hinaus, wobei eine wesentliche Pointe darin besteht, dass die wichtigsten Fragen des klassischen Krimis (wer, wen, wann, womit, warum, wozu) bereits beantwortet sind. Wenn die Spannung trotzdem nicht nachlässt, so deshalb, weil sie fortan durch die Unsicherheit erzeugt wird, ob und wie lange Raskolnikow seinen Kopf aus der immer enger werdenden Schlinge ziehen kann. Ein zweiter, für das Verständnis des Romans wichtigerer Spannungsbogen baut sich über der Frage auf, ob es dem Helden gelingt, sich der Schwere seiner Tat bewusst zu werden, das heißt, sich selbst zu «entlarven». Der Mörder, so die Bedeutungsstrategie des Romans in der Tradition der klassischen analytischen Tragödie, soll schließlich erkennen, wer er ist und worin seine Schuld besteht.

Selbsterkenntnis und Katharsis folgen allerdings erst im Epilog, der neun Monate nach dem Prozess spielt, in dem der Held, vergleichsweise milde, zu acht Jahren Zwangsarbeit in Sibirien verurteilt worden ist. Raskolnikows Wandlung vollzieht sich symbolischerweise um die Osterzeit in einer Szene, die ihn an der Seite Sonjas zeigt, der gegenüber er sich während der bisherigen Haft kühl und abweisend verhalten hat, obwohl sie ihm nach Sibirien gefolgt ist:

> Er wusste selbst nicht, wie ihm geschah, doch plötzlich war ihm, als hebe ihn eine Kraft empor und werfe ihn zu ihren Füßen nieder. Er weinte und umklammerte ihre Knie [...] Sie waren beide blass und mager, aber in diesen kranken und blassen Gesichtern leuchtete bereits das Morgenrot einer neuen Zukunft, der vollständigen Auferstehung zu einem neuen Leben.

Der «in Eile, flüchtig und in letzter Minute»[130] um die Jahreswende 1866/67 verfasste Epilog gehört zu den heikelsten Stellen des Romans: nicht nur wegen seiner melodramatischen Anlage, sondern auch wegen der unzureichenden Motivierung von Raskolnikows moralischer Wiedergeburt, die weder gezeigt noch erzählt wird, sondern letztlich nur ein narratives Versprechen darstellt. Die Ursache dieses Mangels an epischer Integration ist vor allem in der komplexen Anlage des Helden zu sehen, die eine im Rahmen der realistischen Romanpoetik überzeugende Lösung seiner Probleme fast unmöglich erscheinen lässt.

Raskolnikows problematische Identität ist seinem Name eingeschrieben. «Raskolnikow» leitet sich ab vom russischen Verb «raskolot» (spalten). In diesem Sinne ist der Held als Mörder ein (Kopf)Spalter und zugleich selbst ein Gespaltener. Letzteres in mehrfacher Hinsicht. Er glaubt an die Macht der Vernunft, geht als Mörder jedoch so unvernünftig vor, dass sich das knappe Gelingen seines Plans nur einer Kette von Zufällen verdankt. Zufall, der neben Vorurteil und Aberglauben ärgste Feind der Aufklärung, siegt also zuletzt über Kalkül. Dies bleibt nicht der einzige Widerspruch. Raskolnikow empört sich über den unsittlichen Zustand der Welt und verstößt doch selbst in elementarster Weise gegen das Sittengesetz. Er begeht einen Raubmord, verschenkt jedoch selber seine letzten Kopeken, um anderen zu helfen. Sein Kopf, seine «Theorie», hat sich vom Restleib, vom «lebendigen Leben», getrennt. Er hat sich, wie Sonja erkennt, von Gott abgewendet. «Und Gott hat Sie gestraft. Er hat Sie dem Teufel überantwortet.» Zugleich glaubt Raskolnikow an das Neue Jerusalem und die Auferstehung des Lazarus. Zu all diesen Spaltungen gesellt sich als Todsünde im Katechismus des «potschwennitschestwo», der auf dem holistischen Menschenbild der russischen Orthodoxie fußt, die Loslösung des Helden vom Kollektivkörper des russischen Volkes. Im sibirischen Straflager meiden, ja hassen Raskolnikow selbst Häftlinge, die weit schlimmere Verbrechen begangen haben als er: «Ein Gottloser bist du! Du glaubst nicht an Gott!» [...] Totschlagen müsste man dich!»

Raskolnikows «Kasuistik» und «Dialektik» läuft letztlich genauso ins Leere wie die fruchtlosen Monologe des «Kellerlochmenschen», als dessen Wiedergänger sich der Held von «Schuld und Sühne» erweist. Raskolnikow ist ein russischer Hamlet, der sein Kellerloch verlassen hat, um zur Tat zu schreiten, und dabei die Orientierung verliert. Es bedarf der Führung Sonjas, deren Name sich vom griechischen Wort «sophia» (Weisheit) ableitet, um den Helden auf den rechten Weg zu bringen. Sonja steht für ein Wissen, das Raskolnikows Kasuistik, aber auch dem Rationalismus des Untersuchungsrichters Porfirij Petrowitsch eindeutig überlegen ist. Sie ist die russische Antwort auf die Vernunft des Bösen, die den westlichen Hamletismus kennzeichnet. Diese Vernunft mag intellektuell attraktiver sein als das schlichte Weltbild einer Sonja Marmeladowa, doch ihr fehlt die moralische Bodenhaftung.

Die ideologische Aufgabe Sonjas und all der anderen «stillen», naiven, schüchternen, frommen Figuren, die ihr in Dostojewskijs Werk folgen werden, besteht vor allem darin, die Vernunft des Bösen, deren Faszination der Autor selbst immer wieder erliegt, zu diskreditieren und damit zugleich ein Stück seines eigenen Wesens niederzuringen: die Lust am Zweifel, am Paradoxon, an der Verneinung. Was Sonja, das an letzter Stelle der sozialen Hierarchie stehende Straßenmädchen, in der symbolischen Ordnung des Textes zur Anwältin des göttlichen Rechts macht, ist nicht nur ihr intuitives Wissen um den wahren Grund von Raskolnikows Verbrechen – seine Abkehr von Gott – und die Annahme von Schuld und Leiden als einzigem «Ausweg», sondern auch ihre Opferrolle. Sie opfert ihre moralische Reinheit für das Wohl ihrer Familie. Und sie folgt, wie einst die Dekabristengattinnen, dem Mann, den sie liebt, in die sibirische Verbannung, lange Zeit, ohne dafür durch Gegenliebe belohnt zu werden. Sonja repräsentiert damit nicht nur «sophia», sondern auch «agape», die christliche Tugend der selbstlosen Liebe.

Sonjas Gegenspieler, der Gutsbesitzer Arkadij Swidrigajlow, ist ein zynischer Egoist und Lüstling in der Nachfolge des Fürsten Walkowskij aus den «Erniedrigten und Beleidigten», ein Mann um die fünfzig mit stark entwickelter Libido und dunkler Vergangenheit. Er hat seine reiche Frau beseitigt, ohne dass ihm ein Verbrechen nachgewiesen werden konnte. Und er ist schuld am Selbstmord eines kleinen Mädchens, das er missbraucht hat. Jetzt hält er sich in Petersburg auf, weil er es auf Raskolnikows Schwester Dunja abgesehen hat. Als diese auf sein Angebot, für 10 000 Rubel auf die Ehe mit Luschin zu verzichten, nicht eingeht, lockt er sie in einen Hinterhalt, um ihr Gewalt anzutun. Zugleich sucht Swidrigajlow den Kontakt zu Raskolnikow, in dem er einen Seelenverwandten sieht. Nachdem er dessen Geständnis vor Sonja in einem Nebenzimmer belauscht hat, bietet er Raskolnikow Geld für eine Flucht nach Amerika an, auch dies allerdings erfolglos.

Tritt Sonja allegorisch als Schutzengel in Erscheinung, so Swidrigajlow als Agent der Hölle. Sonjas Lektüre der Erweckung des Lazarus weist Raskolnikow den gesuchten Ausweg. Der christlichen Verheißung des ewigen Lebens durch das Johannes-Evangelium («Ich bin die Auferstehung und das Leben. Wer an mich glaubt, der wird leben, auch wenn er stirbt» – Joh 11,25) hält Swidrigajlov die düstere Vision der Ewigkeit als «winzige Kammer in der Art einer ländlichen Badestube» entgegen: «schwarz vor Ruß und Spinnen in allen Ecken», ein Bild, das bei Raskolnikow ein «schmerzhaftes Gefühl» hervorruft. Eindrücklicher sind Schlüsselerfahrungen der Moderne wie Gottesverlust und metaphysische Langeweile wohl selten vorstellbar gemacht worden als mit diesem düsteren Bild.

An Swidrigajlow zeigt sich, wie Dostojewski ein literarisches Mittel der Aufmerksamkeitssteigerung, nämlich den Rückgriff auf die schauerromantische Tradition des finsteren Bösewichts, als Element seiner Ontologie einsetzt. Swidrigajlows Persönlichkeit wird zersetzt durch die «Besessenheit von einer bösen Leidenschaft»[131]. Als extreme Form von Unfreiheit stellt seine Obsession das paradoxe Resultat jener schrankenlosen Freiheit dar, die er für sich beansprucht. In einer ebenso packenden wie grotesken Szene, in der sein mephistophelischer Geist auf erschreckend präzise Weise Regie führt, wird sich Swidrigajlow zuletzt auf offener Straße erschießen, um in die Hölle zurückzukehren, der er entstiegen sein muss.

Auch Raskolnikow trägt sich mit Selbstmordgedanken.[132] Doch er verwirft sie und muss sie verwerfen, weil dieser Ausweg den heilsgeschichtlichen Rahmen sprengen würde, in den von nun an die Welt in Dostojewskijs Romanen eingelassen ist. Wie die menschliche Seele in einem mittelalterlichen Mysterienspiel im Streit zwischen Himmel und Hölle, so steht Raskolnikow zwischen Sonja und Swidrigajlow. Das Romangeschehen läuft zielstrebig auf den Punkt zu, an dem der Held sich zwischen den zwei Möglichkeiten entscheiden muss, die Sonja als Agentin der christlichen Ordnung und Swidrigajlow als Sendbote der Hölle verkörpern. Übersetzt auf die Ebene von Kants praktischer Vernunft, steht diese allegorische Konfiguration für die Freiheitlichkeit jeder Tatentscheidung, aber auch für die Rechenschaftspflicht jeder Tat vor dem «inneren Gerichtshof» des Gewissens. Der Mensch kann wählen, wer er sein will, «aber so wie er sich will, ist er dann auch».[133]

Wie in allen fünf großen Romanen verknüpft Dostojewskij universelle Fragen wie die nach dem Wesen von Gut und Böse, Freiheit und Verantwortung mit aktuellen Fragen der Identitätssuche Russlands. In dieser Hinsicht setzt «Schuld und Sühne» den polemischen Diskurs der «Aufzeichnungen aus dem Kellerloch» fort. Besonders gilt dies für die Kritik des Utilitarismus, den hier zunächst der bourgeoise Karrierist Luschin vertritt. Das soziale Glaubensbekenntnis dieses allein am Eigennutz orientierten Advokaten besteht in der liberalen Überzeugung, letztlich sei für alle gesorgt, wenn jeder nur für sich selbst sorge. Indem Dostojewskij ausgerechnet Luschin zum Sympathisanten der «jungen Generation» macht, bringt er den bourgeoisen Liberalismus des Kapitalisten in Einklang mit den revolutionären Umtrieben des Jahres 1861, besonders mit Nikolaj Schelgunows Flugblatt «An die junge Generation»[134]. In seiner Besprechung von Turgenjews Roman «Väter und Söhne» (1862) hatte der linke Kritiker Dmitrij Pissarjew das Recht der «jungen Generation» verteidigt, sich gegen die als «Greise» verächtlich gemachte Generation der Väter zu stellen.[135] Besonders imponiert hatte Pissarjew die rationale, allein vom «Kalkül» (rastschót) geleitete Lebenseinstellung des Romanhelden Jewgenij Basarow, für den «jedes Verbrechen, von der einfachen Lüge bis hin zum Mord», schlicht unsinnig, weil riskant und folglich unrentabel sei.

Andererseits wurzelt auch Raskolnikows moralische Arithmetik im radikalen Utilitarismus der «jungen Generation». Raskolnikows Kosten-Nutzen-Kalkül besteht in der Überlegung, dass mit dem Geld einer einzigen nutzlosen, ja «schädlichen» alten Frau Tausende «junger frischer Kräfte» gerettet werden könnten, die sonst hilflos zugrunde gehen würden. Es wird die Aufgabe von Raskolnikows «vernünftigem» Freund Rasumichin sein, in dessen Namen das russische Wort «rasum» (Vernunft) enthalten ist, den Selbstbetrug des Helden zu entlarven. «Nicht mit Kalkül», so erkennt Rasumichin auf den ersten Blick, habe der Mörder der Wucherin gehandelt, sondern auffallend dilettantisch, und einzig dem Zufall verdanke er sein erfolgreiches Entkommen vom Tatort.

Begleitet werden Dostojewskijs Attacken gegen Liberalismus und Nihilismus von Invektiven gegen Fouriers utopischen Sozialismus, den hier der kleine Beamte Andrej Lebesjatnikow verkörpert. Für ihn «hängt alles davon ab, in welcher Lage und welchem Milieu sich der Mensch befindet. Das Milieu ist alles, der Mensch ist nichts.» Lebesjatnikow träumt vom System der «Kommune», propagiert die außereheliche Liebe und hält die Taufe von Kindern für ein Relikt des Mittelalters. Dass die linke Presse in Figuren wie Luschin, Lebesjatnikow und Raskolnikow eine pauschale Verunglimpfung der «jungen Generation» sah, dürfte Dostojewskij weder überrascht noch geärgert haben. Schließlich war es sein erklärtes Ziel, das linke Lager zu provozieren.

Dem Zuspruch der breiten Leserschaft tat die Kritik der Linken keinen Abbruch. «Schuld und Sühne» wird *das* Ereignis der literarischen Saison 1866. Selbst der Dostojewskijs Schreibkünsten gegenüber eher skeptische Iwan Turgenjew zeigt sich nach der Lektüre des 1. Teils von «Schuld und Sühne» beeindruckt. Das Interesse des Publikums an Dostojewskijs neuem Roman erhielt einen zusätzlichen Schub durch einen Doppelmord, über den die russische Presse zeitgleich mit dem Erscheinen der ersten Kapitel von «Schuld und Sühne» berichtete. Im Januar 1866 hatte der Jurastudent Alexej Danilow in Moskau einen Pfandleiher und dessen Köchin erstochen. Wie die jüngere Schwester von Dostojewskijs Wucherin war die Köchin vermutlich zur falschen Zeit am falschen Ort erschienen und hatte den Täter überrascht. Obwohl sich der Fall Danilow in Bezug auf Täterprofil und Tatmotiv deutlich von Raskolnikows Verbrechen unterschied, sorgten die Parallelen doch für Erstaunen und Bewunderung. Dostojewskij wird später seinen «idealistischen» Realismus als Gegenentwurf zur naturalistischen Abbildung der Wirklichkeit auch mit dem Hinweis auf die prognostische (das Wort «prophetisch» meidet er noch) Fähigkeit seines Romans im Mordfall Danilow begründen:

> Mit dem Realismus jener [dem eines Alexander Ostrowskij – A. G.] lässt sich nicht mal ein Hundertstel der realen [...] Tatsachen erklären. Wir aber haben mit unserem Idealismus so manches Faktum vorausgesagt, das dann eingetreten ist. Lachen Sie nicht über meine Selbstgefälligkeit, mein Lieber, aber ich halte es nun mal mit dem Apostel Paulus: «Niemand lobt mich, also will ich mich selbst loben.» (11. 12. 1868)

Der anhaltende Erfolg des Romans, der zu einem deutlichen Anstieg der Abonnentenzahl von Katkows «Russischem Boten» führte, hat seine Ursache natürlich nicht in solchen mehr oder weniger zufälligen Parallelen, sondern in der neuen, komplexen Romantechnik, die Dostojewskij in «Schuld und Sühne» entwickelt. Das gilt zunächst für die Verknüpfung der Gattung des Kriminalromans mit dem ideologiekritischen Diskurs des Gesellschaftsromans und der Zeitschriftendebatte. Es gilt ferner für die Kombination von Elementen der Tragödie mit solchen des Rührstücks. Vor allem der Marmeladow-Strang der Handlung ist reich an sentimentalen Gesten wie Händeringen, Haareraufen, flehentlichem Umklammern fremder Knie, Wehgeschrei und Kindertränen. Jedermanns Geschmack war das um 1860 nicht mehr, doch wusste Dostojewskij, dass es genügend Leser gab, für die solche herzergreifenden Bilder ein willkommener Anlass waren, im eigenen Mitleid mit der getretenen Kreatur zu baden. Es gilt ferner für eine Technik der Spannungserzeugung, die einerseits auf den «pittoresken Spuk» der englischen Schauerliteratur zurückgreift[136] und andererseits Verfahren des Films vorwegnimmt. Die minutiöse Vorbereitung des Mordes, die den Leser zum heimlichen Komplizen des Täters macht; der hüpfende Sperrhaken in der Wohnung der Wucherin, als sich Raskolnikow und seine Verfolger auf beiden Seiten der Tür gegenüberstehen und einander belauern, ohne sich sehen zu können; oder jene sinistre Szene, in der Swidrigajlow von einem Nebenzimmer aus Raskolnikows Geständnis vor Sonja Marmeladowa belauscht – all das ist Hollywood, besonders Hitchcock, avant la lettre.[137]

Wie im «Doppelgänger» resultiert das Unheimliche aus der bedrohlichen Nähe einer bislang unsichtbaren Kraft und dient damit nicht nur der Erhöhung der Spannung, sondern auch der Sichtbarmachung verdrängter und tabuisierter Bewusstseinsbestände, besonders in den suggestiven Traumsequenzen, mit denen Dostojewskij arbeitet. Raskolnikows Alptraum, in dem eine Horde betrunkener Bauernburschen ein schwächliches Pferdchen so lange mit Peitschen und eisernen Stangen traktiert, bis es elend verreckt, mutet dem Leser mehr Grausamkeit zu als die anschließende Mordtat. «Lass uns gehen, sieh nicht hin!», befiehlt Raskolnikows Vater im Traum dem entsetzten Knaben. Damit versucht er, das Gesehene ungesehen zu machen und ein Wissen zu verdrängen, dessen Offenlegung die eigentliche Funktion des Traumes ist. Nicht weniger beklemmend ist später der Traum, in dem Raskolnikow die Wucherin ein zweites Mal ermorden will:

> Rasende Wut überkam ihn: Mit voller Wucht schlug er der Alten auf den Kopf, immer stärker und lauter, doch mit jedem Hieb wurde das Kichern und Flüstern aus dem Schlafzimmer vernehmlicher, während die Alte vor Lachen am ganzen Körper bebte. Er stürzte hinaus, doch im Flur drängten sich bereits Menschen, die Tür zum Treppenhaus stand sperrangelweit offen, und auf dem Treppenabsatz, der Treppe und das ganze Treppenhaus hinunter – überall Menschen, Kopf an Kopf, alle sehen ihn an, aber lauernd, und warten und schweigen ...

Über die packende Darbietung der Story hinaus wurden die Leser der ersten, im «Russischen Boten» veröffentlichen Fassung von «Schuld und Sühne» dadurch auf die Folter gespannt, dass der Faden der Erzählung mit dem Ende der jeweiligen Folge des Romans oft an der spannendsten Stelle abriss. So schloss das zuletzt zitierte Traum-Kapitel mit der Erscheinung eines Unbekannten in der Kammer des aus dem Schlaf erwachenden Helden. «Arkadij Iwanowitsch Swidrigajlow, wenn Sie gestatten ...», stellt sich der unheimliche Gast vor. Swidrigajlows Satz, und mit ihm die gesamte Folge dieser Nummer des Journals, endete mit drei Punkten, die das weitere Geschehen in der Schwebe und den Leser in der Situation eines Cliffhangers ließen.[138] Ähnlich endete in der Journalfassung von 1866 das sechste Kapitel des dritten (in der späteren Buchausgabe des sechsten) Teils, in dem Swidrigajlows Selbstmord geschildert wird, mit dem lakonischen Satz «Swidrigajlow drückte ab ...», dem sich der redaktionelle Hinweis anschloss: «Schluss folgt».[139] In der Buchausgabe, wo das siebte Kapitel unmittelbar anschließt, fehlen die drei Punkte des letzten Satzes.[140]

Der Epilog hat autobiographische Bezüge. Das gesamte Setting – Sibirien, das «Ufer eines breiten, öden Flusses», das Straflager, die Ächtung des Helden durch die Mithäftlinge sowie nicht zuletzt das «Neue Testament unter seinem Kissen» –, all dies verweist auf Dostojewskijs eigene sibirische Vergangenheit, seine Wende vom «Verbrecher» zum «erneuerten Menschen» und damit auf seine Konversion vom utopischen Sozialisten zum Nationalkonservativen. Die moralische Wiedergeburt des Helden verliert durch diese autobiographische Beglaubigung etwas von ihrer utopischen Abstraktheit. Sie setzt den Leser abschließend noch einmal auf die Spur des Autors und damit auf eine Fährte, der – nicht nur russische – Leser mit dem größten Behagen folgen.

Was Romanleser zu allen Zeiten fasziniert, ist aber nicht nur die Spur des Autors im Text, sondern auch die seiner Helden in konkreten Räumen. Anders als zu Sowjetzeiten gehört die Erkundung der Gegend rund um den Heumarkt und den Gribojedow-Kanal, wo wichtige Teile der Romanhandlung spielen, heute zum Standardprogamm von Stadtführungen durch Sankt Petersburg. «Die Biegung des Kanals engt den Blick ein und erzeugt eine bedrückende Atmosphäre», heißt es in einem neueren deutschen Reiseführer. «Hier sucht Raskolnikow, in ständiger Angst entdeckt zu werden, nach einem Versteck für sein Beutegut [...] Ein weiterer Pilgerort für Dostojewskij-Fans ist die Stoljarnyj-Gasse 9. Im Hinterhof führt vom Aufgang Nummer 2 eine Treppe zur mutmaßlichen Wohnung des Romanhelden unter dem Dach.»[141] Der Aufgang des besagten Hauses ist reich geschmückt mit Graffiti, von denen die meisten an «Rodja» (Rodion) Raskolnikow adressiert sind und die wenigsten mit Dostojewskijs Zustimmung gerechnet haben dürften. Ein gewisser «Marik» lobt Raskolnikow als «klassenbewussten Typ» und findet es «toll, dass er es ihr mit der Axt besorgt hat». Von ähnlichem Kaliber sind Sprüche wie «Super, dass er diese Hündin umgelegt hat», «Yes! Er hat's dieser jüdischen Hündin gegeben» oder «Rodja, es gibt noch mehr alte Weiber». Nur ein einziges Graffito, augenscheinlich von weiblicher Hand gesprüht, stemmt sich schüchtern gegen diesen Strom pubertärer Niedertracht: «Rodja, das war echt nicht nötig!»

Wieder auf Freiersfüßen

Trotz aller Demütigungen, die sie ihm zufügt, wird Dostojewskij nicht müde, um die Hand seiner «ewigen Gefährtin» Apollinarija Suslowa anzuhalten. Doch Poljas Aversion gegen ihn wächst mit der Dauer seines Werbens. Dem Reiz des Verliebtseins folgt die Gereiztheit. Alles am großen Dichter ist ihr zuwider: sein dünnes, pomadisiertes Haar, seine Vorliebe für Süßigkeiten, sein Hang zum Moralisieren, sein Patriotismus, seine Staatsfrömmigkeit.[142] Dostojewskij hat eine Erklärung für ihren Widerstand, die jedoch nach allem, was man von der Suslowa weiß, die Realität verfehlt: «Du kannst mir nicht verzeihen, dass du dich mir einmal hingegeben hast, und rächst dich dafür. So sind die Frauen.»[143]

Mit der Zeit jedoch hört er auf, sich Illusionen zu machen. Er hat flüchtige Beziehungen mit anderen Frauen, unter anderem mit einer russischen Abenteurerin namens Martha (Marfa) Brown, die nach einer großen Europareise 1864 bettelarm und krank nach Petersburg zurückkehrt und bei Dostojewskij anfragt, ob er für seine Zeitschrift eine Übersetzerin brauche. Aus ihren Briefen an Dostojewskij geht hervor, dass sein Interesse an ihr nicht nur karitativer Art war.[144] Etwa zur gleichen Zeit macht Dostojewskij die Bekanntschaft der Generalstochter Anna Korwin-Krukowskaja, die 1864 zwei Erzählungen in der «Zeit» publiziert hatte. Nach einem längeren Briefwechsel lernen sich die beiden im Januar 1865 in Petersburg persönlich kennen. Für Dostojewskij ist es Liebe auf den ersten Blick, für Anna eine herbe Enttäuschung. Nach zweimonatiger Belagerung macht er ihr einen Antrag und bekommt einen Korb. Anna gesteht ihrer Schwester.

> Ich liebe ihn nicht so, um ihn heiraten zu können. Er braucht eine ganz andere Frau als mich. Seine Frau muss sich ihm ganz und gar widmen, ihm ihr Leben ganz hingeben und nur an ihn denken. Und das kann ich nicht. Ich will selbst leben. Außerdem ist er so nervös und anspruchsvoll. In seiner Gegenwart bin ich nie ich selbst.[145]

Was Anna abstößt, ist nicht nur Dostojewskijs nervöser Charakter. Es sind auch ideologische Differenzen. Wie die Suslowa, nur weitaus radikaler, ist Anna Korwin-Krukowskaja eine typische «Sechzigerin». Als

Sofja Korwin-Krukowskaja, verh. Kowaleskaja (um 1880)

Nihilistin und Tschernyschewskij-Schülerin verabscheut sie das politische System Russlands aus tiefster Seele. 1869 wird sie nach Paris gehen, wo sie den Sozialisten Victor Jaclard heiratet, der wenig später als führendes Mitglied der Pariser Commune in Erscheinung tritt. Und es gibt eine weitere Parallele zu Dostojewskijs Affäre mit der Suslowa. Annas jüngere Schwester Sofja Korwin-Krukowskaja, die sich als Fünfzehnjährige heftig in Dostojewskij verliebt, wird es 1884 unter ihrem Ehenamen Sonja Kowalewskaja in Stockholm als erste Mathematikprofessorin Europas zu noch größerem Ruhm bringen als Nadeschda Suslowa, Apollinarijas jüngere Schwester, die erste promovierte Ärztin Europas. Obwohl beide Frauen seinem weiblichen Rollenideal in keiner Weise entsprechen, wird Dostojewskij zu ihnen, weit über das Ende seiner Beziehung zu ihren Schwestern hinaus, in freundschaftlichem Briefkontakt bleiben.

Der Frau, die – anders als Anna Korwin-Krukowskaja – bereit ist, ihm «ihr Leben ganz hinzugeben und nur an ihn zu denken», begegnet Dostojewskij in Gestalt jener jungen Dame, deren Stenografiekünste es ihm ermöglichten, den Roman «Der Spieler» binnen dreieinhalb Wochen zu Papier zu bringen. Anna Grigorjewna Snitkina lässt uns in ihren «Erinnerungen» detailliert am Aufkeimen von Dostojewskijs «dritter Liebe» teilhaben.[146] Schon in den dreieinhalb Wochen seines Manuskript-Diktats sprengt Dostojewskijs Verhalten die konventionelle Beziehung zwischen Chef und Sekretärin. Dass er wiederholt darauf dringt, Anna abends mit seiner Droschke nach Hause zu begleiten, und einmal in einer scharfen Kurve fürsorglich den Arm um ihre Taille legt, ist in Annas Memoiren der einzige Hinweis auf ein Verhalten, das in politisch korrekteren Zeiten vielleicht als übergriffig bezeichnet worden wäre.[147]

Nachdem die Arbeit am Manuskript des «Spielers» beendet ist, schlägt Dostojewskij seiner Sekretärin vor, ihr auch die letzten Kapitel des im Laufe des Jahres 1866 in Fortsetzungen erscheinenden Romans «Schuld und Sühne» zu diktieren. Eine Woche nach Beginn dieser Arbeit macht er Anna einen verschlüsselten Antrag, indem er ihr sein angeblich neuestes Romanprojekt vorstellt. Im Mittelpunkt des Werkes solle ein Künstler in Dostojewskijs Alter stehen:

> Bei der Schilderung seines Helden sparte Fjodor Michajlowitsch nicht mit düsteren Farben. Nach seinen Worten war dies ein vor der Zeit gealterter, unheilbar kranker Mensch [...], von finsterem Gemüt und misstrauisch; zwar mit einem empfindsamen Herzen, doch außerstande, seinen Gefühlen Ausdruck zu verleihen; möglicherweise ein begabter Künstler, aber ein Pechvogel, dem es nicht vergönnt war, seinen Ideen die Form zu geben, von der er träumte, und der daran unablässig litt.

Der Zufall will, dass besagter Künstler «in der entscheidenden Phase seines Lebens» einem jungen Mädchen begegnet, das ebenso alt ist wie seine mit Herzklopfen lauschende Sekretärin und in das er sich heftig verliebt. «Nennen wir sie Anja, um sie nicht als Heldin zu bezeichnen. Das ist doch ein schöner Name ...» Weniger schön sei der beträchtliche Altersunterschied zwischen den beiden. Anna widerspricht: «Wenn Ihre Anja keine leere Kokotte ist und ein gutes, gefühlvolles Herz hat. Warum sollte sie Ihren Künstler dann nicht lieben?» Bei so viel Mitgefühl für den Helden ist der Weg frei für die entscheidende Frage:

> «Versetzen Sie sich für einen Augenblick an ihre Stelle», sagte er mit bebender Stimme. «Stellen Sie sich vor, ich selbst sei dieser Künstler, ich hätte Ihnen meine Liebe gestanden und Sie gebeten, meine Frau zu werden. Sagen Sie, was würden Sie mir antworten?» – «Ich würde Ihnen sagen, dass ich Sie liebe und mein ganzes Leben lang lieben werde.»

Damit ist die Grenze zwischen literarischer Fiktion und Realität endgültig überschritten und aus einem Roman ein Verlöbnis geworden, über das Anna ihre Mutter noch am selben Abend triumphierend unterrichtet: «Gratulieren Sie mir – ich bin Braut!»

Einmal mehr hat Dostojewskij Erfolg mit einer Geschichte, die von einem «Erniedrigten und Beleidigten» handelt, einem Pechvogel zudem, der eine junge Frau liebt, die seine Tochter sein könnte. Wenn Dostojewskij dabei mehr Glück beschieden ist als seinem Helden Makar Dewuschkin in «Arme Leute», so deshalb, weil er sich seit seiner Rückkehr aus Sibirien in einer Rolle profiliert hat, die vor allem an das Mitgefühl der Leserschaft appelliert. In diesem Sinne nimmt auch Anna ihn schon vor seinem Heiratsantrag als einen «klugen, guten, aber unglücklichen Menschen [wahr], der von allen verlassen schien» und für den sie daher «tiefe Anteilnahme und Mitleid» empfindet.[148]

Anna Grigorjewna Snitkina, als Tochter einer Russin mit schwedisch-finnischen Wurzeln und eines kleinen Beamten 1846 in Petersburg geboren, hatte nach einer dreiklassigen Primarschule mit Deutsch als Unterrichtssprache von 1858 bis 1864 das erste Petersburger Mädchengymnasium besucht. Anschließend belegte sie naturwissenschaftliche Kurse an einem Weiterbildungsinstitut für höhere Töchter und ab 1865 Stenografiekurse bei Pawel Olchin. Seit dem Tod ihres Vaters im Herbst 1866 bemüht sie sich, die schmale Witwenpension ihrer Mutter durch eigene Arbeit aufzubessern. Schon deshalb ist sie froh, als Pawel Olchin sie im Oktober fragt, ob sie für ein Honorar von 50 Rubel dem Schriftsteller Fjodor Dostojewskij vier Wochen lang für ein Diktat zur Verfügung stehe.

Maria Issajewa, Apollinarija Suslowa, Anna Korwin-Krukowskaja – sie alle hatten den Typus der attraktiven, stolzen, selbstbewussten und anspruchsvollen Frau verkörpert. Anna Grigorjewna nennt sich in ihren «Erinnerungen» zwar ein «Mädchen der sechziger Jahre»,[149] doch hat diese Selbsteinschätzung wohl eher mit dem Bemühen zu tun, nicht hinter ihren Vorgängerinnen zurückzustehen, auf die sie zeit ihres Lebens eifersüchtig war. Tatsächlich ist Anna das Gegenteil einer «Sechzigerin». Ungeachtet ihrer für eine Frau des unteren Mittelstandes im 19. Jahrhunderts sehr respektablen Ausbildung hat sie weder literarische noch sonstige intellektuelle Ambitionen wie die Schwesternpaare Suslowa und Korwin-Krukowskaja.

Auch als Frau ist Annas Erscheinung eher unauffällig. Als Dostojewskij ihr den Inhalt des «Romans» erzählt, mit dem er um ihre Hand anhält, wird sie neugierig und will wissen, wie die junge Frau, in die sich der Held verliebt habe, denn aussehe. «Bestimmt keine Schönheit», lautet Dostojewskijs Antwort, «aber nicht übel». Galant ist das nicht, doch es entspricht der Wahrheit. Anna ist hübsch, aber keine aufregende Schönheit. Auch Annas Mutter, Maria-Anna Snitkina, hatte einen wesentlich älteren Mann geheiratet, weswegen sie auf Annas Verlöbnis zurückhaltend reagiert. Erst vor wenigen Monaten ist ihr Mann verstorben, und sie ahnt, dass Anna wie den meisten Frauen in ihrer Situation eine lange Witwenzeit bevorsteht.

Viel länger noch als ihre eigene, nämlich insgesamt siebenunddreißig Jahre, wird die Witwenzeit ihrer Tochter dauern, die sich jetzt anschickt, einen Mann zu heiraten, der ihr Vater sein könnte und dessen Gesundheit stark angegriffen ist. Dass Anna Dostojewskijs Antrag dennoch annimmt, erklärt sich sowohl durch ihre Hochachtung vor dem berühmten Schriftsteller als auch dadurch, dass Dostojewskij in seiner paternalen Art, wie es scheint, eine Lücke füllt, die der Tod ihres Vaters hinterlassen hat. Nach der Hochzeit will Dostojewskij von Anna wissen, wann ihr zum ersten Mal klar geworden sei, dass sie sich in ihn verliebt habe. Sie habe sich in ihn – «genauer in einen deiner Helden» – schon vor fünfzehn Jahren verliebt, sagt die junge Frau, und zwar in die autobiographisch grundierte Figur des Schriftstellers Iwan Petrowitsch in dem Roman «Die Erniedrigten und Beleidigten», der zu den Lieblingsbüchern ihres Vaters gehörte.[150]

Dostojewskijs eigenes Heiratsmotiv ist eher Torschlusspanik als leidenschaftliche Liebe. Mit seinen nunmehr fünfundvierzig Jahren ist er, wie ihm unlängst die gemeinsame Sommerfrische mit der Familie seiner Schwester Wera in Ljublino schmerzlich vor Augen geführt hat, noch immer ohne eigenen Nachwuchs. Die kurzen Abstände zwischen den Anträgen, die er zunächst Apollonarija Suslowa, dann Anna Korwin-Krukowskaja und schließlich Anna Snitkina macht, zeigen, dass er fest entschlossen ist, wieder zu heiraten und eine Familie zu gründen. Überdies befindet sich sein Haushalt, zu dem auch der schwierige Stiefsohn Pascha gehört, in einem desolaten Zustand. Dass er meist deutlich jüngeren Frauen den Hof macht, liegt an seiner auffallenden Vorliebe für junge Mädchen und Kindfrauen,[151] die sich in zahleichen Varianten, meist jedoch im Motiv des unwürdigen Greises, auch in seinem Werk niederschlägt. «Die Farbe Rosa steht Ihnen sehr», findet er, als er Anna am Tag nach dem Antrag einen Besuch abstattet. «Sie sehen darin noch jünger und wie ein Mädchen aus.» Zudem schätzt er an Anna besonders ihr «liebliches Kindergesichtchen».[152]

Schon sein Urteil über Anjas Aussehen («Keine Schönheit, aber nicht übel») lässt ahnen, dass er für Anna merklich weniger Leidenschaft aufbringt als seinerzeit für Maria Issajewa und Apollinarija Suslowa. Diese Distanz bezeugt auch ein Brief vom 23. April 1867, in dem er seine ehemalige Geliebte von Dresden aus über seine Wiederverheiratung in Kenntnis setzt:

> Meine Stenografin, Anna Grigorjewna Snitkina, war jung und ein recht hübsches Mädchen, aus guter Familie, mit ausgezeichnetem Gymnasialabschluss und einem guten, klaren Charakter. Die Arbeit mit ihr kam ausgezeichnet voran. Am 28. November war der Roman «Der Spieler» [...] fertig. Gegen Ende der Arbeit stellte ich fest, dass meine Stenografin mich aufrichtig liebt, obwohl sie darüber nie ein Wort verloren hatte. Und auch mir gefiel sie zunehmend. Da ich seit dem Tod des Bruders furchtbar niedergeschlagen bin und mir das Leben zur Last wird, schlug ich ihr vor, mich zu heiraten. Sie hat Ja gesagt, und so haben wir geheiratet.

Das klingt mehr wie der wohlwollende Kopftext eines Schulzeugnisses, weniger wie eine Lovestory. Dennoch sollte Anna Korwin-Krukowskaja Recht behalten. Bisher auf den Typus der kapriziösen Schönen fixiert, hätte Dostojewskij als Lebenspartnerin keine Bessere finden können als Anna Grigorjewna, die er fortan liebevoll «Anja» nennt. «Jeder Mensch braucht einen Ort, zu dem er gehen kann», heißt es in «Schuld und Sühne». Zu einem solchen Rückzugspunkt wird für Dostojewskij, den hypersensiblen, reizbaren und rastlosen Schriftsteller, Anna als Ruhepol seines Lebens. Sie bringt Ordnung in seinen chaotischen Alltag und ermöglicht ihm ein intaktes Familienleben. Sie ist, wie die intime Korrespondenz zwischen den beiden bezeugt, auch in erotischer Hinsicht seine ideale Partnerin. Sie hält ihm in Krisensituationen den Rücken frei und ordnet – weit über die Grenze dessen hinaus, was Dostojewskij einer echten «Sechzigerin» hätte zumuten können – ihre eigenen Interessen denen ihres Mannes unter. Es ist vor allem ihrem praktischen Instinkt und ihrer zupackenden Art zu verdanken, dass Dostojewskij in seinen letzten Jahren erreicht, wonach er sich sein Leben lang gesehnt hat, nämlich materiell versorgt zu sein und sein «Auskommen» zu haben.[153]

Den ganzen November des Jahres 1866 über ist Dostojewskij ein häufiger und gern gesehener Gast bei den Snitkins. Man macht Pläne und trifft Vorbereitungen für die Hochzeit. Sein Verlöbnis mit Anna hat sich inzwischen herumgesprochen. Die Hochzeit soll Anfang des kommenden Jahres stattfinden. Nach der Arbeit an «Schuld und Sühne» ist Dostojewskij auf der Suche nach einem neuen Stoff. Im Laufe der folgenden Monate kristallisiert sich aus seinen Überlegungen das Konzept zum Roman «Der Idiot» heraus. Nach dem Publikumserfolg von «Schuld und Sühne» setzt Katkow alles daran, Dostojewskij an sein Magazin zu binden. Deshalb gewährt er großzügig zwei Vorschüsse von jeweils 1000 Rubel, um die ihn der Autor wegen der bevorstehenden Hochzeit bittet. Im Januar 1867 mietet Dostojewskij für 45 Rubel Jahresmiete eine Fünf-Zimmer-Wohnung im Seitenflügel eines Hauses am Wosnesenskij-Prospekt.

Am Abend des 15. Februar 1867, fast genau zehn Jahre nach seiner Vermählung mit Marija Issajewa im sibirischen Kusnezk, werden Anna Grigorjewna Snitkina und Fjodor Michajlowitsch Dostojewskij in der Petersburger Dreifaltigkeits-Kathedrale getraut. Als Garnisonskirche des berühmten Ismajlowskij-Regiments, einer Elite-Einheit der kaiserlichen Armee, prägt die Kathedrale mit ihren blauen, goldgestirnten Kuppeln das Weichbild der südlichen Stadt. Als Trauzeugen des Bräutigams treten Nikolaj Strachow und der Schriftsteller Dmitrij Awerkijew an. Die Braut hat als Zeugen zwei Vettern aufgeboten. Die Hochzeits-Ikone wird von Kostja Olchin, dem kleinen Sohn des Stenografielehrers Pawel Olchin, getragen. Im Anschluss an die Trauung beginnt eine champagnerselige Feier in Dostojewskijs neuer Wohnung am Wosnesenskij-Prospekt, wo sich die Gäste beim Eintreffen des Brautpaars bereits versammelt haben. Nach russischem Brauch wird das Fest in den folgenden Tagen, die für Hochzeitsbesuche bei Verwandten und Freunden vorgesehen sind, an unterschiedlichen Schauplätzen fortgesetzt.

Die Feiern ziehen sich hin bis zum Ende der «Butterwoche», der russischen Fastnacht, nach der in der russisch-orthodoxen Kirche das Große Fasten beginnt. Der übermäßige Genuss von Alkohol, den Dostojewskij ansonsten meidet, führt am letzten Tag der Butterwoche

Anna G. Dostojewskaja, die zweite Frau des Schriftstellers, 1878

zum Kollaps. Mitten in einem Gespräch, das er während eines Sektempfangs in aufgeräumter Stimmung mit Annas Schwester geführt hat,

> wurde er blass, erhob sich vom Sofa und beugte sich langsam zu mir. Erstaunt blickte ich in sein entstelltes Gesicht. Plötzlich ertönte ein schrecklicher, unmenschlicher Schrei, eigentlich eher ein Heulen, und Fjodor Michajlowitsch sackte vornüber [...] Ich packte Fjodor Michajlowitsch bei den Schultern und setzte ihn aufs Sofa. Doch wie groß war mein Entsetzen, als ich sah, dass der reglose Körper meines Mannes vom Sofa rutschte und mir die Kraft fehlte, ihn zu halten. Ich schob den Tisch mit der brennenden Lampe beiseite, so dass Fjodor Michajlowitsch zu Boden gleiten konnte, ließ mich selbst auf den Fußboden nieder und hielt, während er in Krämpfen zuckte, die ganze Zeit seinen Kopf auf meinen Knien.[154]

Anna hatte um seine Epilepsie gewusst. Aber es ist eines, von einer Krankheit zu wissen, und ein ganz anderes, sie konkret zu erleben. Das

Grauen, von dem Anna berichtet, ist das gleiche, das zehn Jahre zuvor Dostojewskijs erste Frau Maria bei seinem epileptischen Anfall auf der Fahrt von Kusnezk nach Semipalatinsk gepackt hatte. Und so wie damals fällt auch jetzt ein Schatten auf die junge Ehe, die in den folgenden Wochen weiteren Belastungsproben ausgesetzt wird.

Da ist zunächst Dostojewskijs Schwägerin Emilia, Michails Witwe. Da sie Dostojewskij die Schuld am Bankrott der «Epoche» und am finanziellen Ruin ihrer Familie gibt, war es für sie bisher selbstverständlich, dass Dostojewskij sie finanziell unterstützt. Mit seiner neuen Ehe sieht Emilia ihre Felle davonschwimmen, ahnt sie doch, dass Dostojewskij auf Dauer nicht zwei Familien zugleich wird unterhalten können. Entsprechend kühl verhält sie sich gegenüber der jungen, in Haushaltsdingen unerfahrenen Frau ihres Schwagers, die sie besonders in Gegenwart Dostojewskijs zu belehren pflegt. Zu allem Überfluss hält Emilia ihr auch noch ständig Dostojewskijs erste Frau Maria als Muster der idealen Hausfrau vor Augen.

Da ist sodann Dostojewskijs problematischer Stiefsohn Pascha. Nur ein Jahr jünger als Anna, zeigt er begreiflicherweise wenig Bereitschaft, sie als Nachfolgerin seiner Mutter zu akzeptieren. Zudem fürchtet er, Anna könne sich zwischen ihn und seinen Stiefvater drängen und seinen Einfluss schmälern. Pascha behandelt Anna in Dostojewskijs Abwesenheit von oben herab und lässt sie Tag für Tag spüren, dass sie «in seinem Haus» ein ungebetener Gast sei. Dostojewskij mischt sich nicht ein und tut so, als gingen ihn die Spannungen zwischen Anja und Pascha nichts an.

Und da sind schließlich die vielen Besucher, die Dostojewskijs Wohnung meist schon seit den Vormittagsstunden belagern und dann bis zum Abend bleiben, so dass die frisch Vermählten kaum Zeit füreinander finden. Dostojewskij zieht sich gewöhnlich am frühen Abend in sein Kabinett zurück, um bis in die frühen Morgenstunden zu arbeiten. Entsprechend spät ist er am nächsten Morgen auf den Beinen. Anna dagegen muss schon morgens mit der Köchin auf den Markt, um sich danach ununterbrochen um das leibliche Wohl ihrer Gäste und ihres Gatten zu kümmern, wovon sie abends so müde ist, dass sie sich gegen zehn Uhr zurückzieht und die Gäste sich selbst überlässt.

Irgendwann wird ihr alles zu viel. Nach einer gehässigen Attacke ihres Stiefsohns erleidet sie einen Nervenzusammenbruch. Dostojewskij ist erschrocken. Er hatte, wie es scheint, keine Ahnung von den Problemen seiner Frau und sucht sie zu trösten. Schon am nächsten Tag, verspricht er, wolle er sie mit nach Moskau nehmen, um sie der Familie seiner Schwester Wera vorzustellen, und danach, wenn das Geld reicht, mit ihr für längere Zeit ins Ausland fahren. Die erste Aprilwoche verbringt das Paar in Dostojewskijs Geburtsstadt im Hôtel Dusaux. Man macht Besuche bei Verwandten und Freunden, besichtigt den Kreml und andere Moskauer Sehenswürdigkeiten und verbringt die Abende bei den geselligen Iwanows. Bis auf eine Eifersuchtsszene, die Dostojewskij seiner Frau zu fortgeschrittener Stunde im Hotel macht, weil sie bei den Iwanows angeblich mit einem jungen Mann geflirtet hat (es wird nicht die letzte Szene dieser Art sein), ist der Ausflug nach Moskau eine gelungene Unternehmung, die die Eheleute wieder einander näherbringt.

Umso unangenehmer wird die Rückkehr nach Petersburg, wo die Reisepläne des Paares auf heftigen Widerstand stoßen. Emilia Dostojewskaja hat inzwischen im noblen Villenvorort Pawlowsk ein Ferienhaus gebucht, in dem, wie sie meint, beide Familien bequem die Sommerferien verbringen können. Als Dostojewskij ihr eröffnet, dass daraus nichts werde, weil er mit Anna demnächst eine dreimonatige Europareise antrete, besteht Emilia darauf, für diese Zeit von ihm mit 500 Rubel für sich und ihre Kinder sowie mit weiteren 200 Rubel für Pascha unterstützt zu werden. Wenig später machen etliche Gläubiger, die von Dostojewskijs Reiseplänen Wind bekommen haben, ihre Ansprüche geltend. Da er nicht weiß, wie er all diesen Forderungen nachkommen soll, und ihm bei erfolgloser Zwangseintreibung der Schuldturm droht, ist Dostojewskij schon entschlossen, das Reiseprojekt fallen zu lassen. Anna jedoch rettet es, indem sie ihre Aussteuer verpfändet und damit die fürs Erste notwendigen Reisemittel beschafft. Am Morgen des 14. April 1867 verlässt das Ehepaar Dostojewskij die russische Hauptstadt mit dem Eilzug nach Berlin. Bis zur Heimkehr der beiden werden mehr als vier Jahre vergehen.

4

Das zweite Exil: Europa (1867–1871)

Touristen wider Willen

Der vierjährige Europa-Aufenthalt der frisch Vermählten wird eine eigentümliche Mischung aus Flucht vor dem Schuldturm und Hochzeitsreise, aus Tourismus und Exil, konzentrierter literarischer Arbeit und exzessivem Glücksspiel. Den Sommer des Jahres 1867 verbringen die Dostojewskijs zunächst in Deutschland, das folgende Jahr in der Schweiz, wo im Februar 1868 ihre Tochter Sofija (Sonja) geboren wird. Als das Kind mit nur drei Monaten stirbt, hält es die Dostojewskijs nicht länger in der Schweiz. Die folgenden zwölf Monate verbringen sie in Italien, überwiegend in Florenz, um schließlich im Sommer 1869 nach Dresden zurückzukehren, wo Anna ihre Tochter Ljubow zur Welt bringt und sich die Familie für weitere zwei Jahre niederlässt.

Weder die Dauer des Auslandsaufenthalts noch die Reiseroute folgt einem bestimmten Plan. Zunächst wird ein Zeitraum von wenigen Monaten ins Auge gefasst. Dass sich die Heimkehr nach Russland dann immer mehr verzögert, hat vor allem finanzielle Gründe. Der Vorschuss von 3000 Rubel, den Katkow nach dem Publikumserfolg von «Schuld und Sühne» für Dostojewskijs neuen Roman «Der Idiot» gewährt hat, ist schon vor Antritt der Reise verbraucht, und zwar überwiegend für die Tilgung von Schulden. Auch die bescheidenen Mittel, mit denen Anna die Reisekasse durch die Verpfändung ihrer Aussteuer gefüllt hat, sind bereits in Baden-Baden, der zweiten Deutschland-Etappe, weitgehend aufgezehrt. In den folgenden Monaten lebt das Paar nur noch von der

Hand in den Mund. Was immer an Vorschüssen, Darlehen, Geldgeschenken oder Spielgewinnen in die Kasse kommt, geht drauf für den Lebensunterhalt und die Auslösung versetzter Schmuckstücke oder Kleider. Die einzige verlässliche Erwerbsquelle bleibt der neue Roman, der Dostojewskij jedoch große Mühen bereitet und an dem er viel länger arbeitet als geplant. Die letzten Kapitel des «Idiot» erscheinen erst 1869. Zu diesem Zeitpunkt ist das Honorar für das neue Werk längst ausgegeben und an eine Tilgung der hohen Kredite in Russland nicht mehr zu denken.

Im Gegensatz zu ihrem Mann verspürt Anna nicht die geringste Sehnsucht nach Russland. Sie ist froh, den Schikanen ihrer Schwägerin Emilia und des Stiefsohns Pascha, aber auch dem Drängen der Gläubiger entkommen zu sein und endlich mehr gemeinsame Zeit mit ihrem Mann zu haben. Selbst die größten materiellen Entbehrungen zieht sie einer Rückkehr nach Petersburg vor. Gewiss auch deshalb, weil sie zum ersten Mal ins Ausland reist und allem Neuen und Fremden gegenüber viel aufgeschlossener erscheint als ihr Gatte, der sich – mit Ausnahme der Dresdner Gemäldegalerie – in Westeuropa für nichts von alledem interessiert, was im Baedeker oder Reichard als sehenswürdig gepriesen wird.

Während der vier Auslandsjahre der Dostojewskijs findet eine wesentliche Verschiebung der politischen Kräfteverhältnisse in Europa statt. Der Pariser Friedensvertrag von 1856 hatte Russlands Niederlage im Krimkrieg besiegelt und Frankreich wieder als kontinentale Großmacht bestätigt. Doch die politische Entwicklung der 1860er Jahre entlarvt das Second Empire Napoleons III. als einen Koloss auf tönernen Füßen. Der Erfolg des italienischen Risorgimento, die von Bismarck betriebene Vereinigung der deutschen Fürstentümer unter preußischer Führung, Frankreichs misslungenes mexikanisches Abenteuer, schließlich die Niederlage gegen Preußen im Krieg von 1870/71 – all dies läutet eine neue Epoche der europäischen Politik ein. In Dresden erleben die Dostojewskijs preußisches Militär, das sich dort nach dem Sieg der Hohenzollern über Österreich und das verbündete Sachsen mit klingendem Spiel als Besatzungsmacht aufführt. In der Schweiz werden sie Zeuge von Garibaldis triumphalem Auftritt auf dem Genfer Kongress für Frieden und Freiheit von 1867. Bei ihrem zweiten Dresden-Aufenthalt schließlich erfahren sie aus den Zeitungen von der Proklamation des

Zweiten Deutschen Kaiserreichs im Spiegelsaal von Versailles und dem Aufstand der Pariser Commune.

Der Triumph der nationalen Idee in Deutschland und Italien wie auch bei den nationalen Minderheiten des Habsburger-Imperiums müsste eigentlich Wasser auf die Mühlen eines Nationalisten wie Dostojewskij sein. Doch wo, wie bei ihm, Nationalismus zunehmend in Messianismus übergeht, wird das nationale Streben der anderen zum Ärgernis. Namentlich gilt dies für Dostojewskijs Germanophobie. Die Deutschen sind kleinkariert, spießig, berechnend, hässlich, knauserig, geschmacklos und vor allem eines: unsagbar dumm. Das Bild des dummen Deutschen stellt das Stereotyp von der intellektuellen Überlegenheit Deutschlands, das die russische Kulturpolitik seit dem frühen 18. Jahrhundert geprägt hatte, auf den Kopf. Überboten wird das Konterklischee vom dummen und hässlichen Deutschen nur noch vom Bild des assimilierten Russen mit Wohnsitz im Schwarzwald oder am Genfersee, also ohne jede Bodenhaftung. Besonders gilt dies für Iwan Turgenjew, der in Baden-Baden eine Villa erworben hat und mit dem Dostojewskij heftig aneinandergerät. Turgenjews neuer Roman «Rauch» (1867), der im russischen Emigranten-Milieu von Baden-Baden spielt, erteilt nicht nur der revolutionären Linken, sondern auch den Slawophilen eine Abfuhr. Dostojewskij nimmt ihm dies ebenso übel wie die Liebe zu Deutschland und dessen Kultur. So kann nur ein vaterlandsloser Geselle urteilen! Je länger seine Europatour dauert, desto mehr allerdings beginnt, wie Dostojewskij selbstkritisch erkennt, seine eigene Rolle der eines Auslandsrussen vom Schlage Turgenjews zu gleichen (9. 10. 1867).

Der mehr als vierjährige Aufenthalt in Deutschland, Italien und der Schweiz gibt Dostojewskijs antieuropäischen Ressentiments neues Futter und verleiht seinen Attacken gegen den dekadenten Westen das Gütesiegel «unmittelbarer Erfahrung». Um intellektuell in Fahrt zu kommen, hat Dostojewskij schon immer Feindbilder benötigt. Waren dies in den «Winteraufzeichnungen» die Franzosen, so sind es jetzt vor allem die Deutschen. Später werden es Polen und Juden sein. Dostojewskijs Nationalismus erweist sich, je länger, desto offensichtlicher, als eine Strategie, sich der eigenen nationalen Identität und der Bedeutung des Russentums ex negativo zu vergewissern. Was an dieser Xenophobie Neurose ist und was ideologisches Programm, lässt sich kaum unterscheiden, beides geht ineinander über. Annas Reisetagebücher zeichnen das Bild eines oft extrem reizbaren Mannes, dem im Ausland so ziemlich alles gegen den Strich geht, der sich andererseits jedoch hochempfänglich zeigt für die Kunst Westeuropas: Literatur, Musik und vor allem Malerei. Das Zugleich von Europaliebe und Europahass wird an Dostojewskijs Romanfiguren wiederholt thematisiert, so bei Stawrogin in den «Dämonen», Wersilow im «Idiot» und Iwan in den «Brüdern Karamasow». In den Selbstzeugnissen des Autors dagegen bleibt es tabu.

Allen Ressentiments zum Trotz erträgt Dostojewskij Westeuropa an wechselnden Orten in drei Ländern immerhin länger als vier Jahre. Dies ist zuallererst seiner Angst vor den Petersburger Gläubigern zuzuschreiben, aber auch einer eigentümlichen Indifferenz gegenüber seinen unmittelbaren Wohn- und Lebensverhältnissen. Bisher war Dostojewskij nirgendwo sesshaft geworden. Seine Wohnungen hatte er fast so oft gewechselt wie seine Hemden. Ihr Mobiliar und ihre sonstige Ausstattung waren ihm ziemlich gleichgültig. Seine Kindheit hatte er in der qualvollen Enge der elterlichen Dienstwohnung des Moskauer Armenspitals, die Jünglingsjahre im Internat der Ingenieurschule, später vier Jahre im Massenlager der Katorga verbracht. All dies waren Schulen der Anspruchslosigkeit gewesen, die bei Dostojewskij eine Art nomadischer Grundhaltung erzeugt hatten.

Da sich die Dostojewskijs in Europa Hotels nicht leisten können, mieten sie an ihren Aufenthaltsorten preiswerte möblierte Wohnungen in ungünstigen Lagen. So liegen in Baden-Baden ihre zwei kleinen Zimmer direkt über einer Schmiede, aus der unablässig das Dröhnen von Hammer und Amboss zu hören ist. Über den Alltag der Eheleute, über kulturelle Unternehmungen, finanzielle Probleme, Geldbeschaffungsaktionen, Eheglück und Ehezwist, Roulettespiel und Krankheiten, soziale Kontakte und soziale Isolation informiert uns zuverlässig und bis hinein in intime Details Annas Reisetagebuch, das erst lange nach ihrem Tod veröffentlicht wurde. Als Quelle ist dieses Werk ungleich wertvoller als Annas «Erinnerungen», die bereits deutlich im Dienst des Dostojewskij-Kults des frühen 20. Jahrhunderts stehen und viele Unebenheiten in Dostojewskijs Biographie glätten. Eine zweite wichtige biographische Quelle zum Europa-Intermezzo ist Dostojewskijs Korrespondenz mit seinem Freund, dem Dichter Apollon Majkow, der einst den Petraschewzen nahegestanden hatte und sich inzwischen wie Dostojewskij zum konservativen Slawophilen gewandelt hat. Sofern es nicht um finanzielle Probleme geht, kreisen Dostojewskijs Briefe allerdings meist um die aktuelle politische und ideologische Lage in Russland und Europa, während der Alltag des Ehepaars hier nur selten Erwähnung findet.

Arbeiten oder spielen?

Der dreimonatige Aufenthalt in Dresden, das die Dostojewskijs nach zweitägigem Zwischenstopp in Berlin am 19. April 1867 ansteuern, stellt die unbeschwerteste Etappe ihrer Europa-Reise dar. Selbst «Fedja», wie Anna ihren Mann im Tagebuch nennt, der sonst an Deutschland und den Deutschen kein gutes Haar lässt, zeigt sich beeindruckt von der Schönheit des Elbtals mit seinen Hügeln, Schlössern und Villen. Die ersten Dresdner Wochen haben den Charakter einer Hochzeitsreise. Der Tagesablauf besteht in etwas wechselnder Reihenfolge aus den immer gleichen Programmpunkten: Gemäldegalerie, Mittagessen – bevorzugt im Restaurant Helbig auf den Brühlschen Terrassen –, Kaffee und Zeitungslektüre, Einkäufe, Gang zur Hauptpost, um nach *poste restante* zu fragen, Spaziergang im Großen Garten, wo es täglich Kurkonzerte gibt, Abendbrot in einem Restaurant der gehobenen Mittelklasse sowie schließlich zu Hause beim obligatorischen Tee lange abendliche Romanlektüren. Während Dostojewskij sich danach an den Schreibtisch setzt, geht Anja schlafen – selten ohne, wie sie ihrem Tagebuch anvertraut, von Fedja zu vorgerückter Stunde noch einmal für ein nächtliches Liebesspiel geweckt zu werden.[1]

Ein erster Schatten fällt auf diesen Honeymoon, als Anja zwei Briefe von Apollinarija Suslowa, der ehemaligen Geliebten Dostojewskijs, abfängt, mit der dieser auch nach seiner Heirat noch heimlich korrespondiert. Neben Eifersucht nagt an Anja die Enttäuschung darüber, dass ausgerechnet er, den sie «stets für vorbildlich in allem» hielt, sie hinters Licht führt.[2] Hinzu kommt, dass Fedja desto gereizter und streitbarer wird, je länger sie in Dresden weilen. Der Grund seiner Verstimmung tritt bald zutage: Es zieht ihn unwiderstehlich zum Glücksspiel, das in Russland verboten und nur im verachteten, weil dekadenten Westen erlaubt ist. Es ist zu vermuten, dass Dostojewskijs Absicht, seine prekäre finanzielle Lage durch Gewinne beim Roulette zu verbessern, von Anfang an *ein*, wenn nicht gar *das* heimliche Motiv dieser Reise war.

Anja glaubt nicht an Fedjas Gewinnchancen. Aber sie gibt seinem Drängen nach, weiß sie doch, dass er seiner Unruhe anders nicht Herr werden kann. Mitte Mai fährt Dostojewskij über Leipzig nach Bad Homburg, wo er trotz zwischenzeitlicher Gewinne binnen zehn Tagen sein gesamtes Geld verspielt: insgesamt «mehr als 1000 Franken, an die 350 Rubel» (24.5.1867). Außerstande, das Hotel und die Rückfahrt nach Dresden zu bezahlen, bittet er Anja, ihm unverzüglich 20 Imperial (= 200 Rubel) nach Homburg zu schicken. Anja weist den gewünschten Betrag umgehend an. Ihr Gatte jedoch – anstatt wie versprochen den nächsten Zug nach Dresden zu nehmen – verspielt auch dieses Geld bis auf den letzten Heller. Die Briefe, die er in dieser Zeit täglich aus Bad Homburg an Anja schreibt, sind Orgien der Reue und Selbstgeißelung und geben seiner Frau einen Vorgeschmack auf das, was sie wenig später in Baden-Baden erwartet.

Zu Dostojewskijs Reueritual gehört die Beteuerung, nie wieder zu spielen und sich stattdessen ganz auf die Arbeit zu stürzen: «Jetzt heißt es arbeiten und schuften, arbeiten und schuften; ich werde noch beweisen, was ich vermag!» (24.5.1867) In der Situation der Ernüchterung und Reue erscheint Arbeit als moralische Alternative zur unmoralischen, weil unwürdigen Praxis des Roulettespiels. In Situationen jedoch, in denen er der Spielsucht verfällt, ebnet Dostojewskij diesen Gegensatz ein. Als «Gelderwerb ohne Gegenleistung» (18.5.1867) wird das Glücksspiel für ihn zum Ersatz für Arbeit, und zwar nicht nur als Geldquelle, sondern auch als eine mit bestimmten Routinehandlungen verknüpfte Form der Alltagsgestaltung.

Dank Annas Tagebuch sind wir über die ökonomischen und pathologischen Aspekte von Dostojewskijs Spielsucht recht gut informiert. Die Weiterreise von Dresden in den Schwarzwald kann das Paar erst nach Erhalt eines Schecks der Redaktion des «Russischen Boten» über 460 Taler fortsetzen. In Baden-Baden sind Dostojewskijs einzige Einnahmequelle seine bescheidenen Spielgewinne, von denen der größere Teil zumeist für neue Spieleinsätze draufgeht, so dass das Ehepaar seinen Lebensunterhalt im Wesentlichen durch Zahlungsaufschub bzw. Anschreibenlassen

Das Spielcasino von Baden-Baden (um 1855)

und das Versetzen von Garderobe- und Schmuckstücken einschließlich der Eheringe bestreiten muss. Für Dostojewskij gehört die Verpfändung von Kleidung und Wertgegenständen seit Jahren zum Alltag, und sie hat sich auch literarisch niedergeschlagen, besonders markant im Plot von «Schuld und Sühne». ‹Als «Kreditinstitut der kleinen Leute» sind Pfandleihen im Russland des 19. Jahrhunderts wie auch in Westeuropa eine weitverbreitete Institution.[3]

Der tägliche Gang ins Kurhaus und zur Pfandleihe wird mehr und mehr zur Arbeitsroutine, das Spiel zu einer Art Broterwerb. Anja malt sich aus, «wie schön es wäre, wenn wir etwa 2 Taler pro Tag gewinnen könnten; dann könnten wir allmählich unsere [verpfändeten] Kleider zurückkaufen und in aller Ruhe die Geldsendung von Katkow abwarten». Obwohl sie dem Spiel ihres Mannes skeptisch gegenübersteht, findet sie es selbstverständlich, dass Fedja so viel gewinnt, «wie wir für unser tägliches Brot benötigen», schließlich versichert er ihr, ihn leite bei jedem neuen Spieleinsatz einzig der Gedanke: «Das ist für Anja für Brot, das ist für Brot für sie.»[4]

Dostojewskijs Illusion, das Roulettespiel als «Gelderwerb ohne Gegenleistung» sei ein Äquivalent für Arbeit, wird nicht nur durch die Veralltäglichung seiner Kasino-Besuche, sondern auch dadurch genährt, dass es ihm in Baden-Baden einige Male gelingt, wenigstens so viel zu gewinnen, dass Anja und er davon ein paar Tage leben, im günstigsten Fall sogar versetzte Pfandstücke auslösen können. Jeder Spielgewinn wird damit gefeiert, dass Dostojewskij zum Entzücken seiner jungen Frau mit Bergen von Delikatessen heimkehrt, die dann zu später Stunde vertilgt werden. Auch solche Formen einer gleichsam feierabendlichen Selbstbelohnung nähern den Alltag des Glücksspiels symbolisch dem einer normalen Lohnarbeit an. Zu dieser Wahrnehmung gehört schließlich Dostojewskijs Überzeugung, man benötige, um zu gewinnen, nur ein bestimmtes Maß an Kaltblütigkeit und Berechnung, ganz so, als beruhe das Hasardspiel wie jede andere Arbeit auf Technik und erlernbaren Regeln.

Aber Kaltblütigkeit und Berechnung widersprechen sowohl der im «Spieler» propagierten Norm des vitalen, «russischen» Spiels als auch dem Wesen Dostojewskijs. Dass er immer aufs Neue das gemeinsame Geld verspielt, dass er Anja nach starken Verlusten zwingt, ihre letzten Ersparnisse herauszurücken und ihre Kleidung zu versetzen, dass er keine Hemmungen hat, selbst das von Anjas Verwandten für den Lebensunterhalt geschickte Geld zu verspielen, dass er ständig an Anjas Garderobe herummäkelt, ihr aber kein Geld gibt, um sich neu einzukleiden (während er selbst sich in Dresden zwei neue Anzüge gekauft hat), dass er sich an keines seiner vielen Gelöbnisse hält, endlich die Finger vom Roulette zu lassen – all dies macht deutlich, dass Dostojewskij in seiner eigenen Terminologie kein «Gentleman-Spieler», sondern ein «plebejischer Spieler» ist, der nicht nur sein Geld, sondern seine Existenz aufs Spiel setzt. Der Schein des Glücksspiels als Broterwerb durch Arbeit ist demnach nur die autosuggestive Fassade der eigenen Spielsucht. Mit seiner Nervosität und seiner an Hysterie grenzenden Erregbarkeit ist Dostojewskij das Gegenteil des kaltblütigen Gentleman-Spielers. Anna trifft ihren Mann eines Abends im Kasino und ist über seinen Anblick entsetzt: «Er sah entsetzlich aus: hochrot mit blutunterlaufenen Augen, wie ein Betrunkener.»[5] Dostojewskij gibt selbst zu, dass das Spiel für ihn etwas «Aufreizendes und Betäubendes» habe (18. 5. 1867).

Der eigentliche Zweck des Glücksspiels ist für Dostojewskij nicht das Geld, er ist vielmehr das Spiel selbst, der Rausch des Risikos, die Spannung des «Alles oder nichts», der Schwindel der «Erregung beim Setzen einer Geldsumme, beim Rollen der Kugel und bei ihrem Stillstand».[6] Nur der Rausch, in dem Vernunft («Berechnung») und Moral ihr Kontrollrecht verlieren, erklärt die Unbekümmertheit, ja Brutalität, mit der Dostojewskij sich über Anjas Ängste und Sorgen hinwegsetzt. Die Kehrseite des Rauschs sind dann Exzesse der Selbsterniedrigung wie diese:

> Anja, meine Liebe, meine Freundin, meine Frau, verzeih mir, nenne mich nicht einen Schuft! Ich habe ein Verbrechen begangen, ich habe alles verspielt, was Du mir geschickt hast, alles, alles bis auf den letzten Kreuzer, gestern bekommen und gestern verspielt. (24.5.1867)
>
> Fedja lag vor mir auf den Knien, küsste mich auf die Brust und auf die Hände und sagte, ich sei eine gute und liebe Frau, noch dazu in meinem Zustand, eine bessere als mich gebe es nicht auf der Welt.
>
> Er sagte mir, dass er alles verspielt habe, sogar das Geld, das er für die verpfändeten Ohrringe bekommen habe [...] Er stützte sich mit den Ellbogen auf den Tisch und begann zu weinen. Ja, Fedja weinte [...] Beim Gutenachtsagen erklärte mir Fedja, dass er mich grenzenlos liebe [...] so sehr liebe er mich, dass er niemals vergessen werde, wie gut ich mich in diesen schweren Augenblicken ihm gegenüber verhalten habe.
>
> Als Fedja mir gute Nacht wünschte, war er sehr gerührt und sagte mir, er liebe mich wahnsinnig, mit aller Kraft seines Herzens, er sei meiner nicht würdig, ich sei ihm von Gott als Schutzengel gesandt, er wisse nicht, wie er das verdiene, und müsse sich bessern.[7]

Moralisch betrachtet werfen solche Wechselbäder von Sünde und Selbstkasteiung kein gutes Licht auf Dostojewskij. Sigmund Freud zeigt sich befremdet darüber, dass Dostojewskij jede Sünde durch ein Bußritual kompensiert und die Buße so zu einer Technik macht, die das Sündigen erst ermöglicht.[8] Doch beim Phänomen der Sucht versagen Kategorien wie Würde und Moral. Jede Sucht schließt die von Freud als «das Wesentliche der Sittlichkeit» geforderte Fähigkeit zum Triebaufschub per definitionem aus. Wer süchtig ist, kann nicht verzichten; und umgekehrt wird, wer verzichten kann, nicht süchtig.

Anja begreift dies instinktiv und setzt dem Spieltrieb ihres Mannes, sosehr sie ihn fürchtet, deshalb auch keinen echten Widerstand entgegen. Ihr ist klar, dass es hier nicht um Willensschwäche geht, sondern um eine «alleszerstörende Leidenschaft, eine Elementarkraft, gegen die selbst ein fester Charakter vergebens ankämpft», gleicht sie doch «einer Krankheit, gegen die es kein Mittel gibt».[9] Sie weiß, dass Fedja stets bis zur äußersten Grenze gehen muss und Ruhe erst findet, wenn er diese Grenze erreicht oder überschritten hat. Sie weiß auch, dass das Risiko eine wesentliche Antriebskraft seiner literarischen Produktion ist, schließlich hat sie ihn bei der Umsetzung seines bislang riskantesten Projekts, des Romans «Der Spieler», kennengelernt und den Abschluss der kaum minder risikoreichen Entstehungsgeschichte von «Schuld und Sühne» miterlebt.

Was das Glücksspiel mit Dostojewskijs literarischer Produktion gemein hat, ist nicht die illusionäre Umdeutung des Spiels zur Brotarbeit, sondern die Psychologie des russischen Roulette, das Aufs-Spiel-Setzen des eigenen Ich. Die Rückkehr zur literarischen Arbeit wird Dostojewskij erst nach vollständiger Verausgabung seiner finanziellen und seelischen Ressourcen möglich, das heißt, erst wenn er die ganze Tiefe des Abgrunds durchmessen und seinen Triebstau abgebaut hat.[10] Wo literarische Arbeit insofern als Buße für vorausgegangenes Fehlverhalten geleistet wird, liegt offenkundig ein Mangel an Professionalität vor. Denn zum Berufsschriftsteller wie zu jedem Beruf gehört ein bestimmtes Maß an Affektkontrolle, Ordnung und ökonomischer Vernunft, wie es typisch ist etwa für Adalbert Stifter, der über seine Einnahmen und Ausgaben penibel Buch führt.[11] Dostojewskij weiß, dass er eigentlich schreiben müsste, und möchte diesem Zwang entkommen, nicht nur weil das Glücksspiel höhere Gewinne verheißt, sondern auch weil es dem «Dichter in dürftiger Zeit» emotional mehr zu bieten hat als das literarische Handwerk.

Je länger sich der Aufenthalt in Baden-Baden mit dem immer gleichen Auf und Ab von Gewinnen und Verlusten, Euphorie und Verzweiflung, Verpfänden und Auslösen von Schmuck oder Kleidung ohne Ausblick auf eine Veränderung ihrer Lage hinzieht, desto mehr leidet Anja an «diesem verfluchten Baden-Baden» und dessen Kasino.[12] Auch Dostojewskij dämmert, dass es so nicht weitergehen kann. Nachdem er am 22. August 1867 neuerlich einen Wechsel von Anjas Mutter verspielt hat, der eigentlich für das Auslösen versetzter Schmuckstücke bestimmt war, und er einmal mehr weinend und zerknirscht vom Kasino zurückkehrt, entschließt er sich, Baden-Baden unverzüglich, noch am selben Tag, in Richtung Schweiz zu verlassen.

Der nächste Zug nach Basel geht allerdings erst am Nachmittag des folgenden Tages. Für einen Suchtspieler wie Dostojewskij ist diese Frist zu lang, um das Schicksal nicht noch ein letztes Mal herauszufordern. Anderthalb Stunden vor Abfahrt des Zuges verspielt er am nächsten Mittag fast das gesamte Reisegeld, das Anja, die nun «endgültig in Wut gerät»[13], beiseitegelegt hatte. Er fällt vor ihr auf die Knie, schimpft sich einen Schuft und bittet sie händeringend um Verzeihung. Der Lösung anstehender Probleme ist diese Szene, deren Dramaturgie Anja bis zum Überdruss vertraut ist, wenig förderlich. Um mit den Wirtsleuten abrechnen und die Bahntickets lösen zu können, werden noch einmal, nun schon in größter Hast, Schmuckstücke zur Pfandleihe gebracht, diesmal eine Brosche und mit Brillanten besetzte Ohrringe, die Dostojewskij Anja zur Hochzeit geschenkt hatte. Sie wird diesen Schmuck nie wiedersehen.

Am 23. August um 14 Uhr besteigen die Dostojewskijs den Zug nach Basel, wo sie nach achtstündiger Fahrt todmüde eintreffen. Anja, deren Gedanken in den letzten Wochen nur noch um Franken, Gulden, Taler und Friedrich d'or gekreist waren, wird von diesen bis in den Schlaf verfolgt. «Dann schliefen wir ein», notiert sie in ihrem Tagebuch, «und ich träumte von Geld. Was für eine habgierige Person ich doch geworden bin, dass ich nur noch an Geld und Gold denke.»[14]

Genf, die «gemeine Republik»

In ihren «Erinnerungen» schreibt Anna Grigorjewna: «Mit der Abreise aus Baden-Baden endete die stürmische Periode unseres Lebens im Ausland. Gerettet hat uns einmal mehr unser guter Geist: die Redaktion des ‹Russischen Boten›.»[15] Zwar wird weder die Weiterreise in die Schweiz dank einer Geldsendung Katkows möglich, noch sollte der einjährige Aufenthalt der Dostojewskijs am Genfersee frei sein von Dramen. Anna Grigorjewnas Gedächtnis glättet hier, was sich in der gegebenen Situation als erheblich schwieriger dargestellt hatte. Einen Bruch mit der Baden-Badener Etappe stellt die Schweizer Zeit jedoch tatsächlich insofern dar, als Dostojewskij, nachdem er sich seelisch und finanziell am

Spieltisch völlig verausgabt hat, endlich wieder frei ist für seine literarischen Projekte.

Ursprünglich war als nächste Europa-Etappe Paris vorgesehen. Doch ihre notorische Geldknappheit zwingt die Dostojewskijs, sich mit der Schweiz zu begnügen, die im 19. Jahrhundert als billiges Reiseland gilt, da man hier pro Person und Tag mit etwa fünf Franken (= 1,65 Rubel) sein Leben bestreiten kann.[16] Als Standort wird Genf gewählt. Die Deutschschweiz kommt für Dostojewskij nach den Verständigungsproblemen, die er in Dresden und Baden-Baden hatte, nicht in Betracht. Zudem hat Genf eine relativ große russische Kolonie mit einer eigenen Kirche sowie Kaffeehäuser mit russischen Zeitungen. Ansonsten jedoch ist die Metropole der Westschweiz als Geburtsstätte des Calvinismus, als Heimat des von Dostojewskij verabscheuten Jean-Jacques Rousseau sowie neuerdings als Refugium prominenter russischer Revolutionäre für Dostojewskij alles andere als ein Sehnsuchtsort.

Als das Ehepaar am 25. August 1867 mit dem Zug aus Basel in Genf eintrifft, hängen überall in der Stadt Plakate, die den Auftritt Giuseppe Garibaldis ankündigen. Der Held der italienischen Unabhängigkeitsbewegung wird als Hauptredner auf dem ersten Kongress der internationalen «Liga für Frieden und Freiheit» erwartet, der vom 9. bis 12. September stattfinden soll. Die Dostojewskijs werden bei ihrer Ankunft Zeugen von Garibaldis Triumphzug durch die Stadt. Drei Tage später besuchen sie das Genfer Palais électoral, wo die Friedensliga tagt. Zu diesem Zeitpunkt hat Garibaldi die Stadt aber schon wieder verlassen, nachdem seine vatikankritischen Äußerungen den Unmut der Genfer Katholiken hervorgerufen hatten. Das Kongressgeschehen mit seinen Anträgen, Grußworten, Proklamationen, endlosen Debatten und Ausfällen gegen die reaktionären Staaten Europas, allen voran gegen Russland,[17] bestärkt Dostojewskij in seinem Ressentiment gegen Sozialismus und Liberalismus wie überhaupt gegen den westeuropäischen Diskurs, dessen Vielstimmigkeit er als Kakophonie wahrnimmt:

> Es ist wirklich unglaublich, was diese Herren Sozialisten und Revolutionäre, die ich bisher nur aus Büchern kannte und hier zum ersten Mal in Wirklichkeit sah, von der Tribüne herab ihren 5000 Zuschauern vorlogen [...] Man kann sich die Komik, die Schwäche, die Ungereimtheiten, den Streit und die Widersprüchlichkeit gar nicht vorstellen. Und dieses Pack hetzt nun das

unglückliche Arbeitervolk auf! Um Frieden auf Erden zu erlangen, wollen sie den christlichen Glauben ausrotten, große Staaten vernichten und in kleine zerschlagen, das Kapital abschaffen und zum Gemeinbesitz erklären und dergleichen mehr. (11. 10. 1867)

Zu den in Genf lebenden Russen haben die Dostojewskijs kaum Kontakt. Eine Ausnahme ist Nikolaj Ogarjow, ein enger Freund Alexander Herzens, der 1865 mit der Verlegung der Exilzeitschrift «Die Glocke» von London nach Genf übergesiedelt war. Ogarjow versorgt die Dostojewskijs mit russischen Büchern und greift ihnen, obwohl damals selbst knapp bei Kasse, gelegentlich auch finanziell unter die Arme. Ein Agent des russischen Geheimdienstes meldet diesen Kontakt nach Petersburg weiter, woraufhin die Dritte Abteilung eine strenge Visitation des Schriftstellers bei seiner Wiedereinreise nach Russland anordnet. Dass Dostojewskij im übrigen Abstand zu seinen Landsleuten hält, erklärt sich aber nicht nur durch seine Antipathie gegen die russische Linke, sondern vor allem durch den festen Vorsatz, nach den chaotischen Wochen von Baden-Baden endlich an seinem neuen Roman zu arbeiten, für den er inzwischen von Katkow mehr als 4000 Rubel Vorschuss erhalten hat.

In Genf mieten die Dostojewskijs ein möbliertes Zimmer in der Rue Guillaume Tell, einem Eckhaus nahe am See mit Blick auf die Montblanc-Brücke und das Rousseau-Inselchen. Ab Januar 1868 soll der neue Roman in Katkows «Russischem Boten» erscheinen. Wieder einmal drängt die Zeit. Deshalb wird in Genf ein fester Tagesablauf eingeführt, an den sich Dostojewskij auch in den kommenden Jahren halten wird. Da er bis in den frühen Morgen hinein arbeitet, steht er erst gegen 11 Uhr auf. Nach dem gemeinsamen Frühstück geht Anja, die jetzt im vierten Monat schwanger ist, auf Empfehlung des Arztes spazieren, während Dostojewskij sich an die Arbeit macht. Gegen 15 Uhr suchen die beiden eines der preiswerteren Restaurants in der Genfer Altstadt auf. Danach hält Anja Mittagsruhe, während Dostojewskij sich in einem Kaffeehaus am Grand-Quai du Lac, meistens im Café de la Couronne, niederlässt, um sich in russische und französische Zeitungen zu vertiefen. Gegen 19 Uhr steht ein Spaziergang am See oder ein Bummel durch das Geschäftsviertel auf dem Programm, bei dem Dostojewskij gern vor den Schaufenstern eleganter Geschäfte verweilt, um Anja all «die Kostbarkeiten zu zeigen, die er mir schenken würde, wenn er reich wäre».[18] Noch hat er den Traum vom großen Geld nicht aufgegeben. Und wie sollte er auch in einer Stadt, die gegen Ende des 19. Jahrhunderts unter ihren knapp 80 000 Einwohnern mehr als 200 Millionäre zählt und in ihren Geschäften ein breites Sortiment an Luxusgütern präsentiert!

Die finanzielle Lage der beiden bleibt angespannt. Immer wieder sind sie auf Geldsendungen von Freunden und Verwandten aus Russland angewiesen. Wie schon in Baden-Baden ist auch hier der Gang zur Poststation ein fester Bestandteil des Tagesablaufs: «Auf der Post war wieder nichts. Mein Gott, was für Qualen!»[19] Wenn kein Geld mehr da ist, bleibt als letzte Instanz wieder nur das Pfandhaus. Auch darin haben die Dostojewskijs inzwischen eine Routine entwickelt, die sie gegen den erniedrigenden Akt des Versetzens und Auslösens von Wertgegenständen weitgehend hat abstumpfen lassen. Dennoch bleiben Armut und Pfandhaus ein Stachel in Dostojewskijs Seele. Rhoneaufwärts, ein paar Kilometer östlich von Martigny, liegt der kleine Walliser Kurort Saxon les Bains mit einem Kasino, das auch über ein Roulette verfügt. Einen Monat lang kann Dostojewskij dieser Versuchung widerstehen, aber länger nicht. Am 5. Oktober nimmt er den Zug nach Saxon, um dort in anderthalb Tagen nicht nur die mitgenommenen 150 Franken, sondern auch einen zwischenzeitlichen Gewinn von 1300 Franken zu verspielen. Weil er den letzten Direktzug nach Genf verpasst, muss er seinen Ring und seinen Mantel versetzen, um ein Hotel in Lausanne bezahlen zu können, in dem er zu später Stunde strandet.

Es wird nicht der letzte Ausflug nach Saxon bleiben. Weitere folgen im November 1867 und im März 1868, beide so erfolglos wie der erste und beide begleitet von den notorischen Reuebekundungen und Besserungsgelöbnissen. Diesmal jedoch wird Anja, die sonst ein geradezu heiligmäßiges Verständnis für die Spielsucht ihres Mannes aufbringt, ernsthaft böse. Schon seit einiger Zeit erkundigt sie sich nach den Preisen von Babykleidung. Zudem weiß sie, dass ihre demnächst dreiköpfige Familie mindestens eine Zwei-Zimmer-Wohnung benötigt, also mehr Miete zahlen muss. Deshalb hatte sie Fedja nach Saxon geschrieben, er solle ihr, wenn er gewinnt, wenigstens 200 Franken nach Genf schicken. Dostojewskij beteuert, diesen Brief nie erhalten zu haben. An Bargeld sind den beiden jetzt noch 49 Franken geblieben, von denen 31 zwecks Auslösung von Dostojewskijs Ring und Mantel sofort auf die Post gehen. «Noch nie», ver-

Das Spielcasino in Saxon-les-Bains, Schweiz

traut Anna ihrem Tagebuch an, «bin ich so unglücklich gewesen, selbst in Baden-Baden bei unseren gewaltigen Verlusten war ich nicht so verzweifelt wie jetzt.»[20] Wieder gehen Bettelbriefe nach Russland: an die Freunde Majkow und Janowskij, an Anjas Mutter und an den «Russischen Boten». Katkow erklärt sich schließlich bereit, weitere 500 Franken in Teilbeträgen von je 100 Franken pro Monat vorzuschießen, so dass Dostojewskij auf diese Weise eine Art Monatslohn bezieht.

Im Dezember 1867 wechselt das Ehepaar in eine geräumige Zwei-Zimmer-Wohnung an der belebten Rue du Mont-Blanc. Es ist nicht leicht, in Genf mit einer hochschwangeren Frau eine Wohnung zu finden. Anja, der man die Schwangerschaft bisher kaum ansehen konnte, hat inzwischen deutlich an Leibesumfang zugelegt, und im gleichen Maße hellt sich die Stimmung ihres Mannes auf. Dostojewskij lebt in der euphorischen Erwartung von «Sonja», wie das Kind nach seiner Moskauer Lieblingsnichte heißen soll, bzw. von «Mischa», wie es nach seinem verstorbenen Bruder Michail getauft werden soll, falls es ein Junge wird. Die Monate der Schwangerschaft sind eine Zeit größter ehelicher Nähe und Zärtlichkeit. Die bevorstehende Niederkunft feit Anja und Fedja gegen alle materiellen Sorgen. Sie verwandelt den sonst ewig

Dostojewskijs Freund Apollon Majkow (1860er Jahre)

missgelaunten, reizbaren, hypochondrischen Fedja in einen lebensfrohen, zu Späßen aufgelegten Gatten, der sich um nichts mehr sorgt als um das Wohl der werdenden Mutter, für sie einkauft, Rücksicht auf ihre sehr speziell gewordenen Speisewünsche nimmt (viel Kaffee, viel «Poulet») und der im winterlich kalten Genf, in dem es keine Doppelfenster gibt, mit Hingabe den Ofen heizt, «und dies mit solchem Eifer, dass es schon fast komisch wirkt, wie sehr er darauf achtet, dass alles Holz brennt und kein Scheit unverbrannt übrigbleibt. Er nennt uns ‹Die fröhlichen Ofenheizer oder Unser Leben in Genf›. Ständig denkt er sich irgendwelche drolligen Sachen aus, die ich furchtbar komisch finde.»[21]

Der Genfer Winter 1867/68 vergeht rasch, nicht nur mit Ofenheizen, sondern vor allem mit der gemeinsamen Arbeit am Roman. In der Nacht zum 4. März setzen die Wehen ein. Dostojewskij, der gerade erst einen schweren Anfall überstanden hat, gerät in Panik. Er schickt nach der Hebamme, einer Madame Barraud, deren erste Maßnahme darin besteht, den nervösen Gatten aus dem Schlafzimmer zu verbannen, da seine Aufregung der Niederkunft wenig zuträglich sei. Anja wiederum sorgt sich um Fedja und bittet in den Pausen zwischen den Wehen, nach ihm zu sehen. Man teilt ihr mit, dass ihr Mann «mal betend auf den Knien liegt, mal das Gesicht mit beiden Händen bedeckt und in tiefes Nachdenken versunken dasitzt»[22]. In der Nacht zum 5. März 1868 um 2 Uhr morgens werden die beiden erlöst. Sofja (Sonja) Michajlowna Dostojewskaja – «une adorable fillette», wie Madame Barraud findet – erblickt das Licht der Welt.

> Im Überschwang der Gefühle umarmte Fjodor Michajlowitsch Mme. Barraud und drückte der Krankenschwester einige Male fest die Hand. Die Hebamme sagte mir, sie habe in ihrer ganzen jahrelangen Berufspraxis noch nie den Vater eines Neugeborenen gesehen, der so aufgeregt und durcheinander war, wie mein Mann es die ganze Zeit war, und ein ums andere Mal sagte sie: «Oh, ces russes, ces russes!»[23]

Dostojewskij ist selig: «Das Kind ist erst einen Monat alt und hat bereits meinen Gesichtsausdruck, alle meine Züge, bis hin zu den Stirnfalten, und liegt da, als würde es einen Roman verfassen!» (2.4.1868) Das Elternglück indes währt nur kurz. Im Mai kommt es in Genf zu einem Wetterumschwung. Von Norden her fegt ein eisiger Wind, die sogenannte Bise, über den See. Im Englischen Garten, wo Anja mit dem Kinderwagen spazieren geht, erkältet sich die kleine Sonja, sie bekommt Husten und hohes Fieber, offensichtlich infolge einer Lungenentzündung. Zwar beruhigt der Kinderarzt die besorgten Eltern, es sei nur eine harmlose Erkältung. Doch am 24. Mai stirbt das Baby.

So grenzenlos wie die Freude über die Geburt ist der Schmerz über den Tod des Kindes. Dostojewskijs Verzweiflung, erinnert sich Anja, «war ohne Maß. Er schluchzte und weinte vor dem kalten Körper seines Lieblings wie eine Frau und bedeckte ihr bleiches Gesichtchen und ihre winzigen Hände mit heißen Küssen. Nie wieder habe ich ihn in so fürchterlicher Verzweiflung gesehen!» Drei Tage später findet in der Russischen Kirche die Trauerfeier statt, anschließend wird Sonja auf dem städtischen Friedhof Plainpalais beigesetzt. Das kleine Grab wird mit Zypressen bepflanzt und bekommt eine Grabplatte aus weißem Marmor mit einem orthodoxen Kreuz und der Inschrift «Sophie Fille de Fedor et Anne Dostoïevsky. 22. II/5.III – 12/24 V. 1868».[24]

Dostojewskij hat Genf nie gemocht und war nicht müde geworden, seinen Freunden in Russland mitzuteilen, wie unwohl er sich in dieser «gemeinen Republik» fühle, in der «das bourgeoise Leben bis zum *nec plus ultra* entwickelt» sei (12. 1. 1868). Auf seinen Bahnfahrten nach Saxon les Bains hatte er das Ostufer des Genfersees kennengelernt und Anja von dessen Schönheit und mildem Klima berichtet. Schon seit einiger Zeit trägt er sich mit dem Gedanken, nach Vevey umzuziehen, einem kleinen, aber feinen Kurort an der Waadtländer Riviera nördlich von Montreux, wo Nikolaj Gogol einst einen Teil seiner «Toten Seelen» schrieb. Nach Sonjetschkas Tod, den er dem giftigen Genfer Klima zuschreibt, sieht Dostojewskij die Zeit gekommen, diesen Plan in die Tat umzusetzen.

Ein russischer Christus: «Der Idiot»

Auch Vevey bringt den Dostojewskijs nicht den erhofften Seelenfrieden. In den vierzehn Jahren ihrer Ehe, schreibt Anna Grigorjewna, habe sie keinen Sommer erlebt, der so trübselig war wie dieser. Jedes Kind, dem sie begegnen, erinnert sie an den Verlust des eigenen. Deshalb verzichten sie auf Spaziergänge in der Stadt schließlich ganz und weichen auf die Weinberge oberhalb von Vevey aus. Dostojewskij ertränkt seinen Kummer in Arbeit. Ab Januar 1868 soll im «Russischen Boten» der neue Roman erscheinen, mit dem er sich unendlich schwertut. Neben Depressionen nach Sonjetschkas Tod lähmen die sich in der Schweiz wieder häufenden epileptischen Anfälle seine Schaffenskraft. Lange ist er unschlüssig, wie er den Plot des Romans, der unter dem Titel «Der Idiot» erscheinen wird, anlegen soll. Nachdem er sich monatelang mit immer neuen Entwürfen der Figurenprofile und Handlungsfäden gequält hat, verwirft er Anfang Dezember 1867 alles bisher Geschriebene und beginnt noch einmal ganz von vorn. Binnen dreiundzwanzig Tagen bringt er dann fast wie im Rausch die ersten fünf Kapitel des Romans, also rund einhundert Druckseiten, zu Papier.

Angesichts des schmalen Zeitfensters, das bis zum Abgabetermin des Manuskripts noch geblieben ist, setzt dieses Zeitmanagement eine Kaltblütigkeit voraus, die zu Dostojewskijs hypersensibler Seelenverfassung nicht zu passen scheint. Doch genauer betrachtet, handelt es sich nicht um Kaltblütigkeit, sondern um das für Dostojewskij typische Bedürfnis, einer Gefahr so nahe wie möglich zu kommen, um dadurch seelische Ressourcen zu aktivieren, die sich ihm anders nicht erschließen würden.[25] Im September 1867 hatte er Apollon Majkow mitgeteilt:

> Von meiner Arbeit schreibe ich Ihnen nichts, denn ich kann darüber noch gar nichts sagen. Nur so viel: Ich muss angestrengt, mit aller Kraft arbeiten. Dabei geben mir die Anfälle mittlerweile den Rest, nach jedem kann ich vier Tage lang nicht klar denken [...] Und dabei ist der Roman die einzige Rettung. Am allerschlimmsten ist, dass es ein besonders guter Roman werden muss, nichts anderes, das ist eine *Conditio sine qua non* [...] Mit einem Wort: Ich stürze mich mit «Hurrah!» in den Roman, Hals über Kopf, setze alles auf eine Karte, mag kommen, was kommen will! (21. 10. 1867)

Ganz ähnlich ein Brief ebenfalls an Majkow vom 12. Januar desselben Jahres: «Ich bin ein Risiko eingegangen wie beim Roulette: ‹Vielleicht wird ja beim Schreiben was draus!› Das ist unentschuldbar.» Wäre ihm Kleists Traktat «Über das allmähliche Verfertigen der Gedanken beim Reden» bekannt gewesen, so hätte Dostojewskij das Risiko vielleicht weniger unentschuldbar gefunden. Der letzte Satz indes zeigt: Dostojewskij weiß, dass *man* so eigentlich nicht arbeiten *soll*, dass *er* aber anders nicht arbeiten *kann*, weil sein «niederträchtiges und allzu leidenschaftliches Wesen [ihn zwinge,] stets und in allem bis an die äußerste Grenze zu gehen» (28. 8. 1867).

War der Kellerlochmensch ein typischer Zeitgenosse der 1860er Jahre, so ist Fürst Myschkin als russischer Don Quijote ein Held der Zukunft. Mit ihm will Dostojewskij nicht weniger darstellen als «die Idee des vollkommen schönen Menschen [...] Etwas Schwierigeres kann es meines Erachtens nicht geben, zumal in unserer Zeit.» (12. 1. 1868) Die Idee des «vollkommen schönen Menschen» knüpft an Dostojewskijs Bekenntnis von 1854 an: «Ich glaube, dass es nichts Schöneres, Tieferes, Einnehmenderes, Vernünftigeres, Mutigeres und Vollkommeneres gibt als Christus.» Als Mischung aus Don Quijote und Christus verkörpert Fürst Myschkin das Ideal des moralisch vollkommenen, reinen, anspruchslosen und dennoch charismatischen Menschen. In dieser Rolle wird Myschkin zugleich zum Mundstück von Dostojewskijs Vorstellung, dass «die Erneuerung und Auferstehung der ganzen Menschheit vielleicht einzig durch die russische Idee, durch den russischen Gott und Christus» ins Werk zu setzen sei. Russischer Gott und russischer Christus sollen der Welt vor Augen führen, zu was für einem «mächtigen und gerechten, weisen und sanften Riesen» Russland sich entwickelt hat, zu einem Titanen, der die Welt durch Glaubenstiefe überzeugen wird anstatt, wie die katholische Kirche, durch Feuer und Schwert.

Was dem neuen Roman seine spezifisch nationale Tönung gibt, ist der in Dostojewskijs Briefen aus der Schweiz unablässig beklagte Verlust des «russischen Bodens». Die Fremde verklärt seinen Blick auf die Heimat. Fürst Myschkin eilt seinem Autor gewissermaßen voraus. Er trifft zu Beginn der Romanhandlung nach vierjährigem Aufenthalt in einer Schweizer Nervenheilanstalt wieder in Russland ein. Und er wird, weil Russland inzwischen selbst von den Pestilenzen des Westens heimgesucht wird, schließlich als Opfer dieses neuen, verwestlichten Russland wieder in sein Schweizer Sanatorium zurückkehren, mit unheilbar zerstörter Seele. So der symbolische Sinn des Plots, der mit Intrigen, unerwarteten Wendungen, jähen Enthüllungen, dramatischen und melodramatischen Szenen so reich befrachtet ist, dass der rote Faden der Erzählung immer wieder aus dem Blick zu geraten droht.

Im Kern kreist die Handlung um drei Figuren. Da ist zunächst Fürst Lew Nikolajewitsch Myschkin, letzter Spross eines alten Adelsgeschlechts. Dass er als Idiot bezeichnet wird und unter dieser Bezeichnung als Titelheld firmiert, ist ein typischer Kunstgriff Dostojewskijs. In der Terminologie Michail Bachtins haben wir es hier mit einem umstrittenen, «dialogischen» Wort zu tun, das abhängig vom jeweiligen Blickpunkt unterschiedlich interpretiert werden kann. Im Rahmen einer solchen «Phänomenologie der Verkennung»[26] soll der Leser selbst herausfinden, was Myschkin ist: ein idealistischer Sonderling, ein heiliger Narr, ein Trottel oder ein Psychopath.

Myschkins Gegenspieler ist Parfjon Rogoschin, Sohn eines unlängst verstorbenen reichen Kaufmanns. Rogoschin ist soeben mit demselben Zug wie Myschkin in Petersburg eingetroffen, um ein Millionenerbe anzutreten und um die von vielen Männern umworbene Schönheit Nastasja Filippowna, eine russische Kameliendame, für sich zu gewinnen. Schon früh Vollwaise geworden und unter Vormundschaft des Gutsbesitzers Afanassij Totzkij gestellt, hat Nastasja angekündigt, dass sie am Abend desselben Tages bekannt geben will, für welchen der zwei aussichtsreichsten Bewerber um ihre Hand sie sich entschieden habe. Der eine Kandidat ist Parfjon Rogoschin, ein in seinen Motiven dunkler, durch extreme Leidenschaften von «Erotomanie»[27] bis Mordgier getriebener Mann, der genau jenen Typus verkörpert, den Dostojewskij in Anlehnung an Apollon Grigorjew als «raubgierig», «raubtierhaft» (chischtschnyj) bezeichnet.[28] Rogoschins direkter Konkurrent ist der ehrgeizige und geldgierige Gawrila (Ganja) Iwolgin, Sohn eines verarmten und senilen Generals außer Dienst. Ganja liebt Nastasja nicht und möchte sie nur ehelichen, weil Totzkij ihm eine Mitgift von 75 000 Rubel zugesagt hat, auf die Ganja als Startkapital für eine Karriere spekuliert. Auf seinem fernen Landsitz hatte Totzkij die damals noch minderjährige Nastasja zu seiner Mätresse gemacht. Nastasja zeigt Totzkij zwar schon seit Jahren die kalte Schulter, lässt sich aber trotzdem fürstlich von ihm aushalten. Totzkij hat den Entschluss gefasst, mit Aglaja Jepantschina, der attraktiven Tochter des vermögenden Generals Jepantschin, eine solidere Verbindung einzugehen. Deshalb will er Nastasja so schnell wie möglich loswerden, indem er sie unter die Haube bringt.

Am Abend versammelt sich in Nastasjas Haus eine große Gesellschaft. Schon leicht berauscht vom Champagner, offenbart die Gastgeberin Totzkijs Missetaten und ihre eigene unwürdige Rolle als seine Mätresse. Rogoschin betritt die Szene und wirft ein Bündel Banknoten auf den Tisch. Es sind 100 000 Rubel, der Preis, den er für Nastasja bietet, womit er Totzkijs Mitgift übertrifft. Nastasja zeigt sich bereit, Totzkij seine 75 000 Rubel vor die Füße zu werfen und mit Rogoschin zu gehen. Myschkin warnt sie vor Rogoschins Unberechenbarkeit. Berührt von ihrem Schwanken zwischen Hochmut und Verzweiflung und im Wissen um das ihr zugefügte Leid, macht er ihr spontan selbst einen Antrag. Bei der Gelegenheit enthüllt er, dass er dank einer entfernten Verwandten demnächst ein Erbe von anderthalb Millionen Rubel antreten werde. Nastasja ist gerührt von seinem Angebot, lehnt es jedoch ab. Sie weiß, dass sie Myschkin nur Unglück brächte. Bevor sie mit Rogoschin aufbricht, wirft sie das Hunderttausend-Rubel-Paket ins Kaminfeuer und fordert Ganja Iwolgin auf, das Geld aus den Flammen zu holen. Ganja widersteht dieser Versuchung, jedoch unter solchen

Seelenqualen, dass er in Ohnmacht fällt. «Seine Eitelkeit ist also noch stärker als seine Geldgier», spottet Nastasja.

Nach einem Schnitt von einem halben Jahr dreht sich die Handlung im 2. Teil zunächst um die Beziehung zwischen Myschkin und Rogoschin, den Nastasja schon wieder verlassen hat, weil sie, wie Rogoschin erkennt, in Wirklichkeit nicht ihn, sondern Myschkin liebt. Obwohl sich die beiden Männer inzwischen angefreundet und sogar ihre Kreuze getauscht haben, lauert der eifersüchtige Rogoschin dem Fürsten in dessen Hotel auf, um ihn zu erdolchen. Im letzten Augenblick jedoch schreckt er zurück, weil Myschkin bei seinem Anblick einen epileptischen Anfall erleidet und die Treppe hinabstürzt.

Ein zweiter Handlungsknoten wird um die Familie des Generals Jepantschin geschürzt. Hier sind drei erwachsene Töchter unter die Haube zu bringen, darunter die schöne und stolze Aglaja, von der Myschkin seit ihrer ersten Begegnung fasziniert ist. Umgekehrt ist auch Aglaja vom Fürsten beeindruckt. Seine Geradlinigkeit, Schlichtheit und Klugheit imponieren ihr. Zugleich irritieren sie seine Schüchternheit, seine Passivität und vor allem seine unklare Beziehung zu Nastasja Filippowna. Ihre Sympathie für Myschkin schlägt deshalb immer wieder um in Aggression und Spott.

Im 2. und 3. Teil rückt mit Ippolit Terentjew eine bis dahin marginale Figur thematisch in den Vordergrund. Ippolit gehört zu einer Gruppe junger, flegelhafter Nihilisten im Gefolge Rogoschins. Aus dieser Meute, mit der Dostojewskij die nihilistische Generation des 1860er Jahre aufs Korn nimmt, ragt Ippolit als tragische Figur heraus. Er hat Schwindsucht und nur noch wenige Wochen zu leben. Da er an Gott nicht glauben kann und jede fremde Jurisdiktion über sein Selbst ablehnt,[29] begehrt er auf gegen die Gesetze der Natur. Nach seinem Umzug in Myschkins Haus im Petersburger Villenvorort Pawlowsk kündigt Ippolit die öffentliche Verlesung seines geistigen Testaments unter dem Motto «Après moi le déluge» an, nach der er sich coram publico erschießen will. Doch die grandiose Inszenierung misslingt. Der Revolver hat Ladehemmung.

Der 4. und letzte Teil des Romans berichtet von der wachsenden Entfremdung zwischen Aglaja Jepantschina und Myschkin. Auf einer Soirée wollen die alten Jepantschins den Fürsten als ihren künftigen Schwiegersohn vorstellen. Durch eine abfällige Bemerkung über seinen Pflegevater Pawlischtschew, der vor seinem Tod angeblich zum Katholizismus übergetreten ist, lässt sich Myschkin zu Ausfällen gegen das römische Papsttum im Besonderen und gegen Europa im Allgemeinen hinreißen, die weitgehend identisch sind mit den Thesen, die Dostojewskij in seiner Korrespondenz mit Apollon Majkow formuliert (vgl. 1.3.1868). Myschkins Monolog gipfelt in der These von Russlands Mission als Retterin Europas und Wegbereiterin einer geistigen Wiedergeburt der Menschheit. Auf dem Höhepunkt seiner Tirade – er spürt bereits die Aura eines epileptischen Anfalls – stößt Myschkin in höchster Erregung eine teure chinesische Vase vom Sockel. Die Spannung der Gäste löst sich ob der Banalität dieses Malheurs in allgemeine Heiterkeit auf. Am nächsten Tag jedoch kommt es in Nastasjas Haus zum Showdown zwischen Nastasja und Aglaja. Myschkin wird Zeuge des Duells der Nebenbuhlerinnen. Spätestens jetzt müsste er sich für eine von ihnen entscheiden. Aber er kann es nicht. Tief verletzt stürzt Aglaja davon, während Myschkin bei Nastasja bleibt, die nach einem hysterischen Anfall ohnmächtig geworden ist. Er streichelt ihre Wangen und tröstet sie «wie ein kleines Kind».

Nach Auflösung des Verlöbnisses mit Aglaja läuft nunmehr alles auf eine Heirat von Myschkin und Nastasja Filippowna hinaus. Schon sind alle Hochzeitsvorbereitungen getroffen, doch eine Stunde vor der Trauung flieht Nastasja in vollem Brautstaat zu Rogoschin. Myschkin macht sich am nächsten Morgen auf die Suche nach ihr. Auf der Straße trifft er Rogoschin, der ihm erklärt, Nastasja sei bei ihm. Er führt Myschkin ins Schlafzimmer seines düsteren Hauses, wo unter einem amerikanischen Wachstuch, umstellt von duftenden Essenzen, Nastasjas Leiche liegt. Als die Tür des Hauses am nächsten Morgen gewaltsam geöffnet wird, findet man «den Mörder in tiefer Bewusstlosigkeit und hohem Fieber vor. Der Fürst saß unbeweglich neben ihm auf einem Polster und strich dem Kranken jedes Mal, wenn er aufschrie oder etwas sagte, behutsam, mit zitternder Hand über Haar und Wangen, als wollte er ihn liebkosen und beschwichtigen.» Wenn sein Schweizer Arzt ihn so hätte sehen können, kommentiert der Erzähler die Szene, hätte er abgewinkt und gesagt: «Ein Idiot!» Rogoschin wird zu fünfzehn Jahren Haft in Sibirien verurteilt, während Myschkin, psychisch nunmehr unheilbar krank, in die Schweizer Nervenheilanstalt zurückkehrt.

Kein zweiter Roman Dostojewskijs ist so reich an exzentrischen Figuren und Szenen wie «Der Idiot». Dostojewskijs Kritiker haben sich denn auch bevorzugt auf diesen Roman eingeschossen. Auf Nabokov wirken Dostojewskijs Kunstgriffe verglichen mit denen Tolstojs «wie Keulenschläge [...] und nicht wie die leichte Berührung einer Künstlerhand».[30] Bertha Eckstein-Diener hat vor allem den «Idiot» im Blick, wenn sie ihr Pasquill gegen Russland und die russische Kultur als «Idiotenführer» bezeichnet. Lew Schestow, ansonsten Dostojewskij eher wohlgesinnt, hat Probleme mit Myschkin, der einem chinesischen Stehaufmännchen gleiche, das willenlos zwischen zwei Frauen hin- und herschwanke.[31] Umso größer ist dafür im 20. Jahrhundert die Begeisterung bedeutender Literaturkritiker wie Julius Meier-Graefe und Walter Benjamin.

Das Echo der Zeitgenossen war verhalten. Die ersten Kapitel des Romans werden von Kritik und Lesern noch einhellig begrüßt. Von Anfang an jedoch herrscht Befremden über den Mangel an realistischen Szenen und psychologischer Motivation. Auf Dostojewskijs Freund Apollon Majkow wirken die Figuren des Romans wie in elektrisches Licht getaucht, wodurch die Gesichter einen übernatürlichen Glanz annähmen. Überhaupt ist Majkow die Atmosphäre des Romans zu phantastisch geraten.[32] Ebenso sehen es die «Petersburger Nachrichten», für die das Werk eine einzige «Phantasmagorie» darstellt. Nikolaj Strachow wiederum findet den Plot des Romans zu ausgeklügelt: «Sie überfrachten Ihre Werke und machen sie zu kompliziert. Wäre das Gewebe Ihrer Erzählungen einfacher, sie würden stärker wirken.»[33] Mehr als solche Kritik schmerzt Dostojewskij, dass nach Drucklegung der letzten Kapitel keine einzige Besprechung mehr erscheint, die den Roman als Ganzes würdigt. Strachow hatte nach seinen ersten positiven Eindrücken eine Gesamtrezension angekündigt, von diesem Plan dann aber Anstand genommen, weil seine Vorbehalte gegen das neue Werk zu groß sind. Das in Dostojewskijs Budget fest eingeplante Projekt einer Buchausgabe des Romans hat sich damit fürs Erste erledigt.

Die zeitgenössische Kritik misst den Roman mit der Elle der realistischen Poetik, für die gerade Tolstojs Romane Maßstäbe setzen und der es neben handwerklicher Meisterschaft, dem «Malen nach der Natur» (ut pictura poiesis), vor allem um die geschichtliche, soziale und psychologische Wahrscheinlichkeit von Figuren und Handlung geht. Eine solche Erwartungshaltung kann «Der Idiot» nur enttäuschen. Erst postrealistische Generationen haben den Roman zu schätzen gewusst. Das liegt daran, dass Dostojewskijs Technik der exzentrischen Zuspitzung bestimmte Verfahren der Moderne vorwegnimmt, etwa die Stilisierungen des symbolistischen und avantgardistischen Dramas, das «overacting» des expressionistischen Films oder in unserer Zeit die überdrehte Motorik des Regietheaters von Frank Castorf, der fast alle Romane Dostojewskijs auf die Bühne gebracht hat, mit gleicher psychedelischer Wirkung wie «Voodoo und andere Drogen»[34].

Den Vorwurf des Phantastischen hatte schon Belinskij gegen Dostojewskij erhoben. In der Entstehungsphase des «Idiot» greift Dostojewskij diese Kritik auf und wendet sie ins Positive. Was die Kritik als phantastisch abtut, begreift er als eine besondere Form von Idealismus, worunter er eine auf das Wesen der Dinge gerichtete Literatur versteht, die in der Lage ist, Gefahren und Chancen aktueller gesellschaftlicher Entwicklungen vorherzusagen (23. 12. 1868). In diesem Sinne symbolisiert das Schicksal des Fürsten Myschkin den inneren Zustand der gegenwärtigen russischen Gesellschaft. Myschkin steht für das christlich-kenotische Ideal der Nächstenliebe, Opferbereitschaft und Gewaltfreiheit, während die anderen Figuren eine Welt verkörpern, die mit einem Wort Oscar Wildes keine Werte mehr kennt, sondern nur noch Preise.

Im Skizzenheft zum «Idiot» notiert Dostojewskij, der Roman solle drei Arten von Liebe zeigen: die leidenschaftlich-unmittelbare (Rogoschin), die Liebe aus Ehrgeiz (Ganja) und die christliche (Myschkin). Bei Ganja müsste das Motiv eigentlich Liebe aus Geldgier heißen, denn Geld ist für ihn das tauglichste Mittel zu Erlangung und Ausübung von Macht. Sein Ehrgeiz besteht darin, ein neuer Rothschild zu werden. Schließlich seien die Rothschilds die wahren Herren der Welt, eine Weltmacht, ohne deren Kredite sich die gekrönten Häupter des 19. Jahrhunderts weder Kriege noch Prestigeprojekte wie den Sueskanal leisten können. Die Macht des Geldes wird im «Idiot» auf zunehmend groteske Weise inszeniert. Da sind schon zu Beginn die phantastischen Millionenerbschaften Myschkins und Rogoschins. Es folgen die nicht minder phantastischen Kaufangebote Totzkijs und Rogoschins für Nastasja Filippowna. Seinen Höhepunkt erreicht der Tanz des «tollen Geldes» –

so der Titel einer Komödie Alexander Ostrowskijs von 1870 – mit der exzentrischen Schlussszene des 1. Teils, in der Rogoschins Geld in Nastasjas Kamin landet. Diese Episode ist psychologisch von besonderem Raffinement, stachelt sie doch die Geldgier nicht nur Ganjas, sondern auch die der anderen Gäste und damit zugleich die der Leser an. Auf das von Flammen bedrohte Geldbündel reagieren Nastasjas Gäste so entsetzt, als handele es sich um ein Brandopfer der Inquisition.

Natürlich ist dies alles, gemessen mit der Elle des statistisch Wahrscheinlichen, nicht realistisch. Vielmehr ist es «entwirklicht»[35] bzw. surrealistisch avant la lettre. Es ist kein Wunder, dass gerade die Surrealisten Dostojewskij zu ihren geistigen Vätern zählten. Max Ernsts berühmtes Gemälde «Rendezvous der Freunde» (1922) zeigt den Maler auf dem Schoß des russischen Dichters. So wie sich Max Ernst und André Breton an den Hervorbringungen des Unbewussten orientieren, weisen auch Dostojewskijs Romane an den dramaturgisch markantesten Stellen eine Nähe zum Traum auf. Immer wieder jagt Dostojewskij die Figuren seiner Romane in Alpträume, von denen sich nicht nur die Surrealisten, sondern auch Filmregisseure wie Alfred Hitchcock, Robert Wise und Steven Spielberg haben inspirieren lassen.

Ganjas Geldgier und Rogoschins Geilheit steht Myschkins selbstlose Liebe gegenüber. Mitleid ist für den Fürsten «das wichtigste und vielleicht sogar das einzige Seinsgesetz der ganzen Menschheit». Mitleid und Mitgefühl setzen die Fähigkeit zur Empathie voraus. Myschkin «reagiert auf alle Ausdruckswerte».[36] So besitzt er die Gabe, fremde Handschriften, selbst mittelalterliche Kalligraphien, perfekt nachzuahmen. Auch sonst verfügt er über außergewöhnliche intuitive Fähigkeiten, die ihn das Wesen fremder Menschen schon auf den ersten Blick erspüren lassen, im Falle Nastasjas sogar anhand einer Fotografie. Mögen solche Charaktereigenschaften noch halbwegs motiviert erscheinen, so zeigt sich spätestens in jener Szene, in der Ganja ihn ohrfeigt, dass die Figur Myschkins weniger psychologisch als symbolisch angelegt ist. Myschkin steht «außerhalb der Logik des Lebens», so wie sich der ganze Roman «auf höherem Felde» bewegt.[37] Deshalb leistet der Held in dieser Szene keinen Widerstand, ist nicht einmal entrüstet, wendet sich vielmehr ab, schlägt die Hände vors Gesicht und flüstert: «Oh, wie sehr werden Sie sich dieser Tat schämen!» Das ist, fast schon überdeutlich, angewandte Bergpredigt. An die Stelle von Psychologie tritt hier das, was Berdjajew als «Pneumologie» bezeichnet.[38]

Myschkins Schwanken zwischen Nastasja und Aglaja steht als reine Symbolik ebenfalls jenseits der Psychologie. Dass er sich zu Aglaja hingezogen fühlt, mag dem ansonsten eher «geschlechtslosen Jüngling»[39] ein Minimum an Männlichkeit geben. Die Leser erfahren jedoch nicht, was Turgenjew oder Tolstoj ihnen nie vorenthalten würden, nämlich was den Fürsten an Aglajas Erscheinung als Frau fasziniert. Wenn Myschkin zuletzt bei Nastasja bleibt, so geht dies nicht auf seine Entscheidung als literarischer Held zurück, sondern auf den Plan seines Schöpfers, der da lautet: «DER FÜRST IST CHRISTUS»[40]. Myschkins Verhältnis zum anderen Geschlecht kann deshalb gar nicht durch Leidenschaft (Eros), sondern nur durch christliche Nächstenliebe (Agape) bestimmt sein.

Wie Christus wird der Fürst von den Menschen verkannt und verlacht. Als unheilbar wahnsinnig erlischt er zuletzt als Person, seine Sendung scheint gescheitert zu sein. Auf der symbolisch-allegorischen Ebene jedoch, die dieses Werk mehr als alle anderen Romane Dostojewskijs überwölbt, wird, ja muss der Fürst überleben. Denn wenn das Opfer des Gottessohns der Menschheit ein ewiges Leben ermöglicht hat, so muss dies allemal für eine in der Nachfolge Christi lebende Persönlichkeit wie Myschkin gelten. Schließlich hängt aus Dostojewskijs Sicht «alles davon ab, ob Christus als endgültiges Ideal auf Erden anerkannt wird, das heißt vom christlichen Glauben. Glaubt man an Christus, so glaubt man auch ans ewige Leben».[41]

An dieser Stelle tritt «Der Idiot» in einen kritischen Dialog mit Ernest Renans in den 1860er Jahren europaweit rezipiertem Bestseller «Das Leben Jesu» (La vie de Jésus, 1863), der in der Tradition der kritischen Leben-Jesu-Forschung das Wirken Jesu Christi auf eine rationale Grundlage zu stellen sucht, indem er sowohl die Göttlichkeit Christi und sein Wunderwirken als auch den christlichen Unsterblichkeitsglauben leugnet. Die von Jesus prophezeite Auferstehung von den Toten deutet Renan als eine Motivübernahme aus apokryphen Texten des Judentums, die Jesus selbst in einem eher symbolischen Sinne verstanden und nicht ins Zentrum seiner Lehre gestellt habe.[42] Dostojewskij, der mit Ludwig Feuerbach ebenso vertraut ist wie mit Renan,[43] muss durch die These von der Nichtgöttlichkeit Christi umso mehr provoziert worden sein, als die Überzeugung vom Gottmenschentum Jesu im Mittelpunkt seiner Christus-Theologie steht.

Mit der Idee der Unsterblichkeit verbindet sich das zentrale Bildmotiv des Romans, nämlich das Gemälde «Der tote Christus im Grabe» (1521) von Hans Holbein d. J., das Dostojewskij 1867 im Basler Kunstmuseum tief beeindruckt hat. Seine Frau berichtet darüber sowohl in ihrem Tagebuch als auch in ihren «Erinnerungen». Im Tagebuch findet sich die präzisere Beschreibung des Bildes, in den «Erinnerungen» die genauere Wiedergabe seiner Wirkung auf Dostojewskij:

> Dieses Bild von Hans Holbein zeigt Jesus Christus, der nach unmenschlichen Qualen bereits vom Kreuz genommen und in Verwesung begriffen ist. Sein aufgedunsenes Gesicht ist bedeckt mit blutigen Wunden und sein Anblick furchterregend. Das Bild machte auf Fjodor Michajlowitsch einen überwältigenden Eindruck, und er stand davor wie vom Donner gerührt. Ich dagegen war nicht in der Lage, das Bild zu betrachten, schon gar nicht in meinem Zustand, und ging weiter in die anderen Säle. Als ich nach fünfzehn bis zwanzig Minuten wieder zurückkam, sah ich, dass Fjodor Michajlowitsch noch immer wie angewachsen vor dem Bild verharrte. Sein Gesicht machte jenen gleichsam erschrockenen Eindruck, den ich an ihm mehr als einmal zu Beginn eines epileptischen Anfalls beobachtet hatte. Ich nahm ihn sacht beim Arm, führte ihn in den nächsten Saal, setzte ihn auf eine Bank und erwartete von einem Augenblick auf den nächsten einen Anfall. Zum Glück war dies nicht der Fall. Fjodor Michajlowitsch beruhigte sich ein wenig, doch als wir das Museum verließen, bestand er darauf, dass wir noch einmal kämen, um dieses Bild zu betrachten, das ihn dermaßen erschüttert hatte.[44]

Im «Idiot» taucht Holbeins «Toter Christus» zweimal an Gelenkstellen der Handlung auf. Das erste Mal sieht Myschkin eine Kopie des Bildes in Rogoschins düsterem Haus. «Ich liebe es, dieses Bild zu betrachten», erklärt Rogoschin seinem Gast. Myschkin versteht das nicht. Er findet: «Von so einem Bild kann so manchem der Glaube vergehen!» Rogoschin erwidert nur trocken: «Der vergeht auch so.» Die Schlussszene des Romans kommt auf diesen Dialog zurück. Rogoschin hat den Körper der ermordeten Nastasja mit einem Wachstuch bedeckt, das den Verwesungsgeruch unterdrücken soll. Dostojewskijs Bezugnahme auf Holbeins Basler «Christus» liegt auf der Hand: hier wie dort das Motiv des engen Raumes und hier wie dort ein in Zersetzung begriffener Leich-

Hans Holbein d. J.: Der Leichnam Christi im Grabe (1521/22, Kunstmuseum Basel)

nam, dem die Rückkehr in ein neues Leben versperrt zu sein scheint, bei Holbein durch den massiven Sargdeckel, bei Dostojewskij durch das Wachstuch und das düstere, kompakte, «an einen Friedhof» erinnernde Steinhaus Rogoschins. Dieser liebt Holbeins «quasianatomisches»[45] Bild, weil er, der ganz auf die Leiblichkeit des Menschen fixierte Triebtäter, nicht an die Auferstehung der Toten glauben kann.

Auch Ippolit Terentjew nimmt Bezug auf Holbein. Dies geschieht im Rahmen einer Bildbeschreibung und -auslegung, die Holbeins «Toten Christus» als Kronzeugen gegen das Auferstehungsdogma der Kirche aufruft. Am Schluss seiner Betrachtung stellt Ippolit eine Frage, die seinen Zweifel an diesem Dogma zum Ausdruck bringt:

> Wenn alle seine Jünger, seine künftigen Apostel, die Frauen, die ihm gefolgt waren und am Kreuze gestanden hatten, alle, die an ihn geglaubt und ihn angebetet hatten, wenn sie ebendiese Leiche (und es muss doch genau so eine Leiche gewesen sein) sahen, wie konnten sie dann beim Anblick dieser Leiche daran glauben, dass dieser geschundene Mensch auferstehen würde? Da fragt man sich unwillkürlich: Wenn der Tod so schrecklich ist und die Naturkräfte so stark sind, wie kann man sie dann überwinden? Wie sie besiegen, wenn selbst ER sie nicht bezwang, der zu seinen Lebzeiten die Natur überwunden [...], der gerufen hatte «Talitha kumi» – und das Mädchen war auferstanden, der gerufen hatte «Lazarus, steh auf» – und der Tote war auferstanden? – Die Natur erschien auf diesem Bild wie ein großes, unüberwindliches und stummes Tier oder genauer: wie eine riesige Maschine neuester Konstruktion, die sinn- und gefühllos dieses große und herrliche Wesen ergriff, stumpfsinnig zermalmte und verschlang – dieses Wesen, das mehr wert war als alle Natur und ihre Gesetze und zu dessen Hervorbringung sie vielleicht einzig erschaffen wurde!

Dostojewskijs Beunruhigung durch Holbeins «Toten Christus» hat eine wesentliche Ursache in einer spezifischen kulturellen Differenz, nämlich dem Gegensatz zwischen westkirchlicher und orthodoxer Christus-Ikonographie. In der Ostkirche dominiert das Bild des verklärten, überwiegend als Antlitz gegenwärtigen Heilands, in der Westkirche dagegen die den ganzen Körper Christi erfassende Darstellung des Schmerzensmannes. Freilich kennt auch die orthodoxe Kunst das Bild des gemarterten Heilands, und zwar im Motiv der «Erniedrigung Unseres Herrn» auf den sogenannten Epitaphien, das sind «jene auf Tuch gestickten Darstellungen des toten Christus ohne szenischen Kontext, die im orthodoxen Ritus in der Karfreitags-Vesper zur Darstellung der Grablegung Christi in feierlicher Prozession getragen und auf einem in der Mitte der Kirche vorbereiteten Platz niedergelegt werden». Auf solchen Epitaphien wird der tote Christus «als vorübergehend eingeschlafen dargestellt. Die Entfernung des Epitaphes in der ersten Stunde des Ostersonntags war ein Zeichen der tatsächlichen Auferstehung.»[46] Jenseits des orthodoxen Kirchenraums, in einem säkularen Raum wie dem Basler Kunstmuseum und zudem in einer Dostojewskij zumindest religiös fremden Bildsprache wird der christlichen Auferstehungsgewissheit der Boden entzogen. Daher Dostojewskijs Erregung bis an die Schwelle eines epileptischen Anfalls.

Dostojewskijs neuer Roman gibt eine Antwort auf die Herausforderung seines Glaubens durch Holbeins Basler Christus und darüber hinaus auf die Entkernung der christlichen Lehre durch die Theologie der europäischen Aufklärung, wie sie im 18. Jahrhundert, von den «vernünftigen Verehrern Gottes» (Reimarus, Lessing) ausgehend, über David Friedrich Strauß und die Linkshegelianer bis hin zu Ernest Renan fortwirken sollte. Erst das über Holbeins Basler Christus eingespielte Auferstehungsthema integriert Myschkins Vision von der historischen Rolle Russlands als Geburtshelfer einer neuen Menschheit in das Bedeutungsganze des Romans. So wie aus Dostojewskijs Sicht dem toten Christus eine Wiedergeburtsgarantie gegeben ist, wird auch die Sünderin Nastasja teilhaben an der Auferstehung der Toten. Diese Verheißung ist ihrem Namen eingeschrieben, denn «Nastasja» leitet sich her vom griechischen Wort «anástasis» (Auferstehung).

«Der Idiot» gilt als der persönlichste von Dostojewskijs Romanen. Gewidmet hat der Autor ihn seiner damals zweiundzwanzigjährigen

Nichte Sonja Iwanowna, die während des Aufenthalts in der Schweiz zu seinen wichtigsten Briefpartnern zählt und in deren Familie er den unbeschwerten Sommer des Jahres 1866 in Lublino bei Moskau verbracht hatte. Ein Widerschein dieses Sommers liegt auf dem Bild der Familie Jepantschin. Während bei Dostojewskij sonst prekäre Familienverhältnisse vorherrschen, wird mit den Jepantschins und ihren drei Töchtern Alexandra, Adelaida und Aglaja eine weitgehend harmonische Gemeinschaft entworfen, deren Mittelpunkt «die Generalin» Lisaweta Prokofjewna darstellt. Da die Dostojewskijs ihr Töchterchen nach Sofja Iwanowa getauft hatten, ist dem Roman, gegenläufig zur Semantik der intakten Familie, zugleich aber auch der Name von Dostojewskijs verstorbenem Kind eingeschrieben, wodurch das Auferstehungsmotiv einen weiteren autobiographischen Akzent erhält.

Dass Dostojewskij dem Fürsten als Epileptiker seine eigene Krankheit zuschreibt, liefert einen zusätzlichen Hinweis auf die Nähe von Autor und Held. Noch mehr gilt dies für Myschkins Erzählung von einem zum Tode verurteilten politischen Verbrecher, der zusammen mit seinen Gefährten in letzter Minute begnadigt wird. Jedem Leser war klar, dass dieser Geschichte das persönliche Erlebnis des Autors vom 22. Dezember 1849 zugrunde liegt und dass das im ganzen Roman so häufige Sprechen über Tod und Sterben beglaubigt ist durch die von Dostojewskij selbst erfahrene Todesnähe. Namentlich gilt dies für Myschkins Bericht über einen in Europa zur Hinrichtung durch die Guillotine verurteilten Verbrecher, dem die Zeitspanne zwischen Urteil und Exekution tausendmal schlimmer erschienen sein müsse als die Hinrichtung selbst. Myschkin empört sich:

> Wer hat denn gesagt, dass die Natur des Menschen fähig sei, so etwas auszuhalten, ohne verrückt zu werden? Wozu ihn auf eine so widerwärtige, überflüssige, nutzlose Weise beleidigen! Vielleicht gibt es einen Menschen, dem man das Todesurteil verlesen und Pein zugefügt hat und dem man dann sagte: «Du kannst gehen, man vergibt dir.» So einer hätte wohl allerhand zu erzählen. Von solcher Qual und solchem Schrecken hat auch Christus gesprochen. Nein, so darf man einen Menschen nicht behandeln!

Dostojewskij hatte über den Terror seiner Scheinhinrichtung in der Tat «allerhand zu erzählen», und er hat diese Schlüsselepisode seines Lebens im persönlichen Gespräch auch immer wieder geschildert. Im Rahmen eines von der Zensur genehmigten, der Öffentlichkeit zugänglichen Textes jedoch findet sie sich nur hier – allerdings erzählt von einem «Idioten» und zusätzlich dadurch getarnt, dass das Geschehen im europäischen Ausland spielt. Einmal mehr zeigt sich hier Dostojewskijs Strategie, Bestände seiner persönlichen Erfahrung, die der Zensur des Staates oder seines Über-Ichs unterliegen, in seinen Texten zu deponieren und dadurch von der Fessel des Tabus zu lösen. Im «Idiot» gilt dies für den staatlichen Terror der Scheinhinrichtung vom Dezember 1849, in den «Brüdern Karamasow» für den Vatermord.[47] In diesem Sinne lässt sich auch die exzentrische Szene, in der Nastasja Rogoschins 100 000 Rubel ins Kaminfeuer wirft, als fiktionale Entfesselung der in Dostojewskijs Egodokumenten meist gewissensgehemmten Reichtumsphantasien verstehen.

Italien und Dresden. «Der ewige Gatte»

Je länger sich die Arbeit am «Idiot» und dessen Publikation im «Russischen Boten» hinzieht, desto deutlicher zeichnet sich ab, dass der Roman weder beim Publikum noch bei der Kritik ankommt. In der literarischen Saison 1868/69 dreht sich alles um Tolstojs Romanepos «Krieg und Frieden», das gleichzeitig mit Dostojewskijs Roman erscheint und diesem, wie allen anderen Neuerscheinungen, das Wasser abgräbt. Die Enttäuschung über den Misserfolg seines Romans, der im Sommer 1868 von seiner Fertigstellung noch weit entfernt ist, drückt zusätzlich auf Dostojewskijs Stimmung, die nach Sonjetschkas Tod ohnehin einen Tiefpunkt erreicht hat. Dass Vevey, abgesehen vom grandiosen Alpen-Panorama, nicht halten würde, was die Dostojewskijs sich von ihm versprochen hatten, wird nur allzu bald deutlich. Das Ehepaar lebt hier in noch größerer Einsamkeit als in Genf, und die epileptischen Anfälle haben trotz des milderen Klimas keineswegs nachgelassen. Außerdem gibt es in Vevey keine russischen Zeitungen, deren Lektüre für Dostojewskij im Ausland so wichtig geworden ist wie das tägliche Brot.

Da es auch mit Annas Gesundheit nicht zum Besten steht, beschließt das Paar, sich nach Italien abzusetzen, sobald aus Russland Geld eintrifft. Mitte September überqueren die beiden mit der Postkutsche den Simplon und machen ein paar Wochen Station in Mailand, von dessen

Dom Dostojewkij seiner Frau vorgeschwärmt hatte. Die anfängliche Euphorie über den Kulissenwechsel währt jedoch nicht lange. Der Herbst des Jahres 1868 fällt in Norditalien besonders kühl und regnerisch aus. Hinzu kommt, dass auch in Mailand keine russischen Zeitungen zu haben sind. Deshalb zieht das Paar Anfang Dezember weiter nach Florenz. Dostojewskij weiß aus eigener Erfahrung, dass es hier nicht nur russische Periodika und Bücher, sondern auch ein reiches Kulturangebot gibt, das seine Frau seit langem vermisst. Nachdem er im letzten Jahr Monat für Monat durchschnittlich je dreieinhalb Druckbögen, also rund 50 Seiten, zu Papier gebracht hat, ist er froh über eine Verschnaufpause. Er muss sich entspannen, die Seele und den Kopf frei bekommen vom ewigen Arbeitsdruck. Auch deshalb steht die Zeit in Florenz anfangs unter einem günstigen Stern. Zu Anjas Freude nimmt ihr Mann sich Zeit für Spaziergänge, Besichtigungen und Caféhaus-Besuche. Von ihrer kleinen, wenig komfortablen Wohnung in der Via Guicciardini unweit des Ponte Vecchio aus erkunden die beiden die Stadt: den Palazzo Pitti, die Giardini di Boboli, den Dom und das Baptisterium mit Ghibertis berühmter Paradiespforte, von der Dostojewskij, «sollte es ihm einmal gelingen, reich zu werden», unbedingt eine Fotografie für sein Arbeitszimmer möchte, «möglichst in Originalgröße».[48] Für ein paar Wochen wird Florenz zur Kulisse eines zweiten Honigmonds, der das Paar die materielle Not eine Weile vergessen lässt.

Mit dem Abschluss der Arbeit am «Idiot» im Januar 1869 enden die regelmäßigen Geldsendungen des «Russischen Boten», die den Dostojewskijs anderthalb Jahre lang ein bescheidenes Leben knapp über der Armutsgrenze ermöglicht hatten. Eigentlich hatten sie geplant, sich nur so lange wie für die Arbeit am Roman nötig in der Schweiz aufzuhalten, um dann vom Honorar für das neue Werk ihre Schulden oder wenigstens einen Teil davon abzutragen und nach Russland zurückzukehren. Doch dieser Plan geht nicht auf. Anna Grigorjewna errechnet für den «Idiot» ein Gesamthonorar von 7000 Rubel, von denen schon vor Antritt der Reise allein für die Hochzeit 3000 Rubel draufgegangen seien. Katkows Wechsel hatten zwar den Grundbedarf des Ehepaares gedeckt, jedoch nie ganz ausgereicht, so dass am Monatsende weiterhin der Weg zum Pfandhaus gestanden hatte. Rücklagen zu bilden war auf diese Weise unmöglich gewesen.

Nach wie vor ist Dostojewskij überzeugt, dass in Russland wegen der für seinen Bruder aufgenommenen und längst fälligen Kredite der Schuldturm auf ihn wartet. Deshalb verschiebt er die Heimkehr auf unbestimmte Zeit. Nicht länger aufschieben lässt sich die Frage, welches größere Projekt er dem «Russischen Boten» als nächstes anbieten kann, um wieder in den Genuss regelmäßiger Vorschüsse zu kommen. Er plant einen Roman mit dem Arbeitstitel «Atheismus», aus dem sich dann ein größeres Romanprojekt unter dem Titel «Das Leben eines großen Sünders» herausschält. Mit regelmäßigen Vorschüssen für einen neuen Roman kann er jedoch vorerst nicht rechnen. Deshalb ist er froh, als Strachow ihn im Januar 1869 um einen Beitrag für das neue, slawophil ausgerichtete Journal «Die Morgenröte» (Sarjá) bittet. Dostojewskij stellt eine Erzählung im Umfang seines Debütwerks «Arme Leute» zu einem Bogenhonorar von 150 Rubel in Aussicht. Dafür verlangt er vorab, sofort und allerdringlichst 1000 Rubel. Das Honorar wird zuletzt deutlich geringer ausfallen. Doch glücklicherweise hat Katkow ein Einsehen und überweist großzügig 2000 Franken als Vorschuss auf einen neuen Roman.

Mit nunmehr zwei terminierten Verlagsverpflichtungen müsste Dostojewskij sich eigentlich unverzüglich an die Arbeit machen. Doch der Frühsommer des Jahres 1869 ist in Florenz so heiß, dass an produktives Schaffen nicht zu denken ist. Und da Anja wieder guter Hoffnung ist und ihr die Hitze zusetzt, beschließen die beiden, zu denen inzwischen auch Anjas Mutter gestoßen ist, ihren Wohnsitz nach Mitteleuropa zurückzuverlegen. Zunächst wird Prag ins Auge gefasst. Dort hatte 1848 der erste Slawenkongress stattgefunden, dem 1867 in Moskau und Petersburg ein zweiter Kongress gefolgt war. Dostojewskij hatte beide Ereignisse zu seinem Bedauern verpasst. In Prag, der Wiege des Panslawismus, soll Anfang September die 500-Jahr-Feier des Geburtstags von Jan Hus gefeiert werden. Dostojewskij erhofft sich hier kulturelle Kontakte mit einer ihm bislang unbekannten slawischen Brudernation und den geistigen Austausch mit Gleichgesinnten.

Ende Juli nehmen die drei den Zug nach Venedig, von wo aus sie bei stürmischer See nach Triest übersetzen und, nach kurzem Zwischenstopp in Wien, am 10. August in Prag eintreffen. Prag ist um die Mitte des 19. Jahrhunderts noch kein touristischer Hotspot wie heute, sondern eine provinzielle Residenzstadt, in der es außer Studentenbuden praktisch keine möblierten Zimmer gibt. Anjas Niederkunft steht jedoch kurz bevor. Deshalb geht es nach dreitägiger erfolgloser Quartiersuche notgedrungen weiter in das nahe, von Dostojewskij wenig geliebte, seiner Frau jedoch vertraute Dresden. Dort wird in der zentral gelegenen Victoriastraße bald eine möblierte Drei-Zimmer-Wohnung bezogen, in der Anja am 26. September 1869 ihre zweite Tochter zur Welt bringt. Sie bekommt den Namen Ljubow, das heißt «Liebe», später wird sie sich Aimée nennen. «Alles ging ausgezeichnet vonstatten; das Kind ist groß, gesund und eine Schönheit [...] Aber an Geld haben wir keine zehn Taler mehr. In Florenz hatten wir gedacht, dass das Geld, das der ‹Russische Bote› geschickt hatte [2000 Rubel – A. G.], für alles ausreichen würde. Doch wie auch bei allen anderen Berechnungen haben wir uns verkalkuliert.» (29. 9. 1869)

Dostojewskijs Freude über die Geburt des Kindes ist groß. Doch nicht minder groß ist die Sorge, wovon er es ernähren soll. Seine Briefe aus Dresden sind voll komplizierter Kreditvorschläge. Lange muss er flehen und betteln, bis er bei Wassilij Kaschpirjow, dem Herausgeber der «Morgenröte», einen weiteren Vorschuss von 200 Rubel für seine Erzählung «Der ewige Gatte» erwirkt. Die Gleichgültigkeit und, wie er findet, Ignoranz, mit der Kaschpirjow auf seine Notlage reagiert, erbost ihn:

> Glaubt er vielleicht, ich schreibe ihm von meiner Not nur des schönen Stils wegen?! Wie kann ich schreiben, wenn ich Hunger leide und meine Hosen versetzen muss, nur um zwei Taler für ein Telegramm aufzutreiben?! Zum Teufel mit mir und meinem Hunger. Aber *sie* muss doch das Kind stillen, und was, wenn sie selbst ihren letzten warmen Rock aus Wolle versetzen muss?! [...] Begreift er nicht, dass er nicht nur mich, sondern auch meine Frau beleidigt hat, indem er mich dermaßen geringschätzig behandelte, nachdem ich ihm doch von den Nöten meiner Frau geschrieben hatte? Beleidigt, ja beleidigt! Wie gern würde ich es ihm heimzahlen! So nämlich geht nur ein *großer Herr* mit einem Lakaien um. Mit irgendeinem kleinen Schreiberling! (28. 10. 1869)

Zehn Tage später trifft dank der Vermittlung des getreuen Apollon Majkow das erbetene Geld in Dresden ein. Doch es kann Dostojewskij nicht mit seinem Los versöhnen. Er fühlt sich zurückversetzt in die 1840er

Jahre, als Alexander Krajewskij ihn zum literarischen Galeerensklaven gemacht hatte. Damals war er ein Anfänger gewesen, dem man den Tarif hatte diktieren können. Inzwischen ist er mehr als zwanzig Jahre älter und muss sich hinter großen Namen nicht mehr verstecken. Trotzdem zahlt man ihm pro Druckbogen nur die Hälfte von dem, was Tolstoj für «Krieg und Frieden» bekommt. Die Verbitterung darüber schlägt auch auf seine Einstellung zu Tolstojs neuem Roman durch, den Strachow als Gipfel der russischen Literatur preist, während Dostojewskij schmallippig findet, das Buch sei zwar nicht übel, wirklich Neues jedoch könne er darin nicht entdecken (5. 4. 1870). Seiner Frau untersagt er während der Schwangerschaft die Lektüre von «Krieg und Frieden», weil dort eine der Heldinnen im Kindbett stirbt.

Auch in den weiteren Briefen aus Dresden bleibt Geldnot das zentrale Thema. Dostojewskij versucht, bei Kaschpirjow mehr Geld für den «Ewigen Gatten» herauszuschlagen, weil der Text sehr viel umfangreicher geworden sei als geplant. Argwöhnisch verfolgt er die Entmündigung seiner reichen, inzwischen altersdementen Moskauer Tante Alexandra Kumanina und die amtliche Bestellung seines Bruders Andrej Dostojewskij zu ihrem Vormund. Und schließlich ist er sich nicht zu schade, mit dem «Schurken Stellowskij» (6. 4. 1870) über Neuauflagen seiner beiden letzten Romane zu verhandeln (19. 12. 1869).

Erst im Dezember 1869 kann Dostojewskij die «Zuchthausarbeit» an der «verfluchten» Novelle «Der ewige Gatte» abschließen, die er im September begonnen hatte und die mit mehr als elf Druckbögen inzwischen fast den Umfang eines Romans angenommen hat (26. 12. 1869). Seine Abneigung gegen das neue Werk, das er eine «grässliche Erzählung» nennt, die er «von Anfang an gehasst habe», gilt weniger dem Text selbst als dem Umstand, dass ihn die Arbeit daran statt der geplanten vier Wochen ein Vierteljahr gekostet und damit von seinem viel wichtigeren Projekt, dem Roman für Katkows «Russischen Boten», abgehalten hat. Trotz dieser negativen Selbsteinschätzung des Autors ist sich die Forschung einig, dass «Der ewige Gatte», der zu Beginn des Jahres 1870 in Kaschpirjowos «Morgenröte» erscheint, zu Dostojewskijs besten Prosawerken gehört.

Wie in Tolstojs «Kreutzersonate» geht es um eine Eifersuchtsgeschichte, die der Dramaturgie eines Duells folgt. Dem Salonlöwen Alexej

Weltschaninow, einem russischen Don Juan, steht der kleine Beamte Pawel Trussozkij gegenüber, den Weltschaninow vor Jahren zum Hahnrei gemacht hat. Das entzückende kleine Mädchen Lisa, das den eines Tages bei Weltschaninow auftauchenden Trussozkij begleitet, erweist sich als biologische Frucht von Weltschaninows Affäre mit Trussozkijs unlängst verstorbener Frau. Weltschaninow ist hin- und hergerissen zwischen schlechtem Gewissen, ihm bislang völlig fremden Vatergefühlen und der Sorge um die Gesundheit dieses offensichtlich kränkelnden kleinen Wesens. Sie muss raus aus diesem Milieu, denkt er und bringt das Kind bei einer befreundeten Familie zur Pflege unter. Dort jedoch erkrankt Lisa plötzlich und stirbt binnen weniger Tage.

Weltschaninow, der seit einiger Zeit unter Leberschmerzen leidet, freundet sich mit Trussozkij an. Der weiß medizinischen Rat, empfiehlt dem Patienten, sich nachts heiße Teller auf den Leib zu legen, und macht sich anheischig, bei Weltschaninow zu übernachten, um die erwärmten Teller zu wechseln. Mitten in der Nacht wird Weltschaninow nach einem Alptraum schweißgebadet wach. Er richtet sich im Dunkeln auf und greift – in ein offenes Rasiermesser, mit dem Trussozkij ihm die Kehle durchschneiden will. Es kommt zum Zweikampf, in dem Weltschaninow trotz seiner verletzten Hand den Gegner überwältigen und fesseln kann. Am nächsten Morgen lässt er Trussozkij laufen. «‹Verschwinden Sie!›, sagte er mit gedämpfter Stimme und verriegelte die Tür.»

Dem morbiden Krimi folgt die Farce. Zwei Jahre später begegnet Weltschaninow seinem Konkurrenten erneut auf einer Zugreise. Trussozkij reist in Begleitung einer koketten Provinzschönheit, seiner neuen Ehefrau, die sofort mit Weltschaninow zu flirten beginnt und ihn auf ihr nahe gelegenes Gut einlädt. Trussozkij, der «ewige Gatte», nimmt Weltschaninow beiseite und beschwört ihn, die Einladung abzulehnen. Weltschaninow, der seine seelische und körperliche Krise längst überwunden hat und mit dem soliden Selbstbewusstsein eines erfolgreichen Herzensbrechers unterwegs ist, kann sich diese kleine Großzügigkeit lächelnd leisten. Er fährt erst mit dem nächsten Zug weiter. War da was? Nein! Die Krise hat keine Einsicht befördert. Sie hat ihn gestreift wie ein leichter Traum, mehr nicht. Sein Arzt hatte ihm «eine radikale Änderung der Lebensweise empfohlen, eine andere Diät oder eine Reise. Auch Abführmittel seien von Nutzen.» Weltschaninow schließt nicht aus, dass sich da vielleicht eine höhere Instanz «Sorgen um seine Sittlichkeit macht und ihm diese verflixten Erinnerungen» auf den Hals schickt. Doch sein Bewusstsein schiebt solche Bedenken sogleich «satirisch» beiseite, denn immer «wenn er über sich selbst nachdachte, tat er dies von einer satirischen Warte aus». Eine «radikale Änderung der Lebensweise» ist mit dem ironischen Bewusstsein des Genussmenschen unvereinbar.

Auf slawophilem Kurs

Strachow ist vom «Ewigen Gatten» höchst angetan. Im Februar 1870 schreibt er dem Autor nach Dresden: «Ihre Erzählung macht nachhaltigen Eindruck und wird zweifellos Erfolg haben. Meines Erachtens ist dies eine der ausgefeiltesten, thematisch interessantesten und tiefschürfendsten Sachen, die Sie geschrieben haben.»[49]

Strachows Lob ist nicht nur literarisch begründet; es hat auch einen ideologischen Hintergrund im Programm der «Bodenständigkeit». Auf Apollon Grigorjew, den wichtigsten Ideologen des «potschwennitschewstwo», geht die an Puschkins Dichtung gewonnene Unterscheidung zwischen dem westlichen «Raubtier-Typ» und dem auf russische Weise «sanften», «friedliebenden Typ» zurück. Hinter dieser Typologie wiederum steht das Slawenkapitel von Herders «Ideen zur Philosophie der Geschichte der Menschheit» (1874–1891), das den friedliebenden Slawen als «des Raubens und Plünderns Feinden» das aggressive Wesen anderer Nationen, besonders der Deutschen, gegenüberstellt, die sich an ihren Nachbarn immer wieder «hart versündigt» hätten.[50]

Im 7. Kapitel des «Ewigen Gatten» sagt Weltschaninow zu Trussozkij: «Teufel noch mal! Sie sind ja ein richtiger ‹Raubtiertypus›! Und ich dachte, Sie sind nur ein ‹ewiger Gatte› und sonst nichts!» Die Erzählung lässt offen, welcher Held welchem Typus zuzuordnen ist. Letztlich sind beide beides. So wie Trussozkij, der Mann mit dem «guten Herzen des Cocu»[51], vom «sanften Typ» zum potentiellen Mörder und damit zum «Raubtier» mutiert, verwandelt sich der als Don Juan eigentlich auf die Rolle des Räubers fixierte Weltschaninow, sobald seine leibliche Tochter Lisa in sein Leben tritt, vorübergehend in einen arglosen, mit dem stillen Glück der Vaterschaft sich bescheidenden Menschen, womit er genau ins Beuteschema seines fortan als «Raubtier» agierenden Gegners Trussozkij passt.

Im «Ewigen Gatten» tritt Dostojewskij allerdings als psychologischer Erzähler und nicht als slawophiler Ideologe in Erscheinung. Für das Verständnis des Textes spielt Grigorjews Typologie insofern keine zentrale Rolle. Gleichwohl kann der Rückgriff auf Grigorjews Typen-Schema als Zustimmung zum ideologischen Kurs der Zeitschrift «Die Morgenröte» verstanden werden, in der 1869 mit Nikolaj Danilewskijs Schrift «Russland und Europa» der «Katechismus oder Kodex der Slawophilen-Bewegung» erscheint.[52] Auch Danilewskij war einst in die Petraschewzen-Affäre verwickelt gewesen. Größeres Ungemach war ihm allerdings erspart geblieben, weil die Ermittlungsbehörde seinen Unschuldsbeteuerungen Glauben geschenkt hatte. Gleichwohl wurde er nach der Haft aus Petersburg verbannt und zum Staatsdienst in der Provinz vergattert. Als ausgebildeter Naturwissenschaftler und Statistiker nahm er später an mehreren ethnographischen Expeditionen teil, auf denen er das russische Fischereiwesen, besonders die Fischzucht, untersuchte. Diese Tätigkeit ließ ihm genügend Zeit für die Arbeit an einer breit angelegten vergleichenden Kulturmorphologie, die sich mit ihren Analogien von Geschichte und Biologie betont naturwissenschaftlich gibt und eine Objektivität vortäuscht, von der bei näherer Betrachtung kaum die Rede sein kann.

Nach der Vorherrschaft des germanisch-romanischen (europäischen) Kulturtyps, der seine Reifephase hinter sich habe und ins Stadium der Fäulnis übergegangen sei, steht für Danilewskij nunmehr die Hegemonie des slawischen Kulturtypus auf der historischen Agenda. Diese sei politisch nur durch ein Bündnis der slawischen Stämme unter der Führung Russlands möglich, das als einziges slawisches Land einen eigenen, mächtigen Staat ausgebildet habe. Das sanftmütige, jeder «Gewalttätigkeit fremde» Wesen der Slawen sei gekennzeichnet durch «Weichheit, Fügsamkeit und Ehrfurcht» und komme damit unter allen Völkern «dem christlichen Ideal am nächsten».[53] Mit dem Verzicht auf Gewalt gingen der «Durst nach religiöser Wahrheit» und ein unbeirrtes Festhalten an der orthodoxen Kirche einher. Beides stellt Danilewskij den kirchlichen Irrlehren (Katholizismus, Protestantismus) sowie der wachsenden Säkularisierung des Westens gegenüber. Wegen ihres sanften Charakters hätten die Russen wie die Slawen allgemein die besondere «Fähigkeit und Gewohnheit zu gehorchen». Zusammen mit der «Ehrfurcht vor und dem Vertrauen zur Regierungsgewalt», also dem Zaren, sowie dem «gewaltigen Übergewicht, das dem allgemeinvölkisch-russischen Element über das persönlich-individuelle Element» zukomme, läuft Danilewskijs Charakterbild der Russen letztlich auf jene Dreifaltigkeit hinaus, die schon unter Nikolaj I. als Staatsräson etabliert wurde, nämlich Rechtgläubigkeit, Autokratie und Volkhaftigkeit.

Aus ihrer Religiosität als primärem kulturhistorischen Merkmal der Slawen und der Überzeugung, dass «der slawische Kulturtyp zum ersten Mal die Synthese sämtlicher Seiten kultureller Aktivität im breitesten Sinne des Wortes darstellt», leitet Danilewskij das Recht der Slawen ab, sich historisch in einer Reihe mit auserwählten Völkern wie denen von Israel und Byzanz zu sehen.[54] Damit setzt er einen messianischen Akzent, der zum Sendungsbewusstsein der russischen Slawophilen, nicht zuletzt Dostojewskijs, wesentlich beitragen sollte. Dostojewskijs Sympathien für Danilewskij sind allerdings auch durch die Parallelen ihrer Biographien motiviert. Beider politischer Werdegang folgt dem Muster der Umkehrvita. «Was für ein glühender Fourierist [Danilewskij] gewesen ist!», schreibt Dostojewskij an Apollon Majkow, der ebenfalls zum Autorenteam der «Morgenröte» gehört. «Und nun wendet sich dieser Fourierist Russland zu und beginnt, seine Scholle und sein Wesen wieder zu lieben. Daran erkennt man einen Menschen mit Charakter. Turgenjew hat sich vom russischen Schriftsteller in einen Deutschen verwandelt. Daran erkennt man einen schuftigen Menschen.» (23. 12. 1868)

Die letzten Monate in Europa. Wunderbare Heilung von der Spielsucht

Dostojewskijs zweiter Dresden-Aufenthalt steht wieder im Zeichen bitterster Armut. Das Honorar für den «Ewigen Gatten» war sehr niedrig ausgefallen, und selbst um die paar hundert Rubel, die Kaschpirjow ihm zahlte, hatte er noch bitten und betteln müssen. Solange er Katkow kein tragfähiges neues Roman-Projekt vorlegen kann, bleibt Dostojewskij der «Russische Bote» als seine bislang zuverlässigste Geldquelle verschlossen. Also muss er andere Quellen erschließen. In Petersburg durch Stiefsohn Pascha und seinen Freund Apollon Majkow vertreten, legt er sich juristisch mit dem Verleger Stellowskij an, der unerlaubt eine Ausgabe von «Schuld und Sühne» herausgebracht hat. Ungeachtet dieses Konflikts setzt er zugleich darauf, dass Stellowskij den «Idiot» als Buch herausbringt, was ihm theoretisch einige tausend Rubel hätte einbringen können. Doch von Stellowskij ist, wie sich bald zeigt, weder auf gerichtlichem noch auf geschäftlichem Wege etwas zu erwarten, denn er ist pleite.

Große Hoffnungen setzt Dostojewskij auch auf das Erbe der Moskauer Tante Alexandra Kumanina, über deren Tod Apollon Majkow ihn im August 1869 unterrichtet hatte. Von ihrem 1863 verstorbenen Mann, dem Kommerzienrat Alexander Kumanin, hatte die Tante neben Immobilien 170 000 Rubel an Bargeld geerbt, ein Vermögen, das an jene Summen heranreicht, die in Dostojewskijs Romanen große Gefühle freisetzen. Testamentarisch soll die Kumanina einem Kloster 40 000 Rubel vermacht haben. Da die betagte Tante seit geraumer Zeit dement ist und unter Vormundschaft steht, sieht Dostojewskij eine reelle Chance, ihr Testament anzufechten, um für sich und seine Brüder Erbansprüche in Höhe von jeweils 10 000 Rubel geltend zu machen. Seine finanziellen Probleme wären damit auf einen Schlag gelöst.

Aber Majkow war einer Fehlinformation aufgesessen. Zumindest körperlich erfreut sich die Tante 1869 noch bester Gesundheit. Schon dieser Irrtum ist für Dostojewskij, der sich wegen der Testamentsanfechtung voreilig an einen der beiden Vormunde gewandt hat, mehr als peinlich. Noch peinlicher ist die Tatsache, dass er damit nicht nur seinen jüngeren Bruder Andrej, den zweiten Vormund der Tante, sondern auch seine drei Moskauer Schwestern und deren Familien gegen sich aufbringt, was schließlich zum Abbruch der Beziehung sogar seiner Lieblingsnichte Sonja Iwanowa zu ihm führt.

Da also weder von Stellowskij noch von der Tante Geld zu erwarten ist, setzt Dostojewskij noch einmal aufs Glücksspiel. Schon im Frühjahr 1870 hatte er der Versuchung nicht widerstanden und in Bad Homburg eine Woche lang Roulette gespielt, natürlich erfolglos. Jetzt, im April 1871, geht die Initiative nicht von ihm, sondern von Anna aus. Nach vier Jahren Europa und wegen der nicht enden wollenden materiellen Not sei ihr Mann so niedergeschlagen und verbittert gewesen, dass sie, «um die finsteren Gedanken zu verscheuchen, die ihn daran hinderten, sich auf seine Arbeit zu konzentrieren, zu jenem Mittel [gegriffen habe], das ihn schon immer abgelenkt und auf andere Gedanken gebracht» habe, dem Roulette.[55] Also gibt sie ihm 120 von den ihr noch verbliebenen 300 Talern und lässt ihn nach Wiesbaden fahren, wo er nach siebzehnstündiger Bahnfahrt sogleich ins Kasino eilt, sein Geld verspielt und Anja schriftlich um weitere 30 Taler bittet. Kurz darauf trifft ein Brief von Anja ein, jedoch ohne Geld. Außer sich vor Zorn schreibt er ihr einen weiteren, nicht erhaltenen Brief, von dem er selbst später einräumt, er sei «gemein und grausam» gewesen (28.4.1871), und eilt dann im Halbstundentakt zum Postamt, um sich nach Anjas Geldsendung zu erkundigen. Erst am späten Nachmittag treffen aus Dresden die erwünschten 30 Taler ein, die er unverzüglich am grünen Tisch verspielt. Noch einmal und wiederum «letztmals» bettelt er um weitere 30 Taler. Danach wolle er nie wieder ein Spielkasino betreten, weil er «in diesen drei Tagen ein anderer Mensch» geworden sei «und ein neues Leben beginne».

Dostojewskijs Briefe aus Wiesbaden an seine Frau vom Ende April, Anfang Mai 1871 sind bewegende Dokumente seiner Sucht, der Scham über die Sucht und einer Bereitschaft zur Selbstgeißelung, die Anja aus früheren Suchtphasen hinreichend kennt. Diesmal allerdings setzt ihm das schlechte Gewissen mehr zu als sonst, und die Gründe liegen auf der Hand. Anja ist im sechsten Monat schwanger, die Geburt ihres dritten Kindes wird im Juli erwartet. Für Dostojewskijs Reise nach Wiesbaden hat sie wieder einmal ihren Schmuck versetzen müssen, und sie muss weitere Stücke verpfänden, um ihm die Rückfahrt nach Dresden zu ermöglichen. Zudem wohnt seit einiger Zeit ihre Mutter, Anna Nikolajewna Snitkina, bei ihnen, die vom Zweck der Wiesbadener Reise keinesfalls etwas erfahren darf. In ihren «Erinnerungen» zitiert Anna Grigorjewna aus dem Brief ihres Mannes vom 28. April 1871:

> Anja, mein Schutzengel! Mir ist Großes widerfahren. Verschwunden ist der niederträchtige Wahn (fantazija), der mich fast zehn Jahre *gepeinigt* hat. Zehn Jahre (genauer seit dem Tod des Bruders, als ich auf einmal von Schulden erdrückt wurde) habe ich ständig davon geträumt, im Spiel zu gewinnen. Ich habe ernsthaft und leidenschaftlich davon geträumt. Doch

> jetzt ist das alles vorbei. Dies war ENDGÜLTIG das letzte Mal. Glaube mir Anja, meine Hände sind nun frei. Das Spiel hat mir die Hände gebunden. Ich war gefesselt vom Spiel. Doch jetzt werde ich an die Arbeit denken und nicht mehr nächtelang vom Spiel träumen wie früher. Und folglich wird auch die Arbeit schneller und besser vorankommen, und Gott wird sie segnen.[56]

Tatsächlich hat Dostojewskij nach der Wiesbadener Episode nie wieder gespielt, doch hatte er dazu auch kaum Gelegenheit. Seine Rückkehr nach Russland, wo das Glücksspiel seit jeher verboten ist, steht kurz bevor, und nach der Reichsgründung von 1871 werden in Deutschland alle Spielkasinos geschlossen. Dennoch ist der entscheidende Grund von Dostojewskijs «Heilung» ein anderer. Bislang hatten Glücksspiel und Schriftstellerei eine gemeinsame Wurzel im Reiz des Risikos. Je größer das Wagnis, der zeitliche Druck, die Gefahr des Scheiterns, desto höher die literarische Produktivität. Ganz wird sich der Risikoanteil an Dostojewskijs Selbststimulation zur Textarbeit nie auflösen. Doch mit der Rückkehr nach Russland verändern sich die familiären, sozialen und geschäftlichen Rahmenbedingungen seiner literarischen Tätigkeit so grundlegend, dass der Reiz des Risikos als Ansporn seiner literarischen Produktion eine immer geringere Rolle spielt. Spätestens jetzt in Dresden findet Dostojewskij zu einem festen Arbeitsrhythmus, den er in den nächsten zehn Jahren beibehalten wird. Nach der Wiesbadener Episode hat Dostojewskij keine andere Wahl mehr. Er muss arbeiten und endlich den Roman voranbringen, zu dem er sich gegenüber Katkow verpflichtet hat und dessen Titel ursprünglich «Atheismus» lauten sollte. Daneben verfolgt er das Projekt «Das Leben eines großen Sünders», eine episch breite Läuterungsvita von ähnlicher Art wie später die Vita des Starez Sossima in «Die Brüder Karamasow». Durch Fokussierung auf die aktuelle Situation Russlands in den 1860er Jahren werden daraus am Ende «Die Dämonen» (russ. «Bjesy», wörtlich «Die Teufel»). Der größte Teil des Romans entsteht in Dresden. Er erscheint ab Januar 1871 in Katkows «Russischem Boten».

Ein Vaudeville der Teufel: «Die Dämonen»

Die Arbeit an den «Dämonen» gestaltet sich noch komplizierter als die am «Idiot». Eigentlich wollte Dostojewskij den Roman bis zum Sommer 1870 beendet haben. Doch im Dezember 1870 berichtet er Strachow:

> Das ganze Jahr über habe ich nur [Manuskripte] zerrissen und verändert. Ich habe solche Mengen Papier vollgeschrieben, dass ich den Überblick über die einzelnen Fassungen verloren habe. Nicht weniger als zehnmal habe ich den Gesamtplan geändert und den ganzen ersten Teil neu geschrieben. [...] Zuletzt [aber] ist alles ganz schnell gegangen (14. 12. 1870)

Was Dostojewskij hier als Extremfall schildert, ist in Wirklichkeit die Regel. Er ent- und verwirft die unterschiedlichsten Plots, Titel, Szenen, Figurenkonzepte und Dialoge und entscheidet sich erst, wenn der Zeitdruck so groß ist, dass weitere Optionen ausscheiden, für eine bestimmte Variante, deren erste Kapitel sich dann allerdings oft fast von selbst schreiben und keiner größeren Veränderungen mehr bedürfen. Bei den vielen Alternativentwürfen handelt es sich durchaus nicht nur um Details der Textoberfläche, also solche sprachlicher, narrativer oder deskriptiver Art, sondern oft um grundsätzliche Veränderungen wie besonders die Rollenkonzeption zentraler Figuren. Die Helden im «Idiot» und in den «Dämonen» – dort Fürst Myschkin, hier Stawrogin – erhalten im Laufe der Textentstehung so gegensätzliche Charakterzüge, dass es scheint, der Autor lasse sich von seinen Figuren selbst überraschen. Was im Gegensatz zu Figuren und Figurenkonstellation allerdings fast immer von Anfang an feststeht, ist zum einen das ideologische Koordinatensystem des Textes, zum anderen die Spannung der Handlung auf ein möglichst effektvolles Schlusstableau hin. Im «Idiot» gilt dies für die makabre Szene an Nastasjas Leiche, in den «Dämonen» für die Ermordung Schatows.

In der endgültigen Fassung der «Dämonen» werden die beiden Ausgangsprojekte, Läuterungsepos und Roman-Pamphlet, zu einem kompositorisch teilweise diffusen, gleichwohl faszinierenden Ganzen verschmolzen. Zentrale Themen des neuen Werks sind der von Westeuropa ausgehende Siegeszug von Nihilismus und Materialismus, die Verdrängung der Religion durch die Wissenschaft und die Ablösung Christi als

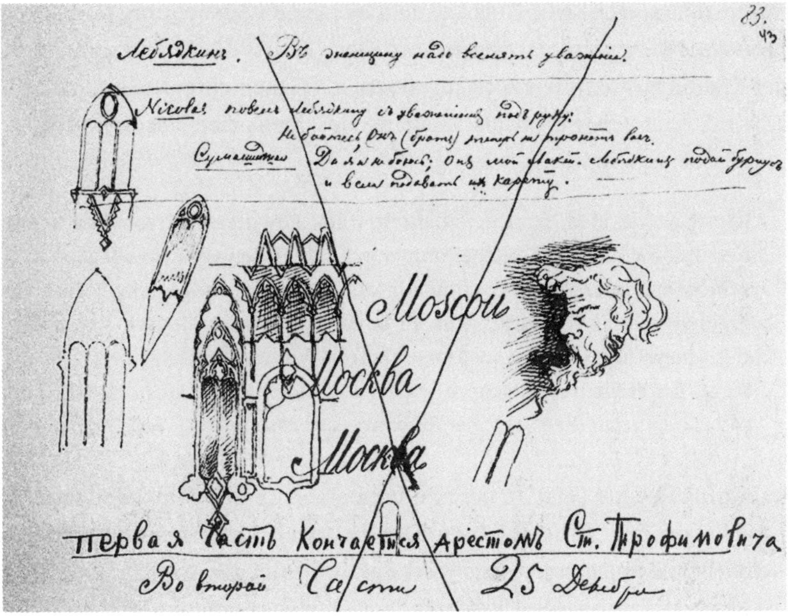

Autograph mit Entwürfen zu dem Roman «Die Dämonen»

Gottesmensch durch den als Menschengott gedachten «neuen Menschen». Das Übergreifen der atheistischen Revolte auf die russische Intelligenzija hatte Dostojewskij im Schweizer Exil aus nächster Nähe studieren können. Seit den 1850er Jahren war Genf zum Mekka der russischen Revolutionäre geworden mit Alexander Herzen und Nikolaj Ogarjow als Leitfiguren. Neben diesen beiden spielt Michail Bakunin eine herausragende Rolle, der schon 1848 in ganz Europa als revolutionärer Brandbeschleuniger in Erscheinung getreten war. 1851 von Österreich an die russischen Behörden ausgeliefert und zunächst zu Kettenhaft, später zum Exil in Sibirien verurteilt, war Bakunin 1861 die Flucht nach Japan und von dort aus über Amerika nach London gelungen, wo er zu Herzen gestoßen war und unter anderem das «Kommunistische Manifest» ins Russische übersetzt hatte.

Bakunin ist zugleich Vordenker und Stoßarbeiter der europäischen Revolution. Anfangs von Hegel, dann vor allem von Feuerbach beeinflusst, richtet sich seine Revolte nicht nur gegen Ausbeutung und Autokratie, sondern zuallerst gegen Gott. Den Genuss der Frucht vom Baum der Erkenntnis, den das Alte Testament als Geschichte des Sündenfalls erzählt, deutet Bakunin als Ausgang des Menschen aus seiner gottgeschuldeten Unmündigkeit:

> [Gott] wollte also, dass der Mensch, allen Bewusstseins von sich selbst beraubt, ewig ein Tier bleibe, immer auf vier Füßen vor dem ewigen Gott, seinem Schöpfer und Herrn. Aber da kam Satan, der ewige Rebell, der erste Freidenker und Weltenbefreier. Er bewirkt, dass der Mensch sich seiner tierischen Unwissenheit schämt; er befreit ihn und drückt seiner Stirn das Siegel der Freiheit und Menschlichkeit auf, indem er ihn antreibt, ungehorsam zu sein und die Frucht der Erkenntnis zu essen.[57]

Bakunins Revolte setzt an dem Punkt an, von dem für Dostojewskij der ganze Sinn des Seins abhängt. Den heutigen Leser mag befremden, welche Rolle in Dostojewskijs Werk Satan, Teufel und Antichrist spielen bis hin zu dem sinistren Herrn mit dem Schwanz einer dänischen Dogge in den «Brüdern Karamasow». Die Bedeutung des Teufels bei Dostojewskij, einschließlich seiner für den neuen Roman titelgebenden Funktion, wird erst vor dem Hintergrund jenes Satanismus verständlich, der mit der «schwarzen Romantik» Einzug in die europäische Kultur gehalten hat und der auch bei Bakunin anklingt.

Bakunins abenteuerliche Biographie und sein kompromissloses Aufbegehren gegen jede Form von Autorität hat in Russland großen Einfluss auf die Generation der in den 1840er Jahren geborenen «Söhne», denen Iwan Turgenjew den Namen «Nihilisten» gegeben hat. Bakunins gelehrigster Schüler ist Sergej Netschajew, der im Frühjahr 1869 in Genf Kontakt mit ihm aufnimmt. Der Hohepriester des Anarchismus ist fasziniert vom revolutionären Eifer seines Jüngers. Gemeinsam geben sie in Genf die Zeitschrift «Das Volkstribunal» (Narodnaja Rasprawa) heraus. Als Autor tritt Netschajew dann vor allem mit dem berühmten «Katechismus eines Revolutionärs» in Erscheinung. «Unsere Sache», heißt es dort in Artikel 24, «ist die schreckliche, vollständige, allgemeine und schonungslose Zerstörung.» Der bürgerlichen Wissenschaft sagt Netschajew den Kampf an, denn der echte Revolutionär kenne «nur eine Wissenschaft – die Wissenschaft der Zerstörung». Konkret meint dies die Ausrottung ganzer Schichten der russischen Gesellschaft nach Maßgabe ihrer Bedeutung für den Erhalt der gegebenen politischen Ordnung. Zu diesem Zweck sollen Hinrichtungslisten zusammengestellt werden – sie nehmen den Systemterror des 20. und 21. Jahrhunderts vorweg. Moralische Hemmungen vor solcher Vernichtungswut gibt es nicht, denn «moralisch ist einzig, was den Triumph der Revolution ermöglicht».[58]

Typisch für Netschajew ist die hierarchische Struktur seiner revolutionären Bewegung. Deren wirkliche Ziele soll nur eine kleine Elite kennen, während die in Fünferkomitees organisierten Basisgruppen, denen die operative Arbeit obliegt, über die Strategie des Zentralkomitees und über die tatsächliche Größe des revolutionären Netzwerks im Unklaren gelassen werden sollen. Im Verfolgen dieser Ziele schreckt Netschajew vor keinem Mittel zurück. Selbst für Erpressung ist ihm die revolutionäre Sache nicht zu schade.

Im Herbst 1869, einer Zeit heftiger Unruhen an den russischen Hochschulen, war Netschajew nach Russland zurückgekehrt, um Studenten der Moskauer Landwirtschaftsakademie für die Revolution zu rekrutieren. Sein selbstherrliches Gebaren stößt bei etlichen Kommilitonen auf Widerstand. Zu seinen erbittertsten Gegnern zählt der Student Iwan Iwanowitsch Iwanow, der das Fünferkomitee zu verlassen droht und deshalb in der Nacht zum 22. November von Netschajew und vier weiteren Verschwörern im Park der Landwirtschaftsakademie erdrosselt wird. Iwanows Leichnam wird am nächsten Morgen von Bauern in einem über Nacht zugefrorenen Teich gefunden. Während Netschajews Spießgesellen verhaftet und vor Gericht gestellt werden, kann sich Netschajew in die Schweiz absetzen. 1872 wird er in Zürich verhaftet und an Russland ausgeliefert, wo er nach zehnjähriger Haft in der Peter-Pauls-Festung stirbt.

Dostojewskijs Interesse an der Netschajew-Affäre ist umso größer, als sein Schwager, Anna Grigorjewnas Bruder Iwan Snitkin, der die Dostojewskijs im Oktober 1869 in Dresden besucht, ebenfalls an der Moskauer Landwirtschaftsakademie studiert und dem Ehepaar von den dortigen Unruhen berichtet. Dass Dostojewskij, wie Anna Grigorjewna behauptet, das Sujet zu den «Dämonen» somit eigentlich ihrem Bruder verdanke,[59] kann freilich schon deshalb nicht stimmen, weil Snitkin bereits zwei Monate vor der Ermordung Iwanows in Dresden eingetroffen war. Die russische wie die deutsche Presse berichtet ab Ende November 1869 fortlaufend über das spektakuläre Verbrechen, und es ist maßgeblich die Lektüre dieser Nachrichten, die Dostojewskij dazu bewegt, «Die Vita eines großen Sünders» aufzuschieben und zunächst für Katkows «Russischen Boten» ein politisches, erklärtermaßen «tendenziöses» Werk, ein «Roman-Pamphlet», zu schreiben (5.4.1870), mit dem er binnen eines Jahres fertigzuwerden hofft.

Netschajews Fanatismus und mehr noch seine moralische Hemmungslosigkeit muss Dostojewskij als Fortsetzung desselben nihilistischen Größenwahns erschienen sein, der Raskolnikow zum Mörder werden lässt. Eine solche Tat war nur möglich jenseits von Gut und Böse, also nach der Absage an Gott und Unsterblichkeit. Dostojewskijs «Pamphlet» fragt nach den historischen Ursachen des Übels, und zwar im Rahmen des gleichen Narrativs, das Turgenjews Erfolgsroman «Väter und Söhne» (1862) zugrunde liegt. Wird die Beziehung zwischen den beiden Generation dort als Gegensatz bestimmt, so stellt sie sich für Dostojewskij als geistiges Erbe dar. Primär schuld sind für ihn die Väter, also Männer wie Belinskij, Herzen, Ogarjow und der Historiker Timofej Granowskij, mit denen das Freidenkertum in Russland zur intellektuellen Mode geworden ist.

Timofej Granowskij, Inhaber des Lehrstuhls für Weltgeschichte an der Universität Moskau, gilt als herausragende Figur des russischen Liberalismus. Er hatte in Berlin bei Ranke und Savigny studiert und galt auf der Lehrkanzel als einer der brillantesten Vertreter seiner Zunft. «Seine Vorlesungen waren überfüllt und rissen die Zuhörer zu ‹wahren Ovationen› hin.»[60] Wissenschaftlich interessiert sich Granowskij besonders für die Geschichte der europäischen Stadt im Mittelalter. Seine Vorliebe für deutschen Geist und deutsche Kultur machte ihn zum natürlichen Gegner der Slawophilen, die ihrerseits keine Gelegenheit zur Attacke gegen ihn ausließen.

Dostojewskij dürfte Granowskij, der schon anderthalb Jahrzehnte tot ist, als die «Dämonen» entstehen, kaum gekannt haben. Doch 1870 erscheint eine Granowskij-Biographie von Alexander Stankewitsch, die Dostojewskijs slawophiler Gesinnungsgenosse Nikolaj Strachow in der «Morgenröte» rezensiert, wobei er Granowskij neben Belinskij zu den geistigen Vätern der nihilistischen Generation der sechziger Jahre rechnet. Drei Jahre später übereignet Dostojewskij dem Thronfolger Alexander Romanow ein Exemplar der Buchausgabe der «Dämonen» mit einem Begleitschreiben, in dem er das Elend der Europäisierung Russlands und den Mangel an nationalem Selbstbewusstsein beklagt, der zu Exzessen wie der Netschajew-Affäre geführt habe. «Unsere Belinskijs und Granowskijs würden es nicht glauben, wenn man ihnen sagte, dass sie Netschajews direkte Väter sind.» (10. 2. 1873)

Von allen Romanen Dostojewskijs ist der Plot der «Dämonen» der komplizierteste. Allein um das Räderwerk der Handlung in Gang zu setzen, bedarf es einer gewaltigen Menge an Informationen, die dem Leser immer wieder zu entgleiten drohen, weil sie als Vorgeschichte nicht szenisch dargeboten, sondern von wenig zuverlässigen Augenzeugen berichtet werden. Im ersten der drei Teile steht mit Stepan Trofimowitsch Werchowenskij (alias Granowskij) die Figur der Vätergeneration im Vordergrund. Stepan Trofimowitsch, ein Herr fortgeschrittenen Alters, aber noch kein Greis, vielmehr gut erhalten und stets bedacht auf sein elegantes Erscheinungsbild, hat Hegel studiert und kokettiert mit seinem Freidenkertum. Einst hatte er einen Lehrstuhl für Geschichte inne und eine Dissertation «Über die politische und hanseatische Bedeutung der deutschen Stadt Hanau zwischen 1413 und 1428» geschrieben, die auch davon handelt, «weshalb aus dieser Bedeutung dann doch nichts wurde», eine deutliche Anspielung auf Granowskij, der eine Geschichte der deutschen Hansestädte verfasst hat. Schon dieses Zitat aus den Eingangspartien deutet den satirischen Zweck an, den die Darstellung der «Väter» verfolgt.

Als Mitglied einer fourieristischen Gruppe hat Stepan Trofimowitsch im revolutionären Schwung einst zur Feder gegriffen und ein utopisches Mysterienspiel in der Art des «Faust II» zu Papier gebracht.

> In der letzten Szene erscheint plötzlich der Turm zu Babel, und eine Gruppe von Athleten baut ihn, mit einem Lied, das neue Hoffnung verkündet, zu Ende. Und als sie bei der höchsten Spitze angelangt sind, ergreift der Herrscher, wenn auch nur des Olymp, auf ulkige Weise die Flucht, und die Menschheit, die das mitgekriegt hat, nimmt seinen Platz ein und beginnt sogleich ein neues Leben mit einem ganz neuen Verständnis der Dinge.

Wenn sich nach Marx Geschichte stets zweimal ereignet, erst als Tragödie und dann als Farce, so wird diese Reihenfolge hier umgekehrt. Der spielerisch-komischen Vertreibung Gottes durch das Menschengeschlecht folgen im dritten Teil des Romans die Tragödie der Umwertung aller Werte und jener Krieg aller gegen alle, der einer gottlosen Welt schon in den «Winteraufzeichnungen» vorausgesagt worden war.

Stepan Trofimowitschs «Poem» fällt der Obrigkeit in die Hände und setzt seiner akademischen Karriere ein jähes Ende. Er verlässt Petersburg und lässt sich auf dem Gut seiner verstorbenen Frau nahe jener namentlich nicht genannten Provinzstadt nieder, die den Schauplatz der Romanhandlung abgibt. Hier genießt er den bescheidenen, aber nachhaltigen Ruhm eines verkannten Genies. Da er seinen aufwendigen Lebensstil, zu dem auch die Passion fürs Glücksspiel und entsprechende Verluste gehören, nicht selbst finanzieren kann, übernimmt dies die vermögende Generalswitwe Warwara Petrowna Stawrogina, die ihn ebenfalls für einen genieverdächtigen Ausnahmemenschen hält und zu fürstlichen Bedingungen als Erzieher ihres Sohnes Nikolaj angestellt hat.

Das Verhältnis zwischen Warwara Petrowna und Stepan Trofimowitsch hat erkennbar mehr als eine nur geschäftliche Grundlage, bleibt jedoch eigentümlich undefiniert und als Gesprächsthema zwischen den beiden tabu. Als Erzieher überflüssig geworden, weil Nikolaj Stawrogin längst erwachsen ist, dient Stepan Trofimowitsch, der die Sommer in Warwaras Gartenhaus verbringt, ihr jetzt als Gesellschafter, Anziehpuppe und Sohnersatz, obwohl beide etwa gleich alt sind. Mehr und mehr wird er «ihr Geschöpf, ihre Erfindung, Fleisch von ihrem Fleische». Warwara Petrowna bestimmt seinen Tagesrhythmus, kleidet ihn ein, trimmt seine Krawattenknoten. Eifersüchtig wittert sie sofort, wenn der alte Charmeur etwas zu viel Eau de Cologne auf seine grauen Schläfen gesprüht oder ein besonders kesses Ziertüchlein eingesteckt hat. Sollte es vielleicht doch mehr als nur mütterliche Zuneigung und Fürsorglichkeit sein, fragt sich Stepan Trofimowitsch und zieht sie eines späten Abends in ihrer Gartenlaube, über der sich ein opulenter Maihimmel wölbt, in ein «poetisches» Gespräch. Wenige Augenblicke nachdem er sich von ihr verabschiedet hat, um am offenen Fenster seines zum Garten gelegenen Parterre-Zimmers eine Zigarre zu rauchen, steht Warwara Petrowna wie aus dem Boden geschossen im Halbdunkel des Gartens vor ihm. Blanken Hass in den Augen, zischt sie ihm zu: «Das vergesse ich Ihnen nie!»

Neben dem Porträt dieses alternden Paares, einer Umkehrversion von Philemon und Baucis, tritt allmählich ein anderes Bild vor das Auge des Lesers, nämlich das Nikolaj Stawrogins. Was man von ihm erfährt, sind wie so oft bei Dostojewskij zunächst nur Informationen aus zweiter Hand. Er ist der einzige Sohn Warwara Petrownas und ihres verstorbenen Gatten, eines Generalleutnants, der lange getrennt von seiner Gemahlin gelebt hatte. Als zarter, schüchterner Knabe zunächst liebevoll von Stepan Trofimowitsch erzogen, beginnt Nikolaj nach der Schule eine Karriere in der Armee, wo er sich durch ausgeprägte Rauflust auszeichnet. Einem Kontrahenten bläst er im Duell das Lebenslicht aus, einen anderen schießt er zum Krüppel. Er wird degradiert, kommt dank der Beziehungen der Frau Mama auf der Offiziersleiter rasch wieder nach oben, stürzt dann jedoch neuerlich ab und umgibt sich in Petersburg mit zwielichtigen Elementen. Irgendwann taucht er wieder in seiner Heimatstadt auf – nicht mit Räuberbart und schmutzigen Fingernägeln, wie von der Mutter befürchtet, sondern schön, mondän, elegant, «das Haar tiefschwarz, seine hellen Augen sehr ruhig und klar, die Gesichtsfarbe sehr zart und weiß, die Röte der Wangen etwas zu grell und rein, die Zähne wie Perlen, die Lippen wie Korallen – ein bildschöner Mann, wie es schien, und doch hatte sein Gesicht zugleich etwas Abstoßendes.»

Durch eine Reihe von Skandalen versetzt Stawrogin, eben noch begehrter Mittelpunkt der besseren Gesellschaft, die Stadt in höchste Erregung.[61] «Das Raubtier zeigte plötzlich seine Krallen»: Den Vorsteher des Adelsklubs, einen würdigen Greis, dessen Lieblingsfloskel lautet: «Nein, mich werden Sie nicht an der Nase herumführen!», belehrt Stawrogin umgehend eines Besseren, indem er ihn mit zwei Fingern bei der Nase packt und hinter sich herzieht wie einen Hammel zur Schlachtbank. Ärger noch als solcher Frevel will den Anwesenden erscheinen, dass Stawrogin diese «Operation» ganz mechanisch, fast geistesabwesend durchführt und nicht etwa grinsend und feixend, wie dies von einem Provokateur zu erwarten wäre. Skandal Nummer zwei besteht darin, dass Stawrogin auf einem Ball die Frau des Gastgebers plötzlich «um die Taille fasst und dreimal nach Herzenslust auf den Mund küsst». Stawrogin speist den empörten Gatten mit einem trockenen «Nichts für ungut» ab und verlässt den Saal.

Der nächste Eklat folgt auf dem Fuße. Warwara Petrowna hat den Vorsteher des Gouvernements, einen Verwandten, gebeten, ihren Sohn zur Räson bringen. Der möchte von Stawrogin wissen, was in aller Welt ihn «zu dermaßen zügellosen Auftritten jenseits aller Regeln und ohne jedes Maß» bewegt habe. Stawrogin zeigt sich bereit, es dem alten Herrn zu verraten. Er rückt etwas näher an ihn heran und neigt sich, da im Empfangssaal weitere Personen sitzen, vertraulich zum Ohr des Gouverneurs, das dieser ihm bereitwillig entgegenhält. Doch diesmal zeigt das Raubtier nicht nur die Krallen, sondern die Zähne. Stawrogin schlägt sein makelloses Gebiss ins Ohr des Gouverneurs, und zwar so lange, bis dem Ärmsten schwarz wird vor Augen. Mit väterlichen Ermahnungen ist es nun nicht mehr getan. Stawrogin wird verhaftet, erkrankt im Arrest aber an einem Nervenfieber, so dass man von einer Strafverfolgung absieht. Nach seiner Genesung und dem Abschied von der Armee begibt er sich auf Reisen, unter anderem ins Heilige Land. Zuletzt hat man von ihm aus Paris gehört. Zuvor war er lange in der Schweiz und hat dort eine Gruppe junger Männer mit revolutionären Neigungen um sich geschart, von denen zwei inzwischen wieder in Russland eingetroffen sind: der ehemalige Student Iwan Schatow und der Ingenieur Alexej Kirillow, die beide zusammen im selben Haus am Rande der Stadt wohnen.

Neben Stawrogin wird als vierte Hauptperson Stepan Trofimowitschs Sohn, Pjotr Werchowenskij, eingeführt. Der zart besaitete Vater nennt ihn «Peterlein» (Petruscha) und projiziert damit auf die imaginäre Leinwand des Lesers das Bild eines poetisch veranlagten Knaben mit einem Faible für Herbstlaub und Sonnenuntergänge. Doch weit gefehlt, Petruscha hat es faustdick hinter den Ohren. Statt Lyrik verfasst der Herr Student revolutionäre Proklamationen und anstatt, wie der Herr Vater, die Welt in ihren subtilen Schönheiten zu betrachten, haut er auf die sozialistische Pauke. Pjotr wird unter Anklage gestellt, entzieht sich aber der russischen Gerichtsbarkeit und setzt sich nach Genf ab. Werchowenskij ist, die Leser ahnen es längst, kein anderer als der fiktive Stellvertreter des Terroristen Sergej Netschajew.

Sosehr sich Stepan Trofimowitsch freut, seinen Sohn nach neun Jahren wieder in die Arme zu schließen, sosehr fürchtet er andererseits sein Erscheinen. Pjotr gehört die Hälfte des Gutes, das Stepan Trofimowitsch von seiner Frau geerbt hat, und einen wesentlichen Teil dieser

Hälfte hat Stepan längst verflüssigt, um seine Spielschulden im Klub zu bezahlen. Unlängst nun hat der Sohn sein Erscheinen angekündigt, um das Geld aus dem Erlös des mütterlichen Erbes in Empfang zu nehmen. Warwara Petrowna ist bereit, ihrem Freund aus der Klemme zu helfen, dies aber zu höchst befremdlichen Bedingungen. Sie will Stepan Trofimowitsch mit ihrer Ziehtochter Darja (Dascha) Schatowa verheiraten, die einst die Geliebte ihres Sohnes Nikolaj war – keineswegs die einzige, wie sich bald herausstellen wird. Nicht nur hat Stawrogin in der Schweiz ein Verhältnis mit Lisa Tuschina begonnen, der schönen Tochter einer Freundin Warwara Petrownas; Gerüchten zufolge soll er auch Marja Lebjadkina, die hinkende und etwas debile Schwester des versoffenen Hauptmanns Lebjadkin, in Petersburg verführt und heimlich geheiratet haben. Stepan Trofimowitsch soll also «auf fremden Sünden» heiraten. Dafür ist Warwara bereit, seine Schulden zu übernehmen und ihm und Darja eine lebenslange Apanage auszusetzen. Stepan Trofimowitsch ist hin- und hergerissen. Die Aussicht, aller finanziellen Sorgen auf einen Schlag ledig zu sein, hat etwas Verlockendes. Andererseits verletzt und empört es ihn, wie eiskalt ihn Warwara Petrowna, mit der ihn eine so lange, fast eheähnliche Beziehung verbindet, abserviert und mit einer viel Jüngeren verkuppeln will.

Alles Bisherige, rund die Hälfte des ersten Teils, ist Vorgeschichte. Der Leser muss sich jedoch noch einmal rund 100 Seiten gedulden, bis die eigentlichen Protagonisten ihren Auftritt haben. Erst die Ankunft der «Söhne» im Hause Warwara Petrownas, wo alle bisher erwähnten Personen versammelt sind, markiert den eigentlichen «point of attack». Den Anfang macht Pjotr Werchowenskij (alias Netschajew), für dessen Physiognomie sich der Erzähler besonders interessiert:

> Man kann nicht sagen, dass er hässlich ist, aber sein Antlitz gefällt niemandem. Sein Kopf steigt, als ob seitlich zusammengepresst, nach hinten an, wodurch das Gesicht etwas Spitzes bekommt. Seine Stirn ist hoch und schmal, das Gesicht jedoch flach; sein Blick ist stechend, die Nase klein und spitz, der Mund schmal und lang. Seine Züge haben etwas Kränkliches, doch das scheint nur so. Eine dürre Falte zieht sich über Wangen und Backenknochen und verleiht ihm das Aussehen eines nach langer Krankheit Genesenden. Und dennoch ist er völlig gesund, kräftig und überhaupt niemals krank gewesen.

Schon die Menge der hier versammelten physiognomischen Makel zeigt an, dass wir es weniger mit einem Porträt als mit einer Karikatur zu tun haben, die sich als «Feindbild» dem Genre des Pamphlets verdankt. Nach Pjotr Werchowenskij betritt Stawrogin den Saal. Warwara Petrowna hat ihren Sohn sehnsüchtig erwartet, aber sie hält ihn mit einer Abwehrgeste erst einmal gebieterisch auf Distanz. «Nikolaj Wsewolodowitsch», ruft sie ihm, als er den Raum betritt, mit betont zeremonieller Anrede zu. «Ich bitte Sie, sagen Sie sofort und auf der Stelle: Ist es wahr, dass diese unglückliche, hinkende Frau, hier, diese da, sehen Sie sie an! ... Ist es wahr, dass sie ... Ihre gesetzliche Gattin ist?» Sie zeigt dabei auf die vor Schreck starre Marja Lebjadkina. Stawrogin bleibt angesichts dieser peinlichen Frage ganz gelassen und führt Marja behutsam aus dem Saal. «Sie können hier nicht bleiben», sucht er die aufgeregte Marja zu beruhigen. «Bedenken Sie, dass Sie ein Mädchen sind und ich zwar Ihr ergebenster Freund, aber doch kein Angehöriger, weder Gatte noch Vater noch Bräutigam.» Stawrogin hat mehr als nur die Unwahrheit gesagt. Er hat seine ihm angetraute Ehefrau verleugnet. Seine Mutter jedoch – zufrieden damit, dass die Situation entschärft ist – beschließt, die unglückliche Marja Lebjadkina in ihrem Hofstaat aufzunehmen und für sie zu sorgen.

Als Stawrogin in den Saal zurückkehrt, nimmt das Gespräch eine weitere für ihn brenzlige Wendung. Pjotr Werchowenskij, der sich von Anfang an als Ränkeschmied entpuppt, beglückwünscht Darja Schatowa süffisant zu ihrer bevorstehenden Heirat mit seinem Vater. Auch jetzt behält Stawrogin, «auf dessen Sünden» Stepan Trofimowitsch heiraten soll, die Fassung und gibt den Unbeteiligten. Iwan Schatow, der Stawrogin kennt und um dessen Beziehung zu Darja weiß, reißt jetzt der Geduldsfaden. Er versetzt Stawrogin eine schallende Ohrfeige. Man weiß, dass Stawrogin Händel jeder Art liebt, weshalb die Anwesenden mit einer Duellforderung, wenn nicht mit Schlimmerem rechnen. Doch Stawrogin, bleich wie ein Leintuch und mit versteinerter Miene, ringt den Zorn in sich nieder und wendet sich ab. Den wahren Grund der Ohrfeige erfahren wir später.

Damit endet der erste Teil des Romans. In den beiden folgenden Teilen wird das Erzähltempo erheblich beschleunigt. Schatow ist Mitglied eines von Pjotr Werchowenskij geleiteten konspirativen Fünferkomitees, will dieses aber verlassen, weil ihm als gläubigem Christen Zweifel am Sinn der Revolution gekommen sind. Ausgerechnet Stawrogin war es, der ihm diesen Zweifel eingepflanzt hat. Und damit offenbart sich die kryptische Bedeutung seines Namens. Darin ist griechisch «staurós» (neugriechisch «stawros»), «das Kreuz», enthalten. Im Zusammenhang mit Stawrogins Pilgerfahrt nach Jerusalem ergibt dies die Semantik eines «Kreuzträgers», d. h. eines Mannes in der Nachfolge Christi. Doch bleibt dies für die Leser zunächst nur eine vage Hypothese.

Während Stawrogin wieder in der Kulisse verschwindet, bestimmt Pjotr Werchowenskij immer mehr das Geschehen. Er überzieht die Stadt mit einem Netz von Intrigen, die sich zuerst verleumderisch gegen den eigenen Vater richten und bald zum Zerwürfnis zwischen Warwara Petrowna und Stepan Trofimowitsch führen. Warwara verweist ihren alten Freund schließlich des Hauses. Neben Warwara umgarnt Werchowenskij die liberale Frau des Gouverneurs von Lembke und den berühmten Schriftsteller Karmasinow, eine giftige Karikatur Iwan Turgenjews. Außerdem wiegelt er die liberale Intelligenzija und die Fabrikarbeiter auf.

Stawrogin ist die Lust an Werchowenskijs Machenschaften vergangen, zumal er weiß, dass Werchowenskij den abtrünnigen Schatow umbringen will. Um Stawrogin nicht zu verlieren, lässt Werchowenskij für einen Augenblick die Maske fallen und offenbart, dass es ihm weder um Revolution noch um Gleichheit oder Gerechtigkeit gehe. Vielmehr wolle er das allgemeine Chaos bis zu dem Punkt treiben, an dem das verunsicherte und verängstigte Volk

> seinen alten Göttern nachweint ... Na, und dann lassen wir ihn auftreten. – ‹Wen?› – ‹Iwan-Zarewitsch.› – ‹We-e-en?› – ‹Iwan-Zarewitsch.› Sie, Sie! [...] Es gibt ihn, aber keiner hat ihn gesehen, er verbirgt sich [...] Er bringt eine neue Wahrheit und ‹verbirgt sich›. Und dann werden wir zwei oder drei salomonische Sprüche in Umlauf bringen. Das erledigen diese Gruppen, die Fünferkomitees, Zeitungen brauchen wir nicht! Wenn man von zehntausend Bitten nur eine einzige erfüllt, werden alle mit Bittschriften kommen. In jedem Landkreis wird jeder Bauer wissen, dass ‹er› existiert und dass es da irgendwo ein Baumloch gibt, in das man Bittschriften legen soll. Und einen Seufzer der Freude wird es auf Erden geben: ‹Es kommt das neue, das wahre Gesetz!› Und das Meer wird aufschäumen, und der alte Komödiantenstadl wird zusammenbrechen, und dann machen wir uns daran, einen neuen Bau aus Stein hochzuziehen. Zum ersten Mal! Und *wir* werden ihn errichten, allein wir!

Mit dem steinernen Bau ist der Turm zu Babel gemeint, und der «verborgene Gott», den Werchowenskij als neuen Herrn der Welt inthronisieren will, ist kein anderer als der Menschengott, der dann in den «Brüdern Karamasow» als Großinquisitor auftreten wird.

In Werchowenskijs geheimen Plan eingeweiht, verspürt Stawrogin noch weniger Lust als bisher, sich mit den Verschwörern gemein zu machen. Trotzdem bleibt er unentschlossen. Sein nächster Weg führt ihn ins Kloster zu dem ehemaligen Bischof Tichon, der sich hier vor einigen Jahren zur Ruhe gesetzt hat. Vor ihm will Stawrogin die Beichte ablegen. Allerdings hat er diese längst schriftlich formuliert und im Ausland drucken lassen. Die Beichte wird deshalb in Form eines eingeschobenen Berichts des Helden vorgelegt, der ein so ungeheuerliches Verbrechen beinhaltet, dass sich Dostojewskijs Verleger weigert, ihn im «Russischen Boten» zu veröffentlichen.[62] Stawrogin hat vor Jahren die minderjährige Tochter seiner Petersburger Wirtsleute namens Matrjoscha verführt. Nicht weil er sie geliebt hätte, sondern weil er die Folgen dieser Verführung einkalkuliert und zur eigentlichen Quelle seiner Lust machen wollte. Nachdem Stawrogin ihr seine Zuneigung entzogen hat, erhängt sich das verstörte und verzweifelte Mädchen auf dem Dachboden, und Stawrogin wird indirekt Zeuge des Selbstmords. Er sitzt in einem Nebenraum und verfolgt auf dem Bildschirm seiner Phantasie jeden Schritt, jede Bewegung, jeden Handgriff des unglücklichen kleinen Wesens: ‹*Jetzt ist sie nach oben gegangen, jetzt knüpft sie die Schlinge, jetzt steigt sie auf den Stuhl …*› Man begreift, warum Stawrogin überzeugt ist, dass der Marquis de Sade noch von ihm hätte lernen können, und erschrickt darüber, wie Dostojewskij auch bei seinen Lesern immer wieder ein gleiches Maß an niedrigen, bösen, voyeuristischen Instinkten wachkitzelt.

Diese böse Schaulust wird im Weiteren reichlich befriedigt. Es gelingt Werchowenskij und seinen Leuten, die öffentliche Ordnung immer mehr zu destabilisieren. Überall in der Stadt tauchen revolutionäre Flugblätter auf. Dem Gouverneur entgleitet die politische Kontrolle. Nach einer von seiner Frau organisierten, völlig verunglückten Soirée in seinem Hause kommt es zu öffentlichen Unruhen und Brandstiftungen. Das Chaos steigert sich bis hin zur Ermordung des Hauptmanns Lebjadkin und seiner Schwester Marja, also Stawrogins legitimer Frau, durch einen von Werchowenskij gedungenen Mörder und gipfelt im Lynchmord an Lisa Tuschina und ihrem Verlobten durch die aufgebrachte Menge.

Die Spannung erreicht ihren Höhepunkt jedoch erst mit dem Ereignis, das Dostojewskij als Ausgangspunkt das ganzen Romans diente: dem Fememord an dem Studenten Schatow. Werchowenskij hat auch diesen Coup raffiniert eingefädelt. Eine Schlüsselfigur spielt dabei der Brückenbau-Ingenieur Alexej Kirillow, den Schatow seit langem kennt und mit dem zusammen er jetzt im selben Hause am Rande der Stadt wohnt, und zwar in einer Straße, die den für einen Atheisten wie Kirillow bemerkenswerten Namen «Bogojawlenskaja Uliza» (Gotterscheinungs- oder Epiphanias-Straße) hat. Kirillow wird eingeführt als ein Jakobiner der schlimmsten Sorte. Angeblich fordert er «mehr als hundert Millionen Köpfe, um dem gesunden Menschenverstand in Europa zur Herrschaft zu verhelfen». Stepan Trofimowitsch findet es merkwürdig, wie einer, der Brücken baut, zugleich die allgemeine Zerstörung predigen kann: «Man wird Ihnen den Bau unserer Brücke nicht übertragen!», äußert er seine Bedenken. «Wie? Was haben Sie da gesagt? ... Teufel noch mal!», gibt Kirillow sich geschlagen und stimmt plötzlich «ein fröhliches, helles Gelächter an».

Wer so unbeschwert und kindlich lachen kann, wird kaum hundert Millionen Menschen den Kopf abschlagen. Kirillow ist weder ein echter Zerstörer, noch ist er böse. Im Gegenteil, er ist gut, und weil er gut ist, leidet er. Er leidet an den Qualen der Menschheit, deren größte die Furcht vor dem Tod ist. Der furchtsame Mensch kann nicht der richtige sein, denn als Sklave seiner Angst ist er unfrei. Irgendetwas im Weltenplan muss da falsch gelaufen sein. Und damit ist Kirillow bei Gott, den er vor das Tribunal der Vernunft zitiert. Seine Anklage lautet: Gott ist ein Terrorist, ein «aus gegenstandsloser Qual bestehendes Gespenst»,[63] das seine Herrschaft auf Furcht und Schrecken stützt. Kirillows Definition zufolge ist Gott nichts anderes als «der Schmerz der Angst vor dem Tod». Folglich kann auch über Gott nur die Todesstrafe verhängt werden. Das einzige Mittel jedoch, Gott zu liquidieren, besteht für Kirillow im Selbstmord. Denn wer den Mut hat, sich zu töten – und zwar einzig mit dem Ziel, die Angst als solche zu besiegen –, der wird Gott sein. «Dann beginnt ein neues Leben und wird es einen neuen Menschen geben», jenen Menschengott, den Kirillow im Gespräch mit Stawrogon ankündigt: «Er wird kommen, und sein Name ist Menschengott.» Stawrogin will wissen, ob das ein Versprecher war und Kirillow nicht den «Gottesmenschen» meine. Doch der bleibt dabei: «Menschengott. Darin besteht der Unterschied.»

Pjotr Werchowenskij weiß um Kirillows Selbstmordtheorie und macht sie sich zunutze, indem er ihm das Versprechen abnimmt, vor seinem Freitod ein Schriftstück zu verfassen, in dem er die Schuld an der geplanten Ermordung Schatows auf sich nimmt. Schatow wird in einer kalten Novembernacht in einem düsteren Park in einen Hinterhalt gelockt und in einer an Thrill kaum zu überbietenden Szene von Werchowenskij mit einem Kopfschuss hingerichtet. Die kruden Einzelheiten des Geschehens haben so viel gemeinsam mit dem Fememord der linksterroristischen «Bewegung 2. Juni» an dem Studenten Ulrich Schmücker im Berliner Grunewald im Sommer 1974, dass man in der Ermordung Schatows geradezu die Blaupause für diese Tat vermuten darf. Auch in der folgenden Schilderung des Selbstmords von Kirillow, der im entscheidenden Augenblick seelisch blockiert ist, so dass Werchowenskij ihn regelrecht zwingen muss, sich endlich zu erschießen, beweist Dostojewskij sein immenses Gespür für packende, exzentrische Szenen.

Wird das Interesse der Leser hier durch den Druck der gesteigerten Dramatik erzeugt, so im Schlussteil durch die Technik des Melodrams. Bevor Schatow umgebracht wird, kehrt nach langer Trennung überraschend seine Frau Maria zu ihm zurück, die in Paris ein Verhältnis mit Stawrogin hatte. Sie ist hochschwanger, die Wehen haben schon eingesetzt. Schatow, obwohl er unmöglich der Vater sein kann, ist hingerissen vom «Mysterium des Erscheinens eines neuen Wesens». Ganz zum Schluss bekommt auch der alte Stepan Trofimowitsch noch einmal einen großen Auftritt. Wider Erwarten hat er seine Ankündigung wahrgemacht und sich als einfacher Pilger auf die große Landstraße begeben, allerdings in dafür völlig ungeeignetem Habit: in einem modischen, aber witterungsuntauglichen Mäntelchen, mit Regenschirm, Plaid und Sac-de-voyage. Natürlich zieht er sich schon bald eine Lungenentzündung zu. Eine reisende Bibelverkäuferin nimmt sich des alten Herrn an und liest dem Fiebernden in einer Herberge zunächst aus der Offenbarung des Johannes vor (Offb 3,14–16):

> Und dem Engel der Gemeinde zu Laodizea schreibe: Das sagt, der Amen heißt, der treue und wahrhaftige Zeuge, der Anfang der Kreatur Gottes: Ich kenne deine Werke, dass du weder kalt noch warm bist. Ach, dass du kalt oder warm wärest! Weil du aber lau bist und weder kalt noch warm, werde ich dich ausspeien aus meinem Munde.

Es folgt das Gleichnis von den Schweinen, in die die Teufel gefahren sind (Lk 8,32–36), das Dostojewskij dem Roman als Motto vorangestellt hat. Auf dem Sterbebett findet der Freigeist und Salon-Revolutionär doch noch zu Gott. Stepan Trofimowitschs Glaubensbekenntnis lautet: «Gott ist für mich schon deshalb notwendig, weil dies das einzige Wesen ist, das man ewig lieben kann ...» Er sagt «dies» und nicht «er»; er spricht wie Voltaire von «Notwendigkeit», also einem Vernunftgesetz, nicht von Glauben; und er legt kein «Glaubensbekenntnis» ab (russ. «símvol véry»), sondern eine «profession de foi». Seine Sprache bezeugt einen letzten Abstand, einen Restvorbehalt. Und den teilt Stepan Trofimowitsch mit den meisten gläubigen oder besser glaubensdurstigen Helden Dostojewskijs. Sie sind immer nur unterwegs zu Gott und würden so wenig wie Dostojewskij selbst von sich behaupten, schon angekommen zu sein. Aber sie sind in der Sprache der Apokalypse «warm» (Lutherbibel). Die russische Bibel nennt sie zutreffender «heiß» («gorjátschij», für griech. «zestós»), und was Luther als «lau» übersetzt, ist im Russischen «warm» («tjoplyj», für griech. «chliarós»).

Es ist die «Temperatur», das spirituelle Temperament, das den Unterschied der Charaktere begründet. Das Zitat aus der Apokalypse rekurriert auf die Klosterszene, in der Stawrogin den Bischof Tichon bittet, ihm ebendiese Stelle aus der «Offenbarung» vorzulesen. Tichon kennt die Sätze auswendig: «Ich weiß deine Werke, dass du weder kalt noch warm bist. Ach, dass du kalt oder warm wärest!» Schon hier wird Lauheit, obwohl einstweilen nicht weiter begründet, als zentrales Charaktermerkmal Stawrogins bestimmt. Von allen Figuren des Romans ist er einerseits die reichste: ausgestattet nicht nur mit respektablem Stammbaum, Vermögen, blendendem Aussehen und Charme, sondern auch mit scharfem Verstand, Charisma, Sensibilität und Erkenntnishunger. Und zugleich ist er der Ärmste. Mit der Revolution hat er nur «aus Müßiggang», also aus Langeweile, gespielt und ist ihrer schon bald überdrüssig geworden, so wie er all der Ideen und Frauen überdrüssig wurde, für die er einmal entflammt war, aber auch all der Weggefährten wie Schatow und Kirillow, die er selbst einmal mit Ideen entflammt hat. Ein Raubtiercharakter, ein ewig unbefriedigter Don Juan, ein entwurzelter Russe mit Wohnsitz und Bürgerrecht in der Schweiz, nagt an seiner Seele das *mal du siècle* der europäischen Romantik.

Auch Stawrogin entpuppt sich insofern als Variante des «überflüssigen Menschen» in der Tradition Eugen Onegins, als dessen «letzter Avatar»[64]. Er weiß nicht wohin mit seiner Kraft und vergeudet sie in Ausschweifungen, als wolle er ausloten, bis zu welcher Grenze dies möglich sei. Zuletzt bleibt ihm nur noch die Kraft, seinem Leben ein Ende zu setzen. Er hinterlässt einen Brief an Darja Schatowa, seine einstige Geliebte. Darin heißt es: «Meine Wünsche sind zu kraftlos, sie führen zu nichts. Einen Fluss kann man auf einem Balken überqueren, nicht aber auf einem Span.» In der Mansarde eines Bahnhofsquartiers, wenige Stationen von seinem Gut Skworeschniki entfernt, wird der «Bürger des Kantons Uri» erhängt aufgefunden. «Auf einem Tischchen lag ein Stück Papier, auf dem mit Bleistift geschrieben stand: ‹Niemanden beschuldigen. Ich selbst.›»

Der Kulturwissenschaftler Jurij Lotman unterscheidet zwei Gruppen literarischer Figuren: bewegliche und nichtbewegliche. Als beweglich definiert er Figuren, die imstande sind, die Grenze ihres semantischen Ausgangsfeldes (eines Raumes, einer Ideologie, einer Kultur, einer persönlichen Identität etc.) zu überwinden und sich in ein entgegengesetztes semantisches Feld («Antifeld») zu versetzen. Nichtbeweglich (und insofern eine Art Inventar) sind dagegen Figuren, denen eine solche Grenzüberschreitung versagt bleibt. Von seinen Anlagen her erscheint Stawrogin prädestiniert zum beweglichen Helden, das heißt zum «Handlungsträger». Tatsächlich jedoch bleibt er «unbeweglich», da er sich für keine der existentiellen Optionen entscheiden kann, die sich ihm bieten.[65]

Die Situation der Entscheidung ist bei Dostojewskij die Charakterprobe eines jeden Helden. Das hat einerseits mit der dem Drama verwandten Struktur seiner Romane zu tun, deren Plot fast immer auf eine Wahl, einen Entschluss, ein Abwägen des Für und Wider hinausläuft.[66] Hinter Dostojewskijs Affinität zur dramatischen Form steht aber auch ein ethisches Konzept, das dem Søren Kierkegaards nahekommt. Mit der Unterscheidung zwischen ästhetischer und ethischer Seinsform liefert Kierkegaard einen Schlüssel zum Verständnis Stawrogins als ästhetische Existenz. Das ästhetische Ich meint den Menschen als triebgesteuertes Naturwesen, beherrscht von seinen Bedürfnissen und insofern letztlich mehr Tier als Mensch. Die eigentliche Menschwerdung des Menschen erfolgt mit dem Übergang zur ethischen Existenz, das heißt zu einer Seinsform, die sich der Situation des Entweder-Oder und damit der Wahl stellt. «Überhaupt ist Wählen ein eigentlicher und stringenter Ausdruck für das Ethische.»[67] Und es ist Ausdruck der Freiheit, «denn mit dem Wählenkönnen eröffnet sich der Horizont der Freiheit und damit die Dimension des Guten und Bösen.»[68]

Jemand, der nicht wählt, «welkt in Auszehrung»[69]. Genau dies gilt für Stawrogin, der in seinem Abschiedsbrief bekennt, keine Entschlusskraft mehr zu haben, und dessen maskenhaft starres Gesicht ein inneres Verlöschen schon anzeigt, bevor der leibliche Tod eintritt. Und ebenso gilt, dass Stawrogin als ästhetischer Mensch beherrscht wird von Stimmungen und Stimmungsschwankungen in einer permanenten Oszillation zwischen Enthusiasmus, Sadismus, Schwermut und Verzweiflung. Die Lehren, die er im Ausland erteilt hat, waren, wie Stawrogin zugibt, abhängig von seiner damaligen «Stimmung». Aus dem Munde Schatows erscheinen sie ihm so fremd, als hätte er nie etwas mit ihnen zu tun gehabt. Zur ästhetischen Existenzweise Stawrogins gehört schließlich die totale, sein ganzes Wesen vergiftende Gleichgültigkeit gegenüber der Welt. Er ist «ein Monstrum an Kaltblütigkeit und Indifferenz»[70], das keinen Unterschied kennt «zwischen wollüstiger Bestialität und Heldentat, selbst wenn diese im Opfer des eigenen Lebens bestünde». Seine Indifferenz stellt Stawrogin außerhalb der ethischen Welt und macht ihn zu einem «Zaren in der Gleichgültigkeit»[71].

Iwan Schatow war einst Stawrogins Jünger. Jetzt ist er sein Gegenspieler. Er ist vom Nihilisten zum Christen, vom Kosmopoliten zum Patrioten, vom abgehobenen Intellektuellen zum Volksfreund geworden, ein Überläufer also, und es war Stawrogin, der ihn dazu gemacht hat. Er selbst war es, der Schatow die Idee von «Gott und Heimat» eingepflanzt und ihn gelehrt hat, dass der zum Staat gewordene römische Katholizismus einen Christus verkündet, der der dritten Versuchung Satans erlegen sei. Stawrogin war es, der – wie Dostojewskij vor Frau

Fonwisina – bekannt hat, dass, wenn man ihm «mathematisch bewiese, dass die Wahrheit außerhalb Christi sei, [er] lieber bei Christus als bei der Wahrheit wäre». Kein Volk, so Schatows damaliger Lehrer, habe sich jemals von den Prinzipien der Wissenschaft und der Vernunft leiten lassen, sondern einzig vom Gesetz der Bejahung des Seins und der Verneinung des Todes. Dieses Seinsgesetz eines jeden Volkes sei «die Suche nach Gott, und zwar nach seinem Gott, seinem eigenen, unbedingt seinem eigenen Gott». Gott nämlich sei nichts anderes als «die synthetische Person eines ganzen Volkes». Deshalb sei es ein Zeichen des kulturellen Niedergangs, wenn alle Völker einen gemeinsamen Gott hätten und ein identisches Wertesystem teilten. «Je stärker ein Volk, desto besonderer ist sein Gott.» Und das stärkste von allen Völkern seien nun mal die Russen als «Gottesträgervolk».

Stawrogin regiert nicht auf die vielen Sätze, mit denen Schatow ihn zitiert. Stattdessen will er von Schatow wissen: «Glauben Sie selbst an Gott?» Schatow weicht aus: «Ich glaube an Russland, ich glaube an seine Rechtgläubigkeit, ich glaube an den Leib Christi ... Ich glaube, dass die Wiederkunft Christi sich in Russland ereignen wird ... Ich glaube ...» – «Aber an Gott? An Gott?», beharrt Stawrogin. «Ich ... Ich werde an Gott glauben», antwortet Schatow, in dessen Namen das russische Verb «schatát» (sch/wanken) mitschwingt, der metaphorisch also zu lesen ist als «ein noch nicht auf festem Boden Angekommener». Im Gegensatz zu Stawrogin jedoch hat Schatow seine Wahl getroffen. Er ist unterwegs zu Gott, während Stawrogin in Unentschiedenheit verharrt. Obwohl er ein grauenhaftes Verbrechen begeht, entscheidet er sich nicht definitiv für das Böse, sondern spielt nur mit ihm. Ebenso spielt er mit dem Guten, wenn er seine Ehe mit der debilen Marja Lebjadkina schließlich doch öffentlich bekennen und vor aller Welt eine Generalbeichte ablegen will, von der Bischof Tichon weiß, dass sie nicht aufrichtiger Reue, sondern Stawrogins Hochmut entspringt. Noch in der Situation der Beichte, die ein höchstes Maß an Ernsthaftigkeit und Aufrichtigkeit verlangt, betreibt Stawrogin ein unverbindliches Spiel. In dieser spielerischen, Kierkegaard würde sagen «ästhetischen» Schwebe der Existenz verharrt er unschlüssig bis zuletzt und verfehlt sich dadurch selbst als ethisches Subjekt.

Ein typischer Dostojewskij-Trick besteht darin, brisante Thesen von größter Tragweite wie die vom russischen Volk als «Gottesträger» und vom «russischen Gott» zu relativieren, indem er sie als Informationen aus zweiter Hand darbietet und damit unter Echtheitsvorbehalt stellt. Hat Stawrogin das wirklich gesagt? Hat er es mit diesen Worten gesagt? Steht er noch zu dieser These? Und vor allem: Wie steht der Autor selbst zu dieser These? Da Stawrogin nicht ernsthaft widerspricht und Schatow zudem als positiver «russischer» Held offensichtlich das Vertrauen und die Sympathie des Autors genießt, kann man davon ausgehen, dass die von Schatow zitierten Thesen durch Dostojewskij autorisiert sind, umso mehr, als sie weitgehend deckungsgleich sind mit den Thesen des Fürsten Myschkin im «Idiot».

Die These von den Russen als Gottesträgervolk hat vor allem in der westlichen Dostojewskij-Rezeption Anlass zu Irritationen gegeben. Wie kann sich ein so differenziert denkender Intellektueller wie Dostojewskij dermaßen grob chauvinistisch äußern? Widerspricht ein solcher Chauvinismus nicht dem vom Autor als höchste Autorität anerkannten Neuen Testament? Zu fragen bliebe schließlich, ob die Auffassung, dass jedes Volk seinen eigenen Gott haben müsse, neben dem es keine anderen Götter dulden könne, nicht einer quasi ethnologischen Perspektive geschuldet ist, also genau jenem im 19. Jahrhundert einsetzenden Kulturrelativismus, den Dostojewskij beklagt.

Liest man Schatows und Stawrogins Thesen im historischen Kontext, so verlieren sie an Befremdlichkeit. Zu den Axiomen der Slawophilen gehört die Überzeugung, dass die kulturelle Bruchlinie zwischen Ost und West auf die tieferliegende Differenz zwischen Orthodoxie und Westkirchentum zurückgeht. So sieht Alexej Chomjakow das Wesen der orthodoxen Kirche in dem vor allem vom Johannes-Evangelium und dessen Liebesethik inspirierten Prinzip der «Sobornost» (Gemeindlichkeit). Darunter ist ein mehr mystisch als rational erfassbares Wir-Bewusstsein zu verstehen, das keinen Unterschied macht zwischen Priestern und Gemeinde, mächtigen und einfachen Gläubigen oder verschiedenen klerikalen Rangstufen. Die Idee der Sobornost «drückt sich vor allem aus in der Betonung der Bruderschaft, die nicht nur auf alle Mitgläubigen [...], sondern auf alle Menschen ausstrahlt».[72] Als ihr Oberhaupt wird kein kirchlicher Würdenträger, sondern die Person Christi selbst vorgestellt.[73] Auf Chomjakow beruft sich auch Nikolaj Danilewskij, der den westlichen Kirchengemeinschaften Häresie vorwirft und ihnen als einzig wahrhaft christliche Kirche die orthodoxe gegenüberstellt, da sie die «Vereinigung aller Gläubigen sämtlicher Zeiten und Völker unter der Oberhoheit von Jesus Christus und der Führung des Heiligen Geistes» sei.[74]

Natürlich darf der Leser nicht jedes Wort Schatows auf die Goldwaage legen. Dostojewskij liebt rhetorische Zuspitzungen wie etwa die Behauptung: «Ein Atheist kann nicht Russe sein, ein Atheist hört sofort auf, Russe zu sein.» Das Zeitadverb «sofort» gibt dem Satz eine groteske Färbung und hält ihn in der Schwebe. Wie oben gezeigt, bietet Dostojewskij zugespitzte Thesen gern in Form von Briefen, Artikeln oder Gerüchten dar, also als Secondhand-Information, und stellt sie damit unter Echtheitsvorbehalt. Hier ist die gleiche «Poetik der Hintertür» am Werk, kraft derer ein Sprecher sich bis zuletzt vorbehält, seiner Aussage eine ganz neue Richtung zu geben. Der changierende Charakter solcher Aussagen bedeutet jedoch nicht, dass sie in Wirklichkeit ganz anders gemeint sind. Das «Tagebuch eines Schriftstellers» zeigt vielmehr, dass sich Dostojewskij Schatows und Stawrogins messianische Thesen explizit zu eigen macht.

Pjotr Werchowenskij alias Netschajew, dessen terroristische Aktivitäten die empirische Keimzelle des Romans darstellen, ist unter den Figuren die unklarste. Das liegt einerseits an seinem wenig überzeugenden psychologischen Profil. Der Typus des Verschwörers, von dem Verschwiegenheit und Zurückgenommenheit zu erwarten wären, verträgt sich nicht mit Werchowenskjs penetrantem Geschwätz im Stil Chlestakows, des Helden von Nikolaj Gogols Komödie «Der Revisor» (1836), an dem Werchowenskijs Rollenprofil ausgerichtet ist. Werchowenskijs unklares, proteushaftes Wesen erscheint erst im Licht seiner politischen Taktik plausibel, die in Maskerade, Täuschung und Lüge besteht, den Waffen Satans also. Offiziell scheint sein Programm auf einen rigorosen Egalitarismus hinauszulaufen. Zu diesem Zweck fordert sein im Fünferkomitee für Grundsatzfragen zuständiger Genosse Schigaljow, dem Werchowenskij zustimmt, die Liquidierung aller «höheren Begabungen», d. h. sämtlicher Eliten: «Einem Cicero wird die Zunge abgeschnitten, einem Kopernikus werden die Augen ausgestochen, ein Shakespeare wird gesteinigt [...].» Als Kehrseite dieser gnadenlosen Nivellierung zeigt sich ein gnadenloser Elitarismus, der identisch ist mit Raskolnikows Übermenschentum. Schigaljow träumt von einer «Aufteilung der Menschheit in zwei ungleiche Teile. Ein Zehntel erhält die Freiheit der Persönlichkeit und das unbeschränkte Recht über die übrigen neun Zehntel.»

Immerhin räumt Schigaljow ein, dass die Unvereinbarkeit von grenzenloser Freiheit und grenzenlosem Despotismus einen logischen Schwachpunkt seiner Theorie darstellt. Werchowenskij löst diesen Widerspruch auf seine Weise auf. Er vertraut Stawrogin an, das Ziel seiner Machinationen stelle keineswegs die Befreiung der Menschheit, sondern ihre Versklavung dar, und zwar im Rahmen einer Diktatur und einer neuen Religion mit Stawrogin als oberstem Herrscher und Gott. Dostojewskij spielt hier auf die Französische Revolution an, deren Gleichheitsprinzip im Cäsarismus Napoleons I. endete, und so nimmt die durch Werchowenskij und Schigaljow verkörperte Pervertierung des demokratischen Prinzips die Totalitarismen des 20. Jahrhunderts vorweg, als dessen Propheten Albert Camus den Autor der «Dämonen» im Vorwort zu seiner Dramatisierung des Romans (Les possédés, Die Besessenen, 1959) bezeichnet.[75]

In Kirillow sieht Camus den Propheten des Absurden. Kirillows Selbstmord ist in der Tat absurd, und zwar in mehrfacher Hinsicht: Kirillow lässt zu, dass Werchowenskij seinen Freitod für einen Zweck instrumentalisiert, den er selbst verabscheut. Er will sein Leben beenden und sich erschießen, obwohl er eine besondere Liebe zu Kindern hat – einem starken Zukunftssymbol – und überhaupt bekennt, das Leben zu lieben. Absurd ist ferner der Widerspruch zwischen Kirillows Glauben an die Notwendigkeit Gottes und dem Willen, ihn abzuschaffen, obwohl er von Gottes Nichtexistenz überzeugt ist, so dass er folglich nicht abgeschafft werden müsste. Absurd ist schließlich Kirillows Anspruch, die Menschheit wie Christus durch sein Selbstopfer zu erlösen, obgleich eine solche Rettungstat sinnlos wäre, wenn tatsächlich «die Gesetze dieses Planeten Lüge sind und ein Vaudeville der Teufel».

Kirillows Selbstmord ist kein «logischer Selbstmord»[76], sondern ein abstrakter. Er hat den gleichen intellektuellen Nährboden wie Raskolnikows Mord an der Pfandleiherin. Bereitet hat diesen Boden die von Stepan Werchowenskij verkörperte ältere Generation der Materialisten und Agnostiker. Im Oktober 1876 veröffentlicht Dostojewskij im «Tagebuch eines Schriftstellers» unter dem Titel «Ein Todesurteil» den fiktiven Abschiedsbrief eines Selbstmörders, der sich «aus Langeweile» das Leben genommen hat, «natürlich eines Materialisten», wie einleitend betont wird.[77] In diesem «Brief» meldet sich der europäische Nihilismus ähnlich eindrucksvoll zu Wort wie in Jean Pauls «Rede des toten Christus vom Weltgebäude herab, dass kein Gott sei».[78] Dostojewskijs Selbstmörder ist fixiert auf den Tod, den eigenen wie den der Menschheit, ja des ganzen Planeten und des Universums. Wie für Jean Pauls toten Christus läuft für ihn alles Sein auf ein «starres, stummes Nichts», auf «kalte, ewige Notwendigkeit» und «wahnsinnigen Zufall» hinaus. Dostojewskij geht jedoch weiter als Jean Paul. Sein Selbstmörder schließt nicht aus, dass es eine allgemeine Weltharmonie gibt. Doch nütze ihm diese nichts, da er sie nicht erfahren könne, weder physisch noch metaphysisch. Mit diesem Gedanken verbindet sich die Erinnerung an das Schicksal Hiobs und die ketzerische Frage: «Was, wenn man den Menschen nur zu so etwas wie einer dreisten Probe in die Welt gesetzt hat, um zu sehen, ob es ein solches Geschöpf auf Erden aushält oder nicht?» Die Natur, deren Gesetze er nicht begreifen kann, antwortet ihm nicht: Deshalb verurteilt er sie zum Tode. Da er die Natur jedoch unmöglich auslöschen kann, vernichtet er sich selbst, weil es ihn «langweilt, eine Tyrannei zu ertragen, an der niemand schuld ist».[79]

Die Verzweiflung von Menschen wie Kirillow und diesem Selbstmörder am Sinn des Seins trifft den Nerv des modernen Menschen und erklärt, wieso Dostojewskij so gern in eine Reihe mit Denkern wie Pascal, Kierkegaard und Nietzsche gestellt wird. Dabei darf nicht aus dem Blick geraten, dass die für Dostojewskijs Auseinandersetzung mit dem Nihilismus zentrale Suizid-Thematik stets umgriffen bleibt von ihrem Gegenteil, dem Glauben an die Unsterblichkeit der Seele. Vor der Scheinhinrichtung auf dem Petersburger Semjonow-Platz im Dezember 1849 hatte Nikolaj Speschnjow Dostojewskijs Aufmunterung «Nous serons avec le Christ!» mit der Phrase gekontert «Un peu de poussière!» (vgl. oben S. 103). Hinter Speschnjow hatte Ludwig Feuerbachs anthropologische Wende gestanden – hinter Dostojewskij das Johannes-Evangelium: «Wer an mich glaubt, der wird leben, ob er gleich stürbe.» (Joh 11,25)

Kirillows Selbstmord ruft noch einmal den Geist der 1840er Jahre auf den Plan, dem Dostojewskij die Schuld am Terrorismus der «Söhne» gibt. Angesichts dieses Feindbildes, das vor allem im ersten Teil des Romans entfaltet wird, überrascht das Ende des alten Stepan Trofimowitsch, an dem der Autor bisher kein gutes Haar gelassen hatte. Auf dem Totenbett wird der eingefleischte Agnostiker zum reuigen Sünder. Über die Lektüre des Neuen Testaments findet er zurück zum Christentum. Das Mitleid des Autors mit Stepan Trofimowitsch entspringt durchaus keiner nachsichtigeren Haltung gegenüber den «Vätern». Vielmehr wird der versöhnliche Ausgang als Kontrast zum düsteren Ende Stawrogins benötigt. Stepan Trofimowitsch wird auf dem Totenbett im Sinne Lotmans zum «beweglichen» Helden. Er trifft eine Wahl und überführt dadurch die Lauheit seiner ästhetischen Existenz in die Wärme einer ethischen. Deshalb wird hier noch einmal das auf Stawrogin gemünzte Zitat aus der Apokalypse aufgerufen: «Ach, dass du kalt oder warm wärest!» Stawrogin bleibt zuletzt nur noch der Weg der von Teufeln besessenen Schweine aus dem Lukas-Evangelium (Lk 8,33), den Dostojewskij dem Roman als Motto voranstellt: «[...] und die Herde stürmte den Abhang hinunter in den See und ersoff».

Zu Dostojewskijs Lebzeiten sind «Die Dämonen» nur ein einziges Mal (1873) als Buch erschienen. Auch dort fehlt das 9. Kapitel des dritten Teils mit der schockierenden Beichte Stawrogins, die erst 1923 unter dem Titel «Bei Tichon» veröffentlicht werden konnte. Walter Benjamin erinnert dieses Kapitel an Lautréamonts 1869 erschienene «Gesänge des Maldoror», deren Held seine abgründige Lust bevorzugt an wehrlosen Kindern befriedigt.[80] Der Vergleich mit Lautréamont zeigt, als wie monströs selbst von einem Verächter kleinbürgerlicher Moral wie Walter Benjamin Stawrogins Beichte empfunden wird.

Die frühe Dostojewskij-Rezeption reagierte ähnlich. Dmitrij Mereschkowskij sieht in seinem Essay «Tolstoj und Dostojewskij» (1902) in Stawrogins Beichte etwas zur Darstellung gebracht, das «die Grenze der Kunst überschreitet, es ist zu lebendig» – so lebendig, dass sich dem Leser die bange Frage stelle, ob das Geschilderte auf die Beobachtungsgabe und Hellsichtigkeit oder am Ende nicht gar auf persönliche Erfahrungen des Autors zurückgehe.[81] 1923 greift die Freud-Schülerin Anna Kaschina-Jewreinowa bei ihrer Deutung der Figuren Stawrogins und Swidrigajlows ein schon zu Lebzeiten des Autors kursierendes Gerücht auf, dem zufolge

Dostojewskij nach einer feuchtfröhlichen Nacht ein zehnjähriges Mädchen missbraucht habe. Obwohl die Autorin die Grausamkeiten von Figuren wie Swidrigajlow und Stawrogin umstandslos und unbewiesen einer sadistischen Veranlagung Dostojewskijs selbst zuschreibt, räumt sie ein, dass besagtes Gerücht vor allem von Feinden des Autors wie Turgenjew gestreut wurde und deshalb Vorsicht angeraten sei.[82]

Zu Dostojewskijs Gegnern zählte zuletzt auch sein alter Weggefährte Nikolaj Strachow, der seit 1871 in ein immer engeres Freundschaftsverhältnis zu Lew Tolstoj getreten und im gleichen Maße auf Distanz zu Dostojewskij gegangen war. Während der Materialstudien für seine Dostojewskij-Biographie von 1883 – die erste überhaupt – erklärt Strachow in einem Brief an Tolstoj vom 28. November 1883, es koste ihn sehr viel Selbstüberwindung, Dostojewskijs Leben zu erzählen, habe dieser sich gegenüber einem Dritten doch damit gebrüstet, ein kleines Mädchen, das ihm dessen Gouvernante zugeführt haben soll, in einer Banja missbraucht zu haben.[83] Dostojewskij sei von allem Eklen und Gemeinen angezogen gewesen. Seine geradezu «tierische Wollust» habe in ihm jedes Gespür für weibliche Schönheit und Anmut erstickt. Überhaupt hätten sich seine hehren Ideen eklatant von seinen persönlichen Neigungen unterschieden.[84]

Die posthume Veröffentlichung dieses Briefes im Jahre 1913 rief die Witwe des Autors auf den Plan: «Was für eine unerhörte Verleumdung! Und dazu noch von wem? Unserem besten Freund, ständigen Gast und Trauzeugen, Nikolaj Nikolajewitsch Strachow, der mich nach Fjodor Michajlowitschs Tod darum gebeten hatte, ihn mit der Biographie Dostojewskijs und der posthumen Ausgabe seiner Werke zu betrauen!»[85] Anna Griogorjewnas Zorn ist verständlich, sieht sie durch Strachows üble Nachrede doch ihr Lebenswerk gefährdet, das der Vermehrung der Werke und vor allem des Nachruhms ihres Mannes gegolten hatte. Um Strachows finsteres Charakterporträt aufzuhellen, beteuert sie, was für ein grundgütiger Mensch ihr Gatte gewesen sei, wie vielen notleidenden Menschen er moralisch und materiell geholfen habe. Dass sie dabei stark überzieht, ist den Gesetzen der Heiligenlegende geschuldet, nach denen das Leben des guten, aber «armen Dostojewskij» als das eines Märtyrers schon von den Zeitgenossen rezipiert wird und die Strachow offensichtlich konterkarieren will.

Trotzdem ist Strachows Brief bis heute ein «wunder Punkt Dostojewskijs»[86] und zugleich eine offene Wunde der Dostojewskij-Biographik geblieben, auf die in der Forschung nicht immer mit zwingenden Argumenten reagiert wurde. Am wenigsten überzeugt der Einwand gegen Strachow, Dostojewskij habe das Leiden von Kindern so oft in den Brennpunkt seiner Erzählungen gestellt, dass es sich schon deshalb verbiete, ihm unlautere Absichten zu unterstellen.[87] Gegen dieses Argument und eher für Strachows Verdacht könnte Dostojewskijs auffallende literarische Vorliebe für Kindfrauen sprechen. Das gilt sowohl für minderjährige Prostituierte wie Lisa in den «Aufzeichnungen aus einem Kellerloch» und Sonja in «Schuld und Sühne» als auch für kleine Mädchen wie Nelli in den «Erniedrigten und Beleidigten», die von einem Maler als Cupido dargestellt wird «mit den hellen Löckchen, die sie damals hatte, in einem Musselinhemdchen, durch das ihr Körperchen durchschimmerte; und so reizend sah sie darauf aus, dass man sich nicht sattsehen konnte». Sehr wahrscheinlich haben auch solche «nymphophilen» Motive in seinem Werk[88] den Verdacht genährt bzw. das Gerücht bestärkt, Dostojewskij sei des gleichen Verbrechens fähig wie Stawrogin.

Den «Beweis» für sein hartes Urteil liefert Strachow zufolge Dostojewskijs literarisches Werk. Die «tierische Wollust» dieses Mannes trete schon in seinen Romanen zutage.[89] Gemeint sind die «Aufzeichnungen aus einem Kellerloch», «Schuld und Sühne» und «Die Dämonen». Hinter dieser Begründung steht die für einen Literaturkritiker – und Strachow war in Russland einer der Besten seines Fachs – aus heutiger Sicht befremdliche Unterstellung zumindest einer Teilidentität des literarischen Schöpfers mit seinen Geschöpfen. Besonders irritiert Strachow die Tatsache, dass Dostojewskij das von Katkow nicht zum Druck freigegebene Kapitel «Bei Tichon» nicht unter Verschluss gehalten, sondern «vielen Leuten vorgelesen» habe. Hier wird der Grund von Strachows Empörung greifbarer. Schon mit der minutiösen Schilderung von Stawrogins Missetat hat Dostojewskij gegen ein Tabu verstoßen. Indem er Stawrogins Beichte wiederholt vorliest, steigert er den Tabubruch, weil er das Böse benutzt, um seine eigene Meisterschaft in der Darstellung des Niedrigen und Niederträchtigen zu demonstrieren. In Strachows Vorwurf klingt ein auf das 18. Jahrhundert zurückgehendes Ressentiment gegen die Gattung des Romans und die von ihr ausgehende Gefährdung von Anstand und Moral an. Dass dieses Ressentiment bis in Dostojewskijs Zeit hinein nachwirkt, zeigt die Reaktion des Metropoliten von Sankt Petersburg, der es im Januar 1881 zunächst ablehnt, Dostojewskij auf dem Friedhof des Petersburger Alexander-Newskij-Klosters beisetzen zu lassen, weil «Dostojewskij nur ein einfacher Romanschreiber gewesen ist, der nichts Seriöses geschrieben hat»[90].

Ausgerechnet Iwan Turgenjew, der wie kein Zweiter dazu beigetragen hat, den Roman in Russland heimisch zu machen, fällt auf diese archaische Position zurück, wenn er sich 1882, ein Jahr nach Dostojewskijs Tod, darüber empört, «dass alle russischen Bischöfe für diesen unseren de Sade Seelenmessen abgehalten haben».[91] Es war nicht Dostojewskij, es ist Stawrogin, der erklärt, selbst der Marquis de Sade könne noch von ihm lernen.[92] Auch Turgenjew, der es eigentlich besser hätte wissen müssen, setzt das literarische Geschöpf mit seinem Schöpfer gleich. Sein Zorn noch auf den toten Dostojewskij war offenbar größer als die Bereitschaft zur Unterscheidung zwischen Wirklichkeit und Fiktion.

Fazit: Es gibt in Dostojewskijs Vita nicht den geringsten Beleg für ein Verbrechen à la Stawrogin. Die Heftigkeit der durch Strachows Brief an Tolstoj ausgelösten Debatte zeigt jedoch, wie provozierend weit sich Dostojewskij in Nachtzonen des Unbewussten vorgewagt hat, an denen gemessen die Schauerromane einer Ann Radcliffe oder eines Horace Walpole anmuten wie Kinderliteratur. Einmal mehr zeigt sich Dostojewskij hier in der Rolle eines Grenzgängers, dessen Texte «bis zum Äußersten [vorstoßen], bis zu einem Grade, den selbst die kühnste Phantasie nicht zu träumen wagte»[93]. Für seine Spielsucht gilt dies ebenso wie für seine intellektuellen Spiele als «Diskurszocker» und seine Expeditionen in die Welt der geheimsten Ängste und Begierden des Menschen. Schuldzuweisungen wie die von Strachow lassen sich psychologisch als Abwehr gefährlicher Phantasien deuten, die Dostojewskijs Werke beim Leser evozieren.[94] Dass solche Reisen ins «Herz der Finsternis»[95] nicht möglich sind, ohne tief in die eigene Seele hineinzublicken und zu -lauschen, gilt heute als psychoanalytische Binsenweisheit, die im 19. Jahrhundert jedoch nicht vorausgesetzt werden kann. Sonst wären die «Gesänge des Maldoror» nicht so lange Zeit literarische Kontrabande geblieben, sondern schon vor den Surrealisten Teil des Kanons geworden.

5

Ankünfte (1871–1876)

Die Heimkehr

«Das Allerwichtigste aber ist jetzt die Rückkehr nach Russland», schreibt Dostojewskij nach seiner letzten unglücklichen Wiesbadener Spieleskapade Ende April 1871 seiner Frau nach Dresden.[1] Die Hoffnung auf das große Glück beim Roulette hat sich endgültig zerschlagen. Der Schuldenberg ist in all den Jahren nicht kleiner geworden. Und Deutschland geht ihm auf die Nerven, besonders nach dem deutsch-französischen Friedensschluss vom Mai 1871. Hinzu kommt das bedrückende Gefühl, von den aktuellen politischen Vorgängen in Russland schon viel zu lange abgeschnitten zu sein. Am 1. Juli wird im Petersburger Justizpalast der Prozess gegen die Netschajew-Gruppe eröffnet, die im Fokus von Dostojewskijs neuem, noch unabgeschlossenem Roman «Die Dämonen» steht. Zudem ist Anna inzwischen im sechsten Monat schwanger und möchte ihr Kind diesmal unbedingt in Russland zur Welt bringen.

Ende Juni trifft vom «Russischen Boten» ein Scheck über 1000 Rubel ein. Das reicht knapp für die Begleichung offener Rechnungen und die Bahnfahrt nach Sankt Petersburg. Zwei Tage vor der Abreise aus Dresden lässt Dostojewskij seine Frau den Ofen anheizen und mehrere Manuskripte verbrennen, darunter die jeweils erste Fassung des «Idiot», des «Ewigen Gatten» und der «Dämonen». Als ehemaliger «Staatsverbrecher» und wegen seiner Genfer Kontakte zu Ogarjow steht er nach wie vor unter geheimpolizeilicher Beobachtung, weshalb er an der russischen Grenze mit schikanösen Kontrollen rechnet, die er sich und seiner

Familie ersparen möchte. Am 2. Juli (20. Juni) 1871 nehmen die Dostojewskijs den Nachtzug von Dresden nach Berlin, wo sie am nächsten Morgen in den Zug nach Petersburg umsteigen. Am ostpreußischen Grenzbahnhof Wirballen wird das Gepäck einer peniblen Kontrolle unterzogen, die Ljubow, dem knapp zweijährigen Töchterchen der Dostojewskijs, entschieden zu lange dauert. Nach achtundvierzigstündiger Fahrt übermüdet und hungrig, beginnt sie ein so furchtbares Geschrei, dass die russischen Zollbeamten das Filzen der Koffer genervt abbrechen und die Familie passieren lassen.

In Petersburg kommt man zunächst in zwei «widerlichen chambres-garnies [...] mit widerlichen jüdischen Wirtsleuten» (18. 7. 1871) nahe beim Jusupow-Park unter, dessen Grün die Petersburger Sommerhitze erträglicher macht. Hier wird am 16. Juli 1871 Fjodor Fjodorowitsch, der erste Sohn der Dostojewskijs, geboren. Die nächsten Wochen vergehen mit Besuchen von oder bei Verwandten und Freunden, Behördengängen und der Wiederbeschaffung von Hausrat. Alles, was sie vor ihrer Abreise aus Russland besessen hatten, einschließlich der Bibliothek, ist verdorben, verloren gegangen oder wurde von Stiefsohn Pascha, der inzwischen dreiundzwanzig ist, beruflich aber nicht Fuß fassen kann und ständig Geld braucht, verhökert.

Ende Juli reist Dostojewskij nach Moskau, um mit Katkow den Fortgang der Veröffentlichung der «Dämonen» sowie Honorarfragen zu besprechen. Kurz darauf trifft vom «Russischen Boten» eine weitere Tranche von 300 Rubel ein, die der Familie im August den Umzug in eine Vier-Zimmer-Wohnung an der ruhigen Serpuchow-Straße in der Nähe des Technologischen Instituts ermöglicht. Die Einrichtung des neuen Heims organisiert Anna, indem sie einen Händler überredet, den Preis von 4000 Rubel für das komplette Mobiliar der Wohnung per Ratenzahlung zu akzeptieren.[2]

Im September 1871 berichtet eines der zahlreichen Petersburger Blätter, dass der bekannte Schriftsteller Fjodor Dostojewskij nach vierjähriger Abwesenheit wieder in Petersburg Wohnsitz genommen habe. Damit beginnt ein Drama, das Anna als «Kampf gegen die Gläubiger» bezeichnet.[3] Die Lebenshaltungskosten in Russland sind seit den sechziger Jahren stark gestiegen, besonders in den großen Städten. Schon für den Unterhalt der vierköpfigen Familie reicht das Honorar des «Russischen Boten» kaum aus. Dostojewskijs Hoffnung auf eine größere Summe aus dem Erbe von Alexandra Kumanina haben sich vorerst ebenso zerschlagen wie die auf eine Entschädigung durch den Verleger Stellowskij, der wegen unerlaubter Publikation von Dostojewskijs Werken zu einer Konventionalstrafe verurteilt worden war. Der Kumanina-Prozess kommt nicht vom Fleck, Stellowskij ist pleite, und das Petersburger Mietshaus, mit dessen Erbe Anna gerechnet hatte, ist wegen angeblicher Steuerrückstände inzwischen versteigert worden.

Im April 1871 hatte Apollon Majkow beim Literaturfonds einen Unterstützungskredit für Dostojewkij von 400 Rubel beantragt, der es dem Autor ermöglichen sollte, seine Interessen in der Causa Stellowskij vor Ort wahrzunehmen. Doch Dostojewskij, früher eines der aktivsten Mitglieder des Fonds, hatte dieser Idee wenig abgewinnen können. Heutzutage, hatte er dem Freund geschrieben, müsse man Nihilist sein, um eine Chance auf Unterstützung durch den Literaturfonds zu bekommen, während die materielle Not eines Schriftstellers nicht mehr zähle (13. 4. 1871). Dostojewskij weiß natürlich, dass es weniger um seine materielle Lage geht als um die Vorbehalte des politisch überwiegend linksorientierten Fonds gegen einen politischen Konvertiten wie ihn. Vor diesem Hintergrund hat es eine beträchtliche Signalwirkung, dass er im Januar 1873 vom Großfürsten Alexander Alexandrowitsch, dem späteren Zaren Alexander III., eine finanzielle Zuwendung erhält, die der Begünstigte vage als «erhebliche Summe» bezeichnet (4. 2. 1872). Die kaiserliche Finanzspritze ermöglicht es ihm, die drängendsten Kreditforderungen zu erfüllen, und sie bringt ihn in direkten und dauerhaften Kontakt zum Zarenhof. Alexander Puschkin, dem Übervater der russischen Literatur, wäre so viel Nähe zum «Feld der Macht» peinlich gewesen. Dostojewskij dagegen sucht sie geradezu ostentativ. Die Krone ist für ihn das Symbol der Russland einzig angemessenen Staatsform, nämlich der Selbstherrschaft. Am 10. Februar 1873 schickt er dem Kronprinzen ein Exemplar der «Dämonen» mit den Begleitworten:

> Mir schmeichelt und mich beflügelt die Hoffnung, dass Sie [...], der künftige Führer und Herrscher des russischen Landes, ein wenn auch noch so geringes Maß an Aufmerksamkeit meinem, wie ich weiß, schwachen, aber gewissenhaften Versuch zuwenden, in künstlerischer Form eine der gefährlichsten Plagen unserer gegenwärtigen Zivilisation darzustellen, einer

seltsamen, unnatürlichen und wurzellosen, in Russland jedoch bis heute tonangebenden Zivilisation.

Vermittelt hatte den Kontakt zur Krone der junge, erzkonservative, mit dem Thronfolger befreundete und von Dostojewskijs Werk tief beeindruckte Fürst Wladimir Meschtscherskij. Die Zuwendung des Kronprinzen befreit die Dostojewskijs von den drängendsten Geldsorgen, aber nicht von allen. Nach wie vor müssen sie auf Pump leben und wird der Gang zur Pfandleihe wieder zur Alltagsroutine. Ein ums andere Mal bitten sie um Stundung der Miete. Und immer wieder können sie finanzielle Forderungen nur durch Umschuldungsaktionen befriedigen. Ende 1872 bietet sein neuer Gönner, Fürst Meschtscherskij, Dostojewskij den Posten eines verantwortlichen Redakteurs seiner konservativen Zeitschrift «Der Staatsbürger» (Graschdanin) an. Dafür stellt er ein Jahresgehalt von 3000 Rubel plus Extrahonorare für eigene Beiträge Dostojewskijs in Aussicht. Im Vergleich zu den Einkünften der letzten Jahre grenzt diese Summe an Reichtum. Doch das scheint nur so. Anna beziffert ihre damaligen jährlichen Ausgaben mit rund 3000 Rubel, von denen ein Drittel auf die Miete entfällt. Geht man zudem davon aus, dass auch nach dem Geldgeschenk der Krone noch alte Rechnungen aus der Zeit vor der Europareise zu begleichen waren, dann wird klar, weshalb die Dostojewskijs einen alles andere als repräsentativen Lebensstil pflegen. Jakow Bretzel, Dostojewskijs Hausarzt, nennt die Wohnungseinrichtung der Familie «mehr als bescheiden».[4] Nicht ohne Neid registriert Dostojewskij, unter wie viel komfortableren Bedingungen der Maler Wassilij Perow wohnt, der ihn im Frühjahr 1872 im Auftrag des Moskauer Kaufmanns Pawel Tretjakow porträtiert und mit seinem berühmten Bild *die* Dostojewskij-Ikone schlechthin geschaffen hat. Dostojewskij schätzt, dass Perow allein für seine Wohnung wenigstens 2000 Rubel pro Jahr ausgeben muss.[5]

Ab Mai 1872 verbringen die Dostojewskijs die Sommermonate im Solbad Staraja Russa am Ilmensee. Zum einen weil die Luft hier besser ist als in der stickigen Hauptstadt und die Bäder besonders den Kindern gut bekommen, zum anderen weil Dostojewskij hier ungestört arbeiten kann, schließlich aber auch weil Wohnungen in der Provinz Nowgorod, zu der Staraja Russa gehört, erheblich billiger sind als in Petersburg. Das dortige Winterquartier der Familie wird deshalb immer zum Sommeranfang gekündigt. Heute gelangt man mit der Bahn von Petersburg nach Staraja Russa in wenig mehr als einer Stunde. Bis zum Anschluss des Städtchens an das russische Eisenbahnnetz im Jahre 1878 braucht es dafür mehr als einen Tag: Zuerst geht es mit dem Zug nach Nowgorod, dann mit dem Dampfer über den Ilmensee bis zur Mündung des Flusses Polist, von wo aus im Sommer, also bei Niedrigwasser, mit der Kutsche noch einmal eine Strecke von rund dreißig Kilometern zurückzulegen ist. Bei besonders niedrigem Wasserstand werden die Passagiere von «kräftigen Bauernweibern» huckepack durchs Wasser zu einem Kahn getragen, der sie zu dem im See ankernden Dampfer bringt.[6] Nur bei höherem Wasserstand des Flusses ist die Stadt vom Ilmensee aus direkt mit dem Dampfer erreichbar. Im Winter verkürzt sich die Reisezeit um ein paar Stunden, weil man den zugefrorenen Ilmensee dann im Pferdeschlitten überqueren kann.

Im Herbst 1872 kehrt die Familie nach Petersburg zurück und mietet eine Fünf-Zimmer-Wohnung in der Nähe des vorherigen Quartiers beim Technologischen Institut. Dostojewskij sitzt inzwischen an den Abschlussarbeiten der «Dämonen» und hat Ärger mit der Redaktion des «Russischen Boten», die sich weigert, das heikle Kapitel «Bei Tichon» mit Stawrogins Beichte zu veröffentlichen, obwohl Dostojewskij sich Mühe gegeben hatte, den Text zu glätten. Wegen der Unnachgiebigkeit der Redaktion, die sich im Übrigen auch weigert, die Druckbögen des inkriminierten Kapitels in die Berechnung des Honorars miteinzubeziehen, kühlt die Beziehung zwischen Katkow und Dostojewskij merklich ab. Als Trost bleibt den Dostojewskijs, dass sich die erste Buchausgabe der «Dämonen», deren Druck und Vertrieb Anna über Kommissionsverkauf seit Januar 1873 organisiert, gut verkauft.[7] Und so beschließt das Ehepaar, auch andere Werke Dostojewskijs – nach der in Russland üblichen Erstveröffentlichung in einer der «dicken Zeitschriften» – künftig in Eigenregie zu vermarkten.

Ebenfalls im Januar 1873 tritt Dostojewskij seine Stelle als leitender Redakteur des «Staatsbürgers» an. Dass er Meschtscherskijs Angebot angenommen hat, war weniger finanziell als durch die Aussicht motiviert, sich nach der anstrengenden Arbeit an den «Dämonen» eine

schöpferische Pause zu gönnen und neben der Redaktionsarbeit ein neues Romanprojekt vorzubereiten. Dies allerdings sollte sich bald als Illusion erweisen. Hatte er ursprünglich geglaubt, mit zwei Stunden Präsenzdienst im Redaktionsbüro auszukommen, so erweist sich die neue Tätigkeit schon bald als Ganztagsjob. Immer wieder bekommt er Manuskripte auf den Tisch, auf deren Veröffentlichung Meschtscherskij dringt, die jedoch so miserabel geschrieben sind, dass Dostojewskij Stunde um Stunde damit zubringt, halbwegs lesbare Texte daraus zu machen. Hinzu kommt, dass er beim «Staatsbürger» zum Mädchen für alles wird. Korrespondenz, Finanzen, Druckaufträge, der Verkehr mit der Zensurbehörde – alles bleibt an ihm hängen. Schon nach wenigen Wochen beginnt Dostojewskij die neue Arbeit zu hassen. Zusätzlichen Ärger bekommt er wegen der Veröffentlichung eines Artikels von Meschtscherskij, in dem der Fürst aus einer Rede des Zaren zitiert hat. Laut Russischem Strafgesetzbuch ist das verboten. Für diesen Frevel

Iwan Kramskoj: Christus in der Wüste (1872, Staatliche Tretjakow-Galerie Moskau)

Wassilij Perow: Porträt Dostojewskijs (1872, Staatliche Tretjakow-Galerie Moskau)

muss nicht Meschtscherskij, sondern Dostojewskij geradestehen. Als verantwortlicher Redakteur wird er zu zwei Tagen Arrest verurteilt, für den ihm jedoch ein Fristaufschub gewährt wird.

Dostojewskijs Briefe aus dieser Zeit sind voller Klagen über den täglichen Ärger im Büro und seine Überlastung: «Mit der Druckerei immer die gleichen widerlichen, banalen Scherereien.» (22. 6. 1873) – «Herrgott, ich bin halbtot und könnte umfallen.» (5. 7. 1873) – «Ich sitze hier und bin verzweifelt. Dabei müsste ich unbedingt den Artikel schreiben.» (10. 7. 1873) Sein Frust ist umso größer, als die Arbeit ihn im Sommer 1873 wiederholt nötigt, zwischen Staraja Russa und Petersburg zu pendeln und dabei oft auf mehr als eine Woche von Frau und Kindern getrennt zu sein. Immerhin verdanken wir diesem Umstand eine Reihe nächtlicher Briefe, in denen sich Dostojewskij als besorgter Familienvater und sich in Sehnsucht nach seiner Frau verzehrender Gatte zeigt:

> Übrigens, mein Liebchen, bräuchte ich Dich im Augenblick gerade sehr dringend. Du verstehst? Stimmt es, dass Du von mir träumst? Vielleicht nicht von mir. Ich küsse Deine Füßchen und *alles*. Küsse Dich sehr. (12.7.1873)
>
> Ich möchte Dich jetzt schrecklich, schrecklich gern sehen, trotz des Fiebers, das mich in *einer* Hinsicht sogar erleichtert, denn es verdrängt ... (26.7.1873)

Trotz aller Belastungen kann sich Dostojewskij dank seiner neuen Tätigkeit den lange gehegten Wunsch erfüllen, selbst wieder publizistisch tätig zu werden. Ab Januar 1873 erscheint im «Staatsbürger» sein «Tagebuch eines Schriftstellers», das an die lockere Textur der «Winteraufzeichnungen» und deren Vorbild, Alexander Herzens Feuilletonsammlung «Vom anderen Ufer» (1850), anknüpft. Mit seinen bisherigen Petersburger Romanen, besonders den «Dämonen», hatte Dostojewskij sich klar im Lager der russischen Nationalkonservativen positioniert. Auch die Zusammenarbeit mit dem erzkonservativen Fürsten Meschtscherskij stellt ein politisches Signal dar. Entsprechend ätzend reagiert die linke und liberale Presse auf die «Dämonen» und das «Tagebuch eines Schriftstellers», dessen erste Kapitel sich kritisch mit Hausgöttern der Linken wie Belinskij und Tschernyschewskij auseinandersetzen. Dass Dostojewskij dann auch noch Mitglied des von Moskauer Slawophilen gegründeten «Slawischen Wohltätigkeitskomitees» wird, das seine Aufgabe darin sieht, die von den Osmanen unterdrückten südslawischen Brüder durch kostenloses religiöses Schrifttum in ihrem orthodoxen Glauben zu bestärken, wird von der Linken äußerst kritisch verfolgt. Das gilt auch für seinen Eintritt in die von der russischen Kirche unterhaltene «Gesellschaft der Liebhaber geistlicher Aufklärung», die sich eigentlich der wissenschaftlichen Erforschung des russisch-orthodoxen Schrifttums widmen soll, tatsächlich jedoch vor allem die Abwehr aufklärerischen westlichen Gedankenguts, also eine Art Gegenreformation, zum Ziel hat.

Am 21. und 22. März 1874 tritt Dostojewskij auf einer Petersburger Wache seine Haftstrafe an. Die Revierbeamten behandeln ihn zuvorkommend und gestatten Anna, ihn mit Essen und Kleidung zu versorgen. Das Wohlbefinden des Häftlings wird gesteigert durch die endlich wieder einmal ungestörte Lektüre von Victor Hugos «Les Misérables» und vor allem dadurch, dass mit dieser zweitägigen Zwangspause zugleich sein Dienst bei Meschtscherskij beendet ist. Dostojewskij ist frei, sowohl von den Allüren des Fürsten als auch für neue literarische Projekte. Wohl nicht ganz zufällig läutet es zwei Wochen später an seiner Tür, und auf der Schwelle steht Nikolaj Nekrassow, der seit 1868 die «Vaterländischen Annalen» herausgibt. Nekrassow ist nach wie vor bekennender Linker. Aber der kaufmännische Instinkt war bei ihm schon immer mindestens ebenso stark ausgeprägt wie der politische. Als Herausgeber ständig auf der Suche nach Beiträgen, erkundigt er sich nach Dostojewskijs Bereitschaft, sein nächstes Werk in den «Vaterländischen Annalen» zu publizieren, die in den 1840er Jahren einmal Dostojewskijs literarische Heimat gewesen waren. Als Honorar stellt er 250 Rubel pro Druckbogen und einen großzügigen Vorschuss in Aussicht.

Dostojewskij, dem Katkow zuletzt für die «Dämonen» 150 Rubel pro Bogen gezahlt hat, weiß nicht, wie er reagieren soll. Er bittet um zwei Wochen Bedenkzeit und fährt nach Moskau, um sich mit Katkow zu beraten. Der zeigt sich nach einigem Zögern bereit, ebenfalls 250 Rubel zu zahlen, einen Vorschuss jedoch könne er diesmal leider nicht gewähren. Den Grund erfährt Dostojewskij einige Monate später, als die Presse berichtet, Lew Tolstoj habe für die Publikation von «Anna Karenina» im «Russischen Boten» ein Bogenhonorar von 500 Rubel bekommen. Dostojewskij ist tief gekränkt: «Mir 250 Rubel zu zahlen, konnten sie sich auf Anhieb nicht entschließen, *Tolstoj* dagegen haben sie bereitwillig 500 gezahlt! Nein, man achtet mich schon allzu gering, nur weil ich von meiner Arbeit lebe.» (20. 12. 1874) Besorgt, Dostojewskij als Stammautor zu verlieren, bessert Katkow seine Offerte nach und stellt nun ebenfalls einen Vorschuss in Aussicht. Aber das kommt zu spät. Dostojewskij ist bereits mit Nekrassow handelseinig geworden. Die Enttäuschung darüber, dass Katkow in den «Dämonen» das Kapitel «Bei Tichon» gestrichen hatte, dürfte ihm die Entscheidung erleichtert haben.

Auf einen Vorschuss legt Dostojewskij diesmal besonderen Wert, weil ein Petersburger Spezialist seinen chronischen Husten und die ständige Heiserkeit inzwischen als Symptome eines Lungenemphysems diagnostiziert hat. Nach einer wenig erfolgreichen Sauerstofftherapie empfehlen die Ärzte einen mehrwöchigen Aufenthalt im hessischen Bad Ems an der Lahn, wo sich seit einigen Jahren die europäische Hautevolee zum Kuren trifft, darunter Zar Alexander II. und Kaiser Wilhelm I. Entsprechend teuer und knapp sind die Hotelzimmer. Am 9. (21.) Juni 1874 tritt Dostojewskij die Reise nach Bad Ems an, ohne seine Familie. Wie immer muss er in Berlin Station machen, das er wie immer abscheulich findet. Die Petersburger Ärzte hatten ihm empfohlen, an der Spree als medizinische Kapazität die «Leuchte der deutschen Wissenschaft» Prof. Friedrich Theodor von Frerichs zu konsultieren (27. 6. 1874). Da er an einem Sonntag eintrifft und nicht damit gerechnet hat, dass dieser Tag im arbeitswütigen Deutschland gesetzlicher Feiertag ist, muss er sich bis zum Montag gedulden. «Die Deutschen», berichtet er seiner Frau, «waren zum Sonntag alle auf der Straße und im Feiertagsstaat – ein grobes und ungeschlachtes Volk.» Um den groben Deutschen auf der Promenade Unter den Linden zu entkommen, flüchtet Dostojewskij auf die Museumsinsel, wo ihn einmal mehr die historischen Fresken Wilhelm von Kaulbachs im Vestibül des Neuen Museums missfallen («Nichts als kalte Allegorie!»). Andererseits entdeckt er jetzt in der Gemäldegalerie die Alten Meister, die er bei früheren Berlin-Aufenthalten übersehen hatte und die ihm nun immerhin ein «nicht übel» entlocken. Die Untersuchung durch Professor Frerichs am nächsten Tag kostet drei Taler und dauert zwei Minuten. Der ärztliche Rat lautet: «Ems!» So viel hatte Dostojewskij schon in Petersburg gewusst.

Ein Nachtzug bringt ihn nach vierzehnstündiger Fahrt über Potsdam, Kassel und Wetzlar ans Ziel seiner Reise. In der Regel hat Dostojewskij kein Auge für Landschaften. Doch über die Fahrt durch das hessische Mittelgebirge schreibt er Anna nach seiner Ankunft begeistert:

> Was ist die Schweiz, was die Wartburg (Du erinnerst Dich?) im Vergleich zu dieser letzten Hälfte des Weges! Alles, was man sich an Bezauberndem, Zartem, Phantastischem in einer Landschaft nur denken kann, der hinreißendsten auf der Welt – Hügel, Berge, Schlösser, Städte wie Marburg, Limburg mit reizenden Türmen, in erstaunlichem Wechsel von Bergen und Tälern – nichts dergleichen habe ich bisher je gesehen [...].» (12. 6. 1874)

Der Reiz der Landschaft wird schon bald überschattet von den horrenden Logierpreisen. Ein normales Hotel kann sich Dostojewskij in Bad Ems nicht leisten. Er muss mit einer nahe am Bahnhof gelegenen Pension vorliebnehmen, die sich großspurig «Hôtel de Flandre» nennt, obwohl in dem winzigen Zimmer als Kleiderablage nur drei Nägel in der Wand dienen. Nach drei Wochen wird er in eine näher an den Brunnen gelegene Pension umziehen.

Über sein körperliches Befinden – Schlaf, Verdauung, Atemwegsbeschwerden, epileptische Anfälle – führt Dostojewskij akribisch ein «Tagebuch der Kur in Ems 1974»[8]. Anfangs zeitigen die Emser Brunnen nicht die geringste Wirkung. Im Gegenteil, Husten und Heiserkeit verschlimmern sich sogar. Erst die ärztlich verordnete Umstellung von «Emser Kesselbrunnen» auf «Emser Kränchen» in Verbindung mit einer Erhöhung des täglichen Milchquantums bewirkt eine leichte Verbesserung der katarrhalischen Beschwerden. Trotzdem fühlt Dostojewskij sich unwohl. Seine Germanophobie verwandelt den lieblichen Kurort schon nach wenigen Tagen in «ein widerliches Loch. Was für ein Publikum, was für blöde Visagen! Was für gemeine Deutsche!» (28. 6. 1874) Aber auch die Russen hier sind nicht besser. Ihr schlechtes Französisch ist einfach nur peinlich, und ihre naive Bewunderung für alles Europäische grenzt an Vaterlandsverrat. Er hat kaum Kontakte zu anderen Kurgästen, russische Zeitungen sind Mangelware, die Arbeit am neuen Roman kommt nicht vom Fleck, vor allem aber leidet er unter der Trennung von Anna:

> Abends und wenn ich schlafen gehe, denke ich (dies aber nur unter uns!) voller Qual an Dich. Ich umarme Dich im Geiste und küsse Dich in meiner Phantasie *ganz* (verstehst Du?). (16. 6. 1874)
>
> Ich küsse Dich ganz fest, und was die unanständigen Träume betrifft, mein Liebchen: Wenn Du wüsstest, was für welche ich habe! (6. 7. 1874)

Erst nach einem Monat verspürt Dostojewskij die kräftigende Wirkung der Kur. Die Atembeschwerden sind deutlich geringer geworden.[9] Dies gilt nach sechs Wochen Ems allerdings auch für seine finanziellen Mittel. Am 6. August tritt er die Heimreise an. Gern hätte er noch einen Abstecher nach Paris gemacht. Doch dafür reicht das Geld nicht. Er begnügt sich mit einer Fahrt nach Genf, wo sein 1868 verstorbenes Töchterchen auf dem Friedhof Plain Palais die letzte Ruhestätte gefunden hat. Von der Zypresse an Sofijas Grab nimmt er einige Zweige mit nach Russland.[10]

Anfang August 1874 trifft er wieder in Staraja Russa ein, wo die Familie eigentlich nur bis zum September hatte bleiben wollen. Doch Anna schlägt ihm vor, in diesem Jahr auf eine Winterwohnung in Petersburg

Bad Ems, Blick von der Bismarckpromenade (um 1900)

zu verzichten und bis zum Herbst des kommenden Jahres in Staraja Russa zu bleiben. Mieten und Lebenshaltungskosten seien hier, allemal außerhalb der Saison, deutlich niedriger als in Petersburg, und außerdem könne er in Staraja Russa in aller Ruhe an seinem Roman arbeiten. Dostojewskij sträubt sich zunächst, lässt sich aber bald überzeugen. Schließlich soll das neue Werk schon ab Januar 1875 in den «Vaterländischen Annalen» erscheinen, und bisher hat er noch nicht mal ein halbwegs tragfähiges Konzept. Erste Überlegungen hatte er zwar schon im Februar zu Papier gebracht. Die eigentliche Planungsphase, bei Dostojewskij wie stets wichtiger und oft arbeitsintensiver als die unmittelbare Textarbeit, hat jedoch erst in Bad Ems begonnen. Da die Skizzenhefte zum «Jüngling» erhalten sind, lässt sich nicht nur die Entstehungsgeschichte des neuen Werks fast lückenlos rekonstruieren, sondern bekommt man auch gute Einblicke in Dostojewskijs literarische Werkstatt.

Werden und Scheitern eines Kapitalisten: «Der Jüngling»

Zunächst hat Dostojewskij vor, auf sein altes Projekt «Das Leben eines großen Sünders» zurückzukommen. In dessen Mittelpunkt steht ein Russe, der «im besten Alter plötzlich den Glauben und Gott verliert» und nun unterschiedlichsten ideologischen Strömungen der Zeit folgt wie Atheisten, Slawophilen, Westlern, russischen Sekten und sogar den Jesuiten, bis er schließlich zu «Christus und der russischen Erde, zum russischen Christus und zum russischen Gott findet» (23.12.1868). Metaphysisch gewendet ist dies eine Variante des Gleichnisses vom verlorenen Sohn, der sich von seinem (Gott)Vater lossagt, um zuletzt reumütig zu ihm zurückzukehren. Im «Jüngling» wird die Erzählung vom verlorenen Sohn auf den Kopf gestellt. Hier verlässt nicht der Sohn (Arkadij) den Vater (Wersilow), sondern dieser den Sohn. Neben die Vita des großen Sünders tritt dann jedoch bald die Idee eines «Romans über Kinder, nur über Kinder und einen kindlichen Helden»[11]. Der neue Plan hat seinen realen Hintergrund in einer breiten öffentlichen Debatte der 1870er Jahre über die Rolle jugendlicher Straffälliger. Dostojewskij bittet im Frühjahr 1874 den einflussreichen Juristen Anatolij Koni, ihm einen Besuch in einer Haftanstalt für Jugendliche zu ermöglichen, der dann allerdings erst im Dezember 1875 stattfindet. Mit dem Jugendthema, das später ins «Jünglingsthema» mündet, gerät das Romankonzept ins Spannungsfeld der aktuellen gesellschaftspolitischen Debatten, an denen Dostojewskij als Redakteur und Autor der Zeitschrift «Der Staatsbürger» 1873/74 selbst wesentlichen Anteil hatte. In der frühen Entwurfsphase steht aber zunächst nicht der Jüngling, sondern dessen – wie Gott in Majuskeln stets nur als «ER» bezeichneter – Vater im Vordergrund.

Erst gegen Ende seines Kuraufenthalts beschließt Dostojewskij, den «Knaben», also den Sohn als Vertreter der jungen Generation, ins Zentrum der Handlung zu stellen. Diese Neuausrichtung verbindet er mit einem weiteren politischen Themenkomplex dieser Zeit, nämlich dem Prozess gegen die «Dolguschinzen», eine Gruppe junger Männer, die zu Beginn der 1870er Jahre in Petersburg, später in der Moskauer Region bei Industriearbeitern und Bauern für eine gerechte Landverteilung, für uneingeschränkte Bewegungsfreiheit auch der unteren Stände (Abschaffung des Passzwangs) und gegen die allgemeine Wehrpflicht agitierte. Zu diesem Zweck verfügte die Organisation über eine Geheimdruckerei, mittels deren sie revolutionäres Schrifttum verbreitet hatte, so unter anderem Alexander Dolguschins Flugschrift «An die Intellektuellen». Im Herbst 1873 war die Dolguschin-Gruppe aufgeflogen, und im Sommer 1874, zeitgleich mit den frühen Entwurfsarbeiten für den «Jüngling», läuft der Prozess gegen sie. In der russischen Presse finden die Verhandlungen große Beachtung, weil Dolguschin schon im Zusammenhang mit der Netschajew-Affäre vor Gericht gestanden hatte, jedoch aus Mangel an Beweisen freigesprochen worden war. An der Wand von Dolguschins Zimmer hatte die Polizei den als revolutionären Wahlspruch verstandenen Satz des Hippokrates entdeckt «Quae medicamenta non sanant, ferrum sanat; quae ferrum non sanat, ignis sanat.» (Was Arzneien nicht heilen, heilt das Eisen [Messer]; was das Eisen nicht heilt, heilt das Feuer.) Dolguschin kannte das Zitat als Motto von Schillers «Räubern». Im «Jüngling» schallt dieser Satz dem Helden Arkadij entgegen, als er zum ersten Mal die Wohnung des Revolutionärs Dergatschow betritt.

Unabhängig von den während der Arbeit am Roman wechselnden Konfigurationen bildet von den ersten Entwürfen an «die Idee der Zersetzung», der Auflösung aller überlieferten Ordnungen Russlands im Zeichen der Moderne, insbesondere der Herrschaft des Geldes, die semantische Basis des Romans. Schon in den «Dämonen» hatte Dostojewskij die «allgemeine Unordnung» in das Modell der «Zeit der Wirren» (smuta) als das – nach dem Tatarenjoch – bislang schlimmste historische Trauma Russlands übersetzt. Im «Jüngling» wird dieses Modell in zwei Richtungen entfaltet: gesellschaftlich als Entwicklung des russischen Kapitalismus und seiner Auswirkungen auf die Familie, psychologisch als (scheiternde) Genese des kapitalistischen «Raubtier-Typus».

Im Mittelpunkt der Handlung steht der zwanzigjährige Ich-Erzähler Arkadij Dolgorukij, der durch die autobiographische Schilderung seiner etwa ein Jahr zurückliegenden «ersten Schritte auf dem Schauplatz des Lebens» sich seiner selbst vergewissern möchte. Arkadij ist der illegitime Sohn des westlich gebildeten, einst vermögenden, jetzt aber verarmten Gutsbesitzers Andrej Wersilow und dessen früherer Magd Sofija (Sonja) Dolgorukaja. Diese ist formell mit dem Gärtner Makar Dolgorukij verheiratet, einem würdigen Greis, dem Wersilow seine Frau seinerzeit für 3000

Rubel regelrecht abgekauft hatte. Makar, der als frommer Gottesknecht durch Russland pilgert und sich nur selten daheim blicken lässt, war auf diesen Handel eingegangen, nicht etwa aus Habsucht, sondern weil er kein Hindernis für Sonjas Leidenschaft sein wollte, vor allem aber weil er Wersilows unberechenbares Wesen kennt und mit diesem Geld Vorsorge für den Fall treffen wollte, dass Wersilow seine Partnerin verlässt oder das Zeitliche segnet.

Arkadij wird in einem Moskauer Adelspensionat erzogen, wo er von Lehrern und Mitschülern, am schlimmsten von einer Charles-Dickens-Figur namens Lambert, gequält und gedemütigt wird. Erst mit neunzehn, an der Schwelle also zum Erwachsensein, lernt er seinen leiblichen Vater Wersilow näher kennen, den er zuvor nur ein einziges Mal von ferne zu Gesicht bekommen hatte. Die Geschichte dieser Vater-Sohn-Beziehung bildet als Abfolge von Geständnissen und Mystifikationen, vertraulichen Aussprachen und hitzigen Auseinandersetzungen, Versöhnungen und neuen Zerwürfnissen das Rückgrat der weiteren Erzählung. Parallel und quer dazu rollt eine Fülle verwickelter Nebenhandlungen ab, die das Erwachen der erotischen Gefühle des Helden, seine Kontakte zu einer revolutionären Gruppe um den Techniker Dergatschow, seine Ausflüge in die Welt des Glücksspiels, die Begegnung mit seinem nominellen, in spiritueller Hinsicht jedoch eigentlichen Vater Makar Dolgorukij sowie zahlreiche Intrigen jenseits des Aktionsradius des Helden beinhalten, in denen es meistens um Geld geht.

Arkadij verzichtet nach der Reifeprüfung auf ein Universitätsstudium, weil er andere Pläne hat. Er will reich werden – «nicht bloß reich, sondern genauso reich wie Rothschild». Zu diesem Zweck verordnet er sich ein asketisches Sparprogramm, das von mönchischer Ernährung bis hin zu einer speziellen Gehtechnik reicht, die seinen Jahresverschleiß an Stiefelabsätzen durch behutsames Auftreten um ein Drittel senken soll. Darüber hinaus will er sich in die Gesetze der Marktwirtschaft vertiefen. Die erste Lektion darin erteilt ihm eine Versteigerung, wo er zum Schätzpreis von zwei Rubel ein altes Poesiealbum ersteht, an dem sich ein Bieter höchst interessiert zeigt, der zu spät zur Auktion gekommen ist. Arkadij verlangt zehn Rubel für das Stück, was der andere angesichts des niedrigen Schätzpreises unanständig findet. «Wieso unanständig?!», kontert Arkadij. «Das ist Markt. Wo Nachfrage ist, da ist Markt. Wären Sie nicht interessiert gewesen – keine vierzig Kopeken hätte ich dafür bekommen.» Als Vorbild dient Arkadij jener Bucklige, der anlässlich der knapp befristeten Emission von Aktien des berüchtigten Bankiers John Law, die 1716 in Paris eine hysterische Massennachfrage auslöste, in Ermangelung eines Tisches zum Zeichnen der Aktien gegen eine geringe Gebühr seinen Rücken als Schreibunterlage zur Verfügung stellte. Wenig später meldete Law Bankrott an, seine Aktien wurden wertlos, und als einziger Profiteur erwies sich der Bucklige. Genauso möchte auch Arkadij es machen, indem er Risiken vermeidet und sich mit kleinen, aber sicheren Gewinnen begnügt. Dafür sei «Hartnäckigkeit im Erwerb und vor allem in der Akkumulation von Geld wichtiger als momentane Profite, selbst solche mit einer Marge von hundert Prozent.»

Hinter Arkadijs Rothschild-Idee steht derselbe Wille zur Macht wie bei Puschkins «geizigem Ritter». Der höchste Genuss von Macht besteht in ihrer Virtualität: Macht also als Möglichkeit, Genuss als Bewusstsein des eigenen Könnens. Hierfür allerdings braucht es den Ausstieg aus der Gesellschaft und den Rückzug in einen «Winkel», der gegen fremde Einblicke und Eingriffe geschützt ist. Was er eigentlich suche, sei «Freiheit» und «Ruhe», erklärt Arkadij einem Freund und offenbart damit einen weiteren romantischen Zug seines Projekts. In Michail Lermontows Gedicht «Einsam tret ich auf den Weg, den leeren» (1841), einem der populärsten Texte der russischen Romantik, sind es ebenfalls «Freiheit» und «Ruhe», nach denen sich das weltmüde lyrische Ich sehnt.[12] Freiheit und Ruhe bzw. «Einsamkeit und Macht» allerdings bedeuten den Abbruch jeglicher Kommunikation. Arkadij ist jedoch viel zu sehr Russe, um nicht darunter zu leiden, dass er sich «selbst mit nahestehenden Personen nicht aussprechen kann». Seine ganze Natur drängt nach Aussprache, Kontakt, Freundschaft und Liebe. Und diese Natur siegt zuletzt über alle soziophoben Allüren. Arkadij gewinnt die Liebe der schönen Katerina Achmakowa, in die er verliebt ist, seit er ihr zum ersten Mal begegnet ist. Damit gibt der Roman nach allen vorausgegangenen Turbulenzen und Katastrophen im Finale dann doch noch ein Happy-End-Versprechen.

Wichtiger für das Bedeutungsganze des Romans sind jedoch die Begegnungen des Helden mit seinen beiden Vätern. Die Beziehung zu Wersilow ist durchgehend angespannt. Arkadij verübelt ihm die unwürdige Rolle seiner Mutter als Gattin und Geliebte. Noch mehr kränkt ihn seine eigene Lage als uneheliches Kind eines Aristokraten. Arkadijs Familienname «Dolgorukij» bezeichnet in der russischen Geschichte eines der ältesten und ehrwürdigsten Fürstengeschlechter, während er hier – natürlich in symbolischer Absicht – dem einfachen Bauern Makar Dolgorukij verliehen ist. Immer wieder und zunehmend gereizt muss Arkadij anderen erklären, dass er kein «echter Dolgorukij», also kein Fürst, sondern nur ein «Bankert» sei.

Dem russischen Adel ist eine jener zahlreichen Reflexionen Wersilows gewidmet, die zu den lesenswertesten Passagen des Romans gehören. Für den jungen Fürsten Sergej Sokolskij besteht das Wesen des Adels in der Fähigkeit zur Verschwendung. Wersilow hält dagegen, dass wahrer Adel auf dem Prinzip der Ehre beruhe und Ehre wiederum Pflicht bedeute. Ehre und Pflicht seien mit einem Wertesystem verknüpft, das sich historisch als einigendes Band der Gesellschaft erwiesen habe, auch wenn es den Unterschied von Herren (Adligen) und Sklaven (Bauern) nicht habe beseitigen können. Die mit der Aufklärung erlangte Gleichheit aller vor dem Gesetz sei aus humanitärer Sicht zweifellos zu begrüßen, habe jedoch zum allgemeinen «Schwinden des Ehr- und damit auch des Pflichtgefühls» geführt: «An die Stelle der früheren einigenden Idee [von Pflicht und Ehre – A. G.] ist der Egoismus getreten, und alles ist in Individuen zerfallen, die auf ihre Freiheit pochen.»

Wersilow gibt der Aufklärung die Schuld an der Herrschaft des Egoismus. Dies deckt sich mit Dostojewskijs eigener Auffassung und scheint insofern «autorisiert» zu sein. Gleichwohl muss es den Leser stutzig machen, dass der von Wersilow hergestellte Zusammenhang zwischen Gleichberechtigung (Sozialismus) und Verlust des allgemeinen Ehrgefühls in auffallender Nähe zu Nietzsches These von der «Sklavenmoral» des Christentums steht. Nietzsche hat Dostojewskij außerordentlich geschätzt, was sich umgekehrt für Dostojewskij, hätte er Nietzsche denn gekannt, kaum vermuten lässt. Das Misstrauen gegenüber der Ernsthaftigkeit von Wersilows Rede erweist sich als wohlbegründet, wenn man diese Passage in Beziehung setzt zur letzten großen Aussprache zwischen Vater und Sohn vor der finalen Katastrophe. Wersilow spinnt hier den Gedanken einer russischen Aristokratie des Geistes fort, der er sich selbst zurechnet («Je suis gentilhomme avant tout et je mourrai gentilhomme!» Ich bin vor allem ein Edelmann, und ich werde als

Edelmann sterben.) und die er als «Trägerin des höchsten russischen Kulturgedankens» sieht, nämlich der «Idee der Allversöhnung» aller nationalen kulturellen Gegensätze. Mit dieser Szene mutet Dostojewskij der intellektuellen Beweglichkeit seiner Leserschaft einiges zu. Die Aussage von der historischen Mission Russlands als Versöhner und als Synthese aller bisherigen abendländischen Kulturen könnte zwar ebenfalls O-Ton Dostojewskij sein. Doch deuten mehrere Signale in Wersilows Rede an, dass sie inhaltlich vom Autor nicht gedeckt ist, so dass Wersilow hier keineswegs als Sprachrohr des Autors zu verstehen ist. Quer zu Dostojewskijs nationaler, antiwestlicher Einstellung steht bereits Wersilows kosmopolitische Orientierung. Er hat seine Familie verlassen, weil ihn «adliger Weltschmerz» bewegt hat, Europa zu bereisen, das er als seine geistige Heimat betrachtet. «Venedig, Rom, Paris, die Schätze ihrer Wissenschaften und Künste, ihre ganze Geschichte, diese Relikte heiliger Wunder» sind ihm teurer als Russland. Darüber hinaus gibt Wersilow den klassischen Liberalen und stellt sich damit in die Tradition der Granowskijs und Turgenjews, denen Dostojewskij als Vätergeneration die Schuld am Erstarken der radikalen Linken der 1860/70er Jahre gibt. Gegen die Belastbarkeit von Wersilows Aussagen spricht nicht zuletzt der wiederholte Hinweis darauf, dass er bei seiner Rede eigentümlich «zerstreut» wirkt, also nicht bei der Sache ist.

Die Figur Wersilows verliert an Rätselhaftigkeit, wenn man sich klarmacht, dass er nichts anderes ist als ein literarischer Wiedergänger Stawrogins, des problematischen Helden der «Dämonen». Beide Männer haben intellektuelle und emotionale Überkapazitäten; beide waren rastlos auf der Suche nach letzten Wahrheiten und wirken jetzt, in Anbetracht der Erfolglosigkeit dieser Suche, eigentümlich ausgebrannt; beider kulturelles Selbstbewusstsein oszilliert zwischen Russland und Europa; beide haben unter dem Eindruck von Claude Lorrains «Küstenlandschaft mit Acis und Galatea» in der Dresdner Gemäldegalerie die gleiche historische Vision. Für Stawrogin ist das Gemälde eine Allegorie des goldenen Zeitalters:

> Ein kleiner Ausschnitt des griechischen Archipels: tiefblaue, sanfte Wogen, Inseln und Felsen, ein blühendes Gestade, in der Ferne ein märchenhaftes Panorama und eine verheißungsvoll untergehende Sonne – mit Worten nicht zu beschreiben! Hier erinnerte alles an die Wiege der europäischen Mensch-

Claude Lorrain: Küstenlandschaft mit Acis und Galatea (1657, Gemäldegalerie Alte Meister, Dresden)

heit, hier spielten die ersten Szenen der Mythologie, hier war das Paradies auf Erden ... Hier lebten wunderschöne Menschen! Glücklich und unschuldig erwachten sie und schliefen sie wieder ein; die Haine waren erfüllt von ihren heiteren Liedern, und ihr reicher Überschuss an unverbrauchten Kräften ergoss sich in Liebe und arglose Wonnen. Die Sonne verströmte ihr Licht über Inseln und Meer und frohlockte ob ihrer herrlichen Kinder. Ein wunderbarer Traum, ein erhabenes Trugbild! Ein Traum, der unwahrscheinlichste von allen, die den Menschen je träumten, ein Traum, dem sie ihr Leben lang alle ihre Kräfte geopfert haben, für den Propheten ans Kreuz geschlagen wurden und gestorben sind, ein Traum, ohne den die Völker weder leben können noch sterben. Und all dies habe ich im Traum so empfunden, als hätte ich es selbst erlebt: die Felsen, das Meer und die schrägen Strahlen der Abendsonne – das alles glaubte ich noch zu sehen, als ich erwachte und die Augen aufschlug, in denen zum ersten Mal in meinem Leben Tränen standen.

Bis zu diesem Punkt sind Stawrogins und Wersilows Traumbeschreibungen identisch. Dostojewskij überträgt Stawrogins Vision vom Goldenen Zeitalter in den neuen Roman, weil das Kapitel «Bei Tichon» der Zensur des Herausgebers des «Russischen Boten» zum Opfer gefallen ist und er auf diese zentrale Passage, die bereits Iwan Karamasows Europa-Bild vorbereitet, nicht verzichten mag. Möglich wird diese Textverpflanzung durch die Wesensverwandtschaft beider Figuren. Stawrogin ist, wie sein Name andeutet, als «Kreuzesträger» eigentlich zu einem Leben in der Nachfolge Christi bestimmt. Tatsächlich jedoch führt er als Verbrecher ein Leben in größtmöglicher Gottferne, weshalb ihm als letzter Ausweg nur der Selbstmord bleibt. Tichon kritisiert weniger den monströsen Inhalt seiner Beichte als deren «Stil». In gleicher Weise bekommt Wersilows Rede stilistisch etwas Doppelbödiges durch ein Zuviel an Emphase, besonders wenn er sich seines Russentums rühmt. Die besondere Qualität des Russen bestehe gerade darin, dass ihm Europa heiliger sei als den Europäern, denen «furchtbare Qualen beschieden sind, ehe sie in das Reich Gottes eingehen». An dieser Stelle schaltet sich Arkadij ein: «Ich gestehe, ich hörte in größter Verlegenheit zu. Schon der Ton seiner Rede erschreckte mich [...] Ich hatte entsetzliche Angst vor einer Lüge. Ich unterbrach ihn mit strenger Stimme: ‹Sie sagten soeben *das Reich Gottes* [...] Haben Sie denn so inbrünstig an Gott geglaubt?›»

Wersilows Antwort, lang, gewunden und in «exaltiertem Ton», läuft auf ein «Nein» hinaus. Ausgehend von Lorrains Gemälde entwirft er ein Bild des letzten Tages der Menschheit, auf dem die untergehende Sonne das Ende der Geschichte ankündigt. Verkehrten in der Welt des antiken Mythos Götter und Menschen noch «in substantieller Einheit mit diesem Ganzen»,[13] so hätten sich die Götter bzw. habe Gott sich aus dieser erkaltenden, sich verfinsternden Welt zurückgezogen. Wie nun würden sich die verwaisten Menschen in dieser Situation verhalten? Sie würden sich, meint Wersilow,

> immer enger und liebevoller zusammendrängen [...] in der Erkenntnis, dass jetzt nur noch sie selbst einander alles bedeuten. Die große Idee der Unsterblichkeit würde verschwinden und müsste ersetzt werden; und das ganze Maß ihrer einstigen Liebe zu dem, der die Unsterblichkeit war, würde sich bei allen über die Natur, die Welt, die Menschen, über jeden Grashalm ergießen. Sie würden sich im gleichen Maße, wie sie sich ihrer Vergänglichkeit und Endlichkeit bewusst werden, in rückhaltloser Liebe der Erde und dem Leben zuwenden, und zwar in einer ganz besonderen, nicht mehr der

> einstigen Liebe [...] Sie würden erwachen und sich beeilen, einander zu küssen und zu lieben, wohl wissend, dass ihre Tage gezählt sind und dies das Einzige ist, was ihnen bleibt.

Von Georg Lukács, dessen wirkmächtige «Theorie des Romans» (1916) eigentlich ein Buch über Dostojewskij hatte werden sollen, stammt das Schlagwort «transzendentale Obdachlosigkeit»[14]. Treffender lässt sich Wersilows «Phantasie» kaum begrifflich fassen. Denn was er hier entwickelt, ist nichts anderes als eine fiktionale Umsetzung von Ludwig Feuerbachs These, dass die mit der Konstruktion Gottes verbundene «Entzweiung des Menschen mit sich selbst»[15] überwunden werden könne und müsse durch die Erkenntnis seiner, des Menschen, selbst als eigentliche Quelle der erhabenen Attribute und Fähigkeiten, die er der Gottheit zuschreibt.

Wer Dostojewskijs Überzeugung kennt, dass der Verlust des Glaubens an Gott die eigentliche Ursache aller gegenwärtigen «Wirren» sei, der begreift, dass Wersilows mit so viel Wärme geschilderte Vision des «letzten Tages der Menschheit» nur als bissige Ironie des Autors verstanden werden kann. Angesichts der Tatsache, dass «Der Jüngling» in einer als links geltenden Zeitschrift erscheint, entpuppt sich Wersilows Vision als «Trojanisches Pferd» im Lager der russischen Fortschrittspartei, deren mediales Gastrecht der Autor missbraucht.[16] Bestärkt wird dieser Verdacht durch Wersilows «Feierlichkeit» bzw. «Exaltation»[17], die den Leser an der Authentizität seiner Rede zweifeln lässt. Was ist wirklich dran an seiner Menschenliebe? Was an seinem Bekenntnis, ein «philosophischer Deist» zu sein? Und was an dem Gerücht, er habe im Ausland «das Wort Gottes gepredigt und Büßerketten getragen»?

Wersilow bleibt bis zum Schluss, was er von Anfang an war: «ein absolutes Rätsel». Allerdings geht es bei seiner «Phantasie» weniger um ihn, um Feuerbach oder das Christentum als um die Täuschungsanfälligkeit des heranwachsenden Helden. Wie allen Helden Dostojewskijs ist Arkadij die Welt nicht unmittelbar, sondern nur vermittelt über Bewusstsein und Sprache seiner selbst wie der anderen, also in perspektivischen Brechungen, gegeben. Und in keinem Roman Dostojewskijs wird das Spiel mit den möglichen (richtigen, falschen, verkürzten, verzerrten etc.) Perspektiven auf dic Welt so weit getrieben wie hier. Diese Verunklarung von Figuren und Handlungen dient zum einen der Spannungserzeugung. Insofern hat sie ihre Wurzel in der Schocktechnik der «gothic novel», von der Dostojewskijs Poetik nie ganz losgekommen ist. Zum anderen und vor allem jedoch modelliert sie Arkadijs Erwachsenwerden als eine Achterbahn von Erwartung und Enttäuschung, Hoffnung und Verzweiflung, Liebe, Hass und wieder neuer Liebe. Damit grenzt Dostojewskij sich vom behaglichen Erzählstil Lew Tolstojs ab, dessen autobiographische Trilogie «Kindheit», «Knabenjahre», «Jugend» (1852–1857) das Werden eines jungen Mannes aus der teils nostalgischen, teils humoristischen, die Welt des Helden als geordneten Kosmos jedoch nie in Frage stellenden Sicht eines allwissenden Erzählers vermittelt.

So wie Arkadij auf seinem Weg in die Welt lernen muss, immer zwischen mindestens zwei Möglichkeiten abzuwägen und zu entscheiden, hat er auch die Wahl zwischen zwei Vätern. Sein Verhältnis zu Wersilow, dem leiblichen Vater, bleibt bis zum Schluss problematisch. Ganz anders die Beziehung zu dem alten Makar Dolgorukij, seinem gesetzlichen Vater, den er erst kurz vor dessen Tod näher kennenlernt. Besondere Bedeutung hat dabei die nichtsprachliche Kommunikation. Arkadij Dolgorukij eröffnet das Gespräch mit einem Lächeln, «das in ein stilles, unhörbares Lachen überging, und obwohl das Lachen rasch verebbte, bewahrte sein Gesicht die lichte, heitere Spur dieses Lachens [...] Dieses Lachen hat mich mehr als alles andere beeindruckt.» Der Szene geht eine lange Abschweifung über das Wesen des Lachens voraus, die an die mittelalterliche Vorstellung anknüpft, dass das menschliche Antlitz durch Lachen entstellt werde. Hässlich wird für Arkadij ein lachendes Gesicht, wenn man ihm ansieht, dass das Lachen gekünstelt ist. Echtes und nur deshalb ansteckendes Lachen verlange Aufrichtigkeit, wozu Erwachsene jedoch sehr selten und eigentlich nur Kinder imstande seien: «Und genau so etwas Kindliches, unglaublich Anziehendes leuchtete im flüchtigen Lachen dieses alten Mannes auf.»

Arkadijs kindlichem Lachen als unverstellter Ausdrucksweise gleichen bei Dostojewskij Kommunikationsformen wie das vertraute Gespräch unter Freunden und Geschwistern oder die Beichte. Makars Blick ruht, während er spricht, liebevoll auf Arkadij. In solchen Augenblicken «legte er seine Hand zärtlich auf die meine und streichelte meine Schulter». Auf gleiche Weise wird in der anschließenden Szene zwischen

Arkadij und seiner Mutter der Körperkontakt der beiden als Zeichen ihrer Verbundenheit betont: «[...] ich hielt sie mit der einen Hand gewaltsam zurück, sah ihr innig in die Augen, lachte still und zärtlich und streichelte mit der anderen ihr liebes Gesicht, ihre eingefallenen Wangen. Sie beugte sich zu mir herab und presste ihre Stirn auf die meine.» Ebenso wird Wersilow nach Überwindung seiner Krise der an seinem Bett sitzenden Sonja zärtlich «mit der Hand über Wangen und Haare fahren und ihr gerührt in die Augen blicken». Was hier zur Darstellung kommt, ist weder Eltern- noch Kind- noch Gattenpsychologie. Es ist ein Stück Russizität à la Dostojewskij, zu deren Merkmalen jene familiäre, «innige» Form der Kommunikation gehört, die Ferdinand Tönnies im Gegensatz zur modernen Gesellschaft der archaischen «Gemeinschaft» zuspricht, die als «Verbindung des ‹Blutes› zunächst ein Verhältnis der Leiber» darstellt.[18]

Makar Dolgorukij ist der symbolische Gegenspieler von Arkadijs leiblichem Vater. Dessen Rede steht immer unter dem Vorbehalt des Widerrufs, der ironischen oder taktischen Täuschung. Demgegenüber zeichnet sich Makar durch eine absolut klare, offene Rede und, wie sein aristokratischer Nachname zum Ausdruck bringt, durch echten Seelenadel aus. Als russischer Pilger wandelt er in der Nachfolge Christi. Er nimmt sich seines illegitimen Sohnes Arkadij an wie ein echter Vater. Und er erträgt die Trennung von seiner Ehefrau mit stoischer Gelassenheit, weil er weiß, dass Sofija Andrejewna sich von Wersilow nicht trennen kann. Makar beweist, woran Wersilow nicht glauben kann, nämlich die Fähigkeit des Menschen zur Nächstenliebe. Damit zeigt er einen Seelenadel (blagoobrasie), dessen Wersilow in seiner seelischen Missgestalt (besobrasie) niemals fähig sein wird. Darüber hinaus offenbart Makar einen mystischen Zug, der eine bei Dostojewskij bisher nur als Nebenstrom wahrnehmbare Seite seiner Weltanschauung enthüllt. Makar beschreibt sein morgendliches Erwachen auf einer Pilgerfahrt, die als Metapher des rechten Lebensweges zu deuten ist:

> Da neigte ich, mein Lieber, das Haupt, ließ den Blick schweifen und seufzte: Die Schönheit überall war unaussprechlich. Überall Stille, die Luft leicht; ein Grashalm sprießt – sprieß weiter, Grashalm Gottes; ein Vöglein zwitschert – zwitschere weiter, Vöglein Gottes; ein Kindlein schreit in den Armen seiner Mutter, Gott segne dich, kleines Menschlein, wachse glücklich

> heran, Kindlein! Und damals war es, als hätte ich zum ersten Mal in meinem Leben dies alles in mich aufgenommen [...] Es ist gut, auf der Welt zu sein, mein Lieber! [...] Und dass alles ein Geheimnis ist, ist sogar besser; es macht das Herz bange und staunen. Solche Bangigkeit macht das Herz heiter: Alles ist in dir, o Herr, und ich selbst bin in dir, und so nimm mich denn auf! Murre nicht, Jüngling: Dass es Geheimnis ist, macht alles noch schöner [...]

Das Geschehen zwischen den drei Hauptfiguren umrankt ein Geflecht von Nebenhandlungen, in denen es um Geldintrigen geht. Da ist der junge Fürst Sergej Sokolskij, der erpresst wird, weil er an der Fälschung von Aktien beteiligt war. Er gewährt Arkadij einen hohen Kredit für die Begleichung von dessen Spielschulden, weil er sich nach der Schwängerung von Arkadijs Schwester moralisch dazu verpflichtet glaubt. Da ist der jüdische Falschspieler Aferdow. Da ist der französische Schurke Maurice Lambert, der sich auf das Geschäft der Erpressung spezialisiert hat. Da ist die schöne Katerina Achmakova, die ihren senilen Vater entmündigen lassen möchte, um ihr Erbe zu retten. Und da ist Arkadijs Stiefschwester, die verarmte Anna Andrejewna, die Katerinas senilen Vater heiraten will, um materiell versorgt zu sein. In ihrer Summe vereinen sich diese geldgesteuerten Nebenhandlungen, die dem Text, besonders in den exzentrischen Schlussszenen, einen kolportagehaften Zug verleihen, zu einem Tanz ums Goldene Kalb. Die sichtbarste soziale Folge der Herrschaft des Geldes ist der Zerfall der von Tolstoj in «Krieg und Frieden» verherrlichten Adelsfamilie als Kern der russischen Gesellschaft. Am Ende dieses Zerfallsprozesses steht, wie am Beispiel der Wersilow-Sippe verdeutlicht, die «zufällige Familie».

Als Held eines Entwicklungsromans durchläuft Arkadij verschiedene Stadien der Welterfahrung. Am Beginn steht das abstrakte «Rothschild-Projekt», das weniger auf die Rolle der modernen Geldwirtschaft als auf die romantische Idee der Einsamkeit und die Macht der Phantasmen über die reale Welt abzielt. Im Durchgang durch wechselnde Phasen des Weltkontakts, in denen Arkadij sich mit verschiedensten Milieus und Charaktertypen, oft genug aber auch mit der Überforderung seines Bewusstseins und seiner Seele konfrontiert sieht, verliert das «Rothschild-Projekt» immer mehr an Reiz, bis der Jüngling in der melodramatischen Schlussszene des Romans endgültig zu der Einsicht gelangt, dass «das Prinzip des materiellen Egoismus» zum Scheitern verurteilt ist. Als Ich-Erzähler, der seine Erlebnisse jeweils relativ situationsunmittelbar zu Papier bringt, gelingt es Arkadij, sich beobachtend, reflektierend und schreibend «selbst umzuerziehen». Aus der Karriere eines russischen Kapitalisten ist damit der Werdegang einer Persönlichkeit geworden, deren eigentliches Kapital ihre im Text verdichtete Erfahrung darstellt. Im Gegensatz zu dem vielen Geld, das in Dostojewskijs Romanen ansonsten verbrannt, verspielt und gestohlen wird oder auf andere Weise abhandenkommt, ist dieses Kapital unzerstörbar.

Von Dostojewskij fünf «großen» Romanen gilt «Der Jüngling» als «der mit Abstand schwächste»[19]. Selbst ausgewiesene Dostojewskij-Experten haben Probleme mit dem Werk, was vor allem der verwickelten Handlung und der streckenweise stark überdrehten Dramaturgie zuzuschreiben ist. Literaturgeschichten übergehen den Roman deshalb oft mit diskretem Schweigen. Lesern, die es eilig haben, kann man das Buch sicherlich nicht empfehlen.[20] Wenn sich die Lektüre jedoch weniger auf die Story als auf den Helden fokussiert und man – wie erstmals 1965 Horst-Jürgen Gerigk – das oft märchenhaft unmotivierte Geschehen als Reflexe seines mal skeptischen, mal euphorischen, mal naiven, mal reflektierten, mal nüchternen, mal hysterischen Bewusstseins begreift, dann erweist sich dieses «literarische Wimmelbild» als eines der vielleicht «kühnsten Experimente in der Geschichte des europäisch-amerikanischen Romans».[21]

Dies gilt besonders für den im Zentrum der Handlung stehenden Vater-Sohn-Konflikt. Arkadij sieht seinen leiblichen Vater zum ersten Mal bei einer Amateur-Aufführung der in Russland bis heute populären Aufklärungskomödie «Verstand schafft Leiden» (1824) von Alexander Gribojedow, und zwar in der Rolle des Helden Wladimir Tschazkij, der im kulturell rückständigen Moskau die Prinzipien der europäischen Aufklärung hochhält, doch an der Borniertheit der Gesellschaft scheitert. Von Anfang an schwankt das Bild des Vaters zwischen theatraler Idealfiktion, Desillusionierung, Dämonisierung und neuerlicher Idealisierung – eine Spannung, die erst ganz zum Schluss aufgehoben wird, wenn der alte Wersilow zum Pflegefall geworden ist. Gleiches gilt für Arkadijs Beziehung zu Katerina Achmakowa, die er ebenso hasst und verachtet, wie er sie verehrt und begehrt, und zu der er sein Verhältnis ständig korrigieren muss. Solche perspektivischen Wechsel fallen ihm deshalb besonders schwer, weil er viel stärker gefühlsgesteuert ist als sein Vater. Für Arkadij muss eine Idee Besitz von der ganzen Persönlichkeit ergreifen, sie muss in seinen Worten zum «Idee-Gefühl» werden, um Wirkung entfalten zu können. Demgegenüber besteht Wersilows Problem gerade in der Untiefe seiner Überzeugungen. Ideen schlagen keine Wurzeln in seiner Seele, finden dort keinen Halt. Das macht ihn anfällig für intellektuelle Moden und, wieder im Sinne Kierkegaards, zu einem ästhetischen Subjekt.

Bei Lesern, die weder willens noch fähig sind, den Fokus der Lektüre von der Handlung auf die Technik der Perspektivsteuerung zu verlagern, muss die Lektüre des Romans einen etwas schalen Nachgeschmack hinterlassen. Es gibt einfach zu viele geheime Briefe, dunkle Vorgeschichten, Intrigen, Exaltationen, Lauschszenen, hysterische Anfälle und Wiederversöhnungsszenen, um das zeitgenössische Publikum bei der Stange zu halten, dessen Norm die Romane Turgenjews und Tolstojs geworden waren. Entsprechend negativ fällt das Echo der Literaturkritik aus. Dass Nekrassow dem Autor im mündlichen Gespräch erklärt, er sei «mit dem Roman unglaublich zufrieden» und könne damit auch für seinen Kollegen (und Dostojewskijs Intimfeind) Michail Saltykow-Schtschedrin sprechen (5.2.1875), dürfte jener höflichen Ermunterungstaktik geschuldet sein, die zum Repertoire aller Verleger gehört. Schtschedrin selbst nennt in einem Brief an Nekrassow vom Juni 1875 Dostojewskijs Roman «einfach verrückt»[22]. Möglich, dass dieses harte Urteil dem Argwohn eines bekennenden Linken gegen einen bekennenden Rechten zuzuschreiben ist. Aber auch die eher konservative «Russische Welt» ist unzufrieden mit Dostojewskij, weil er «den Leser wieder einmal in ein stickiges, düsteres Kellerloch [führe], in dem es von analphabetischen Geisteskranken, jämmerlichem intellektuellen Abschaum, willen- und glücklosen Elendsfiguren, ausgemachten Phrasendreschern und ähnlichem Pack» nur so wimmele. Der Kritiker des «Petersburger Börsenblatts» rügt elementare Verstöße gegen die Gesetze der Kunst durch Dostojewskijs «Naturalismus». Und Iwan Turgenjew, immer noch verärgert ob der unrühmlichen Rolle, die Dostojewskij ihm in den «Dämonen» zugedacht hat, schreibt aus Paris: «Gott, was für ein säuerliches Zeug und was für ein Krankenhausgestank, überflüssiges Geschwätz und psychologisches Herumgestochere!!»[23] Zuspruch bekommt Dostojewskij nur von Wsewolod Solowjow, dem Sohn eines bekannten Historikers, der in den «Petersburger Nachrichten» die Originalität des Helden Arkadij Dolgorukij hervorhebt, sowie von dem jüdischen Publizisten Arkadij (Avraám Urija) Kowner, mit dem Dostojewskij wenig später in Briefkontakt tritt und der den «Idiot» für sein «Meisterwerk» hält.[24]

«Wie Bienenschwärme wimmelt es von Paradoxen»: Das «Tagebuch eines Schriftstellers»

Bis zum Herbst 1875 bleiben die Dostojewskijs in Staraja Russa. Dort kommt am 10. August Aljoscha, ihr zweiter Sohn, zur Welt. Mitte September kehrt die Familie nach Petersburg zurück und bezieht in einem Eckhaus am relativ zentral gelegenen Gretscheskij-Prospekt eine preisgünstige Fünf-Zimmer-Wohnung von eher bescheidenem Zuschnitt. Hier entstehen die letzten Kapitel des «Jünglings», dessen Zeitschriftenfassung pünktlich mit der Dezemberausgabe der «Vaterländischen Annalen» beendet wird. Kurz danach erscheint in Petersburg die erste Buchausgabe des Romans. Zusammen mit den Einnahmen aus den von Anna Grigorjewna seit 1873 erfolgreich verlegten und vertriebenen Einzelausgaben der Werke ihres Mannes und einigen hundert Rubel durch den Verkauf eines Grundstücks aus dem gemeinsamen Kumanin-Erbe[25] ist für die nächsten Wochen damit erst einmal genügend Geld beisammen. Allerdings bringt der Familienzuwachs neue finanzielle Probleme mit sich, zu denen das im Vergleich zu Staraja Russa extreme Preisniveau der Hauptstadt und nicht zuletzt die bis zum Jahr 1879 mehrfach wiederholten Kuraufenthalte in Bad Ems hinzukommen.

Ausgelaugt von der anstrengenden Arbeit an seinem letzten Roman und enttäuscht vom schwachen Echo auf den «Jüngling», bräuchte Dostojewskij jetzt eigentlich eine längere Auszeit. Doch von irgendetwas muss er die Familie schließlich ernähren. Schon in Meschtscherskijs Zeitschrift «Der Staatsbürger» war er nicht nur als Redakteur, sondern auch als Autor aktiv zur Publizistik zurückgekehrt. Seinem polemischen Naturell lag der Journalismus mindestens ebenso wie die Belletristik. Als «Reporter des aktuellen Augenblicks»[26] hatte er damals unter der Rubrik «Tagebuch eines Schriftstellers» in unregelmäßigen Abständen

Glossen, Essays und Feuilletons zum Zeitgeschehen verfasst. Um das Angenehme mit dem Nützlichen zu verbinden, setzt er dieses Projekt ab 1876 fort, nun jedoch als eigenständige Zeitschrift, in eigener Regie und mit tatkräftiger Hilfe seiner Frau im Eigenverlag und Selbstvertrieb.

Das neue Monojournal, für das es in der russischen Literatur keinen Vorläufer gibt, wird als einer «der ersten Blogs der Weltliteratur» zu einem Publikumserfolg ersten Ranges.[27] Man liest und diskutiert es in der Hauptstadt wie in der Provinz, in regierungsamtlichen wie in intellektuellen, in progressiven wie im konservativen Kreisen. Dostojewskij, der hier – wie der Staatsanwalt Fetjukowitsch in den «Brüdern Karamasow» – erstmals die Gelegenheit hat, «ganz Russland seine Meinung zu sagen», bekommt Leserbriefe aus den entferntesten Regionen Russlands, die er teils privat, teils öffentlich im «Tagebuch» beantwortet. Dieses ständige Gespräch mit den Lesern, ein Novum in der Geschichte der russischen Publizistik, macht Dostojewskij endgültig zur «öffentlichen Figur»[28], ja zur nationalen Institution – und es verschafft ihm Einnahmen in beträchtlicher Höhe. Das «Tagebuch» erscheint monatlich als Heft im Umfang von etwa 30 Seiten. Bei einem Einzelpreis von 20 bis 25 Kopeken und einer Auflage von 6000 Exemplaren wird damit ein Jahresumsatz von 15 000 Rubel erzielt, von denen nach Abzug der Druckkosten etwa die Hälfte als Nettogewinn zu Buche schlägt. Das Projekt erweist sich damit als eine geniale Geschäftsidee Dostojewskijs.

Der erklärte Zweck der neuen Zeitschrift ist die Stärkung des nationalen Selbstbewusstseins der Russen – ihrer Selbsterkenntnis ebenso wie ihrer Selbstachtung – durch aktuelle Beispiele der «Idee unserer nationalen geistigen Selbständigkeit»[29]. Die Zeit Peters des Großen, in der Russland in die Schule seiner europäischen Lehrmeister gehen musste, gehöre der Vergangenheit an. Die Russen hätten inzwischen auf allen Gebieten zum Westen aufgeschlossen. Es sei daher Zeit, dass sie ihre kulturelle Eigenständigkeit und historische Bedeutung erkennen und politisch angemessen zur Geltung brächten. Dostojewskij wiederholt dabei im Wesentlichen die Axiome der Slawophilen zur nationalen Identität des Russentums, nämlich (1) das Festhalten an der wahren Lehre Christi (Orthodoxie) und die historische Bestimmung der Russen als «Gottesträger-Volk», (2) die Homogenität der russischen Gesellschaft, der schroffe soziale und religiöse Gegensätze wie in den Gesellschaften des Westens fremd sind, (3) die im Vergleich zu Europa ungeheuren Ausmaße des russischen Imperiums mit seiner Vielfalt an Regionen sowie (4) die Mission Russlands als Schutzmacht aller Slawen und als Versöhner der politischen und kulturellen Gegensätze der modernen Welt.

Einen willkommenen Anlass zur Ausbreitung dieser Ideen bietet Dostojewskij die Balkankrise von 1876/77. Während die linke und liberale Presse vor einer militärischen Einmischung Russlands in Serbien warnt, rührt Dostojewskij unverdrossen die Kriegstrommel. Er rühmt den tollkühnen, militärisch aber gescheiterten Einsatz des russischen Generals Michail Tschernjajew als Kommandeur der serbischen Armee, verunglimpft die Gegner des Krieges als «Feiglinge»[30], wird nicht müde, dem Publikum Gräueltaten der türkischen Soldateska vor Augen zu führen, die an Bilder des bethlehemitischen Kindermords erinnern,[31] und träumt von Konstantinopel als künftiger Hauptstadt aller Slawen. In diesem Zusammenhang legt er sich mit Lew Tolstoj an, der sich im letzten Teil von «Anna Karenina» kritisch mit der Entsendung russischer Freiwilliger an die türkisch-serbische Front auseinandersetzt.[32] Nirgends wird die ideologische Differenz zwischen diesen beiden Autoren, die sich stets aus dem Wege gegangen sind, deutlicher als hier. Für den Pazifisten Tolstoj zählt der Krieg zu den Ursünden der Menschheit, für Dostojewskij ist er eine moralische Frischzellenkur, da er Tugenden wie Mut, Ehre und Opferbereitschaft fördere, die in Friedenszeiten an Auszehrung litten.[33] Argumente dieser Art machen begreiflich, weshalb Chefideologen des Nationalsozialismus wie Alfred Rosenberg und Joseph Goebbels so begeisterte Dostojewskij-Leser waren.[34]

Aufmerksam verfolgt Dostojewskij aber auch die europäische Politik, besonders das Verhältnis zwischen Deutschen und Franzosen, denen er nach 1870/71 hellsichtig einen weiteren Waffengang prophezeit. Das durch Revolution und Krieg nachhaltig geschwächte Frankreich sei als Erbe des Römischen Imperiums die natürliche Schutzmacht des Vatikans und des Katholizismus insgesamt. Demgegenüber verkörpere Deutschland im Zeichen von Bismarcks Kulturkampf die Ideen des Protestantismus, der Säkularisierung und letztlich des Atheismus. Sosehr er die Revolution von 1789 verurteilt, gelten Dostojewskijs Sympathien letztlich doch den Franzosen, deren Literatur er sich tief verpflichtet fühlt. Deutlich weniger Sympathien hegt er dagegen für das England Benjamin Disraelis – nicht nur wegen dessen antirussischer Politik auf dem Berliner Kongress, sondern auch wegen Disrealis alias Lord Beaconsfields jüdischer Herkunft. Er vergleicht den Premierminister wegen seines jüdischen Aussehens mit einer Tarantel. Spinnentiere sind bei Dostojewskij stets Symbole des besonders Ekelhaften und Bedrohlichen.

Judenfeindliche Motive ziehen sich überhaupt durch das ganze «Tagebuch eines Schriftstellers». Als Branntweinpächter tragen die Juden zum Alkoholismus unter Arbeitern und Bauern und damit zur Zerstörung der Volksgesundheit bei.[35] Als Geldleiher beschleunigen sie den Prozess des Kapitalismus. Als Kapitalisten erwerben sie russischen Grund und Boden, so wie sie in den Südstaaten der USA als neue Herren die gerade befreiten Schwarzen erneut versklaven.[36] Sie ernähren sich, besonders in den Randgebieten des Russischen Reiches, gnadenlos von «unserem Schweiß und unserem Blut», kurzum: «Unter den nichtrussischen Ethnien gibt es nicht eine, deren verheerender Einfluss in diesem Sinn mit dem des Juden vergleichbar wäre.»

Mit solchen Äußerungen bedient Dostojewskij den antijüdischen Mainstream der Zeit, verstört aber jene keineswegs kleine Gruppe jüdischer Leser, die in ihm den Anwalt der Erniedrigten und Beleidigten sehen. Deren Prominentester ist der Publizist Arkadij (Awraam-Urija) Kowner, der für verschiedene linksgerichtete Blätter geschrieben hat und 1876 wegen Scheckbetrugs zu einer vierjährigen Haftstrafe in Sibirien verurteilt worden ist. Im Zuchthaus tritt Kowner in einen Briefwechsel mit Dostojewskij, den er als Romancier verehrt, dessen «Hass gegen die *Juden*, der sich in fast jedem Heft Ihres *Tagebuchs* zeigt», ihn jedoch irritiert.[37] Kowner ist nicht der einzige jüdische Leser, den Dostojewskijs Antisemitismus abstößt. Deshalb reagiert Dostojewskij auf die Vorwürfe nicht nur persönlich (14. 2. 1877), sondern im März 1877 auch mit einem großen Essay unter dem Titel «Zur Judenfrage».[38] Darin beteuert er, alles andere als ein Judenfeind zu sein. Um das zu beweisen, verwendet er – nicht wie bisher – den rassistischen Begriff «schid», sondern das politisch korrekte Wort «jewrej». Auch bestreitet er, dass das russische Volk antisemitisch sei. Im sibirischen Zuchthaus hätten die ethnischen Russen für ihre jüdischen Mithäftlinge nicht die geringste Verachtung gezeigt. Trotzdem gießt er im Weiteren neues Öl ins Feuer:

Wirtschaftlich auf das Geschäft mit Geld, also einen leicht von einem Ort zum anderen transportierbaren Gegenstand, spezialisiert und entsprechend beweglich, fehle den Juden jede Schollenbindung. Das überbordende Geldinteresse der Juden habe sich in Westeuropa mit dem Atheismus der Aufklärung verbündet und den dortigen Materialismus verstärkt. Als ein über die ganze Erde verstreutes «Weltvolk»[39] schotteten sich die Juden überall ab und verstärkten mit der Forderung nach einem «Staat im Staate»[40] die Tendenz moderner Gesellschaften zur «Absonderung» einzelner Gruppen vom sozialen Ganzen. Insofern beklagten die russischen Juden zu Unrecht, dass der russische Staat ihre Teilhabe an der Gesellschaft behindere. Vielmehr seien sie Opfer ihrer Selbstisolierung.

Dostojewskij ist kein wirklicher Kenner des Judentums. Als Quelle für seine antisemitischen Thesen dienen ihm Hetzschriften wie das «Buch vom Kahal» (2. Auflage 1875) des getauften Juden Jakow Brafman sowie Mark Grinjewitschs Buch «Über den verderblichen Einfluss der Juden auf das ökonomische Leben Russlands und das System der jüdischen Ausbeutung» (1876).[41] Weit entfernt davon, das Judentum als kulturelles und soziales Phänomen verstehen zu wollen, dienen ihm die Juden im Rahmen seiner «russischen Idee» letztlich nur als negative Projektionsfläche. Er schreibt ihnen Eigenschaften zu wie wirtschaftliches Zweckdenken, Egoismus, Rationalität, Geiz und projiziert damit zentrale Merkmale der westlichen Moderne auf eine ethnische Minderheit.[42] Auf diese Weise trägt Dostojewskij dazu bei, den geistigen Boden für die judenfeindliche Politik Alexanders III. (1881–1894) und die Pogrome der 1880er bis 1900er Jahre zu bereiten.

Einen weiteren Themenschwerpunkt des «Tagebuchs» bilden spektakuläre Strafprozesse der Zeit. Seit der Justizreform von 1864 sind Gerichtsverfahren öffentlich und werden von der Presse entsprechend aufmerksam verfolgt. Die Beobachtung und Kommentierung aktueller Strafrechtsfälle bietet Dostojewskij die Möglichkeit, sich auch publizistisch auf einem Feld zu profilieren, das er seit den «Aufzeichnungen aus einem Totenhaus» als seine Domäne betrachtet, nämlich die Psychologie des Verbrechens. Als politisch Konservativen interessieren ihn darüber hinaus die neuen Geschworenengerichte, weil – wie im Prozess gegen die Netschajew-Gruppe – die dort verhandelten Fälle oft mit Freisprüchen oder sehr milden Urteilen enden.[43] Noch von der Schweiz aus hatte Dostojewskij in der Presse die Arbeit der Schwurgerichte verfolgt und sie als neues Instrument der Rechtsprechung grundsätzlich begrüßt, ihnen gleichzeitig aber auch Mangel an Professionalität und «moralischen Prinzipien» vorgeworfen. (4.2.1872)

Schon in der zweiten Nummer des «Tagebuchs» von 1873 greift er dieses Thema auf. Dass russische Geschworene sogar geständige Täter aus Mitleid freisprächen, beweise zwar die Sanftmut ihrer Seelen, sei aber grundsätzlich falsch, denn man müsse «die Wahrheit sagen und das Böse als Böses bezeichnen».[44] An dieser Position hält er auch im Prozess Kronenberg fest, der ganz Russland bewegte, einem Fall von schwerster Kindesmisshandlung durch den leiblichen Vater. Dostojewskij greift hier besonders den Verteidiger an, einen renommierten Strafrechtler, der wider besseres Wissen für die Unschuld des Angeklagten plädiert habe. Als «gedungenes Gewissen»[45] habe sich der Verteidiger nicht der Wahrheit, sondern dem Geld verpflichtet. Wenn das Gericht dem Plädoyer des Anwalts folge, so verfehle es seine Aufgabe als Schule der Wahrheitsfindung und kämen dem Volk die Begriffe für «gerecht» und «ungerecht», für «wahr» und «unwahr» abhanden.[46]

Dostojewskij setzt damit allerdings eine Norm des «rechten Sprechens», die sein eigener Rechtsdiskurs deutlich verfehlt.[47] Exemplarisch zeigt dies der spektakuläre Fall Kornilowa. Am 11. Mai 1876 hatte Jekaterina Kornilowa, die neunzehnjährige Frau eines an der Fontanka lebenden Arbeiters, nach einem Ehestreit ihre sechsjährige Stieftochter aus dem Küchenfenster ihrer Wohnung im dritten Stock geworfen und sich anschließend der Polizei gestellt. Das Kind hatte den Sturz fast unverletzt überlebt. Dostojewskij malt sich aus, welche Argumente der Anwalt der Kornilowa im Rahmen der üblichen Sozialschnulzen vermutlich als Verteidigungsstrategie verwenden dürfte: «[...] die Ausweglosigkeit ihrer Lage, eine junge Frau, die zur Ehe mit einem Witwer entweder gezwungen wurde oder diese mit falschen Erwartungen einging. Es folgen Bilder des ärmlichen Alltags armer Leute, die ewige Arbeit [...] Meine Herren Geschworenen, wer von Ihnen hätte nicht ebenso gehandelt? Wer von Ihnen hätte das Kind nicht ebenfalls zum Fenster hinausgeworfen?»[48] Dieser sarkastische Stil ist typisch für den Autor des «Tagebuchs». Kurz zuvor hieß es: «Sentimentalität ist ja so einfach, [...] Sentimentalität ist so einträglich, Sentimentalität verleiht heute selbst einem Esel den Anschein eines wohlerzogenen Menschen.»[49]

Dostojewskijs Kritik der romanhaften Phantasmen greift hier die radikal realistische Erkenntniskritik seines Frühwerks auf, das besonders in «Arme Leute» und im «Doppelgänger» die (Ent)Täuschungsanfälligkeit des Menschen durch literarische Wunschbilder und die damit verbundene Überforderung des Seins thematisiert. Im Lichte der linken wie der konservativen Demophilie wird das Wort des einfachen Volkes aufgewertet zum Korrektiv der literarischen «Sentimentalisierung der Sprache»[50].

Im Spannungsfeld von «volksnaher» Einfachheit und «volksferner» (medial entstellter, verkopfter) Kompliziertheit verhandelt Dostojewskij den Fall Kornilowa auch weiterhin. Dies geschieht zunächst im Oktober 1876, nachdem ein Petersburger Schwurgericht die Angeklagte zu 32 Monaten Katorga in Sibirien und anschließend lebenslänglicher Verbannung verurteilt hatte. «Eine einfache, aber verzwickte Sache» nennt Dostojewskij seine neuerliche Einmischung in den Fall. Grundsätzlich bekräftigt er die These, dass die Hauptaufgabe eines Gerichts darin bestehe, «das Böse nach Kräften festzuhalten, nach Kräften aufzuzeigen und öffentlich als Böses zu bezeichnen. Erst danach kommt die Linderung des Schicksals des Verbrechers, die Sorge um seine Besserung usw. usf.»[51] Die gängigen Freisprüche von Verbrechern durch die modernen Schwurgerichte verunsicherten das einfache Volk. Angesichts des bevorstehenden Urteils im Fall Kornilowa habe er befürchtet, man werde die Angeklagte, wie so oft, freisprechen und ein Verbrechen in Abrede stellen. Deshalb begrüßt Dostojewskij das Urteil des Gerichts in seiner «Einfachheit und Klarheit» grundsätzlich.[52]

Im Weiteren jedoch ist er selbst es, der die Sache in einer Weise verkompliziert, die seinen bisherigen Einlassungen deutlich widerspricht. Zugunsten der Kornilova müsse geltend gemacht werden, dass sich ihre Schwangerschaft ungünstig auf ihr Gemüt ausgewirkt haben könne. Schließlich sei «allgemein bekannt, dass eine Frau während der Schwangerschaft (allemal während der ersten) häufig manch sonderbaren Einflüssen und Gemütseindrücken ausgesetzt ist, denen sie auf seltsame und phantastische Weise nachgibt.»[53] Dieses Argument läuft auf die Unzurechnungsfähigkeit der Angeklagten hinaus und damit auf das

Gegenteil dessen, was Dostojewskij bisher gefordert hatte, nämlich die Entkoppelung von Schuldspruch und Strafmaß zugunsten der Klarheit und Eindeutigkeit, mit der jede Gesellschaft rote Linien ziehen müsse. Um das Strafmaß zu mildern, entwirft Dostojewskij nun ein Szenario in genau dem sentimentalen Stil, den er im Mai parodiert hatte: Die Angeklagte werde ihr Kind im Zuchthaus austragen müssen, und dies ergebe die traurige Perspektive auf ein schuld- und schutzlos leidendes Kind, das im wilden Sibirien aufwachse, als Sohn einer Verbrecherin, mutterlos, hilflos, orientierungslos usw.

An dieser Stelle bricht Dostojewskijs sentimentales Szenario ab: «Im Übrigen wird nichts dergleichen geschehen. Besser ist es, die Sache einfach zu sehen. Einfach nur sehen, und alle Phantasmagorien lösen sich auf.» [54] Und nun entwickelt der Autor ein alternatives, «typisch russisches» Szenario. Der Mann wird der Frau verzeihen, ebenso das Kind seiner Stiefmutter. Mann und Frau werden nach der Entbindung im Gefängnisspital die alleralltäglichstem Gespräche führen, und wenn die Kornilowa die Fahrt nach Sibirien antrete, werden Vater und Tochter weinend und winkend am Bahnhof stehen. «Mit einem Wort, aus unserem Volk lässt sich kein Poem machen, nicht wahr? Es ist das allerprosaischste Volk der Welt, so dass man sich seinetwegen in dieser Hinsicht fast schämen muss.»[55] Ganz anders würde eine solche Geschichte in Westeuropa ausgehen, wo sich daraus ein Roman der Leidenschaften entwickeln würde. «Prosa» im Sinne von Einfachheit als Merkmal der russischen Mentalität wird hier dem Romanhaften in der Bedeutung von unnatürlicher Kompliziertheit als Kennzeichen der westlichen Mentalität gegenübergestellt und der Gegensatz «einfach vs. kompliziert» damit letztbegründend in die kulturelle Opposition «Russland vs. Europa» eingebettet.

In der Dezemberausgabe des «Tagebuchs» kommt Dostojewskij noch einmal auf den Fall Kornilowa zurück. Das erstinstanzliche Urteil wurde kürzlich wegen eines Formfehlers aufgehoben und die Sache an eine andere Kammer verwiesen. Außerdem hat Dostojewskij die Kornilowa inzwischen durch Vermittlung eines Justizbeamten und bekennenden Dostojewskij-Fans zweimal im Frauengefängnis besucht. Die persönlichen Gespräche mit der Gefangenen, die einen gefassten, vernünftigen Eindruck gemacht und «klar, bestimmt und erkennbar aufrichtig» mit ihm gesprochen habe,[56] überzeugen Dostojewskij davon, dass sie ihre Stieftochter nur im Affekt aus dem Fenster gestoßen haben könne. Auch habe sich seine Prognose bewahrheitet: Die Eheleute haben sich ausgesöhnt und die Kornilowa das Verhältnis zu ihrer Stieftochter bereinigt. Die Neuverhandlung des Falles steht unmittelbar bevor. Deshalb greift Dostojewskij noch einmal kräftig in die Tasten:

> Gebe Gott, dass diese junge Seele, die schon so viel hat erdulden müssen, durch eine neuerliche Verurteilung nicht vollends gebrochen wird. Die menschliche Seele erträgt solche Erschütterungen nur schwer. Sie gleichen denen eines zum Tod durch Erschießen Verurteilten, den man vom Pfahl losbindet, Hoffnung macht, die Augenbinde abnimmt, wieder die Sonne zeigt und – ihn nach fünf Minuten neuerlich an den Pfahl führt und festbindet.[57]

Der besagte Justizbeamte erinnert sich, dass gerade dieser Satz, der Dostojewskijs eigene Schicksalsstunde vom 22. Dezember 1849 in Erinnerung ruft, die Leser des «Tagebuchs» besonders berührt habe:

> Dieses kleine, aber tieftragische Bild tat das Seine; und auf die im «Tagebuch» gestellte Frage, «Sollte es denn ganz unmöglich sein, sie freizusprechen, einen Freispruch nicht wenigstens zu riskieren?», erhielt Fjodor Michajlowitsch im Gerichtssaal die lakonische Antwort der Geschworenen: «Nein, nicht schuldig!»[58]

Damit ist der Weg frei fürs Happy End. Dostojewskij berichtet darüber im April 1877. Die neuen Gutachter (mit Ausnahme des Gynäkologen!) hätten seine Hypothese vom Schwangerschaftsaffekt bestätigt:

> [...] nach einer langen Rede des Vorsitzenden zogen sich die Geschworenen zurück und verkündeten nach einer knappen Viertelstunde den Freispruch, der unter den vielen Zuschauern nahezu einen Begeisterungstaumel auslöste. Viele bekreuzigten sich, andere gratulierten einander und schüttelten sich die Hände. Der Gatte der Freigesprochenen führte diese am selben Abend gegen elf Uhr zu sich nach Hause, und so betrat sie nach fast einjähriger Abwesenheit glücklich wieder ihr Heim – unter dem Eindruck einer gewaltigen, für ihr ganzes Leben erteilten Lehre sowie deutlicher Fingerzeige Gottes in dieser ganzen Sache, angefangen schon mit der wunderbaren Errettung des Kindes.[59]

Kein anderer Prozess hat Dostojewskij so sehr beschäftigt wie dieser. Und in keinem anderen zeigen sich die verschiedenen Rollen und Register, deren er sich im «Tagebuch eines Schriftstellers» bedient, so exemplarisch wie hier. Als Beobachter des gesellschaftlichen Wandels im Russland der Reformära Alexanders II. stellt er den neuen Schwurgerichten als moralischen Anstalten die Aufgabe, «das Böse im Täter zu ergründen, es durch ein moralisches Werturteil als solches zu kennzeichnen und öffentlich zu missbilligen».[60] Sprachlich muss sich das Gericht also an der christlichen Diskursnorm orientieren: «Eure Rede sei Ja, ja; nein, nein. Was darüber ist, das ist vom Übel» (Mt 5,37).

Mit dem Einstieg in die Causa Kornilowa verliert dieses Prinzip an Geltung. Schon der Titel des ersten Artikels der Kornilowa-Serie, «Eine einfache, aber vertrackte Sache», deutet an, dass Dostojewskij jetzt ein anderes Register zieht und auf den «komplizierten», analytischen Diskurs des Kriminal- und Seelenspezialisten umschaltet, als der er sich bei den russischen Lesern seit dem «Totenhaus» profiliert hat. Sein Ausblick auf die, wie er sich überzeugt gibt, ganz und gar unsentimentale, «prosaische» Versöhnung des Ehepaares Kornilow markiert zwar noch einmal das «russische» Prinzip Einfachheit. Doch das wirkt eher wie eine Alibi-Übung, die kaschieren soll, dass er selbst dieses Prinzip unterläuft. Hinzu kommt ein anderer Widerspruch, nämlich der zwischen der von ihm stets verlangten Entkoppelung von Schuldspruch und Strafzumessung auf der einen und seinem Plädoyer auf Unzurechnungsfähigkeit im Fall Kornilowa auf der anderen Seite.

Solche elementaren Widersprüche durchziehen das ganze «Tagebuch». Dostojewskij behauptet, kein Antisemit zu sein, und betreibt zugleich schlimmste judenfeindliche Hetze. Er unterstützt den Wunsch der gebildeten weiblichen Jugend auf Hochschulzugang und kritisiert auf der anderen Seite ihre «Abhängigkeit von bestimmten männlichen Ideen», d. h. den Anspruch auf soziale Gleichberechtigung. Er erklärt, noch nie habe die Katorga einen Menschen gebessert, und rühmt an anderer Stelle die läuternde Kraft harter Zuchthausstrafen. Er spottet über die Gefühlsduselei der Presse und bedient sich selbst sentimentaler Phrasen wie «Gott behüte Leben und Sterben der einfachen, guten Menschen!» Er mokiert sich über die schrecklichen Vereinfacherer im linken Lager, die es wichtiger finden, das Volk mit Stiefeln als mit Puschkin-

Versen zu versorgen, und zeigt mit seiner Neigung zu rassistischen und nationalistischen Klischees ein für sein intellektuelles Niveau nicht weniger befremdliches Maß an Vereinfachung.

Der Sprecher des «Tagebuchs» erweist sich insofern als ähnlich «unzuverlässig» (unreliable) wie die Erzählerfiguren seiner Romane.[61] «Unzuverlässigkeit» meint dabei nicht die intellektuelle Beschränktheit oder unzureichende Informiertheit des Sprechers, sondern den Verzicht auf konzeptionelle Bündigkeit und Eindeutigkeit, wie sie vom publizistischen Diskurs eigentlich zu erwarten wäre. Ein Bindeglied zwischen den Romanen und dem «Tagebuch» stellt die Figur des «Paradoxisten» dar, der schon in den «Aufzeichnungen aus einem Kellerloch» aufgetreten war.[62] Dostojewskij nennt ihn einen «Menschen mit sonderbarem Charakter», der es liebe, den Gesprächspartner durch zugespitzte Thesen zu provozieren. Der Paradoxist rühmt den Krieg als «nützlichste Sache der Welt», weil er ein Mittel gegen Verweichlichung und moralische Degeneration sei. In langen Friedensperioden gediehen Egoismus, Genusssucht, Materialismus und verkümmerten Tugenden wie Idealismus, Ehre, Nächstenliebe und Opferbereitschaft. Auch aus christlicher Sicht spreche nichts gegen den Krieg. Schließlich heiße es schon in der Schrift: «Ich bin nicht gekommen, Frieden zu bringen, sondern das Schwert» (Mt 10,34).

Natürlich weiß Dostojewskij, dass er mit diesem Zitat aus dem Matthäus-Evangelium eine der heikelsten Stellen des Neuen Testaments aufruft, die nicht nur die politische Linke, sondern auch Pazifisten wie Tolstoj provozieren müssen. Doch die Provokation entspricht nun mal seinem polemischen Talent. Vor allem sichert sie ihm die Aufmerksamkeit des Publikums, und in der Ausbeutung gerade dieser Ressource ist Dostojewskij unter den Zeitgenossen der Geschickteste. Dem gewitzten Leser ist klar, dass solche Provokationen großenteils Rhetorik und nicht wörtlich zu nehmen sind und dass zudem der Sprecher bzw. Schreiber des «Tagebuchs» nicht mit dem realen Autor Fjodor Michajlowitsch Dostojewkij gleichgesetzt werden darf. Andererseits weist dieser Sprecher sich durch bestimmte Signale wie die Gattungsbezeichnung «Tagebuch» und autobiographische Reminiszenzen als ebenjener Fjodor Michajlowitsch Dostojewskij aus, den der Leser in jeder Nummer des «Tagebuchs» als verantwortlichen Herausgeber und Autor identifizieren kann.

Auf diese Weise wird die Rolle des Tagebuchschreibers verunklart. Als Herausgeber und Autor des «Tagebuchs» steht Dostojewskij in einer Haftung, der er sich als halbfiktiver Sprecher immer wieder entzieht. Als Autor mit beschränkter Haftung bevorzugt Dostojewskij die Rolle des lässigen Plauderers, dessen improvisiert und sprunghaft wirkende Rede ständig abschweift und die logische Erzählfolge gern vertauscht. Immer wieder wechselt die Richtung der Argumentation. Hinzu kommt eine Tendenz zur Vagheit und Verrätselung, die sich in kryptischen Überschriften und offenen Fragen manifestiert. Selbst Iwan Aksakow, als erklärter Slawophiler ein ideologischer Parteigänger Dostojewskijs, beanstandet dessen «Mangel an ökonomischer Ordnung der Gedanken» und eine Sprunghaftigkeit der Argumentation, von der «manchem Leser schwindlig wird».[63]

6

Auf dem Gipfel (1876–1881)

Land und Kinder. Neue Pflichten. Vom Richtplatz zum Marmorpalais

Seit seiner Heimkehr aus Europa im Herbst 1871 sind fünf Jahre vergangen. Dostojewskij geht auf die sechzig zu. Sein ideologisches Programm, die Rückkehr zur «Scholle» und zu den eigenen Wurzeln, hat er inzwischen selbst weitgehend verwirklicht. Er ist angekommen – in Russland, in Sankt Petersburg, im literarischen Leben der Hauptstadt. Er hat eine intakte Familie, führt eine harmonische Ehe und hat fast alle finanziellen Nöte hinter sich, mit denen er so viele Jahre hat kämpfen müssen. Das «Tagebuch» hat ihm einen enormen Zuwachs an Popularität und Einkünfte in unerwarteter Höhe beschert. Sie ermöglichen ihm zwar kein Leben in Luxus, wohl aber ein solides Auskommen, auch wenn Anna noch kurz vor seinem Tod beklagt, dass alle Einnahmen fürs tägliche Leben draufgehen.[1] Jahrzehntelang war er es gewesen, der andere hatte anbetteln müssen. Jetzt ist es umgekehrt. Und Dostojewskij hilft, wo er kann. Jelena Stackenschneider, deren Salon Dostojewskij regelmäßig besucht und mit der ihn eine enge Freundschaft verbindet, erinnert sich, dass Anna unter Tränen geklagt habe, wie leichtsinnig ihr Mann sein Geld verschenke.[2]

Zu Beginn des Jahres 1876 wird die Datscha in Staraja Russa, wo man seit fünf Jahren die Sommermonate verbringt, zum Kauf angeboten. Die Dostojewskijs zögern nicht lange und erwerben das Anwesen für wenig mehr als 1000 Rubel. An eine vergleichbare Liegenschaft zu diesem

Das Haus der Dostojewskijs in Staraja Russa

Preis wäre in den Villenvierteln von Petersburg nicht zu denken. Zudem hat das Tuskulum am Ilmensee den Vorteil, von der Hauptstadt so weit entfernt zu sein, dass man nicht mit unangemeldeten Besuchern rechnen muss. Es ist vor allem Anna, die den Datschenerwerb vorantreibt. Hier hat sie im Sommer 1875 ihren jüngsten Sohn Alexej (Aljoscha) zur Welt gebracht, und hier möchte sie sich nach dem mehr als vierjährigen Herumzigeunern in Westeuropa endlich ein Familiennest einrichten. «Die Datscha», erinnert sie sich, «war kein Stadthaus, sondern eher ein Gutshaus mit einem großen schattigen Garten, Gemüsebeeten, Speichern, Kellern und dergleichen [...] Mein Mann liebte besonders den großen gepflasterten Hof, über den er der Gesundheit wegen zu spazieren pflegte, wenn an Regentagen die ganze Stadt im Schlamm versank und die matschigen Straßen unbegehbar waren.»[3]

Auch Dostojewskij findet Gefallen an dem Plan. Er begründet sein Interesse am Landleben im «Tagebuch eines Schriftstellers» mit dem Feuilleton «Land und Kinder»: «Land ist alles», heißt es darin. Deshalb seien Land und Kinder letztlich das Gleiche. Dieser auf den ersten Blick ziemlich dunklen These liegt die semantische Entfaltung des Begriffs «Kinder-Garten» zugrunde. Die Schriften Friedrich Wilhelm Fröbels, des Begründers der Kindergartenbewegung, spielen in der russischen Pädagogik der 1870er Jahre eine bedeutende Rolle. Dostojewskij, der wegen der vielen kindlichen Elendsgestalten in seinem Werk den Ruf eines Anwalts der Kinder genießt, tritt wiederholt mit Lesungen auf Benefizveranstaltungen der Russischen Fröbelgesellschaft auf. Während in Europa, so der als «Paradoxist» bezeichnete Autor, der Lebensraum der breiten Massen durch Städte und Fabriken geprägt sei und Kinder dort keinen angemessenen Platz mehr hätten, verfüge das ländlich geprägte Russland über hinreichend natürlichen Raum, um seinem Nachwuchs ein kindgerechtes Leben zu ermöglichen. Wie im «Spieler» die arkadische Gartenwelt der Babuschka der dekadenten Welt von «Roulettenburg», so wird hier die russische Natur den denaturierten Räumen des Westens gegenübergestellt. Diesen fehle, worüber jene im Übermaß verfüge. Auch der westeuropäische Arbeiter brauche, um seelisch zu gesunden, «einen eigenen oder besser noch einen genossenschaftlichen Garten» und die Gewissheit,

> dass in diesem Garten seine Frau lebt, ein herrliches Weib, und keine Straßendirne, [seine Frau], die ihn liebt und auf ihn wartet, und zusammen mit der Frau seine Kinder, die dort Pferdchen spielen und [im Gegensatz zu den «gavroches» der Pariser Slums – A. G.] alle ihre Väter kennen. Que Diable, jeder ordentliche und gesunde Knabe kommt mit einem Pferdchen zur Welt, und das sollte jeder ordentliche Vater wissen, wenn er glücklich sein will.

Mit der Anspielung auf die zerrütteten Familienverhältnisse der europäischen Unterklassen (Prostitution, vaterlose Kinder, «gavroches») blendet Dostojewskij das Motiv der «zufälligen Familie» ein. Sie ist die Umkehrversion seines eigenen Familienglücks und soll den Lesern die Folgen der in Europa längst vollzogenen Entfremdung vom «Mutterboden» (potschwa) vor Augen führen. Diese Entfremdung kommt einem Urfrevel gleich, denn «die Erde, der Mutterboden hat etwas Sakramentales».[4]

Die Rückkehr zum russischen Boden wird bei Dostojewskij auch persönlich immer mehr zur fixen Idee. Im August 1879 teilt er Anna aus Bad Ems seine Pläne für die nähere Zukunft mit. Nach Fertigstellung der «Brüder Karamasow» denkt er an eine Fortsetzung des «Tagebuchs», von dessen Erträgen er sich ein Landgut oder ein Dorf kaufen möchte. Annas Abneigung gegen ein dauerhaftes Leben auf dem Lande hält er entgegen,

> dass 1. das Dorf eine gute Kapitalanlage darstellt, die sich, wenn die Kinder groß sind, verdreifachen wird, und dass 2., wer Land besitzt, auch Teil hat an der politischen Macht über den Staat. Das ist die Zukunft unserer Kinder und die Bestimmung dessen, was aus ihnen einmal werden wird: entweder standhafte und selbständige Staatsbürger (die niemandem nachstehen) oder Kümmerlinge. (25.8.1879)

Denselben Gedanken äußert er in der letzten Ausgabe des «Tagebuchs» vom Januar 1881:

> Ich zum Beispiel glaube wie an ein ökonomisches Axiom, dass Grund und Boden nicht den Eisenbahnaktionären, den Industriellen, den Banken, den Juden, sondern vor allem und einzig den Landleuten gehören; dass derjenige, der das Land bearbeitet, alles andere nach sich zieht und dass die Landleute das Wesen des Staates ausmachen, seinen Kern, sein Herzstück.

Wie stark Dostojewskijs Bedürfnis nach Landbesitz ist, zeigt die Tatsache, dass er noch auf dem Sterbebett die Redaktion des «Russischen Boten» in einem eigenhändigen Brief um die rasche Auszahlung des Resthonorars für die «Brüder Karamasow» in Höhe von 4000 Rubel bittet, die er für den Kauf eines Landgutes benötige (26.1.1881). Diese Geldforderung, fügte er hinzu, sei vielleicht seine letzte. Dostojewskij und Tolstoj sind sich persönlich nie begegnet. Vielleicht wäre ein Treffen der beiden zustande gekommen, wenn Dostojewskij länger gelebt hätte. Dann aber wären sie einander gewiss nicht bei einer öffentlichen Lesung, sondern eher bei einer Holzauktion oder auf einer Landwirtschaftsausstellung begegnet.

Am 16. Mai 1878 trifft die Dostojewskijs ein weiterer Schicksalsschlag: der Tod ihres erst zweijährigen Söhnchens Aljoscha.

> Das Kind war die ganze Zeit gesund und fröhlich gewesen. Noch am Morgen seines Todestages hatte es in seiner unverständlichen Kindersprache

> vor sich hingebrabbelt und laut mit der alten Prochorowna gejuchzt, die vor unserer Abreise nach Staraja Russa zu Besuch gekommen war. Plötzlich lief ein Schauer über das Gesicht des Kindes. Die Kinderfrau hielt es für einen Schmerzkrampf, wie er manchmal bei zahnenden Kindern auftritt; gerade damals brachen die Backenzähne durch.[5]

Auch der Kinderarzt sieht zunächst keinen Grund zur Besorgnis. Doch als die Spasmen nicht nachlassen, wird ein Neurologe konsultiert, der feststellt, dass das Kind einen schweren epileptischen Anfall erleidet, den es wohl nicht überleben werde. Um 14.20 Uhr tritt der Tod ein. «Fjodor Michajlowitsch küsste den Kleinen, bekreuzigte ihn dreimal und brach in lautes Weinen aus.»[6] Die ganze Nacht über kniet er an Aljoschas Bett. Zwei Tage später wird das Kind auf dem St.-Georgs-Friedhof an der Großen Ochta beigesetzt. Dostojewskij ist untröstlich. In seine Trauer mischt sich ein bohrendes Schuldgefühl. Es ist «seine» Krankheit, die er seinem Jüngsten, den er besonders zärtlich liebt, vererbt hat.

Um seinen Schmerz zu lindern, drängt Anna Grigorjewna ihren Mann, zusammen mit Wladimir Solowjow eine Pilgerreise in das dreihundert Kilometer südöstlich von Moskau gelegene Kloster Optina Pustyn zu unternehmen. Dem Kloster steht als geistlicher Führer ein Starez vor, wie er in den «Brüdern Karamasow» in der Gestalt des Starez Sossima auftritt. Mit Wladimir Solowjow, einer zentralen Figur der russischen Philosophie jener Zeit, ist Dostojewskij seit 1873 bekannt. Schon als zwanzigjähriger Philosophiestudent der Universität Moskau hatte Solowjow dem von Dostojewskij redigierten Journal «Der Staatsbürger» eine «Analyse der negativen Prinzipien der westlichen Entwicklung» zum Druck angeboten. Ein Jahr später wurde daraus Solowjows berühmte Magisterarbeit «Die Krise der westlichen Philosophie (Gegen die Positivisten)». Dostojewskij ist fasziniert von Solowjow, der sich, philosophisch weit besser beschlagen und mit ganz anderen Diskurstechniken, am selben Problemkomplex abarbeitet wie er, nämlich der Verdrängung geistiger Werte durch materielle, der Vernachlässigung der Seele zugunsten leiblicher Genüsse, dem Verlust religiöser Bindungen und dem Gegensatz zwischen östlicher und westlicher Spiritualität.

Ende Juni treten die beiden die Reise nach Optina Pustyn an, wo sie sich zwei Tage aufhalten. Anna Grigorjewna berichtet, ihren Mann hätten besonders die Gespräche mit Vater Amwrossij, dem Starzen des

Klosters, beeindruckt.[7] Amwrossij lebt in der Einsiedelei außerhalb der Klostermauern. Zeitgenossen beschreiben ihn als gebildeten, ruhigen, trotz seines hohen Alters und seiner angegriffenen Gesundheit stets heiteren Mann. Dostojewskij erzählt ihm, wie untröstlich seine Frau über den Verlust ihres Kindes sei. Amwrossij will wissen, ob Anna gläubig sei, und als Dostojewskij dies bejaht, lässt er ihr ausrichten, dass er sie segne, wobei er – so Anna in ihren Memoiren – «jene Worte gesprochen [habe], die im Roman der Starez Sossima an die trauernde Mutter richtet». Gemeint ist das Kapitel «Die gläubigen Weiber» aus dem 2. Buch des ersten Teils der «Brüder Karamasow», dem Dostojewskij den Verlustschmerz um den Tod seines Sohnes eingeschrieben hat. Dort sucht eine junge Frau, die ihren dreijährigen Sohn verloren hat, Trost beim Starez Sossima, der sie mit dem Hinweis auf Rahels Klage um ihre toten Kinder (Mt 2,18) tröstet:

> «Das ist nun mal das Los, das Euch Müttern auf Erden zuteilwird. Und so gib dich denn nicht zufrieden, lass dich nicht trösten und weine – nur denke jedes Mal, wenn du weinst, daran, dass dein Söhnchen einer von Gottes Engeln ist und von dort auf dich herabblickt und dich sieht und sich deiner Tränen freut und sie Gott dem Herrn zeigt. Und lange noch wird deine Mutterklage währen, aber zuletzt wird sie sich in eine sanfte Freude verwandeln, und deine bitteren Tränen werden zu Tränen einer stillen Rührung und Herzensläuterung, die dich vor Sünden bewahrt. Doch deines Söhnchens werde ich im Gebet gedenken. Wie war sein Name?» – «Alexej, Väterchen.» – «Ein schöner Name. Nach Alexej, dem Knecht Gottes?» – «Gottes, ja Väterchen, Gottes, nach Alexej, dem Knecht Gottes!»

Nach der Rückkehr aus Optina Pustyn begibt sich Dostojewskij über Moskau nach Staraja Russa, wohin Anna mit den Kindern nach Aljoschas Beisetzung geflohen ist. Das alte Quartier am Gretscheskij-Prospekt hat sie gekündigt. Nie wieder will sie die Räume betreten, in denen ihr Jüngster gestorben ist. Im Herbst 1878 wird eine Sechs-Zimmer-Wohnung im Kusnetschnyj pereulok (dt. Schmiedegasse) gemietet. Das Haus Nr. 5, in dem sich heute das zum 150. Geburtstag des Autors gegründete Petersburger Dostojewskij-Museum befindet, steht an der Ecke zur Jamskaja- (jetzt Dostojewskaja-)Straße. Von hier bis zum unteren Newskij-Prospekt sind es in nördlicher Richtung zu Fuß kaum mehr als zehn Minuten.

Museumsbesuchern präsentiert sich die Wohnung heute in einer großbürgerlichen Atmosphäre, die sie zu Dostojewskijs Zeit nicht hatte. Das ursprüngliche Mobiliar ist in den Wirren der Revolution und des Bürgerkriegs verloren gegangen. Außer dem Zylinder des Autors, einer modernen Tischuhr mit Anzeige der Monats- und Wochentage sowie ein paar Autographen und Schreibutensilien sind hier fast keine Originalstücke mehr zu sehen. Kinderzimmer und Kabinett sind die am weitesten voneinander entfernten Räume der Wohnung, obwohl die Kinder längst schlafen, wenn sich ihr Vater gegen 21 Uhr an die Arbeit macht. Ein Schlafzimmer hat die Wohnung nicht. Anna nächtigt in ihrem Boudoir neben dem Kinderzimmer, Dostojewskij auf einem Wachstuchsofa im vollgequalmten Kabinett. Über dem Sofa hängt ein Bild der Sixtinischen Madonna, in die er sich während seines Dresden-Aufenthaltes verliebt hat. Sofija Andrejewna Tolstaja, die mit den Dostojewskijs befreundete Witwe des 1875 verstorbenen Dichters Alexej Tolstoj, hat ihm eine große Kopie geschenkt.

Dostojewskijs Tochter Ljubow, die 1913 in die Schweiz emigrierte und nach der Revolution eine starke Russophobie entwickelte (sie hielt ihren Vater für den Abkömmling einer normannisch eingefärbten litauischen Familie), verdanken wir eine detaillierte Beschreibung der Morgentoilette ihres Vaters:

> Wenn mein Vater aufstand, machte er zuerst Gymnastik und wusch sich dann im Toilettenzimmer. Er nahm sorgfältige Waschungen vor mit viel Wasser, Seife und Eau de Cologne. Dostojewski hatte eine wahre Leidenschaft für Reinlichkeit, obwohl diese Tugend den Russen nicht eigen ist. Erst gegen die zweite Hälfte des neunzehnten Jahrhunderts wurde sie Mode. Von unseren Großmüttern erzählt man, dass in ihrer Jugend die jungen Mädchen, die auf den Ball gingen, ihre Dienerinnen in das Zimmer der Mutter sandten, um zu fragen, ob sie für großes oder kleines Dekolleté sich den Hals waschen sollten. Auch jetzt noch trifft man bei uns authentische, alte Fürstinnen mit ungeputzten Fingernägeln. Dostojewskis Nägel waren niemals schwarz. Sosehr er auch beschäftigt war, fand er doch immer Zeit zu einer sorgfältigen Nagelpflege. Gewöhnlich sang er, während er sich wusch. Sein Toilettenzimmer befand sich neben unserem Kinderzimmer, und jeden Morgen hörten wir ihn dasselbe kleine Liedchen singen [...] Dann ging mein Vater in sein Zimmer und beendete dort seine Toilette. Niemals habe ich ihn im Schlafrock oder in Pantoffeln gesehen, in denen sich die

> Russen einen großen Teil des Tages zu bewegen pflegen. Gleich vom Morgen an war er korrekt gekleidet, mit Stiefeln und Krawatte und einem schönen weißen Hemd mit gestärktem Kragen (nur das Volk trug damals bei uns farbige Hemden.) Mein Vater trug immer gute Anzüge, auch in der Zeit, als er noch arm war, ließ er bei dem besten Schneider der Stadt arbeiten. Er pflegte seine Kleidung sehr, bürstete sie immer selbst und besaß das Geheimnis, sie lange neu zu erhalten. Am Morgen trug mein Vater eine kurze Jacke. Geschah es, dass er beim Umstellen der Kerzen einen Stearinflecken darauf sah, so zog er sie sofort aus und bat das Mädchen, die Flecken zu entfernen. «Flecken stören mich», klagte er. «Ich kann nicht arbeiten, wenn sie da sind. Ich muss die ganze Zeit daran denken, anstatt über meine Arbeit nachzusinnen.» Hatte Dostojewski seine Toilette beendet und sein Gebet gesprochen, so ging er in das Speisezimmer, um Tee zu trinken [...] Während des Frühstücks lüftete und reinigte das Dienstmädchen sein Zimmer. Es enthielt wenig Möbel, die alle der Wand entlang aufgestellt waren und immer ihren gleichen Platz haben mussten. Wenn mehrere Freunde meinen Vater gleichzeitig besuchten und Stühle und Fauteuils in Unordnung brachten, stellte er sie nach dem Weggehen der Gäste selbst an ihren Platz. Auch auf seinem Schreibtisch herrschte die größte Ordnung. Die Zeitungen, die Zigarettenschachtel, die Briefe, die er empfing, die Bücher, die er zu Rate zog – alles musste an seinem Platze bleiben. Die kleinste Unordnung regte meinen Vater auf. Da meine Mutter wusste, welche Wichtigkeit er dieser peinlichen Ordnung beimaß, warf sie jeden Morgen einen Blick auf den Schreibtisch ihres Gatten.[8]

Nach dem Frühstück diktiert Dostojewskij seiner Frau den nachts entstandenen neuen Text. Anna stenografiert mit, legt ihm den transliterierten Text zur Korrektur vor, fertigt dann in ihrer gestochen schönen Handschrift die Reinfassung an und schickt diese, wenn es sich um eine fertige Kapitelfolge handelt, an die Redaktion des «Russischen Boten».

Im Juni 1878, auf dem Weg zum Optina-Kloster, hatte Dostojewskij in Moskau Zwischenstation gemacht, um mit Katkow das Honorar für «Die Brüder Karamasow» auszuhandeln. Er weiß, dass mit dem Publikumserfolg des «Tagebuchs» sein Marktwert gestiegen ist. Deshalb verlangt er ohne Umschweife 300 Rubel pro Druckbogen, wohl wissend, dass er damit noch immer unter Lew Tolstojs Honorar liegt. Der neue Roman, der ab Januar 1879 im «Russischen Boten» erscheint und Ende 1880 beendet wird, verlangt Dostojewskij ein extremes Maß an Disziplin ab. Immer wieder klagt er über den unerträglichen Arbeitsdruck. Natürlich hat er diese «Katorga-Schufterei» längst verinnerlicht. Ohne sie könnte er gar nicht schreiben. Trotzdem bleibt unbegreiflich, wie er die Arbeit an diesem ungeheuren Textmassiv mit den vielen Pflichten in Einklang bringt, die seine neue Rolle als einer der tonangebenden Autoren Russlands mit sich bringt.

Zu diesen Pflichten gehört vor allem die Korrespondenz mit der wachsenden Fangemeinde, zu der ihm das «Tagebuch eines Schriftstellers» verholfen hat. Im renommierten Petersburger Fotostudio von Konstantin Schapiro am Newskij-Prospekt gibt er eigens für seine Fanpost eine Serie von Porträtaufnahmen in Auftrag. Die meisten Leser wollen ihm nur Dankbarkeit und Verehrung bezeugen. Andere suchen Lebenshilfe oder bitten ihn, sich in irgendeiner Angelegenheit für sie zu verwenden. Es gibt aber auch Enthusiasten, die dem Meister direkter zu Leibe rücken. So zum Beispiel eine Lehrerin aus Charkow, die dem Gerücht aufsitzt, Anna habe sich von ihrem Mann getrennt und den inzwischen schwer Erkrankten sich selbst überlassen, weshalb sie eines Tages mit einem Proviantkorb vor Dostojewskijs Wohnungstür steht und mit großer Entschiedenheit erklärt, fortan seine Pflege zu übernehmen.[9]

Zur Kontaktpflege mit Lesern und Leserinnen kommen die vielen Vereine hinzu, deren Mitglied Dostojewskij ist oder mit denen er sympathisiert. Dazu zählen der Literaturfonds, mit dem er sich inzwischen wieder versöhnt hat; die «Gesellschaft der Freunde der russischen Literatur», ein Vorläufer des Russischen Schriftstellerverbandes; die «Slawische Wohlfahrtsgesellschaft», die während des Russisch-Türkischen Krieges eine wichtige politische Rolle spielt; die «Bestuschew-Kurse», eine Art Frauenuniversität, die den Massen-Exodus russischer Studentinnen an Schweizer Universitäten unterbinden soll; die «Russische Fröbelgesellschaft» u.a.m. Immer wieder tritt Dostojewskij dort mit Lesungen aus seinen Bestsellern auf.

Zu den angenehmeren Pflichten gehört Dostojewskijs regelmäßiger Verkehr in den Salons von Jelena Stackenschneider und Gräfin Sofja Tolstaja. Erstere, Tochter eines bekannten Architekten, die in einer Villa an der vornehmen Millionnaja-Straße residiert, gehört zu den engsten Freunden der Dostojewskijs. In ihrem Haus geht es ausgesprochen familiär zu. Oft bringen die Gäste ihre Kinder mit, und dann werden nicht nur Texte vorgetragen, sondern es wird auch gesungen oder Theater gespielt, einmal sogar mit Beteiligung Dostojewskijs, der in rotem Samtkostüm mit Puffärmeln in Puschkins Drama «Der steinerne Gast» auftritt. Während man sich bei Stackenschneiders am Dienstag trifft, finden die Abende der gebildeten und polyglotten Sofja Andrejewna Tolstaja (nicht zu verwechseln mit der gleichnamigen Gattin Lew Tolstojs, der nur entfernt mit Alexej Tolstoj verwandt war) jeweils am Freitag statt. Hier schart die Gräfin, die enge Beziehungen zum Hof hat, zusammen mit dem russischen Hochadel und ausländischen Diplomaten wie dem Marquis Melchior de Vogüé, dem wir die erste westliche Abhandlung zum russischen Roman verdanken (Le roman russe, 1889), die Creme des kulturellen Lebens der Hauptstadt um sich.

Dostojewskijs späte Teilnahme am kulturellen Leben der von ihm lange gemiedenen Petersburger High Society begleitet eine Reihe höchster öffentlicher Ehrungen. Im Dezember 1877 wird er zum Korrespondierenden Mitglied der Kaiserlichen Akademie der Wissenschaften berufen. Im März 1878 erhält er eine Einladung zum Internationalen Literaturkongress in Paris unter dem Vorsitz Victor Hugos. Im Mai 1879 wird er als einer der «plus illustres représentants de la littérature contemporaine» vom Vorstand des Internationalen Literaturverbandes zum Ehrenmitglied ernannt. Das alles ist Labsal für die Seele eines Autors, den ein besonderes Maß an Ehrgeiz kennzeichnet, der sich jedoch die längste Zeit seines Lebens für einen «Loser» gehalten hat.

Dostojewskij könnte mit sich und der Welt im Reinen sein, wäre die Welt denn etwas harmonischer verfasst. Aber das ist sie nicht. Das Attentat Dmitrij Karakosows auf Zar Alexander II. vom 4. April 1866, das sowohl die Figur Raskolnikows in «Schuld und Sühne» als auch das Sujet der «Dämonen» beeinflusst hat, findet zahlreiche Nachahmer im Rahmen der linksterroristischen Bewegung «Land und Freiheit», von der sich 1879 die Gruppe «Volkswillen» bzw. «Volksfreiheit» (Naródnaja wólja) abspaltet. Gegen Ende der 1870er Jahre greift der Terror der «Narodowolzen» immer mehr um sich. Am 24. Januar 1878 gibt die Studentin Wera Sassulitsch mehrere Schüsse auf den Petersburger Stadtkommandanten General Trepow ab, der schwer verletzt wird. Im April spricht ein Schwurgericht die Angeklagte frei. Die liberale Intelligenzija applaudiert den Geschworenen; die nationale Partei, der sich auch Dostojewskij zurechnet, ist empört. Am 4. August 1878 fällt der Chef der Sicherheitspolizei, Nikolaj Mesenzow, einer Messerattacke des Terroristen Sergej Stepnjak-Krawtschinskij zum Opfer. Der Täter entkommt und setzt sich ins Ausland ab. «Terror ist eine schreckliche Sache», schreibt er später. «Nur eine Sache ist schrecklicher als Terror: die Gewalt ohne Murren zu ertragen.»[10] Am 9. Februar 1879 erschießt der Anarchist Grigorij Goldenberg, ebenfalls ein Mitglied von «Land und Freiheit», den Generalgouverneur von Charkow, Fürst Dmitrij Kropotkin, als dieser das Theater verlässt. Am 14. Februar 1880 lässt der Narodowolze Stepan Chalturin im Keller des Winterpalasts unter dem Saal, in dem der Zar zu diesem Zeitpunkt einen ausländischen Gast empfangen soll, eine Bombe hochgehen. Die Ankunft des Monarchen verzögert sich etwas. Die Bombe detoniert zu früh. Elf Soldaten werden getötet, fünfundsechzig verletzt.

Danach setzt Alexander II. eine Sonderkommission zur Verfolgung und Unterbindung terroristischer Aktivitäten unter Vorsitz des Grafen Michail Loris-Melikow ein. Knapp eine Woche später, am 20. Februar 1880, entgeht der Graf vor seinem Haus nur knapp einem Revolveranschlag des Terroristen Iwan Mlodezkij. Der Attentäter wird verhaftet und zwei Tage später öffentlich gehängt. Die Exekution findet auf dem Petersburger Semjonow-Platz statt, an gleicher Stelle, wo vor einunddreißig Jahren Dostojewskij und die Petraschewzen auf ihre Hinrichtung gewartet hatten. Damals hatten sich nur einige hundert Schaulustige eingefunden. Jetzt sind es sechzigtausend. Geschäftstüchtige Zimmerleute haben seit dem frühen Morgen Bänke, Tische, Kisten und Fässer aufgestellt. Ein Platz mit guter Sicht auf den Galgen kostet bis zu zehn Rubel.

Unter den Zuschauern befindet sich auch Dostojewskij. Was treibt ihn zu diesem Spektakel? Ist es Wiederholungszwang, also die Rückkehr zu einer traumatischen Schlüsselszene der eigenen Biographie? Dafür spräche die Häufigkeit des Hinrichtungsmotivs in Dostojewskijs Werk. Will er einfach nur einen Vertreter jener Terroristen leibhaftig sehen, die, wie er ständig im «Tagebuch» betont, Russland an den Rand des Abgrunds gebracht haben? Oder ist es die niederträchtige, aber nur schwer unterdrückbare Schaulust, der sich selbst Gegner der Todesstrafe wie Turgenjew und Tolstoj nicht entziehen können und die allemal einen Autor wie Dostojewskij, den Grenzsituationen aller Art magisch anziehen, zum Schafott treibt?

Von Dostojewskij selbst liegt uns kein direkter Kommentar zu diesem Ereignis vor. Mehrere Zeitgenossen bezeugen aber, dass Mlodezkijs Hinrichtung ihn stark bewegt hat. Zu diesen Gewährsleuten gehört auch Großfürst Konstantin Romanow, ein Neffe Zar Nikolajs I., der selbst literarisch dilettiert und als bekennender Dostojewskij-Fan jede Begegnung mit dem Meister und jede Lektüre eines seiner Werke im Tagebuch festhält. Am 26. Februar 1880 hat er Dostojewskij zu einem Literaturabend in seine Residenz, das Marmorpalais an der Newa, eingeladen. Dort habe der Autor sein, wie der Großfürst findet, befremdliches Interesse an Mlodezkijs Hinrichtung damit begründet, dass er sich als Schriftsteller generell «für alles interessiere, was den Menschen betrifft, alle Lebenslagen, seine Freuden und Leiden»[11]. Zu solchen experimentell erfahrbaren Lebenslagen gehört offenbar auch der Standortwechsel vom Delinquenten des Jahres 1849 zum Schaulustigen des Jahres 1880, der dem Seitenwechsel vom potentiellen Zarenmörder zum bekennenden Monarchisten entspricht.

Seit seiner Zeit als Redakteur des konservativen Journals «Der Staatsbürger» steht Dostojewskij in direktem Kontakt mit Konstantin Pobedonoszew, Professor für bürgerliches Recht an der Universität Moskau und Chefideologe der politischen Rechten. Man vermutet in ihm das Vorbild für Alexej Karenin in Tolstojs «Anna Karenina». In den 1860er Jahren war Pobedonoszew Erzieher des Zarewitsch Nikolaj Romanow gewesen. Seitdem verfügt er über beste Beziehungen zum kaiserlichen Hof. 1872 wird er Mitglied des Staatsrats, 1880 Oberprokuror des Heiligen Synods, der politisch einflussreichen obersten Kirchenbehörde. Seitdem spielt er im Kabinett die Rolle einer grauen Eminenz. Pobedonoszew hatte sich, ähnlich wie Dostojewskij, vor dem Hintergrund des russischen «Nihilismus» und des linken Terrors vom Liberalen zum politischen Reaktionär entwickelt. In Dostojewskij sieht er den Dichter, der endlich «die russische Wahrheit» verkündet.[12] Umgekehrt teilt Dostojewskij mit dem Oberprokuror die Überzeugung, dass die in der russischen Oberschicht verbreitete Gottesverneinung, ja «Gotteslästerung» die Wurzel aller derzeitigen gesellschaftlichen Übel sei (19.5.1879).

Vor allem Pobedonoszew ist es zu verdanken, dass Dostojewskij Anfang Februar 1878 von Dmitrij Arsenjew, dem offiziellen Erzieher der Zarensöhne, gebeten wird, sich für erbauliche Gespräche mit seinen Zöglingen Sergej (geb. 1857) und Pawel (geb. 1860) zur Verfügung zu halten. Ein solches Tutoriat der «Zarewitschi» stellt weniger eine pädagogische Aufgabe als eine Auszeichnung des Tutors dar, der auf diese Weise weithin sichtbar in die Huld des Zarenhofes gestellt wird. Dostojewskij kann sich schon bald revanchieren. Anlässlich des fünfundzwanzigsten Thronjubiläums von Alexander II. am 19. Februar 1880 verfasst er im Namen der Slawischen Wohlfahrtsgesellschaft folgende Grußbotschaft:

> Kaiserliche Hoheit, allergnädigster Herrscher! Am so bedeutsamen wie glücklichen Tage Ihres fünfundzwanzigsten ruhmreichen Thronjubiläums vereinigen wir, die Slawische Wohlfahrtsgesellschaft, unsere schwache Stimme mit der großen, millionenfachen Stimme der russischen Nation, die ihren sein Volk so aufrichtig liebenden Herrscher in Freude und Liebe begrüßt. Das Volk rühmt und liebt seinen Monarchen und sieht in ihm seinen Vater [...] Schon seit geraumer Zeit ist in der gebildeten Schicht unseres Staates neben kostbarsten Früchten der Wissenschaft und Aufklärung so manches Unkraut gediehen. Neben Menschen, die innig und inbrünstig dem Vaterlande dienen, gibt es solche, die weder an das russische Volk noch an seine Wahrheit, ja nicht einmal an seinen Gott glauben. In deren Schlepptau sind rasende Zerstörer aufgetaucht, Ignoranten aus Überzeugung, die nicht nur Gott, sondern sogar jene Wissenschaft verneinen, die sie unlängst noch höher stellten als Gott, wahre Bösewichte, die die Idee der Allzerstörung und der Anarchie proklamieren [...] Diese jungen russischen Kräfte, die sich wahrlich verirrt haben, sind, o weh, schließlich einer finsteren, unterirdischen Macht erlegen, der Macht der Feinde vor allem der russischen, aber auch der gesamten Christenheit. [...] Wir, die Slawische Gesellschaft, stehen fest zu unseren Überzeugungen und trotzen sowohl dem Wankelmut so vieler Väter als auch der wilden Torheit ihrer Kinder, die an das Verbrechen glauben und es anbeten. Wir bekennen nachdrücklich, dass nur in unseren Ideen, in deren Namen wir uns zusammengeschlossen haben und denen wir dienen, die wahre Überwindung des ganzen russischen Leids und all dessen besteht, was das russische Leben jenem großen Ziel näherbringt, welches ihm zweifellos beschieden ist.

Gerade vor dem Hintergrund offizieller, «monologischer «Texte wie diesem wird deutlich, was Michail Bachtin als die «dialogische» Qualität von

Dostojewskijs künstlerischem Werk bezeichnet. Beide Register bedingen einander. Wird das eine dominant, drängt das andere in den Vordergrund. Mit zunehmendem Alter indes zeichnet sich bei Dostojewskij so etwas wie eine Erschöpfung von der Unruhe des dialogischen Prinzips, ein immer stärkeres Bedürfnis nach einfachen und eindeutigen Botschaften ab. «Einfach» in diesem Sinne ist das kindliche Lachen Makar Dolgorukijs im «Jüngling». «Einfach» sind Glaube und Sprache des russischen Volkes im «Tagebuch eines Schriftstellers» (der Fall Kornilowa). «Einfach und klar» soll die Sprache der Gerichte sein, und «einfach» werden in den «Brüdern Karamasow» die Lehren des Starez Sossima sein. Trotzdem müssen sich dessen Lehren behaupten gegen die Einsprüche des ältesten Bruders Iwan und dessen metaphysische Revolte. Als Raum des offenen Diskurses bleibt der Roman die Arena des «Pro und Contra».[13]

Ein Denkmal, zwei Propheten. Die Puschkin-Feier von 1880

Alle Einladungen und alle Fanpost, sämtliche Ehrenmitgliedschaften und kaiserlichen Gunstbeweise sind nichts im Vergleich zu dem Triumph, den Dostojewskij im Juni 1880 mit seiner Rede anlässlich der Enthüllung des Moskauer Puschkin-Denkmals feiern kann. Dieses literaturpolitisch wichtige Ereignis hat eine lange Vorgeschichte. Bis dahin waren Dichterdenkmäler in Russland eine Ausnahme. Monumente wurden gekrönten Häuptern und Feldherren errichtet, mithin Personen, die Geschichte machen. Dichter waren dazu da, die Macher der Geschichte zu besingen. Ausgenommen vom Denkmalstabu waren Hofpoeten oder der Krone nahe stehende Dichter wie Michail Lomonossow und Nikolaj Karamsin. Alexander Puschkin hingegen, der bedeutendste, alle anderen an Ideen- und Formenreichtum überragende Dichter Russlands, war bislang leer ausgegangen. Sein früher, möglicherweise einer Hofintrige geschuldeter Duelltod mit nur siebenunddreißig Jahren hatte im Russland Nikolajs I. als Skandal gegolten. Um Unruhen und Unmutsbekundungen zu unterbinden, war Puschkins Leichnam im Januar 1837 bei Nacht und Nebel aus der Hauptstadt in sein dreihundert Kilometer südwestlich von Petersburg gelegenes Landgut Michajlowskoje überführt und in aller Stille beigesetzt worden.

Erst nach dem Tod Nikolajs I. (1855), der Puschkin zutiefst misstraut und sich selbst zum persönlichen Zensor des Dichters gemacht hatte, war eine öffentliche Diskussion über ein Puschkin-Denkmal möglich geworden. Den Anstoß gab 1861 die Fünfzigjahrfeier des Petersburger Alexander-Lyzeums, zu dessen legendärem ersten Jahrgang Puschkin gehört hatte.[14] Zwanzig prominente Alumni der Schule setzten sich damals für die Errichtung eines Puschkin-Denkmals ein. Dieses Projekt dümpelt lange vor sich hin und nimmt erst an Fahrt auf, als die «Gesellschaft der Freunde der russischen Sprache» sich darum kümmert. Nach langen Diskussionen einigt man sich darauf, das Denkmal nicht, wie ursprünglich geplant, in Petersburg, sondern in Puschkins Geburtsstadt Moskau zu errichten, und zwar am unteren Ende des Twerskoj-Boulevard, Moskaus Hauptstraße, direkt gegenüber dem Märtyrerkloster. Den ersten Preis im Wettbewerb um die künstlerische Gestaltung des Monuments gewinnt der Bildhauer Alexander Opekuschin.

Am 2. Mai 1880 bittet der Präsident der «Gesellschaft der Freunde des russischen Literatur» Dostojewskij offiziell, auf einer der beiden nach der Denkmalsenthüllung geplanten Festsitzungen einen Vortrag zu halten. Als Hauptredner hat das mehrheitlich aus liberalen Katkow-Gegnern bestehende Festkomitee jedoch einen anderen auserkoren, nämlich Iwan Turgenjew. Seit Jahrzehnten im Ausland – derzeit in Bougival bei Paris – ansässig und nach Russland nur noch sporadisch zurückkehrend, hat Turgenjew seine Teilnahme vor allem in der Absicht zugesagt, der reaktionären Katkow-Partei nicht das Feld zu überlassen. Seine Hoffnung, dafür auch Tolstoj zu gewinnen, dessen Stimme unter den Autoren Russlands neben seiner und Dostojewskijs derzeit am meisten Gewicht hat, zerschlagen sich. Tolstoj hat offizielle Anlässe und Ehrungen nie ausstehen können und interessiert sich seit dem endgültigen Rückzug auf sein Landgut Jasnaja Poljana nicht im Mindesten für sogenannte Höhepunkte des gesellschaftlichen Lebens.

Für Dostojewskij gewinnt Turgenjews Teilnahme am Fest dadurch an Brisanz, dass der Kritiker Pawel Annenkow, ein Vertrauter Turgenjews, in seinen soeben erschienenen Memoiren die alte Legende aufgewärmt hat, Dostojewskij habe sich 1846 für den Druck seines Erstlings «Arme Leute» eine graphische Sonderbehandlung ausbedungen (s. oben S. 70). Schon vor dem Aufeinandertreffen der beiden ist die Atmo-

Enthüllung des Puschkin-Denkmals in Moskau am 6. Juni 1880

sphäre gespannt. Da ist sie wieder, die alte Kränkung des Jahres 1846 durch Turgenjew und Nekrassow, die Dostojewskij noch bis ins nunmehr fünfunddreißigste Jahr seiner literarischen Karriere verfolgt. Zusätzlich belastet wird das Klima zwischen beiden Schriftstellern im Vorfeld der Puschkin-Feier durch das Gerücht, dass die «feindliche Partei (Turgenjew, Kowalewskij und fast die gesamte Universität) die Bedeutung Puschkins als Exponent der russischen Volksverbundenheit (narodnost) unbedingt schmälern» wolle (28./29. 5. 1880). Dass das Festkomitee am Vorabend der Feierlichkeiten Einzelheiten des Programms mit Turgenjew in dessen Hotel abstimmt, ohne Dostojewskij einzubeziehen, steigert dessen Zorn zusätzlich. «Die haben mich glatt übergangen», klagt er in einem Brief an Anna und ist sicher, dass «dies Turgenjews Werk» war (2./3. 6. 1880).

Wegen des unerwarteten Todes von Maria Alexandrowna, der Gattin Alexanders II., am 22. Mai 1880 ordnet der Moskauer Generalgouverneur die Verschiebung der Puschkin-Feier an. Das zwingt Dostojewskij, sich sehr viel länger in Moskau aufzuhalten, als die Abschlussarbeiten an den «Brüdern Karamasow» eigentlich erlauben. Die Feierlichkeiten werden schließlich am Vormittag des 6. Juni mit einer vom Patriarchen Makarij gehaltenen Seelenmesse im Märtyrerkloster eröffnet. Pünktlich um zwölf wird der vor der Kirche gelegene Denkmalsockel zunächst mit Weihwasser besprengt. Nach offizieller Übergabe des Monuments an die durch ihren Bürgermeister vertretene Stadt Moskau folgt zu den Klängen eines Orchesters unter Nikolaj Rubinstein und zu Hurra-Rufen des Publikums die feierliche Enthüllung des Denkmals. Um 14 Uhr schließt sich in der Aula der Universität Moskau eine Festsitzung der «Gesellschaft der Freunde der russischen Literatur» an, auf der Rektor Nikolaj Tichonrawow, ein bekannter Philologe, Turgenjew als «würdigen Nachfolger Puschkins» begrüßt.[15] Dostojewskij muss es geahnt haben. Er bleibt der Sitzung fern und gönnt sich im Hotel eine Mittagspause.

Für den Nachmittag hat der Moskauer Stadtrat zu einem Diner im großen Säulensaal der Adelsversammlung geladen. Es beginnt mit Grußworten des Innenministers, des Stadtoberhaupts und Alexander Puschkins, des ältesten Sohnes des Dichters. Es folgen weitere Reden, Toasts und Rezitationen, darunter eine durchaus konziliante Tischrede Michail Katkows. Als dieser anschließend sein Glas erhebt, um mit Turgenjew anzustoßen, wendet der sich ab und tut so, als habe er Katkows Versöhnungsgeste nicht bemerkt. Das Fest hat seinen ersten Skandal. Der Tag klingt aus mit einer Soiree, auf der, unterbrochen von Musikeinlagen, renommierte Autoren wie Iwan Turgenjew und Alexander Ostrowskij Puschkin-Texte rezitieren. Dostojewskij liest den Monolog des Mönchs Pimen aus Puschkins «Boris Godunow» und wird dafür mit starkem Applaus belohnt. Dreimal muss er zurück auf die Bühne, wie er seiner Frau stolz nach Petersburg meldet. Weniger erfreulich ist, dass Turgenjew, der, wie Dostojewskij giftet, «miserabel gelesen hat», deutlich mehr Applaus bekommt. Natürlich habe Turgenjew dies einzig seiner «Claque» zu verdanken (7. 6. 1880).

Turgenjew hat seinen mit Spannung erwarteten großen Auftritt am Mittag des folgenden Tages. Als überzeugter Aufklärer bezweifelt er die These der Slawophilen, dass Russlands Rettung einzig in der Anpassung der Eliten an das bodenständige «Volk» bestehe. Auch bestreitet er, dass Puschkin, wie für die Slawophilen, ein «völkischer» (narodnyj) Dichter sei. Vielmehr sei er ein nationaler Dichter. Sein Verdienst habe darin bestanden, für sein Land zwei kulturelle Großtaten vollbracht zu haben, indem er sowohl eine moderne Literatursprache als auch meisterhafte Werke in ebendieser Sprache geschaffen habe. Als «völkisch» sei Puschkin deswegen nicht einzuschätzen, weil das einfache russische Volk ihn ebenso wenig lese, wie Goethe in Deutschland oder Shakespeare in England von den unteren Schichten des Volkes gelesen werde, obwohl dies ein erstrebenswertes Ziel sei. Dazu aber müsse der Bildungsstand der Massen angehoben werden. Zudem sei fraglich, ob Puschkins Rang als Nationaldichter dem eines Homer, Shakespeare oder Goethe gleichkomme. Vielleicht wäre ihm dies vergönnt gewesen, hätte er länger gelebt. Doch das Schicksal habe es anders gewollt. Turgenjew bringt seine Abneigung gegen den Populismus der Slawophilen mit einem Puschkin-Sonett zum Ausdruck, dessen erste Strophe lautet: «Lass dich, Poet, nicht von der Huld des Volkes blenden! / Hymnen des Augenblicks nur sind sie, rasch verhallt. / Dem Lob der Toren folgt der Spott der Menge. / Bleib dir stets treu und finde nur in dir selber Halt.»[16]

Dieser Rekurs auf die romantische Verachtung der Masse bzw. der Menge (tolpá) ist ehrlich und mutig, aber das Gegenteil von dem, was die im Kolonnensaal versammelte «Menge» erwartet. Turgenjews Strategie, die Puschkin-Feier zu einem Fest des liberalen Denkens zu machen, beruht auf einer völlig falschen Lageeinschätzung. Nach den für Russland ungünstigen Ergebnissen des Berliner Kongresses und der jüngsten Attentatswelle ist das Bedürfnis nach Symbolen nationaler Stärke groß. Dostojewskij empört sich darüber, dass Turgenjew Puschkin «herabgesetzt und ihm den Rang eines Nationaldichters abgesprochen» habe, wie er Anna in einem der nächtlichen Briefe mitteilt, in denen er ihr über das jeweilige Tagesgeschehen berichtet. (7. 6. 1880) Letztlich aber kann er Turgenjew dankbar sein, denn in dessen Verkennung der Lage besteht seine, Dostojewskijs, große Chance. In den Briefen an Anna aus seinem Moskauer Hotel ist förmlich zu spüren, wie er seinem Auftritt entgegenfiebert. Sein dramatischer Instinkt sagt ihm, dass jetzt «alles vom Effekt abhängt». Er will nun endgültig zu seinen ewigen Konkurrenten Turgenjew und Tolstoj aufschließen (27./28. 5. 1880). Und er ahnt zugleich, dass mehr auf dem Spiel steht als nur ein Punktsieg über Turgenjew. Es geht um das, was er sein «Fundament für die Zukunft» nennt. «Morgen findet mein eigentliches Debüt statt.» (7. 6. 1880) Er sollte Recht behalten. Tatsächlich beginnt Dostojewskijs eigentliche «Karriere» erst mit seiner Puschkin-Rede und den «Brüdern Karamasow», von denen damals bereits drei Viertel gedruckt vorliegen und die beim Publikum ein Riesenerfolg sind.

Schon vor seinem Auftritt begeistert begrüßt, erhält er während des Vortrags immer wieder Zwischenapplaus. Er beginnt mit einem Zitat Nikolaj Gogols aus dem Jahre 1832: «Puschkin ist eine außergewöhnliche und die vielleicht einzige Manifestation des russischen Geistes.» Dostojewskij fügt von sich aus hinzu: «Und zwar eine prophetische.»[17] Das ist rhetorisch sehr viel effektvoller als Turgenjews konventionelle Eröffnungsfloskel, da es die Zuhörer in medias res versetzt. Puschkin ist für Dostojewskij der Erwecker des russischen Selbstbewusstseins, denn er habe die wesentlichen Themen der nachpetrinischen Periode auf den Punkt gebracht. Diese These wird im Weiteren an Schlüsselfiguren von Puschkins Werken entfaltet. Da ist zunächst der Zivilisationsflüchtling Aleko aus der frühen Verserzählung «Die Zigeuner».[18] Aleko sei der Prototyp des russischen Westlers. Vom russischen Heimatboden losgerissen, suche er Wahrheit und Glück in einem Luftreich fremder, Rousseau geschuldeter Ideen statt in sich selbst und seiner Heimat. Weder des einen noch das anderen teilhaftig, mutiere er vom Idealisten zum «Raubtier» und werde zum Mörder. Ähnlich angelegt sei die Figur Eugen Onegins in Puschkins gleichnamigem Versroman. Auch er ein entwurzelter Intellektueller, der zum Mörder seines besten Freundes wird. Onegin sei ein «moralischer Embryo» und das Gegenteil von Tatjana Larina, deren Liebe er erst hochfahrend zurückweist, um ihr später – zu spät, denn da ist sie längst verheiratet – noch einmal den Hof zu machen. Tatjana sei ein typisch russischer Charakter, rein, unverbildet, bodenständig, aufrichtig, gefühlstief. Eigentlich hätte *sie* und nicht Onegin die Titelfigur des Romans sein müssen. Im «Onegin» erweise sich Puschkin als ein «völkischer Dichter», wie es ihn in Russland bis dahin nicht gegeben habe. Andererseits zeigten seine (im Ausland weitgehend unbekannten) Kurzdramen, mit denen sich Puschkin genial in andere Zeiten und Kulturen zu versetzen vermochte, dass er zugleich ein universeller Dichter sei.[19] Damit habe er einen zweiten Wesenszug des Russentums zum Ausdruck gebracht, nämlich das «Streben nach Allweltlichkeit und Allmenschlichkeit».[20] Dem wahren Russen seien Europa «und das Los des großen arischen Stammes [sic!] ebenso teuer wie Russland selbst, wie das Los seiner heimischen Erde, denn unser Los ist eine Allweltlichkeit, die nicht mit dem Schwert, sondern mit der Kraft der Bruderliebe und unseres brüderlichen Strebens nach Wiedervereinigung der Menschen errungen wird.»[21] Insofern sei auch die Auseinandersetzung zwischen Westlern und Slawophilen nur ein großes Missverständnis.

An einer Auflösung des Widerspruchs zwischen Nationalismus und Internationalismus, Chauvinismus und Kosmopolitismus, Russland und Europa, der ja auch das «Tagebuch eines Schriftstellers» und die «Brüder Karamasow» durchzieht, versucht sich Dostojewskij erst gar nicht. Die von ihm beschworene Synthese von Ost und West bleibt letztlich eine rhetorische Figur und stellt ein ebensolches Paradoxon dar wie die Idee der russischen Allmenschlichkeit als nationalem Alleinstellungsmerkmal des Russentums. Dennoch entfaltet dieses Paradoxon im Rahmen der Puschkin-Feier eine enorme Wirkung. Vor allem gibt sie der «russischen Idee» eine Schubkraft, die ein engstirnig nationalistisch formuliertes Projekt kaum hätte entfalten können.

> Von dem Sturm, der sich nach dem Schluss der Rede im Saal erhob, kann sich wohl kaum jemand, der ihn nicht selbst erlebt hat, eine Vorstellung machen. Man erstürmte förmlich die Estrade; ein Jüngling, der sich bis zu Dostojewski durchgedrängt hatte, fiel in Ohnmacht. Dostojewski wurde umarmt und geküsst.[22]

Schon während der Feierlichkeiten verhandelt Dostojewskij mit verschiedenen Zeitschriften über die Edition seiner Rede. Den Zuschlag bekommen schließlich Katkows konservative «Moskauer Nachrichten», die für das kaum mehr als einen Druckbogen umfassende Manuskript 600 Rubel bieten. Dostojewskij übernimmt den Text der Rede im August 1880 auch in die einzige in diesem Jahr erscheinende Nummer des «Tagebuchs eines Schriftstellers», dort allerdings mit einem langen Kommentar, der den Gestus der Allversöhnung Lügen straft und auf den alten Konfrontationskurs mit dem Westlern zurückfällt.

Liest man die Puschkin-Rede heute, so wird nicht recht ersichtlich, worin das Geheimnis ihres Erfolges bestand. Um dies zu begreifen, muss man sich die Gesamtsituation vergegenwärtigen: Da ist zunächst schon äußerlich der Gegensatz zwischen dem mondänen, selbstsicheren, aber auch immer etwas selbstverliebten Turgenjew und der kränklichen, nervösen, mitleiderweckenden Erscheinung seines Kontrahenten. Mit seinem «schmalen, kränklichen Gesicht» wirkt Dostojewskij auf einen Zeitzeugen wie ein «mittelalterlicher Asket und Prediger, wie ein absoluter Fanatiker vom Typ Peters des Einsiedlers»[23]. Da ist ferner der auffallende Kontrast zwischen Dostojewskijs Pathos und der fein ausgewogenen, aber etwas flügellahmen Rede Turgenjews. Jedem im Publikum war klar, dass die beiden Hauptredner sich ein Duell lieferten und Turgenjew als erster Referent eigentlich die besseren Karten hatte. Doch sein Startvorteil erweist sich als Handicap, weil Dostojewskij, der bis zuletzt an seinem Manuskript gefeilt hatte, sich auf die Vorgabe seines Gegners einstellen kann und als Meister der direkten wie der versteckten Polemik genau weiß, welche Akzente er setzen muss, um das Publikum zu fesseln. Da ist zudem das in Russland jedem Leser vertraute Argumentieren mit Schlüsselfiguren der nationalen Literatur wie Puschkins Onegin, Tatjana, Lenskij, die zu nationalen Mythen geworden sind. Da ist Dostojewskijs Geste der Versöhnung zwischen Westlern und Slawophilen, wie sie auch Katkows Toast zum Ausdruck bringen wollte. Und da ist nicht zuletzt Puschkin als nationaler Prophet, mit dem Dostojewskij seine Ausführungen beginnt und mit dem er abschließend das «Allmenschentum» als Ziel der historischen Mission Russlands begründet.

Diese Zuschreibung hat einen starken Selbstbezug. Schon zwei Tage zuvor, nach seiner Lesung des Pimen-Monologs aus Puschkins «Boris Godunow», war Dostojewskij von Anhängern belagert worden, die «sich auf mich stürzten und sagten, Sie sind unser Prophet. Sie haben uns durch die ‹Brüder Karamasow› zu besseren Menschen gemacht» (7.6.1880). Ganz ähnlich zwei Tage später das Echo auf seine Puschkin-Rede. «Sie sind unser Heiliger, Sie sind unser Prophet!», rufen zwei betagte Herren, und aus der Menge hallt es wider: «Prophet! Prophet!» (8.6.1880) Das Bedürfnis nach nationalen Propheten hat mit dem gesteigerten Bedarf des 19. Jahrhunderts an vaterländischen Heroen zu tun, der besonders von Autoren wie dem schottischen Historiker Thomas Carlyle angestachelt wird. So schreiten am 7. Juni nach der Enthüllung des Puschkin-Denkmals die verschiedenen Festdelegationen zu den Klängen eines Chorals aus Giacomo Meyerbeers Oper «Le prophète» über den Festplatz. Und bei einer weiteren abendlichen Lesung muss Dostojewskij – auf Wunsch des Publikums gleich zweimal – Puschkins berühmtes Gedicht «Der Prophet» vortragen. Die angehende Schriftstellerin Jekaterina Letkowa hatte schon 1879 einer solchen Lesung Dostojewskijs beigewohnt. «Als er den ‹Propheten› las, schien es, als habe Puschkin gerade an ihn gedacht, als er [den Schlussvers des Gedichts ‹Der Prophet›] schrieb: *Dein Wort entzünde Menschenherzen.*»[24] Wie aber, bliebe zu fragen, verträgt sich das mythische Amt des Dichter-Propheten, das Dostojewskij sich selbst und das Publikum ihm zuschreibt, mit der Rolle des Berufsschriftstellers, der allein vom materiellen Ertrag seiner Worte lebt? Mit dem Kult des *poeta vates*, des göttlich inspirierten Dichters, greift Dostojewskij einer Entwicklung vor, die sich wenig später – etwa bei dem Dichter-Philosophen Wladimir Solowjow – im Habitus des Fin-de-Siècle-Künstlers niederschlagen wird. Bei Dostojewskij jedoch, der kulturgeschichtlich noch einer älteren Generation angehört, dient das Ideal des Dichter-Propheten einstweilen eher der antinomischen Rechtfertigung des eigenen Berufs. Als «Prophet» erteilt er angehenden Dichtern den Rat: «Verkaufen Sie nie Ihren Geist!»[25] Als literarischer Profi vermarktet er bereits den Text seiner prophetischen Rede, während er noch an ihr schreibt. Der durch das Puschkin-Fest des Jahres 1880 befeuerte Geniekult verachtet eigentlich das Geld: Berufung zählt hier mehr als Beruf, der Prophet mehr als der literarische «Prolet», für den Dostojewskij sich ja selbst lange Zeit hält. Vergegenwärtigt man sich den kommerziellen Erfolg der «Brüder Karamasow» und besonders den der seit Januar 1880 amtlich eingetragenen, von Anna Grigorjewna erfolgreich geführten «Verlagsbuchhandlung F. M. Dostojewskij»[26], so stilisiert sich Dostojewskij in einem historischen Moment zum Propheten, da er selbst zum «perfekten Profi» («consummate professional») geworden ist.[27] Dies ist weniger paradox, als es auf den ersten Blick erscheinen mag. Denn «die Glorifizierung des Künstlers und seiner quasi prophetischen Funktion»[28] stellt im 19. Jahrhundert eine durchaus gesetzmäßige Erscheinung des kommerziellen Literaturbetriebs dar, der das Bündnis von Geist und Geld tabuisiert bzw. tarnt mit dem schönen Schein der Zweckfreiheit. Dabei hatte doch schon Belinskij geltend gemacht, dass es keineswegs zu den unwürdigsten Zwecken der Kunst gehört, diejenigen zu ernähren, die sie hervorbringen.[29]

Das literarische Vermächtnis: «Die Brüder Karamasow»

Im Dezember 1877 hatte Dostojewskij seinen Lesern angekündigt, das «Tagebuch eines Schriftstellers» im kommenden Jahr nicht fortzusetzen. Stattdessen wolle er sich ganz «einer künstlerischen Arbeit» widmen, «deren Plan in den zwei Jahren der Herausgabe des ‹Tagebuchs› unmerklich und unwillkürlich» in ihm gereift sei. Damit ist eine wesentliche Quelle der «Brüder Karamasow» genannt. Obwohl die Handlung des Romans in der zweiten Hälfte der 1860er Jahre spielt, haben viele aktuelle Themen des «Tagebuchs» Eingang in das neue Werk gefunden: so das russische Justizwesen der Reformperiode, die Selbstmordwelle unter russischen Jugendlichen, die Zersetzung der russischen Familie, Bismarcks Kulturkampf, der «Ultramontanismus» und vieles mehr. Zugleich greift der letzte Roman auf Dostojewskijs thematisches Standardrepertoire zurück: Russland und Europa, Intelligenzija und Volk, Kirche und Staat, Psychologie und Metaphysik des Verbrechens. Auch viele Kunstmittel haben einen Vorlauf in den vorausgegangenen Romanen, so der fiktive Erzähler, die Charaktere, die Komposition und die Dramaturgie einzelner Szenen und Sequenzen der Handlung. Ohne Rückgriffe auf bewährte Muster hätte Dostojewskij die «Brüder Karamasow», den mit Abstand längsten, komplexesten und wirkungsstärksten seiner Romane, kaum in wenig mehr als zwei Jahren zu Papier bringen können. Hinzu kommt, dass die Kernidee des Romans, der Konflikt zwischen Glauben und Unglauben, Christentum und Atheismus, eine lange, bis auf «Schuld und Sühne» zurückreichende Vorgeschichte hat. Erst hier, vor allem in den Büchern 5 und 6 des zweiten Teils («Pro und Kontra», «Ein russischer Mönch»), erreicht dieser Konflikt seinen Höhepunkt.

Im Sommer 1878 ist sich Dostojewskij sicher, das neue Werk gegen Ende des folgenden Jahres beenden zu können. Bei einem Umfang von 40 bis 45 Druckbögen sieht er einen Zeitplan vor, der, wie er erläutert, für alle seine Romane gelte. Wenn er diese, wie üblich, um die Mitte des Jahres beginne, sei gegen Ende Dezember etwa die Hälfte des Manuskripts fertig, so dass die periodische Veröffentlichung in der Januarausgabe des Journals anlaufen und mit der Dezemberausgabe desselben Jahres abgeschlossen werden könne (11. 7. 1878). Aus den geplanten anderthalb werden zwei volle Jahre, also nicht wesentlich mehr als veranschlagt. Der Roman erscheint von Januar 1879 bis November 1880 in Katkows «Russischem Boten».

Die zentrale Handlung kreist um einen Vatermord. In «Schuld und Sühne» steht von Anfang an fest, wer der Mörder ist. Hier dagegen wird die Frage nach dem Täter metaphysisch gewendet zur Frage nach der Genese des Bösen.[30] Der Name des Vaters, Fjodor Karamasow, ist in hohem Maße allegorisch. «Fjodor» entspricht dem griechischen «Theodor» (das Gottesgeschenk). «Karamasow» wiederum leitet sich ab von dem in russischen Eigennamen häufig vertretenen Turkwort «kara» (schwarz) und dem russischen Verb «másat» (beschmieren, besudeln). Der Vater trägt diesen Namen, weil er, der scheinbar «von Gott Geschenkte», unablässig das Bedürfnis hat, das Ebenbild Gottes an sich selbst und an anderen zu schwärzen. Er ist ein negativer König Midas. «Sie beschmutzen buchstäblich alles, was Sie berühren», wirft ihm der Gutsbesitzer Miusow vor. Zur sichtbaren Strafe dafür sind Karamasows Zähne schwarz wie Pech. Etwas Gemeineres und Hässlicheres ist kaum vorstellbar. Die Physiognomie eines «gemeinen und verworfenen Menschen» ergänzen Karamasows schwammiges Gesicht, seine dicken, feuchten Lippen und sein feistes Doppelkinn. Nicht ganz in dieses Bild passt die unrussisch schmale Hakennase, die Fjodor Karamasow, wie er selbst findet, einem Patrizier im Rom der Verfallszeit gleichen lässt. Die Hakennase charakterisiert ihn als Vertreter des «Raubtiertypus» und deutet zugleich einen römisch-gallischen Wesenszug an, der in Fjodors Verehrung für Voltaire und seiner Vorliebe für französische Phrasen und Bonmots zum Ausdruck kommt.

Der alte Karamasow hat zwei Leidenschaften, Geld und Frauen. Die Mitgift seiner verstorbenen ersten Frau hat er sich schon bald nach der Hochzeit unter den Nagel gerissen. Ihr Gut, das sein jetzt achtundzwanzigjähriger Sohnes Dmitrij (Mitja) erbt, hat er in dessen Abwesenheit als Treuhänder durch kreative Buchführung ins Minus gewirtschaftet, so dass Dmitrij angeblich keine weiteren Zahlungen mehr zu erwarten hat. Außerdem verleiht der alte Karamasow Geld gegen Zinsen und ist im Schankgeschäft tätig. Beide Gewerbe waren in Russland bislang eine Domäne der Juden, was ihn als neuen Kapitalisten aus der Sicht des Autors zusätzlich diskreditiert. Die zweite Leidenschaft des alten Herrn gilt dem anderen Geschlecht, dem gegenüber er ebenso wenig Skrupel zeigt wie in

Handelsdingen. Nach dem Tod seiner ersten Frau hat er, obwohl bald wieder verheiratet, sein Haus in einen Harem verwandelt. Sogar mit der obdachlosen Lisaweta hat er sich eingelassen, die im Volk als «smerdjaschtchaja» (die Stinkende) bezeichnet wurde. Vielleicht hat er sie sogar vergewaltigt. Genaues weiß man nicht. Jedenfalls entspringt der Verbindung mit der inzwischen ebenfalls verstorbenen Lisaweta ein illegitimer Sohn namens Pawel, der nach seiner Mutter Smerdjakow genannt wird und seinem Erzeuger als Koch und Page dient.

Aus der zweiten Ehe stammen die Söhne Iwan und Alexej. Iwan, jetzt vierundzwanzig, ist der Intellektuelle unter den Brüdern. Erst vor kurzem hat er einen viel beachteten Aufsatz über das Verhältnis von Kirche und Staat veröffentlicht, der den Zuspruch konservativer wie progressiver Kreise gefunden hat. Schon dieser Widerspruch deutet an, dass Iwan typologisch in der Tradition der Paradoxisten steht. Da der alte Karamasow an der Aufzucht und Erziehung seiner Kinder nicht das geringste Interesse hat, sind seine Söhne getrennt unter der Obhut von entfernten Verwandten oder Domestiken aufgewachsen. Aljoscha, mit zwanzig Jahren der Jüngste, kommt ganz nach seiner Mutter. Während Iwan verschlossen, finster und hochmütig ist, zeichnet sich Aljoscha durch Sanftmut und tiefe Frömmigkeit aus. Im Gegensatz zum Vater verkörpert er, der im Vorwort als «friedfertiger» Mensch und als eigentlicher Held des Romans bezeichnet wird, den in Dostojewskijs Wertsystem idealen russischen Typus. Entschlossen, ein Leben in der Nachfolge Christi zu führen, hat sich Aljoscha als Novize im nahen Kloster der geistigen Führung des Starez Sossima anvertraut, in dem er einen neuen Vater findet. Das Starzentum ist eine Einsiedlerbewegung, die das orthodoxe Christentum seit mehr als einem Jahrtausend kennt. In Russland hat sie jedoch erst im 18. Jahrhundert Wurzeln geschlagen, besonders im Kloster Optina Pustyn, zu dem Pilger aus ganz Russland strömen und das Dostojewskij nach dem Tod seines Sohnes Aljoscha zusammen mit Wladimir Solowjow besucht hatte. Der Starez ist ein Mönch, der die geistige Führung eines oder mehrerer Schüler übernimmt, die sich ganz seinem Willen unterwerfen, um auf diese Weise «echte Freiheit zu erlangen, die Freiheit von sich selbst, und dem Los jener zu entgehen, die ihr ganzes Leben gelebt und sich selbst nicht gefunden haben».

Die nur wenige Tage umfassende Binnenhandlung des Romans spielt im Jahr 1866, also zu Beginn der Reformperiode unter Alexander II. Ort der Handlung ist die Kleinstadt Skotoprigonjewsk, was im Deutschen so viel heißt wie «Viehstätten» oder «Viehhausen». Der Name enthüllt seine Bedeutung erst im Zusammenhang mit der von Iwan Karamasow verfassten, für das Sinngeschehen des Romans zentralen Parabel vom Großinquisitor, die wiederum auf die neutestamentliche Erzählung von der Versuchung Christi durch Satan in der Wüste zurückgeht. Hinter Satans Absicht steht, wie Dostojewskij in einem Brief erläutert, das Bild des Menschen als «Vieh», da der Mensch «nicht vom Brot» allein lebe, sondern geistige Nahrung benötige. Damit ist das zentrale Thema des Romans umrissen: der Kampf zwischen Glauben und Unglauben, mit dem die Frage nach der Herkunft des Bösen zusammenhängt. Von Anfang an ist dieses Widerspiel durch die Semantik des Raumes vorgeprägt. Der profanen Welt des Kapitals (Fjodor), der Wissenschaft (Iwan), der weltlichen Justiz (Staatsanwalt und Verteidiger), des Militärs bzw. der aristokratischen Ehre (Mitja) und der sinnlichen Liebe (Fjodor und Mitja) steht der heilige Raum des Klosters und der Einsiedelei gegenüber.

Die Karamasow-Söhne treffen zum ersten Mal seit langer Zeit wieder zusammen. Anlass ihrer Begegnung ist ein Streit zwischen Fjodor und Dmitrij Karamasow. Dieser macht finanzielle Ansprüche aus seinem Erbe geltend, die jener verweigert. Der Starez Sossima soll zwischen beiden vermitteln. Tatsächlich ist der alte Karamasow an einer Schlichtung gar nicht interessiert. Vielmehr geht es dem eingefleischten Atheisten einzig darum, den heiligen Raum des Klosters durch Spott und übertriebenes Frömmlertum zu entweihen. Auf einer abstrakteren Ebene leistet ein Gleiches die in Sossimas Klause stattfindende Diskussion über Iwans Aufsatz zum Verhältnis von Kirche und Staat. In Anspielung auf Bismarcks Kulturkampf hatte Iwan behauptet, dass nicht die Kirche zur Magd des Staates werden, sondern umgekehrt der Staat sich der Kirche unterordnen, ja in diese verwandeln müsse. Iwan hatte ferner behauptet, dass einzig der Glaube an Gott und Unsterblichkeit den Menschen veranlasse, dem Gebot der Nächstenliebe zu folgen. Würde man den Menschen diesen Glauben nehmen und sie nur dem Naturgesetz folgen lassen, so wäre im Zeichen des schrankenlosen Egoismus der Krieg aller gegen alle die Folge, denn dann gelte die Regel «Alles ist erlaubt!». Sossima erkennt, dass Iwans Thesen über Kirche und Staat ebenso wenig ernst gemeint sein können wie die Buffonerien seines Vaters. Zumindest sei «diese Idee» in Iwans Herz noch unentschieden.

Das Gespräch wird durch die Ankunft Dmitrijs unterbrochen, der sofort mit dem Vater aneinandergerät. Es kommt zu einer unwürdigen Szene, die in der grotesken Duellforderung des Vaters an den Sohn und in dessen Ausruf gipfelt: «Wozu lebt so ein Mensch!» Außer sich vor Angst und Wut, nennt Fjodor seinen Ältesten einen Vatermörder und bezichtigt die Mönche der Scheinheiligkeit. Sossima beendet das skandalöse Treiben, indem er sich tief vor Mitja verneigt – eine Geste, die der Ahnung um das große Leid entspringt, das Mitja bevorsteht. Über die Ursache von Mitjas bizarrem Verhalten wird der Leser erst im Folgenden informiert. Mitja lebt auf großem Fuße und braucht ständig frisches Geld. Erst unlängst hat er mehr als 1000 Rubel für eine Champagnerorgie mit der schönen Agrafena Swetlowa, genannt Gruschenka, verjubelt, in die er unsterblich verliebt ist. Dieses Geld allerdings hatte nicht ihm, sondern seiner Verlobten Katerina Iwanowna gehört, die ihm 3000 Rubel zur Übergabe an ihre notleidende Schwester anvertraut hatte. Katerinas Vater, als Oberstleutnant einst Dmitrijs Regimentschef, hatte über Jahre hinweg Geld aus der Regimentskasse genommen, um damit zu spekulieren. Als sich unerwartet ein Kassenrevisor angekündigt hatte, war der seinerzeit noch in Katerina Iwanowna verliebte Dmitrij zum Retter in der Not geworden. Von den 6000 Rubel, die ihm damals im Vorgriff auf sein Erbe überwiesen worden waren, hatte er ihr 4500 gegeben, damit ihr Vater das Loch in der Regimentskasse stopfen konnte. Überwältigt von so viel Edelmut, hatte Katerina ihm ihre Hand angeboten und sich wenig später mit ihm verlobt. Bald darauf war sie Erbin einer reichen Generalswitwe geworden (wie so oft bei Dostojewskij beginnt an dieser Stelle der Handlung das Märchen), so dass sie Mitja ihre Schulden zurückzahlen konnte. Der aber hat inzwischen Gruschenka kennengelernt, und die Begegnung mit dieser Frau, die von vielen Männern, besonders heftig vom alten Karamasow, umworben wird, hat ihn getroffen «wie ein Blitzschlag». Mitja ist Gruschenka hoffnungslos verfallen, will aber die Beziehung zu ihr so lange nicht fortsetzen, wie er Katerina die 3000 Rubel nicht zurückgeben kann, von denen er einen Großteil mit Gruschenka verjubelt hat. Einzig um dieses Geld von seinem Vater einzufordern, hält er sich jetzt in Skotoprigonjewsk auf. Der zentrale Konflikt hat also neben der finanziellen auch eine erotische Dimension, die das schon aus dem «Jüngling» bekannte Motiv der sexuellen Konkurrenz zwischen Vater und Sohn aufgreift. Die veruntreuten 3000 Rubel entwickeln eine Eigendynamik, die über Mitjas verzweifelte Suche nach einem Kredit, über den Mord an Fjodor Karamasow durch Smerdjakow und Mitjas Verhaftung schließlich zu einem spektakulären, in ganz Russland verfolgten Prozess führt, der mit Mitjas Verurteilung als Mörder endet. Zu diesem Zeitpunkt hat sich der wahre Täter, Smerdjakow, bereits erhängt.

Eingebettet in das Kriminal- und Justizgeschehen um Mitja sind die miteinander verzahnten Geschichten bzw. Dramen Iwans und Aljoschas. Der weltanschauliche Konflikt zwischen diesen beiden Brüdern spitzt sich zu im 8. Kapitel des 3. Buches («Beim Cognac»). Fjodor Karamasows Frage, ob es Gott und Unsterblichkeit gebe, wird von Iwan kurz und knapp verneint, während Aljoscha sie ebenso spontan und entschieden bejaht. Im 5. Buch («Pro und contra») folgt das Kapitel «Revolte», das Albert Camus zu seinem Essay «Der Mensch in der Revolte» (L'homme révolté, 1951) inspiriert hat. Hier modifiziert Iwan seine These: Nicht an Gott zweifle er und nicht gegen ihn begehre er auf, sondern gegen Gottes Schöpfung, die den Menschen unerträgliches Leid zumute. Um seine Beweisführung abzukürzen, beschränkt sich Iwan auf eine Demonstration der Leiden von Kindern. Damit wird ein Thema, das Dostojewskij bisher meist mit sentimentalem Pedal gespielt hatte, auf die metaphysische Ebene der Theodizee gehoben. Auf ähnliche Weise transformiert Dostojewskij am Beispiel Iwans das Thema des Doppelgängers vom psychopathologischen zum metaphysischen Problem, indem er Iwans Seele zum Kampfplatz von Glauben und Vernunft, Gott und Satan werden lässt. Von Gräueltaten türkischer Soldaten an Kindern im jüngsten Balkankrieg bis hin zur Misshandlung von Kindern im heutigen Russland – lauter Themen, die sich auch im «Tagebuch eines Schriftstellers» finden – legt Iwan einen Katalog der Grausamkeiten vor, der die Fehleinrichtung einer Welt beweisen soll, in der sich die Menschen zueinander wie Raubtiere verhalten. Selbst wenn mit dem Ende aller Zeiten die große Weltharmonie anbräche und die Menschheit sich zum Lobpreis des Allerhöchsten versammelte, sei eine solche höhere

Harmonie nicht «das Tränlein auch nur eines einzigen gequälten Kindes wert». Niemals könne und dürfe eine Mutter dem Peiniger ihres Kindes verzeihen. So viel Menschenliebe sei unmöglich. Und selbst wenn es ein Wesen gäbe, das imstande sei, eine solche Missetat zu verzeihen, so bleibe er, Iwan, doch lieber «bei den ungesühnten Leiden».

Aber ein solches Wesen gebe es doch, wendet Aljoscha ein, nämlich Jesus Christus, der sein unschuldiges Blut geopfert habe und deshalb alles und allen verzeihen könne. Ihn habe Iwan vergessen. Keineswegs, entgegnet Iwan, er habe diesem «einzig Sündlosen» vor einem Jahr sogar eine Erzählung gewidmet. Es folgt das bekannteste Kapitel des Romans, Iwans «Legende vom Großinquisitor», die im Spanien der Inquisitionszeit spielt. Ihr düsteres Kolorit gleicht einem Gemälde El Grecos. Anderthalb Jahrtausende sind seit dem Tod des Erlösers vergangen, die Menschen sehnen sich nach seiner Wiederkunft, und endlich hat der Sohn Gottes ein Erbarmen. Er erscheint ihnen «noch einmal in derselben menschlichen Gestalt, in der er drei Jahre lang unter den Menschen gewandelt war», und zwar in Sevilla, wo die Inquisition täglich Dutzende von Häretikern «ad maiorem goriam Dei» auf die Scheiterhaufen schickt. Christus segnet die Menge, die ihm ihre Hände entgegenstreckt. Er macht einen Blinden sehend und erweckt ein totes Mädchen zum Leben. Der Großinquisitor, ein hagerer, hochgewachsener Greis, wird beim Verlassen der Kathedrale Zeuge der Wundertaten. Er lässt Christus verhaften und einkerkern.

Nachts öffnet sich die Tür des Verlieses, der Großinquisitor erscheint auf der Schwelle und begründet in einem langen Monolog sein Verhalten. Christus habe, nachdem er die Kirche zu seiner Stellvertreterin auf Erden bestellt habe, nicht das Recht, sich in das Tun seiner Nachfolgerin einzumischen. Bei der Begegnung mit Satan in der Wüste hätte er als Gottessohn humaner gehandelt, wenn er der Versuchung nachgegeben hätte, Steine in Brot zu verwandeln. Denn der Mensch wolle lieber satt und zufrieden sein als hungrig und frei. Indem Christus die Freiheit der sittlichen Entscheidung, also des Gewissens, höher stelle als Glück und Zufriedenheit, habe er die Menschen hoffnungslos überfordert. Die Last der freien Entscheidung werde den Menschen jetzt von einer Kirche mit den Machtbefugnissen eines Staates abgenommen, die den Turmbau zu Babel vollenden und den Massen eine Heimstatt geben werde. Das Heil der großen Herde liege der Kirche mehr am Herzen als das der wenigen

Starken. Da allerdings die Menschen von Natur aus zur Empörung neigten, seien drei Mächte erforderlich, um sie zu beherrschen: «Wunder», «Geheimnis» und «Autorität». Mit ihnen habe die Kirche das Werk Christi verbessert und vollendet. Christus hat dem Großinquisitor die ganze Zeit schweigend zugehört. Als der Greis geendet hat, «nähert er sich ihm schweigend und küsst ihn still auf die blutleeren neunzigjährigen Lippen». «Aber das ist doch absurd!», unterbricht an dieser Stelle Aljoscha, der dem Bruder schweigend zugehört hat. «Dein Poem ist ein Lobpreis Jesu und keine Schmähung, wie von dir beabsichtigt.» Was es tatsächlich ist, beschäftigt die Dostojewskij-Forschung bis heute. Offensichtlich besteht, wie Aljoscha schlussfolgert, das Geheimnis des Großinquisitors darin, dass er nicht an Gott glaubt. Wo aber und wofür steht sein Schöpfer Iwan und wo der Autor hinter diesem fiktiven Autor, also Dostojewskij selbst?

Iwan gerät in der weiteren Entfaltung des Sujets immer mehr ins Kraftfeld jenes «furchtbaren und klugen Geistes, des Geistes der Selbstvernichtung und des Nichtseins», mit dem sich der Großinquisitor verbündet hat. Diese Nähe deutet schon zu Beginn des Romans sein gutes Verhältnis zum alten Karamasow an, der sich mit einem Zitat aus dem Johannes-Evangelium selbst als «Vater der Lüge» bezeichnet, so wird dort der Teufel genannt (Joh 8,44). In die gleiche Richtung weist Iwans auffallendes Interesse an Smerdjakow, der wie Swidrigajlow in «Schuld und Sühne» allegorisch ein Sendbote der Hölle ist und nach der Vatertötung mit seinem Selbstmord dorthin zurückkehren wird. Entscheidend aber ist, dass Iwan durch sein «Alles ist erlaubt!» auch aus Smerdjakows Sicht zum eigentlichen Urheber des Vatermordes wird. «Der nach dem Gesetz wahre Mörder», hält Smerdjakow ihm bei seiner dritten Begegnung vor, «seid Ihr!»

Kompositorisch folgerichtig schließt sich dieser Szene das Kapitel «Der Teufel. Iwan Fjdorowitschs Alptraum» an, das an intellektueller und sprachlicher Kraft der Erzählung vom Großinquisitor nicht nachsteht. Es zeigt den psychisch angeschlagenen, an einer schizoiden Störung leidenden Iwan im Gespräch mit seinem Alter Ego, einem auf Mephisto getrimmten Teufel, dessen lässig-aufgeräumte Stimmung in scharfem Kontrast zu Iwans nervöser Gereiztheit steht. Das romantische Doppelgängermotiv hatte schon im Fokus des jungen Dostojewskij gestanden. Auf eine höhere Ebene gehoben, wird die ontologische Zweiheit hier zur Chiffre des Zweifels. Keine Figur des Autors repräsentiert den Zweifel als Geisteshaltung so eindrucksvoll und zugleich so tragisch wie Iwan Karamasow. Wenn sein mephistophelisches zweites Ich den ersten Leitsatz der Aufklärung aufgreift: «Je pense donc je suis» (Ich denke, also bin ich), so ist schon dieser Seinsvergewisserung durch das eigene Denken der cartesianische Zweifel eingeschrieben. Denn das «denkende Ding» (res cogitans), wie Descartes es nennt, impliziert notwendig «ein Ding, das zweifelt».[31] Er würde, versichert der Teufel, gern in das allgemeine Hosianna der Gläubigen einstimmen. Doch müsse sein Glaube zuvor «durch den Schmelztiegel der Zweifel» gegangen sein. Die gleiche Formulierung, dort aber als Selbstzuschreibung, findet sich in einer der letzten Notizen Dostojewskijs aus dem Jahre 1880: «In Europa hat es dermaßen starke Äußerungen des Atheismus [wie die Iwan Karamasows – A. G.] bisher nicht gegeben. Ich glaube also nicht naiv an Christus und seine Lehre; vielmehr ist *mein Hosianna durch den großen Schmelztiegel der Zweifel gegangen.*»[32]

Der Titel des 5. Buches «Pro und Kontra» deutet das Format eines Streitgesprächs an und damit, wie bei einem Duell, prinzipiell die Waffengleichheit zwischen den Kontrahenten. Tatsächlich jedoch sind die rhetorischen Waffen sowohl zwischen Iwan und Aljoscha als auch zwischen Großinquisitor und Christus ungleich verteilt. Im Dialog der Brüder zeigt sich einmal mehr, dass bei Dostojewskij «die Stimmen der Rebellen mehr überzeugen als die Stimmen der Verteidiger»[33]. Fast immer bewegen uns die Aufrührer gegen Gott und sein Schöpfungswerk intellektuell und emotional mehr als die Anwälte des Glaubens. Georg Lukács zufolge ist dies schon im Wesen der Gattung Roman angelegt, deren Held das «problematische», von der Welt und sich selbst entzweite Individuum darstellt.[34] Bei Dostojewskij kommt hinzu, dass er die negativen Seiten seiner Figuren auch deshalb so stark macht, weil er ungeachtet seiner Kritik an Rousseau letztlich wie dieser an die Perfektibilität des Menschen glaubt. Daher seine Fixierung auf das bis hinein in die «Brüder Karamasow» wirkende Projekt «Das Leben eines großen Sünders», das sich dem geradezu obsessiven Wunsch des Autors verdankt, einen perfekten Entwicklungsroman zu schreiben. Dass Dostojewskij an dieser Form scheitert, hat zwei Gründe. Einerseits ist er bis zuletzt[35] mehr

Dramatiker als Epiker, also mehr dem Augenblick (kairos) als der langfristigen Entwicklung (chronos) verpflichtet.[36] Andererseits bleibt Dostojewskij, nicht zuletzt aufgrund seiner eigenen Biographie, fixiert auf das Modell der Umkehr-Vita, das auch in den «Brüdern Karamasow» die Lebensmuster zahlreicher Personen prägt, angefangen bei Dmitrij über Sossima und dessen Bruder Markel bis hin zum Knaben Kolja Krassotkin, der sich vom Rationalisten und potentiellen Sozialisten zum gläubigen Christen mausert.

Ganz anders angelegt als das Gespräch zwischen Iwan und Aljoscha ist die nächtliche Begegnung des Großinquisitors im Kerker, wo der Großinquisitor dem Gottessohn einen langen Monolog im Stil einer Anklage vorträgt. Hier allerdings wird nicht die Position des Anklägers, sondern die des Verteidigers stark gemacht. Der Kuss des schweigenden Christus wiegt mehr als die Kasuistik des Jesuitengenerals. Dessen Argumente widerlegen sich selbst. Seine drei Glaubensartikel laufen auf das Gegenteil dessen hinaus, was sie behaupten. «Wunder» und «Mysterium» sind Mittel der Blendung, der Mystifikation. Und «Autorität» meint nicht spirituelle Führerschaft wie beim Starez Sossima, sondern blinde Unterwerfung der Masse unter eine kleine Elite von Auserwählten. Alle drei Artikel stehen quer zum Offenbarungsdenken des Christentums. Auch die Orientierung des Großinquisitors am Durchschnittsmenschen ist eine Lüge.[37] Dahinter steht nicht das Mitleid mit der Masse der Nicht-Erwählten, sondern die ethische und soziale Ausrichtung am natürlichen, weder durch Geist noch durch Glauben von seinen Elementartrieben erlösten Homo animalis.

Indem der Großinquisitor sich als Betrüger entlarvt, stellt er kein echtes Alter Ego Iwans dar. Vielmehr ist er das ideologiegesteuerte Konstrukt seines Autors, der die despotische Entmündigung und Gleichschaltung der Massen durch die Befriedigung nur noch ihrer materiellen Bedürfnisse als notwendige Folge der metaphysischen Revolte versteht. Despotien wie die des Großinquisitors und seiner säkularen Nachfolger im 20. und 21. Jahrhundert sind jedoch keineswegs die unausweichliche Konsequenz des radikalen Zweifels am Sinn der Schöpfung. Dostojewskij zieht diese Verbindungslinie zum Politischen, um Iwan zu diskreditieren. Seiner Revolte soll die Suggestivkraft des romantischen Rebellentums genommen werden, indem an die Stelle des entmachteten Schöpfergottes die Allmacht eines irdischen Usurpators tritt. Der gleichen Ökonomie des argumentativen Ausgleichs, nur mit umgekehrtem Vorzeichen, dient das sechste Buch «Ein russischer Mönch» mit der Vita und den Lehren des Starez Sossima. Es soll den Roman von der destruktiven Wucht des fünften Buchs («Pro und contra») entlasten, indem es der Theodizee Iwans ein «Lobpreis der Schöpfung» in Form einer «Kosmodizee» gegenüberstellt.[38]

Das stärkste Gegengewicht zu Iwan bildet Aljoscha. Im Vorwort nennt der Erzähler ihn seinen eigentlichen Helden, dessen Wirken in einem späteren, in der Jetztzeit der 1880er Jahre spielenden Roman im Mittelpunkt stehen soll. Aljoscha ist keineswegs so heiligmäßig, wie er mit seinem Bekenntnis zu Gott und Unsterblichkeit und dem Wunsch, sein Leben im Kloster zu verbringen, anfangs erscheinen mag. Auch in ihm schlummert jene Leidenschaft, die – egal, ob als Liebe oder Hass – alle Karamasows charakterlich prägt: Er zeigt sich empfänglich für die Reize der kapriziösen Kindfrau Lise Chochlakowa und würde, entgegen dem Gesetz der Bergpredigt, einen Gutsbesitzer, der einen Knaben von seinen Jagdhunden hat zerfleischen lassen, am liebsten erschießen lassen. Überdies schlummert auch in ihm, dem frommen Gottesknecht, die Bereitschaft zur Revolte. Als Sossimas Leichnam nicht Wohlgeruch, wie nach den Regeln der Heiligenvita zu erwarten, sondern Verwesungsgeruch verströmt, hadert Aljoscha mit Gott. Er verübelt ihm, dass er einem Gerechten wie Sossima eine solche Schmach antut. In kleinerem Maßstab bildet Aljoschas Reaktion die Empörung seines Bruders Iwan über Gottes missratenes Schöpfungswerk ab. Das Böse «keimt auch in ihm auf, wird aber sofort gebändigt und abgewiesen».[39]

Aljoscha wird, wie ihm vom Starez geheißen, das Kloster verlassen und «in die Welt» gehen, wo «viel Ungemach» auf ihn wartet», so der Plan des nie geschriebenen Fortsetzungsromans. In den Raum-Zeit-Grenzen der «Brüder Karamasow» jedoch tritt er symbolisch die Nachfolge Sossimas und damit Christi an. Unter seiner Führung wird die um den sterbenden Iljuscha versammelte Knabengruppe zu einer Schar von zwölf Jüngern zusammengeschweißt. An Iljuschenkas Grab geloben sie, ihren Weg «Hand in Hand» fortzusetzen – bis über den Tod hinaus. Kolja Krassotkin, der Wortführer der Knaben, will von Aljoscha, seinem Mentor, wissen: «Karamasow! Ist es wahr, was die Religion sagt, dass wir von den Toten auferstehen, von neuem leben und uns wiedersehen werden, alle, auch Iljuschenka?» – «Bestimmt werden wir auferstehen, bestimmt werden wir uns wiedersehen und einander alles erzählen, was wir erlebt haben», erwidert Aljoscha «halb lachend, halb entzückt».

Literarische Feinschmecker können an der pathetischen, emotional extrem aufgeladenen Schlussszene des Romans Anstoß nehmen, so wie der polnische Literaturnobelpreisträger Czesław Miłosz, den die um Aljoscha versammelten Knaben an eine Pfadfindergruppe erinnern und den generell das viele «schmalz» (so im englischen Original) in den «Brüdern Karamasow» irritiert.[40] Trotzdem: ein anderes Schlusstableau kam für Dostojewskij nicht in Betracht. Denn so wie die Kloster-Episoden des Romans ein Nachhall von Dostojewskijs Besuch in der Optina Pustyn nach dem Tod seines kleinen Sohnes sind, sind auch Aljoscha (Karamasow) und Iljuscha (Snegirjow) – man beachte die phonetische Ähnlichkeit beider Namen – als Echo- und Trostfiguren für den Verlust des kleinen Aljoscha Dostojewskij zu verstehen, in denen noch einmal das Schlüsselthema des Romans anklingt, die Frage nach Gott und Unsterblichkeit. Mit ihrer Beantwortung entscheidet sich für Dostojewskij die moralische Existenz des Menschen. Gäbe es keine Unsterblichkeit der Seele, so wäre «alles erlaubt». Wichtiger jedoch ist die textimmanente Funktion des Finales. Ohne die Auferstehungsgewissheit dieser Szene ließen sich die «Brüder Karamasow» kaum als «christlicher Metaroman» preisen, der eine bisher in keiner Literatur bewältigte «Aufgabe gelöst» habe, nämlich die Darstellung der Kirche «als positives gesellschaftliches Ideal»[41]. So zumindest sieht es die russische Dostojewskij-Forschung im postsowjetischen, offiziell wieder auf christlichen Kurs gebrachten Russland. Und ähnlich sah es die christlich geprägte Dostojewskij-Rezeption im Europa der Nachkriegszeit.[42]

Natürlich hat Dostojewskijs für seinen letzten Roman nichts anderes als eine christliche Lektüre angestrebt. Diese jedoch setzt beim Leser entsprechende Rezeptoren voraus, das heißt ein intaktes Glaubensfundament. Der gläubige Leser wird das Motto aus dem Johannes-Evangelium («Wahrlich, wahrlich, ich sage euch: Wenn das Weizenkorn nicht in die Erde fällt und erstirbt, bleibt es allein; wenn es aber erstirbt, bringt es viel Frucht», Joh 12,24), das in der Vita des Starez Sossima wieder auftaucht, als Schlüssel zum Gesamttext verstehen. Als letztinstanzliches, sogar die

Autorität des Autors überbietendes Wort ist das Gleichnis des Samenkorns über jeden Zweifel erhaben, es muss also im Sinne der Verheißung des Johannes-Evangeliums verstanden werden: «Ich bin die Auferstehung und das Leben» (Joh 11,25).

Wie wenig selbstverständlich die Souveränität der Heiligen Schrift allerdings schon zu Dostojewskijs Zeiten war, zeigen seine Romane selbst, deren zentrales Thema die Zersetzung des christlichen Glaubens in einer von materiellen Interessen beherrschten Welt ist. Die Skepsis gegenüber einer christlichen Lektüre des Romans beginnt schon zu Dostojewskijs Lebzeiten mit Konstantin Leontjews Kritik an der «häretischen» Idee des Allmenschentums und der allgemeinen Weltharmonie[43] sowie Konstantin Pobedoneszews skeptischer Prognose, «dass es unmöglich sei, mit dem zweiten Band [des Romans] die Krankheit zu heilen, die Dostojewskij im ersten Band entdeckt hatte»[44], also ein überzeugendes Gegengewicht zu Iwans Nihilismus zu schaffen. Die skeptische Lesart der Legende setzt sich um die Jahrhundertwende fort bei Autoren wie Wassilij Rosanow, der den Großinquisitor als Sprachrohr sowohl Iwans als auch Dostojewskijs selbst deutet, und Lew Schestow, für den nicht Aljoscha, sondern Iwan Karamasow «Fleisch vom Fleische Dostojewskijs» ist.[45] Und sie dominiert – wenn auch mit gewichtigen Ausnahmen[46] – zumindest den westlichen Dostojewskij-Diskurs bis auf den heutigen Tag. So konstatiert Malcolm Jones, dass die «Brüder Karamasow» weder eine christliche Lesart noch deren Gegenteil, eine säkulare Lesart, privilegieren. Wolf Schmid konstatiert in den «Brüdern Karamasow» eine bipolare Aufspaltung der Autorinstanz dergestalt, dass der christlichen Botschaft der positiven Figuren das Prinzip des Zweifels und des Widerspruchs als geheime Sinnalternative gegenübersteht. Und Susan McReynolds erklärt Dostojewskijs Antisemitismus mit seiner vor allem durch Iwans Revolte zum Ausdruck gebrachten ketzerischen Einstellung zum grausamen Kreuzestod Christi, den er dem (jüdischen) Gott des Alten Testaments zuschreibt.[47]

Neben dem Konflikt zwischen Glauben und Zweifel steht in der Rezeption vor allem die symbolische Funktion der Karamasow-Brüder im Vordergrund. Einen fruchtbaren Deutungsansatz dazu bietet Michael Holquist. Anknüpfend an Freuds Schrift «Totem und Tabu» (1912/13), versteht Holquist die vier Brüder als eine nach dem Muster der «Urhorde» organisierte Gruppe von Söhnen, die ihren Vater tötet, um sich an seine Stelle zu setzen.[48] So gesehen handelt der Roman davon, wie Söhne zu Vätern werden, was den einzelnen Brüdern in unterschiedlichem Maße gelingt. Am wenigsten Erfolg hat Smerdjakow, dessen Kastratengesicht und ständige Hausgemeinschaft mit seinem Vater den geringsten Grad an Ablösung von diesem anzeigen. Auch Iwan gelingt es nicht, den Status des unterdrückten Sohnes zu überwinden. Aus Schuldgefühl gegenüber dem abwesend-gegenwärtigen Vater konstruiert er symbolisch zwei Autoritäten: einen guten und einen bösen Übervater in Gestalt von Gott und Satan. Diesen Widerspruch jedoch hält er nicht aus, so dass sich sein Bewusstsein aufspaltet und seine Identität zerstört wird. Dmitrij ist insofern erfolgreicher, als sein Traum vom kranken «Kindelchen» (9. Buch, 8. Kap.), dem er unbedingt helfen möchte, aber nicht helfen kann, ihn zumindest symbolisch in eine Vaterrolle versetzt. Am weitesten auf der Vater-Sohn-Skala kommt der jüngste Sohn Aljoscha, der an der Tötung des leiblichen Vaters nicht teilnimmt, stattdessen seinen geistigen Vater Sossima beerbt und in der Schluss-Episode als ein neuer, «sanfter» Vatertypus in Erscheinung tritt, der seinen Söhnen mehr Freiheit geben wird als sein autoritärer Vater.

Wie im Raskolnikow-Roman steht in den «Brüdern Karamasow» nicht die Frage nach dem Täter, sondern das Problem von Schuld und Gewissen im Fokus des Interesses. Am Beispiel der Brüder Karamasow entwickelt Dostojewskij eine «Phasenlehre des Bösen», in der Aljoscha für den abgewiesenen bösen Wunsch, Iwan für dessen geheime Bejahung, Dmitrij für die offene Bejahung, Smerdjakow für die Ausführung der bösen Tat steht.[49] Mitja, der unschuldig ist, aber unmittelbar nach der Tat mit ihn belastenden Indizien nur so um sich geworfen hatte, wird des Vatermords verdächtigt und von einem Schwurgericht zu Zwangsarbeit in Sibirien verurteilt. Bei der detaillierten Schilderung des Prozessgeschehens geht es Dostojewskij vor allem um den Gegensatz zwischen formalem Recht und Gewissen oder in Kants Worten: zwischen dem äußerem und dem «inneren Gerichtshof im Menschen», «vor welchem sich seine Gedanken einander verklagen oder entschuldigen».[50] Mitja erkennt, dass er eine Mitschuld an der Vatertötung trägt, weil er den Tötungswunsch ausdrücklich bejaht hat («Wozu lebt so ein Mensch!»). Er nimmt seine Strafe an, schlägt ein Fluchtangebot Iwans nach Amerika aus («Zum Teufel mit diesem Amerika, ich hasse es jetzt schon!») und begibt sich – wie Raskolnikow und Dostojewskij – auf den Läuterungsweg durch die selbstkritische Verarbeitung von Todesurteil und Katorga.

In die Schilderung des «äußeren Gerichtshofs» investiert Dostojewskij den ganzen Reichtum seiner satirischen Mittel. Der Prozess gegen Mitja Karamasow wird als großes Spektakel inszeniert, bei dem die Gerichtsparteien alle Register der forensischen Dramaturgie ziehen, um nicht nur die Geschworenen, sondern auch Publikum und Presse zu beeindrucken. Aus dem Strafprozess als einem Akt der Wahrheitsfindung wird ein Show-Event. Die Schuld an dieser Perversion der Wahrheitssuche gibt Dostojewskij dem kasuistischen, «westlichen» Charakter des neuen Gerichtswesens. Ihm setzt er die, wie er überzeugt ist, tief im Volksbewusstsein verankerte russische «prawda» entgegen, ein Homonym, das sowohl «Wahrheit» als auch «Recht, Gerechtigkeit» bedeutet.[51] Darüber hinaus soll der «Justizirrtum», so der Titel des zwölften und letzten Buches, die Beschränktheit des von Iwan vertretenen euklidischen Verstandes demonstrieren, dem im Epilog die naive, aber unerschütterliche Glaubenszuversicht Aljoschas und seiner «Jünger» gegenübertritt.

Tod und Verklärung

Nichts bringt einen Menschen der Unsterblichkeit näher als sein Tod auf dem Höhepunkt des Erfolgs. Tolstoj wird zweiundachtzig, und die Zeitgenossen fanden, sein Stern sei schon lange verblasst. Dostojewskij wird neunundfünfzig und hat, so die einhellige Meinung, seine Sendung erfüllt. Was hätte noch kommen sollen nach den Triumphen des letzten Jahres? Mit dem «Tagebuch eines Schriftstellers» war er zum Praeceptor Rossiae geworden. Das Puschkin-Fest hatte ihn zur Nummer eins unter den russischen Schriftstellern gemacht. Turgenjew, seinen ewigen Rivalen, hatte er im öffentlichen Zweikampf besiegt. Tolstoj schien nach «Anna Karenina» nichts mehr zu sagen zu haben. Er dagegen, Dostojewskij, hatte mit dem Abschluss der «Brüder Karamasow» einen Gipfel erklommen, auf den ihm von den Lebenden keiner mehr würde folgen können. So jedenfalls die Perspektive post mortem und ante mortem, im Januar des Jahres 1881, und wohl auch die Dostojewskijs.

Seit langem weiß er, dass sein Leben an einem seidenen Faden hängt. Die epileptischen Anfälle, von denen er fürchtet, jeder könne tödlich sein, haben zuletzt zwar nachgelassen. Umso mehr setzt ihm das Lungenemphysem zu. Obwohl ihm bewusst ist, dass jede Minute die letzte sein kann, schont er sich nicht. Sein Bruder Andrej schreibt ihm zum 59. Geburtstag und wünscht gute Gesundheit. Dostojewskij antwortet, lange werde er wohl nicht mehr leben. «Mit meinem Emphysem wird es mir schwerfallen, den Petersburger Winter zu überstehen.» (28. 11. 1880) Er wäre schon froh, wenn er bis zum nächsten Frühjahr durchhielte, um noch einmal nach Bad Ems zu kommen. Die Brunnen hätten ihn immer wieder auf die Beine gebracht. Aber auch in Bad Ems, wo er zuletzt im Sommer 1879 gewesen war, hatte er durchgearbeitet, statt sich zu erholen. Die «Brüder Karamasow» mussten um jeden Preis zu Ende gebracht werden.

Um jeden Preis bedeutet auf Kosten seiner Gesundheit. Das Wort «Zwangs-» bzw. «Zuchthausarbeit» (katorschnaja rabota) taucht in Dostojewskijs Korrespondenz immer wieder auf, wenn er von seiner Arbeit berichtet, doch nie so oft wie in den letzten Monaten seines Lebens. Was ihn zuletzt antreibt, ist schon nicht mehr der Stachel der Ruhmsucht. Es ist die Sorge um die materielle Sicherheit seiner Familie. Im August 1879 hatte er Konstantin Pobedonoszew aus Ems geschrieben, wie sehr ihn die Kur anwidere. Nicht nur weil Deutschland, das er seit drei Jahren nicht mehr gesehen hat, seines Erachtens «furchtbar verjudet» sei, sondern vor allem weil er hier bereits 700 Rubel habe ausgeben müssen, die seiner Familie mehr zustattengekommen wären als seiner Gesundheit: «Ich sitze hier und denke unentwegt daran, dass ich gewiss bald sterbe, wohl in ein, zwei Jahren, und daran, was nach mir mit meinen drei Lieben geschieht.» (21. 8. 1879)

Zwar sind die Zeiten, in denen die Dostojewskijs für ein Stück Brot ihre Kleider hatten verpfänden müssen, endgültig vorbei. Trotzdem haben sie keine Reserven ansparen können. Der Kauf des Hauses in Staraja Russa ist nur dadurch möglich geworden, dass es formell Annas Bruder Iwan Snitkin erworben hat, dem Anna es später abkaufen wird. Wie sehr Dostojewskij am Ende seines Lebens die Sorge um die materielle Zukunft seiner Familie umtreibt, zeigt die Tatsache, dass er noch auf dem Sterbebett die Redaktion des «Russischen Boten» handschriftlich um Überweisung des Resthonorars für die «Brüder Karamasow» in Höhe von 4000 Rubel bittet.

Auch seinem Tod liegt mutmaßlich ein Streit ums Geld, also dasselbe «verachtete Metall» zugrunde, das zu Beginn seiner literarischen Karriere mehr als der Ruhm das Objekt seiner Begierde gewesen war. Laut Annas Memoiren hatte ihr Mann in der Nacht zum 26. Januar 1881 einen leichten Blutsturz aus der Nase erlitten, als er sich gebückt hatte, um seinen Federhalter zu suchen, der vom Schreibtisch gefallen war. Da nur relativ wenig Blut ausgetreten sei, erklärt er Anna am Morgen, habe er sie nicht wecken und beunruhigen wollen. Anna jedoch ist alarmiert und schickt nach dem Hausarzt. Doch Doktor von Bretzel ist gerade zur Visite unterwegs und kann erst am späten Nachmittag vorbeischauen. Gegen 15 Uhr, schreibt Anna in ihren Memoiren, sei «ein netter Herr» zu Besuch gekommen, «der meinem Mann sehr sympathisch war, nur den Fehler hatte, ständig zu streiten».[52] Im Gespräch hätten sich die beiden dann dermaßen erhitzt, dass Anna wiederholt, wenn auch erfolglos versucht habe, das Gespräch zu beenden. Erst gegen fünf Uhr sei der Gast gegangen. Vieles spricht dafür, dass der geheimnisvolle Gast kein «netter Herr» war, sondern Dostojewskijs Schwester Wera, die aus Moskau angereist war, um ihm seinen Anteil am Kumanin-Erbe streitig zu machen. Als die Familie sich danach zum Essen niederlassen wollte, sei ihr Mann einige Minuten schweigend auf dem Diwan sitzen geblieben. «Plötzlich sah ich zu meinem Entsetzen, dass das Kinn meines Mannes nass war von Blut, das in einem dünnen Streifen durch seinen Bart rann.»

Erst am frühen Abend trifft Doktor von Bretzel ein. Als er den Brustkorb des Patienten abklopft, folgt ein zweiter Blutsturz, diesmal aus dem Mund, und zwar «so heftig, dass Fjodor Michajlowitsch das Bewusstsein verlor. Als er wieder zu sich kam, waren seine ersten Worte: ‹Anja, ich bitte dich, lass sofort den Geistlichen holen, ich möchte die Beichte ablegen und das Abendmahl empfangen!›» Nach der Beichte werden zwei weitere Ärzte hinzugezogen, die wegen der geringen Menge des ausgetretenen Blutes vermuten, dass sich die geplatzte Lungenarterie durch Bildung eines «Pfropfens» wieder schließen werde. Tatsächlich verbringt Dostojewskij die Nacht zum 27. Januar ruhig. Atem und Puls bleiben unauffällig.

Am nächsten Morgen geht es ihm sichtlich besser. Er kann sich unterhalten, Schonkost zu sich nehmen, etwas arbeiten, sogar Besuch empfangen. Der Pneumologe Professor Koschlakow kommt abends zur Visite und ist mit dem Zustand des Patienten zufrieden, verordnet ihm aber absolute Ruhe, einschließlich eines Sprechverbots. Anna, die die letzte Nacht zusammen mit Doktor von Bretzel auf einem Stuhl am Bett ihres Mannes ausgeharrt hatte, legt sich an diesem Abend eine Matratze neben sein Bett und schläft, übermüdet, wie sie ist, sofort ein. «Ich erwachte morgens um sieben und sah, dass mein Mann zu mir herüberschaute. ‹Nun, wie geht es dir, mein Lieber?›, fragte ich und wandte mich ihm zu. ‹Weißt du, Anja, ich liege schon seit drei Stunden wach, denke die ganze Zeit nach und jetzt ist mir klar geworden, dass ich heute sterben werde.›»

Anja erschrickt und versucht, ihn und sich selbst zu beruhigen, aber er bleibt dabei: «Nein, ich weiß, dass ich heute sterben muss. Zünde eine Kerze an und gib mir das Evangelium!» Er meint jenes Exemplar des Neuen Testaments, das ihm vor dreißig Jahren in Sibirien von den Dekabristenfrauen geschenkt worden war und das die Katorga, das Zigeunerleben in Europa und alle Umzüge in Russland heil überstanden hatte.

> Später lag es auf dem Schreibtisch immer in Reichweite meines Mannes. Und oft, wenn er über etwas nachdachte oder wegen irgendetwas im Zweifel war, klappte er dieses Evangelium auf gut Glück auf und las, was jeweils auf der linken Seite stand. Auch jetzt wollte Fjodor Michajlowitsch Gewissheit gegen seine Zweifel durch das Evangelium bekommen. Er schlug die Heilige Schrift auf und bat mich vorzulesen. Es war Matthäus 3,14–15: «Aber Johannes hielt ihn zurück und sprach zu ihm: ‹Ich bedarf dessen, dass ich von dir getauft werde, und du kommst zu mir?› Jesus aber antwortete und sprach zu ihm: ‹Halte mich nicht zurück! Denn es geziemt uns, das Wort des Herrn zu erfüllen.›»
>
> «Hörst du – halte mich nicht zurück. Das bedeutet, dass ich sterbe», sagte mein Mann und schloss das Buch.[53]

Am Mittwoch, den 28. Januar, fühlt sich der Patient zunächst wieder besser. Entgegen der ärztlichen Anordnung besteht er darauf, sich anzukleiden. Doch als er sich bückt, um die Schuhe anzuziehen, erleidet er neuerlich einen heftigen Blutsturz, dem bis zum Abend weitere folgen. Obwohl zunehmend geschwächt, ist er noch in der Lage, seiner Frau An-

Dostojewskij auf dem Totenbett, gezeichnet von Iwan Kramskoj (1881)

weisungen zum «Tagebuch» zu erteilen, dessen Abonnenten im Fall seines Todes ihr Geld zurückbekommen sollen. Auch kann er Anna noch einen Brief an Gräfin Jelisawjeta Heiden diktieren. Er informiert die Gräfin über seinen Zustand im Stil eines ärztlichen Bulletins, das mit dem Hinweis schließt, jetzt befinde sich der Patient bei vollem Bewusstsein, doch fürchte er, «dass die Arterie wieder platzen» könne und dann wohl der Tod eintreten werde (28. 1. 1881). Es ist sein letzter Brief.

Um sechs Uhr abends lässt Dostojewskij die Kinder zu sich kommen. Noch einmal bittet er darum, das Neue Testament aufzuschlagen. Anna liest das Gleichnis vom verlorenen Sohn vor. Danach segnet der Sterbende die Kinder und übereignet dem kleinen Fjodor seine Bibel. Nach einem weiteren Blutsturz verliert er das Bewusstsein. Gegen zwanzig Uhr empfängt er die Sterbesakramente. Der Tod tritt um zwanzig Uhr achtunddreißig ein. Die «Moskauer Nachrichten» melden, Dostojewskij habe sein Leben mit den letzten Worten des Sterbegebets ausgehaucht.

Verfasser diese Nachricht ist ein Romancier namens Boleslaw Markjewitsch, der nicht vor Wendungen zurückschreckt wie «die Gräfin erbleichte».[54]

Die Nachricht von Dostojewskijs Tod hat schnell die Runde gemacht. Schon nach wenigen Minuten treffen die ersten Freunde und Bekannten ein, um zu kondolieren und Abschied vom Verstorbenen zu nehmen, den man im offenen Sarg im Kabinett aufgebahrt hat. Iwan Kramskoj fertigt am 30. Januar eine Zeichnung des Verstorbenen an, die neben Wassilij Perows berühmtem Gemälde zu den eindrucksvollsten, später als Lithographie weitverbreiteten Porträts des Dichters zählt. Ebenfalls am 30. Januar nimmt Dostojewskijs «Leibfotograf» Konstantin Schapiro den Toten im offenen Sarg auf. Drei Tage lang wird die Wohnung der Dostojewskijs von Bekannten und Unbekannten regelrecht heimgesucht. «Ein dichter Strom von Menschen bewegte sich über das Treppenhaus, ein zweiter über die Lieferantenstiege, ergoss sich in alle Zimmer und verweilte dann im Kabinett, wo es zeitweilig so stickig wurde und ein solcher Sauerstoffmangel herrschte, dass die Kerzen am Katafalk erloschen.»[55]

Am 29. Januar unterrichtet Konstantin Pobedonoszew Thronfolger Alexander über Dostojewskijs Tod. Er streicht die Verdienste des Verstorbenen um sein Vaterland heraus und vergisst nicht, auf Dostojewskijs materielle Lage und die seiner Familie hinzuweisen: «Er war arm und hat außer seinen Büchern nichts hinterlassen.»[56] Noch am selben Tage lässt der Kronprinz den Oberprokuror des Heiligen Synods wissen, sein Vater habe den Innenminister Graf Loris-Melikow angewiesen, der Familie des «armen Dostojewskij» eine materielle Unterstützung angedeihen zu lassen. In ihren Memoiren bestätigt Anna Grigorjewna, dass ebenfalls am 29. Januar ein Beamter des Innenministeriums bei ihr erschienen sei, der die Übernahme der Begräbniskosten sowie die Finanzierung der Ausbildung ihrer Kinder durch den Staat angekündigt habe. Sie habe dies dankend abgelehnt, da sie es für ihre «moralische Pflicht [gehalten] habe, ihren Gatten mit dem von ihm verdienten Geld zu bestatten».[57] Ein Gleiches gelte für die Ausbildung ihrer Kinder. Im Bericht des besagten Beamten zu Händen des Ministers findet sich jedoch kein Hinweis darauf, dass die Witwe die angebotene Summe abgelehnt habe.[58] Offensichtlich war Anna daran gelegen, die Idee des freien, vom Staat unabhängigen Schriftstellers hochzuhalten, die Dostojewskij am

Beginn seiner Karriere selbst verfochten, mit seiner Annäherung an den Hof jedoch zunehmend konterkariert hatte.

Unpräzise sind ihre «Erinnerungen» auch hinsichtlich des Begräbnisortes. Ursprünglich, schreibt Anna, habe sie den Wunsch ihres Mannes befolgen und ihn auf dem Friedhof des Petersburger Jungfrauenklosters beisetzen wollen. Dieser Plan drohte aber an der hohen Grabmiete zu scheitern. Zum Glück habe dann das Alexander-Newskij-Kloster angeboten, ihren Mann unentgeltlich beizusetzen, da es ihm zur Ehre gereiche, wenn die sterblichen Überreste ihres Gatten, «der so beflissen für den orthodoxen Glauben eingetreten sei, innerhalb der Klostermauern ruhten».[59] Tatsächlich hatte sich der in diesem Fall zuständige Metropolit Isidor von Petersburg zunächst geweigert, «einen einfachen Romancier, der nichts Seriöses geschrieben habe», auf dem Friedhof des altehrwürdigen Newskij-Klosters beisetzen zu lassen,[60] auf dem Zelebritäten der älteren russischen Literatur ruhen wie Michail Lomonossow, Nikolaj Karamsin und Wassilij Schukowskij. Erst die Intervention des allmächtigen Konstantin Pobedonoszow bewegte den Metropoliten zu einem Gesinnungswandel.

Am 31. Januar, einem sonnigen, milden Samstag, setzt sich der Trauerzug um 11 Uhr von Dostojewskijs Haus an der Kusnetschnyj-Gasse aus in Bewegung. Seit dem frühen Morgen harren hier einige tausend Menschen aus, die den Zug begleiten wollen. «Von unserem Fenster aus sahen wir ein Meer menschlicher Köpfe, die wogten wie Wellen und in deren Mitte sich wie Inseln die bebänderten Kränze erhoben, die von Studenten getragen wurden.»[61] Die Schlange der Wartenden reicht zurück bis zur Kreuzung von Wladimir- und Newskij-Prospekt, also fast einen halben Kilometer. Auf dem Weg zum Newskij-Kloster werden sich Tausende dem Zug anschließen. «Ein erhabeneres, bewegenderes Schauspiel», schwärmt Alexej Suworin, der Herausgeber der «Neuen Zeit», «hatte weder Petersburg noch eine andere russische Stadt je gesehen.»[62]

Der Sarg wird abwechselnd von jeweils acht bis zehn Männern über die gesamte Strecke von etwa vier Kilometern bis zum Alexander-Newskij-Kloster getragen. Der für den Transport eigentlich vorgesehene leere Leichenwagen folgt dem Sarg in gemessenem Abstand wie das Pferd eines toten Monarchen. An der Prozession nehmen siebenundsechzig Abordnungen verschiedenster Institutionen, Hochschulen, Redaktio-

Der Leichenzug Dostojewskijs in Petersburg am 31. Januar 1881

nen, Verbände etc. teil, denen sich unterwegs weitere anschließen. Jede Delegation führt einen an Stangen hochgehaltenen Trauerkranz mit. Hinzu kommen mobile Trauergirlanden aus Fichtenzweigen und mehr als ein Dutzend Chöre mit geistlichen Gesängen, einer davon mit über einhundert Sängern. Der Newskij-Prospekt ist so gedrängt voll mit Menschen, dass der Droschkenverkehr zum Erliegen kommt. Den Boulevard überschwemmt ein Strom von einigen Zehntausend Menschen, der sich langsam durch das Spalier der dicht an dicht auf den Trottoirs stehenden Zuschauer wälzt. Erst gegen 14 Uhr erreicht der fast einen Kilometer lange Zug das Kloster, wo ihn der Abt, die Bruderschaft der Mönche und die Studenten der Geistlichen Akademie erwarten. Dann wird der Sarg in die Heilig-Geist-Kirche des Klosters getragen, wo im kleinen Kreis eine kurze Seelenmesse gelesen wird.

Am Sonntag, den 1. Februar, folgt das Begräbnis. Entgegen dem Ritus des orthodoxen Totenamts, das der Gemeinde die Möglichkeit gibt, sich vom Verstorbenen mit einem Kuss zu verabschieden, bleibt Dostojewskijs Sarg verschlossen. Pobedonoszew hatte schon am frühen Morgen die Heilig-Geist-Kirche aufgesucht, den Sarg öffnen lassen und festgestellt, dass der Verwesungsprozess infolge der mehr als achtundvierzigstündigen Aufbahrung in der überhitzten Wohnung schon weit fortgeschritten war. Um der Familie diesen Eindruck zu ersparen, weist der Oberprokuror das Kloster an, den Sarg während des Totenamts verschlossen zu halten. Er will verhindern, was nicht einmal dem frommen Aljoscha Karamasow erspart bleibt: an einem Gott zu zweifeln, der selbst einen Gerechten wie den Starez Sossima der Demütigung des biologischen Verfalls aussetzt. Mit dem Verschließen des Sarges schließt der Oberprokuror den Zweifel aus. Anna Grigorjewna hat es Pobedonoszew nie verziehen, dass sie aus diesem Grund nicht mehr Abschied von ihrem Mann nehmen konnte. «Was konnte es mir ausmachen, ihn verändert zu sehen? Er war doch mein lieber, lieber Gatte! Und er ist ohne meinen Abschiedskuss, ohne meinen Segen in sein Grab gegangen!»[63]

Immerhin sorgt Pobedonoszew dafür, dass Anna Grigorjewna eine staatliche Witwenrente von 2000 Rubel jährlich enthält. Zudem macht er sich persönlich zum Vormund der beiden Dostojewskij-Kinder. Überall führt der umsichtige Oberprokuror Regie. Dostojewskijs Beisetzung soll zum perfekten Schauspiel der Unverweslichkeit eines russischen Heiligen und der Verbundenheit des russischen Staates mit diesem werden.

Doch letzten Endes wäre weder der Staat noch die Kirche imstande gewesen, spontan solche Massen zu mobilisieren, wie Petersburg sie am 31. Januar des Jahres 1881 sieht. Zeitgenossen bestätigen den auffallend hohen Anteil an jungen Leuten, besonders Studenten, die Dostojewskij die letzte Ehre erweisen. Für sie ist er der Märtyrer geblieben, als der er sich mit den «Aufzeichnungen aus einem Totenhaus» in ihre Herzen geschrieben hat. Einige Passanten fragen, wer da zu Grabe getragen wird. Die Antwort der Studenten lautet: «Ein Zuchthäusler!»[64] Studentinnen der Bestuschew-Kurse tragen statt Blumen und Trauerkränzen eiserne Ketten, die an Dostojewskijs Katorga und damit an das Schicksal aller politischen Häftlinge Russlands gemahnen sollen. Sie werden ihnen von der Polizei abgenommen. Als drei Jahre später Iwan Turgenjews sterbliche Überreste von Paris nach Petersburg überführt und auf dem Wolkowo-Friedhof beigesetzt werden, dürfen Kränze nur noch auf Wagen abgelegt werden, die den Trauerzug begleiten. Dostojewskij hätte

Anna G. Dostojewskaja in dem von ihr eingerichteten Dostojewskij-Raum des Historischen Museums in Moskau (1916)

Turgenjew beim Sterben gern den Vortritt gelassen. Doch so blieb es ihm wenigstens erspart mitanzusehen, dass der Trauerkonvoi seines literarischen Erzfeindes deutlich länger war als der seine. Seit Dostojewskijs Tod und bis hinein in die Spätphase der Sowjetunion nehmen in Russland Schriftstellerbegräbnisse immer mehr den Charakter politischer Demonstrationen an. Erspart blieb Dostojewskij auch das tödliche Attentat auf Alexander II. vom 13. März 1881, nach dem Pobedonoszew dem Thronfolger schreibt: «Man möchte sein Antlitz verhüllen und unter die Erde kriechen, um nichts mehr zu sehen, zu fühlen und mitzubekommen. Herr, erbarme Dich unser!»[65]

Anna Grigorjewna ist fünfunddreißig, als ihr Mann stirbt. Eine zweite Ehe kommt für sie nie in Betracht. Sie überlebt ihren Mann um fast siebenunddreißig Jahre, in denen sie sieben Ausgaben seiner Werke herausgibt und ein Kapital anhäuft, von dem Dostojewskij nie zu träumen gewagt hätte. Auf die staatliche Witwenrente jedenfalls wäre Anna nicht angewiesen gewesen. Der Großverleger Adolf Theodor Marx zahlt ihr für die Rechte an den Werken ihres Mannes die für damalige Verhältnisse gigantische Summe von 200 000 Rubel. Mit diesem Vermögen kann sie sich ein Haus auf der Krim leisten und damit in die Luxusklasse der vorrevolutionären Gesellschaft aufsteigen. Eines der letzten Fotos Anna Grigorjewnas aus dem Jahr 1916 zeigt sie in dem von ihr eingerichteten Dostojewskij-Raum des Moskauer Historischen Museums. Ein aufgeschlagenes Buch in Händen, präsentiert sich die Siebzigjährige unter einer lebensgroßen Marmorbüste ihres Mannes in der selbstbewussten Pose einer reichen, zur Tempelhüterin mutierten Kaufmannsfrau. Anna Grigorjewna stirbt am 9. Juni 1918 in Jalta auf der Krim, vermutlich an den Folgen der Malaria. Es dauert ein halbes Jahrhundert, bis ihre sterblichen Überreste nach Leningrad, das frühere Petersburg, überführt und auf dem Friedhof des Alexander-Newskij-Klosters neben dem Grab ihres Mannes beigesetzt werden können.

Anhang

Anmerkungen

Vorwort

1 Thurneysen 1925:3.
2 Nötzel 1925:96.

Einleitung

1 Zit. nach Saraskina 2011:7.
2 Zacharov 2013:9.
3 Ebd.:8.
4 Freud 1948:400.
5 Sir Galahad 1925:36.

1 *Aufbrüche und Abstürze (1821–1849)*

1 Die Datierung von Ereignissen in Russland bis 1917 erfolgt hier und im Weiteren nach dem julianischen, die von Begebenheiten in Westeuropa generell nach dem gregorianischen Kalender.
2 M. N. Zagoskin: Moskva i moskviči. Zapiski Bogdana Il'iča Bel'skogo, izdavaemye M. N. Zagoskinym. Moskau 1988 [1848]:117.
3 AMD:24.
4 Zit. nach Miller 1921:11.
5 AMD:85–87.
6 In den «Brüdern Karamasow» wird Hübners Kinderbibel zum Schlüsselerlebnis des Starez Sossima, dessen Religiosität, unbeschadet seiner theologischen Bildung und Lebensweisheit, in der gleichen Kinderfrömmigkeit wurzelt wie die Dostojewskijs. Vgl. 14:264.
7 Zit. nach: Grossman 1928:22.
8 AMD:353.
9 Ebd.:92.
10 AGD 1987:156.
11 PSS 22:28 f.
12 PSS 22:27.
13 Beltschikow 1977:144, kursiv im Original.
14 AMD:89 und PSS 28.1:409.
15 AMD:109.
16 Dostojewski, geschildert von seiner Tochter:44.

17 DVS I:233.
18 Zum Zusammenhang zwischen politischer Tabuisierung des Vatermordes unter Alexander I. und dem Tod von Dostojewskijs Vater vgl. Volgin 1991:346 und Meerson 1998:13.
19 Wortman 1995:315.
20 DVS I:165.
21 Miller 1921:45
22 Vgl. G. Prochorov: Die Brüder Dostojevskij und Šidlovskij. In: Zeitschrift für Slavische Philologie 7 (1930):314–340.
23 Vgl. DVS II:204.
24 PSS 26:13.
25 DVS I:231.
26 Ebd.:176 f.
27 Vgl. Eichenbaum 1987:66.
28 Belinskij, Bd. 9:245.
29 Strachow 1921:24.
30 Neuabdruck in: Dostoevskij, PSS. Bd. 1. Petrozavodsk 1995:412–577.
31 Ausführlicher dazu Grossman 1973:11–49.
32 Willms 2007:94.
33 DVS I:188.
34 PSS 30.2:25.
35 Grossman 1935:40.
36 PSS 28.1:421.
37 Ebd. sowie LN 86:365 und 368.
38 Belinskij 9:245.
39 Belinskij 10:217.
40 Let. I:117.
41 DVS I:207–209.
42 PSS 25:30.
43 Städtke 1978:181.
44 PSS 25:31.
45 Vgl. Volgin 1991:480.
46 Louisier 2005:67.
47 Vgl. J.-U. Peters 1972.
48 Volgin 1991:480.
49 Belinskij 9:543.
50 Ebd.:522.
51 Bachtin 1971:54.
52 PSS 1:19.
53 Vgl. dazu auch W. Schmid 1991.
54 Belinskij 9:554.
55 DVS I:218.
56 Vgl. Kreuzer 1971:49 f.
57 Vgl. dazu Grob 2004:335 und Bennett 2004:29.
58 Dass Nikolaj Nekrassow ein gewiefter und disziplinierter Geschäftsmann ist,

hindert ihn nicht daran, seiner Spielleidenschaft horrende Summen zu opfern (Louisier 205:125 f.).

59 Zit. nach Stäheli 2007:80. Dieser Satz des Theoretikers der Französischen Revolution stammt aus dessen Schrift «Was ist der Dritte Stand?» (Qu'est-ce que le Tiers État?). Dostojewskij zitiert ihn später in den «Winteraufzeichnungen über Sommereindrücke» (PSS 5:78).

60 Gerigk 2012:107.

61 Belinskij 10:41.

62 Vgl. Nekrasov I:423. Maximilian Josèphe Eugène Auguste Napoléon, der dritte Herzog von Leuchtenberg (1817–1852), war der Sohn von Eugène de Beauharnais und Auguste von Bayern. Anlässlich seiner Heirat mit der ältesten Tochter Zar Nikolajs I., Maria Nikolajewna Romanowa, die sich weigerte, Russland zu verlassen und ihm nach Bayern zu folgen, wurde dem Herzog 1839 der erbliche Titel Fürst Romanowskij verliehen. Leuchtenberg galt in Russland als eifriger Förderer von Kunst und Literatur.

63 DVS I:221.

64 Ebd.:220.

65 PSS 10:106.

66 «Damit die unsichtbaren Seiten und Kräfte, die in der Tiefe der menschlichen Seele verborgen sind, sich offenbaren, braucht er [Dostojewskij] einen so hohen Druck der sittlichen Atmosphäre, wie er unter den Bedingungen des ‹realen› Lebens der Gegenwart niemals oder fast nie vorkommt [...]» (Mereschkowskij 1924:314).

67 Harreß 1993:76.

68 «Ich pfeife – und zu mir gehorsam, schüchtern, / kriecht blutbefleckt die Freveltat heran / Und leckt mir meine Hand und wird ins Auge / Mir sehn, nach meines Willens Zeichen spähend. / Ich zwinge alles, mir gebietet – nichts; / Das Wünschen blieb tief unten; ich bin ruhig; / Ich kenne meine Macht: Genug schon ist mir / Ein solches Wissen ...» (Puschkin 1971:291). Dostojewskij hat den Monolog des alten Barons später bei Benefizveranstaltungen besonders gern gelesen. Vgl. Volgin 1986:368 f.

69 PSS 19:73 f.

70 Belinskij 12:421, 10:42, 10:351.

71 Kapielski 2014. Der Kalauer spielt zugleich auf Dostojewskijs Vorliebe für Charles Dickens an.

72 W. Schmid 2002:65.

73 Terras 125 f.

74 Alexander 1979:7.

75 Vgl. Fourier 1980:171–174.

76 Vgl. Fourier 1966:325 ff.

77 Ebd.:175 und 177.

78 DVS I:293.

79 Vgl. Nötzel 1925:223.

80 Alexander 1979:215.

81 Prokof'ev 1962:97.

82 Miljukov 1890:170 f.
83 Nekrasov 4:9.
84 DVS I:295.
85 DVS I:248 und Saraskina 2000:180–184.
86 Paperno 1997:146 f.
87 Beltschikow 1977:72 f.
88 DVS I:301.
89 Miller 1921:93, 98.
90 PSS 18:191 f.
91 Mereschkowski 1924:118, 120.
92 Biografija 1883:90.
93 Keil 1998:101 ff.
94 Belinskij 10:214, 215, 213.
95 Beltschikow 1977:135.
96 DVS I:242.
97 Frank 2010:153.
98 PSS 18:174 f.
99 Beltschikow:302.
100 Sachuranjan 1970:105.
101 Let. I:166.
102 PSS 18:122.
103 Miller 1921:115.
104 Catteau 1989:104 f.
105 Dostojewskij bedauert zum Beispiel, dass die Zensur den Schriftsteller «als natürlichen Feind der Regierung» betrachte (PSS 18:124), und beklagt, dass literarische Werke mitunter allein schon deshalb verboten würden, weil sie kein Happy End hätten oder zu viele Schattenseiten des russischen Alltags zeigten. Ein Autor jedoch, der vor den dunklen Seiten des Lebens die Augen verschließe, mache sich der Unaufrichtigkeit schuldig, woran weder dem Leser noch der Regierung gelegen sein könne. Zudem seien Druckverbote oder Eingriffe in den Text für Berufsschriftsteller wie ihn von existentieller Bedeutung, da allein das Schreiben ihm seine «Existenzmittel» sichere.
106 Saraskina 2011:228.
107 Beltschikow 1977:161 ff.
108 Saraskina 2011:235.
109 PSS 18:133 f.
110 PSS 18:121.
111 Miller 1921:117.
112 Beltschikow 1977:206.
113 Knapp 1987:26. Zit. nach Paperno 1997:131
114 Mereschkowski 1924:122.
115 Nötzel 1925: 256, 259. Ähnlich Stefan Zweig (1923:113–115), der Dostojewskijs «dämonische Verwandlungskraft des Erlebnisses» preist und damit die Fähigkeit meint, tiefstes Leid zu höchstem Glauben und erhabenster Kunst zu veredeln.
116 Véniukoff 1895:276. – Nikolaj Speschnjow und Fjodor Lwow (1823–1885), der wie

Dostojewskij dem Durow-Kreis angehört hatte, waren nach ihrer Haftentlassung im Jahre 1856 als Beamte in der ostsibirischen Zivilverwaltung tätig.

117 Miller 1921:124.

118 PSS 8:52.

119 PSS 8:21.

120 Mereschkowski 1924:122.

121 De Vogüé 2010:297–367. Zum Zusammenhang zwischen Dostojewskijs Freiheitsbegriff und seiner Metaphysik des Leidens vgl. auch Berdjaev 1968:109 ff.

122 Tschernyschewski 1974:375.

123 Guardini 1947:167.

124 Nietzsche 1977, I:281.

125 PSS 6:405.

126 Zacharov 2013:158 ff.; Frank 1983:116 ff.; Gerigk 2013:31; Freud 1948: 410 f.; Schestow 1924:40 f.; Gerigk 1981:7. Skeptisch gegenüber einer angeblichen Konversion Dostojewskijs in der Katorga zum volksnahen Christentum auch McReynolds 2008:25.

127 6:422.

128 PSS 21:134.

129 Paperno 1997:136.

130 PSS 25:24.

131 Gerigk 2013:32.

132 PSS 28.1:164.

133 Miljukow 1890:197 f.

2 *Das erste Exil: Sibirien (1850–1859)*

1 PSS 4:198 f.

2 PSS 21:134.

3 Die Literatur zu Dostojewskijs Epilepsie ist inzwischen unübersehbar geworden. Die bis heute umfassendste und quellenreichste Darstellung ist die von Rice 1985. Knappe Überblicke über den Forschungsstand geben Dietrich von Engelhardt: Epilepsie in Leben und Werk Dostojewskis. In: Dostoevsky Studies N. S. 5 (2001):25–40, und Janz 2006:125–140. Vgl. dazu auch Catteau 1989:90–116 und Horst-Jürgen Gerigk: Epilepsie in den großen Romanen Dostojewskijs als hermeneutisches Problem. In: Dostoevsky Studies N. S. 1 (2006):141–153.

4 Vgl. Rice 1985:287–289, 81.

5 DVS I:354.

6 Janz 2006:131.

7 Zit. nach Strachow 1921 [1883]:18.

8 Janz 2006:136 f.

9 Rice 1985:5.

10 PSS 4:82.

11 DVS I:329 f.

12 PSS 4:76.

13 PSS 28.1:181.

14 DVS I:344.
15 Vgl. PSS 28.1:451 f.
16 Kjetsaa 1986:144.
17 Lessing: Werke in drei Bänden. Leipzig 1956. Bd. 3:307.
18 Lew Schestow: Tolstoj und Nietzsche. Die Idee des Guten in ihren Lehren. München 1994:XXXVII.
19 Gerigk 2013:37.
20 DVS I:153 f.
21 Vgl. Enko 2011:37.
22 Svincov 1995:122.
23 Saraskina 2011:372.
24 DVS I:357.
25 PSS 6:421.
26 Dietrich Gerhardt: Dostoevskijs Gedichte und die Literatur. In: Hans Rothe (Hrsg.): Dostoevskij und die Literatur. Vorträge zum 100. Todestag des Dichters auf der 3. Internationalen Tagung des «Slavenkomitees» in München, 12.–14. Oktober 1981. Köln u. a. 1983:213.
27 PSS 2:520.
28 PSS 2:405; deutsche Nachdichtung von Alexander Eliasberg 1920, hier zitiert nach Gerhardt 1983:222.
29 PSS 2:407.
30 Let. I:220.
31 PSS 28.1:476 f.
32 PSS 28.1:257.
33 Let. I:233.
34 Vgl. Hildermeier 1990:193; U. Schmid 2004:148.
35 PSS 4:10.
36 Honoré de Balzac: Die Kunst, seine Schulden zu zahlen und seine Gläubiger zu befriedigen, ohne auch nur einen Sou selbst aus der Tasche zu nehmen. Frankfurt a. M. 2004:35.
37 Vgl. Ingold, Unveröffentl. Ms.
38 Henscheid 2014.
39 Vgl. dazu auch Neuhäuser 1976:194.
40 PSS 28.1:507.
41 Let. I: 264.
42 PSS 3:505.
43 Zum Typus des Usurpators bei Dostojewskij vgl. Harreß 1993:58–72.
44 MMD 1. 11. 1859.
45 Pokrowski 1929:160.
46 Cypkin 2006:235.
47 Volgin 1986:490.
48 Miljukow 1890: 209 f.

3 Literarische Auferstehung (1860–1867)

1 Miljukow 1890:210.
2 Hildermeier 2013:1129.
3 PSS 28.1:316.
4 PSS 6:238.
5 Zit. nach Dowler 1982:57.
6 PSS 18:37.
7 Vgl. Rosenshield 2005:20.
8 Šelgunov Bd. 1, 1967:161 f.
9 Vgl. LN 83:125–170.
10 Let. I:291.
11 Strachow 1921:31.
12 Nečaeva 1972:42.
13 Vgl. Let. I:343.
14 Saraskina 1994:143 f.
15 Meier-Graefe 1988:114.
16 Anders dagegen Močul'skij 1947:163–180, Doerne 1969:102 f.
17 Vgl. Greenblatt 1980.
18 Vgl. dazu auch Catteau 1989:153.
19 Vgl. Čulkov 1939:312 f.
20 Miljukow vergleicht in seiner Zeitschrift «Die Fackel» (Svétotsch) das Werk mit Livingstones afrikanischen Reisetagebüchern. Let. I:320.
21 Gercen PSS, Bd. XVIII:219.
22 Schestow 1924:39, 144 ff.
23 PSS 4:65. Vgl. dazu auch Andrea Zink: «Die Arrestanten waren die reinsten Kinder». Zur Rechtfertigung des Verbrechens in Dostojewskijs Aufzeichnungen aus einem Totenhaus. Dostoevsky Studies IX (2005), 115–134.
24 de Vogüé 2010:266. Ähnlich die erste deutsche Übersetzung durch Hans Moser von 1888: «Memoiren aus einem Totenhaus».
25 LN 86:384; Zitat: A. A. Grigor'ev, Materialy dlja biografii. Pod red. Vladimira Knjažnina, Pg. 1917:317; hier nach: Let. I:372.
26 Vgl. LN 86:595.
27 Miljukov 1890:211.
28 N. Ašimbaeva u. a.: Obraz Dostoevskogo v fotografijach, živopisi, grafike, skul'pture. Sankt Petersburg. 2009:45–48.
29 Let. I:333.
30 Ebd.:364.
31 Boborykin 1965:281; Hervorhebung A. G.
32 Šelgunov 1967, Bd. 1:185.
33 Ebd.:187.
34 Venturi 1960:227.
35 Molodaja Rossija, www.hist.msu.ru/ER/Etext/molrus.htm. Zugriff 30. 07. 2013. Vgl. dazu auch Venturi 1960:293–296.
36 Strachow 1921:56.

37 N. G. Rozenbljum: Peterburgskie požary 1862 g. i Dostoevskij. Zapreščennye cenzuroj stat'i žurnala «Vremja». In: LN 86:16–54.
38 Ebd.:17.
39 PSS 21:25 f. Da sich Dostojewskij auf die Ereignisse vom Mai 1862 bezieht, ist davon auszugehen, dass er die Flugblätter verwechselt und den Aufruf «An das junge Russland» meint, mit dem die Petersburger Brände seinerzeit in Verbindung gebracht wurden.
40 Černyševskij, N. G.: Polnoe sobranie sočinenij, Bd. 1. Moskau 1939:777; hier nach Dostoevskij PSS 21:394.
41 LN 86:34 f.
42 PSS 28.2:376.
43 Die Datierung von Ereignissen außerhalb Russlands erfolgt nach dem gregorianischen Kalender.
44 Hielscher 1999:26.
45 MMD, 27. 6. 1862.
46 Strachow 1921:60.
47 Gercen XXVIII, Buch 1:247.
48 PSS 20:28 f.
49 Strachow 1921:61.
50 N. M. Karamzin: Pis'ma russkogo putešestvennika. Leningrad 1981:149.
51 Ju. M. Lotman, Boris A. Uspenskij: Pis'ma russkogo putešestvennika i ich mesto v razvitii russkoj kul'tury. In: Nikolaj M. Karamzin: Pis'ma russkogo putešestvennika. Leningrad 1987:531.
52 Städtke 2002:119.
53 Benjamin 1961:192.
54 Vgl. z. B. Mark Twains «A Tramp Abroad», 1880.
55 Erich Fromm: Haben oder Sein. 38. Aufl. München 2001:89–109.
56 Joachim Klein: Russische Literatur im 18. Jahrhundert, Köln u. a. 2008:190.
57 Peter Sloterdijk: Im Weltinnenraum des Kapitals. Für eine philosophische Theorie der Globalisierung. Frankfurt a. M. 2005:267.
58 Helmut Gold: Wege zur Weltausstellung. In: Hermann Bausinger u. a. (Hrsg.): Reisekultur. Von der Pilgerfahrt zum modernen Tourismus. München 1991:320.
59 Zit. nach Gold ebd.
60 Marx-Engels-Werke, Bd. 23:285.
61 Zitiert nach Geoffrey Hosking: Empire and Nation-Building in Late Imperial Russia. In: Hosking/Service 1998:23.
62 Let. I:406.
63 Let. I:402.
64 Saraskina 1994:63, 46.
65 A. P. Suslova 1991:135.
66 Dostojewskij, geschildert von seiner Tochter 1923:118.
67 Dolinin 1989:206.
68 Zit. nach Saraskina 1994:60.
69 Kant: Die Metaphysik der Sitten. In: Kant. Akademieausgabe, Bd. 6. Berlin 1907:277.

70 Slonim 1957:127.
71 Nietzsche 1977, II:83.
72 Dolinin 1989:200. – In ihrem intimen Tagebuch wird Anna Grigorjewna Dostojewskaja die nächtliche Sexualität ihres Mannes mit der eines «wilden Tiers» vergleichen. Vgl. AGD 1985:39.
73 Dolinin 1989:199.
74 Saraskina 1994:97.
75 Zit. nach Saraskina 1994:100. Vgl. auch Suslowa 1996:11 f.
76 Suslowa 1996:129.
77 MMD, 15. 9. 1863 und 2. 9. 1863.
78 Zit. nach Saraskina 1994:125.
79 Suslova 1991:155 f.
80 Saraskina 1994:117.
81 PSS 20:172.
82 PSS 20:173–175.
83 Frank 2010:411.
84 PSS 29.1:465 f.
85 Nečaeva 1975:19.
86 PSS 5:104.
87 Bachtin 1969:256 ff.
88 N. G.Tschernyschewski: Ausgewählte philosophische Schriften. Moskau 1953:166.
89 G. W.F. Hegel: Vernunft in der Geschichte. Hamburg 1955:257.
90 Zur Herleitung des Widerspruchs zwischen Freiheit und Naturgesetz bei Dostojewskij aus Kants Antinomien der reinen Vernunft vgl. Ja. E. Golosevker: Dostoevskij i Kant. Moskau 1963; Paperno 1997:124 f., 242.
91 Močul'skij 1947:205.
92 Hegel, Phänomenologie des Geistes. Frankfurt a. M. usw. 1970:127. Vgl. dazu auch Gerigk: Dostojewskijs Paradoxist. In: R. Geyer, R. Hagenbüchle: Das Paradox. Eine Herausforderung des abendländischen Denkens. Tübingen 1992:483–485.
93 Belinskij 7:313.
94 Turgenev 1960 ff., Bd. 7:189.
95 Ebd.:184.
96 Lew Schestow: Kierkegaard und Dostojewskij. In: ders.: Kierkegaard und die Existenzphilosophie. Graz 1949:18.
97 Schestow 1924:58.
98 Ludwig Büchner: Natur und Geist. Halle, 3. Aufl. 1874:186.
99 LN 77:343.
100 Močul'skij 1947:212.
101 N. K. Michajlovskij: Žestokij talant. In: Michajlovskij 1957:181–263.
102 Schestow 1924:48.
103 Frank 2010:440.
104 Il'inskij 1922:9; Eckstein 1925:29; Kjetsaa 1985:229; Lavrin 1994:64; Nasedkin 2003:731; Frank 2010:475. Sehr viel differenzierter dagegen Rusakov 1904:950 f.
105 Vgl. PSS 28.2:154–159; 29.1:209–214; AGD 1987:76.
106 PSS 28.2:127. Kursiv im Original.

107 Dostojewski am Roulette 1925:LXXIV.
108 PSS 28.2:128.
109 Hielscher 1999:32.
110 Guski 2012:33.
111 AGD 1987:66 f.
112 DVS II:49–60.
113 Miljukov 1890:234.
114 AGD 1987:65.
115 Dnevnik:304.
116 AGD 1987:73, 82, 85.
117 Vgl. dazu Natascha Drubek-Meier: Dostoevskijs *Igrok*: Von nul' zu zéro. Wiener Slawistischer Almanach, Sonderband 44 (1997), 173–210.
118 Ryklin 1995:28.
119 Schopenhauer: Aphorismen zur Lebensweisheit. Leipzig 1941:36.
120 Vgl. Andreas Buss: Die Wirtschaftsethik des russisch-orthodoxen Christentums. Heidelberg 1989; Max Weber 2002:164; Hartmann Tyrell: Intellektuellenreligiosität, «Sinn»-Semantik, Brüderlichkeitsethik. Max Weber im Verhältnis zu Tolstoi und Dostojewski. In: Anton Sterbling, Heinz Zipprian (Hrsg.): Max Weber und Osteuropa. Hamburg 1997 (Beiträge zur Osteuropaforschung, Bd. 1), 25–58.
121 Lotman 1997:153.
122 Vgl. dazu auch Ryklin 1995:19–39.
123 Swetlana Geier (2009:189) übersetzt, nicht ganz wörtlich, aber sinngemäß korrekt: «dass ich [...] von einem Wirbel erfasst wurde».
124 Zur Herkunft des Jurodiwyj als Resultat eines Synkretismus von heidnischer und christlicher Kultur im alten Russland vgl. V. V. Ivanov: Jurodskij žest v poėtike Dostoevskogo [Die Narrengeste in Dostojewskijs Poetik]. In: J. M. Prozorov, O. V. Slivickaja (Hrsg.): Russkaja literatura i kul'tura novogo vremeni [Russische Literatur und Kultur der Neuzeit]. Sankt Petersburg 1994:108–133.
125 Bachtin 1969: 262–264. Vgl. auch Sasse 2013 und Horst-Jürgen Gerigk: Dostojewskijs «Paradoxalist». Anmerkungen zu den Aufzeichnungen aus einem Kellerloch. In: Paul Geyer, Roland Hagenbüchle (Hrsg.): Das Paradox. Eine Herausforderung des abendländischen Denkens. Tübingen 1992:485. Vgl. dazu auch Joseph Brodsky: Less than One. New York 1986:160: «Like a banknote into change every stated idea instantly mushrooms in this language into its opposite, and there is nothing its syntax loves to couch more than doubt and self-depreciation.»
126 Mereschkowski 1924:121.
127 Da der Roman über Jahrzehnte als «Schuld und Sühne» zu einem zentralen Bestandteil des «deutschen Dostojewskij» geworden ist und dieser Titel auch die metaphysische Dimension des Buches besser wiedergibt als das juristische «Verbrechen und Strafe», wird hier am gewohnten Titel «Schuld und Sühne» festgehalten.
128 PSS 7:334 f., 19:284 f.
129 Meier-Graefe 1988:146.

130 Močul'skij 1947:255.
131 Berdjaev 1964:80.
132 Zur Problematik des Selbstmords bei Dostojewskij vgl. Paperno 1997:123–184.
133 A. Pieper: Gut und Böse. München 1999:78.
134 Šelgunov 1967, Bd. 1:333.
135 D. I. Pisarev: Izbrannye proizvedenija. Leningrad 1968:49–95; hier besonders 49–52.
136 Zur narzisstischen Struktur des Kitschs vgl. Ludwig Giesz. Phänomenologie des Kitschs. Heidelberg 1960. Zum Schauerroman vgl. Norbert Miller: «Der wahre Poet der Historie ...». Horace Walpole erfindet den Schauerroman. In: Horace Walpole: Das Schloss Otranto – Ein Schauerroman. München 2014:177.
137 Gerigk 2013:100 f.
138 Russkij vestnik 62/1866:689.
139 Russkij vestnik 66/1866:155.
140 Vgl. dazu auch: William M. Todd III: The Professionalization of Literature and Serialized Fiction. In: Dostoevsky Studies. N. S, XV (2011):29–36.
141 Elena Nowak, Anja Otto, Vadim Sergeev: St. Petersburg entdecken. Berlin 2004:88.
142 Slonim 1957:187.
143 Saraskina 1994:269.
144 G. V. Prochorov: Nerazvernuvšijsja roman Dostoevskogo. Pis'ma Marfy Braun k Dostoevskomu. In: Zven'ja 1936, Bd. VI:582–600; Slonim 1957:199–203.
145 S. V. Kovalevskaja: Vospominanija. Povesti. Moskau 1974:88.
146 Slonim 1957.
147 AGD 1987:92. Alle folgenden Zitate ebd.:95–99.
148 Ebd.:74.
149 Ebd.:1987:92.
150 Ebd.:1987:110 f.
151 Slonim 1957:211.
152 AGD 1987:100; AGD 1985:268.
153 Il'inskij 1922:7.
154 AGD 1987:132.

4 *Das zweite Exil: Europa (1867–1871)*

1 AGD 1985:33, 39, 47, 90, 139.
2 AGD 1985:103.
3 Vgl. Karl Christian Führer: Das Kreditinstitut der kleinen Leute. Zur Bedeutung der Pfandleihe im deutschen Kaiserreich. In: Bankhistorisches Archiv. Zeitschrift für Bankengeschichte 18 (1992):3–21.
4 AGD 1985:250, 217, 218.
5 AGD 1985:284.
6 Engelhardt: 2010:103.
7 AGD 1985:204, 205–207, 265.
8 S. Freud: GW, Bd. 14, Frankfurt a. M. 1948:400.

9 AGD 1987:183 f.
10 Kjetsaa 1986:274 f. Jacques Catteau deutet Dostojewskijs Spielsucht als Resultat einer Umsteuerung sexueller Energien. In der ersten Phase der Ehe sei seine Beziehung zu Anja eher unterkühlt gewesen; mit der sexuellen wie seelischen Festigung ihrer Beziehung sei die Spielsucht dann verschwunden «wie der Schatten eines Traums» (Catteau 1989:144). Anjas Tagebuch zeigt jedoch, dass die erotische Beziehung zwischen den Eheleuten von Anfang an sehr intensiv war, ohne dass dies Dostojewskijs Spielsucht entgegengewirkt hätte.
11 Bleckwenn 1981.
12 AGD 1985:293
13 Ebd.:320.
14 Ebd.:330.
15 AGD 1987:185.
16 Vgl. Nadja Bontadina: Alexander Herzen und die Schweiz. Bern u. a. 1999:341, 349.
17 Vgl. Rakusa 1981:19.
18 AGD 1987:187.
19 Dnevnik:353.
20 Ebd.
21 Ebd.:343.
22 AGD 1987:195.
23 Ebd.:196.
24 AGD 1987:200; Rakusa 1981:Tafel 39.
25 David M. Bethea: The Idiot. Historicism Arrives at the Station. In: Knapp 1998:130–190, hier 177.
26 Gerigk 2013:113.
27 Nabokov 2013:272.
28 Vgl. Serman 1971:130–142.
29 Paperno 1997:128.
30 Nabokov 2013:310.
31 Schestow 1924:162.
32 Vgl. Let. II:167; PSS 9:410 f.; Zitat nach Saraskina 2011:496.
33 PSS 9:411.
34 Rüdiger Schaper: Eine Einladung im Kampf um die Stadt. In: Tagesspiegel vom 29. 9. 2017, S. 1.
35 Stepun 1961:11.
36 Guardini 1947:247.
37 Bachtin 1971:196; Meier-Graefe 1788:184.
38 Berdjajew 1925:14.
39 Saraskina 2011:496.
40 PSS 9:246, Majuskeln im Original.
41 PSS 20:174.
42 Ernest Renan: Das Leben Jesu. Vom Verfasser autorisierte Übertragung aus dem Französischen. Zürich 1981:132 f.
43 Vgl. PSS 21:10 f., 132 f.

44 AGD 1987:186.
45 Kristeva 1989:248.
46 Stoichita 1995:438 f.
47 Meerson 1998:14.
48 AGD 1987:205.
49 Šestidesjatye gody. Materialy po istorii literatury i obščestvennogo dviženija. Pod red. N. K. Piksanova i O. V. Cechnovicera. Moskau, Leningrad 1946:265.
50 Grigor'ev 1915; Herder 1966:434.
51 Meier-Graefe 1988:259.
52 N. N. Strachov: O knige N. Ja. Danilevskogo «Rossija i Evropa». In: N. Ja. Danilevskij: Rossija i Evropa, Moskau 1991:510.
53 Danilevskij 1991:480, 487, 129.
54 Ebd.:508, 480.
55 AGD 1987:217 f.
56 Ebd.:218.
57 Bakunin 1969:57.
58 Zit. nach F. M. Lur'e: Sozidatel' rasrušenija. Dokumental'noe povestvovanie o S. G. Nečaeve. Sankt Petersburg 1994:105 f.
59 AGD 1987:212.
60 Hildermeier 2013:863.
61 Zur Rolle des Skandals bei Dostojewskij vgl. Lachmann 1989:307–325.
62 Ursprünglich als 9. Kapitel des zweiten Teils konzipiert, wurde das Manuskript von «Stawrogins Beichte» erst 1921 wiederentdeckt und sogar in der dreißigbändigen Dostojewskij-Gesamtausgabe (Leningrad 1972–1990) unter dem Titel «Bei Tichon» nur separat im Anhang zum Roman publiziert. Auch Dostojewskij selbst hat in der ersten Buchausgabe seines Romans (1873) auf das Kapitel verzichtet, weil ihm klar war, dass es die Zensur nicht passieren würde.
63 Guardini 1947:173.
64 Frank 2010:653.
65 Lotman 1982:358–367.
66 Vgl. Šklovskij 1957.
67 Kierkegaard 1987. Bd. 2/2:177.
68 Pieper 1997:82.
69 Kierkegaard 1987. Bd. 2/2:174.
70 Gehrigk 2013:145.
71 Camus 1962:91; ebenso 1947:213.
72 Benz 1957:125.
73 Tschižewski 1961:74.
74 Danilewskij 1965:134 f. Zu Danilewskijs Einfluss auf «Die Dämonen» s. auch den Kommentar in Dostoevskij PSS 12:234.
75 Camus 1962:13.
76 PSS 24:46.
77 PSS 23:146.
78 Vgl. dazu auch: István Molnár: Vom redenden Christus zum schweigen-

den Christus. In: Rudolf Neuhäuser (Hrsg.): Polyfunktion und Metaparodie. Aufsätze zum 175. Geburtstag von Fedor Michajlovič Dostoevskij. Dresden 1998:115–128.
79 PSS 23:147 f.
80 Gerigk 2013:174 f.
81 Mereschkowski 1924:165–167.
82 A. Kašina-Evreinova: Podpol'e genija. Seksual'nye istočniki tvorčestva Dostoevskogo. Petrograd 1923:56 f., 66 f.
83 Strachow nennt als Gewährsmann den Literaturhistoriker Pawel Wiskowatow. Angesichts der Verschlossenheit Dostojewskijs in persönlichen Angelegenheiten erscheint diese Quelle wenig glaubwürdig, da Dostojewskij mit Wiskowatow nur flüchtig bekannt war.
84 Perepiska L. N. Tolstogo s N. N. Strachovym, Bd. 2. Sankt Petersburg 1914:307–310.
85 Zit. nach S. V. Belov, V. A. Tunimanov: A. G. Dostoevskaja i ee vospominanija. In: AGD 1987:30.
86 Kjetsaa 1985:397.
87 Vgl. Pascal 1970:293 f.; Catteau 1989:94.
88 Svincov 1995:122.
89 AGD 1987:418.
90 Zit. nach Let. III:551.
91 Turgenev: Polnoe sobranie sočinenij, Bd. 13. I. Moskau, Leningrad 1968:49.
92 Vgl. dazu auch PSS 3:364.
93 Ebd.
94 Vgl. Svincov 1995:132. Die Debatte um mögliche autobiographische Bezüge von «Stawrogins Sünde» hält bis in die Gegenwart an. So hat die Dostojewskij-Spezialistin Ljudmila Saraskina 2011 im russischen Sender «Kultura» Wladimir Chotinenko, den Regisseur des populären TV-Biopics «Dostojewskij» (2010), scharf angegriffen, weil er seinem Film-Turgenjew den Vorwurf in den Mund legt, Dostojewskij habe sich der Pädophilie schuldig gemacht. «Dostoevskij (Teleserial)», ru.wikipedia.org. Zugriff 16.07.2018.
95 Peter von Matt: Literaturwissenschaft und Psychoanalyse. Stuttgart 2000:132–135.

5 *Ankünfte* (1871–1876)

1 PSS 29.1:201.
2 AGD 1987:226.
3 Ebd.:232.
4 LN 86:310; ähnlich DVS II:282; Miljukov 1890:167.
5 PSS 29.1:254.
6 AGD 1987:308 f.
7 Ebd.:266.
8 PSS 27:108–110.
9 Ebd.:110.

10 AGD 1987:288.
11 PSS 16:5.
12 Rilke macht in seiner kongenialen Nachdichtung – um der Alliteration mit «Freiheit» willen – aus «Ruhe» (pokoj) «Frieden»: «Nichts hab ich vom Leben zu verlangen, / Und Vergangenes bereu ich nicht: / Freiheit soll und Frieden mich umfangen / Im Vergessen, das der Schlaf verspricht». Michail Lermontow: Gedichte und Poeme. Ausgewählte Werke in zwei Bänden. Bd. 1. Hrsg. von Roland Opitz. Berlin (Ost) 1987:204.
13 Hegel 1976:188.
14 Vgl. Lukács 1985 und 1974:32.
15 Feuerbach 1956:81.
16 Frank 2010:708.
17 So Swetlana Geier in: Fjodor Dostojewskij: «Ein grüner Junge». Zürich 2006:670.
18 Tönnies 1979:46.
19 Wasiolek 1971:137.
20 Vgl. Städtke 2004.
21 Gerigk 1965; Felix Philipp Ingold: Glanzvolle Premiere. Nur vermeintlich sein schwächstes Werk. In: NZZ 17./18. 2. 2007:69; Gerigk 2013:178.
22 M. Ė. Saltykov-Ščedrin: Polnoe sobranie sočinenij, Bd. XIII. Moskau 1936:292.
23 Zitiert nach PSS 17:347 f.; Turgenev 1960 ff., Bd. 11:164.
24 PSS 17:349; Die Beichte eines Juden 1927:96.
25 Il'inskij 1951:554 f.
26 PSS 21:236.
27 G. S. Morson (1981:46) sieht ein mögliches Vorbild in Charles Dickens' «Master Humphrey's Clock» (1840/41); Ulrich Schmid: Wie sollte man den Westen verstehen? In: FAZ vom 11. 12. 2015:12.
28 Frank 2010:724–737.
29 PSS 24:61.
30 PSS 23:44.
31 PSS 23:110; 24:44.
32 PSS 25:193–206.
33 PSS 22:122–126.
34 Vgl. U. Schmid 2007:47–59.
35 PSS 21:94 f. Das Schankgewerbe und die Schnapsbrennerei waren innerhalb des Ansiedlungsrayons, wo Juden seit Katharina II. siedeln durften, lange Zeit ein Monopol jüdischer Pächter. Selbst nach Aufhebung dieses Pachtsystems in den 1880er Jahren betrug der Anteil jüdischer Schankwirte rund 60 Prozent. Ich verdanke diesen Hinweis meinem Basler Freund und Kollegen Heiko Haumann. Vgl. dazu auch Sonja Margolina: Wodka. Trinken und Macht in Russland. Berlin 2004:3–85.
36 PSS 25:78.
37 Die Beichte eines Juden 1927:102.
38 PSS 25:74–88.
39 PSS 25:79.
40 Ebd.:81–85.

41 Ausführlicher über Dostojewskijs Beziehung zum Judentum: Goldstein 1976; Ingold 1981.
42 McReynolds 2008.
43 Vgl. Kaiser 1972:483.
44 PSS 21:15.
45 PSS 22:53.
46 Rosenshield 2005:32 ff.
47 Die folgenden Ausführungen stellen eine Kurzfassung meiner Studie «*Einfach* und *kompliziert* bei Dostoevskij» von 1998 dar.
48 PSS 23:19.
49 Ebd.:10 f.
50 Lachmann 1994:286.
51 PSS 23:137.
52 Ebd.:136.
53 Ebd.:138.
54 Ebd.:140.
55 Ebd.
56 PSS 24:39.
57 Ebd.:42.
58 Ėpizod iz žizni F. M. Dostoevskogo. In: Polnoe sobranie sočinenij F. M. Dostoevskogo, Bd. 1 (Biografija, pis'ma i zametki iz zapisnoj knižki s portretom F. M. Dostoevskogo). Sankt Petersburg 1883:108.
59 PSS 25:120 f.
60 Schach 1980:50.
61 Vgl. Wayne C. Booth: The Rhetoric of Fiction. Chicago 1983:158 f.; Morson 1981:10.
62 «Wie Bienen- oder Wespenschwärme wimmelt es / von Widersprüchen, bösen Paradoxen», charakterisiert ein dichtender Zeitgenosse das «Tagebuch» (Let. III:88).
63 Zit. nach Let. III:467.

6 *Auf dem Gipfel (1876–1881)*

1 LN 86:521.
2 DVS II:363.
3 AGD 1987:334 f.
4 Alle Zitate PSS 23:95 f.
5 AGD 1987:344.
6 Ebd.:345.
7 Ebd.:347.
8 Dostojewski, geschildert von seiner Tochter 1923:205–207.
9 AGD 1987:351 f.
10 Zit. nach Volgin 1986:13.
11 Let. III:383.
12 Ebd.:458.

13 Šklovskij 1957.
14 Ausführlich zur Geschichte des Puschkin-Denkmals und der Puschkin-Feier 1888 Volgin 1986:214–322;. Levitt 1989.
15 Let. III:428.
16 Turgenev 1960 ff., Bd. 15:66–76.
17 PSS 26:136.
18 Durch Puschkins französischen Übersetzer Prosper Mérimée mit dessen Novelle «Carmen» nach Frankreich importiert, feiert Aleko 1875 in Georges Bizets gleichnamiger Oper in der Figur des Don José fröhliche Urständ.
19 Von Puschkins Kurzdramen ist außerhalb Russlands nur «Mozart und Salieri» bekannt geworden, dessen Plot Peter Shaffers Stück «Amadeus» (1979) und Miloš Formans gleichnamigem Film (1984) zugrunde liegt.
20 PSS 26:147.
21 Ebd.
22 Strachow 1921:79.
23 Zit. nach Levitt 1989:124 f.
24 DVS II:466.
25 Ebd.:448.
26 AGD 1987:367–371.
27 Todd 2002:66.
28 Pierre Bourdieu: Zur Soziologie der literarischen Formen. Frankfurt a. M. 1974:82.
29 Guski 2004:13.
30 Vgl. Gerigk: Die Architektonik der «Brüder Karamasow» 1997:49.
31 René Descartes: Meditationes de prima Philosophia. Hrsg. von L. Gäbe. Hamburg 1959:27. Vgl. auch Dominik Perler: René Descartes. München, 2. Aufl. 2006:68 ff.
32 PSS 27:86.
33 Šklovskij 1957:229 f.
34 Lukács 1974: 66 f.
35 Vgl. Terras 1981:84.
36 Hans Rothe (1997), dem ich den Hinweis auf Dostojewskijs paradoxe Rousseau-Fixierung verdanke, sieht den Grund des Scheiterns dagegen mehr in Dostojewskijs Disposition zum Tragischen, das mit der Logik des Entwicklungs- oder Erziehungsromans unvereinbar sei.
37 Zur Metaphysik und Metalinguistik der Lüge im Monolog des Großinquisitors vgl. Jones 1990:186.
38 W. Schmid 1996:29.
39 Gerigk 2013:210.
40 Czesław Miłosz: Dostoevsky and Swedenborg. In: ders.: Emperor of the Earth. Modes of Eccentric Vision. Los Angeles, Berkeley 1977:120–143, hier 142.
41 Zacharov 1997:226; ders. 2013:426.
42 Guardini 1947; Močul'skij 1947; Lauth 1952; Maceina 1952.
43 Vgl. PSS 15:496; Rothe 1997:172 f.
44 Zitiert nach Wladimir Tunimanow: Dostojewskijs Paradoxienträger des Unter-

grunds und Schestows «Überwindung der Selbstverständlichkeiten». In: Dostoevsky Studies, N. S., Vol. X (2006):54.

45 Rosanow 2009:143 f.; 164–167; Schestow 1924:158.

46 Girard 1963; Terras 1981; Frank 2010, bes. 871 ff.; speziell zur theologischen Wirkungsgeschichte vgl. Schult 2012.

47 Jones 1990:181; W. Schmid 1996:25–50; McReynolds 2008 passim.

48 Holquist 1977:165–191.

49 Gerigk 2013:209 f.

50 Immanuel Kant: Metaphysik der Sitten. Werke in zwölf Bänden. Bd. 8. Frankfurt a. M. 1977:572.

51 Rosenshield 2005:225.

52 Alle folgenden Zitate aus Annas Tagebuch, AGD 1987:393 f., 396 f.

53 In älteren russischen Ausgaben des Neuen Testaments findet sich für griech. «aphes arti» die russ. Übersetzung «ne uderschiwaj» (halte nicht zurück), die später durch «ostaw» (Lass es jetzt also sein) ersetzt wurde.

54 Volgin 1986:429 f.

55 Dostoevskaja 1987:406.

56 Volgin 1986:486.

57 AGD 1987:403.

58 Volgin 1986:566, Anm. 44.

59 AGD 1987:405.

60 Volgin 1986:492.

61 Dostojewskij, geschildert von seiner Tochter 1923:302.

62 DVS II:473.

63 Dostojewskij, geschildert von seiner Tochter 1923:306.

64 LN 86:341.

65 K. P. Pobedonoscev i ego korrespondenty. Pis'ma i zapiski s predisloviem M. N. Pokrovskogo. Moskau, Petrograd 1923, 1. Halbbd.:45.

Literaturhinweise

In den Anmerkungen verwendete Abkürzungen

AGD 1987	Anna Grigor'evna Dostoevskaja: Vospominanija [Erinnerungen von Dostojewskijs Frau]
AGD 1985	Anna Grigorjewna Dostojewskaja: Tagebücher [Aufzeichnungen zur Europareise]
AMD	Andrej Michajlovič Dostoevskij: Vospominanija [Erinnerungen von Dostojewskijs Bruder Andrej]
Biografija	Fedor Michajlovič Dostoevskij: Biografija, pis'ma i zametki iz zapisnoj knižki
Dnevnik	Dnevnik Anny Grigor'evny Dostoevskoj 1867 g. [Tagebuch der A. G. Dostojewskaja]
DVS I, II	Dostoevskij v vospominanijach sovremennikov [Dostojewskij in zeitgenössischen Erinnerungen, 2 Bände]
Erinnerungen	Lebenserinnerungen der Gattin Dostojewskis
Let. I, II, III	Letopis' žizni i tvorčestva F. M. Dostoevskogo. 3 Bände [Chronik zu Leben und Werk F. M. Dostojewskijs]
LG	Literaturnaja Gazeta [Literaturzeitung]
LN 83	Literaturnoe nasledstvo, Bd. 83 [Unveröffentlichte Texte]
LN 86	Literaturnoe nasledstvo, Bd. 86 [Neue Materialien und Untersuchungen]
MMD	Michail Michajlovič Dostoevskij: Pis'ma [Briefe von Dostojewskijs Bruder Michail]
NM	Novyj Mir [Literaturzeitschrift «Neue Welt»]
PSS	F. M. Dostoevskij: Polnoe sobranie sočinenij v tridcati tomach. [30-bändige Gesamtausgabe der Werke F. M. Dostojewskijs, aus der hier zitiert wird, einschl. Kommentare]
PSS 21–27	«Tagebuch eines Schriftstellers»

Deutsche Übersetzungen der besprochenen Werke Dostojewskijs in chronologischer Reihenfolge [in eckigen Klammern das Jahr der russischen Erstveröffentlichung]

Arme Leute [1846]. In: Fjodor M. Dostojewski: Frühe Romane und Erzählungen. Übertr. von E. L. Rahsin. 8. Aufl. München 1996, S. 9–193.

Der Doppelgänger [1846]. Eine Petersburger Dichtung. In: F. M. Dostojewski: Frühe Romane und Erzählungen. Übertr. von E. L. Rahsin. 8. Aufl. München 1996, S. 195–416.

Herr Prochartschin. Eine Erzählung. [1846] In: F. M. Dostojewski: Frühe Romane und Erzählungen. Übertr. von E. K. Rahsin. 8. Aufl. München 1996, S. 417–462.

Ein junges Weib (Die Wirtin) [1847]. Eine Novelle. In: F. M. Dostojewski: Frühe Romane und Erzählungen. Übertr. von E. L. Rahsin. 8. Aufl. München 1996, S. 463–571.

Netotschka Neswanowa [1849–1860]. In: Fjodor M. Dostojewskij: Aufzeichnungen aus einem Kellerloch. Erzählungen. Übers. von Erwin Walter u. a. München 1962.

Ein kleiner Held. Aus unbekannten Memoiren [1857]. In: F. M. Dostojewski. Ein kleiner Held. Onkelchens Traum. Zwei Novellen. Übertr. von H. Röhl. Leipzig 1921, S. 5–63. – Dasselbe unter dem Titel «Der kleine Held. Aus den Erinnerungen eines Unbekannten». Übertr. von Arthur Luther. In: Aufzeichnungen aus einem Kellerloch. Erzählungen. München 1962, S. 384–420.

Onkelchens Traum. Aus den Chroniken der Stadt Mordassoff [1859]. In: F. M. Dostojewski: Drei humoristische Romane. Übertr. von E. K. Rahsin. München 1968, S. 7–154.

Das Gut Stepantschikowo und seine Bewohner [1859]. Aus den Aufzeichnungen eines Unbekannten. Aus dem Russischen übertr. von Marianne Kegel. Mit einem Nachwort von Rudolf Neuhäuser. München 1982.

Aufzeichnungen aus einem Totenhaus [1860–1862]. Übertr. von Dieter Pommerenke. Mit Kommentaren von Heinz Müller-Dietz und Dunja Brötz. Berlin 2005.

Erniedrigte und Beleidigte [1861]. Übertr. von Marianne Kegel. Mit einem Nachwort von Rudolf Neuhäuser. 2. Aufl. München 1983.

Winteraufzeichnungen über Sommereindrücke [1863]. In: F. M. Dostojewski. Autobiographische Schriften. Übertr. von E. K. Rahsin. München 1923, S. 163–275.

Aufzeichnungen aus dem Kellerloch [1864]. Aus dem Russischen von Swetlana Geier. Frankfurt a. M. 2008. – Dasselbe unter dem Titel: «Aufzeichnungen aus dem Abseits». Aus dem Russischen neu übers. und hrsg. von Felix Philipp Ingold. Zürich 2016.

Schuld und Sühne. Roman in sechs Teilen mit einem Epilog [1866]. Aus dem Russischen von Margrit und Rolf Bräuer. Berlin 2008. – Dasselbe unter dem Titel «Verbrechen und Strafe. Roman». Aus dem Russischen von Swetlana Geier. Zürich 1994.

Der Spieler. Roman. Aus den Aufzeichnungen eines jungen Mannes [1867]. Aus dem Russischen von Swetlana Geier. Zürich 2009.

Der Idiot [1868/69]. Roman. Aus dem Russischen von Swetlana Geier. Frankfurt a. M. 2010.

Der ewige Gatte [1870]. In: Drei humoristische Romane. Übertr. von E. K. Rahsin: München 1968, S. 403–573.

Die Dämonen. Roman [1871/72]. Übertr. von E. K. Rahsin. München 1999. – Dasselbe unter dem Titel «Böse Geister. Roman». Aus dem Russischen von Swetlana Geier. Frankfurt a. M. 2010.

Der Jüngling [1875]. Aus dem Russischen von E. K. Rahsin. München 1996. – Dasselbe unter dem Titel «Ein grüner Junge». Aus dem Russischen von Swetlana Geier. Zürich 2006.

Tagebuch eines Schriftstellers [1873–1881]. Notierte Gedanken. Aus dem Russischen von E. K. Rahsin. München, Zürich 1996.

Die Brüder Karamasow [1879/80]. Aus dem Russischen von Swetlana Geier. Zürich 2003.

Literatur

Alexander, Manfred: Der Petraševskij-Prozess. Eine «Verschwörung der Ideen» und ihre Verfolgung im Russland von Nikolaus I. Wiesbaden 1979.

Bachtin, Michail: Probleme der Poetik Dostoevskijs. München 1971.

Bakunin, Michail: Gott und der Staat und andere Schriften. Hrsg. von Susanne Hillmann. Reinbek bei Hamburg 1969.

Die Beichte eines Juden in Briefen an Dostojewski. Hrsg. von René Fülöp-Miller und Friedrich Eckstein. München 1927.

Belinskij, V. G.: Polnoe sobranie sočinenij. Moskau 1953–1959.

Benjamin, Walter: Illuminationen. Ausgewählte Schriften. Frankfurt a. M. 1961.

Bennet, John, G.: Risiko und Freiheit. Das Wagnis der Verwirklichung. Zürich 2004.

Benz, Ernst: Geist und Leben der Ostkirche. Reinbek bei Hamburg 1957.

Beltschikow, N. F.: Dostojewskij im Prozess der Petraschewzen. Leipzig 1977.

Berdjajew, Nikolaj: Die Weltanschauung Dostojewskijs. München 1925.

Berdjaev, N.: Mirosozercanie Dostoevskogo. Paris 1968.

Bleckwenn, Helga: Künstlertum als soziale Rolle (II). Stifters Berufslaufbahn in den 1840er Jahren. In: Vierteljahresschrift des Adalbert-Stifter-Instituts. 30 (1981), Folge 1/2, S. 15–45.

Boborykin, P. D.: Vospominanija v dvuch tomach, Bd. 1, Moskau 1965.

Bontadina, Nadja: Alexander Herzen und die Schweiz. Bern u. a. 1999.

Braun, Maximilian: Dostojewski. Das Gesamtwerk als Einheit und Vielfalt. Göttingen 1976.

Camus, Albert: Der Mythos von Sisyphos. Reinbek bei Hamburg 1959.

Camus, Albert: Dramen. Reinbek bei Hamburg 1962.

Catteau, Jacques: La création littéraire chez Dostoïevski. Paris 1978.

Catteau, Jacques: Dostoevsky and the Process of Literary Creation. Cambridge u. a. 1989.

Cicovacki, Predrag, Granik, Maria (Hrsg.): Dostoevsky's *Brothers Karamazov*. Art, Creativity and Spirituality. Heidelberg 2010.

Čulkov, Georgij: Kak rabotal Dostoevskij. Moskau 1939.
Cypkin, Leonid: Ein Sommer in Baden-Baden. Berlin 2006.
Danilewsky, N. J.: Russland und Europa. Eine Untersuchung über die kulturellen und politischen Beziehungen der slawischen zur germanisch-romanischen Welt. Nachdruck der Ausgabe von 1920. Osnabrück 1965.
Danilevskij, N. Ja.: Rossija i Evropa. Moskau 1991.
Dnevnik Anny Grigor'evny Dostoevskoj 1867 g. Moskau 1923.
Doerne, Martin: Tolstoj und Dostojewskij. Zwei christliche Utopien. Göttingen 1969.
Dolinin, A. P.: Dostoevskij i drugie. Stat'i i issledovanija o russkoj klassičeskoj literature. Leningrad 1989.
Dostoevskaja, A. G.: Vospominanija. Moskau 1987.
Dostojewskaja, Anna Grigorjewa: Tagebücher. Die Reise in den Westen. Übertr. von B. Conrad. Frankfurt a. M. 1985.
Dostoevskij, A. M.: Vospominanija. Moskau 1999.
Dostojewski, A.: Dostojewski, geschildert von seiner Tochter. München 1923.
Dostojewski am Roulette. Hrsg. von René Fülöp-Miller und Friedrich Eckstein. München 1925.
Dostoevskij, F. M.: Biografija, pis'ma i zametki iz zapisnoj knižki. Sankt Petersburg 1883.
Dostoevskij, F. M.: Polnoe sobranie sočinenij v tridcati tomach. Leningrad 1972–1990. [30-bändige Gesamtausgabe der Werke F. M. Dostojewskijs, aus der hier zitiert wird.]
Dostoevskij, F. M.: Polnoe sobranie sočinenij. Izdanie v avtorskoj orfografii i punktacii pod redakciej professora V. N. Zacharova. Kanoničeskie teksty. Bd. 1–11. Petrozavodsk 1995–2015. [Neueste russische Gesamtausgabe in vorrevolutionärer Orthographie, bisher 15 Bände.]
Dostoevskij, M. M.: Pis'ma k F. M Dostoevskomu. [Elektronische Version RGB. Fond 93.II.4.29]
Dostoevskij v vospominanijach sovremennikov v dvuch tomach. Moskau 1990.
Dostoevsky in Context. Edited by Deborah Martinsen and Olga Maiorova. Cambridge 2015.
Dowler, Wayne: Dostoevsky, Grigor'ev, and Native Soil Conservatism. Toronto 1982.
Eichenbaum, Boris: Mein Zeitbote. Belletristik, Wissenschaft, Kritik, Vermischtes. Leipzig, Weimar 1987.
Elsässer-Feist, Ulrike: F. M. Dostojewski. 2. Aufl. Wuppertal, Zürich 2002.
Engelhardt, Dietrich von: F. M. Dostojewskij: Der Spieler. Phänomene, Ursachen, Ziele und Symbolik einer Sucht. In: Dostoevsky Studies, N. S. XIV (2010), S. 89–114.
Enko (Pseudonym für Tkačenko), K. i M.: Tajnaja strast' Dostoevskogo. Moskau 2011.
Fanger, Donald: Dostoevsky and Romantic Realism. Cambridge, MA 1965.
Feuerbach, Ludwig: Das Wesen des Christentums. Ausgabe in zwei Bänden. Bd. 1, Berlin 1956.
Fourier, Charles: Theorie der vier Bewegungen und der allgemeinen Bestimmungen. Hrsg. von Theodor W. Adorno. Eingeleitet von Elisabeth Lenk. Frankfurt a. M., Wien 1966.

Fourier, Charles: Ökonomisch-philosophische Schriften. Eine Textauswahl. Übers. und eingeleitet von Lola Zahn. Berlin 1980.
Fedorov, G. A.: Domysly i logika faktov. In: LG 25/1975 und NM 10/1988.
Frank, Joseph: Dostoevsky 1. The Seeds of Revolt: 1821–1849. Princeton, NJ 1976.
Frank, Joseph: Dostoevsky 2. The Years of Ordeal: 1850–1859. Princeton, NJ 1983.
Frank, Joseph: Dostoevsky 3. The Stir of Liberation: 1860–1865. Princeton, NJ 1986.
Frank, Joseph: Dostoevsky 4. The Miraculous Years: 1865–1871. Princeton, NJ 1995.
Frank, Joseph: Dostoevsky 5. The Mantle of the Prophet: 1871–1881. Princeton, NJ 2001.
Frank, Joseph: Dostoevsky. A Writer in His Time. Princeton, Oxford 2010.
Freud, Sigmund: Dostojewski und die Vatertötung. In: Freud, Gesammelte Werke in 18 Bänden, Bd. 14. Frankfurt a. M. 1948, S. 399–418.
Gercen, A. I.: Polnoe sobranie sočinenij, Bd. XVIII, Petrograd 1919.
Gerhardt, Dietrich: Gogol und Dostojevskij in ihrem künstlerischen Verhältnis. Versuch einer zusammenfassenden Darstellung. Leipzig 1941. Nachdruck München 1970.
Gerigk, H.-J.: Versuch über Dostojewskis «Jüngling». Ein Beitrag zur Theorie des Romans. München 1965.
Gerigk, H.-J.: Notes Concerning Dostoevsky Research in the German Language after 1945. In: Canadian-American Slavic Studies, VI (1972). No. 2, S. 272–285.
Gerigk, H.-J.: Die Gründe für die Wirkung Dostojewskijs. In: Dostoevsky Studies 2 (1981), S. 3–26.
Gerigk, H.-J. (Hrsg.): «Die Brüder Karamasow». Dostojewskijs letzter Roman in heutiger Sicht. Dresden 1997.
Gerigk, H.-J.: Die Architektonik der Brüder Karamasow. In: Gerigk 1997, S. 47–74.
Gerigk, H.-J.: Ein Meister aus Russland. Beziehungsfelder der Wirkung Dostojewskijs. Heidelberg 2010.
Gerigk, H.-J.: Dichterprofile. Tolstoj, Gottfried Benn, Nabokov. Heidelberg 2012.
Gerigk, H.-J.: Dostojewskijs Entwicklung als Schriftsteller. Vom «Totenhaus» zu den «Brüdern Karamasow». Frankfurt a. M. 2013.
Girard, René: Dostoïevski. Du double à l'unité. Paris 1963.
Goldstein, David S.: Dostoïevski et les juifs. Paris 1976.
Greenblatt, Stephan: Renaissance Self-fashioning. Chicago 1980.
Grigor'ev A. A.: Vzgljad na russkuju literaturu so smerti Puškina. In: Sobranie sočinenij pod red. F. V. Savodnika, Teil 6, Moskau 1915.
Grob, Thomas: Inkommensurabilität, Tausch und Verschwendung. Puškin und das Geld. In: Guski/Schmid 2004, S. 329–360.
Grossman, L. P.: Poėtika Dostoevskogo. Moskau 1925.
Grossman, L. P.: Dostoevskij na žiznennom puti. Vyp. 1. Molodost' Dostoevskogo 1821–1850. Moskau 1928.
Grossman, L. P.: Dostoevskij za ruletkoj. Roman iz žizni velikogo pisatelja. Riga 1932.
Grossman, L. P.: Žizn' i trudy F. M. Dostoevskogo. Biografija v datach i dokumentach. Moskau, Leningrad 1935.
Grossman, L. P.: Dostoevsky. A Biography. Translated by Mary Mackler. London 1974.

Grossman, Leonid: Balzac and Dostoevsky. o. O. 1973.

Grossman, Leonid: Dostoevskij-reakcioner. Dostoevskij i pravitel'stvennye krugi 1870-ch godov. Pis'ma konservatorov k Dostoevskomu. Moskau 2015.

Guardini, Romano: Religiöse Gestalten in Dostojewskijs Werk. München 1947.

Guski, Andreas: «Einfach» und «kompliziert» bei Dostoevskij. In: Neuhäuser, Rudolf (Hrsg.): Polyfunktion und Metaparodie. Aufsätze zum 175. Geburtstag von Fedor Michajlovič Dostoevskij. Dresden, München 1998, S. 13–33.

Guski, Andreas: Zwischen Tempel und Werkstatt. Literatur und Kommerz in Russland. In: Guski/Schmid 2004, S. 7–28.

Guski, Andreas, Schmid, Ulrich (Hrsg.): Literatur und Kommerz im Russland des 19. Jahrhunderts. Zürich 2004 (Basler Studien zur Kulturgeschichte Osteuropas, Bd. 8).

Guski, Andreas: «Geld ist geprägte Freiheit». Paradoxien des Geldes bei Dostoevskij. In: Dostoevsky Studies, N. S., Vol. XVI (2012), S. 7–57; Vol. XX (2016), S. 103–165.

Harreß, Birgit: Mensch und Welt in Dostoevskijs Werk. Ein Beitrag zur poetischen Anthropologie. Köln u. a. 1993.

Harreß, Birgit (Hrsg.): Dostojewskijs Romane. Interpretationen. Stuttgart 2000.

Hegel, G. W.F.: Ästhetik. Nach der zweiten Ausgabe Heinrich Gustav Bothos (1842) redigiert und mit einem ausführlichen Register versehen von Friedrich Bassenge. Bd. 1, Berlin, Weimar 1976.

Henscheid, Eckhard: Dostojewskijs Gelächter. Die Entdeckung eines Großhumoristen. München 2014.

Herder, Johann Gottfried: Ideen zur Philosophie der Geschichte der Menschheit. Mit einem Vorwort von Gerhart Schmidt. Darmstadt 1966.

Hielscher, Karla: Dostojewski in Deutschland. Frankfurt a. M., Leipzig 1999.

Hildermeier, Manfred: Der russische Adel von 1700 bis 1917. In: Hans-Ulrich Wehler (Hrsg.): Europäischer Adel 1750–1950. Göttingen 1990, S. 166–216.

Hildermeier, Manfred: Geschichte Russlands. Vom Mittelalter bis zur Oktoberrevolution. München 2013.

Hoffmann, Nina: Th. M. Dostojewsky. Eine biographische Studie. Berlin 1899 [Erste deutsche Dostojewskij-Biographie].

Holquist, Michail: Dostoevsky and the Novel. Princeton, NJ 1977.

Hosking, Geoffrey, Service, Robert (Hrsg.): Russian Nationalism. Past and Present. London 1998.

Il'inskij, L.: Gonorar Dostoevskogo. Bibliografičeskie listy russkogo bibliologičeskogo obščestva. 3/1922, S. 4–9.

Il'in, N.: Dostoevskij v spore za kumaninskoe nasledstvo. In: Zven'ja. Sbornik. Moskau 1951, S. 547–565.

Ingold, Felix Philipp: Schuld und Schulden bei F. M. Dostojewskij. Unveröffentl. Ms. der Öffentlichen Antrittsvorlesung vom 9. Mai 1972 an der Hochschule St. Gallen.

Ingold, Felix Philipp: Dostojewskij und das Judentum. Frankfurt a. M. 1981.

Jackson, Robert Louis: Dostoevsky's Underground Man in Russian Literature, 'S-Gravenhage 1958.

Jackson, Robert Louis: Dostoevsky's Quest for Form. Bloomington 1978.

Jackson, Robert Louis: The Art of Dostoevsky. Deliriums and Nocturnes. Princeton, NJ 1981.

Janz, Dieter: Zum Konflikt zwischen Kreativität und Krankheit. Dostojewskijs Epilepsie. In: Dostoevsky Studies, N. S. 10 (2006), S. 125–140.

Jones, Malcolm: Dostoevsky. The Novel of Discord. London 1976.

Jones, Malcom: Dostoevsky after Bachtin. Readings in Dostoevsky's Fantastic Realism. Cambridge u. a. 1990.

Jones, Malcolm: Dostoevsky and the Twentieth Century. Cotgrave 1993.

Kaiser, Friedhelm B.: Die russische Justizreform von 1864. Leiden 1972.

Kampmann, Theoderich: Dostojewski in Deutschland. Münster 1931.

Kapielski, Thomas: Je dickens, destojewski! Ein Volumenroman. Berlin 2014.

Kašina-Evreinova, A.: Podpol'e genija. Seksual'nye istočniki tvorčestva Dostoevskogo. Petrograd 1923.

Keil, Rolf-Dietrich: Gogol. Reinbek bei Hamburg, 3. Aufl. 1998.

Kierkegaard, Sören: Entweder/Oder. In: Gesammelte Werke. Hrsg. von Emanuel Hirsch und Hayo Gerdes. 2. Teil, Bd. 1. und 2. Gütersloh 1987.

Kjetsaa, Geir: Dostojewski: Sträfling, Spieler, Dichterfürst. Gernsbach 1986.

Knapp, Liza (Hrsg.): Dostoevsky as Reformer. The Petrashevsky Case. Ann Arbor 1987.

Knapp, Liza (Hrsg.): Dostoevsky's «The Idiot». A Critical Companion. Evanston, Ill 1998.

Kreuzer, Helmut: Die Boheme. Analyse und Dokumentation der intellektuellen Subkultur vom 19. Jahrhundert bis zur Gegenwart. Stuttgart 1971.

Kristeva, Julia: Holbeins's Dead Christ. In: Michael Feher u. a. (Hrsg.): Fragments for a History of the Human Body. Teil I. New York 1989, S. 238–269.

Lachmann, Renate: Die Schwellensituation. Skandal und Fest bei Dostoevskij. In: W. Haug, R. Warning (Hrsg.): Das Fest. München 1989, S. 307–325.

Lachmann, Renate: Die Zerstörung der schönen Rede. München 1994.

Lauth, Reinhard: «Ich habe die Wahrheit gesehen». Die Philosophie Dostoevskijs in systematischer Darstellung. München 1950.

Lauth, Reinhard: Dostojewski und sein Jahrhundert. Mit einer Einleitung von Hans Rothe. Bonn 1986.

Lavrin, Janko: Fjodor M. Dostojewski. Reinbek bei Hamburg, 22. Aufl. 1994.

Lebenserinnerungen der Gattin Dostojewskis. Hrsg. von René Fülöp-Miller und Friedrich Eckstein, München 1925.

Letopis' žizni i tvorčestva F. M. Dostoevskogo. 3 Bde. Sankt Petersburg 1994/95.

Levitt, Marcus C.: Russian Literary Politics and the Pushkin Celebration of 1880. Ithaca, London 1989.

Literaturnoe nasledstvo, Bd. 83. Neizdannyj Dostoevskij. Moskau 1971.

Literaturnoe nasledstvo, Bd. 86. F. M. Dostoevskij. Novye materialy i issledovanija. Moskau 1973.

Lotman, Jurij M.: Die Struktur des künstlerischen Textes. Hrsg. mit einem Nachwort und einem Register von Rainer Grübel. Frankfurt a. M. 1982.

Lotman, Jurij M.: Russlands Adel. Eine Kulturgeschichte. Köln u. a. 1997.

Louisier, Annette: Nikolaj Nekrasov. Ein Schriftsteller zwischen Kunst, Kommerz

und Revolution. Zürich 2005 (Basler Studien zur Kulturgeschichte Osteuropas, Bd. 11).
Lukács, Georg: Dostojewskij: Notizen und Entwürfe. Budapest 1985.
Lukács, Georg: Die Theorie des Romans. 2. Aufl. Frankfurt a. M. 1974.
Lur'e, F. M.: Sozidatel' rasrušenija. Dokumental'noe povestvovanie o S. G. Nečaeve. Sankt Petersburg 1994.
Maceina, Antanas: Der Großinquisitor. Geschichtsphilosophische Deutung der Legende Dostojewskis. Heidelberg 1952.
Mackiewicz, Stanislaw: Der Spieler seines Lebens. F. M. Dostojewskij. Zürich 1951.
Margolina, Sonja: Wodka. Trinken und Macht in Russland. Berlin 2004.
Maurina, Zenta: Dostojewski. Menschengestalter und Gottsucher. Memmingen 1952.
McReynolds, Susan: Redemption and the Merchant God. Evanston 2008.
Meerson, Olga: Dostoevsky's Taboos. Dresden, München 1998.
Meier-Graefe, Julius: Dostojewski. Der Dichter. Frankfurt a. M. 1988.
Mereschkowski, Dmitry Sergejewitsch: Tolstoj und Dostojewski. Leben, Schaffen, Religion. Berlin 1924.
Michajlovskij, N. K.: Literaturno-kritičeskie stat'i. Moskau 1957.
Miljukov, A.: Vstreči i znakomstva. Sankt Petersburg 1890.
Miller, Orest: Zur Lebensgeschichte Dostojewskis. In: F. M. Dostojewski. Autobiographische Schriften. München 1921, S. 1–176.
Miłosz, Czesław: Dostoevsky and Swedenborg. In Miłosz: Emperor of the Earth. Modes of Eccentric Vision. Los Angeles, Berkeley 1977, S. 120–143.
Močul'skij, Konstantin: Dostoevskij. Žizn' i tvorčestvo. Paris 1947.
Morson, Gary Saul: The Boundaries of Genre. Dostoevsky's *Diary of a Writer* and the Tradition of Literary Utopia. Austin 1981.
Müller, Ludolf: Dostojewski. Sein Leben, sein Werk, sein Vermächtnis. München 1982.
Nabokov, Vladimir: Vorlesungen über russische Literatur. Hrsg. von Fredson Bowers und Dieter E. Zimmer. Reinbek bei Hamburg 2013 (Gesammelte Werke, Bd. XVII).
Nasedkin, Nikolaj: Dostoevskij. Ėnciklopedija. Moskau 2003.
Nečaeva, V. S.: Žurnal M. M. i F. M. Dostoevskich «Vremja». 1861–1863. Moskau 1972.
Nečaeva, V. S.: Žurnal M. M. i F. M. Dosoevskich «Ėpocha». 1864–1865. Moskau 1975.
Nečaeva, V. S.: Rannij Dostoevskij. Moskau 1979.
Nekrasov, N. A.: Polnoe sobranie sočinenij i pisem v pjatnadcati tomach. Leningrad 1981–1987.
Neuhäuser, Rudolf: Das Frühwerk Dostojewskijs. Heidelberg 1976.
Nietzsche, Friedrich: Sämtliche Werke in 3 Bänden. Hrsg. von Karl Schlechta. München, 8. Aufl. 1977.
Nötzel, Karl: Das Leben Dostojewskijs. Leipzig 1925. Nachdr. Osnabrück 1967.
Meier-Graefe, Julius: Dostojewski. Der Dichter. Frankfurt a. M. 1988.
Paperno, Irina: Suicide as a Cultural Institution in Dostoevsky's Russia. Ithaca, London 1997.
Pascal, Pierre: Dostoïevsky. L'homme et l'œuvre. Lausanne 1970.
Peters, Jochen-Ulrich: Turgenevs «Zapiski ochotnika» innerhalb der očerk-Tradition

der 40er Jahre. Zur Entwicklung des realistischen Erzählens in Russlands. Wiesbaden 1972.
Pieper, Annemarie: Gut und Böse. München 1997.
Pisarev, D. I.: Izbrannye proizvedenija. Leningrad 1968.
Pokrowski, Michail: Geschichte Russlands. Leipzig 1929.
Prokof'ev, V. A.: Petraševskij. Moskau 1962.
Puschkin, Alexander Sergejewitsch: Eugen Onegin. Dramen. Weimar o. J.
Rakusa, Ilma (Hrsg.): Dostojewskij in der Schweiz. Frankfurt a. M. 1981.
Renan, Ernest: Das Leben Jesu. Zürich 1981.
Rice, James L.: Dostoevsky and the Healing 1978 Art. Ann Arbor 1985.
Rosenshield, Gary: Western Law, Russian Justice. Dostoevsky, the Jury Trial and the Law. Madison, WI 2005.
Rothe, Hans: Dostojewskijs Weg zu seinem «Großinquisitor». In: Gerigk 1997, S. 159–204.
Rosanow, Wassilij: Die Legende vom Großinquisitor. Versuch eines kritischen Kommentars. Hrsg. von Rainer Grübel. Oldenburg 2009 (Studia Slavica Oldenburgiensis, Bd. 18).
Rusakov, Viktor: Literaturnye gonorary russkich belletristov. In: Knižnyj vestnik XXI (1904), No. 32, Sp. 917–924, 948–951, 964–968.
Ryklin, Michail: Russkaja ruletka. In: Wiener Slawistischer Almanach 35 (1995), S. 19–39.
Sachuranjan, Evgenij: Dostoevskij v Peterburge. Leningrad 1970.
Saraskina, Ljudmila: Vozljublennaja Dostoevskogo. Apollinarija Suslova: Biografija v dokumentach, pis'mach, materialach. Moskau 1994.
Saraskina, Ljudmila: Nikolaj Spešnev. Nesbyvšajasja sud'ba. Moskau 2000.
Saraskina, Ljudmila: Dostoevskij. Moskau 2011.
Sasse, Sylvia: Hintertüren. Dostoevskij, Nietzsche, Bachtin. In: Die Welt der Slaven LVIII (2013), S. 209–231.
Schach, K. H.: Verbrechen und Strafe in den Werken F. M. Dostojevskijs von den «Aufzeichnungen aus einem Totenhaus» bis zu «Schuld und Sühne». Diss. Tübingen 1980.
Schestow, Lew: Dostojewski und Nietzsche. Philosophie der Tragödie. Köln 1924.
Schmid, Ulrich: Die russische Zensur zwischen Öffentlichkeit und Repression. In: Guski/Schmid 2004, S. 145–200.
Schmid, Ulrich: Die Dostojewskij-Rezeption im deutschen Nationalsozialismus. In: Jahrbuch der Deutschen Dostojewskij-Gesellschaft, Bd. 14 (2007), S. 47–59.
Schmid, Ulrich: Russische Religionsphilosophen des 19. Jahrhunderts. Freiburg u. a. 2003.
Schmid, Wolf: Der Textaufbau in den Erzählungen Dostoevskijs. München 1973.
Schmid, Wolf: Puškins Prosa in poetischer Lektüre. München 1991.
Schmid, Wolf: Die Brüder Karamazov als religiöser *nadryv* ihres Autors. In: R. Fieguth (Hrsg.): Orthodoxien und Häresien in den slavischen Literaturen. Wien 1996 (Wiener Slawistischer Almanach, Sonderband 41), S. 25–50.
Schmid, Wolf: Dostoevskijs Erzähltechnik in narratologischer Sicht. In: Dostoevsky Studies VI (2002), S. 63–72.

Schult, Maike: Im Banne des Poeten. Die theologische Dostoevskij-Rezeption und ihr Literaturverständnis. Göttingen 2012 (Forschungen zur systematischen und ökumenischen Theologie, Bd. 126).

Šelgunov, N. V.: Vospominanija v dvuch tomach. Moskau 1967.

Serman, I. Z.: Dostoevskij i ego vremja. Leningrad 1971.

Šestidesjatye gody. Materialy po istorii literatury i obščestvennogo dviženija. Pod red. N. K. Piksanova i O. V. Cechnovicera. Moskau, Leningrad 1946.

Šklovskij, Viktor: Za i protiv. Zametki o Dostoevskom. Moskau 1957.

Slonim, Marc: Tri ljubvi Dostoevskogo. New York 1953.

Städtke, Klaus: Ästhetisches Denken in Russland. Berlin, Weimar 1978.

Städtke, Klaus: Dostojewskij für Eilige. Berlin 2004.

Städtke, Klaus (Hrsg.): Russische Literaturgeschichte. 2. Aufl., Stuttgart 2011.

Stäheli: Spektakuläre Spekulation. Das Populäre der Ökonomie. Frankfurt a. M. 2007.

Stepun, Fedor: Dostojewskij und Tolstoj. Christentum und soziale Revolution. Drei Essays. München 1961.

Steiner, George: Tolstoj oder Dostojewskij. Analyse des abendländischen Romans. München 1990.

Stoichita, Victor: Ein Idiot in der Schweiz. Bildbeschreibung bei Dostojewski. In: Gottfried Boehm, Helmut Pfotenhauer (Hrsg.): Beschreibungskunst – Kunstbeschreibung. Ekphrasis von der Antike bis zur Gegenwart. München 1995, S. 425–439.

Strachow, N. N.: Über Dostojewskis Leben und literarische Tätigkeit. In: F. M. Dostojewski: Literarische Schriften. München 1921. S. 3–100.

Suslova, A. P.: Gody blizosti s Dostoevskim. Dnevnik. Povest'. Pis'ma. Vstupitel'naja stat'ja A. S. Dolinina. Taschkent 1991.

Suslowa, Polina: Dostojewskis ewige Freundin. Mein intimes Tagebuch. Aus dem Russischen von Rosa Symchowitsch. Mit einem Nachwort von Verena von der Heyden-Rynsch. Berlin 1996.

Svincov, Vitalij: Dostoevskij i stavroginskij grech. In: Voprosy literatury 2/1995, S. 111–142.

Terras, Victor: The Young Dostoevsky (1846–1849). A Critical Study. Den Haag, Paris 1969.

Terras, Victor: A Karamazov Companion. Commentary on the Genesis, Language, and Style of Dostoevsky's Novel. Madison, WI 1981.

Thurneysen, Eduard: Dostojewski. München 1925.

Todd, William Miles III: Dostoevsky as a Professional Writer. In: Leatherbarrow, W. J.: The Cambridge Companion to Dostoevsky. Cambridge 2002, S. 66–92.

Tönnies, Ferdinand: Gemeinschaft und Gesellschaft. Grundbegriffe der reinen Soziologie. Darmstadt 1979.

Troyat, Henri: Dostoïevski. Paris 1960.

Trubetzkoy, N. S.: Dostoevskij als Künstler. Den Haag u. a. 1964.

Tschernyschewski: Was tun? Aus Erzählungen von neuen Menschen. Berlin, Weimar 1974.

Tschižewski, Dmitrij: Zwischen Ost und West. Russische Geistesgeschichte (II). Reinbek bei Hamburg 1961.

Tunimanov, Wladimir: Dostojewskijs Paradoxienträger des Untergrunds und Schestows «Überwindung der Selbstverständlichkeiten». In: Dostoevsky Studies, N. S. Vol. X (2006), S. 30–55.

Turgenev, I. S.: Polnoe sobranie sočinenij v dvadcati tomach. Moskau, Leningrad 1960 ff.

Tvorčeskij put' Dostoevskogo. Sbornik statej pod redakciej N. L. Brodskogo. Leningrad 1924.

Véniukoff, M.: Mes souvenirs. Iz vospominanij M. I. Venjukova, Bd. 1. Amsterdam 1895.

Venturi, Franco: Roots of Revolution. A History of the Populist and Socialist Movements in Nineteenth-Century Russia. New York 1960.

Vogüé, Eugène-Melchior de: Le roman russe. Édition critique par Jean-Louis Backés. Paris 2010.

Volgin, Igor: Poslednij god Dostoevskogo. Istoričeskie zapiski. Moskau 1986.

Volgin, Igor: Rodit'sja v Rossii. Dostoevskij i sovremenniki. Žizn' v dokumentach. Moskau 1991.

Walicki, Andrzej: The Slavophile Controversy. History of a Conservative Utopia in Nineteenth-Century Russian Thought. Oxford 1975.

Wasiolek, Edward: Dostoevsky. The Major Fiction. Cambridge, MA 1971.

Willms, Johannes: Balzac. Eine Biographie. Zürich 2007.

Wortman, Richard: Scenarios of Power. Myth and Ceremony in Russian Monarchy. Bd. 1. Princeton, NJ 1995.

Zacharov, Vladimir N.: «Brat'ja Karamazovy»: metafizika teksta. In: Gerigk 1997, S. 213–228.

Zacharov, V. N.: Imja avtora – Dostoevskij. Očerk tvorčestva. Moskau 2013.

Zweig, Stefan: Drei Meister. Balzac, Dickens, Dostojewski. Leipzig 1923.

Bildnachweis

S. 12: © Andreas Guski; S. 23: © culture-images/fai; S. 26: © Andreas Guski; S. 43: © culture-images/fai; S. 47: © culture-images/fai; S. 86: L. P. Grossman: Žizn' i trudy F. M. Dostoevskogo. Biografija v datach i dokumentach. Moskau, Leningrad 1935; S. 139: © culture-images/fai; S. 171: © culture-images/fai; S. 180: © culture-images/fai; S. 184: © culture-images/fai; S. 196: © culture-images/fai; S. 204: © akg-images/Sputnik; S. 205: © culture-images/fai; S. 250: © culture-images/fai; S. 256: © culture-images/fai; S. 265: © akg-images; S. 273: Ilma Rakusa (Hrsg.): Dostojewskij in der Schweiz. Frankfurt a. M. 1981 (Farblithographie Victor Rose, Imprimerie Lemercier, Paris, um 1870); S. 274: © culture-images/fai; S. 287: © akg-images; S. 303: © culture-images/fai; S. 334: © akg-images; S. 335: © Bridgeman; S. 340: © akg-images; S. 347: © bpk/Staatliche Kunstsammlungen Dresden/Ursula-Maria Hoffmann; S. 368: © culture-images/fai; S. 382: © culture-images/fai; S. 407: © culture-images/fai; S. 410: © culture-images/fai; S. 412: © ullstein bild – ullstein bild

Personenregister

Russische Namen historischer Personen, die im Haupttext vorkommen, werden in Duden-Umschrift, mit vollem Vor- und Vatersnamen sowie mit Lebensdaten (soweit ermittelbar) und Betonungszeichen angeführt. Die Autoren der zitierten oder erwähnten russischen Sekundärliteratur hingegen werden in wissenschaftlicher Umschrift und mit den Initialen von Vor- und Vatersnamen aufgeführt. Die übrigen Autoren von Sekundärliteratur werden ebenfalls nur mit abgekürzten Vornamen verzeichnet.

Aus dem Verlagsprogramm

Literarische Biographien

Peter-André Alt

Schiller

Leben – Werk – Zeit

Eine Biographie in 2 Bänden

2013. 736 + 686 Seiten mit 28 + 22 Abbildungen. Paperback

Beck'sche Reihe Band 1913 und 1914

Hans-Dieter Gelfert

William Shakespeare in seiner Zeit

2014. 471 Seiten mit 94 Abbildungen und 1 Stammtafel. Gebunden

Beatrix Langner

Jean Paul

Meister der zweiten Welt

Eine Biographie

2013. 608 Seiten mit 36 Abbildungen. Leinen

Reinhard Lauer

Aleksandr Puškin

Eine Biographie

2006. 351 Seiten mit 35 Abbildungen.
Gebunden

Uwe Neumahr

Miguel de Cervantes

Ein wildes Leben

Biografie

2015. 394 Seiten mit 25 Abbildungen und 3 Karten.
Gebunden

Gerhard Schulz

Kleist

Eine Biographie

2011. 608 Seiten mit 57 Abbildungen.
Gebunden

Verlag C.H.Beck München

Russische Geschichte

Manfred Hildermeier

Geschichte Russlands

Vom Mittelalter bis zur Oktoberrevolution

Historische Bibliothek der Gerda Henkel Stiftung

3. Auflage. 2016. 1504 Seiten mit 11 Karten. Leinen

Manfred Hildermeier

Geschichte der Sowjetunion 1917–1991

Entstehung und Niedergang des ersten sozialistischen Staates

Historische Bibliothek der Gerda Henkel Stiftung

2., überarbeitete und erweiterte Auflage. 2017. 1348 Seiten mit 79 Tabellen, 10 Diagrammen und einer Karte. Leinen

Andreas Kappeler

Rußland als Vielvölkerreich

Entstehung – Geschichte – Zerfall

2. Auflage. 2008. 416 Seiten mit 11 Karten. Paperback

Beck'sche Reihe Band 1447

Joseph Roth

Reisen in die Ukraine und nach Russland

textura

Herausgegeben und mit einem Nachwort von Jan Bürger

4. Auflage. 2015. 136 Seiten mit 2 Karten. Klappenbroschur

Gerd Ruge

Russland

Portrait eines Nachbarn

2012. 207 Seiten mit 14 Abbildungen und 4 Karten. Paperback

Beck'sche Reihe Band 6045

Karl Schlögel

Das sowjetische Jahrhundert

Archäologie einer untergegangenen Welt

4. Auflage. 2018. 912 Seiten mit 86 Abbildungen. Gebunden

Verlag C.H.Beck München